ELIZABETH GEORGE

Née aux États-Unis dans l'Ohio, Elizabeth George est diplômée de littérature anglaise et de psychopédagogie. Elle a enseigné l'anglais pendant treize ans avant de publier *Enquête dans le brouillard*, qui obtient le grand prix de Littérature policière en 1988 et l'impose d'emblée comme un grand nom du roman à l'anglaise. Intronisé dans ce premier livre, le duo explosif composé de l'éminent membre de Scotland Yard, Thomas Lynley, et de son acolyte, l'opiniâtre Barbara Havers, évolue au fil d'une dizaine d'ouvrages ultérieurs, parmi lesquels *Le lieu du crime* (1992), *Pour solde de tout compte* (1994), *Le visage de l'ennemi* (1996), *Une patience d'ange* (1999) et *Un petit reconstituant* (recueil de trois nouvelles paru en 2000). Fidèles à la tradition britannique, dont Elizabeth George est imprégnée depuis son adolescence, ils déploient une véritable fresque romanesque où l'atmosphère, les décors, les intrigues secondaires et les ressorts psychologiques prennent un relief saisissant. L'incontestable talent de cette écrivain qui refuse de voir une différence entre le roman « à énigme » et le « vrai roman » lui a valu un succès mondial, notamment en Angleterre, où elle compte parmi les auteurs les plus vendus.
Elizabeth George vit à Huntington Beach, près de Los Angeles, où elle anime des ateliers d'écriture.

SANS L'OMBRE D'UN TÉMOIN

DU MÊME AUTEUR
CHEZ POCKET

ENQUÊTE DANS LE BROUILLARD
LE LIEU DU CRIME
CÉRÉMONIES BARBARES
UNE DOUCE VENGEANCE
POUR SOLDE DE TOUT COMPTE
MAL D'ENFANT
UN GOÛT DE CENDRES
LE VISAGE DE L'ENNEMI
LE MEURTRE DE LA FALAISE
UNE PATIENCE D'ANGE
UN PETIT RECONSTITUANT
MÉMOIRE INFIDÈLE
UN NID DE MENSONGES

Dans la collection
« Langues pour tous »

TROUBLES DE VOISINAGE
(Good Fences Aren't Always Enough - Édition bilingue)

ELIZABETH GEORGE

SANS L'OMBRE D'UN TÉMOIN

Traduit de l'anglais (États-Unis)
par Dominique Wattwiller et
Hubert Tézenas

PRESSES DE LA CITÉ

Titre original :
WITH NO ONE AS WITNESS

Le Code de la propriété intellectuelle n'autorisant, aux termes de l'article L. 122-5, 2° et 3° a), d'une part, que les « copies ou reproductions strictement réservées à l'usage privé du copiste et non destinées à une utilisation collective » et, d'autre part, que les analyses et les courtes citations dans un but d'exemple et d'illustration, « toute représentation ou reproduction intégrale ou partielle faite sans le consentement de l'auteur ou de ses ayants droit ou ayants cause est illicite » (art. L. 122-4).
Cette représentation ou reproduction, par quelque procédé que ce soit, constituerait donc une contrefaçon, sanctionnée par les articles L. 335-2 et suivants du Code de la propriété intellectuelle.

© 2005, Suzan Elizabeth George
© Presses de la Cité, 2005, pour la traduction française
ISBN 2-266-16298-5

Pour Miss Audra Isadora, affectueusement

… si vous contemplez longtemps l'abîme,
l'abîme vous contemple également.

NIETZSCHE

Et vous souhaitiez longtemps l'abîme,
Même vous oubliasse repartait...

Prologue

C'était Dietrich que Kimmo Thorne préférait : les cheveux, les jambes, le fume-cigarette, le haut-de-forme et
le frac. Pour lui, elle incarnait la Femme dans toute sa
putain de splendeur ; à ses yeux, aucune autre ne lui
arrivait à la cheville. Certes, il pouvait faire Garland si
on le lui demandait. Imiter Minnelli ne posait pas de
problèmes, et il était en net progrès pour Streisand.
Mais quand il avait le choix – et en général, il l'avait,
n'est-ce pas ? – il optait pour Dietrich. La sensuelle
Marlene. Sa préférée. Elle était capable de faire se
hérisser les cheveux sur la tête d'un chauve, Marlene,
ça, pas d'erreur.

Aussi garda-t-il la pose à la fin de la chanson non
parce que c'était nécessaire mais par goût. Le final de
Falling in Love Again s'estompa et il resta figé telle
une statue de Marlene, un talon aiguille sur la chaise,
son fume-cigarette entre les doigts. La dernière note
s'évanouit, le silence retomba, et il resta ainsi le temps
de compter jusqu'à cinq, enchanté de Marlene et de sa
prestation – parce qu'elle était bien et qu'il était bien,
rudement bien même –, avant de changer de position.
Il éteignit le karaoké. Il ôta son haut-de-forme et se
trémoussa dans son frac. Il s'inclina profondément
devant son public. Deux personnes. Tante Sal et Mamie

— la loyauté même, comme toujours – réagirent comme il s'y attendait. Tante Sally s'écria :

— Génial ! Génial, mon petit !

Et Mamie :

— C'est tout à fait toi, ça, Kimmo. Le talent à l'état pur. Attends que j'envoie des photos à ton père et à ta mère.

Voilà qui ne manquerait certainement pas de les faire accourir, songea Kimmo, sarcastique. Il posa cependant de nouveau son pied chaussé d'un escarpin sur la chaise, sachant que les propos de Mamie partaient d'un bon sentiment même si elle était complètement à côté de la plaque concernant les réactions de ses parents.

Mamie dit à tante Sally de « se mettre à droite. Pour avoir le meilleur profil du petit ». En l'espace de quelques minutes les photos furent prises et le spectacle terminé pour la soirée.

— Où vas-tu ce soir ? demanda tante Sally tandis que Kimmo mettait le cap vers sa chambre. Tu as rendez-vous avec quelqu'un, Kim ?

Tel n'était pas le cas mais elle n'avait pas besoin de le savoir.

— Le Blink, dit-il gaiement.

— Tâchez de ne pas vous attirer trop d'ennuis, les enfants.

Il lui adressa un clin d'œil et franchit le seuil de sa chambre.

— Compte sur nous, tantine, fit-il, mentant.

Il referma la porte derrière lui en douceur et tira le verrou.

D'abord, s'occuper des fringues de Marlene. Kimmo les retira et les suspendit avant de se tourner vers sa coiffeuse. Là, il examina son visage et se demanda l'espace d'un instant s'il n'allait pas se démaquiller un peu. Mais il y renonça et fouilla dans la penderie pour y prendre des vêtements de rechange appropriés. Un sweat-shirt à capuche, son caleçon préféré, et ses boots en daim à semelles plates. L'ambiguïté de cette tenue lui plaisait. Homme ou femme ? L'observateur était en droit de se poser la question. Mais il n'aurait la réponse que si Kimmo parlait. Car, sa voix ayant enfin fini de muer, ce n'est que quand il ouvrait la bouche que l'on avait la clé de l'énigme.

Il rabattit la capuche du sweat-shirt sur sa tête et descendit vivement l'escalier.

— J'y vais, cria-t-il à l'adresse de sa grand-mère et de sa tante tout en attrapant son blouson suspendu à un crochet près de la porte.

— Au revoir, mon chéri, répondit Mamie.

— Sois sage, mon grand, ajouta tante Sally.

Il leur envoya un baiser. Elles lui en renvoyèrent un autre. Il y eut un chœur de : « Bonsoir. »

Une fois sur le palier, il remonta la fermeture Eclair de son blouson et détacha sa bicyclette fixée à la rampe. Il la poussa jusqu'à l'ascenseur et appuya sur le bouton ; tout en attendant, il vérifia les sacoches de son vélo afin de s'assurer qu'il n'avait rien oublié. Il cocha les objets qui figuraient sur la liste qu'il gardait toujours présente à l'esprit : marteau, gants, tourne-vis, pince-monseigneur, torche de poche, taie d'oreiller, rose rouge. La rose, il la laissait derrière lui en guise de carte de visite. Il ne concevait pas qu'on puisse prendre sans donner quelque chose en retour.

Il faisait froid dans la rue ce soir-là, et la perspective d'effectuer le trajet à vélo n'avait rien de réjouissant. Kimmo détestait rouler à bicyclette, surtout lorsque la température tournait autour de zéro. Mais comme ni Mamie ni tante Sally n'avait de voiture et qu'il n'avait de toute façon pas de permis de conduire à brandir au nez d'un flic avec son sourire le plus charmeur, au cas où on l'aurait arrêté, il ne lui restait d'autre solution que de pédaler. Prendre le bus, il n'en était pas question.

Son itinéraire le conduisit le long de Southwark Street vers la circulation plus dense de Blackfriars Road jusqu'aux environs de Kennington Park. De là, avec ou sans circulation, il était à deux pas de Clapham Common et de sa destination : une maison individuelle de briques rouges ; il avait passé le mois précédent à l'examiner soigneusement.

À ce stade, les allées et venues de la famille qui l'occupait lui étaient aussi familières que si lui-même y avait habité. Il savait qu'il y avait deux enfants. Maman se rendait au travail à vélo pour faire de l'exercice, et papa, par le train depuis la gare de Clapham. Ils avaient une jeune fille au pair qui, selon un rituel solidement établi, disposait de deux soirées par semaine. À l'occasion d'une de ces soirées – toujours la même –, maman, papa et les enfants partaient ensemble pour se rendre… Où ça ? Kimmo l'ignorait. Il supposait qu'ils allaient dîner chez grand-mère, mais ils auraient aussi bien pu se rendre à un office religieux un peu long, à une consultation chez le psychologue ou à des cours de yoga. L'important, c'est qu'ils s'absentaient jusqu'à une heure avancée de la soirée, et quand ils rentraient chez eux ils devaient porter les enfants dans leurs bras parce que ces derniers s'étaient endormis dans la voiture. Quant à la fille au pair, elle passait ses soirées de liberté avec deux autres nanas, au pair elles aussi. Elles partaient ensemble, jacassant en bulgare ou dans une langue de ce genre, et si elles rentraient avant l'aube, c'était toujours longtemps après minuit.

Les signes extérieurs étaient prometteurs. La voiture que conduisaient les habitants de ce pavillon était le plus gros modèle de Range Rover. Ils avaient un jardinier qui venait une fois par semaine. Ils recouraient aux services d'une entreprise de blanchisserie, leurs draps et leurs taies étaient lavés, repassés et leur étaient rapportés par un livreur. Cette maison, avait conclu Kimmo, dénotait une aisance certaine et, qui plus est, elle lui tendait les bras. Ce qui rendait l'opération d'autant plus tentante, c'est que la villa voisine était dotée d'un panneau « A louer » tristement fixé à un poteau près de la rue. Ce qui la rendait si parfaite, c'était la facilité avec laquelle on y accédait par l'arrière : un mur de brique qui courait le long d'un terrain non construit.

Kimmo pédala jusque-là après être passé au ralenti devant la villa pour s'assurer que la famille respectait bien son emploi du temps. Puis il traversa avec force cahots la bande de terre en friche et appuya son vélo contre le mur. Prenant la taie d'oreiller pour y fourrer ses outils et la rose, il se hissa sur la selle de sa bicyclette et, sans le moindre problème, escalada le mur.

Le jardin de derrière était plus noir qu'un four, mais Kimmo, qui avait effectué plusieurs repérages, savait à quoi s'attendre. Juste au-dessous du mur, un tas de compost au-delà duquel un petit verger ornait une pelouse entretenue avec soin. De part et d'autre de la pelouse, de larges parterres dessinaient des bordures de plantes herbacées. L'une d'elles enserrait un kiosque. L'autre décorait les abords d'un abri de jardin. Plus loin, juste devant la villa, une cour de briques inégales où, après l'orage, la pluie s'accumulait en flaques, et une saillie du toit où étaient fixés les spots du système de sécurité.

Ceux-ci s'allumèrent automatiquement tandis que Kimmo s'approchait. Il les remercia d'un signe de tête. Les spots, ainsi en avait-il ironiquement décidé, étaient la providence des cambrioleurs, car, chaque fois qu'ils s'allumaient, tout le monde dans le quartier semblait penser qu'un pauvre chat se risquait à traverser le jardin. Jamais il n'avait entendu dire qu'un voisin avait donné un coup de fil aux flics pour leur signaler que des lumières venaient de s'allumer. En revanche, ses confrères cambrioleurs lui avaient maintes fois raconté combien cet éclairage facilitait l'accès à l'arrière d'une propriété.

Dans le cas présent, les lumières ne signifiaient rien. Les fenêtres obscures sans rideaux ainsi que le panneau « A louer » indiquaient que personne n'habitait la villa à sa droite. Quant à la maison de gauche, elle n'avait pas de fenêtres donnant sur l'arrière et pas de chien pour se mettre à aboyer dans le froid de la nuit. Autant qu'il pût en juger, il ne risquait rien.

Des portes-fenêtres ouvraient sur la cour, et Kimmo s'en approcha. Un rapide coup de marteau – un gros marteau capable de briser une vitre de voiture en cas de nécessité – suffit à lui permettre d'atteindre la poignée de la porte. Il ouvrit et entra. L'alarme se mit à hululer telle une sirène de raid aérien.

Le bruit était à vous crever les tympans mais Kimmo n'en tint pas compte. Il disposait de cinq minutes – peut-être davantage – avant que le téléphone sonne et que l'entreprise de sécurité appelle dans l'espoir de s'entendre dire que l'alarme s'était déclenchée accidentellement. Quand on ne leur répondait pas, les responsables appelaient les numéros qu'on leur avait donnés. Et quand cela ne suffisait pas à stopper la sonnerie stridente de la sirène, ils alertaient la police, qui à son tour se déplaçait – ou non – afin de voir ce qui se passait. De toute façon, il fallait bien vingt minutes aux flics pour rappliquer, ce qui laissait à Kimmo dix minutes de plus qu'il n'était nécessaire pour faire main basse sur ce qu'il convoitait.

C'était un expert dans son domaine. Aux autres les ordinateurs de bureau et les ordinateurs portables, les lecteurs de CD et de DVD, les téléviseurs, les bijoux, les appareils photo numériques et les consoles de jeux vidéo. Lui ne visait qu'une espèce d'objet dans les maisons qu'il visitait, des objets qui avaient l'avantage d'être placés au vu et au su de tout le monde, et généralement dans les pièces les plus fréquentées.

Kimmo balaya la pièce du faisceau de sa torche. Il se trouvait dans une salle à manger et il n'y avait rien à emporter. Mais dans le salon il avait déjà repéré sur un piano quatre objets convoités. Il les rafla : des cadres en argent qu'il délesta de leurs photos – un peu de tact ne gâchait pas le métier – avant de les déposer avec soin dans sa taie d'oreiller. Il en dénicha un autre sur une table d'appoint dont il s'empara également avant de passer à l'avant de la maison, où, près de la porte, une console au-dessus de laquelle était accroché un miroir en supportait deux autres à côté d'une boîte en porcelaine et d'un bouquet de fleurs, qu'il laissa à leur place.

L'expérience lui ayant appris qu'il avait toutes les chances de trouver le reste de ce qui l'intéressait dans la chambre parentale, il s'empressa de gravir l'escalier tandis que l'alarme continuait de lui rugir aux oreilles. La pièce qu'il cherchait était au dernier étage et donnait sur l'arrière. Il venait d'allumer sa torche pour en inventorier le contenu lorsque l'alarme cessa brutalement, au moment où le téléphone se mettait à sonner.

Kimmo s'arrêta net, une main sur sa torche et l'autre tendue vers la photo d'un couple de mariés s'embrassant sous une branche fleurie. En l'espace d'un instant, le téléphone s'arrêta aussi brusquement que l'alarme et, en bas, une lumière s'alluma tandis que quelqu'un disait : « Allô ? » Puis : « Non. On vient juste de rentrer... Oui. Oui. Elle était déclenchée mais je n'ai pas eu le temps de... Seigneur ! Gail, éloigne-toi de ce verre. »

Cela suffit à Kimmo pour comprendre que les événements prenaient un tour inattendu. Il ne se demanda pas ce que la famille fabriquait à la maison, bon sang, alors qu'ils étaient tous censés se trouver chez grand-mère, à l'église, au yoga, chez le psychologue ou ailleurs. Au lieu de ça, il plongea vers la fenêtre à gauche du lit tandis qu'en bas une femme s'exclamait : « Ronald, il y a quelqu'un dans la maison ! »

Kimmo n'eut pas besoin d'entendre Ronald gravir les marches à toute allure ni d'entendre Gail crier « Non ! Attends ! » pour comprendre qu'il lui fallait déguerpir, et vite. Il se bagarra avec la fenêtre à guillotine, souleva la vitre et se propulsa dehors avec sa taie d'oreiller au moment où Ronald pénétrait en trombe dans la chambre, armé de ce qui ressemblait à une fourchette pour retourner la viande sur le barbecue.

Kimmo atterrit avec un énorme bruit sourd et un hoquet sur la saillie du toit, quelque deux mètres cinquante plus bas, maudissant l'absence d'une glycine providentielle qui lui eût permis, tel Tarzan, de se frayer un chemin vers la liberté. Il entendit Gail hurler « Il est là ! Il est là ! » et Ronald jurer depuis la fenêtre du dessus. Alors qu'il détalait en direction du mur de derrière, il se tourna vers la maison avec un sourire et un salut insolent à l'adresse de la femme qui se tenait dans la salle à manger, un enfant stupéfait somnolant dans ses bras, un autre cramponné à son pantalon.

Puis il s'éloigna, la taie d'oreiller lui rebondissant dans le dos, le rire prêt à jaillir, regrettant seulement de n'avoir pu laisser la rose derrière lui. Alors qu'il atteignait le mur, il entendit Ronald qui franchissait à toute allure la porte-fenêtre de la salle à manger, mais, le temps que le pauvre type rejoigne les arbres, Kimmo avait escaladé le mur et traversait la bande de terre en friche. Lorsque les flics finiraient par arriver – dans une heure ou le lendemain à midi –, il aurait depuis longtemps disparu et ne serait plus qu'un vague souvenir dans l'esprit de la maîtresse de maison : un visage peinturluré sous une capuche de sweat-shirt.

Bon Dieu, ça, c'était vivre ! Il n'y avait pas mieux ! Si ses prises se révélaient être de l'argent massif, il serait riche de quelques centaines de livres supplémentaires vendredi matin. Pouvait-on vivre plus intensément ? Kimmo pensait que non. Tant pis s'il avait dit qu'il se tiendrait à carreau. Il lui avait fallu du temps pour mettre ce joli coup sur pied. Il aurait été idiot d'y renoncer. Or, idiot, Kimmo ne l'était pas. Il en était même loin.

Il avait pédalé un kilomètre et demi depuis le lieu du cambriolage lorsqu'il se rendit compte qu'il était suivi. Il y avait de la circulation dans les rues – il y en avait toujours à Londres – et plusieurs voitures avaient klaxonné en le doublant. Il songea d'abord qu'elles klaxonnaient à la manière des véhicules qui veulent prévenir un cycliste avant de le dépasser mais il réalisa bientôt qu'elles klaxonnaient un véhicule qui roulait au ralenti juste derrière lui, un véhicule qui refusait de le dépasser.

Vaguement troublé, il se demanda si Ronald n'avait pas réussi à se ressaisir in extremis et à le prendre en chasse. Il tourna dans une petite rue pour s'assurer qu'il ne s'était pas trompé, qu'on lui filait bien le train. Les phares derrière lui tournèrent également. Il allait mettre la gomme lorsqu'il entendit le ronflement d'un moteur à sa hauteur et son prénom prononcé par une voix amie.

— C'est toi, Kimmo ? Qu'est-ce que tu fabriques dans le coin ?

Kimmo ralentit. Il se tourna pour voir qui parlait. Sourit quand il reconnut le conducteur et dit :

— Bon Dieu, qu'est-ce que tu fabriques ici, *toi* ?

L'autre lui rendit son sourire.

— À croire que je te cherchais. Je t'emmène ?

Voilà qui tombait à pic, songea Kimmo, surtout si Ronald l'avait vu partir sur son vélo et si les flics réagissaient plus vite que d'habitude. Il n'appréciait pas vraiment d'être dehors. Il avait encore trois kilomètres à parcourir et le froid était digne de l'Antarctique.

— C'est que… j'ai ma bécane.

L'autre s'esclaffa.

— Et alors ? Où est le problème ?

1

Le constable Barbara Havers se dit qu'elle avait de la chance : l'allée était déserte. Elle avait choisi de faire ses courses de la semaine en voiture plutôt qu'à pied. C'était toujours risqué de prendre sa voiture dans un quartier où ceux qui avaient la veine de trouver une place de parking près de chez eux s'y cramponnaient avec la ferveur du converti de fraîche date. Sachant toutefois qu'elle avait beaucoup de provisions à rapporter et frissonnant à l'idée de revenir, par ce froid, chargée comme un baudet de chez l'épicier du coin, elle avait décidé de prendre son véhicule dans l'espoir que la chance lui sourirait. Aussi, lorsqu'elle s'arrêta devant la maison édouardienne jaune derrière laquelle se dressait son minuscule bungalow, s'empara-t-elle sans vergogne de l'emplacement resté vacant dans l'allée. Elle écouta tousser le moteur de sa Mini en coupant le contact et pour la énième fois se promit d'emmener la voiture chez un mécanicien qui – du moins l'espérait-elle – ne lui demanderait pas la peau du dos pour réparer ce qui la faisait roter tel un retraité dyspeptique.

Elle descendit de son véhicule et rabattit le siège en avant afin d'attraper le premier des sacs de courses.

Elle en avait quatre au bras et sortait de la Mini lorsqu'elle s'entendit apostropher.

— Barbara ! Barbara ! chanta une petite voix. Regarde ce que j'ai trouvé.

Barbara se redressa et jeta un coup d'œil en direction de la voix. Elle vit la petite fille de son voisin assise sur le banc de bois patiné devant l'appartement en rez-de-chaussée du vieux bâtiment. Elle avait retiré ses chaussures et enfilait tant bien que mal une paire de patins. Bien trop grands pour elle, songea Barbara. Hadiyyah n'avait que huit ans et les patins étaient manifestement ceux d'un adulte.

— Ils sont à maman, lui apprit Hadiyyah comme si elle lisait dans ses pensées. Je les ai trouvés dans le placard. Je ne les ai jamais mis. Ils vont sûrement être trop grands mais je les ai bourrés avec des torchons. Papa n'est pas au courant.

— Pour les torchons ?

Hadiyyah pouffa.

— Non ! Il ne sait pas que je suis tombée dessus.

— Tu n'es peut-être pas censée t'en servir.

— Oh, ils n'étaient pas cachés, juste rangés. En attendant que maman revienne, j'imagine. Elle est au…

— … au Canada, je sais, dit Barbara avec un hochement de tête. Eh bien, fais attention. Ton père ne sera pas content si tu tombes et que tu te casses la figure. Tu as un casque ?

Hadiyyah baissa le nez vers ses pieds – l'un chaussé d'un patin et l'autre d'une chaussette – d'un air pensif.

— Parce que je dois en porter un ?

— C'est une sage précaution, lui dit Barbara. Et puis ce serait sympa pour les balayeurs. Ça leur éviterait de ramasser de la cervelle partout.

Hadiyyah écarquilla les yeux.

— Tu plaisantes, hein ?

Barbara se signa.

— Croix de bois, croix de fer. Où est passé ton père, à propos ? Tu es toute seule aujourd'hui ?

D'un coup de pied, elle poussa la barrière qui marquait l'entrée du chemin menant à la maison, et elle se demanda si elle devait reparler à Taymullah Azhar de l'opportunité de laisser sa fille livrée à elle-même. Il est vrai qu'il n'était pas coutumier du fait, mais Barbara lui avait dit qu'elle serait contente de s'occuper de Hadiyyah s'il devait voir des étudiants ou travailler au labo à l'université. Hadiyyah était étonnamment autonome pour une fillette de huit ans, mais tout bien pesé elle n'était que cela : une gamine de huit ans, plus innocente que ses semblables. D'une part, à cause de sa culture qui la protégeait. De l'autre, du fait de la désertion de son Anglaise de mère, qui se trouvait maintenant « au Canada » depuis près d'un an.

— Il est sorti m'acheter une surprise, lui apprit tout naturellement Hadiyyah. Il se figure que je ne le sais pas, il pense que je le crois juste parti faire une course. Mais je sais où il est allé. C'est parce qu'il ne se sent pas à son aise et qu'il croit que je suis mal à l'aise moi aussi – ce qui n'est pas vrai – qu'il veut me réconforter. Il m'a dit : « J'ai une course à faire, *kushi* », et je suis censée faire celle qui ne se doute de rien. Tu as fait tes courses, je vois, Barbara. Je peux t'aider ?

— Il reste des sacs dans la voiture, si tu veux aller les chercher.

Hadiyyah glissa du vieux banc et, un pied avec patin, l'autre sans, elle sautilla jusqu'à la Mini et en sortit les autres sacs. Barbara attendait au coin de la maison. Lorsque Hadiyyah la rejoignit clopin-clopant, Barbara demanda :

— C'est à quelle occasion ?

Hadiyyah la suivit jusqu'au bout de la propriété où, sous un faux acacia, le bungalow de Barbara – qui ressemblait davantage à un abri de jardin avec des prétentions à la grandeur – perdait des écailles de peinture verte qui tombaient sur un étroit parterre vierge de plantes.

— Hein ? fit Hadiyyah.

De près, Barbara vit que la fillette avait des écouteurs autour du cou et un lecteur de CD accroché à la ceinture de son jean. Une musique d'origine inconnue s'en échappait. Hadiyyah ne semblait pas s'en rendre compte.

— La surprise, reprit Barbara en ouvrant la porte de son logis. Tu m'as dit que ton père était parti t'acheter une surprise.

— Oh, ça…

Hadiyyah entra et déposa son chargement sur la table, où le courrier de plusieurs jours voisinait avec quatre numéros de l'*Evening Standard*, une corbeille de linge sale et un sachet de biscuits à la vanille vide. Le tout formait un ensemble peu appétissant et la petite fille, toujours si méticuleuse, fronça le nez.

— Tu n'as même pas rangé tes affaires, fit-elle d'un ton de reproche.

— Bien vu, murmura Barbara. Et cette surprise, alors ? Ce n'est pas ton anniversaire.

Hadiyyah tapa sur le sol de son pied chaussé d'un patin, l'air soudain gênée, réaction peu courante chez elle. Elle avait, remarqua Barbara, natté elle-même ses cheveux foncés. La raie faisait des zigzags et les rubans rouges à l'extrémité de ses nattes étaient de travers, l'un étant noué deux ou trois centimètres plus haut que l'autre.

— Eh bien, dit-elle tandis que Barbara vidait le premier des sacs sur le plan de travail du coin-cuisine, il

24

ne me l'a pas dit exactement. Mais je crois que c'est à cause du coup de fil de Mrs Thompson.

Barbara avait déjà entendu prononcer le nom de l'institutrice de Hadiyyah. Jetant un regard à la fillette par-dessus son épaule, elle haussa les sourcils.

— Il y a eu un thé, tu vois, dit Hadiyyah. Enfin… pas exactement un thé mais c'est comme ça qu'ils ont préféré l'appeler. Parce qu'autrement les gens auraient été trop gênés et personne n'y serait allé. Or, à l'école, ils voulaient que tout le monde soit présent.

— Pourquoi ? C'était quoi au juste ?

Hadiyyah pivota et commença à vider les sacs qu'elle avait sortis de la Mini. C'était plus une causerie qu'un thé, apprit-elle à Barbara. Mrs Thompson avait fait venir une dame pour leur parler de leur corps. Toutes les élèves de la classe et leurs mères étaient venues écouter, ensuite elles avaient posé des questions. Après ça on leur avait servi du jus d'orange, des biscuits et des gâteaux. C'est pourquoi Mrs Thompson avait baptisé ça « thé ». Même si personne n'en avait bu. Hadiyyah n'ayant pas de maman, elle ne s'était pas rendue à la causerie. D'où le coup de fil de Mrs Thompson à son père. Parce que, avait-elle insisté, tout le monde était censé être là.

— Papa y serait allé, dit Hadiyyah. Mais ç'aurait été un peu la honte pour lui. Meagan Dobson m'a raconté de quoi ça parlait. Des histoires de filles. Les bébés. Les garçons. Les règles. (Elle fit une grimace.) Tu vois.

— J'y suis.

Barbara comprenait quelle avait dû être la réaction d'Azhar au coup de téléphone de la maîtresse. De toutes les personnes qu'elle connaissait, aucune n'avait autant de fierté que le professeur pakistanais qu'elle avait pour voisin.

— Écoute, mon chou, si jamais tu as besoin d'une copine pour te servir de mère de substitution, je serai heureuse de te dépanner.

— C'est trop génial ! s'exclama Hadiyyah.

L'espace d'un instant, Barbara se dit qu'elle faisait référence à sa proposition ; mais elle s'aperçut alors que sa jeune amie sortait des Chocotastic Pop-Tarts d'un sac d'épicerie.

— C'est pour ton petit déjeuner ?

— Tout à fait ce qui convient à une femme qui travaille, fit Barbara. Ce sera notre petit secret, d'accord ? Un parmi tant d'autres.

— Et ça, c'est quoi ? poursuivit Hadiyyah comme si de rien n'était. Waouh, formidable ! Des esquimaux à la crème ! Si j'étais adulte, je mangerais la même chose que toi.

— J'aime bien manger un peu de tout, goûter à tout. Chocolat, sucre, lipides, tabac. Tu as trouvé mes Players, au fait ?

— Faut que tu arrêtes de fumer, décréta Hadiyyah, fouillant dans un sac et en retirant une cartouche de cigarettes. Papa essaie de s'arrêter. Je ne te l'ai pas dit ? C'est maman qui va être contente. Elle lui a demandé je ne sais combien de fois d'arrêter. « Hari, tes poumons vont être noirs comme de l'encre si tu continues. » Je ne fume pas, moi.

— Manquerait plus que ça.

— Y a des garçons qui fument, tu sais. Ils se mettent un peu plus bas dans la rue, à distance de l'école. Les plus vieux, bien sûr. Et ils laissent les pans de leur chemise pendre hors de leur pantalon. Tout ça pour avoir l'air cool. Mais moi je trouve que ça leur donne… (elle fronça les sourcils)… mauvais genre.

— Les paons et leurs plumes, fit Barbara.

— Hein ?

— Le mâle de l'espèce se décarcasse pour attirer la femelle. Sinon elle ne lui accorderait même pas un regard. Tu ne trouves pas ça intéressant, comme phénomène ? Ce sont les hommes qui devraient se maquiller.

Hadiyyah éclata de rire.

— J'imagine papa avec du rouge à lèvres, un vrai épouvantail.

— Il repousserait les femmes avec son manche à balai.

— Ça ne plairait pas à maman, observa Hadiyyah.

Elle sortit d'un paquet quatre boîtes de All Day Breakfast – le dîner préféré de Barbara quand elle rentrait tard – et les posa sur le comptoir avant de les ranger dans le placard au-dessus de l'évier.

— Non, en effet, concéda Barbara. Hadiyyah, c'est quoi, ce grésillement autour de ton cou ?

Elle prit les boîtes des mains de la fillette et désigna de la tête les écouteurs d'où s'échappait de la musique pop d'un goût discutable.

— Nobanzi, dit Hadiyyah, énigmatique.

— No… quoi ?

— Nobanzi. Elles sont super. Regarde.

De la poche de sa veste, elle sortit l'étui d'un CD. Trois postadolescentes anorexiques posaient sanglées dans de microscopiques hauts sans manches et des jeans si moulants que la seule question qu'on pouvait se poser en les voyant était de savoir comment elles avaient fait pour les enfiler.

— Ah, fit Barbara. Des modèles pour nos jeunes. Passe-moi ça que j'écoute.

Hadiyyah lui tendit sans rechigner les écouteurs, dont Barbara se coiffa. D'un air absent, elle prit un paquet de Players et en fit tomber une au creux de sa main, malgré la moue désapprobatrice de la petite. Elle l'alluma tandis que le refrain d'une chanson – si tel était le nom approprié – agressait ses tympans. Nobanzi n'avait décidément rien de commun avec les Vandellas, avec ou sans Martha, conclut Barbara. Le refrain était ininteligble. Des grognements copulatoires à l'arrière-plan remplaçaient les basses et la batterie.

Barbara retira les écouteurs et les rendit à leur propriétaire. Elle tira sur sa cigarette et pencha la tête d'un air pensif en regardant Hadiyyah.

— N'est-ce pas qu'elles sont extra ? dit Hadiyyah.

Elle prit l'étui du CD et désigna du doigt la fille du milieu. Laquelle portait des dreadlocks bicolores et un revolver tatoué sur le sein droit.

— C'est Juno. Ma préférée. Elle a un bébé, Nefertiti. Elle est trop mignonne.

— Exactement le terme que j'utiliserais.

Barbara fit une boule des sacs vides et les fourra dans le placard sous l'évier. Elle ouvrit le tiroir à couverts et y pêcha des Post-it qui lui servaient de pense-bête pour les tâches importantes telles que « Epiler sourcils » ou « Nettoyer toilettes dégueu ». Cette fois-ci, elle gribouilla quelques mots et dit à sa jeune amie :

— Viens avec moi. Il est temps de faire ton éducation.

Puis elle attrapa son sac à bandoulière et l'entraîna vers l'avant de la maison, où les chaussures de Hadiyyah gisaient sous le banc devant la porte de l'appartement du rez-de-chaussée. Barbara lui dit de les enfiler tandis qu'elle fixait le Post-it sur le battant.

Une fois Hadiyyah prête, Barbara dit :

— Suis-moi. J'ai mis un mot pour prévenir ton père.

Et elle s'éloigna en direction de Chalk Farm Road.

— Où on va ? demanda Hadiyyah. À l'aventure ?

— Laisse-moi te poser une question. Hoche la tête si l'un de ces noms te dit quelque chose, d'accord ? Buddy

Holly. Non ? Richie Valens. Non ? Le Big Bopper[1]. Non ? Elvis. Oui, évidemment. Mais tout le monde le connaît, Elvis. Lui, ça ne compte pas. Chuck Berry ? Little Richard ? Jerry Lee Lewis ? *Great Balls of Fire*. Ça ne te rappelle rien ? Non ? Merde alors, qu'est-ce qu'on vous apprend à l'école ?

— Faut pas dire de gros mots, fit Hadiyyah.

Une fois dans Chalk Farm Road, elles n'étaient plus très loin à pied de leur destination : le Virgin Megastore de Camden High Street. Pour l'atteindre, toutefois, il leur fallait traverser le quartier commerçant qui, pour autant que Barbara pût en juger, ne ressemblait à aucun autre quartier commerçant de la ville. Les trottoirs étaient encombrés sur toute leur largeur de jeunes gens de toutes les couleurs et de toutes les religions, arborant des ornements corporels tous plus invraisemblables les uns que les autres. Les rues étaient emplies d'une cacophonie de musique jaillissant de toutes les directions. Ça sentait le patchouli, le *fish and chips* et toutes sortes d'autres choses. Les façades des boutiques étaient ornées de mascottes telles que matous surdimensionnés, postérieur géant moulé dans un jean, bottes géantes, avion... Les mascottes n'avaient qu'un lointain rapport avec les articles vendus dans les magasins, la plupart étant spécialisés dans tout ce qui était noir et de préférence en cuir. Cuir noir. Faux cuir noir. Fausse fourrure noire sur faux cuir noir.

Hadiyyah, constata Barbara, examinait tout ça d'un air ébahi qui lui fit comprendre qu'elle n'était jamais venue à Camden High Street bien que la rue fût pratiquement à deux pas de chez elle. La petite fille

---

1. Surnom de J.P. Richardson, décédé en 1959 dans un accident d'avion en même temps que Buddy Holly et Richie Valens. (*N.d.T.*)

avançait, les yeux comme des soucoupes, les lèvres entrouvertes, ravie. Barbara la guidait au milieu de la foule, une main sur son épaule, pour qu'elles ne soient pas séparées dans la bousculade.

— C'est super, souffla Hadiyyah, les mains plaquées sur sa poitrine. Oh, Barbara, c'est encore mieux qu'une surprise.

— Contente que ça te plaise.

— On va entrer dans les boutiques ?

— Une fois que j'aurai fait ton éducation.

Elle l'entraîna dans le Virgin et piqua droit vers le rayon rock'n'roll.

— Ça, c'est de la musique. Maintenant, voyons, par quoi allons-nous commencer ? Par le plus grand peut-être. The Great One.

Elle passa en revue le bac des H afin de trouver le seul H qui comptait. Elle examina les CD sélectionnés, prenant connaissance des titres pendant que près d'elle Hadiyyah reluquait les photos de Buddy Holly.

— Drôle d'allure, ce type, remarqua-t-elle.

— Tiens, voilà qui fera l'affaire. Celui-là contient *Raining in my Heart*. De quoi se pâmer. Et *Rave on*. Ça te donnera des fourmis dans les jambes. Ça, c'est du rock'n'roll. Les gens écouteront encore Buddy Holly dans cent ans, crois-moi. Tandis que Nobuki…

— Nobanzi, rectifia Hadiyyah sans s'énerver.

— Disparaîtra d'ici une semaine. Ce groupe de nazes sera oublié alors que le grand Buddy Holly continuera de chanter éternellement. Ça, c'est de la musique, mon chou.

— Il a des lunettes drôlement bizarres, fit Hadiyyah, sceptique.

— Ouais. Mais c'était la mode. Il s'est tué dans un accident d'avion. Une tempête. Alors qu'il rentrait retrouver sa femme enceinte.

Trop jeune, trop pressé, songea Barbara.

— Comme c'est triste.

Hadiyyah regarda la photo de Buddy Holly d'un autre œil.

Barbara paya à la caisse et ôta le plastique du CD. Elle remplaça Nobanzi par Buddy Holly dans le lecteur.

— Régale-toi, dit-elle à Hadiyyah.

Lorsque la musique démarra, Barbara entraîna sa jeune amie dehors. Comme promis, elle l'emmena dans plusieurs magasins où les fringues hyperbranchées qui seraient démodées dans la demi-heure occupaient massivement les portants et les cintres. Des dizaines d'ados claquaient de l'argent comme si on venait d'annoncer l'Apocalypse ; ils se ressemblaient tellement que Barbara regarda sa jeune amie en espérant qu'elle réussirait à conserver l'absence de sophistication qui donnait tant de charme à sa compagnie. Barbara avait du mal à l'imaginer transformée en ado londoniennne avide de parvenir à l'âge adulte, portable scotché à l'oreille, rouge à lèvres et ombre à paupières colorant son visage, jean sculptant son petit cul, boots à talons aiguilles lui esquintant les pieds. Elle n'arrivait surtout pas à se représenter le père de la fillette l'autorisant à sortir accoutrée de la sorte.

De son côté, Hadiyyah absorbait le spectacle comme un enfant qu'on emmène à la fête foraine pour la première fois, Buddy Holly susurrant à son oreille. C'est seulement lorsqu'elles arrivèrent à la hauteur de Camden Lock Market, où la foule était encore plus compacte, plus bruyante et plus bigarrée, que Hadiyyah retira ses écouteurs et retrouva l'usage de la parole.

— Je veux revenir ici chaque semaine. Tu viendras avec moi, Barbara ? J'économiserai sur mon argent de poche, on déjeunera et ensuite on fera les boutiques.

Aujourd'hui, c'est impossible parce qu'il faut que je sois à la maison pour le retour de papa. Il ne sera pas content s'il apprend où on est allées.

— Ah bon, pourquoi ?

— Il m'a interdit de venir ici. Il m'a dit que s'il me voyait traîner dans Camden High Street il me giflerait jusqu'à ce que je tombe par terre. Tu lui as pas dit, dans ton mot, qu'on venait ici, hein ?

Barbara jura intérieurement. Elle n'avait pas pensé aux conséquences de ce qui, dans son esprit, n'était qu'une simple promenade. L'espace d'un instant, elle eut l'impression d'avoir perverti une innocente, avant de se souvenir, à son grand soulagement, que son mot à Taymullah Azhar ne contenait aucune allusion à leur destination. Elle s'était contentée d'écrire *La petite est avec moi* et de signer. Si seulement elle pouvait compter sur la discrétion de Hadiyyah... Malheureusement, à en juger par l'état de surexcitation de la fillette – et malgré son désir de taire à son père où elle s'était rendue pendant son absence –, Barbara fut forcée de reconnaître qu'il était peu probable qu'elle parvienne à cacher à Azhar le plaisir qu'elle avait pris à cette équipée.

— Je ne lui ai pas dit où on allait.

— Oh, génial. S'il savait... Je n'ai pas envie de me faire taper dessus, Barbara.

— Tu crois qu'il irait jusqu'à...

— Regarde, regarde ! s'écria Hadiyyah. Comment ça s'appelle, cet endroit ? Ça sent délicieusement bon. Qu'est-ce qu'ils font cuire ? On peut y aller ?

Cet endroit, c'était Camden Lock Market, qu'elles avaient atteint sur le chemin du retour. C'était au bord de Grand Union Canal, et l'odeur des stands de nourriture les enveloppait. À l'intérieur du marché, se mêlant au rap qui émanait d'une des boutiques, on distinguait les cris des commerçants qui vantaient leur marchandise, depuis les pommes de terre en robe des champs jusqu'au poulet tikka masala.

— Barbara, on peut y aller ? demanda de nouveau Hadiyyah. C'est tellement super ! Et papa ne le saura jamais. On ne se fera pas flanquer une raclée. Tu peux en être sûre.

Barbara baissa les yeux vers le petit visage brillant et comprit qu'elle ne pouvait lui refuser le simple plaisir de déambuler à travers le marché. Quel mal y avait-il à passer une demi-heure de plus ici à fureter au milieu des bougies, de l'encens, des tee-shirts et des écharpes ? Elle détournerait l'attention de Hadiyyah des stands de fournitures pour drogués ou de piercing si jamais elles en rencontraient sur leur chemin. Quant à ce que Camden Lock Market offrait par ailleurs, c'était plutôt innocent.

Barbara sourit à sa jeune amie.

— Et puis merde, dit-elle en haussant les épaules. Allons-y.

Elles n'avaient cependant fait que quelques pas en direction du marché lorsque le portable de Barbara se mit à sonner. « Attends », dit-elle à Hadiyyah en voyant s'afficher le numéro de son correspondant. Lorsqu'elle comprit qui était au bout du fil, elle eut la certitude que les nouvelles n'allaient pas être bonnes.

— Il y a du nouveau.

C'était la voix de Thomas Lynley, commissaire intérimaire. Une voix tendue. Elle comprit bientôt pourquoi.

— Retrouvez-moi dans le bureau de Hillier le plus vite possible, conclut-il.

— Hillier ?

Barbara examina le portable comme s'il s'agissait d'un objet venu d'un autre monde tandis que Hadiyyah attendait patiemment à côté d'elle, enfonçant le bout de sa chaussure dans une fissure du trottoir et observant la masse humaine qui se frayait un chemin vers telle ou telle partie du marché.

— L'adjoint du préfet de police Hillier ne m'a pas fait demander, c'est impossible.

— Vous avez une heure, lui dit Lynley.

— Mais, monsieur...

— Il vous octroyait trente minutes mais nous avons négocié. Où êtes-vous ?

— Camden Lock Market.

— Pouvez-vous être ici dans une heure ?

— Je vais faire de mon mieux.

Barbara referma sèchement le portable et le fourra dans son sac.

— Mon petit chat, faudra remettre cette expédition à un autre jour. Il y a du nouveau au Yard.

— Des mauvaises nouvelles ?

— Ça se pourrait.

Barbara espérait que non. Elle souhaitait apprendre que sa période de pénitence et de disgrâce allait toucher à sa fin. Il y avait des mois maintenant qu'à son grand dam elle avait été rétrogradée, et elle ne pouvait s'empêcher d'espérer qu'il serait mis un terme à ce qu'elle considérait comme de l'ostracisme professionnel chaque fois que le nom de sir David Hillier surgissait dans une conversation.

Or voilà justement qu'on la réclamait. Et c'étaient Hillier en personne et Lynley qui réclamaient sa présence. Lynley qui, Barbara le savait, intriguait pour que son grade lui soit rendu, et cela pratiquement depuis le jour où on le lui avait repris.

Hadiyyah et elle trottèrent jusqu'à Eton Villas. Elles se séparèrent devant l'allée au coin de la maison.

Hadiyyah lui adressa un signe de la main avant de regagner l'appartement en rez-de-chaussée où Barbara put voir que le Post-it qu'elle avait laissé à l'intention du père de la fillette avait été retiré. Elle en conclut qu'Azhar devait être rentré avec la surprise promise ; aussi se hâta-t-elle de gagner son bungalow pour se changer.

Première décision à prendre, et sans perdre de temps, parce qu'il ne lui restait plus que quarante-cinq minutes : le choix d'une tenue. Il lui fallait avoir l'air professionnelle sans pour autant paraître désireuse de se concilier à tout prix les bonnes grâces de Hillier. Un pantalon et une veste assortie devraient lui permettre de faire pro, sans plus. Elle allait donc mettre un pantalon et une veste.

Elle les récupéra là où elle les avait laissés : en bouchon par terre dans un angle du bungalow, derrière le téléviseur. Impossible de se souvenir comment ils étaient arrivés là. Elle les prit et les secoua, évaluant les dégâts. Quelle belle chose que le polyester ! On pouvait se faire piétiner par un bison sans qu'il y paraisse.

Elle se mit en devoir de revêtir cet ensemble improvisé. Il n'était pas tant question d'afficher un souci de la mode que d'enfiler le pantalon et de dénicher un chemisier pas trop froissé. Elle opta pour les chaussures les moins vilaines de sa collection – des chaussures plates éraflées qu'elle enfila à la place des baskets rouges qu'elle aimait tant – et cinq minutes plus tard elle attrapait deux Chocotastic Pop-Tarts. Qu'elle glissa dans son sac en fonçant vers la porte.

Une fois dehors, un deuxième problème se présenta à elle. La question du transport. Voiture, bus ou métro. Les trois étaient également risqués : le bus devrait se traîner dans Chalk Farm Road toujours embouteillée, la voiture l'obligerait à une invraisemblable course contre la montre, quant au métro... la ligne desservant Chalk Farm était la fameuse Northern Line, la moins fiable de toutes. Les bons jours, la simple attente d'une rame pouvait prendre vingt minutes.

Barbara choisit la voiture. Elle se concocta un itinéraire digne de Dédale et réussit à atteindre Westminster avec onze minutes et demie de retard seulement sur l'horaire prévu. Mais, connaissant l'amour de Hillier pour la ponctualité, elle tourna à toute allure en arrivant à la hauteur de Victoria Street et, une fois garée, se rua vers les ascenseurs.

Elle marqua un temps d'arrêt à l'étage où Lynley avait son bureau provisoire, dans l'espoir qu'il ait réussi à y retenir Hillier pendant onze minutes et demie. Mais il n'y était pas parvenu : en tout cas, son bureau était vide. Dorothea Harriman, la secrétaire du service, confirma la conclusion de Barbara.

— Il est chez l'adjoint au préfet, constable, dit-elle. Il vous demande de monter le rejoindre. Au fait, l'ourlet de votre pantalon est défait.

— Vraiment ? Zut.

— J'ai une aiguille, si vous voulez.

— Pas le temps, Dee. Vous n'auriez pas plutôt une épingle de nourrice ?

Dorothea s'approcha de son bureau. Barbara savait qu'il y avait peu de chances qu'elle en trouve une. C'était déjà suffisamment étonnant qu'elle ait une aiguille dans ses affaires. Dee était toujours si impeccable qu'on avait du mal à l'imaginer ayant besoin de réparer un accroc à sa toilette.

— Je n'ai pas d'épingle, constable, désolée. Mais ça pourrait peut-être servir, dit-elle en brandissant une agrafeuse.

— Allez-y, dit Barbara. Mais vite. Je suis en retard.

— Je sais. Il manque également un bouton à votre manche de veste, observa Dorothea. Et on dirait que vous avez… des moutons de poussière sur le derrière.

— Zut et rezut. Tant pis. Il n'aura qu'à me prendre telle que je suis.

Il ne l'accueillerait certainement pas à bras ouverts, songea-t-elle, gagnant Tower Block et empruntant l'ascenseur pour atteindre le bureau de Hillier. Il y avait au moins quatre ans qu'il voulait la virer, et seule l'intervention de ses collègues l'en avait empêché.

La secrétaire de Hillier – Judi-avec-un-i MacIntosh – invita Barbara à entrer. Sir David l'attendait. Il l'attendait même depuis un petit moment en compagnie du commissaire intérimaire Lynley. Avec un sourire hypocrite, elle lui désigna la porte.

À l'intérieur, Barbara trouva Hillier et Lynley terminant une conversation téléphonique avec quelqu'un qui parlait de la nécessité de « limiter les dégâts ».

— Je suppose qu'il nous faudra donner une conférence de presse, alors, dit Hillier. Et vite. Il ne faut pas que nous ayons l'air de le faire uniquement pour calmer Fleet Street. Quand pouvez-vous organiser ça ?

— Nous allons étudier la question immédiatement. Comment envisagez-vous votre participation à cette conférence ?

— Je compte y participer étroitement. Et j'aurai besoin de me faire assister par quelqu'un de qualifié.

— Bien. Je vous recontacte, David.

David et la limitation des dégâts, songea Barbara. Son interlocuteur invisible était manifestement une des prétentieuses pointures de la Direction des Affaires publiques.

Hillier mit un terme à la conversation. Il regarda Lynley :

— Eh bien ?

Puis, avisant Barbara, il ajouta :

— D'où diable sortez-vous, constable ?

Et elle qui avait espéré avoir une chance de paraître à son avantage…

— Désolée, monsieur, dit-elle comme Lynley pivotait sur son siège. La circulation est infernale.

— La vie est infernale, riposta Hillier aussi sec. Cela ne nous empêche pas de vivre.

Roi absolu de l'illogisme, tel était Hillier, songea Barbara. Elle jeta un coup d'œil à Lynley, qui leva imperceptiblement un index comme pour l'inciter à garder son calme.

— Oui, monsieur, dit-elle en rejoignant les deux policiers à la table de conférence.

Elle tira un siège et s'y glissa aussi discrètement que possible. Sur la table se trouvaient quatre jeux de photographies. Sur ces photos, quatre corps. De sa place, elle eut l'impression que c'étaient des garçons, des adolescents couchés sur le dos, mains croisées sur la poitrine à la manière des gisants. Ils auraient eu l'air de dormir s'ils n'avaient eu le visage cyanosé et si leur cou n'avait porté des marques de ligature.

— Putain de merde, souffla Barbara, les lèvres pincées. Quand est-ce que ces jeunes…

— Au cours des trois derniers mois, dit Hillier.

— Trois mois ? Mais pourquoi personne… ?

Barbara regarda Hillier puis Lynley. Celui-ci avait l'air profondément troublé ; Hillier, en animal politique qu'il était, avait, lui, l'air circonspect.

— Je n'en ai pas entendu souffler mot. Ni dans les journaux. Ni à la télé. Quatre morts. Le même mode opératoire. Des victimes jeunes, toutes les quatre. Et toutes de sexe masculin.

— Cessez donc ce coup de trémolo hystérique, on dirait un présentateur du câble.

Lynley changea de position sur son siège. Il jeta un regard à Barbara. Ses yeux marron lui disaient de garder pour elle ce qu'ils pensaient tous, et d'attendre pour parler qu'ils soient seuls tous les deux.

Très bien, se dit Barbara. Elle la jouerait discrète. Prenant un ton de neutralité professionnelle, elle ajouta :

— Comment s'appellent-ils ?

— A, B, C et D. Nous n'avons pas de noms pour l'instant.

— Personne n'a téléphoné pour signaler leur disparition ? En trois mois ?

— C'est l'une des données du problème, dit Lynley.

— Que voulez-vous dire ? Où les a-t-on retrouvés ?

Hillier tendit le doigt vers l'une des photos.

— Le premier à Gunnersbury Park. Le 10 septembre. À huit heures et quart du matin. Un joggeur qui s'était arrêté pour pisser. Il y a un vieux jardin à l'intérieur du parc, en partie ceint d'un mur, non loin de Gunnersbury Avenue. C'est par là qu'on y accède, semble-t-il. Il y a deux entrées condamnées par des planches, dans la rue.

— Mais il n'est pas mort dans le parc, remarqua Barbara avec un mouvement de tête en direction de la photo où l'on pouvait voir le jeune garçon gisant sur un matelas d'herbes qui poussaient à l'angle de deux murs de brique.

Rien ne suggérait qu'il y avait eu lutte dans le voisinage. Il n'y avait pas non plus dans la pile de clichés pris sur cette scène de crime de photos d'indices tels qu'on s'attend à en trouver sur les lieux d'un meurtre.

— Non, il n'est pas mort dans le parc. Et celui-là non plus.

Hillier prit un autre jeu de photos. Celles d'un corps frêle allongé sur le capot d'une voiture, dans la même attitude que celui de Gunnersbury Park.

— Il a été retrouvé dans un parking de la société NCP en haut de Queensway. Cinq semaines plus tard.

— Que disent les vigiles ? Les caméras de surveillance ont-elles donné quelque chose ?

— Le parking n'est pas équipé de la télé en circuit fermé, répondit Lynley. Un panneau annonce bien la présence de caméras sur les lieux. Mais ça s'arrête là.

— Celui-ci a été découvert dans Quaker Street, poursuivit Hillier en désignant une troisième fournée de clichés. Dans un entrepôt abandonné non loin de Brick Lane. Le 25 novembre. Quant à celui-ci... (Il s'empara du dernier jeu et le tendit à Barbara.) C'est le dernier en date. On l'a retrouvé dans St George's Gardens. Aujourd'hui même.

Barbara jeta un coup d'œil à ce jeu de photos. Le corps d'un adolescent gisait nu sur une tombe recouverte de mousse. La tombe elle-même était au centre d'une pelouse près d'un sentier sinueux. Au-delà du sentier, un mur de brique enserrait non pas un cimetière, comme la présence de la tombe aurait pu le laisser supposer, mais un jardin. De l'autre côté du mur, d'anciennes écuries rénovées reconverties en garages, et un immeuble d'habitation.

— St George's Gardens ? fit Barbara. Ça se trouve où ?

— Pas loin de Russell Square.

— Qui a découvert le corps ?

— Le gardien qui ouvre le parc tous les jours. Notre tueur est passé par la grille donnant sur Handel Street. Elle était fermée par une chaîne mais il l'a sectionnée à l'aide de cisailles. Il a ouvert, est entré avec son véhicule, a déposé son fardeau sur la tombe et est reparti. Il s'est arrêté pour remettre la chaîne autour de la grille, de façon qu'on ne s'aperçoive de rien.

— Des empreintes de pneus dans le jardin ?

— Deux empreintes exploitables. On est en train de faire des moulages.

— Des témoins ? fit Barbara, désignant les appartements qui bordaient le jardin juste après les anciennes écuries.

— Des constables du commissariat de Theobald Road procèdent à une enquête de voisinage.

Barbara rapprocha d'elle les photos et posa côte à côte les quatre victimes. Elle remarqua immédiatement les différences – des différences importantes – entre la dernière victime et les trois autres. Toutes étaient des ados morts de façon identique. Mais, contrairement aux trois premières, la dernière était non seulement nue mais outrageusement maquillée : rouge à lèvres, ombre à paupières, eye-liner, mascara. En outre, le tueur lui avait éventré le torse du sternum à la taille, et lui avait dessiné avec du sang un étrange symbole circulaire sur le front. Le détail potentiellement le plus explosif concernait la race des jeunes défunts : seule la dernière victime était blanche. Quant aux trois autres jeunes, l'un était noir, et les deux autres métis : noir et asiatique, peut-être, noir et philippin, noir et Dieu seul savait quoi.

Barbara comprit alors pourquoi les meurtres n'avaient pas fait la une des journaux, pourquoi la télévision n'en avait pas parlé et pourquoi nul à New Scotland Yard n'y avait fait allusion. Elle releva la tête.

— Racisme institutionnel. Voilà de quoi on va nous accuser, n'est-ce pas ? Personne, dans aucun des commissariats concernés, n'a pensé qu'un serial killer sévissait à Londres. Personne n'a pris la peine de faire des recoupements. Ce gamin, dit-elle en brandissant la photo du jeune Noir, a peut-être été porté disparu à Peckham, à Kilburn ou à Lewisham. Ou ailleurs. Mais le cadavre n'a pas été déposé dans son quartier d'origine. Conclusion : les flics de son secteur ne se sont pas donné la peine d'aller chercher plus loin. Ils l'ont catalogué comme fugueur, ils n'ont jamais fait le rapprochement avec un meurtre signalé dans un autre quartier. C'est bien ce qui s'est passé ?

— D'où la nécessité d'agir avec tact et très vite, dit Hillier.

— Des meurtres sans intérêt, qui ne méritent pas une enquête, tout ça à cause de la race des victimes. C'est en ces termes que la presse va parler des trois premiers homicides lorsque la nouvelle va se répandre. Les tabloïds, la télévision, la radio, ces foutus médias.

— Nous avons bien l'intention de leur couper l'herbe sous le pied et de les empêcher de présenter les choses sous cet angle. Si les tabloïds, les quotidiens, la radio et la télévision avaient prêté attention à ce qui se passe autour d'eux au lieu de passer leur temps à débusquer des scandales chez les people, les membres du gouvernement et cette putain de famille royale, ils auraient pu « sortir » l'affaire et nous crucifier à la une. Dans l'état actuel des choses, ils sont mal placés pour nous accuser de racisme, étant donné qu'eux-mêmes n'ont pas été fichus de voir ce qu'ils auraient pu voir s'ils s'étaient donné la peine de regarder. Vous pouvez être tranquilles, lorsque le chargé des relations avec la presse de chacun des commissariats concernés a fait savoir qu'un corps avait été retrouvé, la nouvelle a été jugée sans intérêt par les médias : rien qu'un jeune Noir mort de plus. Une info sans importance. Inutile de la répercuter. Et voilà.

— Avec tout le respect que je vous dois, monsieur, souligna Barbara, ce n'est pas ça qui va les empêcher de pousser les hauts cris.

— Nous verrons. Ah ! fit Hillier, souriant à belles dents tandis que se rouvrait la porte de son bureau.

Voilà le gentleman que nous attendions. Alors, Winston, les formalités sont terminées ? Pouvons-nous vous appeler officiellement sergent Nkata ?

Barbara eut l'impression de recevoir un coup. Elle regarda Lynley mais il s'était levé pour accueillir Winston Nkata, qui s'était arrêté sur le seuil. Contrairement à elle, Nkata était vêtu avec sa méticulosité habituelle ; il était impeccable. En sa présence – et en celle des autres – Barbara se faisait l'effet d'être Cendrillon attendant l'arrivée de sa marraine la fée.

Elle se mit debout. Prête à faire la pire chose de sa carrière. Mais elle ne voyait pas d'autre moyen de s'en sortir si ce n'est de prendre la porte, ce qu'elle décida de faire.

— Magnifique, Winnie, félicitations, dit-elle à son collègue. Je n'étais pas au courant.

Puis, s'adressant aux deux autres :

— Je viens de me souvenir que j'ai un coup de fil à passer.

Sur ce, elle s'éclipsa.

Le commissaire intérimaire Thomas Lynley aurait bien aimé emboîter le pas à Havers. Dans le même temps, il se dit qu'il était plus sage de ne pas bouger. En fin de compte, il servirait sans doute mieux les intérêts de Havers en restant dans les petits papiers de Hillier.

Ce qui, malheureusement, n'était jamais chose facile. En tant que manager, l'adjoint du préfet de police oscillait entre machiavélisme et despotisme, et les individus sensés se tenaient généralement à distance s'ils le pouvaient. Le supérieur hiérarchique direct de Lynley – Malcolm Webberly, en congé de maladie depuis un certain temps – avait fait le tampon entre Hillier, Lynley et Havers depuis qu'il les avait mis sur leur première affaire ensemble. Sans Webberly à New Scotland Yard, c'était à Lynley qu'il incombait de ménager la chèvre et le chou.

La situation actuelle mettait à rude épreuve la détermination de Lynley à rester neutre dans ses relations avec son supérieur. Quelque temps auparavant, l'occasion s'était présentée pour Hillier de mettre Lynley au courant de la promotion de Winston Nkata : au moment où il avait refusé de rendre à Barbara Havers son grade.

D'assez mauvais gré, Hillier lui avait dit : « Je veux que vous dirigiez l'enquête, Lynley. Commissaire par intérim… Je vois mal à qui d'autre je peux la confier. De toute façon, Malcolm aurait voulu que ce soit vous qui soyez sur le coup, alors mettez sur pied l'équipe dont vous avez besoin. »

Lynley avait, à tort, imputé le laconisme du préfet à l'inquiétude. Le commissaire Malcolm Webberly était après tout le beau-frère de Hillier, et la victime d'une tentative de meurtre. Hillier devait sans aucun doute se demander s'il récupérerait bien de l'accident causé par un chauffard qui avait failli le tuer. C'est pourquoi il avait dit :

« Comment va le commissaire, monsieur ?

— Ce n'est pas le moment de parler de la santé du commissaire, avait rétorqué Hillier. Est-ce que vous dirigez cette enquête ou dois-je la confier à l'un de vos collègues ?

— J'aimerais que Barbara Havers retravaille avec moi en qualité de sergent.

— Vraiment ? Eh bien, nous ne sommes pas ici pour faire du marchandage. Ce que je veux, moi, c'est un : Oui, je me mets au travail sans plus tarder, monsieur. Ou : Désolé, je souhaite prendre un congé. »

Lynley n'avait eu d'autre solution que de dire : « Oui, je m'y mets de ce pas. » Il n'y avait pas eu moyen de manœuvrer pour le compte de Havers. Il s'était toutefois promis d'affecter sa collègue à des aspects de l'enquête tels qu'ils lui permettraient de déployer toutes ses qualités. Au cours des prochains mois il réussirait certainement à redresser les torts qu'elle avait subis depuis le mois de juin.

Mais Hillier l'avait pris de court. Winston Nkata avait été promu au grade de sergent, bloquant de ce fait la promotion de Havers dans un avenir proche, sans se rendre compte du rôle qu'il allait jouer dans le drame.

Lynley bouillait mais il s'efforça de rester impassible. Il était curieux de voir comment Hillier allait s'en tirer quand il désignerait Nkata comme son bras droit. Car dans l'esprit de Lynley il ne faisait aucun doute que telle était l'intention de Hillier. Avec des parents issus l'un de la Jamaïque et l'autre de la Côte d'Ivoire, Nkata était résolument, magnifiquement et fort opportunément noir. Et une fois que le public apprendrait qu'une série de meurtres à caractère raciste n'avaient pas été rapprochés les uns des autres comme ils auraient dû l'être, la communauté noire allait s'embraser. Ce n'est pas devant une nouvelle affaire Stephen Lawrence[1] qu'on se trouverait mais devant trois. Sans la moindre excuse si ce n'est la plus évidente, que Barbara Havers avait soulignée avec son franc-parler et son manque de diplomatie habituels : racisme institutionnel. À cause duquel la police n'avait rien fait pour poursuivre les tueurs de jeunes métis et de jeunes Noirs.

---

1. Étudiant de dix-huit ans assassiné par cinq jeunes Blancs le 23 avril 1993. Parce qu'il était noir. À ce jour, ce meurtre est resté impuni. La Metropolitan Police s'est vue à ce propos accusée par une commission d'enquête de « racisme institutionnel ». (*N.d.T.*)

Hillier huilait soigneusement les rouages en prévision des attaques à venir. Il fit asseoir Nkata à la table de conférence et le mit au courant. Il se garda bien de mentionner la race des trois premières victimes, mais Winston Nkata avait oublié d'être idiot.

— Vous êtes dans le pétrin, alors, se borna-t-il à observer une fois que Hillier eut fini.

— La situation étant ce qu'elle est, nous essayons d'éviter les ennuis, dit Hillier avec un calme étudié.

— Et c'est là que j'interviens, n'est-ce pas ?

— En quelque sorte.

— Comment ça « en quelque sorte » ? fit Nkata. Comment comptez-vous étouffer l'affaire ? Je ne parle pas des meurtres mais de l'inertie de la police dans cette histoire.

Lynley refoula un sourire. Ah, Winston, songea-t-il. Décidément, on ne vous la fait pas.

— Des enquêtes ont été menées partout où c'était nécessaire, répondit Hillier. Des rapprochements auraient dû être établis entre les homicides et ça n'a pas été fait, c'est vrai. C'est pourquoi le Yard a repris les choses en main. J'ai donné l'ordre au commissaire intérimaire Lynley de mettre une équipe sur pied. Je veux vous y voir jouer un rôle de premier plan.

— Un rôle d'alibi, vous voulez dire, fit Nkata.

— Non, un rôle responsable, crucial…

— … visible, coupa Nkata.

— Oui, d'accord. Un rôle visible.

Le visage généralement fleuri de Hillier vira au cramoisi. Manifestement la réunion ne se déroulait pas selon le scénario qu'il avait envisagé. S'il avait posé la question à Lynley, ce dernier se serait fait un plaisir de lui dire que les choses ne se passeraient pas comme il le souhaitait. Étant donné son passé avec la bande des Brixton Warriors et les cicatrices qu'il y avait récoltées, Nkata était la dernière personne à ne pas prendre au sérieux quand on mettait au point une ligne de conduite politique. Lynley n'était pas mécontent de voir échouer les manœuvres de l'adjoint du préfet. Ce dernier avait manifestement escompté que le sergent noir sauterait joyeusement sur l'occasion de jouer un rôle important dans ce qui promettait de devenir une enquête hypermédiatisée. Tel n'étant pas le cas, Hillier se trouvait coincé entre la contrariété de voir son autorité remise en question par un subordonné et la vision politiquement correcte d'un Anglais blanc modéré qui, au fond, était persuadé que des ruisseaux de sang allaient couler dans les rues de Londres.

Lynley décida de les laisser se dépatouiller seuls.

— Je vous laisse expliquer les détails de l'affaire au sergent Nkata, monsieur, dit-il en se levant. Il va y avoir de nombreux préparatifs à faire : des hommes à rappeler qui normalement ne sont pas en service, et toutes sortes de choses. J'aimerais que Dee Harriman s'en occupe sans plus tarder.

Il rassembla ses documents et ses photos et dit à Nkata :

— Vous me trouverez dans mon bureau quand vous en aurez terminé ici, Winnie.

— Entendu, dit Nkata. Dès qu'on aura fait le tour du problème.

Lynley sortit du bureau et réussit à retenir son rire avant d'avoir atteint l'extrémité du couloir. Redevenue sergent, Havers, il le savait, aurait donné du fil à retordre à Hillier. Mais Nkata, fier, intelligent et vif comme il l'était, allait constituer un véritable défi. C'était en premier lieu un homme, en deuxième un Noir et en troisième seulement un flic. Hillier, se dit Lynley, ne l'avait pas compris : il avait même tout faux.

Il décida de prendre l'escalier pour descendre rejoindre son bureau de Victoria Block, et c'est là qu'il trouva Barbara Havers. Elle était assise sur une marche, un étage plus bas, fumant et tirant sur un fil qui dépassait de la manche de sa veste.

— C'est contraire au règlement de fumer ici, dit Lynley. Vous le savez, non ?

Elle étudia le bout rougeoyant de sa cigarette, puis se la fourra de nouveau dans la bouche. Elle inhala avec une satisfaction manifeste.

— Peut-être qu'on va me virer.

— Havers…

— Vous étiez au courant ? lança-t-elle à brûle-pourpoint.

Il lui fit l'honneur de ne pas feindre de ne pas comprendre.

— Bien sûr que non. Je vous l'aurais dit. Je me serais débrouillé pour vous faire parvenir un message avant votre arrivée. Il m'a pris moi aussi par surprise. C'était sûrement son intention.

— Merde, lâcha-t-elle en haussant les épaules. Ce n'est pas comme si Winnie ne le méritait pas. Il est compétent. Intelligent. Il a de bonnes relations avec tout le monde.

— Sans doute, mais il n'empêche qu'il est en train de mettre la patience de Hillier à rude épreuve. Du moins il en était là lorsque je les ai quittés.

— Il a pigé qu'on le mettait sur ce coup uniquement pour la galerie ? Un visage noir au premier plan pendant les conférences de presse, ça fait bien, non ? Pas de problèmes de couleur de peau chez nous, mesdames, messieurs : la preuve. Hillier est tellement prévisible…

— Winston a plusieurs longueurs d'avance sur lui, à mon avis.

— J'aurais dû rester pour voir ça.

— En effet, Barbara. À défaut d'autre chose, ç'aurait été sage.

Elle envoya promener sa cigarette sur le palier du dessous. Celle-ci heurta le mur dans une volute de fumée.

— Mais la sagesse n'est pas mon fort.

Lynley la passa en revue.

— Votre tenue vestimentaire aujourd'hui est très sage, me semble-t-il. Sauf que…

Il se pencha pour examiner ses pieds.

— Votre pantalon tient avec des agrafes, Barbara ?

— C'est rapide, facile et temporaire. Je suis une nana qui déteste les engagements à long terme. J'aurais utilisé de l'adhésif mais Dee m'en a dissuadée. S'il n'avait tenu qu'à moi, j'aurais laissé courir.

Lynley lui tendit la main pour l'aider à se relever.

— Les agrafes mises à part, vous avez fière allure.

— Eh oui. Aujourd'hui le Yard, demain les podiums des défilés de mode.

Ils descendirent rejoindre le bureau provisoire de Lynley. Dorothea Harriman s'approcha lorsque Havers et lui eurent disposé leur documentation sur la table de conférence.

— Voulez-vous que je commence à passer des coups de fil aux uns et aux autres pour les faire venir ici, commissaire Lynley ?

— Le téléphone arabe fonctionne à merveille, je vois, observa Lynley. Appelez Stewart ; il dirigera la salle des opérations. Hale est en Ecosse et MacPherson s'occupe de l'affaire de faux papiers, alors laissez-les tranquilles. Et envoyez-moi Winston quand il descendra de chez Hillier.

— Le sergent Nkata, très bien, fit Harriman, prenant des notes.

— Vous êtes également au courant pour Winnie ? demanda Havers, impressionnée. Déjà ? Vous avez un indic là-haut ou quoi ?

— Je fais comme tout employé de police consciencieux : je cultive mes contacts, dit doctement Harriman.

— Voyez donc si vous n'avez pas quelqu'un que vous pourriez cultiver de l'autre côté du fleuve, reprit Lynley. Je veux tous les éléments que le SO7[1] détient sur les anciennes affaires. Puis appelez chacun des secteurs où un corps a été retrouvé et arrangez-vous pour obtenir tous les rapports et toutes les dépositions qu'ils possèdent sur ces crimes. En attendant, Havers, mettez-vous sur le PNC – prenez deux constables de chez Stewart pour vous donner un coup de main – et sortez-moi tous les rapports relatifs aux disparitions d'ados âgés de… (Il jeta un coup d'œil aux photos.) Douze à seize ans.

Il agita le portrait de la dernière victime, l'adolescent au visage maquillé.

— Je crois qu'il va falloir qu'on contacte les Mœurs pour celui-là. Peut-être même pour tous.

Havers vit aussitôt dans quelle direction allaient ses pensées.

— Si ce sont des prostitués, monsieur, des fugueurs tombés dans la prostitution, il se peut que leur disparition n'ait pas fait l'objet d'un signalement. Du moins pendant le mois où ils ont été tués.

— Effectivement, dit Lynley. C'est pourquoi nous devrons remonter en arrière dans le temps si nécessaire. Mais, pour commencer, cherchons sur les trois derniers mois.

Havers et Harriman sortirent pour s'acquitter de leurs missions respectives. Lynley s'assit et prit dans la poche de sa veste ses lunettes de lecture. Il jeta un

1. Laboratoire de police scientifique situé sur la rive sud de la Tamise. (*N.d.T.*)

50

autre coup d'œil aux photos, s'attardant sur les clichés de la dernière victime. Des clichés qui ne pouvaient, il le savait, restituer l'énormité du crime tel qu'il l'avait vu un peu plus tôt ce jour-là.

Quand il était arrivé à St George's Gardens, le terrain en forme de faux contenait un bataillon de policiers, de constables en tenue et de techniciens de scène de crime. Le médecin légiste était encore sur les lieux, harnaché contre le froid de cette journée grise dans un anorak moutarde, et les photographes et vidéastes de la police venaient de terminer les prises de vues. De l'autre côté des hautes grilles de fer forgé, les badauds avaient commencé à se masser et, des fenêtres des immeubles juste derrière le mur de brique du jardin et des garages, d'autres spectateurs observaient les allées et venues des enquêteurs : le passage des lieux au peigne fin à la recherche d'indices, l'examen minutieux d'une bicyclette abandonnée qui gisait couchée près d'une statue de Minerve, le tas d'objets en argent répandus sur le sol autour d'une tombe.

Lynley ne savait pas à quoi s'attendre lorsqu'il avait montré sa carte à la grille et emprunté le sentier pour rejoindre ses collègues. Le coup de fil qu'il avait reçu avait fait état d'un « possible meurtre en série ». À cause de cela, tout en marchant, il s'était raidi, s'attendant à découvrir un spectacle terrible : une éviscération digne de Jack l'Éventreur ou peut-être une décapitation, ou un démembrement. Il s'était dit qu'il tomberait sur quelque chose d'horrible lorsqu'il arriverait à la hauteur de la tombe en question. Mais pas sur quelque chose de sinistre.

Et pourtant c'est ainsi qu'il perçut le corps : un aspect sinistre, la main gauche du mal. Les meurtres rituels lui avaient toujours donné cette impression. Et il ne faisait aucun doute que ce meurtre-ci était à ranger dans cette catégorie.

La disposition du corps, allongé à la manière d'un gisant, allait dans ce sens, ainsi que la marque sanglante qu'il portait au front : un cercle grossier traversé par un X dont les quatre extrémités se terminaient chacune par une croix. Le pagne ajoutait encore de l'eau au moulin de cette théorie : un morceau de tissu bordé de dentelle et amoureusement drapé autour des organes génitaux.

Tandis que Lynley enfilait les gants de latex d'usage et s'approchait de la tombe pour examiner le corps de plus près, il distingua d'autres signes tendant à indiquer qu'une sorte de rite mystérieux s'était accompli là.

— Qu'est-ce qu'on a ? murmura-t-il au légiste qui venait de retirer ses gants avec un claquement sec et les fourrait dans sa poche.

— Deux heures du matin environ, répondit laconiquement le praticien. Strangulation. Des blessures infligées post mortem. Une incision le long du torse, une incision franche. Puis à cet endroit-là, au niveau du sternum, notre tueur au couteau a plongé sa main à l'intérieur pour agrandir l'ouverture, comme aurait pu le faire un chirurgien amateur. Nous ne saurons s'il manque quelque chose à l'intérieur que quand nous l'aurons découpé. Mais j'en doute, cependant.

Lynley remarqua que le légiste avait mis l'accent sur les mots « à l'intérieur ». Il jeta un rapide regard aux mains et aux pieds de la victime. Le compte était bon ; il ne manquait ni doigts ni orteils.

— Parce que quelque chose manque à l'extérieur ?

— Le nombril. Il a été excisé. Regardez.

— Mon Dieu.

— Comme vous dites. Ope se retrouve avec un drôle de paroissien sur les bras.

Ope s'avéra être une femme à cheveux gris avec des protège-oreilles et des gants écarlates qui s'approcha à grands pas de Lynley, laissant derrière elle un groupe de constables en tenue, plongés dans une grande discussion. Elle se présenta : inspecteur principal Opal Towers, du commissariat de Theobald Road. Après avoir jeté un coup d'œil au corps, elle avait conclu qu'ils étaient en présence d'un meurtrier qui « entrait sans conteste dans la catégorie des tueurs en série ». Elle avait à tort cru que l'adolescent de la tombe était la malheureuse première victime d'un meurtrier qu'ils identifieraient rapidement et arrêteraient avant qu'il ne récidive. « Mais c'est alors que le constable Hartell, là (mouvement de menton en direction d'un agent à figure poupine qui mâchait compulsivement du chewing-gum et les considérait avec le regard nerveux de qui s'attend à se faire passer un savon), nous a dit qu'il avait vu un meurtre de ce style à Tower Hamlets il y a deux mois quand il travaillait au commissariat de Brick Lane. J'ai passé un coup de fil à son ancien patron et on a échangé quelques mots. Nous pensons qu'il s'agit du même meurtrier dans les deux cas. »

Sur le moment, Lynley ne lui avait pas demandé pourquoi elle n'avait pas plutôt téléphoné à la police métropolitaine. Il ignorait avant de rencontrer Hillier qu'il y avait d'autres victimes. Il ne savait pas encore que trois des victimes appartenaient à des minorités ethniques. Et il ne savait pas non plus qu'aucune d'elles n'avait encore été identifiée par la police. Hillier ne lui avait fourni ces éléments d'information que plus tard. À St George's Gardens, il était arrivé à la conclusion que des renforts étaient nécessaires, qu'il fallait quelqu'un pour coordonner une enquête qui devait se dérouler sur deux fronts et dans deux quartiers différents de la ville : Brick Lane à Tower Hamlets était au cœur de la communauté bangladaise, contenant des vestiges de la population antillaise qui en avait jadis constitué la majorité, tandis que le quartier de St Pancras où St George's Gardens formait une oasis de verdure au milieu des immeubles XVIIIe était résolument monochrome, en l'occurrence blanc.

Il dit à l'inspecteur principal Towers :

— Brick Lane en est où, de l'enquête ?

Elle secoua la tête et regarda vers les grilles de fer forgé que Lynley venait de franchir. Il suivit son regard et vit que les représentants de la presse écrite et de la télévision – reconnaissables à leurs carnets, magnétophones et camionnettes d'où l'on déchargeait des caméras vidéo – avaient commencé à se rassembler sur les lieux. Un officier de police chargé des relations avec les journalistes leur faisait signe de se mettre sur le côté.

— Selon Hartell, dit-elle, Brick Lane n'a rien foutu, c'est pourquoi il a demandé sa mutation. Il dit que c'est un problème endémique. Peut-être qu'il a une dent contre son ex-patron, ou peut-être que ses collègues ont traîné les pieds. Mais, dans un cas comme dans l'autre, il va falloir tirer ça au clair.

Elle rentra la tête dans les épaules et fourra ses mains gantées dans les poches de sa doudoune. Elle désigna du menton les journalistes.

— Ils vont s'en donner à cœur joie quand ils apprendront tout ça... De vous à moi, je me suis dit qu'il valait mieux mettre des flics partout. Que ça ferait meilleur effet, sur ce coup.

Lynley la considéra avec intérêt. Ce n'était peut-être pas un animal politique, mais il était clair qu'elle ne manquait pas de réflexes. Néanmoins, il jugea plus sage de demander :

— Vous êtes sûre de ce que prétend le constable Hartell, alors ?

— Je n'en étais pas sûre au début. Mais il a eu vite fait de me convaincre.

— Comment cela ?

— Il n'a pas vu le corps d'aussi près que moi, mais il m'a prise à part pour me poser des questions sur les mains de la victime.

— Les mains ? Quoi, les mains ?

— Vous n'avez pas vu les mains ? Alors vous feriez mieux de venir avec moi, commissaire.

2

Bien que s'étant levé de bonne heure le lendemain matin, Lynley constata que sa femme était déjà debout. Il la trouva dans ce qui devait être la chambre de leur enfant. Une chambre décorée dans des tons de jaune, de blanc et de vert, où le mobilier se composait pour l'heure d'un berceau et d'une table à langer, et où des photos découpées dans divers magazines et catalogues indiquaient l'emplacement des meubles à venir : un coffre à jouets ici, un rocking-chair là, et une commode qui passait chaque jour du point A au point B. Enceinte de quatre mois, Helen était tout sauf fixée sur la disposition des meubles dans la nursery de leur fils.

Elle était devant la table à langer, se massant le bas du dos. Lynley la rejoignit, écarta ses cheveux, dégageant un espace pour déposer un baiser sur sa nuque. Elle s'appuya contre lui.

— Tu sais, Tommy, je ne m'attendais pas à ce qu'être parent soit une affaire aussi politique.

— Comment ça ?

Elle désigna d'un geste la table à langer où reposait un paquet. Manifestement arrivé par la poste la veille. Helen, qui l'avait ouvert, en avait disposé le contenu sur la table. Des vêtements de baptême d'un blanc de neige : robe, bonnet, châle, chaussures. Près de ces vêtements, une seconde tenue de baptême : robe, bonnet. Lynley prit le papier d'emballage. L'expéditeur était Daphne Amalfini. Elle vivait en Italie : l'une des quatre sœurs d'Helen.

— Que se passe-t-il ?

— La bataille se prépare. Ça ne m'amuse pas de te le dire, mais j'ai peur que nous ne devions bientôt choisir notre camp.

— Ah, je vois. Je suppose que ces habits… dit Lynley en indiquant les vêtements déballés.

— Oui, c'est Daphne qui me les a envoyés. Avec un mot adorable mais sur le sens duquel il est impossible de se méprendre. Elle sait forcément que ta sœur nous a fait parvenir la tenue de baptême ancestrale des Lynley – puisqu'elle est la seule Lynley de la génération actuelle à s'être reproduite. Mais Daph semble penser que cinq sœurs Clyde procréant comme des lapins constituent une raison suffisante pour que la tenue de baptême des Clyde suffise en attendant le grand jour. Non, d'ailleurs ce n'est pas ça. Elle pense qu'elle est de rigueur pour le jour de la cérémonie. C'est ridicule, j'en suis bien consciente, mais cela fait partie de ces histoires de famille qui prennent des proportions extravagantes si on ne les gère pas correctement.

Elle regarda son mari et lui adressa un sourire gêné avant de poursuivre :

— Je sais, oui. C'est complètement idiot. Aucune comparaison avec les problèmes que tu as à traiter. À quelle heure es-tu rentré la nuit dernière, à propos ? Tu as trouvé ton dîner dans le frigo ?

— Je me suis dit que j'allais le garder pour le petit déjeuner.

— Du poulet à l'ail de chez le traiteur ?

— Ah ? Alors peut-être que non.

— Tu as des suggestions concernant les vêtements de baptême ? Et inutile de me dire de laisser tomber purement et simplement la cérémonie. Je ne veux pas que mon père fasse une crise cardiaque.

Lynley réflĕchit. D'un côté, les vêtements de baptême de sa famille avaient servi à au moins cinq – si ce n'est six – générations de petits Lynley sur le point d'entrer dans le monde de la chrétienté ; il y avait donc là une tradition solidement établie. D'un autre côté, s'il fallait être tout à fait honnête, ces vêtements commençaient à avoir un sérieux coup de vieux. D'un autre côté encore, chacun des enfants des sœurs Clyde avait revêtu la tenue de baptême de la famille Clyde, ce qui avait lancé une tradition qu'il aurait été sympathique de suivre. Alors... que faire ?

Helen avait raison. C'était le genre de situation idiote qui fâchait tout le monde. Il fallait trouver une solution diplomatique.

— On peut toujours dire que la poste a égaré les deux paquets, suggéra-t-il.

— J'étais loin de me douter que tu étais aussi lâche. Ta sœur sait déjà que le sien est arrivé à bon port. Et de toute façon je suis une piètre menteuse.

— Alors à toi de trouver une solution à la Salomon.

— Tiens, c'est une idée. Un coup de ciseau pour couper chaque robe en deux. Du fil, une aiguille. Comme ça tout le monde est content.

— Et en plus on instaure une nouvelle tradition.

Ils contemplèrent les deux tenues, se regardèrent. Helen avait l'air espiègle. Lynley éclata de rire.

— On n'osera pas, dit-il. Je suis sûr que tu vas résoudre ça à ta façon inimitable.

— Deux cérémonies, alors ?

— Tu es en route pour la solution.

— Et toi, en route pour où ? Tu es bien matinal. Jasper Felix m'a réveillée en faisant de la gymnastique dans mon ventre. Mais toi, qu'est-ce qui t'a fait tomber du lit ?

— J'aimerais détourner Hillier de son projet. Le service de presse organise une réunion avec les médias, et Hillier veut que Winston soit près de lui. Je vais avoir du mal à l'en dissuader, mais j'espère au moins le convaincre de faire ça dans la discrétion.

Il conserva cet espoir pendant tout le trajet jusqu'à Scotland Yard. Là, il constata très vite que des forces supérieures à Hillier étaient à l'œuvre en la personne de Stephenson Deacon, directeur du service de presse. Ce dernier semblait bien décidé à justifier son poste actuel et peut-être même toute sa carrière. Il était en effet très occupé à orchestrer la première rencontre de l'adjoint du préfet de police avec la presse. Laquelle impliquait, outre la présence de Winston Nkata à côté de Hillier, celle d'une estrade dressée devant un rideau avec, non loin de là, un Union Jack artistiquement drapé, ainsi que la distribution de dossiers de presse élaborés de façon à contenir une somme impressionnante d'informations parfaitement insignifiantes. Au fond de la salle de conférences, quelqu'un avait dressé une table qui semblait destinée à accueillir des rafraîchissements.

Lynley évalua la scène d'un œil lugubre. Ses espoirs de convaincre Hillier d'adopter une approche plus subtile étaient anéantis. La Direction des Affaires publiques s'en mêlait. Or cette direction de la police métropolitaine rendait compte non pas à Hillier mais à son supérieur, le préfet de police en second. Les hommes qui étaient moins haut placés dans la hiérarchie – dont Lynley – se voyaient réduits au rôle de simples rouages dans la vaste machine des relations publiques. Lynley comprit que ce qu'il pouvait faire de mieux, c'était protéger Nkata autant que possible.

Le nouveau sergent ne débarquait toutefois pas complètement. On l'avait briefé, on lui avait expliqué où il devrait s'asseoir lorsque la conférence débuterait, et quoi dire si on lui posait des questions. Lynley le trouva écumant de rage dans le couloir. Son accent chantant des Caraïbes hérité de sa mère antillaise ressortait toujours dans les moments de stress. En outre il n'hésitait pas à ponctuer ses phrases de « mon vieux » bien sentis.

— Je ne suis pas là pour jouer les singes savants, mon vieux, dit Nkata. Mon boulot ne consiste pas à apparaître sur un écran de télé pour que ma mère, ayant tourné le bouton, puisse y contempler ma bobine. Il me prend pour un débile. Je suis là pour lui dire qu'il se goure.

— Cela dépasse Hillier, dit Lynley avec un signe de tête à un preneur de son qui s'introduisait dans la pièce. Restez calme et supportez tout ça sans rien dire pour le moment, Winnie. Dans votre intérêt. Songez à votre carrière.

— Mais vous savez pourquoi je suis là, mon vieux. Vous le savez bougrement bien.

— Vous êtes là à cause de Deacon. Le service de presse est suffisamment cynique pour penser que le public tirera des conclusions lorsqu'il vous verra sur l'estrade au coude à coude avec l'adjoint du préfet de la police métropolitaine. Pour l'instant, Deacon est assez présomptueux pour se figurer que votre présence va faire taire les spéculations de la presse. Mais ça n'a rien à voir avec vous. Pas plus personnellement que professionnellement. Essayez de vous en souvenir si vous voulez traverser cette épreuve au mieux.

— Ouais ? Eh bien, je ne vous crois pas, mon vieux. Et si les spéculations vont bon train, la faute à qui ? Combien de morts va-t-il encore falloir ? Les crimes perpétrés à l'encontre des Noirs restent des crimes. Et pourtant y a presque personne pour enquêter dessus. Si dans le cas présent il s'était agi d'un Noir ayant tué un Blanc et que le meurtre soit passé à l'as, le fait de me faire jouer le rôle du bras droit de Hillier quand on sait parfaitement, vous et moi, qu'il ne m'aurait jamais promu si les circonstances avaient été différentes...

Nkata s'arrêta, reprenant son souffle, comme s'il cherchait une conclusion appropriée à ses remarques.

— Le meurtre et la politique, dit Lynley. Oui, je sais. Vous trouvez ça moche ? Assurément. Cynique ? Oui. Détestable ? Oui. Machiavélique ? Oui. Mais en fin de compte cela ne signifie pas que vous n'êtes pas un bon policier.

C'est alors que Hillier sortit de la pièce. Il avait l'air satisfait des préparatifs de Stephenson Deacon pour la conférence de presse.

— Cela nous fera gagner au moins quarante-huit heures, lança-t-il à Lynley et Nkata. Winston, n'oubliez pas votre rôle.

Lynley attendit de voir comment Nkata allait réagir. Celui-ci ne broncha pas, ce qui était tout à son honneur ; il se contenta d'un hochement de tête neutre. Mais lorsque Hillier se fut éloigné en direction des ascenseurs, il dit à Lynley :

— C'est de gosses qu'il s'agit. Des gosses sont morts dans cette histoire, mon vieux.

— Winston, je sais.

— Qu'est-ce qu'il fout, alors ?

— Il va essayer de leur mettre le nez dans le caca.

— Comment va-t-il se débrouiller ? questionna Nkata, regardant dans la direction que Hillier venait de prendre.

— Il va attendre que les journalistes déballent leurs préjugés avant de leur parler. Il sait que les journaux ne manqueront pas de signaler que les victimes précédentes étaient noires et métisses. Quand cela arrivera, ils se mettront à réclamer nos têtes. Que faisions-nous, nous dormions, etc, etc. À ce moment-là, il leur rentrera dedans, demandant naïvement pourquoi il leur a fallu si longtemps pour percuter et glaner ce que les flics savaient – et avaient dit à la presse – depuis le début. Cette dernière mort fait la une de tous les journaux. Elle « ouvre » pratiquement les infos à la télé. Mais les autres ? leur demandera-t-il. Pourquoi n'ont-elles pas bénéficié d'une couverture médiatique prioritaire ?

— Hillier va prendre l'offensive, alors, répondit Nkata.

— C'est pourquoi il est bon dans ce qu'il fait, la plupart du temps.

Nkata eut l'air écœuré.

— Quatre ados blancs auraient été assassinés dans quatre quartiers différents, les flics auraient aussitôt opéré des recoupements.

— C'est probable.

— Alors…

— On ne peut pas redresser leurs erreurs, Winston. On peut les trouver détestables et essayer de les changer à l'avenir. Mais on ne peut pas revenir en arrière et les rendre différents de ce qu'ils sont.

— On pourrait empêcher que les victimes passent à la trappe.

— C'est une cause pour laquelle on pourrait se battre, je suis d'accord.

Et tandis que Nkata s'apprêtait à poursuivre, Lynley ajouta :

— Mais pendant ce temps, un tueur continue de sévir. Alors qu'avons-nous gagné ? Avons-nous ressuscité les morts ? Traduit un meurtrier en justice ? Croyez-moi, Winston, la presse aura tôt fait de se remettre des allégations de Hillier, et quand ce sera fait, les journalistes se jetteront sur lui tels des moucherons sur un fruit trop mûr. En attendant, nous avons quatre homicides à élucider, et nous n'y parviendrons pas si nous nous mettons à dos les policiers que vous qualifiez de racistes et de corrompus. Est-ce que je me fais bien comprendre ?

Nkata réfléchit. Puis finit par dire :

— Je veux jouer un vrai rôle. Pas question de servir de faire-valoir à Hillier pendant les conférences de presse, mon vieux.

— Je vous comprends et je suis d'accord. Vous êtes sergent. Personne ne doit l'oublier. Mettons-nous au travail.

La salle des opérations avait été installée non loin du bureau de Lynley. Des constables en tenue étaient déjà sur leurs terminaux, récupérant les infos que Lynley avait demandées aux quartiers où les précédents corps avaient été retrouvés. Les tableaux d'affichage contenaient des photos de scènes de crime et un grand récapitulatif avec les noms des différents membres des équipes ainsi que les tâches qui leur avaient été confiées. Des techniciens avaient installé trois magnétoscopes pour permettre à un préposé de visionner, quand il en existait, les bandes vidéo des endroits où les corps avaient été déposés, et fils et rallonges s'entortillaient tels des serpents sur le sol. Les téléphones sonnaient. L'inspecteur Stewart – collègue de longue date de Lynley –, aidé de deux constables, répondait aux coups de fil. Stewart était assis devant un bureau où régnait un ordre quasi obsessionnel.

Barbara Havers soulignait des listings à l'aide d'un marqueur jaune lorsque Lynley et Nkata arrivèrent. Près d'elle, un paquet entamé de tartes à la fraise Mr Kipling et une tasse de café, qu'elle vida avec une grimace et un « Beurk, c'est froid », avant de reluquer d'un air de convoitise son paquet de Players à demi enfoui sous une pile de sorties papier.

— N'y pensez même pas, dit Lynley. Qu'avez-vous obtenu de SO5 ?

Elle reposa son surligneur et fit bouger les muscles de ses épaules.

— Une info à ne pas mettre entre les mains de la presse.

— Joli début, commenta Lynley. Voyons voir.

— Ces trois derniers mois, les services des jeunes disparus ont enregistré 1 574 disparitions. Leurs ordinateurs nous ont craché 1 574 noms.

— Diable, dit Lynley, lui prenant les sorties papier des mains et les feuilletant impatiemment.

À l'autre bout de la pièce, l'inspecteur Stewart raccrocha et s'empara des notes.

— Si vous voulez que je vous dise, fit Havers, les choses n'ont guère changé depuis que le SO5 s'est vu accuser par la presse de ne pas mettre ses données à jour. À croire qu'ils ont envie de se faire traiter une nouvelle fois d'imbéciles.

— En effet, convint Lynley.

Les noms des jeunes dont on signalait la disparition étaient immédiatement entrés dans les ordinateurs. Mais souvent, lorsque l'enfant était retrouvé, son nom n'en était pas effacé. Il ne l'était pas non plus nécessairement lorsqu'un jeune qui avait pu être considéré comme « disparu » était retrouvé. Soit incarcéré en qualité de délinquant juvénile, soit placé dans un foyer par les services sociaux. Ce fâcheux manque de coordination avait plus d'une fois mené une enquête à l'impasse.

— Je lis sur votre visage ce que vous aimeriez que je fasse, dit Havers. Mais, seule, je n'y arriverai pas, monsieur. Plus de quinze cents noms ? Le temps que je les passe tous en revue, notre homme en aura liquidé encore au moins sept.

— Nous allons vous trouver des renforts, John, dit Lynley en s'adressant à Stewart. Trouvez-moi du personnel supplémentaire. La moitié s'occupera de passer des coups de fil afin de savoir si ces gamins n'ont pas refait surface depuis leur disparition. L'autre, de voir s'il n'y aurait pas une correspondance entre l'un des quatre cadavres et les signalements contenus dans les dossiers des disparus. S'il y a la moindre piste nous permettant de mettre un nom sur un cadavre, exploitez-la. Et les Mœurs, ça donne quoi sur le dernier en date des corps ? Est-ce que Theobald's Road nous a communiqué quelque chose sur l'ado de St George's Gardens ? Et King's Cross ? Et Tolpuddle Street ?

L'inspecteur Stewart prit un carnet.

— Selon les Mœurs, le signalement ne correspond à aucun des jeunes prostitués en activité. Aucun des habitués ne manque à l'appel. Jusqu'à présent.

— Interrogez les Mœurs concernant les autres cadavres, dit Lynley à Havers. Tâchez de voir si vous pouvez trouver une correspondance avec l'un des portés disparus.

Il s'approcha du tableau d'affichage, examinant les photos de la dernière victime. John Stewart le rejoignit. Comme à son habitude, l'inspecteur débordait d'une énergie couplée à l'obsession du détail. Son carnet, ouvert, laissait voir un schéma récapitulatif en couleurs dont la signification n'était compréhensible que de lui seul. Lynley s'adressa à lui :

— On a des nouvelles de l'autre rive ?

— Pas encore. J'ai vérifié auprès de Dee Harriman il n'y a pas dix minutes.

— Il faudra qu'ils analysent le maquillage du garçon, John. On retrouvera peut-être le fabricant. Il se peut que la victime ne se soit pas maquillée elle-même. Si tel est le cas et si les produits utilisés ne se trouvent pas dans tous les Boots, le point de vente pourrait nous mettre sur une piste. En attendant, vérifiez les récentes sorties de détenus et de malades mentaux dans les prisons et les hôpitaux psychiatriques. Ainsi que dans les foyers de jeunes dans un rayon de cent cinquante kilomètres autour de la capitale. C'est valable dans un sens comme dans l'autre, ne l'oubliez pas.

— Comment cela ? s'étonna Stewart, levant le nez du carnet où il écrivait fébrilement.

— Notre tueur pourrait sortir de l'un de ces établissements. Mais les victimes aussi. Et tant qu'on n'aura pas expressément identifié les quatre jeunes gens, on ne saura pas à quoi ni à qui on a affaire, si ce n'est au plus évident.

— À un malade.

— Il y a suffisamment d'indices sur le dernier corps pour qu'on se trouve devant cette éventualité, convint Lynley.

Tandis qu'il parlait, il dirigea comme malgré lui les yeux vers ces indices. La longue incision post mortem sur le torse, le symbole tracé avec du sang sur le front, le nombril manquant, et ce qu'on avait remarqué quand le corps avait été déplacé : les paumes des mains si sévèrement brûlées que la chair en était noire.

Il examina ensuite la liste des missions qu'il avait assignées pendant la nuit. Des hommes et des femmes avaient été chargés d'effectuer une enquête de voisinage dans les quartiers où on avait retrouvé les trois premiers corps ; d'autres policiers étudiaient des arrestations antérieures au cas où auraient été répertoriés des crimes moins graves portant la marque d'une escalade susceptible de déboucher sur des meurtres comme ceux qu'ils avaient sur les bras. Tout cela était bel et bon, mais ce n'était pas suffisant. Il fallait également faire plancher un policier sur le pagne qui avait en partie enveloppé le dernier cadavre. Veiller à ce qu'un autre s'occupe de la bicyclette et de l'argenterie. Charger un troisième de faire des recoupements entre les scènes de crime. Confier à un quatrième la tâche de vérifier les alibis des criminels sexuels. D'autres encore devraient chercher s'il n'y avait pas des meurtres similaires non élucidés dans le reste du pays. Ils en avaient quatre à traiter mais il se pouvait fort bien qu'il y en ait quatorze ou quarante.

Dix-huit inspecteurs et six constables travaillaient sur l'affaire pour le moment, mais Lynley savait qu'ils allaient avoir besoin de bras supplémentaires. Et ces bras, il n'y avait qu'un seul moyen de les obtenir.

Sir David Hillier, songea Lynley sarcastique, serait à la fois ravi et furieux. Ravi, parce qu'il pourrait annoncer à la presse que plus d'une trentaine d'officiers de police enquêtaient sur l'affaire. Furieux, à l'idée des frais que cela représenterait en heures supplémentaires.

Tel était pourtant le lot de Hillier. Tels étaient les inconvénients de l'ambition.

Le lendemain après-midi, Lynley était en possession des comptes rendus d'autopsie complets des trois premières victimes, fournis par le SO7, ainsi que des premiers éléments de l'autopsie pratiquée sur la dernière victime. Il ajouta à cette documentation des photos des quatre scènes de crime. Rangea tout cela dans sa serviette, gagna sa voiture et quitta Victoria Street sous le léger brouillard venu de la Tamise. La circulation se faisait par à-coups ; quand finalement il atteignit

Millbank, il se retrouva contemplant le fleuve ou du moins ce qu'il en pouvait voir : le mur bordant le trottoir et les vieux réverbères de fer qui jetaient une faible lueur dans la grisaille.

Il prit à droite en arrivant à la hauteur de Cheyne Walk, où il trouva une place qui venait de se libérer devant le King's Head and Eight Bells au bout de Cheyne Row. Ce n'était pas très loin de la maison sise à l'angle de cette rue et de Lordship Place. Moins de cinq minutes plus tard, il sonnait à la porte.

Il s'attendait aux aboiements d'un teckel à poils longs qui avait à cœur de protéger ses maîtres, mais il en fut pour ses frais. La porte s'ouvrit une grande rousse tenant une paire de ciseaux dans une main et un rouleau de ruban jaune dans l'autre. Son visage s'éclaira lorsqu'elle le vit.

— Tommy ! dit Deborah Saint James. Tu tombes à pic. J'avais justement besoin d'aide.

Lynley entra, ôta son manteau et posa sa serviette près du porte-parapluie.

— Quel genre d'aide ? Où est passé Simon ?

— Je l'ai déjà embauché pour autre chose. Il ne faut pas trop en demander à son mari, sinon on risque de se faire plaquer pour la pute du coin.

— Que dois-je faire ? répliqua Lynley avec un sourire.

— Suis-moi.

Elle l'entraîna dans la salle à manger, où un lustre de bronze ancien éclairait une table encombrée. Un gros paquet était déjà emballé et Deborah avait, semblait-il, été interrompue alors qu'elle essayait de faire un nœud compliqué.

— Voilà qui ne relève pas exactement de ma compétence, avoua Lynley.

— L'essentiel est fait. Tout ce que je te demande, c'est de me passer l'adhésif et d'appuyer où je te le dirai. Ça devrait être dans tes cordes. J'ai commencé par le jaune mais il en manque encore un vert et un blanc.

— Ce sont les couleurs que Helen a choisies… Serait-ce pour elle que… ? Pour nous, par hasard ?

— Tu vas à la pêche au cadeau maintenant ? Quelle vulgarité, Tommy ! Tiens, prends ça. Je vais avoir besoin de trois longueurs de ruban de un mètre chacune. Et ton travail, au fait, ça va ? C'est pour ça que tu es passé, je suppose ? Tu veux voir Simon ?

— Je me contenterai de Peach. Où est-elle ?

— Papa l'a emmenée en promenade. Elle s'est fait tirer l'oreille à cause du temps. J'imagine qu'ils doivent se disputer non loin d'ici, pour savoir qui va marcher et qui va se faire porter. Tu ne les as pas aperçus ?

— Pas le moins du monde.

— Peach aura gagné, alors. Ils ont dû se réfugier au pub.

Lynley regarda Deborah assembler les longueurs de ruban. Comme elle se concentrait sur sa tâche, il en profita pour se concentrer sur elle, son ex-maîtresse, la femme qu'il avait failli épouser. Elle s'était trouvée nez à nez avec un assassin récemment, et une cicatrice courait le long de sa mâchoire. Fidèle à elle-même, Deborah – en femme presque totalement dépourvue de vanité – n'avait rien fait pour la dissimuler.

Relevant la tête, elle surprit son manège.

— Quoi ? fit-elle.

— Je t'aime, dit-il avec franchise. Pas comme avant. Mais je t'aime.

Les traits de Deborah s'adoucirent.

— Moi aussi, je t'aime, Tommy. On en a fait du chemin, n'est-ce pas ? De l'amour à l'amitié.

— En effet.

C'est alors qu'ils entendirent des pas dans le couloir. Des pas irréguliers qui annonçaient l'arrivée du mari de Deborah. Il s'approcha du seuil de la salle à manger, des photographies dans les mains.

— Hello, Tommy. Je ne t'ai pas entendu arriver.

— C'est parce que Peach est sortie, firent d'une même voix Lynley et Deborah avant d'éclater d'un rire complice.

— Je savais bien que cette petite chienne avait son utilité.

Simon Saint James s'approcha de la table et y posa les clichés.

— Le choix n'a pas été facile, dit-il à sa femme.

Saint James faisait référence aux photos qui, d'après ce que Lynley put en voir, avaient toutes pour sujet un moulin dans un paysage de champs, d'arbres, de collines à l'arrière-plan, avec un cottage en ruine au premier plan.

— Je peux… ? demanda Lynley.

Deborah lui ayant donné le feu vert, il examina les photos plus attentivement. Les clichés étaient légèrement différents mais ce qui était remarquable, c'était la façon dont le photographe avait réussi à capter les moindres variations de lumière et d'ombre sans perdre de la définition.

— J'ai choisi celle où tu as accentué la clarté de la lune sur les ailes du moulin, dit Saint James à sa femme.

— Moi aussi, je trouve que c'est la meilleure. Merci, mon amour. Tu as l'œil.

Elle termina de faire son nœud et demanda à Lynley de l'aider pour l'adhésif. Quand elle eut fini, elle recula pour admirer son travail, après quoi elle prit une enveloppe cachetée dans le buffet et la glissa sous le ruban du paquet. Elle tendit le tout à Lynley :

— Avec nos souhaits les plus affectueux, Tommy. Et les plus sincères.

Lynley savait quel chemin Deborah avait dû parcourir pour prononcer ces mots, elle qui ne pouvait avoir d'enfant. Il ne devait pas lui être facile de fêter pareil événement chez quelqu'un d'autre.

— Merci, fit-il d'une voix légèrement rauque. À vous deux.

Il y eut un moment de silence, que Saint James brisa en disant avec entrain :

— Ça s'arrose.

Deborah dit qu'elle les rejoindrait dès qu'elle aurait remis de l'ordre dans la salle à manger. Saint James entraîna Lynley vers son bureau – bibliothèque qui donnait sur la rue. Lynley alla chercher sa serviette dans le hall et déposa à la place le paquet soigneusement emballé. Lorsqu'il rejoignit son vieil ami, Saint James était près de la table-bar sous la fenêtre, une carafe à la main.

— Sherry ? Whisky ?

— Tu n'as pas encore fini le Lagavullin ?

— Il est tellement difficile de s'en procurer ! Je fais attention.

— Je vais suivre ton exemple.

Saint James leur servit à chacun un whisky et ajouta un sherry pour Deborah, qu'il laissa sur le bar. Il rejoignit Lynley près de la cheminée et s'installa dans l'un des deux vieux fauteuils de cuir. Manœuvre délicate compte tenu de la prothèse à la jambe gauche qu'il portait depuis des années.

— J'ai acheté l'*Evening Standard*. Si ce que j'ai lu entre les lignes est exact, cette affaire est rudement compliquée, Tommy.

— Tu sais donc ce qui m'amène.

— Qui est sur l'enquête avec toi ?

— Les suspects habituels. Je vais devoir demander à Hillier l'autorisation d'étoffer mon équipe. Hillier me l'accordera, à contrecœur, mais a-t-il vraiment le choix ? Il nous faudrait cinquante policiers. Nous pourrons nous estimer heureux si nous en obtenons trente. Tu nous donneras un coup de main ?

— Tu crois que Hillier sera d'accord ?

— Quelque chose me dit qu'il t'accueillera à bras ouverts. Nous avons besoin de tes compétences et de ton expérience, Simon. Et le service de presse sautera de joie quand Hillier annoncera aux médias la présence au côté des forces de l'ordre de Simon Allcourt-Saint James, expert indépendant en police scientifique, ex-membre de la Police métropolitaine, maître de conférences à l'université, etc. Tu es exactement celui dont on a besoin pour redonner confiance au public. Mais il ne faut pas que tu te laisses influencer par ces considérations pour prendre ta décision.

— Que voudrais-tu que je fasse ? Il est loin, le temps où j'arpentais les scènes de crime. Et d'ailleurs, rien ne dit qu'il y aura d'autres crimes.

— Tu serais là en tant que consultant. Je ne vais pas essayer de te dorer la pilule, te dire que cela n'empiétera pas sur ta charge de travail habituelle. Mais j'essaierai de te solliciter le moins possible.

— Montre-moi ce que tu as apporté. Tu as des copies de tous les documents ?

Lynley ouvrit sa serviette et lui tendit ce qu'il avait rassemblé avant de quitter Scotland Yard. Saint James écarta les papiers et passa en revue les photos. Il siffla doucement. Lorsqu'il releva la tête, il dit à Lynley :

— Ils n'ont pas pigé tout de suite qu'il s'agissait de meurtres en série ?

— Tu as compris le problème.

— Pourtant on est en présence de crimes comportant tous les signes d'un rituel. Les mains brûlées à elles seules…

— Sur les trois dernières victimes seulement.

— Certes, mais les similitudes dans le positionnement des corps indiquent qu'on est bien devant une série.

— Pour le dernier – le corps retrouvé dans St George's Gardens –, l'inspecteur principal qui était sur les lieux a tout de suite conclu au meurtre en série.

— Et les trois autres ?

— Ils ont été découverts dans des secteurs différents. Dans les trois cas, un semblant d'enquête a été diligenté mais il semble qu'il ait été plus facile de considérer chaque meurtre comme un crime isolé. En rapport avec un gang, étant donné la race des victimes. En rapport avec un gang, étant donné l'état des corps. Portant la signature d'un gang. En guise d'avertissement aux autres.

— C'est idiot.

— Je n'essaie pas de leur trouver des excuses.

— C'est un cauchemar pour la Met, en termes d'image de marque.

— Oui. Tu vas nous aider ?

— Tu peux aller me chercher ma loupe dans le tiroir du haut du bureau ?

Lynley obtempéra. Il apporta à son ami un étui en peau de chamois et le regarda étudier de plus près les photos des cadavres. Saint James s'attarda sur le plus récent et considéra longuement le visage de la victime avant de parler. Il parut alors s'adresser à lui-même plutôt qu'à Lynley.

— L'incision abdominale pratiquée sur le dernier corps a été faite post mortem. Mais les brûlures aux mains… ?

— Datent d'avant la mort.

— Intéressant, non ?

Saint James releva un moment la tête d'un air pensif, les yeux braqués sur la fenêtre avant d'examiner la victime numéro quatre encore une fois.

— Il n'est pas particulièrement doué pour ce qui est de manier un couteau, ajouta-t-il. Il savait à quel endroit inciser, il n'a pas hésité, c'est sûr. Mais il a été surpris de constater que c'était aussi difficile.

— Ce n'est ni un étudiant en médecine ni un médecin, alors.

— Je ne pense pas.

— Quelle sorte d'instrument a-t-il utilisé ?

— Un couteau bien tranchant aura parfaitement fait l'affaire. Un couteau de cuisine, peut-être. Ça et de la force ; il en faut pour tailler dans les muscles abdominaux. Il doit être très costaud.

— Il a excisé le nombril, Simon. Sur le dernier corps.

— Macabre, commenta Saint James. On pourrait penser qu'il a pratiqué l'incision afin de se procurer assez de sang pour tracer la marque sur le front, mais le fait qu'il a emporté le nombril enlève toute crédibilité à cette théorie. Que penses-tu de cette marque, à propos ?

— Il s'agit d'un symbole.

— La signature du tueur ?

— En partie, peut-être. Mais c'est plus que ça. Si le meurtre fait partie d'un rituel...

— Et ça y ressemble, non ?

— Je dirais que c'est la dernière étape de la cérémonie. Le point final une fois que la victime est morte.

— C'est donc un message.

— Absolument.

— Mais qui s'adresse à qui ? À la police qui n'a pas réussi à voir qu'un tueur en série sévissait dans la

74

communauté ? À la victime qui vient de subir une véritable épreuve par le feu ? À quelqu'un d'autre ?

— Telle est la question, n'est-ce pas ?

Saint James hocha la tête. Il écarta les photos, prit son whisky.

— Eh bien, c'est par là que je commencerai, dit-il.

3

Lorsqu'elle coupa le contact ce soir-là, Barbara Havers resta dans la Mini, écoutant tristement le moteur qui crachait. Elle appuya la tête contre le volant. Elle était claquée. Bizarre de penser qu'il était plus fatigant de passer des heures sur l'ordinateur et au téléphone qu'à sillonner Londres à la recherche de témoins, suspects, rapports et autres éléments, et pourtant c'était le cas. Fixer un écran de terminal, lire et surligner des listings, débiter le même monologue à des parents désespérés lui donnait une furieuse envie de haricots blancs à la sauce tomate – apportez-moi une boîte de Heinz, cet ultime réconfort – et de s'allonger sur son lit avec la télécommande. En un mot, elle n'avait pas eu un instant de répit au cours de ces deux premiers jours interminables.

Pour commencer, il y avait Winston Nkata. Le sergent Winston Nkata. C'était une chose de savoir pourquoi Hillier l'avait promu précisément à ce moment-là. C'en était une autre d'être consciente que, victime ou non de manœuvres politiques, Winston méritait amplement son grade. Ce qui aggravait les choses, c'était de devoir travailler avec lui malgré tout, de se rendre compte qu'il était aussi gêné qu'elle en la circonstance.

Si Winston avait pris un petit air suffisant, elle aurait su comment réagir. S'il s'était montré arrogant, elle se serait fait une joie de le mettre en boîte. S'il avait joué l'humilité, elle aurait su comment, à sa façon mordante, gérer la situation. Mais il ne faisait rien de tout ça. Il était lui-même, en plus calme encore, donnant raison à Lynley quand ce dernier affirmait : « Winnie n'est pas un imbécile. Il savait parfaitement ce que Hillier et la DAP avaient en tête. »

C'est pourquoi finalement Barbara éprouvait de la sympathie pour son collègue, et pourquoi elle lui avait rapporté du thé quand elle était allée s'en chercher, lui disant : « Je te félicite pour ta promotion, Winnie », tandis qu'elle posait la tasse près de lui.

Avec les constables désignés par l'inspecteur Stewart, Barbara avait passé deux jours et deux soirées à travailler sur le nombre ahurissant de rapports relatifs aux disparitions qu'elle avait obtenus du SO5. Nkata s'était finalement joint à eux. Ils avaient réussi à rayer de la liste un certain nombre de noms : ceux de gamins qui étaient rentrés chez eux ou avaient contacté leur famille d'une façon ou d'une autre. Une poignée d'entre eux – rien d'étonnant à cela – étaient en prison. D'autres dans des foyers tenus par les services sociaux. Mais il y en avait des centaines et des centaines qui manquaient à l'appel, ce qui avait obligé les policiers à comparer les signalements des ados disparus avec ceux des cadavres non identifiés. Une partie de ce travail de comparaison s'effectuait informatiquement. Le reste, manuellement.

Comme base de travail, ils disposaient des photos et des comptes rendus d'autopsie des trois premières victimes ; par ailleurs, les parents et les responsables des gamins disparus se montraient le plus souvent coopératifs. Ils avaient même fini par établir une possible corrélation mais il était peu probable que le jeune disparu en question corresponde réellement à l'un des corps.

Treize ans, métis de Noir et de Philippin, tête rasée, nez aplati au bout et cassé… Son nom : Jared Salvatore. Disparu depuis deux mois. Son frère aîné avait signalé sa disparition en téléphonant aux flics depuis la maison d'arrêt de Pentonville, où il purgeait une peine de prison pour vol à main armée. Le rapport ne précisait pas comment le grand frère avait appris la disparition de Jared.

Mais c'était ainsi. Identifier chaque cadavre à partir du nombre considérable de gamins disparus allait être à peu près aussi facile que de chercher des crottes de mouche dans du poivre si on n'arrivait pas à établir un lien entre les victimes. Et, compte tenu de la diversité des lieux où les corps avaient été déposés, il semblait difficile de parvenir à établir un lien.

Lorsqu'elle en avait eu assez – ou du moins qu'elle s'était sentie incapable d'en faire davantage –, Barbara avait dit à Nkata :

« Je m'en vais, Winnie. Tu restes ? »

Nkata avait repoussé sa chaise en arrière, s'était frotté le cou :

« Je vais rester encore un peu. »

Elle avait hoché la tête mais n'était pas sortie immédiatement. Il lui semblait qu'il leur fallait dire quelque chose, même si elle ne savait pas très bien quoi. C'était Nkata qui avait pris l'initiative.

« Qu'est-ce qu'on fait, pour cette histoire de promotion, Barb ? demanda-t-il en reposant son stylo-bille sur son bloc. Quelle attitude on adopte ? On ne peut pas faire comme si de rien n'était. »

Barbara s'était rassise. Il y avait une boîte de trombones sur le bureau, elle s'en était emparée et s'était mise à jouer avec.

« On se contente de faire notre boulot. Le reste suivra forcément. »

Il avait hoché pensivement la tête.

« Cette situation me met drôlement mal à l'aise. Je sais bien pourquoi je suis ici. Je veux que tu le comprennes.

— J'ai compris, avait dit Barbara. Mais ne sois pas trop dur envers toi-même. Tu mérites…

— Hillier ignore tout de ce que je mérite, avait coupé Nkata. La DAP également. »

Barbara s'était tue. Ils savaient à quoi s'en tenir tous les deux, inutile de discuter. Finalement elle avait dit :

« Tu sais, Winnie, on est dans le même bateau.

— Qu'est-ce que tu veux dire ? Femme flic, flic noir ?

— Non, c'est plutôt une question de vision. Hillier ne nous voit ni l'un ni l'autre. Et c'est pareil pour tous ceux qui font partie de cette équipe. Il ne voit aucun d'entre nous. La seule chose qui l'intéresse, c'est de savoir en quoi on peut le servir. Ou lui nuire.

— Je crois bien que tu as raison, avait répondu Nkata après réflexion.

— Rien de ce qu'il décide n'a d'importance parce qu'au bout du compte on fait le même job. La question est de savoir si on est d'accord là-dessus. Si oui, oublions-le même si on ne peut pas le blairer, et faisons ce pour quoi nous sommes faits.

— D'accord avec toi. Mais, Barb, il n'en reste pas moins que tu mérites…

— Eh, l'avait-elle interrompu. Toi aussi. »

Dans sa voiture, elle bâilla un grand coup et heurta de l'épaule la portière récalcitrante. Elle avait trouvé une place pour se garer dans Steeles Road, juste après le coin, non loin d'Eton Villas. Elle se dirigea d'un pas lourd vers la maison jaune, tête rentrée dans les épaules pour lutter contre le vent froid qui s'était levé en fin d'après-midi, et suivit le sentier conduisant à son bungalow.

Une fois à l'intérieur, elle alluma, jeta son sac à bandoulière sur la table et sortit d'un placard la boîte de Heinz convoitée. Elle en versa le contenu dans une casserole. En d'autres circonstances, elle aurait mangé les haricots froids. Mais ce soir, elle se dit qu'elle méritait de manger chaud. Elle mit du pain à griller et prit une Stella Artois dans le frigo. Normalement elle n'aurait pas dû boire ce soir-là. Seulement elle avait eu une dure journée.

Tandis que les haricots chauffaient, elle se mit en quête de la télécommande. Comme d'habitude, impossible de la trouver. Elle cherchait dans les draps de son lit défait quand on frappa à la porte. Se retournant, elle distingua à travers les stores deux silhouettes sur le perron. L'une, toute petite, l'autre, plus grande, minces toutes les deux. Hadiyyah et son père venus lui rendre visite.

Barbara renonça à chercher la télécommande et ouvrit la porte à ses voisins.

— Vous arrivez juste pour un dîner spécial Barbara. J'ai deux toasts, mais si vous êtes gentils on peut les partager en trois.

Elle poussa la porte en grand pour les faire entrer, non sans avoir jeté un coup d'œil par-dessus son épaule pour s'assurer qu'elle avait bien mis ses culottes sales dans la corbeille à linge.

Taymullah Azhar sourit avec sa courtoisie et sa gravité habituelles.

— Nous ne pouvons pas rester, Barbara. Cela ne prendra qu'un moment, si cela ne vous ennuie pas.

Il avait un ton funèbre, et Barbara le regarda d'un air circonspect avant de considérer sa fille. Hadiyyah baissait la tête, mains croisées derrière le dos. Quelques mèches de cheveux s'étaient échappées de ses nattes et lui frôlaient les joues, qui étaient rouges. Elle semblait avoir pleuré.

— Que se passe-t-il ?

Barbara sentit une sourde terreur l'envahir, sur laquelle elle n'avait pas envie de mettre un nom.

— Qu'y a-t-il, Azhar ?

— Hadiyyah ? fit Azhar.

Sa fille releva le nez d'un air implorant. Le père avait une mine implacable.

— Nous sommes venus pour une raison bien précise. Tu la connais, ajouta-t-il.

Hadiyyah déglutit si bruyamment que Barbara l'entendit. Elle décroisa les mains et les tendit à Barbara. Elle tenait le CD de Buddy Holly.

— Papa veut que je te le rende, Barbara.

Barbara le prit. Elle s'adressa à Azhar.

— Excusez-moi, j'ai fait quelque chose de défendu ?

Cela semblait peu probable. Elle connaissait un peu leurs coutumes et savait que les échanges de cadeaux en faisaient partie.

— Et... ? dit Azhar à sa fille, sans répondre à la question de Barbara. Ce n'est pas fini, Hadiyyah.

Hadiyyah baissa de nouveau la tête. Barbara vit que ses lèvres tremblaient.

— J'ai menti, lâcha la petite fille. J'ai menti à papa, il s'en est aperçu et c'est pour ça qu'il faut que je te rende le disque.

Elle releva la tête. Elle s'était mise à pleurer.

— En tout cas, merci, il est génial. Surtout *Peggy Sue*.

Puis elle pivota sur ses talons et s'enfuit vers le devant de la maison. Barbara l'entendit sangloter.

Elle regarda son voisin.

— Écoutez, Azhar. Tout ça, c'est ma faute. Je ne savais pas que Hadiyyah ne devait pas aller à Camden

High Street. Et elle ignorait qu'on allait dans cette direction quand on est parties. Au départ, c'était une plaisanterie. Elle écoutait de la pop, je la taquinais sur son choix. Comme elle s'extasiait sur ce groupe, j'ai décidé de lui montrer ce que c'était que du vrai rock'n'roll et je l'ai emmenée au Virgin Megastore. Je ne savais pas que c'était interdit et elle ne savait pas où on allait.

Barbara était à bout de souffle. Elle se faisait l'effet d'être une adolescente qui se fait pincer dehors après le couvre-feu. Sensation désagréable. Se calmant, elle poursuivit :

— Si j'avais su que vous lui aviez interdit d'aller à Camden High Street, jamais je ne l'y aurais emmenée. Je suis vraiment désolée, Azhar. Elle ne m'a pas dit que c'était défendu.

— C'est bien ce que je lui reproche, dit Azhar. Elle aurait dû vous le dire.

— Mais elle ne savait pas où nous allions avant d'arriver.

— Elle portait un bandeau sur les yeux ?

— Bien sûr que non. Mais une fois là-bas, c'était trop tard. Je ne lui ai pas laissé l'occasion de dire…

— Hadiyyah aurait dû vous dire ça d'elle-même.

— Bon, d'accord. Ça ne se reproduira plus. Laissez-la garder le CD, au moins.

Azhar détourna les yeux. Ses doigts – si fins qu'ils ressemblaient à ceux d'une jeune fille – se glissèrent sous sa veste pour atteindre la poche de sa chemise blanche immaculée afin d'y prendre un paquet de cigarettes. Il en sortit une, parut se demander quoi faire, puis offrit le paquet à Barbara. Elle considéra que c'était bon signe. Leurs doigts se frôlèrent tandis qu'elle se servait, et il craqua une allumette qu'il partagea avec elle.

— Elle voudrait que vous arrêtiez de fumer, dit Barbara.

— Il y a beaucoup de choses qu'elle voudrait. Nous voulons tous des tas de choses.

— Vous êtes en colère. Entrez. Parlons.

Il ne bougea pas.

— Azhar, écoutez-moi. Je sais ce qui vous inquiète. Camden High Street, tout ça. Mais vous ne pouvez pas la garder sous cloche. C'est impossible.

Il secoua la tête.

— Je ne cherche pas à la protéger de tout. Simplement à faire ce qui est bien. Mais je m'aperçois que je ne sais pas toujours où est le bien.

— Faire un tour à Camden ne va pas la contaminer. Et Buddy Holly non plus, ajouta Barbara en agitant le CD.

— Ce n'est ni Camden High Street ni Buddy Holly qui me préoccupent, dit Azhar. C'est le mensonge, Barbara.

— Bon, je le vois bien. Mais ça n'était qu'un mensonge par omission. Elle a seulement omis de me dire une chose qu'elle aurait pu me dire.

— Il ne s'agit pas de cela, Barbara.

— De quoi, alors ?

— Elle m'a menti, Barbara.

— À vous ? À propos de…

— Et c'est une chose que je ne saurais accepter.

— Mais quand ? Quand vous a-t-elle menti ?

— Quand je l'ai questionnée au sujet du CD. Elle m'a dit que vous le lui aviez donné…

— C'est la stricte vérité, Azhar.

— … sans me dire d'où il venait. Ça, ça lui a échappé lorsqu'elle s'est mise à me parler des CD en général. Du nombre de CD qu'on pouvait acheter au Virgin Megastore.

— Merde, Azhar, ce n'est pas un mensonge !

— Non. Mais son refus de me dire qu'elle était allée chez Virgin en est un. Et ça, c'est inacceptable. Il est hors de question que Hadiyyah se mette à me jouer ce genre de tour. Hors de question qu'elle mente. Pas à moi.

Sa voix était si tendue, ses traits si rigides que Barbara comprit qu'il y avait beaucoup plus en jeu dans cette discussion que la première incursion de la fillette au royaume des faux-fuyants.

— D'accord. Mais vous ne voyez pas combien elle est malheureuse, la pauvre. Je crois que la leçon a porté.

— J'espère bien. Elle doit apprendre que les décisions qu'on prend ne sont pas sans conséquences. Et plus tôt elle le saura, mieux cela vaudra.

— Je ne suis pas entièrement en désaccord avec vous, mais...

Barbara tira sur sa cigarette avant de la laisser tomber par terre et de l'écraser.

— Le fait de l'obliger à reconnaître ses torts devant moi – en public, en quelque sorte – constitue une punition suffisante. Je crois que vous devriez lui laisser le CD.

— J'ai pris une décision concernant les conséquences.

— Vous n'êtes pas obligé de vous y tenir, si ? Vous pouvez lâcher un peu de lest.

— Il faut s'en tenir à ce qu'on a décidé. Il n'est jamais bon de jouer les girouettes.

— Qu'est-ce qui se passe, si on se laisse fléchir ? demanda Barbara.

Comme il ne répondait pas, elle poursuivit tranquillement :

— Hadiyyah et le mensonge... Ce n'est pas vraiment ça qui vous tracasse, n'est-ce pas, Azhar ?

— Il est hors de question qu'elle commence à mentir, répondit-il en reculant, s'apprêtant à partir.

Puis il ajouta poliment :

— Je ne veux pas vous empêcher plus longtemps de manger vos toasts.

Et il prit le chemin de son appartement.

Malgré sa conversation avec Barbara et le fait qu'elle l'avait rassuré sur ce point, Winston Nkata n'était pas à l'aise dans son rôle de sergent. Il avait pensé que ce serait le cas, mais non, et le réconfort qu'il avait espéré tirer de sa profession ne s'était toujours pas matérialisé.

Quand il avait débuté dans la police, il n'avait pas éprouvé de gêne. Mais il n'avait pas tardé à prendre conscience de ce que représentait le fait d'être un flic noir dans un univers dominé par des Blancs. La première fois qu'il s'en était aperçu, c'était à la cantine. À la façon dont les regards, après s'être dirigés vers lui, s'étaient coulés vers quelqu'un d'autre. Puis ç'avait été dans les conversations : des conversations qui se faisaient un peu plus circonspectes quand il rejoignait ses collègues. Après, il y avait eu l'accueil qu'on lui avait réservé. Un poil plus amical que celui qu'on réservait aux flics blancs quand ils s'asseyaient à table avec un groupe. Il détestait cet effort délibéré que faisaient les gens pour paraître larges d'esprit et tolérants quand il était dans les parages. Cette façon qu'ils avaient de s'efforcer de le traiter comme s'il était l'un des leurs lui donnait l'impression inverse : celle de ne pas faire partie de la bande.

Au début il s'était dit que c'était justement ce qu'il voulait. C'était déjà assez moche dans sa cité de Loughborough Estate de s'entendre traiter de putain de mal blanchi. Ce serait encore pire s'il finissait par appartenir à l'establishment blanc. Pourtant, il avait horreur que les gens de sa culture le considèrent comme un phénomène. Tout en gardant présents à l'esprit les propos de sa mère – « Ce n'est pas parce qu'un ignare te traite de ceci ou de cela que cela fait de toi un ceci ou un cela » –, il avait de plus en plus de mal à s'en tenir au chemin qu'il s'était fixé. C'est-à-dire, dans la cité, à celui de l'appartement de ses parents – à l'exclusion de tout autre ; et, pour le reste, à son avancement dans la carrière.

« Trésor, lui avait dit sa mère lorsqu'il lui avait téléphoné pour lui annoncer sa promotion, peu importe la raison pour laquelle ils t'ont promu. Ce qui compte, c'est qu'ils l'ont fait, et que c'est une magnifique occasion qui s'offre à toi. Saute dessus. Et ne regarde pas en arrière. »

Mais il n'y arrivait pas. Au lieu de cela, il avait du mal à digérer le fait que Hillier l'ait soudain remarqué alors qu'avant il n'était rien d'autre pour lui qu'un visage de passage sur lequel il aurait été bien en peine de mettre un nom, son existence en eût-elle dépendu.

Pourtant il y avait du vrai dans ce que sa mère lui avait dit. « Saute sur l'occasion. » Il lui fallait apprendre à saisir sa chance. Et le conseil ne s'appliquait pas uniquement à sa vie professionnelle. C'est à cela qu'il se mit à réfléchir une fois Barb Havers partie.

Il regarda une dernière fois les photos des gamins tués avant de quitter le Yard à son tour. Pour se souvenir qu'ils étaient jeunes, terriblement jeunes. Qu'il avait des obligations envers eux. Que ces obligations ne se limitaient pas à traduire en justice leur meurtrier.

Dans le parking souterrain, il resta assis un moment dans son Escort, et songea à ces obligations et à ce qu'elles exigeaient de lui : qu'il agisse malgré sa peur. Il aurait voulu s'administrer des claques. Pourquoi cette peur ? Il avait vingt-neuf ans, bon sang. Il était officier de police.

Ce seul fait aurait dû compter pour quelque chose, et en d'autres circonstances cela aurait compté. Mais cela ne servait à rien dans la situation présente, où la profession de flic était celle qui en imposait le moins. Pourtant... Il n'y pouvait rien s'il était flic. Il n'en était pas moins un homme. Or c'était de la présence d'un homme qu'on avait besoin.

Nkata finit par se mettre en route après avoir pris une profonde inspiration. Il traversa la Tamise pour rejoindre le sud de Londres. Mais au lieu de rentrer chez lui, il fit un détour, contourna le terrain de cricket de l'Oval et s'engagea dans Kennington Road en direction de la station de Kennington.

Le métro, c'est là qu'il se rendait. Il trouva une place de parking non loin. Acheta un *Evening Standard* à un vendeur qui passait sur le trottoir, profitant de cette pause pour rassembler son courage et franchir Braganza Street.

Au bout de cette rue s'élevait Arnold House – partie intégrante de Doddington Grove Estate –, jaillissant d'un parking défoncé. Juste en face de ce bâtiment, un centre horticole derrière une clôture métallique. C'est contre cette clôture que Nkata choisit de s'appuyer, son journal sous le bras, les yeux braqués sur le troisième étage et le passage couvert conduisant au cinquième appartement à partir de la gauche.

Il n'aurait pas beaucoup d'efforts à fournir pour traverser la rue et se frayer un chemin à travers le parking. Une fois là, il était pratiquement certain de pouvoir accéder à l'ascenseur, étant donné que, le plus souvent, le système de sécurité permettant d'y accéder était hors d'usage. Quelle difficulté y avait-il à traverser la rue et le parking, appuyer sur le bouton et se diriger vers cet appartement ? Il avait une bonne raison de le faire. Des gamins étaient assassinés à travers Londres, des métis, et dans cet appartement vivait Daniel Edwards, dont le père – un Blanc – était mort mais dont la mère était bien vivante. Seulement, là était le problème. C'était elle, le problème. Yasmin Edwards.

« Ex-*détenue*, trésor ? se serait exclamée sa mère s'il avait eu le culot de lui parler de Yasmin. À quoi penses-tu donc, mon Dieu ? »

Mais à cela il était facile de répondre. Il pensait à sa peau ; à sa peau qui luisait sous la lueur de la lampe. À ses jambes, faites pour enlacer l'homme qui la désirait. À sa bouche et à la courbe que dessinaient ses fesses, à la façon dont ses seins se soulevaient et s'abaissaient lorsqu'elle était en colère. Elle est grande, maman. De ma taille. C'est une femme bien qui a fait une grosse erreur, qu'elle a payée comme il se doit.

De toute façon, l'important, ce n'était pas vraiment Yasmin Edwards. L'important, c'était Daniel, qui à près de douze ans pouvait fort bien se trouver dans la ligne de mire d'un tueur. Car qui pouvait dire comment le tueur choisissait ses victimes ? Personne. Et tant qu'ils ne le sauraient pas, comment pouvait-il, lui, Winston Nkata, se dispenser de donner un avertissement quand cet avertissement risquait de s'avérer nécessaire ?

Tout ce qu'il avait à faire, c'était traverser la rue, éviter les voitures garées dans le misérable parking, appuyer sur le bouton de l'ascenseur, frapper à la porte. C'était tout à fait dans ses cordes.

Elle n'arriva pas à pied de la station de métro comme Nkata venait de le faire. Mais de la direction opposée, d'au-delà des jardins au bout de Braganza Street, où, dans sa petite boutique de Manor Place, elle offrait de l'espoir sous la forme de maquillage, de perruques et de changement de look à des femmes noires malades du corps et de l'esprit.

En la voyant, Nkata se plaqua contre la clôture dans une flaque d'ombre. Il se le reprocha aussitôt mais impossible d'avancer comme il l'aurait dû.

De son côté, Yasmin Edwards continua à marcher d'un pas régulier vers Doddington Grove Estate. Elle ne le vit pas dans l'ombre, et il se dit que c'était une raison suffisante pour lui parler. La mettre en garde. Une belle femme seule dans la rue, dans ce quartier, la nuit ? Faut être prudente, Yas. Faut faire gaffe. Imaginez qu'on vous agresse… qu'on vous blesse… qu'on vous viole… qu'on vous dépouille… ? Que ferait Daniel si, après son père, sa mère mourait, le laissant seul ?

Mais Nkata ne pouvait pas dire une chose pareille. Étant donné que c'était à cause de Yasmin que le père de Daniel était mort. Aussi resta-t-il dans l'ombre et l'observa-t-il, honteux, alors même que son souffle s'accélérait et que son cœur battait à se rompre.

Yasmin avançait le long du trottoir. Il vit que ses nattes et leurs perles avaient disparu, elle avait les cheveux très courts maintenant, et il n'en émanait plus le doux cliquetis qu'il aurait entendu de là où il se trouvait. Elle changea ses sacs plastique de bras et plongea la main dans la poche de sa veste. À la recherche, se dit-il, de ses clés. C'est la fin de la journée, elle a un repas à préparer pour son fils, la vie suit son cours.

Elle atteignit le parking et le traversa. Arrivée devant l'ascenseur, elle composa le code qui lui permettrait d'y accéder, puis elle appuya sur le bouton pour l'appeler et s'engouffra dans la cabine.

Elle ressortit au troisième étage et se dirigea vers la porte de son appartement. À peine eut-elle introduit la clé dans la serrure que la porte s'ouvrit. Sur Daniel, qu'éclairait par-derrière la lueur changeante de ce qui devait être la télévision. Il la débarrassa de ses sacs mais, alors qu'il allait s'éloigner, elle le retint. Les mains sur les hanches, elle se tenait là. Tête inclinée. Le poids de son corps reposant sur l'une de ses longues jambes minces. Elle dit quelque chose et Daniel revint vers elle. Il posa les sacs par terre et se laissa enlacer. Au moment où il semblait que ce geste tendre allait cesser d'être agréable pour devenir pesant, le petit garçon passa les bras autour de la taille de sa mère. Puis Yasmin lui planta un baiser sur le sommet du crâne.

Après cela, Daniel rentra les sacs et Yasmin le suivit. Elle ferma la porte de l'appartement. Quelques instants plus tard elle apparaissait à la fenêtre qui, Nkata le savait, était celle du séjour. Elle tendit le bras vers les rideaux afin de les fermer pour la nuit ; mais, avant de les tirer, elle resta vingt secondes environ à contempler l'obscurité, les traits figés.

Il était toujours dans l'ombre, pourtant il en eut le pressentiment, il le *sentit* : elle avait beau ne pas regarder dans sa direction, Nkata en aurait juré, Yasmin Edwards savait qu'il était là.

4

Vingt-quatre heures plus tard, Stephenson Deacon et la Direction des Affaires publiques décidèrent que le moment était venu d'organiser la première conférence de presse. L'adjoint au préfet de police Hillier, ayant reçu des instructions d'en haut, demanda à Lynley d'être là pour le grand événement et de se faire accompagner de « notre nouveau sergent ». Lynley avait aussi peu envie que Nkata d'être présent, mais il savait qu'il était plus sage de donner l'impression de coopérer. Le sergent et lui descendirent par l'escalier pour arriver rapidement à la conférence. Ils tombèrent sur Hillier dans le couloir.

— Prêts ?

L'adjoint au préfet s'adressa à Lynley et Nkata alors qu'il marquait une pause pour examiner son épaisse tignasse grise dans la vitre d'un panneau d'affichage. Contrairement aux deux autres hommes, il semblait ravi d'être là et c'est tout juste s'il ne se frottait pas les mains à l'idée de la rencontre qui se préparait. À l'évidence, il s'attendait que la conférence marche comme sur des roulettes.

Sans même souhaiter de réponse à sa question, il se glissa dans la pièce. Ils lui emboîtèrent le pas.

Les journalistes de la presse écrite et de la télévision avaient été priés d'occuper les rangées de sièges devant l'estrade. Les caméras de télévision devaient filmer par-dessus leurs têtes. Ceci pour bien montrer au public, par l'intermédiaire des infos du soir, que la Met faisait le maximum pour tenir le public informé dans un lieu ostensiblement ouvert et approprié.

Stephenson Deacon, chef du service de presse, avait choisi de prononcer quelques remarques préliminaires à l'occasion de cette première conférence. Sa présence soulignait l'importance de ce qui allait être annoncé en même temps qu'elle permettait au public de se rendre compte de l'intérêt que la police prenait à l'affaire. Seule la présence du patron de la DAP aurait pu donner davantage de poids encore à l'événement.

Les journaux s'étaient évidemment jetés sur l'histoire du corps trouvé sur une tombe dans St George's Gardens, comme tout individu doté d'un cerveau au Yard s'y était attendu. Les réticences de la police sur la scène de crime, l'arrivée sur place d'un officier de New Scotland Yard longtemps avant l'enlèvement du corps, le laps de temps qui s'était écoulé entre la découverte dudit corps et la tenue de cette conférence de presse... Tout cela avait aiguisé l'appétit des journalistes, leur laissant entrevoir une affaire encore plus conséquente.

Lorsque Deacon lui passa la parole, Hillier joua là-dessus. Il attaqua en mentionnant l'objectif plus vaste de la conférence de presse, destinée, déclara-t-il, à « faire prendre conscience à nos jeunes des dangers auxquels ils s'exposent dans les rues ». Il poursuivit en évoquant le crime qui faisait l'objet de l'enquête, et juste au moment où tout un chacun pouvait logiquement se demander pourquoi une conférence avait été organisée pour informer les médias d'un homicide qui occupait déjà la première place à la une, il dit :

— À ce stade, nous cherchons des témoins de ce qui semble être une série de meurtres visant des adolescents et vraisemblablement liés les uns aux autres.

Il fallut moins de cinq secondes pour que le mot « série » produise son impact inéluctable sur les reporters, qui se précipitèrent comme un seul homme tels des banlieusards décidés à prendre d'assaut le dernier train de la journée. Leurs questions fusèrent comme des faisans chassés de leurs fourrés.

Lynley vit Hillier jubiler tandis que les journalistes lui posaient le genre de questions que le service de presse et lui attendaient de leur part, laissant de côté les sujets que le service de presse et lui-même souhaitaient éviter. Hillier leva une main d'un air qui exprimait à la fois sa compréhension et sa tolérance devant cette explosion. Il s'employa ensuite à dire exactement ce qu'il avait prévu sans tenir compte des questions.

Les crimes individuels, leur expliqua-t-il, avaient fait l'objet d'une enquête de la part des services de police les plus proches du lieu où les corps avaient été retrouvés. Il ne faisait aucun doute que leurs consœurs et confrères journalistes chargés d'aller à la pêche aux infos dans les commissariats concernés se feraient une joie de leur communiquer leurs notes à ce sujet, ce qui ferait gagner un temps précieux à tout le monde. Pour sa part, la police métropolitaine allait diligenter une enquête approfondie sur le dernier en date de ces meurtres, le reliant aux autres s'il s'avérait que des éléments permettaient de penser qu'ils étaient reliés. En attendant, la préoccupation immédiate de la Met – comme il l'avait déjà mentionné – était la sécurité des jeunes gens qui peuplaient les rues, et il était crucial que le message leur parvienne immédiatement : des adolescents semblaient être la cible d'un ou plusieurs tueurs. Il leur fallait en être conscients et prendre les mesures de précaution indispensables quand ils étaient en dehors de chez eux.

Hillier présenta ensuite les deux officiers de police qui allaient « jouer un rôle prépondérant » dans l'enquête. Le commissaire intérimaire Thomas Lynley la dirigerait et coordonnerait les enquêtes préalablement menées par les commissariats locaux. Il serait assisté dans sa tâche par le sergent Winston Nkata. Il ne fit pas mention de l'inspecteur Stewart ni de personne d'autre.

Il y eut des questions portant sur la composition, la taille, l'envergure de l'équipe, auxquelles Lynley répondit. Après quoi Hillier reprit les rênes. Comme si cela venait de lui traverser l'esprit, il dit : « Puisque nous abordons la question de la composition de l'équipe… » et il poursuivit en indiquant aux journalistes qu'il s'était personnellement assuré le concours de Simon Allcourt-Saint James, expert en police scientifique, et, pour l'aider dans sa mission ainsi que les policiers de la Met, d'un psychologue légiste – plus communément connu sous le vocable de « profileur ». Pour des raisons professionnelles, le profileur préférait rester en retrait. C'était, inutile de le dire, un spécialiste formé aux États-Unis, à Quantico, Virginie, au département de profilage du FBI.

Hillier termina ensuite la réunion en disant aux journalistes que le service de presse ferait quotidiennement le point avec eux. Il éteignit son micro, et entraîna Lynley et Nkata hors de la salle, laissant les reporters avec Deacon, qui fit signe à un sous-fifre de distribuer les documents qu'on avait jugé bon de fournir aux médias.

Une fois dans le couloir, Hillier eut un sourire de satisfaction.

— Nous venons de gagner du temps, dit-il. Tâchez d'en faire bon usage.

Son attention fut alors attirée par un homme qui attendait non loin de là en compagnie de la secrétaire de Hillier, un badge de visiteur épinglé à son cardigan vert défraîchi.

— Ah, vous voilà, parfait, lui lança Hillier.

Qui se mit en devoir de faire les présentations. Il indiqua à Lynley et Nkata qu'ils étaient en présence de Hamish Robson, le psychologue clinicien et légiste dont il venait de parler aux journalistes. Le Dr Robson, qui travaillait à l'hôpital psychiatrique Fischer de Dagenham, accueillant de dangereux aliénés, avait aimablement accepté de se joindre à l'équipe de Lynley et de lui offrir son aide.

Lynley se raidit. Il comprit qu'il s'était fait avoir encore une fois, ayant à tort supposé pendant la conférence de presse que Hillier mentait comme un arracheur de dents en annonçant la participation à l'enquête d'un psychologue légiste. Il serra machinalement la main du Dr Robson tandis qu'il disait à Hillier, d'une voix aussi aimable que possible :

— J'aimerais vous dire un mot, monsieur.

Hillier consulta ostensiblement sa montre. Prit tout son temps pour dire à Lynley que le préfet de police en second attendait un compte rendu sur la conférence qui venait de se terminer.

— Cela ne prendra que cinq minutes, dit Lynley, et c'est d'une importance capitale.

Il ajouta après coup le mot « monsieur » sur un ton dont la signification ne put échapper à Hillier.

— Fort bien, dit Hillier. Hamish, si vous voulez nous excuser… ? Le sergent Nkata vous montrera la salle des opérations…

— Je vais avoir besoin de Winston, dit Lynley.

Ce n'était pas la stricte vérité mais, à un moment ou à un autre, il savait qu'il allait devoir faire comprendre à Hillier que ce n'était pas l'adjoint au préfet qui était chargé de diriger l'enquête.

Il y eut un petit silence tendu que Hillier mit à profit pour jauger l'étendue du mouvement d'humeur de Lynley. Il finit par dire : « Hamish, si vous voulez bien nous attendre un moment », et il fit entrer Lynley et Nkata non dans un bureau, dans l'escalier ou dans l'ascenseur pour les emmener chez lui, mais dans les toilettes des hommes, où il ordonna à un constable qui était en train de vider sa vessie de quitter les lieux, de se poster devant la porte et d'interdire l'accès.

Sans laisser à Lynley le temps de prendre la parole, Hillier lui dit d'un ton affable :

— Ne me refaites pas ce coup-là, s'il vous plaît. Sinon, vous vous retrouverez en uniforme si vite que vous n'aurez même pas le temps de fermer votre pantalon.

Voyant l'allure que risquait de prendre la conversation malgré le ton aimable de Hillier, Lynley dit à Nkata :

— Winston, vous voulez bien nous laisser, je vous prie ? Sir David et moi avons deux ou trois choses à nous dire. Je préfère que vous n'entendiez pas. Retournez dans la salle des opérations et voyez où en est Havers avec les disparus, notamment avec celui qui semble être une victime possible.

Nkata hocha la tête en signe d'assentiment. Il ne demanda pas s'il était censé emmener Robson avec lui, comme Hillier le lui avait précédemment ordonné. Il parut heureux de recevoir l'ordre de Lynley, qui lui donna l'occasion de montrer de quel côté il se trouvait.

Lorsqu'il fut sorti, Hillier ouvrit le feu.

— Vos propos sont déplacés.

— Avec tout le respect que je vous dois, lui renvoya Lynley sans en penser un mot, ce ne sont pas les miens qui sont déplacés. Mais les vôtres.

— Comment osez-vous ?

— Monsieur, je veux bien vous faire des comptes rendus d'activité quotidiens, dit Lynley, s'efforçant de se montrer patient. Je veux bien affronter les caméras de télévision si vous le souhaitez, me tenir à vos côtés et forcer le sergent Nkata à en faire autant. Mais il n'est pas question que je vous laisse prendre la direction de l'enquête. Vous devez vous tenir à l'écart. C'est la seule façon pour que ça fonctionne.

— Vous voulez passer en commission de discipline ? Rien de plus facile, croyez-moi.

— Si vous croyez devoir le faire, faites-le, rétorqua Lynley. Mais, monsieur, au bout du compte, il faut que vous en preniez conscience : une seule personne doit mener l'enquête. Vous ou moi. Si vous voulez la diriger, allez-y et cessez de faire comme si j'en étais le responsable. Mais si vous voulez que je m'en charge, vous allez devoir réviser vos positions. C'est la deuxième fois que vous me faites le coup de me prendre par surprise, je ne veux pas qu'il y en ait une troisième.

Le visage de Hillier vira au rouge du crépuscule. Mais il ne souffla mot tandis qu'il évaluait simultanément les efforts déployés par Lynley pour conserver son calme et la portée de ses propos. Il finit par dire :

— Je veux des rapports quotidiens.

— Vous les avez eus. Vous continuerez de les avoir.

— Et le profileur reste dans l'équipe.

— Monsieur, nous n'avons pas besoin de charabia psy pour l'instant.

— Nous avons besoin de toute l'aide dont nous pouvons disposer ! fit Hillier, haussant le ton. Les journaux vont nous tomber dessus dans les vingt-quatre heures. Vous le savez pertinemment.

— En effet. Mais nous savons également tous les deux ce qui va finir par se produire maintenant que les autres meurtres ont été mentionnés.

— Est-ce que vous m'accuseriez…

— Non. Non. Vous avez dit ce qu'il fallait. Mais, une fois qu'ils auront commencé à creuser, ils se jetteront sur nous, et il n'y aura pas que des mensonges dans les critiques qu'ils formuleront à l'égard de la Met.

— De quel côté êtes-vous donc, bon sang ? Ces salauds vont réexaminer les autres meurtres et dire que c'est notre faute et pas la leur si aucun n'a fait la une. Ils se mettront à agiter le drapeau du racisme, et quand ils en seront arrivés là, la communauté tout entière va exploser. Que ça vous plaise ou non, il nous faut conserver une petite avance sur eux. D'où le profileur. C'est comme ça, un point c'est tout.

Lynley réfléchit. L'idée d'avoir un profileur dans le coup le révulsait mais il lui fallait reconnaître que sa présence constituait un plus aux yeux des journalistes chargés de couvrir l'affaire. Alors que d'habitude il ne faisait cas ni des journaux ni de la télévision – considérant la collecte et la dissémination de l'information comme un phénomène qui devenait d'année en année plus scandaleux –, il comprenait la nécessité de tenir la presse focalisée sur les progrès de l'enquête en cours. Si les médias se mettaient à délirer sur l'incapacité de la Met à voir des liens entre les trois homicides antérieurs, ils placeraient la police en situation de devoir perdre du temps à tenter d'excuser sa faute. Cela ne servirait qu'à garnir les coffres des journaux, qui augmenteraient leurs tirages en attisant les flammes d'une indignation publique toujours prête à se réveiller.

— Très bien, concéda Lynley. Le profileur reste sur le coup. Mais c'est moi qui décide de ce qu'il voit et de ce qu'il ne voit pas.

— Entendu.

Ils regagnèrent le couloir, où Hamish Robson les attendait, seul. Le profileur avait eu la bonne idée d'aller se poster devant un panneau d'affichage à quelque distance des toilettes. Lynley ne put s'empêcher de l'admirer. Il dit :

— Docteur Robson ?

À quoi Robson répondit :

— Hamish, s'il vous plaît.

— Le commissaire va s'occuper de vous, Hamish, dit Hillier. Bonne chance. Nous comptons sur vous.

Le regard de Hamish navigua de Hillier à Lynley. Derrière les lunettes à monture dorée, ses yeux exprimaient de la circonspection. Son bouc grisonnant dissimulait l'expression de son visage. Lorsqu'il hocha la tête, une mèche de cheveux lui retomba sur le front. Il l'écarta d'un geste. Sa chevalière en or refléta la lumière.

— Je suis heureux de me mettre à votre disposition. Je vais avoir besoin des rapports de police, des photos de scène de crime…

— Le commissaire vous fournira ce dont vous avez besoin, dit Hillier.

Et, à l'intention de Lynley, il ajouta :

— Tenez-moi informé.

Il adressa un signe de tête à Robson et s'éloigna à vive allure en direction des ascenseurs.

Tandis que Robson regardait Hillier s'éloigner, Lynley en profita pour l'observer et lui trouva l'air plutôt inoffensif. Son cardigan vert bouteille et sa chemise jaune paille avaient quelque chose de réconfortant. Il portait une cravate classique marron foncé, de la même couleur que son pantalon, qui avait connu des jours meilleurs. Il était plutôt rondelet et avait l'allure d'un gentil tonton.

— Vous travaillez avec des fous dangereux, dit Lynley tout en entraînant Robson vers la cage d'escalier.

— Je travaille avec des esprits qui n'ont d'autre exutoire à leurs tourments que de commettre un crime.

— N'est-ce pas la même chose ?

Robson eut un sourire triste.

— Si seulement c'était le cas.

Lynley présenta brièvement Robson à l'équipe de la Criminelle avant de l'emmener de la salle des opérations dans son bureau. Là, il remit au psychologue des copies des photos des scènes de crime, les rapports de police et les premiers éléments qu'il tenait des médecins légistes qui avaient examiné les corps. Il garda pour lui les comptes rendus d'autopsie. Robson feuilleta rapidement les documents, puis indiqua qu'il lui faudrait au moins vingt-quatre heures pour les évaluer.

Pas de problème, dit Lynley. Les policiers de l'équipe avaient largement de quoi s'occuper en attendant le résultat de sa... Lynley faillit utiliser le terme « prestation », comme si cet homme était un médium qui allait se mettre à tordre des petites cuillères en leur présence. Il se rabattit sur le mot « examen », trouvant que « rapport » faisait trop officiel et conférait à Robson une légitimité exagérée.

— Les enquêteurs m'ont accueilli... (Robson parut chercher le mot.) Avec une certaine... circonspection.

— Ils ont l'habitude de travailler à l'ancienne, lui dit Lynley.

— Je crois qu'ils s'apercevront que mon travail est utile, commissaire.

— Ravi de vous l'entendre dire, fit Lynley, qui appela Dee Harriman pour qu'elle le raccompagne.

Une fois le profileur parti, Lynley regagna la salle des opérations, demandant à ses hommes où ils en étaient.

L'inspecteur Stewart était comme d'habitude prêt à rendre son rapport ; il se leva dans ce but avec la mine d'un élève qui espère obtenir une bonne note de son maître. Il annonça qu'il avait constitué des équipes avec ses officiers, pour une meilleure répartition des tâches. À ces mots, certains levèrent les yeux au ciel. Stewart se comportait la plupart du temps comme un Wellington frustré.

Ils progressaient lentement, embarqués qu'ils étaient dans l'assommant travail de routine d'une enquête complexe. Stewart avait chargé deux policiers de l'équipe numéro un – « Ils s'occuperont de faire des recherches dans les antécédents des uns et des autres » – de couvrir hôpitaux psychiatriques et prisons. Ils avaient déterré un certain nombre de pistes potentielles qu'ils s'employaient à remonter : pédophiles ayant fini leur temps au cours des six derniers mois, assassins d'adolescents libérés sur parole, membres de gang attendant leur procès.

— Et du côté des jeunes délinquants ? demanda Lynley.

Stewart secoua la tête. Rien de ce côté. Tous les jeunes délinquants récemment libérés avaient été retrouvés.

— Qu'est-ce que ça a donné, l'enquête de voisinage sur les lieux où les corps ont été déposés ? voulut savoir Lynley.

Pas grand-chose. Stewart avait chargé des constables de réinterroger tout le monde, cherchant des témoins. Ils connaissaient la marche à suivre : ce n'était pas tant l'inhabituel qu'ils cherchaient que l'ordinaire qui, après réflexion, donnait à réfléchir. Les meurtriers en série étant par nature enclins à se fondre dans le paysage, il fallait examiner ledit paysage centimètre par centimètre, processus long et fastidieux.

Stewart avait également fait faire une enquête auprès des entreprises de transport, et il avait pour l'instant déniché cinquante-sept chauffeurs de camion susceptibles de s'être trouvés dans Gunnersbury Road la nuit où la première victime avait été abandonnée dans Gunnersbury Park. Une constable était en train de les contacter afin de voir si elle ne pouvait pas, en titillant leur mémoire, réveiller leurs souvenirs d'un véhicule qui aurait pu être garé le long du mur de brique, sur la voie menant à Londres. Dans le même temps, et poursuivant le même objectif, un autre constable s'employait à contacter toutes les sociétés de taxis et de minicabs. Quant à l'enquête de voisinage, une rangée de maisons se dressait en face du parc, mais séparée de lui par quatre voies de circulation et un terre-plein central. Ils espéraient obtenir des résultats dans l'une ou l'autre bâtisse. On ne savait jamais qui, souffrant d'insomnie, pouvait avoir mis le nez à la fenêtre la nuit du drame. La même chose s'appliquait à Quaker Street, où un immeuble d'habitation se dressait en face de l'entrepôt abandonné où avait été découvert le troisième corps.

D'un autre côté, le parking sur plusieurs niveaux où le second corps avait été découvert allait présenter davantage de difficultés. La seule personne susceptible d'avoir aperçu quelque chose était le gardien de service cette nuit-là ; mais il jurait n'avoir rien vu entre une heure et six heures vingt du matin, heure à laquelle était passée une infirmière qui allait prendre son service au Chelsea & Westminster Hospital. Cela ne signifiait pas, évidemment, qu'il n'avait pas dormi pendant les événements. Le parking n'avait pas de poste de surveillance central où veillait nuit et jour un gardien mais plutôt un bureau situé au fond, meublé d'un fauteuil relax et d'un téléviseur destinés à faire paraître un peu plus courtes les longues heures du service de nuit.

— Et St George's Gardens ? s'enquit Lynley.

Les choses étaient plus prometteuses de ce côté-là, dit Stewart. Selon le constable de Theobald's Road qui avait procédé à l'interrogatoire des voisins, une femme résidant au troisième étage de l'immeuble situé à la jonction de Henrietta Mews et de Handel Street avait entendu ce qu'elle avait pensé être la grille du jardin s'ouvrir vers trois heures du matin. Au début elle avait cru que c'était le gardien, mais à la réflexion, elle se dit qu'il était beaucoup trop tôt pour qu'il ouvre la grille. Le temps de sortir de son lit, d'enfiler sa robe de chambre et de se poster à sa fenêtre, elle était arrivée juste à point pour voir une camionnette qui s'éloignait. Laquelle était passée sous un réverbère alors qu'elle regardait. Elle la qualifia de « plutôt grande ». Dit qu'elle pensait qu'elle était rouge.

— Des camionnettes rouges, il n'y en a jamais que quelques centaines de milliers dans Londres, ajouta Stewart d'un air de regret.

Il ferma son calepin, son rapport terminé.

— Il faut qu'on mette quelqu'un sur Swansea[1] pour éplucher les numéros minéralogiques des véhicules, dit Barbara Havers à Lynley.

— Cela ne mènera à rien, constable, vous devriez le savoir, fit Stewart.

Havers se hérissa et commença à répondre.

Lynley lui coupa la parole.

1. Équivalent de la Direction de l'Inscription des véhicules. (*N.d.T.*)

— John.

Il prononça le prénom de l'inspecteur d'un ton comminatoire. Stewart se calma mais il n'avait pas l'air spécialement content que Havers – simple constable – donne son avis.

— Bien, fit-il. Je vais m'en occuper. Je vais également mettre quelqu'un sur la vieille bique de Handel Street. On réussira peut-être à réveiller d'autres souvenirs sur ce qu'elle a vu de sa fenêtre.

— Et le morceau de dentelle retrouvé sur le quatrième corps ? s'enquit Lynley. Du nouveau ?

Ce fut Nkata qui répondit.

— Ça ressemble à des frivolités, si vous voulez mon avis.

— Quoi ?

— Des frivolités. C'est comme ça que ça s'appelle. Ma mère en fait. C'est de la dentelle dont on borde les napperons. Des garnitures de dentelle qu'on met sur des meubles anciens ou sous un objet en porcelaine.

— Tu veux parler des têtières ? fit John Stewart.

— Des têtes quoi ? s'enquit une des constables.

— De la dentelle ancienne, expliqua Lynley. Le genre de choses que les dames fabriquaient pour leur trousseau.

— Bon Dieu, dit Barbara Havers. Est-ce que notre tueur serait un fan d'*Antiques Roadshow*[1] ?

Des salves d'éclats de rire saluèrent cette remarque.

— Et la bicyclette abandonnée dans St George's Gardens ? demanda Lynley.

— Les empreintes qu'on y a relevées sont celles du gamin. Sur les pédales et le changement de vitesse, on

1. Émission de la BBC réunissant des spécialistes qui expertisent les objets d'art anciens qui leur sont soumis. (*N.d.T.*)

a aussi retrouvé des résidus d'une substance non encore identifiée. Le SO7 planche dessus.

— Les objets en argent retrouvés sur place ?

Hormis le fait qu'il ne s'agissait que de cadres en argent, nul ne savait rien à ce sujet. Quelqu'un fit une nouvelle référence à l'*Antiques Roadshow*, mais, comme c'était la deuxième fois, ce fut nettement moins drôle.

Lynley leur dit à tous de poursuivre leurs recherches. Il demanda à Nkata de continuer à établir le contact avec la famille du jeune disparu qui semblait correspondre, il dit à Havers de continuer à travailler sur les rapports concernant les personnes disparues – un ordre qui, à en juger par la tête qu'elle fit lorsqu'elle le reçut, ne sembla pas lui plaire outre mesure – et lui-même regagna son bureau, où il s'assit avec les comptes rendus d'autopsie. Il chaussa ses lunettes de lecture et relut les documents d'un œil aussi neuf que possible. Il établit également une fiche récapitulative pour son usage personnel. Sur laquelle il écrivit :

Cause de la mort : strangulation par ligature dans les quatre cas ; lien absent.

Torture précédant la mort : paumes des deux mains brûlées dans trois cas sur quatre.

Marques de liens : sur les avant-bras et les chevilles dans les quatre cas, suggérant que la victime a été attachée à un fauteuil ou qu'elle était allongée sur le dos et attachée autrement.

Analyse des fibres : elle corrobore cette hypothèse. Dans les quatre cas on a retrouvé des fibres de cuir identiques sur les bras et les chevilles.

Contenu de l'estomac : une petite quantité de nourriture ingérée dans l'heure précédant la mort dans les quatre cas.

Type de bâillon : résidus de ruban adhésif en toile sur la bouche dans les quatre cas.

Analyse de sang : rien à signaler.

Mutilation post mortem : incision abdominale et excision du nombril sur la victime numéro quatre.

Marques : front marqué avec le sang de la victime chez la quatrième victime.

Traces prélevées sur les corps : résidu noir (en cours d'analyse), cheveux, huile (en cours d'analyse) dans les quatre cas.

Empreintes génétiques : néant.

Lynley passa tout cela en revue une première puis une seconde fois. Il décrocha son téléphone et appela le SO7. Un bon moment s'était écoulé depuis les premiers meurtres. Même s'ils étaient débordés, les techniciens devaient avoir les résultats de l'analyse effectuée sur l'huile et les résidus retrouvés sur le premier des corps.

Chose invraisemblable, ils n'avaient encore rien sur les résidus. Toutefois on lui répondit « baleine » lorsqu'il eut enfin réussi à joindre la personne concernée à Lambeth Road. C'était une certaine Dr Okerlund, qui semblait avoir une prédilection pour les monosyllabes quand on ne la poussait pas dans ses retranchements.

— Baleine ? reprit Lynley. Comme dans poisson ?

— Comme dans mammifère, rectifia-t-elle, indignée. Plus exactement comme dans sperme de baleine. Le nom officiel de l'huile, pas de la baleine, c'est l'ambre gris.

— L'ambre gris ? Dans quoi l'utilise-t-on ?

— En parfumerie. C'est tout, commissaire ?

— Parfumerie ?

— Il y a un écho ou quoi ? C'est ce que je viens de vous dire.

— Rien d'autre ?

— Que voulez-vous que je vous dise d'autre ?

— Je parle de l'huile, docteur Okerlund. Est-ce qu'elle sert à autre chose en dehors de la parfumerie ?

— Pas la moindre idée. À vous de le découvrir.

Il la remercia aussi chaudement qu'il put. Puis il raccrocha. Il ajouta les mots « ambre gris » au paragraphe consacré aux traces, et regagna la salle des opérations. À la cantonade, il s'écria :

— L'ambre gris, est-ce que quelqu'un connaît ? On en a retrouvé sur les corps. Ça vient des baleines[1].

— De Cardiff, j'imagine, dit un constable.

— Pas du pays de Galles[2], dit Lynley. Des baleines. L'océan. Moby Dick.

— Moby qui ?

— Bon Dieu, Phil ! s'écria quelqu'un. Quand tu lis, essaie de dépasser la page 3.

Des remarques égrillardes accueillirent ce commentaire. Lynley se garda bien d'intervenir, laissant les réflexions fuser. Chronophage, fastidieux et éprouvant, le travail des policiers pesait sur leurs épaules et avait souvent de lourdes répercussions sur leur vie privée. S'ils avaient besoin de dédramatiser en faisant de l'humour, il n'y voyait pas d'inconvénient.

Ce qui arriva ensuite fut une très bonne chose. Barbara Havers leva la tête après avoir passé un coup de fil.

— On a identifié le corps de St George's Gardens, annonça-t-elle. C'est celui d'un ado du nom de Kimmo Thorne, qui habitait Southwark.

---

1. En anglais : *whales*. (*N.d.T.*)
2. En anglais : *Wales*. (*N.d.T.*)

Barbara Havers insista pour qu'ils prennent sa voiture et non celle de Nkata. Le fait que Lynley l'ait chargée d'interroger les parents de Kimmo Thorne lui fournissait une excellente occasion de griller une cigarette, et elle n'avait pas envie de polluer avec ses cendres et sa fumée l'intérieur de l'Escort minutieusement entretenue de Winston. Elle alluma sa cigarette dès qu'ils furent dans le parking en sous-sol, et regarda non sans amusement son collègue caser tant bien que mal son mètre quatre-vingt-dix dans sa Mini. Bougonnant, il se retrouva les genoux plaqués contre la poitrine et la tête au plafond.

Lorsqu'elle eut enfin réussi à faire démarrer la voiture, ils prirent la direction de Broad Street. De là, Parliament Square débouchait sur le pont de Westminster, qui allait leur permettre de franchir le fleuve. Ce secteur étant davantage celui de Winston que de Barbara, il joua les navigateurs une fois qu'ils aperçurent York Road sur leur gauche. De là, elle n'eut pas grand mal à rejoindre Southwark, où la tante et la grand-mère de Kimmo Thorne habitaient l'un des immeubles fort quelconques qui avaient été construits au sud de la Tamise après la Seconde Guerre mondiale. Seul signe distinctif du bâtiment en question : sa proximité avec le théâtre du Globe. Mais ainsi que Barbara – toujours sarcastique – le fit remarquer à Nkata tandis qu'ils descendaient de voiture dans la rue étroite, il y avait peu de chances que les gens du quartier puissent s'y offrir une place.

Lorsqu'ils entrèrent chez les Thorne, ils trouvèrent Mamie et tante Sal assises, l'air morne. Trois photos encadrées avaient été posées sur une table basse devant leur canapé. Elles avaient identifié le corps, expliqua tante Sally.

— Je voulais pas que maman y aille, mais elle a rien voulu savoir. Ça lui a filé un sacré choc de voir Kimmo allongé comme ça. C'était un bon garçon. J'espère qu'ils le pendront, celui qui a fait le coup.

Mamie ne souffla mot. Elle semblait effectivement sous le choc. Elle tenait à la main un mouchoir blanc avec des lapins lavande brodés tout autour. Elle contemplait l'une des photos de son petit-fils – où il avait l'air bizarrement affublé, comme pour une fête costumée, d'un curieux mélange de rouge à lèvres, de collant vert, et d'une tunique à la Robin des Bois avec des Doc Martens – et elle pressait le mouchoir sous ses yeux lorsque les larmes y affluaient.

La police, dit Barbara à la grand-mère et à la tante de Kimmo, faisait tout son possible pour retrouver l'assassin du jeune homme. Cela les aiderait énormément si Miss et Mrs Thorne voulaient bien leur dire tout ce qu'elles savaient sur le dernier jour de la vie de Kimmo.

À peine Barbara avait-elle prononcé ces paroles qu'elle se rendit compte qu'elle avait endossé le rôle qui avait été le sien. Et qui était maintenant celui de Nkata. Avec une petite grimace d'excuse, elle jeta un coup d'œil dans sa direction. Il leva une main pour lui faire signe qu'il n'y avait « pas de problème », en un geste emprunté à Lynley. Elle sortit son carnet.

Tante Sal prit la requête on ne peut plus au sérieux. Elle commença par le lever de Kimmo. Comme d'habitude, il avait revêtu...

— Un caleçon, des boots, un gros pull, une jolie écharpe brésilienne nouée autour de la taille... celle que sa mère et son père lui avaient envoyée pour Noël, tu t'en souviens, maman ?

... et il s'était maquillé. Il avait mangé les corn flakes du petit déjeuner et bu son thé, et il était parti au lycée.

Barbara et Nkata échangèrent un regard. Compte tenu de la description du gamin, des photos sur la table basse et de la proximité du Globe, la question suivante était toute naturelle. Ce fut Nkata qui la posa. Kimmo suivait-il des cours au théâtre ? Des cours de comédie ou quelque chose du même goût ?

Oh, Kimmo était fait pour la scène, cela ne faisait pas l'ombre d'un doute, répondit tante Sal. Mais non, il ne suivait pas de cours au Globe ni ailleurs. Il se trouvait simplement que c'était sa tenue habituelle quand il sortait. Ou quand il restait à l'appartement.

Mettant de côté la question de sa tenue vestimentaire, Barbara dit :

— Il se maquillait régulièrement, alors ?

Voyant les deux femmes opiner du bonnet, elle tira mentalement un trait sur l'une de leurs hypothèses de travail, à savoir que le tueur avait pu acheter les produits de maquillage quelque part et en barbouiller le visage de la dernière des victimes. Pourtant il était bien improbable que Kimmo ait tenté d'aller au lycée ainsi accoutré. Sa tante et sa grand-mère auraient certainement été contactées par le professeur principal si tel avait été le cas. Toutefois elle leur demanda si Kimmo était rentré à la maison après l'école – ou après être allé ailleurs, ajouta-t-elle en son for intérieur – à l'heure habituelle le jour de sa mort.

Elles dirent qu'il était rentré à six heures comme d'habitude, qu'ils avaient dîné ensemble. Mamie avait fait de la friture, plat dont Kimmo ne raffolait pas parce qu'il surveillait sa ligne. Après cela, tante Sal avait fait la vaisselle tandis que Kimmo l'essuyait.

— Il était comme d'habitude, dit tante Sal. Tchatchant, racontant des blagues, me faisant rire jusqu'à ce que j'en aie mal au ventre. Le moindre petit fait, il vous le montait en épingle, il en faisait une montagne. Il fallait le voir quand il racontait une histoire.

Un véritable acteur. Et il chantait et dansait…
Kimmo les faisait toutes, c'était magique.

— Les « faisait » ? reprit Nkata.

— Judy Garland, Liza, Barbra, Dietrich. Même
Carol Channing, avec la perruque. Il s'entraînait dur les
derniers temps pour imiter Sarah Brightman, dit tante
Sal. Seuls les aigus lui posaient un problème, et les
mains. Mais il y serait arrivé, ça oui, mais maintenant…

Tante Sal finit par craquer. Elle se mit à sangloter et
Barbara coula un regard vers Nkata afin de voir s'il
avait la même impression qu'elle sur cette petite
famille : aussi bizarre qu'il ait pu être, Kimmo Thorne
était tout pour sa tante et sa grand-mère.

Mamie prit la main de sa fille et y fourra le mouchoir aux lapins. Elle poursuivit.

Il leur avait fait Marlene Dietrich après le dîner :
Falling in Love Again. Le frac, les bas résille, les
talons aiguilles, le haut-de-forme… Même les cheveux
platine avec le cran. Il l'imitait à la perfection. Et après
ça, il était sorti.

— Quelle heure était-il ? questionna Barbara.

Mamie consulta le réveil électrique qui trônait sur le
téléviseur.

— Dix heures et demie, Sally ?

Tante Sal se tamponna les yeux.

— Dans ces eaux-là.

— Où allait-il ?

Elles n'en savaient rien. Mais il leur avait dit qu'il
allait retrouver Blinker.

— Blinker ? firent d'une même voix Barbara et
Nkata.

Blinker, oui, confirmèrent-elles. Elles ignoraient le
nom de famille de ce garçon – apparemment Blinker
était du sexe masculin et c'était un être humain ; mais

ce qu'elles savaient, c'est qu'il était la cause des ennuis de leur petit Kimmo.

Le mot « ennuis » frappa Barbara mais elle laissa Nkata poser la question.

— Quel genre d'ennuis ?

Pas de gros ennuis, leur assura tante Sal. Et ce n'était pas lui qui prenait l'initiative. C'est seulement que ce foutu Blinker – « Excuse-moi, maman » – avait refilé à Kimmo un truc que Kimmo avait fourgué, et ce dernier s'était fait pincer à vendre des objets volés.

— Mais le responsable, c'était Blinker, dit tante Sal. Kimmo n'avait jamais eu d'ennuis avant ça.

Cela restait à voir, songea Barbara. Elle demanda aux Thorne si elles savaient où était Blinker.

Elles n'avaient pas son numéro de téléphone mais elles savaient où il habitait. Elles dirent qu'il ne devrait pas être difficile de le trouver chez lui le matin parce qu'il traînait toute la nuit aux abords de Leicester Square et dormait jusqu'à une heure de l'après-midi. Il campait sur le canapé de sa sœur, qui vivait avec son mari dans Kipling Estate, près de Bermondsey Square. Tante Sal ignorait le nom de la sœur, comme elle ignorait le prénom de Blinker, mais elle pensait que si la police demandait à droite et à gauche où se trouvait un type du nom de Blinker, quelqu'un les renseignerait certainement. Blinker n'était pas du genre à passer inaperçu.

Barbara leur demanda s'ils pouvaient jeter un coup d'œil aux affaires de Kimmo. Tante Sal les conduisit dans sa chambre, qui était pleine à craquer : lit, coiffeuse, placard, commode, téléviseur, chaîne hi-fi. La coiffeuse croulait sous un amoncellement de produits de maquillage qui auraient fait la joie de Boy George. Le dessus de la commode abritait des porte-perruques, lesquelles étaient au nombre de cinq. Les murs disparaissaient sous des dizaines de portraits dont Kimmo

s'était apparemment inspiré pour faire ses imitations :
d'Edith Piaf à Madonna. Le jeune homme avait des
goûts éclectiques.

— Où trouvait-il la thune pour se payer tout ça ?
s'enquit Barbara dès que tante Sal les eut laissés au
milieu du bazar du jeune homme. Elle n'a fait aucune
allusion à un boulot, si ?

— On se demande ce que Blinker lui refilait pour
qu'il le vende, répondit Nkata.

— De la drogue ?

Il agita la main : peut-être que oui, peut-être que
non.

— En tout cas, ce qu'il vendait, il le vendait en
grandes quantités.

— Il faut qu'on retrouve ce mec, Winnie.

— Ça ne devrait pas être trop difficile. Quelqu'un le
connaît sûrement dans la cité.

En fin de compte, ils eurent peu de succès dans la
chambre de Kimmo. Un petit paquet de cartes –
anniversaire, Noël, Pâques, toutes signées « Gros
bisous, mon chéri, Maman et Papa » – était caché
dans un tiroir avec une photo d'un couple de trentenai-
res bien bronzés sur un balcon ensoleillé à l'étranger.
Une coupure de presse jaunie à propos d'un mannequin dont les tabloïds avaient révélé la transsexualité
dans un lointain passé avait été enterrée sous un tas
de bijoux fantaisie sur la coiffeuse. Un magazine de
coiffure – du moins en d'autres circonstances –
aurait pu indiquer que l'ado se destinait à cette profession.

En dehors de cela, ils ne trouvèrent que ce que l'on
peut s'attendre à découvrir dans la chambre d'un adolescent de quinze ans. Des chaussures qui sentaient
mauvais, des caleçons en bouchon sous le lit, des chaussettes dépareillées. La pièce aurait été parfaitement

ordinaire sans ce déploiement d'articles qui en faisait un repaire d'hermaphrodite.

Lorsqu'ils eurent tout vu, tout examiné, Barbara s'adressa à Nkata :

— À ton avis, Winnie, qu'est-ce qu'il trafiquait ?

Nkata semblait avoir tiré les mêmes conclusions qu'elle de l'examen de la chambre.

— J'ai l'impression que le dénommé Blinker devrait pouvoir nous renseigner.

Ils savaient tous deux qu'il était inutile d'essayer de mettre la main sur Blinker pour le moment. Ils feraient mieux de tenter leur chance le matin à l'heure où ceux qui bossaient se rendaient à leur travail depuis le grand ensemble où Blinker avait élu domicile. Ils rejoignirent tante Sal et Mamie, et Barbara les questionna au sujet des parents de Kimmo. C'était le petit paquet de cartes trouvé dans la chambre·du gamin qui l'avait incitée à poser la question plutôt que les besoins de l'enquête. C'était également ce que ce petit tas de cartes révélait des priorités des gens.

Oh, ils étaient en Amérique du Sud, dit Mamie. Ils y étaient depuis le huitième anniversaire de Kimmo. Son père était dans l'hôtellerie, voyez-vous, et ils étaient allés là-bas pour prendre la direction d'un spa de luxe. Ils avaient l'intention de faire venir Kimmo une fois installés. Seulement sa mère voulait d'abord apprendre la langue et cela lui prenait plus de temps qu'elle ne se l'était imaginé.

Avaient-ils été avertis de la mort de Kimmo ? voulut savoir Barbara. Parce que...

Mamie et tante Sal échangèrent un regard.

... ils avaient sûrement des dispositions à prendre pour rentrer le plus vite possible.

Elle dit ça en partie parce qu'elle voulait qu'elles soient obligées de reconnaître ce qu'elle supposait : les parents de Kimmo n'étaient des parents qu'à cause de la rencontre accidentelle d'un ovule et d'une goutte de sperme. Ils avaient en tête des soucis nettement plus importants que de savoir ce qu'il était advenu du résultat d'un bref frottement de leurs deux épidermes.

De là, elle se mit à penser aux autres victimes. Et à ce qu'elles pouvaient bien avoir en commun.

5

Le lendemain, deux nouvelles en provenance du SO7 donnèrent aux policiers des raisons de se réjouir. Les deux empreintes de pneu relevées sur la scène où avait été découvert le corps de St George's Gardens avaient été identifiées ; on avait du moins retrouvé le fabricant. Elles se caractérisaient par un dessin d'usure tout à fait particulier. Lequel allait plaire au ministère public si la Met arrêtait quelqu'un se trouvant en possession de ces pneus et d'un véhicule susceptible d'en être équipé. L'autre nouvelle concernait les résidus découverts sur les pédales et le changement de vitesse de la bicyclette de St George's Gardens ainsi que ceux prélevés sur les quatre corps : ils étaient identiques. L'équipe de la Criminelle en conclut que Kimmo Thorne avait été chargé quelque part avec son vélo et assassiné ailleurs, après quoi son assassin avait déposé le corps, la bicyclette et vraisemblablement les cadres en argent à St George's Gardens. Tout cela était certes un peu mince comme progrès, mais c'était malgré tout mieux que rien. Aussi, lorsque Hamish Robson revint avec son rapport, Lynley se sentit-il enclin à lui pardonner de se pointer avec trois heures et demie de retard sur l'horaire prévu. Au départ, en effet, Robson avait pensé n'avoir besoin que de vingt-quatre heures pour collecter des données valables.

Dee Harriman alla le chercher à la réception et le ramena dans le bureau de Lynley. Il refusa une tasse de thé et désigna de la tête la table de conférence au lieu de prendre place dans l'un des deux fauteuils face au bureau de Lynley.

Lynley vit dans cette manœuvre une façon subtile de lui faire comprendre qu'ils étaient sur un pied d'égalité. Malgré son caractère réservé, Robson ne semblait pas être homme à se laisser facilement intimider.

Il avait apporté un bloc, une chemise en carton, et les documents que Lynley lui avait remis la veille. Il posa avec soin les mains sur le tout et demanda à Lynley ce qu'il savait du profilage. Lynley lui répondit qu'il n'avait pas encore eu l'occasion de travailler avec un profileur mais savait en gros de quoi il s'agissait. Il n'émit aucun commentaire sur son peu d'empressement à faire appel à ses talents ni sur le fait qu'il était persuadé que Robson n'avait été appelé que pour fournir à Hillier un os à jeter aux chiens voraces des médias.

— Voulez-vous que je vous fasse un topo sur le profilage ? proposa Robson.

— Franchement, je n'y tiens pas particulièrement.

Robson le considéra d'un air placide. Derrière les lunettes, ses yeux avaient quelque chose de rusé mais il se contenta de dire :

— Très bien. Nous verrons cela plus tard.

Là-dessus, il prit son bloc sans plus de cérémonie.

Ils cherchaient, dit-il à Lynley, un individu de sexe masculin âgé de vingt-cinq à trente-cinq ans. Quelqu'un qui serait soigné dans son apparence : rasé de près, cheveux courts, bonne condition physique, résultat possible d'une pratique assidue des poids et haltères. Ce quelqu'un serait connu des victimes, mais pas intimement. Ce serait un homme d'une grande intelligence mais qui ne serait pas arrivé à grand-chose dans la vie, un homme qui aurait fait des études honorables mais aurait eu des problèmes de discipline provenant d'une impossibilité chronique à obéir. Il devait avoir eu plusieurs postes qu'il avait perdus successivement, et s'il occupait un emploi en ce moment, ce devait être un emploi au-dessous de ses capacités. On retrouverait des traces de comportement violent dans son enfance et son adolescence : incendies volontaires, cruauté envers les animaux. Il devait être célibataire et vivre soit seul, soit en compagnie d'un parent dominant.

Bien que sachant un certain nombre de choses sur le profilage, Lynley avait des doutes sur les détails que Robson lui avait fournis.

— Comment pouvez-vous savoir tout cela, docteur Robson ?

Les lèvres de Robson esquissèrent un sourire qui s'efforçait – sans y parvenir – de ne pas paraître satisfait.

— Je suppose que vous savez en quoi consiste le travail d'un profileur, commissaire. Mais savez-vous pourquoi et comment le profilage fonctionne ? Il manque rarement d'exactitude et cela n'a rien à voir avec les boules de cristal, les tarots ou l'examen des entrailles d'animaux sacrifiés.

À ces mots, qui sentaient la légère correction qu'un parent administre à un enfant qui l'a contrarié, Lynley envisagea une demi-douzaine de façons de remettre les pendules à l'heure.

Ayant conclu que cette stratégie constituait une perte de temps, il proposa :

— Et si nous repartions plutôt de zéro ?

Cette fois le sourire de Robson fut authentique.

— Merci, fit-il.

118

Et il expliqua à Lynley que, pour connaître un tueur, il suffisait d'étudier le crime commis, ce qu'avaient fait les Américains avec la création par le FBI de l'Unité des sciences comportementales. En rassemblant des éléments au fil des décennies pendant lesquelles ils avaient pourchassé des meurtriers en série par dizaines, et en interrogeant des serial killers incarcérés par dizaines également, ils avaient découvert des points communs dans le profil de l'auteur d'un crime donné. Dans ce cas particulier, par exemple, ils pouvaient être sûrs que les meurtres étaient une quête de pouvoir, même si le meurtrier était persuadé qu'ils avaient une autre cause.

— Il ne tue pas seulement pour le plaisir ?

— Pas du tout, fit Robson. Cela n'a rien à voir. Cet homme frappe parce qu'il a été frustré, contredit. L'excitation, le plaisir, s'il en éprouve, sont secondaires.

— Frustré par la victime ?

— Non. Par un agent stressant qui a déclenché le passage à l'acte mais dont la source n'est pas la victime.

— Qui alors ? Ou quoi ?

— La perte récente d'un emploi, un licenciement que le tueur estime injustifié. La fin d'un mariage ou d'une relation amoureuse. La mort d'un être cher. Le rejet d'une demande en mariage. Une convocation devant le tribunal. Une perte subite d'argent. La destruction de sa maison à la suite d'un incendie, d'une inondation, d'un tremblement de terre, du passage d'un ouragan. Quelque chose qui a réduit au chaos son monde ou celui de quelqu'un d'autre, le voilà, l'agent stressant.

— Des frustrations, des contrariétés, nous en rencontrons tous dans la vie, dit Lynley.

— Mais nous ne sommes pas tous des psychopathes. C'est la combinaison de la personnalité psychopathique et de l'agent stressant qui est mortelle, pas le seul agent stressant.

Robson étala les photos.

Malgré les caractéristiques du crime faisant penser à du sadisme – les mains brûlées, par exemple –, leur tueur éprouvait une forme de remords une fois son forfait commis, dit Robson. Le corps l'indiquait d'ailleurs très clairement : le positionnement typique évoquant celui des cadavres dans leur cercueil avant la mise en terre, et le fait que la dernière victime portait ce qu'on pouvait appeler un pagne. Cela, dit-il, évoquait ce que l'on appelait de l'effacement ou de la restitution psychique.

— C'est comme si le meurtre était un triste devoir que l'auteur se croit obligé d'accomplir.

Lynley se dit que, là, il y allait un peu fort. Le reste, passe encore, il pouvait l'avaler ; cela avait un sens. Mais ça… Restitution ? Pénitence ? Chagrin ? Pourquoi tuer quatre fois s'il en éprouvait du remords après coup ?

— La source du conflit pour lui, dit Robson comme en réponse à la question muette de Lynley, c'est le besoin de tuer, lequel a été déclenché par l'agent stressant et ne peut être apaisé que par l'acte de tuer lui-même, alors qu'il sait pertinemment que ce qu'il fait est mal. Et ça, il le sait alors même qu'il est poussé à le faire encore et encore.

— Vous croyez donc qu'il va frapper une nouvelle fois, dit Lynley.

— Sans aucun doute. Ça va être l'escalade. D'ailleurs, l'escalade a déjà commencé. Vous n'avez qu'à voir la façon dont il fait monter les enchères. Pas seulement en ce qui concerne le lieu où il dépose les corps, prenant à chaque fois des risques de plus en plus grands, mais également dans le traitement qu'il leur inflige.

— Il les marque à chaque fois un peu plus ?

— Il s'assure que sa signature est à chaque fois un peu plus visible. C'est comme s'il était persuadé que la police est trop abrutie pour le coincer. Alors il la provoque. Il vous provoque. Il leur a brûlé les mains par trois fois et vous n'avez pas réussi à faire le lien entre ces trois meurtres. Il a été obligé de faire plus fort.

— Mais pourquoi aussi fort ? N'aurait-il pas suffi qu'il éventre la dernière victime ? Pourquoi ajouter cette marque sur son front ? Pourquoi le pagne ? Pourquoi avoir excisé le nombril ?

— Si nous laissons de côté le pagne, signe de restitution psychique, il nous reste à examiner l'incision abdominale, le nombril manquant et la marque sur le front. Si l'on considère que l'incision fait partie d'un rituel que nous n'avons pas encore déchiffré et que le nombril absent constitue un souvenir macabre qui lui permet de revivre l'événement, nous nous retrouvons avec la marque sur le front comme signe conscient d'escalade.

— Que pensez-vous de cette marque ?

Robson prit l'une des photos où elle était le plus nette.

— Ça ressemble à une marque de bétail, non ? La marque elle-même, je veux dire. Pas la façon dont elle a été apposée, bien sûr. Un cercle traversé d'un X dont chacune des extrémités se termine par une croix. Indiscutablement ça a une signification.

— Ce n'est pas une signature comme peuvent l'être les autres éléments, alors ?

— Je dirais que c'est plus que cela, parce que le choix est trop délibéré pour qu'il s'agisse d'une signature. Pourquoi ne pas utiliser un simple X si l'on veut tout bonnement imprimer sa marque sur le corps ? Pourquoi pas une croix ? Pourquoi pas une de ses initiales ? Ce serait plus rapide à tracer que ça. Surtout que le facteur temps doit être crucial.

— Vous pensez que cette marque remplirait un double objectif, alors ?

— Oui. Un artiste ne signe pas sa toile tant qu'elle n'est pas achevée, et le fait que cette marque ait été tracée avec le sang de la victime indique qu'elle a vraisemblablement été apposée sur son front après la mort. Alors oui, c'est une signature, mais c'est également quelque chose de plus. Un moyen de communication direct, je dirais.

— Avec la police ?

— Ou avec la victime. Ou la famille de la victime.

Robson rendit les photos à Lynley.

— Votre tueur a un besoin considérable d'être remarqué, commissaire. S'il n'est pas satisfait de la publicité qui lui est actuellement faite – et il ne le sera pas, parce que le besoin, quand il atteint cette intensité, ne peut jamais être assouvi –, il frappera de nouveau.

— Bientôt ?

— Vous pouvez en être sûr.

Il tendit alors à Lynley les rapports. Il y ajouta le sien, qu'il sortit de la chemise en carton à l'en-tête de l'hôpital psychiatrique Fischer.

Lynley glissa les rapports avec les photos que Robson lui avait remises. Il pensait à tout ce que le profileur venait de lui dire. Il avait des collègues qui croyaient dur comme fer à l'art – mais peut-être était-ce vraiment une science fondée sur des preuves empiriques – du profilage psychologique. Mais lui-même n'y avait jamais cru. Mis au pied du mur, il avait toujours préféré utiliser les ressources de son esprit et passer au crible les faits plutôt que d'essayer de rassembler ces faits et à partir d'eux de composer le portrait de quelqu'un qui lui était totalement inconnu. En outre, il ne voyait pas en quoi cela allait les aider. Au bout du compte, il allait leur falloir repérer un tueur au milieu des dix millions de personnes qui résidaient dans le Grand Londres, et il ne voyait pas bien comment le profil de Robson allait les aider dans cette tâche. Le psychologue lui-même semblait conscient de la chose. Comme pour mettre un point final à son rapport, il ajouta :

— Attendez-vous à être contacté.

— Par qui ? demanda Lynley.

— Par le tueur en personne.

Seul, Il était Fu, Créature divine, Déité éternelle de ce qui doit être. Il était la vérité et seule Sa façon d'être comptait, mais savoir cela ne Lui suffisait plus.

Le besoin Le taraudait de nouveau. Beaucoup plus vite qu'Il ne s'y était attendu. Au bout de quelques jours et non plus de quelques semaines, L'emplissant de la nécessité d'agir. Pourtant, malgré ce besoin de juger et de se venger, le besoin de rédemption et de libération, Il agissait avec prudence. Il était essentiel de faire le bon choix. Il attendait un signe qui Lui dirait que le moment était venu. Car il y avait toujours eu un signe.

Un solitaire, c'était ce qu'il y avait de mieux. Cela, il le savait. Et naturellement, des solitaires, ce n'était pas ce qui manquait dans une ville comme Londres. Toutefois, c'était uniquement en en suivant un qu'il pouvait avoir confirmation du bien-fondé et de la justesse de Son choix.

À l'abri au milieu des autres voyageurs, Fu effectuait ses repérages en bus. L'objet de sa convoitise grimpa à bord juste avant Lui, et se dirigea vers l'escalier menant à l'impériale. Fu ne l'y suivit pas. Une fois monté dans le bus, Il resta en bas, non loin de la sortie, surveillant l'escalier.

Le trajet n'en finissait pas. Ils se traînaient le long des rues embouteillées. À chacun des arrêts, Fu braquait les yeux vers la sortie. Entre les arrêts, il observait Ses compagnons de voyage, histoire de passer le temps : la mère exténuée avec le mouflet braillard, la vieille fille aux chevilles épaisses, les écolières au manteau déboutonné et au chemisier sortant de la jupe, les jeunes Asiatiques qui, tête baissée, semblaient tenir un conciliabule, les jeunes Noirs avec leurs écouteurs sur les oreilles, leurs épaules se balançant au rythme d'une musique qu'eux seuls pouvaient entendre.

Tous étaient démunis mais pour la plupart ils l'ignoraient. Et aucun ne savait Qui se tenait au milieu d'eux, car l'anonymat était le cadeau le plus précieux que puisse vous faire la capitale. Quelqu'un quelque part appuya sur le bouton, indiquant au conducteur qu'il désirait descendre au prochain arrêt. Tintamarre dans l'escalier. Un groupe de jeunes descendit. Fu constata que Sa cible en faisait partie. Il se fraya un chemin vers la porte. Il se retrouva juste derrière Sa proie et Il sentit son odeur lorsqu'Il se tint sur les marches avant de descendre. Odeur rance d'adolescence, bougeotte, poussée d'hormones.

Une fois dans la rue, Fu resta derrière, laissant vingt mètres entre l'ado et lui. Le trottoir n'était pas aussi encombré qu'ailleurs, et Fu jeta un coup d'œil autour de lui afin de se repérer.

Le quartier offrait aux regards un mélange de races. Noirs, Blancs, Asiatiques, Orientaux. On parlait ici des dizaines de langues, et si aucun groupe n'avait l'air franchement déplacé, les individus isolés, eux, détonnaient.

C'était la peur qui produisait cet effet-là sur les gens, songea Fu. La méfiance. La prudence. S'attendre à ce que l'inattendu surgisse à tout moment. Être prêt à fuir ou à faire front. Ou passer inaperçu, si possible.

La cible choisie avait adopté ce dernier comportement. Il avançait, tête basse, semblant ne reconnaître personne. C'était très bien, songea Fu, cela convenait parfaitement à ce qu'il projetait.

Lorsque le jeune garçon fut arrivé à destination, pourtant, ce n'est pas chez lui qu'il se retrouva, comme Fu l'avait d'abord pensé. Il avait franchi à pied depuis l'arrêt d'autobus tout un pan de quartier commerçant – supérettes, magasins de vidéo, officines de pari – jusqu'à une petite boutique aux fenêtres couvertes de savon, et c'est là qu'il était entré.

Fu traversa la rue afin de pouvoir l'observer depuis l'entrée sombre d'un magasin de cycles. L'endroit où l'ado était entré était bien éclairé, et, malgré le froid, la porte était maintenue ouverte. Des hommes et des femmes vêtus de couleurs bariolées bavardaient tandis que les enfants se bousculaient bruyamment. Le jeune garçon parlait à un grand type en tunique colorée qui lui collait aux hanches. Le type avait le teint couleur de café noisette et, autour du cou, un collier en bois sculpté. Apparemment, il y avait un lien entre cet homme et l'ado, mais pas ceux d'un père et de son fils. Car il n'existait pas de père. Fu le savait. Aussi cet homme… Fu songea qu'Il n'avait peut-être pas fait un choix judicieux, après tout.

Il fut bientôt rassuré. La foule prit place et se mit à chanter. Par à-coups. De la musique enregistrée accompagnait les efforts des chanteurs, où la batterie tenait une large place, évoquant l'Afrique. Leur chef – l'homme auquel l'ado avait parlé – les faisait s'arrêter et repartir. Pendant que tout le monde s'égosillait, le jeune garçon s'éclipsa. Il reparut dans la rue, fermant son blouson, et il s'enfonça dans l'ombre du quartier commerçant. Fu le suivit sans se faire voir.

Devant lui, l'ado tourna à un coin de rue et s'engagea dans une autre voie. Fu accéléra l'allure et arriva juste à temps pour le voir s'engouffrer dans un immeuble de brique sans fenêtre près d'un café pour prolos. Fu marqua une pause, évaluant la situation. Il ne voulait pas courir le risque de se faire remarquer mais Il avait besoin de savoir s'Il avait fait le bon choix. Il se glissa vers la porte. Il la trouva ouverte, la poussa. Un couloir sombre menait à l'entrée d'une vaste salle brillamment éclairée. De cette salle jaillissaient des coups sourds, des grognements et la voix d'un homme ordonnant à quelqu'un de « frapper, bon sang » et d'« utiliser son gauche, bon Dieu ».

Fu entra. Immédiatement Il renifla l'odeur de la poussière et de la sueur, du cuir et du moisi, des vêtements masculins pas lavés. Sur les murs du couloir étaient apposés des posters et, un peu avant d'arriver à la grande salle, une vitrine contenant des trophées occupait un pan de mur. Fu se coula contre la paroi. Il avait presque atteint l'entrée lorsqu'une voix jaillit de nulle part.

— Vous cherchez quelqu'un, mec ?

C'était une voix noire masculine, guère amicale. Fu se recroquevilla avant de se retourner pour voir à qui elle appartenait. Un réfrigérateur sur pattes se tenait sur la dernière marche d'un escalier sombre que Fu n'avait pas remarqué. Il était vêtu comme pour sortir et frappait une paire de gants contre sa paume. Il renouvela sa question.

— Qu'est-ce que vous cherchez, mec ? C'est privé, ici.

Fu devait se débarrasser de lui mais Il devait également voir. Cet immeuble, Il le savait, renfermait la confirmation dont il avait besoin avant de passer à l'action.

— Je ne savais pas, désolé, dit-il. J'ai vu des types sortir, je me suis demandé ce que c'était. Je suis nouveau dans le quartier.

L'homme l'observa sans mot dire.

— Je cherche un appart, dit Fu, souriant aimablement. Je faisais une petite reconnaissance dans le coin. Désolé. Je ne voulais pas mal faire.

Il eut un haussement d'épaules. Il se dirigea vers la porte d'entrée bien que n'ayant aucunement l'intention de partir. D'ailleurs, à supposer que ce loubard Le force à regagner la rue, Il était bien décidé à revenir dès qu'il aurait tourné les talons.

— Jetez un œil, alors, dit le Noir. Mais faites chier personne, compris ?

Fu sentit la colère bouillonner en Lui. Le ton de cette voix, l'audace de cet ordre. Il inspira bien à fond l'air vicié du couloir afin de garder son calme et dit :

— C'est quoi, ici ?

— Une salle de boxe. Allez voir, si vous voulez. Mais faites gaffe qu'on vous prenne pas pour un punching-ball.

Le Noir s'en alla sur cette piètre tentative d'humour. Fu le regarda s'éloigner. Il avait envie de le suivre, de céder à la tentation de faire savoir à ce malabar à qui il venait d'adresser la parole. Cette envie se transforma bientôt en un besoin violent mais Il refusa d'y céder. Il s'approcha de la porte éclairée et, restant dans l'ombre, Il se risqua dans la pièce d'où provenaient coups sourds et grognements.

Punching-balls, sacs de sable, deux rings. Poids et haltères. Un tapis de jogging. Des cordes à sauter. Deux caméras vidéo. Partout du matériel. Partout des hommes pour utiliser ce matériel. Essentiellement des Noirs mais parmi eux une demi-douzaine de jeunes Blancs. L'homme qui criait était lui aussi blanc. Chauve comme un nouveau-né, une serviette grise drapée autour des épaules, il surveillait les évolutions de deux boxeurs sur le ring. Des Noirs qui suaient à grosses gouttes et haletaient tels des chiens surexcités.

Fu chercha des yeux l'ado. Il le trouva bourrant de coups de poing un punching-ball. Il s'était changé et avait enfilé un survêtement. Qui affichait déjà de larges auréoles de transpiration.

Fu le regarda frapper le sac sans style ni précision. Il se jetait dessus, tapait férocement, ignorant tout ce qui l'entourait.

Ah, songea Fu. Il avait bien fait d'entreprendre ce voyage à travers Londres, finalement. Ce qu'Il avait sous les yeux valait bien sa petite altercation avec le loubard dans l'escalier. Car cette fois – contrairement à ce qui s'était passé jusque-là – Fu avait pleinement l'occasion d'étudier le jeune garçon et Il se rendait compte que celui sur lequel Il avait jeté son dévolu était digne de Son choix.

Il vibrait d'une colère semblable à celle qui habitait Fu. Il avait effectivement besoin de rédemption.

Pour la seconde fois, Winston Nkata ne rentra pas directement chez lui. Au lieu de cela, il suivit le fleuve jusqu'à Vauxhall Bridge, franchit la Tamise et contourna de nouveau l'Oval. Il agissait sans réfléchir, se disant simplement qu'il était temps. La conférence de presse lui facilitait la tâche. Yasmin Edwards était partiellement au courant des meurtres ; son objectif en se rendant chez elle était de mettre l'accent sur des points dont elle n'avait peut-être pas mesuré toute l'importance.

Ce n'est qu'une fois garé en face de Doddington Grove Estate que Nkata retrouva pleinement l'usage de ses sens. Ce n'était pas une situation idéale, car retrouver l'usage de ses sens signifiait également retrouver ses sensations. Or celle qui l'habitait tandis qu'il pianotait sur le volant était de nouveau et massivement de la peur.

D'un côté, il tenait l'excuse qu'il cherchait pour passer à l'action. Plus que cela même. Il avait le devoir d'agir. Certes, ce n'était pas une tâche surhumaine que de lui communiquer les informations nécessaires. Dans ce cas, pourquoi se mettait-il dans tous ses états à l'idée de faire son travail… ? Il aurait été bien incapable de le dire.

Pourtant Nkata savait qu'il se mentait à lui-même. Il y avait une bonne demi-douzaine de raisons au moins au fait qu'il répugnait à prendre l'ascenseur jusqu'à l'appartement du troisième. Pour commencer, et ce n'était pas la moindre, il y avait ce qu'il avait délibérément fait subir à la femme qui occupait cet appartement.

Il n'avait pas encore vraiment compris ce qui l'avait poussé à révéler à Yasmin Edwards l'infidélité de sa maîtresse. Poursuivre honnêtement un tueur, c'était une chose. C'en était une autre que de vouloir que le tueur soit quelqu'un qui empêchait Nkata lui-même de… quoi ? Il ne voulait pas s'appesantir sur la réponse à cette question.

« Allez, mon vieux », s'encouragea-t-il en poussant la portière de sa voiture. Yasmin Edwards avait peut-être poignardé son mari et purgé en conséquence une peine de prison. Il n'en restait pas moins que s'ils devaient en venir aux couteaux, il avait nettement plus d'expérience qu'elle dans ce domaine.

À une époque il aurait sonné pour qu'on lui débloque l'ascenseur, disant au locataire dans l'Interphone qu'il était flic ; cela lui aurait permis de monter au troisième et de frapper chez Yasmin sans qu'elle sache qu'il arrivait. Mais il s'abstint de recourir à cette ruse. Il sonna directement chez elle, et quand il l'entendit demander qui était là, il dit :

— La police, Mrs Edwards. Il faut que je vous parle si vous voulez bien.

Un temps d'hésitation.

Il se demanda si elle avait reconnu sa voix. Un instant plus tard, elle débloqua l'ascenseur. Les portes s'ouvrirent et il monta dans la cabine.

Il songea qu'elle l'attendait peut-être devant sa porte mais cette dernière était aussi hermétiquement fermée que d'habitude – les rideaux tirés sur la nuit à la fenêtre du séjour – quand il s'engagea dans le couloir. Elle ouvrit peu de temps après qu'il eut frappé, et il se dit qu'elle devait être juste devant le battant, guettant son arrivée. Elle l'observa d'un air dénué d'expression. Et elle n'eut pas à beaucoup lever la tête pour cela. Car Yasmin Edwards, silhouette élégante, faisait un mètre quatre-vingt-deux et elle était aussi imposante que lorsqu'il l'avait vue la première fois. Elle avait quitté ses vêtements de ville et portait un pyjama à rayures. Rien d'autre. Il la connaissait suffisamment pour comprendre qu'elle avait fait exprès de ne pas enfiler sa robe de chambre quand elle avait appris qui venait la voir. Façon de faire comprendre à la police qu'elle ne craignait plus rien de sa part, puisque les flics lui ayaient déjà fait subir le pire.

Yas, Yas, aurait-il voulu dire. On n'est pas obligés de se comporter comme ça.

Au lieu de quoi, il dit : « Mrs Edwards », et il tendit la main vers sa carte comme s'il croyait qu'elle n'allait pas le reconnaître.

— Qu'y a-t-il, mon vieux ? lâcha-t-elle. Vous êtes à la recherche d'un autre meurtrier ? La seule capable d'avoir commis un meurtre ici, c'est moi, alors vous voulez que je vous donne un alibi pour quand ?

Il remisa sa carte dans sa poche. Il s'abstint de soupirer, et pourtant ce n'était pas l'envie qui lui en manquait.

— Je peux vous dire un mot, Mrs Edwards ? En fait, c'est à propos de Dan.

Ce fut plus fort qu'elle : elle prit un air alarmé. Toutefois, comme si elle le soupçonnait de vouloir lui jouer un tour, elle ne bougea pas d'un pouce, lui barrant l'entrée de l'appartement.

— Vous feriez mieux de me dire de quoi il s'agit, constable.

— Sergent, maintenant, rectifia Nkata.

Elle inclina la tête. Il constata que la vue et le cliquetis de ses nattes perlées s'entrechoquant lui manquaient, même si ses cheveux ras lui allaient bien.

— Vous êtes passé sergent ? C'est ça que vous êtes venu dire à Daniel ?

— Je ne suis pas venu parler à Daniel. C'est à vous que je veux parler, fit-il avec patience. Au sujet de Daniel. Je peux vous parler dans le couloir si c'est ce que vous souhaitez, Mrs Edwards, mais vous allez attraper froid si vous restez sur le palier encore longtemps.

Il se sentit rougir. Ses paroles impliquaient qu'il avait remarqué la légèreté de sa tenue : le bout de ses seins pointant contre la flanelle du haut de pyjama, la chair de poule de sa peau couleur café visible par l'encolure en V. Nkata avait beau éviter de son mieux de regarder les zones vulnérables de son corps qui étaient exposées au froid, il ne pouvait s'empêcher de remarquer la courbe lisse et élégante de son cou, et le grain de beauté qu'elle avait sous l'oreille droite.

Elle lui décocha un regard de mépris et tendit le bras derrière la porte où, il le savait, se trouvaient des crochets servant de portemanteaux. Elle en ramena un gros cardigan qu'elle enfila et boutonna jusqu'au cou en prenant tout son temps. Une fois vêtue comme elle le souhaitait, elle reporta son attention sur lui.

— C'est mieux comme ça ?

— Sûrement.

— Maman ?

La voix de son fils venant de sa chambre qui, Nkata le savait, se trouvait à gauche de la porte d'entrée.

— Qu'est-ce qui se passe ? Qui... demanda l'enfant.

Daniel Edwards apparut derrière Yasmin. Ses yeux s'écarquillèrent lorsqu'il vit qui était là, et il eut un sourire contagieux, révélant ses parfaites dents blanches dans son visage de gamin de douze ans.

— Salut, Dan, dit Nkata. Ça va ?

— Hé ! Vous vous souvenez de mon nom.

— Il est inscrit dans son fichier, fit Yasmin Edwards à son fils. Il n'est pas flic pour rien. Tu vas boire ton chocolat ? Il est dans la cuisine. Tu as fini tes devoirs ?

— Vous entrez ? dit Daniel à Nkata. On a du chocolat. C'est maman qui le prépare. Il y en a assez pour deux.

— Dan ! Est-ce que tu deviendrais sourd ?

— Désolé, maman.

Avec ce grand sourire de nouveau. Il disparut dans la cuisine. Bruit de placards s'ouvrant et se fermant.

— Vous permettez que j'entre ? dit Nkata à la mère du jeune garçon avec un signe de tête vers l'intérieur de l'appartement. Cela ne prendra que cinq minutes. Je vous le promets. De toute façon, il faut que je rentre chez moi.

— Je ne veux pas que vous essayiez d'embêter Dan...

Nkata leva une main en signe de reddition.

— Mrs Edwards, est-ce que je vous ai embêtée depuis la dernière fois ? Je crois que vous pouvez me faire confiance.

Elle parut réfléchir tandis que derrière elle, dans la cuisine, retentissait un joyeux tintamarre. Elle finit par ouvrir la porte. Nkata entra et referma derrière lui avant qu'elle ne change d'avis.

Il jeta un rapide coup d'œil autour de lui. Il avait décidé de ne pas se soucier de ce qu'il pouvait trouver

132

une fois chez elle, mais la curiosité fut la plus forte. Lorsqu'il avait fait la connaissance de Yasmin Edwards, elle vivait avec sa maîtresse, une ancienne détenue comme elle, une Allemande ; en prison pour meurtre, elle aussi. Il se demandait si l'Allemande avait une remplaçante.

Apparemment, non. Du moins il n'y en avait pas trace. Tout était comme avant. Il se tourna vers Yasmin et la surprit qui l'observait. Bras croisés sur la poitrine, elle semblait dire : « Satisfait ? »

Il avait horreur de se sentir déstabilisé. Il n'avait pas l'habitude de l'être avec les femmes.

— Un jeune garçon a été assassiné. Son corps a été retrouvé dans St George's Gardens, près de Russell Square, Mrs Edwards.

— Au nord de la Tamise, fit-elle avec un haussement d'épaules, comme pour dire : En quoi cela nous concerne-t-il, nous autres ?

— Ce n'est pas tout. C'est seulement le dernier d'une série d'ados qui ont été retrouvés ici et là dans la capitale. Gunnersbury Park, Tower Hamlets, un parking de Bayswater, et maintenant ce jardin. Celui du jardin est blanc mais les autres sont des métis. Et tous sont jeunes, Mrs Edwards. Des gamins.

Elle regarda en direction de la cuisine : son Daniel collait pile poil avec le profil des victimes qu'il venait d'esquisser. Jeune, très jeune, et métis. Elle fit passer le poids de son corps sur une jambe et dit à Nkata :

— Tout ça s'est passé au nord du fleuve. Ça ne nous concerne pas. Alors, si je puis me permettre, pourquoi êtes-vous venu ?

Comme si ce qu'elle disait et avec ce ton abrupt pouvait l'empêcher de craindre pour la sécurité de son fils.

Avant que Nkata ait eu le temps de répondre, Daniel refit son apparition, une tasse de chocolat fumant à la main. Évitant le regard de sa mère, il dit à Nkata :

— Je vous ai apporté ça. C'est fait maison. Si vous ne le trouvez pas assez sucré, je vous redonne du sucre.

— À ta santé, Dan.

Nkata prit le mug des mains de l'ado et lui serra l'épaule. Daniel sourit et se tortilla.

— T'as grandi, dis donc, depuis la dernière fois, ajouta Nkata.

— Oui, fit Daniel. On m'a mesuré. Y a les marques dans la cuisine sur le mur. Vous pouvez aller les voir si vous voulez. Maman me mesure le premier de chaque mois. J'ai grandi de cinq centimètres.

— À pousser comme ça, t'as pas mal dans les os ?

— Ah si ! Comment vous le savez ? Vous avez grandi vite, vous aussi ?

— Et comment ! Un été j'ai pris dix centimètres d'un coup. Alors, bobo.

Daniel éclata de rire. Il semblait disposé à tailler une bavette mais sa mère le stoppa net en l'interpellant d'un ton sec. Le regard de Daniel quitta Nkata pour sa mère puis revint se poser sur Nkata.

— Bois donc ton chocolat, dit Nkata. À tout à l'heure.

— Ouais ? dit le jeune garçon, comme pour quémander une promesse.

Yasmin Edwards ne l'entendait pas de cette oreille.

— Daniel, ce monsieur est ici pour affaires, un point c'est tout.

Ce fut suffisant. Le gamin fila dans la cuisine non sans avoir coulé un dernier regard par-dessus son épaule. Yasmin attendit qu'il soit parti pour dire à Nkata :

— Autre chose ?

Il but une gorgée de chocolat et posa le mug sur la table basse au piétement de fer où trônait toujours le même cendrier rouge en forme de talon aiguille, vide maintenant que l'Allemande avait disparu de la vie de Yasmin Edwards.

— Faut vachement le surveiller maintenant, votre Dan.

— Vous êtes en train d'essayer de me dire...

— Non. Vous êtes la meilleure mère que ce garçon puisse avoir, j'en suis persuadé, Yasmin.

Il fut le premier surpris en se rendant compte qu'il avait utilisé son prénom. Et soulagé de constater qu'elle faisait semblant de ne pas s'en apercevoir. Il se hâta de poursuivre.

— Je sais que vous avez du travail par-dessus la tête, avec la boutique et tout. Si Dan reste seul, ce n'est pas parce que vous en avez décidé ainsi, mais parce que vous ne pouvez pas faire autrement. Tout ce que je veux dire, c'est que ce salopard embarque des gamins de l'âge de Dan pour les tuer. Je ne voudrais pas que ça arrive à Dan.

— Il n'est pas idiot, dit sèchement Yasmin.

Mais Nkata vit bien qu'elle répondait ça par bravade. Elle n'était pas idiote, elle non plus.

— Je sais, Yas. Mais il... Il a soif d'une présence masculine, c'est évident. Or, ces jeunes, les gamins qui ont été tués... Ils le suivent. De leur plein gré. Personne ne se rend compte de rien parce qu'il n'y a rien à voir : ils lui font confiance.

— Ça m'étonnerait que Daniel suive un in...

— On pense qu'il a une camionnette, coupa Nkata, s'obstinant malgré l'accueil qu'elle lui réservait. Une camionnette rouge.

— Daniel ne monte pas en voiture avec n'importe qui. Et encore moins avec des gens qu'il ne connaît pas.

Elle regarda en direction de la cuisine. Baissa la voix.

— Qu'est-ce que vous croyez, vous pensez que je ne lui ai pas fait la leçon ?

— Je suis sûr que vous l'avez bien élevé. Vous êtes une bonne mère, j'en suis certain. Mais cela ne change rien au fait qu'il a besoin d'une présence masculine, Yas. D'un homme.

— Et vous croyez être cet homme ?

— Yas.

Maintenant qu'il avait commencé à l'appeler par son prénom, Nkata s'apercevait qu'il n'arrivait plus à s'arrêter. C'était comme une drogue dont il allait devoir se débarrasser sous peine de courir à sa perte, tel un junkie recroquevillé sous un porche du Strand. Il essaya de nouveau.

— Mrs Edwards, je sais que si Dan reste seul, c'est parce que vous êtes occupée. Ce n'est ni une bonne ni une mauvaise chose. C'est comme ça, c'est tout. Je veux juste vous faire comprendre ce qui se passe en ville.

— Très bien, dit-elle. J'ai compris.

Elle le dépassa, gagna la porte, tendit la main vers la poignée en disant :

— Vous avez rempli votre mission, maintenant vous pouvez...

— Yas !

Nkata n'avait pas envie de s'entendre congédier. Il était là pour lui rendre service, qu'elle le veuille ou non, pour lui faire prendre conscience du danger et de l'urgence de la situation.

— Il y a un salopard qui agresse des gosses comme Daniel, dit Nkata, s'échauffant. Il les embarque dans une camionnette et leur brûle la paume des mains jusqu'à ce qu'elle soit toute noire. Puis il les étrangle et les éventre.

Elle lui accordait maintenant toute son attention et cela l'incita à poursuivre comme si chaque mot qu'il prononçait était censé lui prouver quelque chose.

— Après ça il les marque avec leur sang. Et il met leurs corps en scène. Les gamins le suivent sans que nous sachions pourquoi et, tant qu'on ne le saura pas...

Il vit qu'elle avait changé de physionomie. La colère, l'horreur, la peur s'étaient muées en... Mais en quoi ?

Elle regardait derrière lui, les yeux fixés sur la cuisine. Et il comprit. D'un coup. En un claquement de doigts. Il se demanda depuis combien de temps Daniel se tenait sur le seuil et ce qu'il avait surpris de la conversation.

Indépendamment du fait qu'il avait communiqué à Yasmin Edwards des infos dont elle n'avait pas besoin et qu'il n'était d'ailleurs pas autorisé à divulguer, il avait effrayé son fils, il le savait sans avoir besoin de le voir, tout comme il savait qu'il avait abusé de l'hospitalité – si minime soit-elle – qu'on lui avait accordée à Doddington Grove Estate.

— Vous êtes content ? chuchota furieusement Yasmin, ses yeux quittant son fils pour se braquer sur Nkata. Vous en avez assez dit ? Assez vu ?

Nkata, s'arrachant à la contemplation de sa mère, regarda Daniel. Le jeune garçon se tenait sur le seuil, un morceau de toast à la main, les jambes serrées l'une contre l'autre, comme s'il était tenaillé par une envie pressante. Ses yeux étaient écarquillés, et Nkata fut désolé qu'il ait assisté à une altercation entre sa mère et un homme.

— Je ne voulais pas que tu entendes ça, mon grand, dit-il à Daniel. C'était inutile, je suis désolé. Faut que tu sois prudent dans la rue. Il y a un tueur qui s'en prend aux gamins de ton âge. Je ne voudrais pas qu'il t'embarque.

Daniel hocha la tête. L'air solennel.

— OK.

Puis, comme Nkata pivotait pour partir, il ajouta :

— Vous reviendrez ?

Nkata ne répondit pas directement.

— Fais attention à toi, d'accord ?

Et tandis qu'il sortait de l'appartement, il risqua un dernier coup d'œil à la mère de Daniel. L'air de dire : Qu'est-ce que je vous disais, Yasmin ? Daniel a soif d'une présence masculine.

L'expression de Yasmin Edwards était sans ambiguïté : Quoi que vous pensiez, cet homme, ce n'est pas vous.

6

Cinq autres jours s'écoulèrent. Cinq jours riches de tout ce que comporte une enquête dans une affaire de meurtre, multiplié par le fait que l'équipe de la Criminelle traitait non des meurtres isolés mais des meurtres en série. Les heures s'additionnaient pour devenir des jours puis des nuits, ponctués de repas pris sur le pouce. Quatre-vingts pour cent du temps étaient consacrés à un inévitable et éreintant travail de routine. Coups de téléphone interminables, recueil de données, collecte d'éléments d'information, prise de dépositions, rédaction de rapports. Quinze pour cent, à la mise à plat et au rapprochement de toutes ces données dont on s'efforçait de dégager une signification. Trois pour cent, au réexamen systématique de tous les éléments qui avaient été réunis – réexamen qui pouvait s'effectuer jusqu'à des dizaines de fois – afin de s'assurer que rien n'avait été compris de travers, placé au mauvais endroit ou négligé. Seuls deux pour cent étaient occupés par l'impression passagère de progresser réellement. Les quatre-vingts pour cent d'activité routinière demandaient de l'endurance. Le reste, de la caféine.

Pendant ce temps, le service de presse se chargea comme promis de tenir les médias informés. Lors de ces points de presse, Hillier continuait d'exiger la présence du sergent Winston Nkata – et assez fréquemment celle de Lynley –, histoire de permettre à la Met de montrer au contribuable que l'on ne gaspillait pas l'argent de ses impôts. Malgré la nature exaspérante de ces conférences de presse, Lynley devait admettre que, jusqu'à présent, les prestations de Hillier devant les journalistes semblaient payer, puisque ces messieurs n'avaient pas encore commencé à pousser les hauts cris dans leurs canards respectifs. Cela n'en rendait pas moins pénible pour autant le temps passé en leur compagnie.

— Mon temps serait plus utilement employé ailleurs, monsieur, dit Lynley à son supérieur de façon diplomatique après sa troisième apparition sur l'estrade.

— Cela fait partie du métier, répondit Hillier. Tâchez de vous en accommoder.

Il n'y avait pas grand-chose à répercuter aux journalistes. L'inspecteur John Stewart ayant réparti son contingent d'hommes et de femmes en plusieurs équipes, ils travaillaient avec une précision toute militaire qui ne pouvait que plaire à leur chef. L'équipe Un avait fini d'examiner les alibis fournis par les suspects possibles qu'ils avaient repérés après avoir examiné les dossiers des sortants des hôpitaux psychiatriques et des maisons d'arrêt. Ils avaient examiné de la même façon ceux des criminels sexuels libérés au cours des six derniers mois. Ils avaient répertorié ceux qui travaillaient en prison ouverte, et ils avaient ajouté à leur liste les centres d'hébergement pour SDF afin de voir si un individu au comportement suspect n'aurait pas traîné sur les lieux la nuit des meurtres. Jusqu'à maintenant ils n'avaient obtenu aucun résultat.

Pendant ce temps-là, l'équipe Deux avait remué ciel et terre pour tenter de mettre la main sur des témoins.

C'était à Gunnersbury Park qu'ils avaient le plus de chances d'en trouver ; d'ailleurs, l'inspecteur Stewart était, comme il le dit lui-même, fermement décidé à dénicher quelque chose en exploitant cette piste. Quelqu'un, comme il le martela à ses troupes, forcément avait vu un véhicule garé dans Gunnersbury Road à l'aube quand la victime numéro un avait été déposée dans le parc, car les deux seuls moyens d'accès au parc pendant les heures de fermeture étaient le mur de clôture – or escalader un mur de deux mètres cinquante de haut quand on transportait un corps ne devait pas être évident – ou l'un des deux pans de mur condamnés par des planches dans Gunnersbury Road. Mais jusque-là l'enquête de voisinage menée dans les maisons de l'autre côté de la rue n'avait rien donné. Les interrogatoires des conducteurs de camions susceptibles de s'être trouvés sur ce parcours n'avaient rien donné non plus. Les conversations – encore en cours – avec les compagnies de taxis et de minicabs n'avaient guère été plus fructueuses.

Ne restait que la camionnette rouge aperçue aux abords de St George's Gardens. Lorsque l'ordinateur de Swansea leur fournit une liste des véhicules de ce type immatriculés au nom d'automobilistes résidant dans le Grand Londres, le total s'éleva – chiffre ahurissant – à 79 387. Le profil du tueur fourni par Hamish Robson – leur suggérant de se limiter aux propriétaires de véhicules de sexe masculin, célibataires, âgés de vingt-cinq à trente-cinq ans – ne leur était pas non plus d'un grand secours car il n'avait pas beaucoup rétréci le champ des recherches.

Face à cette situation, Lynley en venait à regretter que la vie du vrai policier ne ressemble pas davantage à celle des flics de cinéma : brève période de routine harassante, période un peu plus longue de cogitation, suivie de grandes scènes d'action au cours desquelles le héros poursuivait le méchant sur terre, sur mer, dans des ruelles sombres et sous le métro aérien pour finir par le coincer et lui extorquer des aveux exténués. Malheureusement, dans la vraie vie, les choses ne se passaient pas ainsi.

Cependant, à la suite d'une autre apparition devant la presse, trois développements heureux se produisirent quasiment coup sur coup.

Lynley regagna son bureau à temps pour décrocher le téléphone et recevoir un appel du SO7. L'analyse des résidus noirs retrouvés sur les corps et sur la bicyclette avait donné un résultat intéressant. La camionnette qu'ils recherchaient était vraisemblablement une Ford Transit. Les résidus noirs provenaient de l'effritement du revêtement de sol en caoutchouc – revêtement en option installé sur ce véhicule dix ou quinze ans plus tôt. Grâce à ce détail, les hommes chargés d'enquêter sur la camionnette allaient pouvoir ramener la liste que Swansea leur avait envoyée à des proportions plus facilement exploitables dès qu'ils auraient entré cette donnée dans l'ordinateur.

Lorsque Lynley retourna dans la salle des opérations muni de cette nouvelle, un second développement l'y accueillit. Ils avaient identifié le corps abandonné dans le parking de Bayswater. Winston Nkata était allé faire un saut à la maison d'arrêt de Pentonville afin de montrer des photos de la seconde victime à Felipe Salvatore – qui purgeait une peine de prison pour vol à main armée et violences. Ledit Salvatore s'était mis à sangloter comme un môme en déclarant que le défunt était son petit frère Jared, dont il avait signalé la disparition la première fois qu'il avait raté un parloir. Quant aux autres membres de la famille de Jared, ils s'avéraient plus difficiles à localiser, sans doute parce que la mère du petit était une péripatéticienne doublée d'une accro au crack.

Le dernier développement fut également le fait de Winston Nkata, qui avait passé deux matinées entières à Kipling Estate dans l'espoir de dénicher celui qu'ils ne connaissaient que sous le nom de Blinker. Sa persévérance et ses bonnes manières avaient fini par se montrer payantes : il avait réussi à trouver un certain Charlie Burov, plus connu sous le pseudonyme de Blinker. Lequel avait accepté de lui parler de ses relations avec Kimmo Thorne, la victime de St George's Gardens. Mais Burov ne voulait pas le rencontrer dans la cité où il était hébergé par sa sœur. Il avait proposé un rendez-vous – mais pas avec un flic en uniforme, avait-il précisé – dans la cathédrale de Southwark, cinquième rangée de bancs à partir du fond, à gauche, à trois heures vingt précises de l'après-midi.

Lynley sauta sur l'occasion pour sortir de l'immeuble quelques heures. Il téléphona la nouvelle à l'adjoint au préfet, histoire de lui donner du grain à moudre pour la prochaine conférence de presse, et il prit la tangente, direction la cathédrale de Southwark. Non sans avoir embarqué Havers avec lui. Il demanda à Nkata de voir avec les Mœurs s'ils n'avaient rien sur Jared Salvatore dans le secteur où il avait résidé, et après cela de retrouver l'adresse actuelle de la famille de l'adolescent. Puis il s'éloigna avec Havers en direction de Westminster Bridge.

Une fois les bouchons négociés autour de Tenison Way, ils n'eurent aucun mal à atteindre la cathédrale de Southwark. Un quart d'heure après leur départ de Victoria Street, Lynley et le constable arrivaient dans la nef de l'église.

Des voix provenaient du chœur, où un groupe de ce qui leur parut être des étudiants faisait cercle autour d'un guide qui leur désignait du doigt des détails du baldaquin surmontant la chaire. Trois touristes – des égarés en cette saison – passaient en revue des cartes postales sur un présentoir juste en face de l'entrée. Mais personne ne semblait attendre un rendez-vous. La situation était d'autant plus critique que, comme la plupart des églises médiévales, Southwark ne possédait pas de bancs. Aussi ne risquaient-ils pas de trouver le siège dans la cinquième rangée à partir du fond et sur la gauche où Charlie Burov, surnommé Blinker, aurait pu s'installer en attendant leur arrivée.

— Nous voilà fixés, murmura Lynley. Notre gars n'est pas très assidu à l'office.

Tandis que Havers regardait autour d'elle, poussait un soupir et marmonnait un juron, il ajouta :

— Surveillez votre langage, constable. Ou la foudre va nous frapper.

— Il aurait au moins pu effectuer une reconnaissance avant de nous fixer rencard ici, rouspéta-t-elle.

— En effet.

Lynley finit par apercevoir près des fonts baptismaux une silhouette chétive tout de noir vêtue. Laquelle lorgnait dans leur direction.

— Ah, regardez de ce côté, Havers. Ça pourrait être notre homme.

Il ne prit pas la fuite en les voyant s'approcher, même s'il coula un regard nerveux vers le groupe massé autour de la chaire, et un autre vers les gens qui examinaient les cartes postales. Lorsque Lynley lui demanda poliment s'il était bien Mr Burov, le jeune homme, tordant la bouche à la manière d'un héros de mauvais film noir, confirma :

— C'est moi Blinker, ouais. Vous êtes les keufs ?

Lynley se présenta et présenta Havers tout en passant rapidement l'adolescent en revue. Blinker semblait avoir une vingtaine d'années. Il avait une physionomie qui aurait été quelconque si le crâne rasé et les piercings n'avaient été à la mode. De petits clous en argent parsemaient son visage, évoquant une poussée de variole. Quand il prit la parole, ce fut pour laisser apparaître une demi-douzaine de clous supplémentaires alignés au bord de sa langue. Lynley préféra ne pas penser au mal que le jeune homme devait avoir à manger. La difficulté qu'il avait à s'exprimer était déjà bien assez grande comme ça.

— Ce n'est peut-être pas le meilleur endroit pour avoir une conversation, fit observer Lynley. N'y aurait-il pas un café tout près d'ici...

Blinker tomba d'accord avec lui, ils pourraient prendre un café. Ils réussirent à trouver un établissement non loin de St Mary Overy Dock. Blinker se glissa sur une chaise à l'une des tables au plateau de Formica crasseux et se mit en devoir d'étudier le menu. Après quoi il dit :

— J'peux avoir des spaghettis bolognaise ?

Lynley poussa un cendrier malodorant vers Havers et dit au jeune garçon : « Je vous invite, allez-y », bien qu'il frissonnât à l'idée d'avaler de la nourriture servie dans un endroit où ses chaussures collaient au lino et où les menus semblaient avoir besoin d'être passés au désinfectant.

Prenant la réponse de Lynley pour une invitation à faire bombance, Blinker réclama à la serveuse venue prendre la commande, outre des pâtes, une tranche de bacon, deux œufs, des frites et des champignons ainsi qu'un sandwich au thon et au maïs. Havers commanda un jus d'orange ; Lynley, un café. Blinker s'empara de la salière en plastique et la fit tourner entre ses paumes.

Il ne voulait pas parler tant qu'il n'aurait pas « cassé une petite croûte ». Aussi attendirent-ils en silence qu'arrive le premier de ses plats. Havers en profita pour allumer une autre cigarette. Lynley tenait son café à deux mains, se raidissant dans l'attente du spectacle de l'ado mangeant malgré ses piercings.

Il s'avéra qu'il avait une longue pratique de la chose. Lorsque la première assiette fut déposée devant lui, Blinker fit rapidement un sort au jambon et à ses accompagnements, sans faire de chichis ni écœurer ses compagnons par des contorsions disgracieuses. Lorsqu'il eut saucé ce qui restait de son jaune d'œuf et le gras du bacon avec un toast, il marmonna : « Je m'sens mieux », et parut disposé à se prêter à la conversation et à fumer une cigarette qu'il tapa à Barbara en attendant l'arrivée des pâtes.

Il était « démoli » depuis la disparition de Kimmo, leur confia-t-il. Pourtant ce n'était pas faute de l'avoir prévenu. Son copain, il l'avait suffisamment mis en garde, lui recommandant de ne pas se faire enfiler par des types qu'il ne connaissait pas. Kimmo, lui, prétendait que le jeu en valait la chandelle. Et il obligeait toujours les michetons à utiliser une capote… même s'il ne se retournait pas systématiquement au moment fatidique pour s'assurer qu'ils étaient couverts.

— J'lui ai dit que c'était pas seulement à cause des virus, merde, fit Blinker. J'voulais pas qu'y soit seul dehors. Quand Kimmo draguait, j'étais dans la rue avec lui. C'est comme ça qu'on fonctionnait.

— Ah, dit Lynley. Je comprends. Vous étiez le mac de Kimmo Thorne, alors ?

— Hé, c'est pas ça du tout, fit Blinker, choqué.

— Vous n'étiez pas son mac ? intervint Barbara. Alors comment vous appelez ça ?

— J'étais son copain. J'veillais à ce qu'y lui arrive rien de moche, j'voulais lui éviter de tomber sur un mec à idées tordues. On travaillait ensemble. On faisait équipe. C'est pas ma faute si c'est Kimmo qui plaisait aux michetons.

Lynley faillit dire que le look de Blinker avait sans doute un rapport avec le fait que les clients lui préféraient Kimmo, mais il renonça.

— La nuit où Kimmo a disparu, vous n'étiez pas ensemble ?

— J'savais même pas qu'y devait sortir. On avait tourné dans Leicester Square, la nuit d'avant. Coup de bol, on était tombés sur des gars qui voulaient s'en payer une tranche dans Hollen Street. On a fait affaire avec eux. On avait récolté suffisamment de blé pour pouvoir faire relâche un soir. Et de toute manière, Kimmo m'avait dit qu'il devait passer une soirée avec sa grand-mère.

— C'était normal ? questionna Lynley.

— Nan. J'aurais dû m'douter de quelque chose quand il m'a raconté ça mais j'ai pas moufté vu que ça m'arrangeait de ne pas sortir. J'avais la téloche… et des choses à faire.

— Quelles choses ? s'enquit Havers.

Comme Blinker ne répondait pas, se contentant de jeter un coup d'œil vers la cuisine, d'où il espérait voir arriver ses spaghettis, elle ajouta :

— Qu'est-ce que vous fricotiez d'autre en dehors de la prostitution, Charlie ?

— Hé, on fricotait rien…

— Assez fait mumuse, coupa Havers. Appelle ça comme tu voudras, Charlie, mais si tu te fais payer pour, c'est pas de l'amour. Et tu te faisais payer, pas vrai ? C'est bien ce que tu nous as dit ? C'est bien pour ça que tu pouvais te permettre de rester une nuit chez toi, n'est-ce pas ? Kimmo avait gagné assez de fric pour une semaine sans doute, avec ses clients de Hollen Street. Je me demande ce que tu as fait de la fraîche. Tu l'as fumée ? Tu t'es piqué ? Tu t'es poudré le nez ou quoi ?

— J'ai pas à répondre à ces questions à la con, fit Blinker, s'énervant. J'pourrais très bien me lever tout de suite, me barrer…

— Et renoncer à tes spaghettis ? fit Havers. Ça m'étonnerait un peu.

— Havers, dit Lynley sur le ton qu'il utilisait d'habitude – avec un succès d'ailleurs limité – pour la rappeler à l'ordre.

Et, s'adressant à Blinker :

— Ça lui ressemblait, à Kimmo, de sortir seul ? Malgré votre arrangement ?

— Ça lui arrivait, des fois, ouais. J'essayais de l'en empêcher. Tu parles, rien à faire. J'avais beau lui dire que c'était pas prudent. C'était pas un athlète et s'il était tombé sur un taré…

Blinker écrasa sa cigarette et détourna le regard. Ses yeux s'embuèrent.

— Le p'tit con, marmonna-t-il.

Les spaghettis arrivèrent, accompagnés d'un bol plein d'un fromage qui ressemblait à de la sciure. Il en saupoudra délicatement ses pâtes et attaqua aussitôt son plat, l'appétit prenant le dessus sur l'émotion. La porte de l'établissement s'ouvrit et deux ouvriers entrèrent, le jean blanc de poussière de plâtre et les chaussures à semelles épaisses pleines de ciment. Ils lancèrent des saluts familiers au cuisinier qu'on apercevait par le passe-plat et choisirent une table d'angle où ils commandèrent un repas copieux assez semblable à celui que Blinker avait réclamé.

— J'lui avais dit que ça arriverait s'il travaillait en solo, dit Blinker lorsqu'il eut fini d'engloutir les pâtes et se mit à attendre son sandwich au thon et au maïs. J'y ai dit et redit mais il écoutait jamais rien, c'te tête de mule. Y me soutenait qu'il avait du pif, pour les clients. Les chelous, y disait qu'y les reniflait, qu'y z'avaient une odeur spéciale. Celle de gars qui ont tellement pensé à ce qu'y z'allaient vous faire qu'y z'en avaient la peau tout huileuse. J'y ai dit que c'étaient des conneries, qu'il fallait que j'aille avec lui, mais pas question, y voulait pas. Résultat des courses…

— Alors vous croyez que c'est un client qui a fait le coup, dit Lynley. Kimmo a fait une erreur d'appréciation pendant qu'il était seul.

— Qu'est-ce que ça pourrait être d'autre ?

— La grand-mère de Kimmo nous a dit qu'il avait eu des ennuis à cause de toi, fit Havers. Elle prétend qu'il fourguait des marchandises que tu lui refilais. Qu'est-ce que tu en dis ?

Blinker se redressa sur son siège comme si on venait de le blesser mortellement.

— Moi, jamais de la vie ! C'est une sale menteuse, c'te vieille bique. Elle a jamais pu me saquer et maintenant elle essaye de m'enfoncer. Si Kimmo a eu des emmerdes, c'est pas à cause de moi. Interrogez les gens à Bermondsey, vous verrez ce qu'y vous diront de Blinker et de Kimmo. Vous verrez…

— Bermondsey ? reprit Lynley.

Mais Blinker refusait d'en dire davantage. Il bouillait à l'idée qu'on ait pu lui faire une réputation de voleur alors qu'il était en réalité un vulgaire maquereau vendant les services d'un ado de quinze ans.

— Vous étiez amants, Kimmo et toi ? voulut savoir Lynley.

Blinker haussa les épaules comme si la question était sans importance. Il balaya la pièce des yeux à la recherche de son sandwich, l'aperçut devant le passe-plat et alla le chercher.

La serveuse lui dit :

— Attendez un instant, mon garçon. J'arrive.

L'ignorant, Blinker rapporta le sandwich. Une fois à la table, il ne se rassit pas. Il ne mangea pas non plus. Au lieu de cela, il enveloppa le sandwich dans sa serviette en papier et fourra le tout dans la poche de son blouson de cuir éraflé.

Lynley le regarda faire et constata que le jeune homme n'était pas tant contrarié par sa dernière question que gêné. Il n'y avait qu'à voir le muscle qui tressaillait le long de sa mâchoire. La victime et lui avaient été amants sans aucun doute, sinon récemment, du moins au départ, et probablement avant de se mettre à faire du fric avec le corps de Kimmo.

Blinker leur jeta un coup d'œil tout en fermant son blouson.

— J'vous l'ai dit, Kimmo aurait pas eu d'emmerdes s'il était resté avec moi. Mais y n'en faisait qu'à sa tête. Y se figurait connaître le monde. Regardez où ça l'a mené.

Cela dit, il s'éclipsa, filant vers la porte, laissant Lynley et Havers en contemplation devant les restes de ses spaghettis tels deux grands prêtres interrogeant les augures.

— Il ne nous a même pas dit merci pour le repas, fit Havers.

Elle s'empara de la fourchette qu'il avait abandonnée et y enroula deux pâtes, qu'elle porta à hauteur de ses yeux.

— Le corps de Kimmo. Il n'est écrit dans aucun des rapports qu'il a eu des relations sexuelles avant de mourir, je me trompe ? ajouta-t-elle.

— Dans aucun des rapports, confirma Lynley.

— Ce qui pourrait vouloir dire…

— Que sa mort n'a rien à voir avec le tapin. À moins, bien sûr, que ce qui s'est passé cette nuit-là ne se soit produit avant qu'ils n'en arrivent au sexe.

Lynley repoussa au milieu de la table son café, auquel il n'avait pratiquement pas touché.

— Mais s'il nous faut éliminer le sexe comme faisant partie… ?

150

— La question est : seriez-vous disposée à vous lever avant l'aube ?

— Bermondsey ? fit Havers.

— Je dirais que c'est notre prochaine destination.

Lynley l'observa tandis qu'elle réfléchissait, la fourchette toujours au bout des doigts.

Elle finit par hocher la tête mais sans avoir l'air autrement ravie.

— J'espère que vous avez l'intention d'en être.

— Loin de moi l'idée de laisser une dame errer seule au petit matin dans le sud de Londres.

— Voilà qui est réconfortant.

— Heureux de savoir que vous êtes rassurée, Havers. Vous comptez faire quoi, avec ces pâtes ?

Elle regarda la fourchette en suspens.

— Ça ?

Elle se fourra les spaghettis dans la bouche et mastiqua pensivement.

— Ils ont encore des progrès à faire pour qu'elles soient al dente.

Jared Salvatore, la seconde victime de leur tueur – qu'ils s'étaient mis à appeler « Camionnette rouge » faute d'un autre surnom –, avait habité à Peckham, à quelque douze kilomètres à vol d'oiseau de Bayswater, où son corps avait été retrouvé. Étant donné que Felipe Salvatore, depuis sa prison de Pentonville, n'avait pas réussi à fournir l'adresse récente de sa famille, Nkata commença par se rendre au dernier domicile connu des Salvatore, un appartement situé dans le désert de North Peckham Estate. C'était une zone de non-droit où personne ne s'aventurait sans arme à la nuit tombée, où les flics n'étaient pas les bienvenus, et que se disputaient des bandes rivales. On y trouvait ce qui se faisait de pire en matière de logements sociaux : linge séchant lugubrement aux balcons et aux tuyaux de descente d'eau, bicyclettes démantibulées et privées de pneus, chariots en train de rouiller, sans compter les détritus les plus invraisemblables. À côté de ce quartier de North Peckham, le grand ensemble où habitait Nkata faisait figure de paradis. À l'adresse qu'on lui avait indiquée comme étant celle des Salvatore, il n'y avait personne. Nkata frappa chez les voisins, qui soit ne savaient rien, soit n'étaient pas disposés à lui parler. Finalement il en trouva un qui lui apprit que « l'accro au crack et ses gnards » avaient été lourdés après une bagarre monumentale avec Navina Cryer et les siens, lesquels étaient venus de Clifton Estate. C'était tout ce qu'il savait concernant cette famille. En possession d'un nouveau nom – celui de Navina Cryer –, Nkata partit ensuite pour Clifton Estate à sa recherche afin de glaner les renseignements dont elle pouvait disposer au sujet de la famille Salvatore.

Navina se révéla être une adolescente de seize ans enceinte jusqu'aux yeux. Elle habitait avec sa mère et ses deux sœurs cadettes ainsi qu'avec deux mouflets portant des couches – dont Nkata ne parvint pas à savoir à qui ils appartenaient. Contrairement aux habitants de North Peckham Estate, Navina se montra tout heureuse de parler à la police. Elle examina la carte de Nkata, considéra encore plus longtemps Nkata lui-même, et l'invita à pénétrer dans l'appartement. Sa mère était au travail, dit-elle, et les autres – sans doute faisait-elle allusion aux enfants – pouvaient se débrouiller seuls. Elle emmena Nkata dans la cuisine. Une table supportait plusieurs piles de linge sale, et l'air sentait les couches-culottes qui attendaient avec impatience d'être jetées.

Navina alluma une cigarette à l'un des brûleurs de la cuisinière graisseuse et s'appuya contre l'appareil au lieu de s'asseoir à la table. Son ventre était si protubérant qu'on avait du mal à voir comment elle tenait debout, et sous le tissu léger de son caleçon, ses veines saillaient tels des vers après une averse. Elle attaqua d'un ton abrupt :

— Eh ben, vous y avez mis le temps. Qu'est-ce qui vous a décidés à vous remuer finalement ? Dites-moi, que j'sache comment m'y prendre la prochaine fois pour vous faire rappliquer.

Nkata en conclut qu'elle attendait la visite de la police. Compte tenu des renseignements glanés auprès du voisin qui avait bien voulu lui adresser la parole à North Peckham, il supposa qu'elle faisait référence à l'issue – quelle qu'elle ait pu être – de son altercation avec Mrs Salvatore.

— Une personne de North Peckham m'a dit que vous connaissiez peut-être l'adresse de la mère de Jared Salvatore. C'est exact ?

Navina plissa les yeux. Elle tira une bonne bouffée de sa cigarette – Nkata en frissonna d'horreur en pensant au bébé à naître – et, tandis qu'elle soufflait la fumée, elle l'étudia, puis contempla ses ongles de main peints en fuchsia et assortis à ses ongles de pied.

— Eh ben quoi, Jared ? Vous avez de ses nouvelles ? dit-elle lentement.

— Des nouvelles pour sa mère. Vous pouvez me dire où elle se trouve ? fit Nkata.

— Tu parles que ça l'intéresse, dit Navina avec mépris. Elle se fout pas mal de lui. C'te conne savait même pas qu'il avait disparu, c'est moi qui lui ai dit. Si vous la dénichez sous la voiture où elle s'est réfugiée depuis qu'on l'a expulsée de North Peckham, dites-lui qu'elle peut crever et que je cracherai sur son cercueil. Et plutôt deux fois qu'une.

Elle tira de nouveau sur sa cigarette et Nkata constata que ses doigts tremblaient.

— Navina, si vous pouviez éclairer ma lanterne. Je nage.

— Qu'est-ce que vous voulez que j'vous dise de plus ? Il a disparu, ça fait une paye. Et c'est pas son genre. J'vous l'ai dit et redit. Seulement personne m'écoute et…

— Un instant, coupa Nkata. Vous ne pourriez pas vous asseoir, qu'on parle calmement.

Il tira une chaise de sous la table et lui fit signe de se poser dessus. L'un des mioches entra dans la cuisine sur ces entrefaites, la couche dégringolant sur les genoux, et Navina prit le temps de le changer, lui retira sa couche, la jeta dans la poubelle et lui en mit une autre sans plus de cérémonie alors que le petit avait encore les fesses sales. Après quoi elle prit une brique de jus de fruit qu'elle tendit à l'enfant, le laissant se débrouiller seul avec la paille. Puis elle se laissa tomber sur la chaise. Sa cigarette qui lui pendait au bec pendant l'opération s'étant consumée, elle l'écrasa dans un cendrier qu'elle retira de sous la pile de linge sale.

— Vous avez signalé la disparition de Jared à la police ? reprit Nkata. C'est bien ce que vous m'avez dit ?

— Chuis allée trouver les flics directement en voyant qu'il avait raté la consultation prénatale. J'ai tout de suite senti qu'y avait quelque chose qui clochait parce qu'y venait toujours aux consultations, voir comment allait son bébé.

— Parce que c'est lui, le père ? Jared Salvatore est le père de votre enfant ?

— Et il en est fier. Il a treize ans. C'est pas courant, les mecs qui s'y mettent si jeunes. Jared, il en était tout gonflé d'orgueil quand j'lui ai annoncé la nouvelle.

Nkata aurait bien aimé savoir ce qu'elle fabriquait en compagnie d'un gamin qui aurait été plus à sa place au collège à se construire un avenir qu'à traîner et à faire des bébés, mais il s'abstint de poser la question. Navina elle-même aurait été plus à sa place dans une salle de classe, si l'on allait par là ; du moins elle aurait dû faire quelque chose de plus utile que de s'offrir à un chaud lapin de trois ans son cadet. Elle devait coucher avec Jared depuis qu'il avait douze ans. Nkata en eut la tête qui tournait rien que d'y penser. Et aussi à la pensée que lui-même, à douze ans, avec une fille consentante, aurait pu bousiller sa vie, obnubilé par le désir de ces torrides moments de contact charnel et ne songeant à rien d'autre.

— Son frère Felipe nous a signalé sa disparition depuis la prison de Pentonville, où il est incarcéré. Jared avait raté un parloir et Felipe a signalé son absence. Ça remonte à cinq, six semaines.

— Et moi j'suis allée trouver les keufs deux jours plus tard, s'écria Navina. Deux jours après la consultation qu'il avait ratée. J'ai prévenu les flics mais y m'ont pas écoutée, ces enfoirés. J'aurais aussi bien pu pisser dans un violon.

— Quand cela ?

— Y a plus d'un mois. J'me pointe au poste et j'dis au mec de l'accueil que j'viens pour une disparition. Y me demande de qui y s'agit, je lui dis Jared. J'lui raconte qu'il est pas venu à la consult prénatale, qu'y m'a même pas passé un coup de fil. Que ça lui ressemblait pas. Eux y s'imaginent qu'y s'est barré, à cause du bébé, vous voyez. Y m'disent d'attendre un jour ou deux. Et quand j'me repointe, y me disent d'attendre encore vingt-quatre heures. Moi j'y retourne, j'leur ressers mon couplet. Mais tout ce qu'y font, c'est noter mon nom et celui de Jared. Personne au poste ne bouge.

Elle se mit à pleurer. Nkata se leva et s'approcha d'elle. Il lui posa la main sur la nuque. Une nuque fragile et tiède sous sa paume qui lui donna une idée de l'attrait que la jeune fille pouvait avoir exercé sur Jared.

— Je suis désolé, dit-il. Ils auraient dû vous écouter, à la police locale. Je n'en fais pas partie.

Elle leva vers lui son visage plein de larmes.

— Mais vous m'avez dit que vous étiez flic ? D'où vous venez ?

Il le lui dit. Puis, aussi doucement que possible, il lui raconta le reste. Le père de son bébé était mort, assassiné par un serial killer. Probablement avant le jour de la consultation qu'il avait ratée. Il était l'une des quatre victimes – des adolescents comme lui – dont on avait retrouvé les corps assez loin de leur domicile pour que personne dans le voisinage ne puisse les reconnaître.

Navina écoutait et sa peau foncée brillait sous les larmes qui coulaient le long de ses joues. Nkata était partagé entre le besoin de la réconforter et l'envie de la sermonner. À quoi donc pensait-elle ? se demandait-il. S'imaginait-elle qu'un gamin de treize ans serait là éternellement ? Pas seulement parce qu'il pouvait mourir, car Dieu savait qu'ils étaient nombreux, les jeunes métis, à ne pas atteindre la trentaine, mais parce qu'il aurait fini par se rendre compte que la vie ne consistait pas uniquement à engendrer des bébés.

Le besoin de la réconforter l'emporta. Nkata pêcha un mouchoir dans la poche de sa veste et le lui tendit.

— Ils auraient dû vous écouter, Navina, et ils ne l'ont pas fait. Je ne sais pas pourquoi. Je suis désolé.

— Vous savez pas pourquoi ? fit-elle, amère. Qu'est-ce que j'suis pour eux ? La nénette qui s'est fait mettre en cloque par le mec qu'y z'ont coincé porteur de deux cartes de crédit volées. Voilà tout ce qu'y se rappellent le concernant. Et aussi qu'il avait tiré un ou deux sacs à main. Qu'il avait tenté un carjacking sur une Mercedes avec des potes, une nuit. Un p'tit loubard. On a pas de temps à perdre à courir après lui. Alors, sortez de là, ma petite, arrêtez de polluer notre atmosphère, merci. Eh ben moi, je l'aimais. On voulait faire not'vie ensemble. Et y faisait ce qu'il fallait pour. Il apprenait la cuisine, y voulait devenir chef. Questionnez les gens autour de vous. Vous verrez ce qu'y vous diront.

La cuisine. Chef. Nkata sortit l'agenda de cuir qui lui tenait lieu de carnet et écrivit ces mots au crayon. Il n'eut pas le courage de demander davantage d'explications à Navina. D'après ce qu'elle lui avait dit, il conclut qu'il trouverait une véritable mine d'informations sur Jared Salvatore au commissariat de police de Peckham.

— Ça va aller, Navina ? fit-il. Il y a quelqu'un à qui je peux téléphoner pour vous ?

— Ma mère, dit-elle.

Et pour la première fois, elle lui donna l'impression qu'elle avait seize ans et qu'elle avait peur, comme tant de ces filles qui grandissent dans un environnement où personne n'est en sécurité et où tout le monde est suspect.

Sa mère travaillait à la cuisine de l'hôpital St Giles et, quand Nkata l'eut au bout du fil, elle dit qu'elle rentrait immédiatement.

— C'est pas les premières contractions ? voulut-elle savoir. Merci, mon Dieu, fit-elle lorsque Nkata lui eut dit qu'il s'agissait de tout autre chose mais que sa présence serait d'un grand réconfort pour sa fille.

Il laissa Navina attendre sa mère et se rendit de Clifton Estate au commissariat de Peckham, qui n'était pas loin de là, dans High Street. À l'accueil, un auxiliaire blanc était au comptoir. Il prit son temps avant de se tourner vers Nkata. Puis, le visage parfaitement inexpressif, il dit :

— Je peux vous aider ?

Non sans un certain plaisir, Nkata se présenta :

— Sergent Nkata. De la Police métropolitaine.

Il sortit sa carte, lui expliquant l'objet de sa visite. À peine eut-il prononcé le nom des Salvatore qu'il comprit qu'il était inutile d'aller plus loin. Tomber sur quelqu'un au poste qui ne connaissait pas les Salvatore aurait été difficile. Outre Felipe incarcéré à Pentonville, il y avait un autre frère qui avait été libéré sous caution après une inculpation pour voies de fait. La mère avait un casier depuis son adolescence et les autres garçons de la famille faisaient apparemment de leur mieux pour battre son record avant leurs vingt ans. La véritable question était donc de savoir à qui le sergent Nkata voulait parler, étant donné que tout le monde pouvait lui en apprendre des vertes et des pas mûres sur le compte de cette fratrie.

Nkata dit au policier de l'accueil qu'il aimerait rencontrer celui de ses collègues qui avait reçu Navina Cryer lorsqu'elle était venue signaler la disparition de Jared. Cela posait bien sûr le délicat problème de savoir pourquoi ce témoignage n'avait pas été consigné, mais Nkata ne voulait pas s'engager dans cette voie. À coup sûr quelqu'un devait avoir reçu la jeune femme, même si l'on n'avait pas enregistré sa déclaration dans les formes. C'était à cette personne qu'il souhaitait parler.

Celle-ci s'avéra être le constable Joshua Silver. Il vint chercher Nkata à l'accueil et le fit entrer dans un bureau qu'il partageait avec sept autres officiers de police, où l'espace exigu était empli d'un épouvantable vacarme. Il avait réussi à aménager une sorte de box entre une batterie de téléphones qui sonnaient sans discontinuer et une rangée d'antiques classeurs métalliques, et c'est vers ce recoin qu'il entraîna Nkata. Oui, convint-il, c'est à lui que Navina Cryer avait parlé. Pas la première fois qu'elle était venue au poste – où elle n'était pas allée plus loin que l'accueil –, mais la deuxième et la troisième fois. Oui, il avait noté les renseignements qu'elle lui avait communiqués mais, franchement, il ne l'avait pas prise au sérieux. Le jeune Salvatore, un petit loubard, avait treize ans. Silver s'était dit que le petit s'était tiré au moment où la nana était sur le point de pondre son œuf. Rien n'indiquait dans son passé déjà chargé qu'il était du genre à attendre bien sagement que se produise l'heureux événement.

— Le gamin a des emmerdes depuis ses huit ans, dit le constable. La première fois qu'il a eu affaire à la justice, c'était pour un vol à l'arraché. Un sac de vieille dame. Il avait neuf ans. Et la dernière fois qu'on l'a ramené ici, c'était pour avoir braqué un Dixon. Il comptait revendre son butin sur un marché en plein air, notre petit Jared.

— Vous le connaissiez personnellement ?

— Ni plus ni moins que mes collègues.

Nkata lui tendit une photo du corps que Felipe Salvatore avait reconnu comme étant celui de son frère. Le constable Silver l'étudia, et d'un hochement de tête, confirma. C'était bien Jared. Les yeux en amande, le nez à l'extrémité aplatie. Tous les enfants Salvatore possédaient ces caractéristiques, héritées de leurs parents d'origines différentes.

— Le père est philippin ; la mère, noire. Une accro au crack.

Silver releva vivement la tête en disant cela comme s'il se rendait soudain compte qu'il avait pu offenser son interlocuteur.

— C'est ce que j'ai cru comprendre, dit Nkata en lui reprenant la photo.

Il voulut savoir si le constable était au courant pour les cours de cuisine de Jared. Silver n'était pas au courant et déclara que c'était soit un vœu pieux de Navina, soit un mensonge pur et simple de Jared. Tout ce qu'il savait, c'est que Jared avait atterri chez les Délinquants juvéniles, où un travailleur social avait essayé – manifestement sans succès – d'en faire quelque chose. De le recadrer.

— Est-ce que les services chargés du suivi et de la réinsertion des délinquants juvéniles du coin auraient pu lui décrocher un stage de formation ? s'enquit Nkata. Est-ce qu'ils s'occupent de trouver du boulot à ces gamins ?

— Sûrement pas, dit Silver. Jared faisant frire du poisson au Little Chef du coin ? Même crevant de faim, je n'aurais pas touché à la nourriture que ce type m'aurait servie.

Silver prit une agrafeuse sur son bureau et se mit à se curer l'ongle du pouce en concluant :

— Je vais vous dire la vérité concernant les moins que rien de la trempe des Salvatore, sergent. La plupart d'entre eux finissent là où ils doivent finir. Et ça n'allait pas être différent pour Jared. Mais ça, Navina Cryer, elle n'arrivait pas à l'accepter. Felipe est au ballon ; Matteo est en liberté sous caution. Jared venait en troisième position, il était mûr pour la taule. Les bonnes âmes des services des délinquants juvéniles ont peut-être fait le maximum pour que ça n'arrive pas mais c'était baisé dès le départ.

— Comment ça ?

Silver l'examina par-dessus l'agrafeuse et d'une pichenette expédia sur le sol les particules de saleté récupérées sous son ongle.

— Je ne veux pas être désagréable, mon vieux, mais vous êtes l'exception. Pas la règle. Et je suis sûr que vous avez bénéficié de certains avantages pour en arriver là. Mais il y a des fois où les gens n'arrivent pas à grand-chose, et on est dans ce cas de figure. Vous partez du mauvais pied, vous êtes encore pire à l'arrivée. C'est comme ça.

Pas si quelqu'un se donne la peine de s'intéresser à vous, aurait voulu répondre Nkata. Rien n'est gravé dans la pierre.

Toutefois il ne souffla mot. Il avait le renseignement qu'il cherchait. Quant au reste, il n'était pas plus avancé ; il ne savait pas davantage pourquoi la disparition de Jared était passée largement inaperçue de la police, mais il n'avait pas besoin d'en savoir plus. Ainsi que le constable Silver l'avait formulé, c'était comme ça.

7

De retour à Chalk Farm, en fin de journée, Barbara Havers était d'humeur presque guillerette. Non seulement l'entretien avec Charlie Burov – alias Blinker – lui avait semblé constituer un progrès, mais le fait d'être sortie de la salle des opérations et de travailler sur l'aspect humain de l'enquête en compagnie de Lynley lui donnait l'impression que retrouver son rang n'était peut-être pas une chimère, après tout. En fait, elle fredonnait gaiement *It's So Easy* en regagnant à pied son logis après avoir trouvé un endroit où garer la Mini. Même quand, rabattue par le vent, la pluie se mit à lui gifler le visage, c'est à peine si elle y prit garde. Elle se contenta d'accélérer l'allure – et le rythme de sa chanson – et se hâta en direction d'Eton Villas.

En passant dans l'allée, elle jeta un coup d'œil à l'appartement en rez-de-chaussée. Il y avait de la lumière à l'intérieur chez Azhar, et par les portes-fenêtres elle vit Hadiyyah assise à une table, la tête penchée au-dessus d'un cahier ouvert.

Ses devoirs, songea Barbara. Hadiyyah était une écolière consciencieuse. Elle s'immobilisa un instant, observant la petite fille. Tandis qu'elle était plantée là, Azhar entra dans la pièce et passa près de la table. Hadiyyah leva la tête et le suivit attentivement des yeux. Il fit celui qui ne la voyait pas. Alors, au lieu de lui adresser la parole, elle se replongea dans son travail.

Barbara eut un pincement au cœur à cette vue, et une colère inattendue dont elle préféra ne pas étudier la cause s'empara d'elle. Elle poursuivit son chemin vers son bungalow. Une fois entrée, elle alluma, jeta son sac sur la table et sortit une boîte de All Day Breakfast, dont elle versa sans ménagement le contenu dans une casserole. Elle mit du pain à griller et sortit du frigo une Stella Artois, se promettant mentalement de réduire sa consommation d'alcool vu que ce soir elle n'était pas non plus censée en absorber. Seulement elle avait envie de fêter l'entretien avec Blinker.

Tandis que son repas se préparait tant bien que mal, elle se mit – comme d'habitude – à la recherche de la télécommande, qu'elle ne parvint pas – ce n'était pas nouveau non plus – à dénicher. Elle fouillait dans ses affaires pour essayer de remettre la main dessus lorsqu'elle remarqua que le voyant de son répondeur clignotait. Tout en poursuivant ses recherches, elle appuya sur la touche « play ».

La voix de Hadiyyah lui parvint, tendue, basse, comme si elle essayait d'empêcher quelqu'un de la surprendre. « On m'a interdit de sortir, Barbara. J'ai saisi la première occasion de te téléphoner parce que je n'ai même pas le droit d'utiliser le téléphone. Papa m'a consignée jusqu'à nouvel ordre et je trouve que c'est pas juste du tout. »

— Merde, marmonna Barbara, fixant l'appareil d'où s'échappait la voix de sa jeune amie.

« Papa dit que c'est parce que j'ai voulu discuter au lieu d'obéir. Je ne voulais pas te rendre le CD de Buddy Holly, tu vois. Quand il m'a dit qu'il le fallait, je lui ai demandé si je ne pouvais pas le déposer devant chez toi avec un mot. Et il a dit que non, qu'il fallait que je le rapporte en personne. Je lui ai dit que je trouvais que c'était pas juste. Il m'a dit que je devais obéir et que puisque je ne voulais pas, il allait s'assurer que je faisais ça dans les règles, c'est pour ça qu'il m'a accompagnée. Là, je lui ai dit qu'il était méchant, méchant, méchant, que je le détestais… Et il… (Un silence, comme si elle écoutait un bruit non loin de là. Elle se hâta de poursuivre.) Je ne dois pas lui tenir tête, c'est pour ça qu'il m'a interdit de sortir. J'ai interdiction d'utiliser le téléphone, de regarder la télé ; la seule chose que je puisse faire, c'est aller à l'école et rentrer à la maison. C'est pas juste. (Elle se mit à pleurer.) Faut que j'y aille. Au revoir », réussit-elle à articuler avec un hoquet. Fin du message.

Barbara poussa un soupir. Elle ne s'était pas attendue à cela de la part de Taymullah Azhar. Lui-même n'avait pas toujours respecté les règles : il avait abandonné un mariage arrangé et deux enfants en bas âge pour se mettre en ménage avec une Anglaise dont il était tombé amoureux. Résultat, il avait été chassé de sa famille, devenant un paria aux yeux des siens. De toutes les personnes qu'elle connaissait, il était bien le dernier dont elle aurait pensé qu'il pût se montrer aussi inflexible et aussi dur.

Il allait falloir qu'elle ait une petite conversation avec lui. Les châtiments, songeait-elle, ne devaient pas excéder les crimes. Toutefois elle savait qu'il lui faudrait trouver une entrée en matière qui lui permette de lui dire ce qu'elle avait sur le cœur. Elle allait devoir s'arranger pour que cela se glisse naturellement dans la conversation, c'est-à-dire qu'il lui faudrait amorcer une conversation où viendraient naturellement sur le tapis des sujets comme Hadiyyah, le mensonge, le fait d'être enfermée, et les parents qui exagéraient. Sur le moment, à la pensée de ces manœuvres verbales, Barbara eut l'impression que sa tête était comme un ballon trop gonflé. Se promettant de chercher un prétexte pour parler à Azhar, elle décapsula sa Stella Artois.

Il y avait de grandes chances pour qu'elle ait besoin de boire deux bières, ce soir.

Fu effectua les préparatifs nécessaires. Cela ne lui prit que peu de temps, car le travail était déjà bien entamé. Une fois que Sa cible s'était avérée valable, Il l'avait observée jusqu'à ce qu'Il connaisse ses déplacements. Le moment venu, Il pouvait ainsi choisir rapidement le lieu où Il opérerait. Il opta pour le gymnase.

Il Se sentait sûr de soi. Il avait trouvé une place où Il s'était garé sans problème chaque fois qu'il était venu dans le secteur. La rue n'était pas particulièrement près du gymnase mais Fu ne pensait pas que cela poserait de difficulté parce que l'endroit où il était garé se trouvait sur le trajet que le jeune garçon devrait emprunter pour rentrer chez lui.

Lorsqu'il sortit du gymnase, Fu l'attendait. Il fit cependant comme si la rencontre était purement fortuite.

— Hé, dit-Il, l'air surpris et content. Est-ce que ce n'est pas… Qu'est-ce que tu fabriques ici ?

Le gamin était trois pas devant Lui, la tête rentrée dans les épaules, comme les autres. Lorsqu'il pivota, Fu attendit qu'il Le reconnaisse. Ce qui se produisit assez rapidement pour qu'Il soit satisfait.

Le gamin jeta des coups d'œil à droite et à gauche. Moins pour échapper à ce qui se tramait que pour voir si quelqu'un d'autre pouvait s'apercevoir de la présence de cette personne dans un endroit où elle n'aurait pas dû se trouver. Mais les lieux étaient déserts, car l'entrée du gymnase était sur la façade latérale de l'immeuble, et non sur le devant, dans une rue plus fréquentée.

Le jeune garçon eut le mouvement de tête des ados qui signifie : « Salut. » Ses dreadlocks voletèrent autour de son visage au teint foncé.

— Hé ! Qu'est-ce que vous faites, vous, dans le coin ?

Et Fu de lui fournir le prétexte qu'il avait inventé.

— J'esaye de faire la paix avec mon père. Sans succès, évidemment. (Ça n'était pas très original, comme excuse, mais Fu savait que cela aurait une résonance toute particulière pour le gamin. C'était une façon de lui faire comprendre qu'il existait un lien entre Lui et le petit. Qui pouvait être comprise d'un ado de treize ans.) Je regagne ma voiture. Et toi ? Tu habites dans le coin ?

— Un peu plus haut après la station de métro. Au croisement de Finchley Road et de Frognal.

— Je suis garé dans ces eaux-là. Je peux te déposer si tu veux.

Il continua d'avancer, Son allure était un compromis entre le pas de promenade et la marche à vive allure par temps d'hiver. Comme un mec normal, Il alluma une cigarette, en offrit une au gamin, et lui confia qu'Il s'était garé à une certaine distance de chez Son père parce qu'Il savait qu'Il aurait besoin de s'éclaircir les idées après leur entretien.

— Ça sert à rien qu'on se parle, dit Fu. Maman prétend qu'elle veut juste qu'on soit en relation. Mais j'arrête pas de lui dire qu'on ne peut pas être en relation avec un type qui s'est tiré avant votre naissance.

Il sentit que le garçon Le fixait. Mais c'était avec intérêt. Pas d'un air soupçonneux.

— J'ai rencontré mon père, une fois. Il bosse sur des bagnoles allemandes à North Kensington. Je suis allé le voir.

— C'était une perte de temps ?

— Une putain de perte de temps.

Le gamin shoota dans une boîte de Fanta écrasée qui se trouvait sur leur chemin.

— Un loser, ton père ?

— Un salopard.

— Un branleur ?

— Y a intérêt. C'est ça ou il fait tintin.

Fu rugit de rire.

— Ma caisse est juste là, dit-Il. Viens.

Il traversa la rue, prenant garde de ne pas se retourner pour voir si le gamin Le suivait. Il sortit Ses clés de Sa poche et les agita, histoire de lui faire comprendre que la voiture n'était pas loin, au cas où le petit commencerait à se sentir mal à l'aise.

— Paraît que tu as des bons résultats, au fait.

Le gamin haussa les épaules. Mais Fu vit que le compliment avait porté.

— Tu travailles sur quoi en ce moment ?

— Je prépare une maquette.

— Quel genre ?

Pas de réponse. Fu jeta un coup d'œil à son compagnon, songeant qu'Il était peut-être allé trop loin, qu'Il avait peut-être envahi son territoire d'une façon ou d'une autre. Le petit avait l'air gêné et peu enclin à s'épancher. Lorsqu'il se décida à répondre, Fu comprit la raison de son hésitation : il ne voulait pas qu'on pense de lui qu'il n'était pas cool.

— Pour une église, dans Finchley Road.

— Bonne idée, dit Fu sans en penser un mot.

L'idée que le gamin puisse appartenir à une Église Lui donna à réfléchir. Car Fu, ce qui L'intéressait, c'étaient uniquement les sans-attaches. Le jeune garçon ajouta :

— Le révérend Savidge m'a recueilli chez lui.

— Le vicaire du groupe de prière ?

— Lui et sa femme. Oni. Elle est originaire du Ghana.

— Du Ghana ? Elle est arrivée récemment ?

Le petit haussa les épaules. Une habitude chez lui, apparemment.

— Je sais pas. C'est de là que sont originaires ses parents. Et ceux du révérend Savidge. C'est là-bas qu'ils habitaient avant d'être envoyés aux Antilles comme esclaves. Oni. La femme du révérend, elle s'appelle Oni.

Ah. La troisième fois qu'il prononçait son nom. Voilà qui valait la peine d'être creusé.

— Un joli nom.

— Ouais. C'est une étoile.

— Alors ça te plaît d'habiter chez eux, le révérend Savidge et Oni ?

Nouveau haussement d'épaules qui dissimulait ce que le gamin ressentait.

— C'est sympa, dit-il. Je suis mieux chez eux qu'avec ma mère en tout cas.

Et avant que Fu ait le temps de le questionner plus avant, ce qui Lui aurait permis d'apprendre que la mère du petit était en prison, le gamin ajouta, d'un air agité qui constituait un très mauvais signe :

— Elle est où, votre caisse ?

Heureusement ils étaient presque arrivés : le véhicule était en stationnement à l'ombre d'un énorme platane.

— Ici, dit Fu.

Il balaya la rue du regard afin de s'assurer qu'elle était aussi déserte que lors de Ses reconnaissances précédentes. Elle l'était. Parfait. Il jeta sa cigarette et, lorsque le gamin en eut fait autant, Il déverrouilla la portière côté passager.

— Monte, dit-il. Tu as faim ? J'ai de quoi manger dans un sac par terre.

Du rosbif. Mais ç'aurait dû être de l'agneau. L'agneau avec ce qu'il contenait de puissance évocatrice aurait mieux convenu à la situation.

Fu ferma la portière lorsque le gamin fut à l'intérieur et se pencha pour attraper le sac comme on le lui avait suggéré. Il s'attaqua aussitôt à la nourriture. Dieu merci, il ne remarqua pas que la portière était dépourvue de poignée et que la ceinture de sécurité avait été ôtée. Fu le rejoignit, s'installa sur le siège du conducteur et introduisit la clé dans le contact. Il démarra mais Il ne se mit pas en première et Il ne relâcha pas non plus le frein à main. S'adressant à son passager, il dit :

— Attrape-nous donc quelque chose à boire, tu veux ? Y a une glacière derrière. Derrière mon siège. Je me taperais bien une lager. Y a du Coca si ça te dit. Mais si tu préfères, tu peux prendre une bière.

Le gamin se tortilla sur son siège. Il scruta l'arrière du véhicule, qui était équipé et isolé de telle sorte qu'il y faisait noir comme dans un four.

— Où ça, derrière ? s'enquit-il.

— Attends, dit Fu. Je dois avoir une torche quelque part.

Il fit mine de fouiller autour de Lui jusqu'à ce qu'Il mette la main sur la torche dans sa cachette.

— Je l'ai. Je vais te donner de la lumière.

Et de joindre le geste à la parole.

Obnubilé par la glacière et la perspective de se taper une mousse, le gamin ne remarqua pas ce qu'il y avait à l'intérieur de la camionnette : la planche pour le corps solidement arrimée, les liens pour les poignets et les chevilles qui gisaient sur le sol, la cuisinière vestige d'une époque révolue, le rouleau d'adhésif, la corde à linge, et le couteau. Le couteau encore moins que le reste. Le gamin ne vit rien de tout cela car, comme ceux qui l'avaient précédé, ce n'était qu'un ado mû par un appétit d'ado pour le fruit défendu. Et en cet instant, le fruit défendu, c'était la bière. À un autre moment, à un moment antérieur, le fruit défendu, ç'avait été le crime. C'était pour cela qu'il était à présent condamné au châtiment.

Se penchant vers l'arrière de la camionnette, le jeune garçon tendit le bras vers la glacière. Laissant son torse à découvert. Ce qui devait faciliter la suite des opérations.

Fu fit pivoter la torche et la plaqua contre la poitrine du gamin. Deux cent mille volts se ruèrent dans son système nerveux.

Le reste ne fut qu'un jeu d'enfant.

Lynley était devant le plan de travail de la cuisine, avalant une tasse du café le plus fort qu'il ait réussi à faire lorsque sa femme le rejoignit, à quatre heures et demie du matin. Dans l'encadrement de la porte, Helen cilla à cause de la lumière du plafonnier tout en nouant la ceinture de sa robe de chambre. Elle semblait extrêmement lasse.

— Une mauvaise nuit ? lui demanda-t-il avant d'ajouter dans un sourire : C'est cette histoire de baptême qui te trotte dans la tête ?

— Arrête, grommela-t-elle. J'ai rêvé que Jasper Felix faisait des culbutes à l'envers dans mon ventre.

Elle s'approcha, lui passa les bras autour de la taille et bâilla tout en appuyant sa tête contre son épaule.

— Qu'est-ce que tu fabriques dans cette tenue à cette heure ? Le service de presse se serait-il mis à organiser des conférences avant l'aube ? « Regardez, on travaille d'arrache-pied à la Met. Debout avant le soleil sur la piste des malfaiteurs. »

— Hillier en organiserait s'il y pensait, rétorqua Lynley. Je ne lui donne pas une semaine pour que cela lui vienne à l'idée.

— Il fait toujours des siennes ?

— Tu le connais. Il exhibe le pauvre Winston devant la presse comme une marionnette.

Helen leva la tête vers lui.

— Ça te met en colère, n'est-ce pas ? Cela ne te ressemble pas de réagir aussi peu philosophiquement. Serait-ce à cause de Barbara ? Du fait que c'est Winston qui a décroché la promotion et pas elle ?

— Un vrai coup en traître de la part de Hillier, mais j'aurais dû m'y attendre, dit Lynley. Il aimerait se débarrasser d'elle.

— Ça continue ?

— Eh oui. Je n'ai jamais très bien su comment la protéger, Helen. Même en tant que commissaire intérimaire, je ne sais pas comment m'y prendre pour défendre ses intérêts. Je n'ai pas le quart du talent de Webberly pour ce genre de chose.

Elle se dégagea et se dirigea vers le placard pour y prendre un mug, qu'elle remplit de lait écrémé et mit dans le micro-ondes.

— Malcolm Webberly a un gros avantage sur toi, chéri : c'est le beau-frère de sir David. Cela devait compter lorsqu'ils n'étaient pas d'accord sur un point ou un autre, tu ne crois pas ?

Lynley grommela sans se compromettre. Il regarda sa femme prendre le lait chaud dans le micro-ondes et verser dedans une cuillerée de malt Horlicks. Il termina son café. Il rinçait sa tasse lorsque la sonnette retentit.

Helen se détourna du plan de travail.

— Qui peut bien… ? dit-elle tout en consultant l'horloge murale.

— Ce doit être Havers.

171

— Tu vas travailler, alors ? Vraiment ? À cette heure ?

— Nous allons à Bermondsey.

Il sortit de la cuisine et elle le suivit, son mug à la main.

— Au marché, précisa-t-il.

— Ne me dis pas que c'est pour faire du shopping. Les affaires, c'est bien, et tu sais que je ne suis pas du genre à cracher dessus. Mais, tout de même, aller marchander avant le lever du soleil... Il y a des limites.

Lynley éclata de rire.

— Tu es sûre que tu ne veux pas nous accompagner ? Une statuette en porcelaine de grande valeur pour vingt-cinq livres ? Le Rubens caché sous deux siècles de crasse, avec des chats dix-neuvième repeints par-dessus par un gamin de six ans ?

Il traversa l'entrée au sol de marbre et, ouvrant la porte, découvrit Barbara Havers appuyée contre la grille de fer, une casquette rabattue sur le front et une veste marine enveloppant sa silhouette bréviligne.

Havers, s'adressant à Helen, dit :

— Si vous l'accompagnez jusqu'à la porte à cette heure, c'est que la lune de miel a duré trop longtemps.

— Ce sont mes rêves agités qui l'accompagnent, dit Helen. Ça et, selon mon mari, l'inquiétude concernant l'avenir.

— Vous n'avez toujours pas choisi les vêtements de baptême ?

— Tu lui as raconté ? fit Helen à Lynley.

— Pourquoi ? C'était confidentiel ?

— Non. Juste stupide. La situation, je veux dire. Pas le fait que tu le lui aies dit. Il se peut que nous ayons un début d'incendie dans la nursery, Barbara. À la suite duquel les deux tenues seront irrécupérables. Qu'en pensez-vous ?

172

— Riche idée, fit Barbara. Pourquoi se creuser la tête à trouver des compromis quand il suffit d'un incendie criminel pour régler le problème ?

— Exactement ce que nous pensons.

— De mieux en mieux, fit Lynley.

Il passa un bras autour des épaules de sa femme et lui embrassa la tempe.

— Ferme derrière moi, lui conseilla-t-il, et va te recoucher.

Helen s'adressa au petit renflement que faisait son ventre.

— Et ne reviens pas hanter mes rêves, mon bonhomme. Sois gentil avec ta maman. Prudence au volant, vous deux.

Là-dessus, elle referma la porte. Lynley attendit qu'elle mette le verrou. Près de lui, Barbara Havers allumait une cigarette. Il la regarda d'un air désapprobateur :

— À quatre heures et demie du matin ? Même quand je fumais comme un pompier, Havers, je n'aurais pas réussi à faire ça.

— Avez-vous remarqué qu'il n'y a rien de plus assommant et moralisateur qu'un fumeur repenti, monsieur ?

— Je ne crois pas, répondit-il, les entraînant vers sa voiture. Il y a sûrement pire.

— Non. Des études ont été réalisées à ce sujet. Une Marie Madeleine qui aurait viré religieuse, c'est de la gnognote à côté d'un ex-fumeur invétéré.

— C'est parce que nous nous soucions de la santé de nos semblables.

— Dites plutôt que vous voulez faire profiter votre entourage de votre frustration. Vous feriez mieux de renoncer, monsieur. Je sais que vous crevez d'envie de m'arracher ma clope des doigts pour la fumer jusqu'au trognon. Il y a combien de temps que vous avez arrêté ?

— Tellement longtemps que je ne m'en souviens plus.

— Ça, c'est bien vrai, dit-elle, prenant le ciel à témoin.

Ils se mirent en route dans la bienheureuse absence de circulation de ce début de matinée londonienne. Grâce à cela, ils traversèrent Sloane Square comme une flèche, tous les feux étant verts, et en moins de cinq minutes ils virent les lumières du pont de Chelsea et les hautes cheminées de brique de Battersea Power Station se dresser dans le ciel charbonneux de l'autre côté de la Tamise.

Lynley choisit un itinéraire le long des quais qui leur permit de rester sur la mauvaise rive du fleuve le plus longtemps possible car il y était en terrain de connaissance. Peu de véhicules là encore, juste un taxi occasionnel gagnant le centre-ville pour aller charger des clients et un camion par-ci par-là prenant de l'avance sur ses livraisons. De cette façon, ils se frayèrent un chemin jusqu'à la massive forteresse grise qu'était la Tour de Londres avant de traverser le fleuve, et de là ils n'eurent guère de difficulté à rallier le marché de Bermondsey, qui n'était pas très loin dans Tower Bridge Road.

Eclairés par les lampadaires, par des torches, par des guirlandes électriques accrochées à leurs stands et d'autres lumières d'origine douteuse et de faible intensité, les marchands s'affairaient à terminer la mise en place. La journée n'allait pas tarder à commencer – le marché ouvrait à cinq heures du matin et fermait à deux heures de l'après-midi –, aussi se dépêchaient-ils d'installer les tréteaux et les piquets de leurs stands. Autour d'eux dans l'ombre, des caisses emplies de trésors innombrables, empilées sur des chariots qui avaient servi à les transporter jusque-là depuis les camionnettes et les voitures garées dans les rues adjacentes.

Il y avait déjà des connaisseurs qui faisaient le pied de grue, désireux d'être les premiers à fouiller parmi les objets exposés, allant des brosses à cheveux aux bottines 1900. Personne ne les repoussait officiellement mais, à examiner les marchands, il était clair que les clients devraient patienter en attendant que les marchandises soient correctement disposées sous le ciel de l'aube.

Comme sur la plupart des marchés de Londres, les marchands occupaient la même parcelle de terrain chaque fois que Bermondsey était ouvert. Lynley et Havers commencèrent par la partie nord et poursuivirent vers le sud, à la recherche de quelqu'un qui fût capable de leur parler de Kimmo Thorne. Leur appartenance à la police, contrairement à ce qu'ils avaient espéré, les desservit dans leur mission, alors même qu'ils enquêtaient sur la mort d'un des brocanteurs. C'était dû au fait que Bermondsey avait la réputation d'être un endroit où se fourguaient des marchandises volées.

Ils avaient passé plus d'une heure à cuisiner les exposants quand un vendeur spécialisé dans les objets de toilette prétendument victoriens (« C'est un article authentique, monsieur, madame ») reconnut le nom de Kimmo. Après avoir ajouté que c'était un « drôle de loustic », il adressa Lynley et Havers à un couple d'un certain âge qui vendait de l'argenterie.

— Allez trouver les Grabinski, leur dit-il avec un mouvement de menton dans leur direction. Eux vous parleront de Kimmo. Je suis vraiment navré pour ce petit môme. J'ai lu ça dans *News of the World*.

C'était également le cas des Grabinski, un couple dont le fils unique était mort quelques années plus tôt, à l'âge de Kimmo Thorne. Ils s'étaient pris d'amitié pour le gamin, dirent-ils, non parce qu'il leur rappelait physiquement leur cher Mike mais parce que Kimmo avait un naturel entreprenant comme lui. Cette qualité, les Grabinski l'avaient tout de suite appréciée chez Kimmo. Aussi, lorsque ce dernier se pointait avec des objets à vendre, partageaient-ils leur stand avec lui. Moyennant quoi, il leur donnait un pourcentage des bénéfices.

Non qu'ils aient jamais réclamé quoi que ce soit, se hâta de préciser Mrs Grabinski. Elle se prénommait Elaine et elle portait des bottes en caoutchouc vertes avec des chaussettes de laine rouge qui retombaient par-dessus. Elle était en train de passer au polish un impressionnant surtout, et à peine Lynley eut-il prononcé le nom de Kimmo Thorne qu'elle dit :

— Kimmo ? Qui est-ce qui demande des nouvelles de Kimmo ? C'est pas trop tôt.

Et elle se mit à leur disposition. Ainsi que son mari, qui installait un assortiment de théières en argent.

Le petit s'était présenté chez eux dans l'espoir qu'ils lui achèteraient de la marchandise, leur apprit Mr Grabinski – « Appelez-moi Ray. » Mais comme le prix qu'il en demandait n'était pas celui qu'ils étaient disposés à régler et que personne d'autre sur le marché n'avait l'air d'accord pour payer cette somme, Kimmo était revenu leur faire une autre proposition : il vendrait sur leur stand et leur verserait une partie de ce qu'il gagnerait.

Ils l'avaient trouvé sympathique, ce garçon – « Il avait un culot infernal », confia Elaine -, alors ils lui avaient cédé un quart d'une de leurs tables pour qu'il fasse son commerce. Il vendait des objets en argent – certains en métal argenté, certains en argent massif –, et particulièrement des cadres.

— On nous a dit qu'il avait eu des problèmes à cause de ça, justement, dit Lynley. Il paraît qu'il vendait des choses qui n'auraient pas dû être mises sur le marché.

— Qui avaient été volées, précisa Havers.

Les Grabinski répondirent qu'ils n'étaient absolument pas au courant. À leur avis, c'était quelqu'un qui voulait attirer des ennuis à Kimmo qui avait raconté cette histoire aux flics du coin. En fait, ce devait être leur principal concurrent sur le marché, un certain Reginald Lewis, que Kimmo était allé trouver pour lui vendre son argenterie avant de revenir vers les Grabinski. Reg Lewis, jaloux de nature, ne supportait pas l'idée que quelqu'un puisse vouloir s'installer à Bermondsey. Il avait essayé de dissuader les Grabinski de planter leur tente sur ce marché quelque vingt-deux ans plus tôt, lorsqu'ils avaient débuté ; il en avait fait autant avec Maurice Fletcher et Jackie Hoon quand ils avaient ouvert leur stand.

— Alors, c'est faux, les marchandises de Kimmo n'étaient pas des marchandises volées ? s'enquit Havers en relevant le nez de son carnet. Parce que, quand on y pense, comment un gamin comme Kimmo pouvait-il se procurer des pièces d'argenterie de valeur pour les vendre ?

Ils avaient supposé qu'il vendait des objets appartenant à sa famille, dit Elaine Grabinski. Ils lui avaient posé la question et telle était la réponse qu'il leur avait fournie : il aidait sa grand-mère en proposant l'argenterie de famille aux acheteurs.

Lynley se dit qu'en l'occurrence les Grabinski avaient choisi de croire Kimmo parce qu'ils trouvaient le gamin sympathique. C'était sûrement ça car il n'imaginait pas Kimmo racontant des mensonges assez élaborés pour faire prendre à un couple d'âge mûr des vessies pour des lanternes. Ils s'étaient forcément à un moment ou un autre doutés qu'il n'était pas aussi innocent qu'il le prétendait, mais sans doute cela leur était-il égal.

— On a dit à la police qu'on prendrait sa défense si ça devait se terminer au tribunal, affirma Ray Grabinski. Mais une fois qu'ils l'ont eu emmené, on n'a plus entendu parler de lui. Pas avant de lire *News of the World*.

— Allez donc interroger Reg Lewis, dit Elaine Grabinski, se remettant à frotter le surtout avec une vigueur renouvelée.

D'un ton inquiétant, elle ajouta :

— Cet homme-là est capable de tout.

— Voyons, mon petit, fit son mari en lui tapotant l'épaule.

Reg Lewis se révéla légèrement moins ancien que sa marchandise. Il portait sous sa veste des bretelles écossaises éclatantes, qui soutenaient une antique culotte de golf. Ses lunettes avaient l'épaisseur de culs de bouteille. Des prothèses auditives surdimensionnées pointaient hors de ses oreilles. Il collait autant avec le profil de leur meurtrier en série qu'un mouton avec le profil d'un génie.

Il n'avait pas été surpris du tout que les flics soient venus cueillir Kimmo, leur dit-il. À peine avait-il posé les yeux sur lui que Reg Lewis avait compris qu'il y avait quelque chose qui clochait chez ce petit salopard. Vêtu moitié en homme, moitié en femme, avec ce collant, ces boots de chochotte et tout le tremblement. Aussi, quand les keufs s'étaient pointés avec une liste d'objets volés, il n'avait pas été étonné le moins du monde qu'ils trouvent ce qu'ils cherchaient en possession de ce Kimmo Thorne. Ils l'avaient embarqué aussitôt, et bon débarras. Le gosse ternissait la réputation du marché, à fourguer de l'argenterie volée. Et pas n'importe quelle argenterie encore. De l'argenterie dont il avait été trop stupide pour ne pas remarquer qu'elle portait des inscriptions gravées, immédiatement reconnaissables.

Ce qui était arrivé à Kimmo après ça, Reg Lewis l'ignorait et il s'en fichait pas mal. La seule chose correcte que cette petite tapette avait faite, ç'avait été de ne pas entraîner les Grabinski dans sa chute. Est-ce que ces deux-là n'étaient pas myopes comme des taupes ? Quiconque ayant deux sous de jugeote aurait compris que le gamin n'était pas net quand il s'était pointé au marché. Reg avait mis les Grabinski en garde, ça oui. Mais vous croyez qu'ils auraient écouté quelqu'un qui cherchait à protéger leurs intérêts ? Absolument pas. Pourtant qui est-ce qui avait eu raison en fin de compte, hein ? Et qui est-ce qui attendait encore un mot d'excuse de ces gens-là, assorti d'un « vous-aviez-raison-Reg », hein, qui ?

Reg Lewis n'avait rien à ajouter. Kimmo s'était volatilisé ce jour-là avec les flics. Peut-être avait-il fait un séjour en maison de correction. Peut-être qu'au commissariat de police on lui avait foutu la trouille de sa vie. Tout ce que Reg savait, c'est que le gamin n'avait plus rapporté d'argenterie volée pour la fourguer à Bermondsey, ça, c'était une bonne chose. Les flics de Borough High Street pourraient peut-être leur en apprendre davantage.

Si Reg Lewis avait entendu parler du meurtre de Kimmo Thorne, il n'en souffla mot. S'ils tenaient à en savoir davantage, il leur faudrait aller cuisiner la police du coin.

Ils étaient en route pour ce faire – se frayant un chemin à travers le marché jusqu'à la voiture de Lynley – quand le portable de celui-ci sonna.

Le message était laconique et dénué de toute ambiguïté : Lynley devait se rendre à Shand Street, où un tunnel sous le chemin de fer conduisait à Crucifix Lane. On avait retrouvé un autre corps.

Lynley ferma son portable et regarda Havers.

— Crucifix Lane, vous savez où ça se trouve ?

Un marchand dans un stand non loin de là répondit à la question. Après Tower Bridge Road, leur dit-il. En remontant cette rue. À moins de huit cents mètres de l'endroit où ils se trouvaient actuellement.

Un viaduc sortant de la gare de London Bridge constituait le périmètre nord de Crucifix Lane. Le viaduc était en brique. Des briques encrassées par plus d'un siècle de suie et dont la couleur originelle n'était qu'un lointain souvenir. Il ne restait qu'un mur lugubre recouvert de plusieurs couches de sédiments charbonneux.

Les voûtes de cette structure abritaient différents commerces : locaux à louer, entrepôts, caves à vin, ateliers de carrosserie. L'une des voûtes formait un tunnel sous lequel courait une allée portant le nom de Shand Street. Le tronçon nord de cette rue servait d'adresse à plusieurs petits commerces fermés à cette heure de la matinée et la partie sud, la plus longue, passait en s'incurvant sous le viaduc du chemin de fer pour disparaître dans les ténèbres. Le tunnel à cet endroit faisait soixante mètres de long, c'était un lieu dont le sombre plafond était recouvert de plaques de tôle ondulée d'où l'eau suintait sans qu'on entendît un bruit en raison de la proximité et du vacarme incessant des trains du petit matin arrivant dans Londres ou en partant. L'eau suintait également des murs, dévalant le long des gouttières de fer rouillé, s'accumulant au sol en flaques graisseuses. L'odeur de l'urine emplissait le tunnel. Les lumières cassées rendaient l'atmosphère sinistre.

Lorsque Lynley et Havers arrivèrent, ils trouvèrent le tunnel complètement fermé aux deux extrémités ; un constable posté côté Crucifix Lane – une planchette porte-documents à la main – montait la garde, limitant les entrées. Il avait trouvé à qui parler en la personne des représentants des informations télévisées – journalistes affamés qui, en contact permanent avec les commissariats, vivaient dans l'espoir d'obtenir un scoop. Cinq d'entre eux s'étaient déjà massés près de la barrière dressée par la police, et ils hurlaient des questions dans le tunnel. Trois photographes les accompagnaient, éclairant le boyau avec leurs lumières stroboscopiques tout en mitraillant les lieux malgré le constable qui s'efforçait vainement de les repousser. Tandis que Lynley et Havers montraient leurs cartes, la première des camionnettes des infos télévisées s'arrêta non loin de là, dégorgeant sur le trottoir caméras et techniciens du son. L'absence de responsable des médias chez la police se faisait cruellement sentir.

— ... meurtrier en série ?

Lynley entendit un journaliste prononcer ces mots tandis qu'il franchissait la barrière, Havers sur ses talons.

— ... un gosse ? Adulte ? Un homme ? Une femme ?

— Un instant, mon vieux. Donnez-nous quelque chose, merde.

Lynley les ignora. Havers marmonna : « Vautours », et ils se dirigèrent vers une voiture de sport surbaissée, à la peinture inexistante, qui était abandonnée au milieu du tunnel. C'était ici, leur apprit-on, qu'avait été trouvé le corps. Découvert par un chauffeur de taxi qui faisait le trajet de Bermondsey à Heathrow, d'où il passerait la journée à charger des clients américains qu'il conduirait à Londres moyennant un prix exorbitant, rendu plus exorbitant encore par les bouchons perpétuels qui sévissaient du côté est de l'échangeur routier de Hammersmith. Le chauffeur de taxi était parti depuis un bon moment, après avoir fait sa déposition. L'équipe des techniciens de scène de crime était déjà au travail, et un inspecteur du commissariat de Borough High Street attendait que Lynley et Havers le rejoignent. Il dit s'appeler Hogarth. Son patron lui avait donné l'ordre de se tenir tranquille en attendant que quelqu'un de Scotland Yard vienne examiner les lieux. La consigne n'avait pas l'air de lui plaire.

Lynley avait d'autres choses en tête que de se demander si sa présence n'allait pas vexer l'inspecteur. S'il s'agissait d'une autre victime de leur meurtrier en série, il aurait d'autres sujets de préoccupation que le désagrément que la présence de Scotland Yard sur son territoire pouvait causer à son collègue.

— Qu'est-ce qu'on a ? demanda-t-il à Hogarth en enfilant une paire de gants en latex que lui tendait l'un des techniciens de scène de crime.

— Un Noir, répondit Hogarth. Un gamin. Jeune. Douze, treize ans ? Difficile à dire. Ça ne colle pas avec le mode opératoire du serial killer, si vous voulez mon avis. Je ne sais pas pourquoi on vous a appelés.

Lynley, lui, le savait. La victime était noire. Hillier se couvrait en prévision de sa prochaine rencontre avec la presse.

— Allons voir, dit-il en dépassant Hogarth.

Havers lui emboîta le pas.

Le corps avait été assis sans cérémonie dans la voiture abandonnée, dont le siège passager n'était plus que carcasse métallique et ressorts. Les jambes écartées, la tête ballant d'un côté, il s'ajoutait aux bouteilles de Coca, aux gobelets en plastique, aux sacs pleins de détritus, aux barquettes de nourriture à emporter de chez McDonald's, et à un unique gant de caoutchouc qui gisait sur ce qui avait été jadis le bord de la vitre arrière du véhicule. Les yeux du jeune garçon étaient ouverts, il fixait sans la voir ce qui restait de la colonne de direction rouillée, ses courtes dreadlocks lui hérissant la tête. Avec sa peau lisse couleur de noix, ses traits d'une parfaite régularité, il était mignon comme tout. Il était également nu.

— Bon Dieu, murmura Havers près de Lynley.

— Jeune, dit Lynley. Il a l'air plus jeune que le précédent. Seigneur, Barbara. Pourquoi…

Il laissa sa phrase en suspens, ne pouvant se résoudre à poser la question qui n'avait pas de réponse. Il sentit que Havers coulait un regard vers lui.

Avec une intuition venant du fait qu'ils travaillaient ensemble depuis des années, elle dit :

— Il n'y a pas de garanties. Quoi que l'on fasse. Quoi que l'on décide. Comment. Ou avec qui.

— Vous avez raison, opina-t-il. Il n'y a jamais de garanties. Mais c'est quand même le fils de quelqu'un. Comme ils l'étaient tous. On ne peut pas l'oublier.

— Vous croyez que c'est l'un des nôtres ?

Lynley examina le gamin de plus près et se trouva être d'accord à première vue avec Hogarth. Si la victime était nue comme l'avait été Kimmo Thorne, son corps avait été déposé là sans cérémonie au lieu d'être disposé avec soin comme les autres. Ses organes génitaux n'étaient pas recouverts d'un linge brodé, et il ne portait pas de marque sur le front, caractéristiques qu'on pouvait observer sur le corps de Kimmo Thorne. Son abdomen n'avait pas été incisé, et, plus important peut-être, la position du corps suggérait de la précipitation et un manque de préparation qu'on n'observait pas dans les meurtres précédents.

Tandis que les techniciens de scène de crime s'affairaient avec leurs sachets destinés à recueillir les indices et leur matériel de relevé, Lynley examina le corps de plus près. L'examen lui permit de se faire une idée plus complète de la situation.

— Regardez ça, Barbara, dit-il en soulevant doucement l'une des mains de l'adolescent.

La chair était atrocement brûlée, et les poignets portaient des traces de lien.

Bon nombre d'éléments dans les affaires de meurtres en série n'étaient connus que de leur seul auteur. Ces éléments, la police les gardait pour elle dans le double but de protéger les familles en leur dissimulant des détails qui auraient pu leur briser inutilement le cœur et de pouvoir faire le tri dans les confessions des individus qui cherchaient à attirer l'attention sur eux en s'accusant à tort de ces crimes. Dans cette affaire, bon nombre de données n'étaient encore connues que de la police, et aussi bien les brûlures que les traces de lien en faisaient partie.

— Voilà qui nous éclaire, dit Havers, n'est-ce pas ?

— En effet.

Lynley se redressa.

— C'est l'un des nôtres, dit-il à Hogarth. Où est le médecin légiste ?

— Il est venu et reparti, répondit Hogarth. Les photographes également. On n'attendait plus que vous pour évacuer le corps.

La remarque frôlait l'hostilité. Lynley l'ignora. Il demanda l'heure de la mort, s'il y avait eu des témoins, et réclama la déposition du chauffeur de taxi.

— Le médecin légiste a fixé l'heure de la mort dans une fourchette de vingt-deux heures à minuit, répondit Hogarth. Aucun témoin pour l'instant mais cela n'a rien d'étonnant. Ce n'est pas le genre d'endroit où on peut espérer rencontrer quelqu'un à la nuit tombée.

— Et le chauffeur de taxi ?

Hogarth consulta une enveloppe qu'il sortit de la poche de sa veste. Laquelle lui servait manifestement de bloc-notes. Il lut le nom du chauffeur de taxi, son adresse et le numéro de son portable. Il n'avait pas de client dans sa voiture, ajouta l'inspecteur ; le tunnel de

Shand Street était sur son trajet habituel pour aller au boulot.

— Il passe par là tous les matins entre cinq heures et cinq heures et demie, leur apprit Hogarth. Il nous a dit que cette épave était là depuis des mois. Il s'en était même plaint à plusieurs reprises. Répétant aux policiers qu'ils feraient bien d'intervenir s'ils ne voulaient pas que ça finisse par poser des problèmes…

L'attention de Hogarth fut soudain attirée par ce qui se passait du côté de Crucifix Lane. Il fronça les sourcils.

— Qui est-ce ? Vous attendez un collègue ?

Lynley se retourna. Une silhouette s'était engagée dans le tunnel et s'avançait vers eux, éclairée par-derrière par les projecteurs installés là pour les caméras de télévision qui filmaient dans la rue. Cette silhouette avait quelque chose de familier : forte, massive, épaules légèrement voûtées.

Havers risqua précautionneusement :

— Monsieur, est-ce que ce n'est pas…

Lynley comprit de qui il s'agissait. Il inspira vivement. L'intrus sur la scène de crime n'était autre que le profileur de Hillier, Hamish Robson, et il n'y avait pas trente-six façons pour lui d'avoir accédé au tunnel.

Lynley n'eut pas un instant d'hésitation : il marcha droit vers le nouvel arrivant. Sans autre forme de procès, il empoigna Robson par le bras.

— Il faut que vous quittiez immédiatement les lieux, lui dit-il. J'ignore comment vous avez réussi à franchir cette barrière, mais vous n'avez rien à faire ici, docteur Robson.

Robson fut de toute évidence surpris par cet accueil. Il regarda par-dessus son épaule en direction de la barrière qu'il venait de franchir.

— J'ai eu un coup de fil de l'adjoint au…

— Je n'en doute pas, rétorqua Lynley. Mais l'adjoint au préfet de police est sorti de son rôle. Je veux que vous partiez sur-le-champ.

Derrière leurs lunettes, les yeux de Robson examinaient la situation. L'examen n'échappa pas à Lynley. Qui lut également les conclusions du profileur : sujet en proie à un stress compréhensible. C'était vrai, songea Lynley. Chaque fois que le serial killer frappait, la barre montait d'un cran. Robson n'avait encore rien vu en matière de stress, en comparaison de ce qu'il verrait si le tueur liquidait une autre victime avant que la police lui mette la main dessus.

— Je ne prétends pas savoir ce qui se passe entre vous et l'adjoint Hillier. Mais puisque je suis sur place, je pourrais peut-être vous aider. Je garderai mes distances. Je ne contaminerai pas la scène de crime, je vous le promets. J'enfilerai ce que vous voudrez : gants, combinaison, casquette. Maintenant que je suis là, laissez-moi vous aider. Je peux vous être utile si vous m'en offrez la possibilité.

— Monsieur… ? fit Havers.

Lynley vit que de l'autre extrémité du tunnel arrivait une civière avec une housse prête à l'emploi. Un technicien tenait des pochettes en papier pour en envelopper les mains de la victime. Un hochement de tête de Lynley, et le problème posé par la présence de Robson serait résolu : le profileur n'aurait rien à voir.

— Prêt ? fit Havers.

— Je suis sur place, reprit Robson sans s'énerver. Oubliez comment et pourquoi je suis arrivé là. Oubliez Hillier. Pour l'amour du ciel, laissez-moi me rendre utile.

La voix de Robson était aussi bienveillante qu'insistante, et Lynley savait qu'il y avait du vrai dans ce qu'il disait. Il pouvait s'en tenir strictement à l'accord qu'il avait passé avec Hillier, ou alors il pouvait mettre à profit cet instant : saisir l'occasion qui se présentait d'en savoir un peu plus long sur le mode de fonctionnement d'un tueur.

D'un ton abrupt, il dit aux techniciens qui attendaient de mettre le corps dans la housse :

— Attendez un instant.

Puis, à Robson :

— Jetez donc un coup d'œil.

Robson hocha la tête, murmura : « Parfait », et s'approcha de la voiture. Il resta à un mètre du véhicule et, lorsqu'il voulut examiner les mains, au lieu de les toucher, il demanda à l'inspecteur Hogarth de le faire à sa place. Hogarth secoua la tête d'un air incrédule mais il coopéra. La présence de Scotland Yard le contrariait, mais celle d'un civil sur place était carrément impensable. Il souleva les mains de l'ado avec une mimique indiquant qu'il se demandait si le monde n'avait pas perdu la boussole.

Au bout de plusieurs minutes d'examen, Robson retourna près de Lynley. Ses premiers mots furent ceux de Lynley et Havers :

— Si jeune. Mon Dieu. Ça ne doit pas être facile pour vous. Quelles que soient les atrocités que vous avez pu voir au cours de vos carrières.

— Ce n'est pas toujours facile, effectivement, acquiesça Lynley.

Havers les rejoignit. Près de l'épave, on s'apprêtait à transférer le corps sur la civière pour l'emmener à la morgue, où serait pratiquée l'autopsie.

— Il y a un changement dans sa façon de faire, indiqua Robson. Une forme d'escalade. Il a traité le corps de façon totalement différente : il ne l'a pas disposé respectueusement et n'a pas recouvert d'un linge les parties génitales. Aucun signe de regret, pas de restitution psychique. Mais un véritable besoin d'humilier le jeune garçon : jambes écartées, organes génitaux exposés à tous les vents, corps abandonné au milieu des détritus déposés par les clochards. Les relations qu'il a établies avant la mort avec ce gamin-ci ne ressemblent pas aux autres. Avec ses premières victimes, quelque chose s'est passé qui l'a amené à éprouver du regret. Avec celui-ci, rien de tel ne s'est produit. C'est plutôt le contraire qui est arrivé. Pas de regret mais du plaisir. Et de la fierté dans l'accomplissement de l'acte. Il est en confiance désormais. Il est persuadé qu'il ne sera pas pris.

— Comment peut-il penser une chose pareille ? fit Havers. Il a abandonné le corps de ce gamin dans un passage public, bon sang.

— Justement.

Robson désigna d'un geste l'extrémité du tunnel, où Shand Street débouchait sur les petits commerces qui bordaient la rue sur quelques dizaines de mètres dans ce sud de Londres en réhabilitation, constitué d'immeubles de brique modernes aux abords dotés, pour des raisons de sécurité, de grilles vaguement décoratives.

— Il a déposé le corps à un endroit où on pouvait facilement le voir faire.

— Ne peut-on en dire autant des autres endroits ? s'enquit Lynley.

— Oui, mais réfléchissez. Dans les autres endroits, il courait des risques nettement moins grands. Il a pu utiliser quelque chose qui n'a attiré les soupçons d'aucun témoin pour transporter le corps de son véhicule au lieu du dépôt : une brouette, par exemple, un grand sac de marin, une voiturette de balayeur de rue. N'importe quoi dont la présence ne semblait pas déplacée à cet endroit-là. Tout ce qu'il avait à faire, c'était transbahuter le corps de son véhicule au lieu du dépôt, et sous le couvert de l'obscurité, en recourant à ce moyen de transport, il ne courait pas de grands risques. Mais ici, il est à découvert au moment où il place le cadavre dans la voiture abandonnée. Et il ne s'est pas contenté de le déposer dans l'épave, commissaire. Même si c'est l'impression que ça donne au premier abord. Ne vous y trompez pas : il l'a disposé d'une certaine façon. Et il était sûr qu'on ne le surprendrait pas pendant qu'il effectuait la manœuvre.

— Sacrément culotté, ce salopard, marmonna Havers.

— Oui. Il est fier de ce qu'il a réussi à accomplir. Je ne serais pas étonné qu'il soit dans les parages en ce moment même à observer les allées et venues qu'il a provoquées et à s'en délecter.

— Que concluez-vous de l'absence d'incision ? De l'absence de marque au front ?

— L'absence d'incision, dit Robson, signifie simplement que pour lui ce meurtre est différent des autres.

— Différent en quoi ?

— Commissaire Lynley ?

C'était Hogarth qui avait supervisé le transfert du corps de l'épave sur la civière. Il avait demandé aux techniciens de patienter un instant avant de fermer la housse.

— Voilà qui risque de vous intéresser.

Ils le rejoignirent. Il désignait le ventre du jeune garçon. L'endroit du corps précédemment dissimulé du fait de la position assise était visible maintenant que le cadavre était allongé sur le brancard. Si l'incision courant du sternum au nombril n'avait pas été pratiquée sur cette dernière victime, le nombril avait été excisé. Leur tueur avait emporté un souvenir.

Qu'il ait fait cela après la mort, c'était évident, l'absence de sang autour de la blessure le prouvait. Qu'il ait fait cela dans un mouvement de colère – ou dans la précipitation –, c'était également évident, la balafre qui zébrait le ventre le prouvait. Profonde, inégale, elle permettait d'accéder au nombril. Lequel avait été prélevé à l'aide d'un sécateur ou d'une paire de ciseaux.

— Un souvenir, dit Lynley.

— Le travail d'un psychopathe, ajouta Robson. Postez des hommes sur toutes les scènes de crime, commissaire. Il y a gros à parier qu'il va retourner sur l'une d'elles.

8

Fu manipulait le reliquaire avec précaution. Il le brandissait devant Lui comme un prêtre brandit un calice et le posa sur la table. Il retira doucement le couvercle. Une vague odeur de pourriture s'en éleva, mais Il constata que cette odeur ne Le dérangeait pas autant qu'au début. Ces relents de décomposition s'évanouiraient rapidement. Seul l'exploit accompli demeurerait à jamais.

Satisfait, Il contempla les reliques. Il y en avait maintenant deux, nichées telles des coquilles dans un nuage de pluie. Une légère secousse, et le nuage les recouvrit ; c'est justement cela qui était formidable dans la cachette qu'Il avait choisie. Les reliques avaient disparu mais elles étaient toujours là, comme quelque chose de caché dans l'autel d'une église. En fait, l'activité consistant à déplacer le reliquaire d'un endroit à un autre Lui donnait l'impression d'être dans une église mais sans les obligations que le passage dans un lieu de culte imposait aux fidèles.

Tiens-toi droit sur ton banc. Cesse de te trémousser. Il faut qu'on t'apprenne comment te comporter ? Quand on te dit de t'agenouiller, tu t'agenouilles, mon garçon. Mains jointes. Bon Dieu. Prie.

Fu battit des paupières. Cette voix. À la fois lointaine et présente, lui martelant qu'un asticot s'était glissé dans Sa tête. Entré par Son oreille, il s'était frayé un chemin jusqu'à Son cerveau. Fu avait relâché son attention et l'évocation de l'église lui avait permis d'entrer. Gloussement de dérision au début. Rire franc et massif ensuite. Puis l'écho, les *prie, prie* et *prie*.

Et : *Tu te décides enfin à chercher du boulot ? Où comptes-tu en trouver, espèce d'andouille ? Et toi, Charlene, pousse-toi ou je t'en colle une.*

Et ça jacassait, ça jacassait. Et ça criait, ça criait. Ça durait parfois des heures d'affilée. Il croyait qu'Il avait fini par se débarrasser du ver mais Il avait commis l'erreur de penser à l'église, alors c'était reparti pour un tour.

Tu vas me faire le plaisir de sortir de cette maison, tu m'entends ? Dors sous un porche s'il le faut. Ou bien est-ce que tu n'as pas assez de cran pour ça ?

Tu l'as conduite jusque-là, nom de Dieu. Tu l'as achevée.

Fu ferma les yeux. Il tendit les bras, tâtonnant tel un aveugle. Rencontra sous Ses mains un objet. Sentit sous Ses doigts des touches. Il appuya dessus n'importe comment jusqu'à ce que le son jaillisse en rugissant.

Il se retrouva fixant la télévision, où une image se matérialisa tandis que la voix de l'asticot s'éteignait. Il Lui fallut un moment pour comprendre ce qu'Il regardait : les infos du matin lui agressaient les tympans.

Fu contempla l'écran. Les images se mirent petit à petit à faire sens. Une femme reporter aux cheveux ébouriffés par le vent se tenait devant une barrière de police. Derrière elle, la voûte noire du tunnel de Shand Street béait telle la mâchoire d'Hadès, et au fond de cette caverne qui sentait l'urine, des projecteurs éclairaient l'arrière de la Mazda abandonnée.

Fu se détendit à la vue de cette voiture, libéré. Libéré. Dommage, songea-t-Il, que la barrière ait été dressée à l'extrémité sud du tunnel. De là, on ne pouvait pas voir le corps. Or Il s'était donné un mal considérable pour faire passer le message : le jeune garçon s'était condamné lui-même, vous ne le comprenez donc pas ? Non pas au châtiment auquel il n'avait jamais eu l'ombre d'une chance d'échapper. Mais à ne pas connaître la libération. Jusqu'à la fin, l'adolescent avait protesté et nié.

Fu s'était attendu à se réveiller de cette nuit avec une sensation de malaise, née du refus du gamin de reconnaître sa culpabilité. Certes, Il n'avait pas éprouvé cette sensation au moment de sa mort, éprouvant au contraire le relâchement momentané de l'étau qui Lui emprisonnait le cerveau de plus en plus étroitement à mesure que les jours passaient. Mais Il avait supposé qu'Il l'éprouverait plus tard, quand la lucidité et l'honnêteté exigeraient de Lui qu'Il s'interroge sur le choix de Son sujet. Cependant au réveil Il n'avait rien ressenti qui puisse ressembler de près ou de loin à du malaise. Au contraire, jusqu'à l'arrivée de l'asticot, une impression de bien-être n'avait cessé de Le parcourir, semblable au sentiment de satiété qu'on peut éprouver après un bon repas.

« ... ne nous a fourni aucune autre information pour le moment, disait la journaliste. On nous a dit qu'un corps avait été retrouvé – j'insiste sur le fait qu'il s'agit d'un on-dit, la nouvelle n'a pas été confirmée. Le corps d'un jeune garçon. On nous a dit également que des policiers appartenant à la Police métropolitaine qui travaillent sur le dernier meurtre de St George's Gardens se sont rendus sur les lieux. Quant à savoir si ce dernier meurtre est lié aux crimes antérieurs… Il va nous falloir attendre d'en savoir plus. »

Tandis qu'elle parlait, plusieurs personnes sortirent du tunnel derrière elle : des flics en civil, à en juger par leur allure. Boulotte, la coupe au bol, une femme prenait les instructions d'un officier de police blond vêtu d'un manteau très classe à l'élégance intemporelle. Après avoir hoché la tête, elle s'éloigna. Le policier blond se mit alors à parler avec un type en anorak moutarde et avec un autre individu à l'imperméable froissé.

La femme reporter dit : « Je vais voir si je peux échanger quelques mots… » et s'approcha autant que possible de la barrière. Malheureusement les autres reporters avaient eu la même idée ; il s'ensuivit une telle bousculade et un tel vacarme que nul n'obtint de réponse à ses questions. Les flics les ignorèrent mais le cameraman de la télé fit néanmoins un zoom. Fu fut alors à même de distinguer nettement Ses adversaires. Coupe au bol était partie mais il eut tout le temps d'étudier Manteau classe, Anorak et Imper froissé. Il savait qu'Il était largement plus fort qu'eux.

— Cinq, et ce n'est pas fini, murmura-t-Il à la télévision. Ne touche pas à ce bouton.

Non loin de là, Il avait une tasse du thé qu'Il avait préparé au réveil et, la brandissant, Il salua le téléviseur avant de la reposer sur la table toute proche. Autour de Lui, la maison faisait entendre des craquements tandis que les tuyauteries approvisionnaient les vieux radiateurs en eau pour chauffer les pièces. Il lui sembla percevoir dans ces craquements les signes annonciateurs du retour imminent de l'asticot.

Regarde-moi ça, dirait-Il en désignant le poste de télé où la police parlait de Lui et de Son travail. Je leur laisse un message, il faut qu'ils le lisent. Chaque étape est pensée dans les moindres détails.

Derrière Lui, à ce moment-là, la respiration laborieuse. Signal éternel de la présence de l'asticot. Pas dans Sa tête, mais ici même dans cette pièce.

Qu'est-ce que tu fabriques, mon garçon ?

Fu n'avait même pas besoin de se retourner. La chemise serait blanche, comme d'habitude, mais élimée au col et aux poignets. Le pantalon, anthracite ou marron ; la cravate, parfaitement nouée ; le cardigan, boutonné. Il aurait ciré ses chaussures, nettoyé ses lunettes, fait briller son crâne chauve et rond.

De nouveau la question : *Qu'est-ce que tu fabriques ?* et la menace implicite dans l'intonation.

Fu ne répondit pas car la réponse était évidente : Il regardait les infos et vivait le déroulement de Son histoire personnelle. Il S'imposait. Se faire un nom, n'était-ce pas exactement ce qu'on Lui avait demandé ?

Tu ferais mieux de me répondre quand je te parle. Je t'ai demandé ce que tu faisais et j'exige une réponse.

Puis : *Où as-tu été élevé ? Enlève cette tasse de la table, bordel, tu vas esquinter le bois. Tu veux astiquer les meubles pendant tes loisirs ? Les loisirs, c'est pas ça qui te manque. Qu'est-ce que tu as dans le crâne ? Mais justement, rien, peut-être.*

Fu focalisa Son attention sur le téléviseur. Il pouvait attendre. Il savait ce qui venait ensuite parce que certaines choses étaient écrites : les flocons de son dans le lait tiède, réduits en bouillie à force de tremper, les fibres délayées dans le jus d'orange, les prières adressées au ciel pour aller à la selle le plus vite possible, de façon à ne pas être forcé d'y aller dans un endroit public comme les toilettes des garçons à l'école. Si le résultat souhaité était obtenu, une inscription triomphante sur le calendrier accroché à l'intérieur du placard de la cuisine. *N* pour *normal*, quand normal était bien la dernière chose qu'un asticot pouvait espérer être.

Mais il y avait quelque chose de différent ce matin. Fu le sentait qui chargeait, tel un cavalier sorti tout droit de l'Apocalypse.

— *Où sont-ils ? Qu'est-ce que tu as foutu... ? Je t'avais dit de ne pas mettre tes sales pattes dessus. Je ne te l'avais pas dit* expressément *peut-être ? Éteins-moi cette putain de télé et regarde-moi quand je te parle.*

Il voulait la télécommande. Fu refusait de la donner. *Tu me défies, Charlene ? Tu oses me défier ?*

Et à supposer qu'Il le fasse ? songea Fu. À supposer qu'elle le fasse ? Qu'ils le fassent ? Que se passerait-il s'Il le défiait ? Si *tout le monde* le défiait ? Bizarrement, Il n'avait pas peur : fini la méfiance. Il était totalement à l'aise, légèrement amusé même. Le pouvoir de l'asticot n'était rien comparé au Sien maintenant qu'Il s'en était enfin emparé, et le plus beau, c'est que l'asticot n'avait pas la moindre idée de Celui qu'il avait en face de lui. Fu sentait une telle présence dans Ses veines, une telle force, une telle assurance, un tel savoir. Il se leva de Sa chaise, et Il autorisa Son corps à se déployer dans toute sa plénitude, sans camouflage. Il dit :

— J'ai pris ce que je voulais. C'est ainsi que ça s'est passé.

Puis rien. Rien. C'était comme si l'asticot avait pris conscience du pouvoir de Fu. Il avait senti un changement radical.

— C'est bien, lui dit Fu.

L'instinct de conservation vous valait de très bonnes notes.

Mais l'asticot ne pouvait pas renoncer complètement, alors que sa façon d'être lui avait été inculquée aussi profondément. Aussi observa-t-il les moindres mouvements de Fu et attendit-il, guettant un signe qui lui ferait savoir quand il pourrait parler en toute sécurité.

Fu alla mettre la bouilloire à chauffer pour le thé. Peut-être allait-Il s'en préparer une pleine théière. Et Il choisirait un mélange digne d'être bu dans les grandes occasions. Il examina les boîtes rangées dans le placard. Gunpowder impérial ? Pas assez fort, même s'Il devait reconnaître qu'Il trouvait le nom séduisant. Il opta pour celui qui avait été le préféré de Sa mère : Lady Grey, avec un arrière-goût de fruit.

Et puis : *Qu'est-ce que tu fabriques debout à cette heure ? Il n'est pas neuf heures. C'est la première fois en… ? Quand comptes-tu faire quelque chose d'utile ? C'est ce que j'aimerais bien savoir.*

Fu, qui mesurait le Lady Grey dans la théière, leva le nez.

— Personne n'est au courant, dit-il. Ni toi, ni personne.

C'est ce que tu t'imagines ? Tu pisses en public et tu crois que personne n'est au courant ? On t'a déjà dressé trois ou quatre contraventions, tu crois que ça fait bon effet ? Et ne touche pas à Charlene ! Si quelqu'un touche à cette abrutie, c'est moi.

Maintenant ils étaient en terrain familier : les claques, paume ouverte, pour ne pas laisser de traces, les cheveux qu'on empoigne, la tête qu'on tire en arrière, le corps qu'on envoie percuter le mur, et les coups de pied là où ça ne se voit pas.

Poumon perforé, songea Fu. Était-ce bien cela ? *Regarde, mon garçon. Et apprends.*

Fu sentit alors le besoin fondre sur Lui. Le bout de Ses doigts fourmillait et Ses muscles se crispaient, Il était prêt à frapper. Mais non. Le moment n'était pas favorable. Quand le jour viendrait, pourtant, quel plaisir Il éprouverait à approcher de la poêle et de sa surface imprégnée d'huile brûlante les douces mains grassouillettes qui ignoraient le rude travail manuel. Son visage surplombant l'asticot et Ses lèvres, cette fois, hurlant des jurons…

Il supplierait comme tous les autres. Mais Fu ne se laisserait pas fléchir. Il le conduirait jusqu'au bord, comme les autres. Et comme les autres, Il le précipiterait dans l'abîme.

Vois mon pouvoir. Apprends à connaître mon nom.

Le constable Barbara Havers se rendit au commissariat de police de Borough. Lequel se trouvait dans High Street, étroit canyon où défilaient les banlieusards à cette heure de la matinée. Le niveau sonore était intense, l'air glacial lourd des gaz d'échappement des diesels. Ces gaz venaient déposer une couche de crasse supplémentaire sur les immeubles déjà crasseux situés en retrait de trottoirs jonchés de détritus. Lesquels allaient des canettes de bière aux préservatifs flasques. Tel était le genre du quartier.

Barbara commençait à ressentir les effets du stress. Elle n'avait encore jamais travaillé sur une affaire de meurtres en série. Si elle avait connu la fièvre de la traque et de l'interpellation d'un suspect, elle n'avait jamais éprouvé le sentiment d'être, d'une certaine façon, personnellement responsable d'un meurtre. Ils en avaient maintenant cinq sur les bras, et personne à qui demander des comptes. Ils ne travaillaient pas assez vite.

Elle avait du mal à se focaliser sur Kimmo Thorne, la victime numéro quatre. Avec la mort du cinquième ado, et sachant qu'en ce moment même une sixième victime vaquait innocemment à ses occupations journalières, elle dut faire un gros effort sur elle-même pour garder son calme en pénétrant dans le commissariat de Borough High Street et en exhibant sa carte.

Elle dit à l'auxiliaire de l'accueil qu'elle avait besoin de s'entretenir avec celui des policiers qui avait appréhendé un gamin du nom de Kimmo Thorne sur le marché de Bermondsey. Il s'agissait d'une affaire urgente.

Elle l'observa tandis qu'il passait trois coups de téléphone. Il parlait bas, la tenant à l'œil, la jaugeant sans doute en tant que représentante de New Scotland Yard. En temps normal, elle n'avait déjà pas le physique de l'emploi : échevelée, mal fagotée, aussi glamour qu'une poubelle. Mais ce matin, elle savait qu'elle était particulièrement négligée. On ne se levait pas avant l'aube, on ne passait pas plusieurs heures à crapahuter impunément dans la crasse du sud de Londres. Hors de question, après pareille expédition, de se promener avec l'air d'un mannequin qui doit défiler l'après-midi sur les podiums. Elle s'était figuré que ses baskets rouges ajouteraient une touche de gaieté à sa tenue. Mais c'étaient elles qui semblaient le plus déranger le constable, à en juger par les regards désapprobateurs qu'il ne cessait de lancer dans leur direction.

Elle s'approcha d'un tableau d'affichage, se mit à lire annonces et affichettes. Elle songea vaguement à adopter deux chiens à l'air triste dont les photos étaient punaisées sur le panneau. Elle apprit par cœur le numéro de téléphone de quelqu'un qui se disait prêt à lui vendre les secrets de la perte de poids instantanée tout en lui permettant de continuer à manger tout ce qui lui tombait sous la main. Elle commençait à lire « Prenez l'offensive lorsque vous êtes à pied, dehors, la nuit » lorsqu'une porte s'ouvrit et qu'une voix mâle dit :

— Constable Havers ? C'est à moi que vous voulez parler, je crois.

Elle se retourna et se trouva face à un sikh entre deux âges qui se tenait dans l'encadrement de la porte, turban d'un blanc éblouissant, yeux sombres et mélancoliques. Il s'appelait Gill, il avait le grade de sergent. Est-ce qu'elle voulait bien l'accompagner à la cantine ? Il était en train de prendre son petit déjeuner et, si elle voulait bien lui laisser le temps de terminer son repas... Des toasts aux champignons avec des haricots blancs. Il était devenu plus anglais que les Anglais.

Elle prit un café et un croissant au chocolat sur le comptoir, évitant les nourritures plus raisonnables et sans doute plus nutritives. Pourquoi se contenter d'une vertueuse moitié de pamplemousse quand on n'allait pas tarder à découvrir le secret de la perte de poids tout en continuant de manger ce qui vous faisait plaisir – en clair quelque chose qui baignait généralement dans la graisse ? Elle paya, et emporta boisson et viennoiserie jusqu'à la table où le sergent Gill avait repris son breakfast interrompu.

Il lui dit que tout le monde au commissariat de Borough High Street avait entendu parler de Kimmo Thorne, même si tout le monde ne l'avait pas rencontré. Kimmo était de ces individus dont les faits et gestes ne sont jamais loin de l'écran radar de la police. Quand sa tante et sa grand-mère étaient venues signaler sa disparition, personne au poste ne s'en était étonné. Même si le fait qu'on le retrouve en victime de meurtre dont le corps avait été abandonné dans St George's Gardens... Cela avait drôlement secoué quelques-uns des policiers les moins endurcis du commissariat, les amenant à se demander s'ils avaient vraiment fait leur possible pour maintenir Kimmo dans le droit chemin.

— On l'aimait bien, ce gamin, vous savez, constable Havers, confia Gill avec son accent charmant. Ma foi, c'était un personnage, Kimmo : un sacré jacteur en toutes circonstances. Il était difficile de ne pas le trouver sympathique, malgré son transvestisme et le fait qu'il tapinait. Bien que, franchement, nous ne l'ayons jamais pris en flagrant délit, quelle que soit la méthode employée pour le piéger. Ce gamin avait du nez : il n'avait pas son pareil pour renifler les flics en civil... Rudement dégourdi pour son âge, c'est peut-être pour cette raison que nous n'avons pas réussi à le choper en flag, ce qui lui aurait sauvé la vie. De ça, je me sens responsable, dit-il en se touchant la poitrine.

— Son copain, un certain Blinker, de son vrai nom Charlie Burov, nous a dit qu'ils faisaient équipe. De l'autre côté du fleuve. Vers Leicester Square, pas par ici. Kimmo soulageait les michetons de leur pognon tandis que Blinker montait la garde.

— Je vois.

— Comment cela ?

— Il n'était pas idiot. On lui avait donné des avertissements. Essayé de lui dire que seule la chance lui permettait de ne pas avoir d'emmerdes, mais il ne voulait rien entendre.

Barbara essayait de manger avec délicatesse mais le croissant défiait toutes ses prétentions à la distinction, s'émiettant en délicieux flocons qui se répandaient sur la table et lui collaient aux doigts. Des doigts qu'elle avait bien du mal à s'empêcher de lécher d'un coup de langue.

— Les gamins... reprit-elle. Qu'est-ce qu'on peut faire ? Ils se figurent qu'ils sont immortels. Ce n'était pas votre cas ?

Gill secoua la tête.

— À cet âge ? J'avais trop faim pour penser à l'immortalité, constable.

Il avait terminé son petit déjeuner et replié soigneusement sa serviette en papier. Il écarta son assiette et approcha sa tasse de thé.

— En ce qui concerne Kimmo, poursuivit-il, c'était plus que le sentiment qu'il ne pouvait lui arriver malheur, qu'il ne pouvait se mettre en danger en faisant le mauvais choix. Il lui fallait croire en sa capacité à choisir judicieusement ses clients car il avait des projets, et la prostitution était un moyen de les réaliser. Il ne pouvait ni ne voulait laisser tomber le tapin.

— Quelle sorte de projets ?

Gill eut l'air momentanément gêné, comme s'il se voyait contraint de confier un secret scabreux à une dame.

— Eh bien, il voulait changer de sexe. C'est pour ça qu'il mettait de l'argent de côté. Il nous l'a dit à son premier passage chez nous.

— Un type au marché nous a appris que vous l'aviez épinglé pour revente de marchandises volées. Ce que je ne pige pas, c'est pourquoi c'est tombé sur lui. Il doit bien y avoir des dizaines d'individus qui fourguent des marchandises volées à Bermondsey, non ?

— C'est exact, convint Gill. Mais, vous le savez aussi bien que moi, nous ne disposons pas de suffisamment d'effectifs pour fouiller tous les stands de tous les marchés de Londres et nous assurer que seule de la marchandise « clean » est proposée à la vente. Dans ce cas précis, Kimmo vendait des articles dont il ignorait qu'ils portaient des numéros de série gravés en caractères microscopiques. Et il ne s'attendait certainement pas non plus à ce que les propriétaires desdits articles aillent à leur recherche semaine après semaine sur le marché. Lorsqu'ils sont tombés sur leurs objets, qu'ils les ont reconnus exposés sur un stand, ils nous ont téléphoné toutes affaires cessantes. J'ai été appelé et…

D'un geste, il lui fit comprendre qu'elle connaissait la suite.

— Vous ne l'avez jamais soupçonné, avant cela, de pénétrer par effraction chez les gens ?

— Non, car, tel le chien, il ne salissait jamais sa niche. Quand il décidait de commettre un délit, il s'arrangeait pour que ce ne soit pas sur son terrain. C'était un malin.

Ainsi, expliqua Gill, la première fois que Kimmo avait enfreint la loi et qu'il avait été arrêté, ç'avait été pour revente d'objets volés. Lorsqu'il était passé devant le magistrat; ce dernier l'avait condamné avec sursis et mise à l'épreuve. Décision que le sergent regrettait amèrement. Car si Kimmo Thorne avait été pris au sérieux, si le juge ne s'était pas contenté de lui taper sur les doigts et de l'envoyer rendre des comptes à un agent de probation en charge des délinquants juvéniles, il aurait peut-être changé sa façon de vivre et il serait encore là à arpenter les rues aujourd'hui. Malheureusement cela ne s'était pas produit. Au lieu de le condamner comme il aurait dû l'être, on l'avait adressé à une organisation s'occupant des jeunes en danger, et ces gens-là avaient essayé d'en tirer quelque chose.

Barbara dressa l'oreille. Une organisation ? Laquelle ? Où ?

C'était une organisation de bienfaisance du nom de Colossus, expliqua Gill. Une structure vraiment valable, implantée au sud de la Tamise. On y proposait aux jeunes des solutions de rechange, on essayait de leur montrer qu'il y avait autre chose dans la vie que la rue, la délinquance, la drogue. On leur offrait également des programmes de loisirs, des stages de vie en communauté, des cours axés sur la pratique... Pas seulement pour les jeunes en délicatesse avec la loi mais aussi pour les SDF, les gamins qui font l'école buissonnière, ceux qui sont placés dans des familles d'accueil...

— Je reconnais avoir relâché mon attention lorsque j'ai appris que Kimmo Thorne avait été adressé à Colossus, poursuivit Gill. Je me suis dit que, là-bas, quelqu'un le prendrait sûrement sous son aile.

— Un mentor ? demanda Barbara. Ils proposent des mentors aux jeunes en difficulté ?

— Un mentor, c'est bien de ça qu'il aurait eu besoin. De quelqu'un qui s'intéresse à lui. De quelqu'un qui l'aide à prendre conscience de sa valeur, lui qui n'était pas sûr de valoir quelque chose. De quelqu'un vers qui se tourner. De quelqu'un...

Le sergent s'arrêta net, se rendant peut-être compte qu'il était sorti de son rôle de représentant de la loi pour adopter celui de travailleur social préconisant des mesures concrètes. Il desserra les doigts autour de sa tasse de thé, à laquelle il semblait se cramponner.

Pas étonnant qu'il soit bouleversé par la mort de ce gamin, songea Barbara. Compte tenu de son état d'esprit actuel, elle se demanda non seulement depuis combien de temps Gill était flic mais également comment il réussissait à le rester étant donné les situations qu'il devait affronter au boulot jour après jour.

— Ce n'est pas votre faute, dit-elle. Vous avez fait ce que vous avez pu. En fait, vous en avez fait davantage que la plupart des flics.

— Mais, vu la tournure prise par les événements, je n'en ai pas fait assez. Et il me faut vivre avec cette idée, désormais. Un jeune garçon est mort parce que le sergent Gill n'a pas réussi à en faire davantage.

— Mais il y a des millions de gamins comme Kimmo, protesta Barbara.

— Et la plupart sont en vie en ce moment.

— Vous ne pouvez pas leur venir en aide à tous. Vous ne pouvez pas tous les sauver.

— C'est ce qu'on se dit, n'est-ce pas ?

— Que peut-on se dire d'autre ?

— On ne nous demande pas de les sauver tous. Ce qu'on exige de nous, c'est qu'on aide ceux qu'on croise sur notre route. Et là, constable, j'ai échoué.

— Merde. Ne soyez pas si dur avec vous-même.

— Avec qui voulez-vous que je le sois ? Dites-le-moi. Je vais vous dire ce que je crois : si nous étions davantage à nous montrer durs avec nous-mêmes, ces enfants vivraient comme tous les enfants méritent de vivre.

À ces mots, Barbara détacha son regard du sergent. Elle ne pouvait rien répondre à cela. Mais le fait qu'elle en ait envie lui indiquait combien elle-même était près de commettre la même erreur et de se faire trop de mauvais sang. Attitude qu'elle ne pouvait se permettre d'adopter en tant que flic enquêtant sur ces crimes.

Telle était l'ironie du travail de policier. Quand on ne s'en faisait pas assez, davantage de gens mouraient. Et quand on s'en faisait trop, on ne pouvait pas coincer les tueurs.

— J'aimerais vous dire un mot, annonça Lynley. Tout de suite.

Il ne se donna pas la peine d'ajouter « monsieur » ni de contrôler sa voix. Eût-il été présent, Hamish Robson aurait certainement remarqué ce que son intonation avait d'agressif et trahissait de désir de régler un compte, mais Lynley s'en moquait bien. Ils avaient conclu un accord, Hillier et lui, et l'adjoint au préfet de police ne l'avait pas respecté.

Hillier venait de mettre un terme à une réunion avec Stephenson Deacon. Le chef du service de presse était sorti du bureau la mine aussi revêche que Lynley allait y entrer. Apparemment, les choses ne se passaient pas aussi bien qu'il l'aurait voulu. L'espace d'un instant,

205

Lynley en éprouva une sorte de plaisir pervers. La pensée de Hillier ballotté au gré des humeurs et des machinations du service de presse devant un parterre de journalistes aboyant à cor et à cri le remplissait d'aise. Faisant comme s'il n'avait pas parlé, Hillier dit :

— Où diable est passé Nkata ? Nous avons une réunion prévue avec les médias, j'ai besoin de le voir avant qu'elle commence.

Il rassembla des papiers étalés sur sa table de conférence et les tendit à un sous-fifre qui n'avait pas encore quitté son siège depuis la fin de la réunion qui s'était tenue avant l'arrivée de Lynley. C'était un type d'une vingtaine d'années, mince comme un rasoir, avec des lunettes à la John Lennon. Il continuait de prendre des notes tout en s'efforçant de passer inaperçu d'un Hillier exaspéré.

— Ils ont percuté, pour la couleur, dit sèchement l'adjoint au préfet. Qui diable a bien pu là-bas… (du doigt il désigna ce que Lynley comprit être le sud du fleuve et le tunnel de Shand Street)… révéler l'info à ces prédateurs ? Je veux le savoir et je veux la tête de ce salopard sur un plateau. Powers ?

Le sous-fifre se redressa, se pencha en avant.

— Oui, monsieur ?

— Appelez-moi cet imbécile de Rodney Aronson. Il dirige la *Source* et c'est par l'intermédiaire de quelqu'un de ce torchon de merde que la question de la couleur a filtré. Mettez la pression sur Aronson. Sur tous ceux que vous aurez au bout du fil. Il faut que ces fuites cessent. Au boulot.

— Bien, monsieur, acquiesça Powers en quittant la pièce à la hâte.

Hillier s'approcha de son bureau. Il prit le téléphone et composa un numéro. Il avait oublié la présence de

Lynley et sa mauvaise humeur. Chose incroyable, il prit un rendez-vous pour se faire masser.

Lynley avait l'impression que de l'acide de batterie coulait dans ses veines. Il marcha droit vers le bureau de Hillier et appuya sur la touche pour couper la communication.

— Non mais qu'est-ce que vous… jappa Hillier.

— Je veux vous dire un mot. Nous avions conclu un accord et vous ne l'avez pas respecté.

— Savez-vous à qui vous parlez ?

— Je ne le sais que trop. Vous avez mis Robson sur le coup pour la frime et je vous ai laissé faire.

Le teint déjà fleuri de Hillier vira à l'écarlate.

— Personne n'a le droit…

— Nous nous étions mis d'accord : je serais seul juge de ce qu'il verrait ou ne verrait pas. Il n'avait aucune raison de se trouver sur la scène de crime et pourtant on l'a laissé y pénétrer. Je ne vois à cela qu'une explication.

— C'est exact, poursuivit Hillier. Tâchez de ne pas l'oublier. C'est moi qui décide de ce qui se passe ici. Pas vous. Je décide qui a le droit d'accéder à quoi, quand et comment, commissaire. Et si jamais il me venait à l'idée que la reine puisse faire avancer l'enquête en venant sur les lieux serrer la main du cadavre, vous pouvez être sûr que vous la verriez débarquer dans sa Rolls. Robson fait partie de l'équipe. Autant vous faire une raison.

Lynley n'en croyait pas ses oreilles. Il y avait deux minutes, écumant de rage, Hillier déclarait vouloir détecter les auteurs des fuites ; l'instant d'après, il accueillait un indic potentiel dans les rangs de la police. Mais le problème dépassait ce que Hamish Robson pouvait délibérément ou non révéler aux médias.

— Vous est-il venu à l'esprit que vous mettez cet homme en danger ? dit-il. Que vous l'exposez au danger pour le plaisir ? Pour vous faire mousser ? Et que si quelque chose tourne mal, c'est la Police métropolitaine qui devra porter le chapeau ? Avez-vous pensé à cela ?

— Vous dépassez les bornes...

— Répondez à ma question ! Il y a un tueur qui sévit dans Londres et qui a déjà éliminé cinq personnes. Si ça se trouve, il était derrière la barrière ce matin parmi les badauds, à enregistrer les allées et venues des uns et des autres.

— Vous devenez hystérique, dit Hillier. Sortez de mon bureau. Je n'ai pas l'intention de vous écouter râler plus longtemps. Si vous ne pouvez pas gérer la pression qu'engendre cette affaire, tenez-vous-en éloigné. Sinon c'est moi qui vous en éloigne. Voyons, où est donc passé Nkata ? Il est censé être là quand je parle à la presse.

— Est-ce que vous m'écoutez ? Avez-vous idée...

Lynley aurait voulu taper violemment du poing sur la table, ne serait-ce que pour éprouver autre chose que de l'indignation. Il s'efforça de se calmer. Baissa le ton.

— Écoutez-moi, monsieur. C'est une chose qu'un tueur repère l'un d'entre nous. Cela fait partie des risques qu'on court quand on embrasse cette profession. Mais placer quelqu'un dans le champ de vision d'un psychopathe rien que pour protéger ses arrières politiques...

— En voilà assez ! hurla Hillier, qui semblait au bord de l'apoplexie. Ça suffit comme ça, bon Dieu. Voilà des années que je supporte votre insolence. Vous avez tellement exagéré, là, que...

Il contourna son bureau, s'arrêtant à quelques centimètres de Lynley.

— Sortez de cette pièce, siffla-t-il. Retournez au travail. Pour l'instant, nous allons faire comme si cette conversation n'avait jamais eu lieu. Vous allez me faire le plaisir de faire votre boulot, d'obéir aux ordres qui vous seront donnés, d'aller au fond de ce gâchis et de procéder rapidement à une arrestation. Après quoi (Hillier enfonça l'index dans la poitrine de Lynley, qui vit rouge mais réussit à s'empêcher de réagir) nous déciderons de votre sort. Me suis-je bien fait comprendre ? Oui ? Parfait. Maintenant, au travail, et tâchez d'obtenir des résultats.

Lynley laissa son supérieur avoir le dernier mot bien qu'il eût l'impression ce faisant d'avaler du poison. Il pivota sur ses talons et laissa Hillier à ses machinations politiques. Il prit l'escalier pour redescendre jusqu'à la salle des opérations, se maudissant d'avoir cru qu'il réussirait à changer quelque chose dans la manière de commander de Hillier. Il lui fallait se focaliser sur les questions importantes, comprit-il, et l'usage que faisait Hillier de Hamish Robson ne figurait pas sur la liste des priorités.

Tous les membres de l'équipe de la Criminelle étaient au courant de la découverte du corps dans le tunnel de Shand Street. Quand Lynley les rejoignit, il les trouva abattus. Cela ne le surprit pas. Ils étaient maintenant au nombre de trente-trois : depuis les constables sur le terrain jusqu'aux secrétaires se chargeant de récupérer rapports et documents nécessaires. Être tenu en échec par un seul individu alors qu'ils avaient le soutien logistique de la Met – systèmes de communication sophistiqués, films des caméras de télésurveillance, laboratoires de police scientifique et bases de données – n'était pas seulement décourageant. C'était humiliant. Pire, cela n'avait pas réussi à leur permettre de serrer le tueur.

Ils étaient donc assez mornes lorsque Lynley fit son entrée. Seul bruit dans la pièce, le cliquetis des touches des ordinateurs. Ce cliquetis cessa lui aussi lorsque Lynley demanda à la cantonade :

— Où en est-on ?

L'inspecteur John Stewart prit la parole, consultant l'un de ses schémas en couleurs. La triangulation des scènes de crime ne donnait aucun résultat, dit-il. Le tueur sévissait littéralement dans tout Londres. Cela dénotait une connaissance approfondie de la ville. Il s'agissait vraisemblablement de quelqu'un dont c'était le métier de la connaître.

— Évidemment, on pense aussitôt à un chauffeur de taxi, dit Stewart. Ou de minicab. Un chauffeur de bus également, du fait qu'aucun des lieux où les corps ont été retrouvés n'est loin du passage d'un bus.

— Le profileur nous a dit qu'il exerçait un métier au-dessous de ses capacités, reconnut Lynley, bien qu'il ne fût pas particulièrement content de mentionner Hamish Robson après son altercation avec Hillier.

— Ce pourrait également être un coursier, fit valoir l'un des constables. Parcourir Londres à moto, c'est aussi efficace pour connaître la ville que de piloter un taxi.

— Il serait à vélo, ce serait pareil, dit quelqu'un d'autre.

— Mais la camionnette alors, à quoi elle sert ?

— À son transport personnel ? Il ne s'en sert peut-être pas dans le cadre du travail.

— Qu'est-ce qu'on a sur la camionnette ? s'enquit Lynley. Qui s'est entretenu avec le témoin de St George's Gardens ?

Un constable de l'équipe Deux prit la parole. Ils avaient eu beau caresser la femme témoin dans le sens du poil, cela n'avait rien donné. Du moins au début. Elle avait cependant téléphoné tard dans la soirée de la veille car un souvenir lui était revenu subitement, dont elle espérait que c'était un vrai souvenir et pas le produit de son imagination ou du désir d'aider la police. En tout cas elle croyait pouvoir dire avec certitude que la camionnette qu'ils cherchaient était une grande camionnette. Avec des lettres blanches à demi effacées sur le flanc. Ce qui indiquait que c'était – ou que ç'avait été – une camionnette professionnelle.

— Confirmation pour la Ford Transit, dit Stewart. Nous travaillons sur la liste fournie par Swansea, à la recherche d'un véhicule rouge à vocation commerciale.

— Et ? fit Lynley.

— Ça prend du temps, Tommy.

— Du temps, nous n'en avons pas.

Lynley sentit l'énervement qui perçait dans sa voix et il savait que les autres l'avaient perçu également. Ce qui lui rappelait au pire moment qu'il n'était pas Malcolm Webberly, qu'il ne possédait pas le calme du commissaire ni son imperturbable sang-froid quand il était sous pression. Il lut sur les visages des autres policiers que ces derniers s'en rendaient bien compte. Prenant un ton plus détaché, il ajouta :

— Avancez dans cette direction, John. Dès que vous avez quelque chose, vous m'en faites part.

Stewart n'avait pas levé les yeux vers Lynley lorsque ce dernier avait fait sa sortie, il prenait des notes, les soulignant trois fois.

— Nous avons deux sources grâce au Net pour l'ambre gris, annonça-t-il.

— Deux seulement ?

— Ce n'est pas un produit qu'on achète couramment. Les deux sources sont situées à l'opposé l'une de l'autre : une boutique du nom de Crystal Moon sur Gabriel's Wharf...

— C'est au sud du fleuve, remarqua quelqu'un.

— ... et un stand de Camden Lock Market, du nom de Wendy's Cloud. Il va falloir que quelqu'un aille en reconnaissance là-bas.

— Barbara habite du côté de Camden Lock, dit Lynley. Elle s'en occupera. Winston peut... Au fait, où est-il ?

— Parti se cacher pour échapper à Hillier, probablement, suggéra quelqu'un. Il a commencé à recevoir du courrier de ses fans les téléspectatrices, notre Winnie. Toutes ces âmes solitaires en quête d'un homme qui a de l'avenir.

— Est-ce qu'il est dans nos murs ?

Personne ne le savait.

— Tâchez de le joindre sur son portable. Et Havers également.

Tandis qu'il parlait, Barbara Havers arriva. Suivie de peu par Winston Nkata. Les autres les accueillirent avec force sifflements et huées paillardes suggérant que leur arrivée quasi concomitante s'expliquait par des raisons personnelles.

Havers leur fit un doigt d'honneur.

— Allez vous faire foutre, dit-elle aimablement. Je suis étonnée de vous trouver hors de la cantine.

— Désolé, se contenta de dire Nkata. J'étais à la recherche d'un travailleur social ayant connu le petit Salvatore.

— Vous avez réussi ?

— Pas du tout.

— Continuez. À propos, Hillier vous cherche.

Nkata fronça les sourcils.

— J'ai dégoté quelque chose sur Jared Salvatore, c'est les collègues de Peckham qui m'ont mis au parfum.

Il répercuta les infos qu'il avait glanées tandis que les autres écoutaient, prenant des notes.

— Sa petite amie m'a dit qu'il apprenait à faire la cuisine, mais les collègues, au poste, n'y croient pas, conclut-il.

— Envoyez quelqu'un faire le tour des écoles de cuisine, dit Lynley à Stewart.

Ce dernier opina.

— Havers ? Quoi de neuf sur Kimmo Thorne ? interrogea Linley.

Elle lui répondit que tout ce que Blinker d'un côté, les Grabinski et Reg Lewis du marché de Bermondsey de l'autre leur avaient confié avait été confirmé par la police de Borough High Street. Elle ajouta que Kimmo Thorne avait été en relation avec une organisation du nom de Colossus, tenue par des gens qu'elle qualifia de « bonnes âmes ». Une organisation implantée au sud du fleuve. Elle s'était rendue là-bas pour jeter un coup d'œil : une usine réhabilitée non loin des rues qui convergeaient vers Elephant & Castle.

— Ce n'était pas encore ouvert. C'était même hermétiquement fermé. Mais il y avait des jeunes qui traînaient dans les parages, attendant que quelqu'un se pointe et les fasse entrer.

— Que vous ont-ils appris ? lui demanda Lynley.

— Rien. Que dalle. J'ai à peine eu le temps de leur demander s'ils étaient membres de cette organisation qu'ils ont pigé que j'étais une fliquesse. La conversation s'est arrêtée là.

— Faites votre petite enquête, alors.

— Ce sera fait, monsieur.

Lynley les mit alors au courant de ce que Hamish Robson avait dit concernant le dernier meurtre. Il s'abstint de leur faire savoir que le profileur avait été envoyé sur la scène de crime par Hillier. Inutile de les faire sortir de leurs gonds à propos d'une chose qui échappait à leur contrôle. Il mentionna le changement d'attitude du tueur envers sa dernière victime et la possibilité qu'il se repointe sur l'une des scènes.

Entendant cela, l'inspecteur Stewart s'occupa de mettre en place un dispositif de surveillance sur les lieux où avaient été déposés les corps avant de passer à un autre rapport : les policiers qui visionnaient les bandes de la télévision en circuit fermé aux abords des lieux de dépôt des corps poursuivaient leur assommant labeur. Ce n'était pas un travail particulièrement excitant mais les constables affectés à cette tâche n'en poursuivaient pas moins leurs efforts à grand renfort de litres de café. Ils cherchaient non seulement une camionnette mais également un autre moyen de transport d'un corps du point A au point B, lequel n'attirerait pas nécessairement l'attention des gens du quartier : voiture de laitier, voiturette d'éboueur, ce genre de chose.

Il ajouta à cela qu'ils avaient eu un rapport du SO7 sur le maquillage de Kimmo Thorne. La marque ? Numéro Seven. En vente chez Boots. Est-ce que le commissaire voulait qu'ils visionnent les films pris dans les succursales de Boots situées autour du domicile de Kimmo Thorne ? Stewart n'avait pas l'air de sauter de joie à cette perspective.

— Cela pourrait donner des résultats, souligna-t-il cependant. Peut-être qu'un type à la caisse avait désapprouvé les penchants du petit Thorne et décidé de lui faire son affaire ? Un truc dans ce goût-là.

Lynley ne voulait négliger aucune piste à ce stade des opérations. Aussi donna-t-il le feu vert à Stewart et autorisa-t-il une équipe à s'occuper des bandes du service de sécurité des succursales de Boots situées à proximité du domicile de Kimmo Thorne à Southwark. Lui-même envoya Nkata et Havers enquêter sur les lieux où l'on pouvait se procurer de l'ambre gris, disant à Havers de se charger de Wendy's Cloud lorsqu'elle regagnerait son bungalow en fin de journée. En attendant, elle l'accompagnerait jusqu'à Elephant & Castle. Il était décidé à voir par lui-même ce que donnerait une visite à Colossus. Si l'une des jeunes victimes avait été en contact avec cette organisation, pourquoi les autres – qui n'avaient pas encore été identifiées – ne l'avaient-elles pas été également ?

— Et si le dernier meurtre avait été l'œuvre d'un plagiaire ? dit Havers. Nous n'avons pas encore abordé le problème sous cet angle. Je veux dire, on sait comment Robson a expliqué les différences entre ce corps et les autres, mais ces différences pourraient être dues au fait que quelqu'un sait quelque chose au sujet de la scène de crime, mais pas tout, vous ne croyez pas ?

Lynley était d'accord avec elle ; c'était une possibilité qu'il ne fallait pas négliger. Mais la vérité était que les copies, les meurtres inspirés par un autre, avaient leur source dans les informations dispensées par les médias, et, malgré le fait qu'il y avait eu une fuite quelque part, il savait qu'elle était récente. La hâte avec laquelle la presse s'était jetée sur la couleur de peau de la dernière victime le prouvait, étant donné qu'il y avait des détails beaucoup plus sensationnels que celui-là qui pouvaient être exploités à la une des tabloïds. Et Lynley savait comment les journaux fonctionnaient : il n'était pas question pour eux de dissimuler des faits macabres si ceux-ci étaient capables de faire vendre des milliers d'exemplaires supplémentaires. Aussi, tout laissait à penser qu'ils n'avaient encore rien glané de macabre, ce qui suggérait que ce crime n'était pas celui d'un plagiaire copiant les précédents mais plutôt le cinquième d'une série de meurtres similaires portant tous la signature d'un unique tueur.

C'était cette personne qu'il leur fallait trouver, et le plus vite possible. Car Lynley était parfaitement capable d'effectuer le saut psychologique qu'impliquait tout ce que Hamish Robson lui avait dit à propos de l'homme qu'ils recherchaient : s'il avait traité ce dernier corps avec mépris et sans remords, on allait assister à une escalade.

9

Nkata réussit à quitter Victoria Street sans avoir d'accrochage avec Hillier. Il avait reçu sur son portable un message de la secrétaire de l'adjoint au préfet lui faisant part du « désir de sir David de s'entretenir avec lui avant la prochaine conférence de presse ». Message dont il n'avait pas tenu compte. Hillier n'était pas plus désireux de s'entretenir avec lui qu'il n'était désireux de s'exposer au virus Ebola. Un fait qui n'avait pas échappé à Nkata, lequel savait lire entre les lignes à l'occasion de chacune de ses rencontres avec cet homme. Il en avait assez de n'être là que pour la galerie, de servir les intérêts d'un Hillier impatient de prouver à la presse que l'égalité des chances pour les minorités n'était pas une vaine formule dans la Police métropolitaine. Il savait que s'il continuait de jouer ce jeu-là – celui de la propagande –, il finirait par mépriser son métier, ses collègues et se mépriser lui-même. Ce qui n'était juste pour personne. Aussi s'échappa-t-il de New Scotland Yard aussitôt après la fin de la réunion dans la salle des opérations. Prenant l'ambre gris comme prétexte.

Il traversa le fleuve pour atteindre Gabriel's Wharf, un carré de macadam haut de gamme au bord du fleuve, à mi-chemin entre deux ponts : celui de Waterloo et celui de Blackfriars. C'était un endroit ouvert à tous les vents, agréable surtout en été. En dépit des lumières pimpantes accrochées au-dessus du quai – et allumées bien qu'il fît encore jour –, cette portion de quai n'était guère animée en cette saison. Personne dans la boutique louant des bicyclettes et des rollers. Si quelques badauds flânaient dans les petites galeries enserrant le quai, les autres commerces, eux, étaient pratiquement déserts. Ces commerces comprenaient des restaurants et des stands de boisson et de nourriture qui, l'été venu, devaient avoir un mal fou à fournir à la clientèle les crêpes, pizzas, sandwiches, pommes de terre en robe des champs et glaces qui n'intéressaient pour ainsi dire personne pour le moment.

Nkata trouva Crystal Moon coincé entre deux stands : l'un de crêpes, à gauche ; l'autre de sandwiches, à droite. Sur la partie est du quai, à l'endroit où les boutiques aux allures de baraques et les galeries s'adossaient à une rangée d'immeubles. Les étages supérieurs de ces bâtiments avaient été peints en trompe-l'œil représentant des fenêtres toutes différentes les unes des autres, si bien que cela donnait l'impression de parcourir l'Europe à pied. Les fenêtres du Londres XVIIIe cédaient bien vite la place à celles du Paris rococo, lesquelles étaient bientôt remplacées par celles de la Venise des doges. Tout cela, qui était assez étrange, était en harmonie avec le quai lui-même.

Crystal Moon confirmait cette atmosphère fantasque, invitant les clients à franchir un rideau de perles représentant une galaxie surmontée par une tranche de fromage d'un vert lunaire. Nkata dépassa le rideau et ouvrit la porte qui se trouvait derrière, s'attendant à être accueilli par une pyramide drapée dans des vêtements de hippie et se faisant appeler Aphrodite mais dont le nom véritable était Kylie de l'Essex. Au lieu de cela, il tomba sur une grand-mère assise sur un haut tabouret près de la caisse. Elle portait un twin-set rose et des perles violettes, et feuilletait un magazine sur papier glacé. Un bâtonnet d'encens qui brûlait près d'elle répandait dans l'air une odeur de jasmin.

Nkata lui adressa un signe de tête mais ne s'approcha pas immédiatement. Il passa en revue les marchandises proposées à la vente. Les cristaux abondaient, comme il fallait s'y attendre : accrochés à des ficelles, décorant des abat-jour, incrustés dans des bougeoirs, en vrac dans de petites corbeilles. Mais également l'encens, les tarots, les huiles parfumées, les flûtes, les magnétophones et – pour une raison moins évidente – les baguettes de restaurant chinois décorées. Il s'approcha des huiles.

Un Noir dans la boutique. Une Blanche toute seule. A un autre moment Nkata l'aurait rassurée, se présentant et lui tendant sa carte. Aujourd'hui, toutefois, songeant à Hillier et à tout ce que Hillier représentait pour lui, il ne se sentait pas d'humeur à rasséréner des Blancs, qu'il s'agisse ou non d'une vieille dame.

Il fureta au milieu des huiles. Anis. Benjoin. Camomille. Amande. Il en prit une, lut l'étiquette, constata les multiples utilisations possibles. Il la remit en place et en prit une autre. Derrière lui on continuait de feuilleter le magazine sur le même rythme. Finalement, après avoir remué sur son tabouret, la propriétaire de la boutique se décida à parler.

Seulement il s'avéra qu'elle n'était pas la propriétaire, ce qu'elle apprit à Nkata avec un petit rire gêné en lui proposant son aide.

— Je ne sais pas si je vais pouvoir vous être d'un grand secours. Mais je vais faire de mon mieux. Je ne viens ici qu'un après-midi par semaine, voyez-vous, pendant que Gigi, ma petite-fille, prend sa leçon de chant. C'est ici qu'elle gagne sa vie en attendant de…

comment dit-on ? percer ? Est-ce que je peux vous être utile ? Vous cherchez un article en particulier ?

— A quoi est-ce que ça sert ? fit Nkata, désignant les rangées de fioles renfermant les huiles.

— À des tas de choses, mon petit, dit la vieille dame.

Elle descendit du tabouret et s'approcha de la vitrine. Il la dominait de sa haute taille mais elle ne parut pas autrement s'en émouvoir. Croisant les bras sous ses seins, elle remarqua simplement :

— Bonté divine, on peut dire que vous les avez prises, vos vitamines !

Et de poursuivre d'un ton affable :

— Certaines ont des propriétés médicinales, mon petit. D'autres, magiques. D'autres, alchimiques. C'est du moins ce que prétend Gigi. Quant à moi, j'ignore si elles servent vraiment à quelque chose. Pourquoi me posez-vous la question ? Vous avez besoin de quelque chose de spécial ?

Nkata s'empara du flacon d'ambre gris.

— Et celui-ci, il sert à quoi ?

Elle le lui prit des mains.

— Ambre gris… Voyons voir.

Elle rejoignit son tabouret avec la fiole et, de dessous le comptoir, extirpa un gros volume.

Si elle n'était pas la personne que Nkata s'attendait à trouver dans une boutique baptisée Crystal Moon, l'énorme ouvrage qu'elle posa sur le comptoir correspondait, lui, pleinement à son attente. On l'aurait dit tout droit sorti du magasin des accessoires des studios de cinéma d'Elstree : volumineux, reliure en cuir, pages cornées. Nkata s'attendait presque à voir une nuée de mites s'en échapper.

Elle parut deviner à quoi il pensait car elle eut un rire embarrassé.

— Oui. C'est un peu idiot, je sais. Mais les gens s'attendent à trouver ce genre d'ouvrage ici, n'est-ce pas ?

Elle tourna quelques pages et se mit à lire. Nkata la rejoignit. Elle faisait des petits bruits désapprobateurs, secouant la tête, tripotant ses perles.

— Quoi ? s'enquit-il.

— Ce n'est pas très agréable comme associations.

Désignant la page, elle poursuivit, lui disant qu'il fallait non seulement qu'une pauvre baleine meure pour qu'on puisse mettre la main sur l'huile, mais que la substance elle-même était utilisée pour des œuvres de colère ou de vengeance. Fronçant les sourcils, elle leva les yeux vers lui.

— Il faut que je vous pose la question. Pardonnez-moi, s'il vous plaît. Gigi serait atterrée, mais il y a des choses... Pourquoi auriez-vous besoin d'ambre gris ? Un bel homme comme vous. Est-ce que cela a un rapport avec votre cicatrice, mon petit ? C'est dommage, bien sûr, cette cicatrice, mais si je puis me permettre... Elle donne une certaine distinction à votre visage. Si je peux vous orienter dans une autre direction... ?

Et elle lui expliqua qu'un homme comme lui devait plutôt s'intéresser à l'huile de calament, qui l'aiderait à tenir les femmes à distance car il devait être assailli par ces dames à toute heure du jour et de la nuit. D'un autre côté, la bryone s'utilisait dans les filtres d'amour, il en aurait peut-être l'usage si quelque représentante du beau sexe lui avait tapé dans l'œil. Ou l'aigremoine, capable de dissiper les sentiments négatifs. L'eucalyptus, qui avait des vertus curatives. Ou la sauge, pour l'immortalité. Il y avait tellement de possibilités plus positives que l'ambre gris, mon petit, et si elle pouvait l'aider à s'orienter dans une direction qui aurait des répercussions positives sur sa vie...

Nkata comprit que le moment était venu de sortir sa carte. Il lui apprit que l'ambre gris avait été associé à un meurtre.

— Un meurtre ?

Ses yeux, d'un bleu éteint par les années, s'écarquillèrent tandis qu'elle portait une main à sa poitrine.

— Vous ne pensez pas... Est-ce que quelqu'un a été empoisonné ? Parce que je ne crois pas... ce n'est pas possible... ce serait mentionné sur le flacon... J'en suis sûre... ce serait marqué...

Nkata s'empressa de la rassurer. Personne n'avait été empoisonné, et même en cas d'empoisonnement, la boutique ne pourrait être tenue pour responsable que si elle-même avait administré la substance. Et tel n'était pas le cas, n'est-ce pas ?

— Bien sûr que non. Bien sûr que non, dit-elle. Mais, mon petit, quand Gigi va apprendre ça, elle va être anéantie. Se trouver associée, même de loin, à un meurtre... Elle qui est si tranquille. Qui aime tellement la paix. Vraiment... Si vous pouviez la voir avec les clients. Si vous pouviez entendre la musique qu'elle écoute. J'ai les CD là, vous pouvez y jeter un coup d'œil si ça vous dit. Tenez : *Le Dieu intérieur*, *Les Voyages spirituels*. Il y en a d'autres. Des méditations.

Au mot « clients », Nkata la remit sur les rails. Il lui demanda si la boutique avait vendu de l'ambre gris récemment. Elle lui répondit qu'elle ne savait pas exactement. Peut-être que oui. Les affaires marchaient bien pour Gigi, même à cette période de l'année. Mais elle ne gardait pas la trace des achats effectués en espèces par les clients. Tout ce qu'elle avait, c'étaient les facturettes des cartes de crédit, que la police pourrait examiner. Sinon, elle avait un cahier où les clients inscrivaient leur nom s'ils désiraient recevoir le bulletin de Crystal Moon. Est-ce que cela l'aiderait ?

222

Nkata en doutait. Il accepta cependant son offre et le prit des mains de la vieille dame. Il lui remit sa carte et lui dit que si elle se souvenait de quoi que ce soit... Ou si Gigi avait quelque chose à ajouter à ce que sa grand-mère savait...

Oui, oui. Bien sûr. D'ailleurs à ce propos, justement...

— J'ignore à quoi ça peut vous servir, mon petit, mais je sais que Gigi garde une liste, dit la grand-mère. Ce sont des codes postaux. Elle aimerait ouvrir une succursale de Crystal Moon sur l'autre rive, peut-être à Notting Hill, et elle conserve les codes postaux de ses clients pour appuyer sa demande de prêt auprès de la banque. Cela pourrait-il vous servir ?

Nkata ne voyait pas en quoi mais il était néanmoins tout disposé à prendre cette liste. Il remercia la grand-mère de Gigi et il était sur le point de s'en aller lorsqu'il fit, malgré lui, une nouvelle pause devant les huiles.

— Autre chose ? s'enquit la grand-mère.

Il dut s'avouer qu'en effet il y avait autre chose.

— Quelle est celle qui combat les sentiments négatifs, déjà ?

— L'aigremoine, mon petit.

Il en rafla un flacon et l'apporta au comptoir.

— Ça fera l'affaire, alors, dit-il.

Le rond-point d'Elephant & Castle était un endroit autour duquel les Londres qui s'étaient développés et avaient périclité au fil des années n'avaient guère imprimé leur marque. Le Swinging London des mini-jupes, des bottes de vinyle, de King's Road et de Carnaby Street l'avait dépassé des décennies plus tôt sans jamais s'y attarder. Les podiums de la Semaine de la Mode n'avaient jamais été dressés dans ces parages. Et si le London Eye, le Millennium Footbridge et la Tate Modern se dressaient tels des exemples de l'aube d'un siècle tout neuf, Elephant & Castle était resté figé dans le passé. Certes, le quartier faisait des efforts pour se réhabiliter, ce qui était également le cas de nombre d'endroits au sud du fleuve. Mais ces efforts semblaient voués à l'échec du fait de la présence dans les rues avoisinantes des drogués et des dealers occupés à leurs affaires, et de la pauvreté, de l'ignorance et du désespoir. C'est dans cet environnement que ses fondateurs avaient implanté Colossus, dans une fabrique de matelas abandonnée qu'ils avaient rénovée pour qu'elle rende d'autres services à la communauté.

Barbara Havers indiqua à Lynley l'endroit de New Kent Road où un petit parking situé derrière la structure de brique bilieuse offrait aux jeunes de Colossus un refuge où griller une sèche. Un groupe d'ados était précisément en train d'y fumer au moment où Lynley se gara sur une place de parking. Alors qu'il mettait le frein et éteignait le moteur, Havers attira son attention sur le fait qu'une Bentley n'était peut-être pas un moyen de transport idéal pour se déplacer dans un quartier pareil.

Lynley ne pouvait pas dire le contraire. Il n'avait pas vraiment réfléchi quand, dans le parking en sous-sol de Victoria Street, Havers avait proposé : « Pourquoi ne pas prendre ma voiture, monsieur ? » À ce moment-là, tout ce qu'il avait en tête, c'était reprendre un tant soit peu le contrôle de la situation ; et le plus sûr moyen d'y parvenir, c'était de mettre de la distance entre lui et tout édifice susceptible d'abriter l'adjoint au préfet de police. Mais là, il comprit que Havers avait eu raison. Ce n'était pas tant qu'ils se mettaient en danger en conduisant une voiture chic dans ce coin. C'était surtout qu'ils annonçaient la couleur.

D'un autre côté, se dit-il, du moins n'annonçaient-ils pas à tout un chacun qu'ils étaient flics. Toutefois la réaction des jeunes le détrompa dès qu'il eut mis le pied hors de la Bentley et verrouillé la portière.

« Les keufs », murmura quelqu'un, et le bruit se répandit comme une traînée de poudre parmi les fumeurs, dont les conversations s'éteignirent.

Bonjour l'incognito, songea Lynley.

Comme si elle lisait dans ses pensées, Havers dit à voix basse :

— C'est moi, monsieur, pas vous. Ces gamins-là, ils ont un véritable radar dès qu'il s'agit de renifler les flics. Ils m'ont tout de suite repérée quand ils m'ont vue débarquer tout à l'heure. Vous n'avez qu'à faire comme si vous étiez mon chauffeur. On réussira peut-être à les rouler dans la farine. Commençons par la cigarette. Vous pouvez me l'allumer.

Lynley lui jeta un regard peu amène. Elle sourit.

— C'était juste une idée.

Ils se frayèrent un chemin au milieu du groupe silencieux jusqu'à une volée de marches métalliques derrière le bâtiment. Au premier étage, une large porte verte s'ornait d'une plaque de bronze bien astiquée portant la mention « Colossus ». Une fenêtre au-dessus de cette porte laissait apercevoir une rangée de lumières le long d'un couloir intérieur. Lynley et Havers entrèrent et débouchèrent dans une galerie doublée d'une modeste boutique de souvenirs.

La galerie retraçait en photos l'histoire de l'organisation : sa création, le développement du site sur lequel elle avait été installée, son impact sur les habitants du quartier. La boutique de souvenirs – constituée essentiellement d'une vitrine abritant des articles à des prix abordables – proposait des tee-shirts, des sweat-shirts, des casquettes, des mugs, des verres et de la papeterie frappés de logos identiques. Ces logos consistaient en reproductions du personnage mytholo-gique qui avait donné son nom à l'organisation, sur-montées de dizaines de petites silhouettes qui se ser-vaient de ses bras et de ses épaules pour franchir le gouffre séparant le dénuement de la réussite. Sous le géant se trouvait le mot « ensemble », formant un demi-cercle complété par Colossus, qui constituait l'autre moitié. Dans cette vitrine trônait une photo dédicacée du duc et de la duchesse de Kent, cautionn-ant de leur royale présence quelque manifestation en relation avec Colossus. Cette photo n'était apparemm-ent pas à vendre.

À l'autre bout de la vitrine, une porte donnait sur la salle de réception. Là, Lynley et Havers se trouvèrent immédiatement en butte aux regards de trois individus qui se turent en les voyant arriver. Deux des trois – un jeune homme mince à casquette de base-ball EuroDisney et un jeune métis d'environ quatorze ans – jouaient aux cartes à une table basse entre deux canapés. Le troi-sième – un jeune assez costaud à cheveux carotte bien soignés et barbe peu fournie mais joliment taillée qui recouvrait sans les dissimuler vraiment des joues trouées d'acné – était assis au bureau de la réception, une croix en turquoise à l'oreille. Il portait un sweat-shirt de Colossus et, sur le bureau impeccablement rangé, il semblait annoter un calendrier au crayon bleu tandis qu'en sourdine du jazz émergeait des haut-parleurs accrochés au-dessus de lui. Il n'eut pas l'air particulièrement amène lorsqu'il aperçut Havers. Près de lui, Lynley entendit Barbara soupirer.

— Je ferais peut-être bien de changer de look.

— Pour commencer, vous pourriez vous débarrasser de vos chaussures, suggéra-t-il.

— Je peux vous aider ? s'enquit le jeune homme.

De sous le bureau, il sortit un sac d'un jaune éclat-ant orné de la mention « Mr Sandwich ». Du sac, il extirpa un friand à la saucisse et des chips, qu'il se mit à manger sans plus de cérémonie. Ce n'étaient pas des flics, semblait dire sa mimique, qui allaient perturber sa routine quotidienne.

Bien que ce fût inutile, Lynley sortit sa carte et la montra au jeune homme, ignorant les joueurs de cartes pour le moment. Une plaque en plastique au bord du bureau lui fit comprendre qu'il venait de se présenter à un certain Jack Veness, qui semblait totalement indifférent au fait que les deux flics qui se tenaient devant lui représentaient New Scotland Yard.

Jetant un coup d'œil aux jeunes qui tapaient le carton, comme pour avoir leur approbation, Veness attendit la suite. Il mastiquait son friand, piochait dans ses chips et consultait la pendule murale au-dessus de la porte. Ou peut-être était-ce la porte elle-même qu'il regardait. Porte d'où Mr Veness espérait peut-être voir surgir le salut. Il avait l'air d'un type sans histoire à première vue mais on sentait comme un malaise chez lui.

Ils étaient venus s'entretenir avec le directeur de Colossus, dit Lynley à Jack Veness, ou avec toute personne susceptible de pouvoir leur parler d'un de leurs clients… si tel était le terme qu'il fallait employer. Et de préciser qu'il s'agissait de Kimmo Thorne.

Ce nom produisit l'effet que produisait, dans un vieux western, l'arrivée d'un étranger dans un saloon. En d'autres circonstances, cela aurait amusé Lynley : les deux joueurs cessèrent abruptement de jouer, posant leurs cartes sur la table et ne faisant aucun effort pour cacher le fait qu'ils étaient bien décidés à écouter tout ce qui allait se dire à partir de maintenant. Jack Veness, quant à lui, cessa de mastiquer son friand. Il le posa sur le sac à l'enseigne de « Mr Sandwich » et, reculant sa chaise, s'écarta du bureau. Lynley crut qu'il allait se lever pour aller chercher quelqu'un mais au lieu de cela il se dirigea vers un distributeur d'eau. Là, il remplit un mug d'eau chaude, après quoi il prit un sachet de thé et le trempa dedans à plusieurs reprises.

Près de Lynley, Havers roula des yeux.

— Excusez-nous, mon vieux, dit-elle. Votre Sonotone est en panne ou quoi ?

Veness revint poser son mug sur le bureau.

— Je ne suis pas sourd. Je me demande seulement s'il faut que je vous réponde.

À l'autre bout de la pièce, EuroDisney siffla tout bas. Son compagnon secoua la tête. Veness parut satisfait d'avoir obtenu leur approbation. Lynley décida que ça suffisait comme ça.

— Si vous préférez, on vous emmène et on vous boucle dans une salle d'interrogatoire le temps que vous vous décidiez, dit-il à Veness.

— Ce sera avec plaisir, ajouta Havers. Nous sommes là pour rendre service, vous savez.

Veness s'assit. Il se fourra une bouchée de friand dans le bec et, mastiquant, dit :

— Tout le monde se connaît chez Colossus. Thorne, on le connaissait. C'est comme ça que ça marche ici. Et c'est pour ça que ça marche.

— Vous aussi vous le connaissiez, Kimmo Thorne ? dit Lynley.

— C'est exact, fit Veness.

— Et vous autres ? demanda Havers aux joueurs de cartes. Vous le connaissiez également, Kimmo Thorne ?

Et, sortant son carnet, elle ajouta :

— Vous vous appelez comment, au fait, messieurs ?

EuroDisney eut l'air surpris qu'on s'adresse à lui tout à coup mais il dit sans se faire prier qu'il s'appelait Robbie Kilfoyle. Il ajouta que, contrairement à Jack, il ne travaillait pas vraiment chez Colossus mais

228

y faisait du bénévolat plusieurs jours par semaine ; comme aujourd'hui, par exemple. Son partenaire dit être Mark Connor. Il précisa qu'il était au quatrième jour de son évaluation.

— Autant dire qu'il est nouveau ici, traduisit Veness.

— Et qu'il n'a pas connu Kimmo, ajouta Kilfoyle.

— Mais vous, vous le connaissiez, demanda Havers à Kilfoyle, même si vous ne travaillez pas à proprement parler ici ?

— Hé, il n'a pas dit ça, fit Veness.

— Vous ne pouvez pas le laisser parler ? jeta Havers.

Et de nouveau à Kilfoyle :

— Vous connaissiez Kimmo Thorne ? Où est-ce que vous travaillez ?

Mais Veness n'était pas décidé à laisser tomber.

— Il livre les sandwiches, OK ?

Kilfoyle fronça les sourcils, vexé peut-être par le ton de Veness.

— Comme je vous l'ai dit, je suis ici en tant que bénévole. Je réponds au téléphone. J'aide à la cuisine. Dans la salle du matériel quand le travail s'accumule. J'ai aperçu Kimmo. Je le connaissais.

— Tout le monde le connaissait, dit Veness. Et à propos… Il y a un groupe qui doit aller faire une promenade en barque sur le fleuve cet après-midi. T'as le temps de t'en occuper, Rob ?

Il gratifia Kilfoyle d'un long regard comme s'il lui envoyait un message.

— Je peux te donner un coup de main, Rob, proposa Mark Connor.

— D'accord, dit Kilfoyle.

Et à Jack Veness :

— Tu veux que je m'en occupe tout de suite ?

— Tout de suite, ça serait génial.

— Bon, très bien.

Kilfoyle ramassa les cartes et, accompagné de Mark, se dirigea vers une porte intérieure. Contrairement aux autres jeunes, il portait un coupe-vent au lieu d'un sweat-shirt. Et au lieu de « Colossus » son vêtement arborait, en guise de logo, une baguette dotée de bras et de jambes avec les mots « Mr Sandwich » inscrits dessous.

Après le départ des deux jeunes, Jack Veness changea radicalement d'attitude. Comme si on avait appuyé sur un interrupteur. S'adressant à Lynley et Havers, il dit :

— Bon. Désolé. Je suis vraiment un chieur quand je m'y mets. Je voulais être flic mais j'y suis pas arrivé. C'est plus facile de vous faire la gueule que de me demander pourquoi j'ai pas été à la hauteur. La psychanalyse instantanée, qu'est-ce que vous dites de ça ? conclut-il en souriant.

Le changement qui s'était opéré chez Veness était déconcertant. C'était comme de découvrir deux personnalités à l'intérieur d'un même corps. Impossible de ne pas se demander si la présence de Kilfoyle et Connor n'avait pas un rapport avec cette métamorphose. Lynley décida de s'en accommoder et remit Kimmo Thorne sur le tapis. Près de lui, Havers ouvrit son carnet. Le Jack Veness nouvelle manière n'eut pas un battement de cils.

Il leur dit sans détour qu'il connaissait Kimmo. Qu'il le connaissait même depuis que ce dernier avait été adressé à Colossus. Il était, après tout, le réceptionniste de l'organisation, et, à ce titre, il avait vite fait de repérer ceux qui allaient et venaient comme ceux qui restaient. Il insista bien sur le fait qu'il mettait un point d'honneur à reconnaître tout le monde. Cela faisait partie de son boulot.

Pourquoi cela ? voulut savoir Lynley.

Parce que, dit Veness, on ne savait jamais, n'est-ce pas ?

On ne savait pas quoi ? glissa Havers.

À qui on avait affaire.

— Ces gars-là, fit Veness indiquant les jeunes qui fumaient dans le parking, il en vient de tous les côtés. La rue, les familles d'accueil, les délinquants juvéniles, les drogués, les gangs, les prostitués, certains vendaient des armes, d'autres dealaient de la drogue. Ça n'a pas de sens que je leur fasse confiance tant qu'ils ne m'ont pas donné une raison valable pour ça. Alors j'ouvre l'œil.

— Cette politique, elle était également valable pour Kimmo ? s'enquit Lynley.

— Elle vaut pour tout le monde, répondit Veness. Les battants et les perdants, c'est kif-kif.

Havers reprit la balle au bond.

— En quoi cela s'appliquait-il à Kimmo ? Il vous prenait à rebrousse-poil ?

— Pas moi.

— Qui alors ?

Veness tripota pensivement son friand.

— S'il y a quoi que ce soit dont nous devrions être informés... commença Lynley.

— C'était un branleur, dit Veness. Un loser. C'est des choses qui arrivent. Colossus, c'est une occasion de se réformer. Tout ce qu'on leur demande, c'est de faire l'effort de monter à bord. Seulement, des fois, ils arrêtent de venir, même Kimmo, qui était pourtant censé se pointer, faute de quoi il risquait de se retrouver vite fait en maison de correction. J'arrive pas à piger ce qu'ils ont dans la tronche. Je pensais qu'il aurait saisi sa chance pour en finir avec les galères. Mais non. Il a cessé subitement de se pointer ici.

— Quand a-t-il cessé ?

Jack Veness réfléchit un instant. Il prit un cahier à spirale dans le tiroir du milieu de son bureau et examina les signatures griffonnées sur une dizaine de pages. C'était, constata Lynley, un registre. Lorsque Veness répondit à la question de Lynley, la date qu'il indiqua comme étant celle de la dernière apparition de Kimmo chez Colossus précédait celle de son assassinat de quarante-huit heures.

— Pauvre con, dit Veness en repoussant le registre. Pas foutu de se rendre compte qu'il était bien chez nous. Le problème, c'est que les mecs comme ça sont incapables d'attendre les résultats. Certains, du moins ; pas tous. Ils veulent des résultats mais, pour ce qui est des efforts, y a plus personne. Il a dû laisser tomber. Ce sont des choses qui arrivent.

— En fait, dit Lynley, il a été assassiné. C'est pour ça qu'il a cessé de venir.

— Mais vous vous en doutiez, non ? ajouta Havers. Sinon, pourquoi auriez-vous parlé de lui au passé depuis le début ? Et pourquoi les flics auraient débarqué chez vous ? Et deux fois en une même journée, parce que l'un de ces petits gars (elle indiqua le groupe des fumeurs dehors) a dû prévenir quelqu'un d'ici que j'étais passée avant l'ouverture.

Veness secoua frénétiquement la tête.

— Je ne... Non. Non. Je ne savais pas.

Il jeta un coup d'œil vers une porte et un couloir sur lequel donnaient des pièces brillamment éclairées. Il parut penser à quelque chose car il dit :

— Le gosse qu'on a retrouvé à St Pancras ? Dans les jardins ?

— En plein dans le mille, dit Havers. Vous n'êtes pas si bouché que ça quand vous voulez, Jack.

— C'était Kimmo Thorne, confirma Lynley. C'est l'une des cinq victimes sur la mort desquelles nous enquêtons.

— Cinq ? Hé, attendez un instant. Vous ne pensez tout de même pas que Colossus…

— Nous ne tirons aucune conclusion, dit Lynley.

— Merde, désolé. J'aurais pas dû dire que c'était un branleur et un loser. Merde.

Veness s'empara de son friand puis le reposa. Il le remballa dans son papier et le rangea dans le sac.

— Y a des gosses, ils plaquent les réunions. On leur donne une chance mais ils tournent le dos. Ils préfèrent prendre la route de la facilité. C'est chiant, à la fin. Mais merde, je suis désolé. C'était dans les journaux ? Je les lis pas des masses et…

— On n'a pas donné son nom au début, dit Lynley. On a simplement annoncé qu'un corps avait été retrouvé à St George's Gardens.

Il ne précisa pas qu'il fallait s'attendre que les journaux soient pleins des meurtres en série, maintenant : noms, lieux, dates. Une jeune victime blanche avait suscité l'intérêt des tabloïds ; la jeune victime noire du matin allait leur donner l'occasion de couvrir leurs arrières. Des métis, cela constituait des nouvelles de peu d'intérêt, avaient-ils décidé à propos des meurtres précédents. Tout cela avait changé avec Kimmo Thorne. Et maintenant avec le Noir… Les tabloïds allaient sauter sur l'occasion de rattraper le temps perdu et de prendre leurs responsabilités.

— La mort d'un jeune homme associé à Colossus soulève un certain nombre de questions, souligna Lynley à l'adresse de Jack Veness. Comme vous pouvez sans doute l'imaginer. En outre, nous avons identifié un autre gamin susceptible d'être lié à Colossus, lui aussi. Jared Salvatore. Ce nom vous dit quelque chose ?

— Salvatore. Salvatore, marmonna Veness. Non, je ne crois pas. Je m'en souviendrais.

— Dans ce cas, il va falloir que nous parlions à votre directeur…

— Ouais, ouais, fit Veness en bondissant sur ses pieds. C'est à Ulrike que vous allez devoir parler. C'est elle qui dirige la maison. Attendez un instant. Je vais voir…

Sur ces mots, il franchit en hâte le seuil menant à l'intérieur du bâtiment. Il tourna un coin, disparut.

Lynley consulta Havers du regard.

— Intéressant, non ?

Elle opina.

— Ce jeune homme est plein de surprises.

— C'est aussi mon impression.

— Il n'est pire eau que l'eau qui dort, dit Havers. Quelles surprises nous réserve-t-il encore ?

Lynley allongea le bras et attrapa le registre que Jack leur avait montré. Il le tendit à Havers.

— Salvatore ? dit-elle.

— C'est une idée.

10

Lynley et Havers ne tardèrent pas à découvrir non seulement que la directrice de Colossus ignorait elle aussi la mort de Kimmo Thorne, mais également que Jack Veness, pour une raison connue de lui seul, n'avait pas jugé bon de la mettre au parfum lorsqu'il était allé à sa recherche. De toute évidence, il lui avait seulement dit que deux flics de New Scotland Yard voulaient la voir. Omission qui avait de quoi intriguer.

Ulrike Ellis était une jeune femme d'aspect agréable aux environs de la trentaine, avec des rangées de nattes blondes ramenées en arrière et lui dégageant le visage, et assez de bracelets de cuivre aux poignets pour jouer le rôle du prisonnier de Zenda. Elle portait un épais col roulé noir, un jean et des boots, et elle vint elle-même chercher Lynley et Havers à la réception. Tandis que Jack Veness reprenait sa place au bureau, Ulrike les entraîna dans un couloir dont les murs étaient couverts de tableaux d'affichage contenant des affichettes pour diverses manifestations de quartier, des photographies de jeunes gens, des annonces pour des cours, les dates d'événements organisés par Colossus. Une fois dans son cabinet de travail, elle ôta une pile de

Big Issue[1] d'une chaise placée devant sa table et fourra les magazines sur une étagère pleine de livres et de dossiers. Un meuble classeur près de sa table débordait de dossiers et de chemises cartonnées.

— C'est plus fort que moi, je ne peux m'empêcher de les acheter, dit-elle en faisant référence aux exemplaires de *Big Issue*. Mais je n'ai jamais le temps de les lire. Servez-vous, si ça vous dit. Mais peut-être les achetez-vous également ?

Jetant un coup d'œil par-dessus son épaule, elle ajouta :

— Tout le monde devrait les acheter, vous savez. Oh, je sais ce que les gens pensent : si je lui en achète un, ce pauvre type va dépenser l'argent en drogue ou en alcool, et en quoi cela l'aidera-t-il ? Ce que je pense, moi, c'est que les gens devraient cesser d'imaginer le pire et mettre la main au porte-monnaie pour aider leurs concitoyens.

Elle balaya la pièce du regard comme à la recherche d'une autre activité et remarqua :

— Ça n'a pas servi à grand-chose, mon petit ménage. L'un de vous deux est toujours sans siège. Mais peut-être pourrions-nous rester debout tous les trois ? Est-ce que ça ne serait pas mieux ? Dites-moi, quand est-ce que TO31 va enfin se rendre compte que nous existons ?

En fait, lui dit Lynley tandis que Barbara Havers s'approchait des étagères pour examiner les nombreux livres que possédait Ulrike Ellis, le constable Havers et lui-même n'avaient rien à voir avec les services sociaux. Ils étaient venus parler de Kimmo Thorne à la directrice de Colossus. Est-ce que Ms Ellis connaissait ce garçon ?

1. Journal vendu dans la rue par les SDF. (*N.d.T.*)

Ulrike prit place derrière son bureau. Lynley s'adjugea la chaise. Havers resta près des livres, tendant le bras vers l'une des photographies encadrées qui se trouvaient parmi eux.

— Kimmo aurait-il fait quelque chose de répréhensible ? dit Ulrike. Ce n'est pas à nous de veiller à ce que ces jeunes gens n'aient pas d'ennuis, voyez-vous. Nous ne prétendons pas en être capables. Colossus n'est là que pour leur montrer qu'il existe d'autres possibilités que la délinquance. Parfois ils choisissent la mauvaise voie.

— Kimmo est mort, expliqua Lynley. Peut-être avez-vous appris qu'un corps avait été retrouvé dans St George's Gardens, du côté de St Pancras ? La presse a donné son identité.

Ulrike commença par garder le silence. Elle se contenta de fixer Lynley cinq bonnes secondes avant de diriger son regard vers Havers, qui tenait toujours à la main une de ses photos.

— Remettez ça en place, s'il vous plaît, dit-elle avec le plus grand calme.

Elle ôta de ses nattes la barrette qui les retenait et la rattacha solidement avant de poursuivre :

— J'ai téléphoné... J'ai téléphoné dès que j'ai su.

— Ainsi, vous saviez qu'il était mort ?

Havers reposa la photo mais la tourna vers Lynley de façon qu'il pût la voir : une très jeune Ulrike, un homme plus âgé en habit de pasteur qui pouvait être son père et, entre eux, la silhouette de Nelson Mandela en vêtements bariolés.

— Non, non, reprit Ulrike. Je ne voulais pas dire... Voyant que Kimmo ne s'était pas présenté le cinquième jour de son stage, Griff Strong a signalé son absence, comme il était de son devoir de le faire. J'ai immédiatement téléphoné à l'agent de probation de Kimmo. C'est la procédure que nous suivons quand l'un de nos garçons nous est adressé par un magistrat ou par les services sociaux.

— Griff Strong… ?

— C'est un travailleur social. Il a reçu une formation de travailleur social, je veux dire. Nous ne sommes pas des travailleurs sociaux à strictement parler chez Colossus. Griff dirige l'un de nos stages d'évaluation. Il a la manière avec les jeunes. Il sait leur parler. Les motiver. Rares sont ceux qui laissent tomber quand ils sont pris en main par Griff.

Lynley vit Havers noter.

— Est-ce que Griff Strong est dans vos murs aujourd'hui ? S'il connaissait Kimmo, il va falloir que nous nous entretenions avec lui.

Ulrike fixa son téléphone comme si l'appareil allait lui fournir la réponse.

— Griff ? Non, non, il n'est pas là. Il doit effectuer une livraison…

Elle parut sur le point de toucher de nouveau à ses nattes mais continua :

— Il nous a dit qu'il arriverait tard. Nous ne l'attendons pas avant… C'est lui qui s'occupe des tee-shirts et des sweat-shirts, vous voyez. Une activité secondaire. Vous avez dû les voir dans la vitrine. C'est un excellent élément. Nous avons de la chance de l'avoir chez nous.

Lynley sentit que Havers coulait un regard vers lui. Il savait à quoi elle pensait : encore une piste à explorer.

— Il y a un autre jeune homme qui est mort. Jared Salvatore. Faisait-il partie des vôtres ?

— Un autre…

— Nous enquêtons sur cinq décès en tout.

— Vous lisez les journaux, peut-être ? ajouta Havers. Quelqu'un ici les lit, peut-être ?

Ulrike la regarda.

238

— Cette question est injuste.

— Laquelle ? dit Havers, qui poursuivit sans attendre la réponse : C'est d'un tueur en série qu'il s'agit. Il s'attaque à des jeunes de l'âge de ceux qui fument leur clope en ce moment même dans votre parking. L'un d'entre eux pourrait être le prochain sur la liste. Alors excusez-moi si je suis un peu abrupte. Je me moque pas mal de l'effet que peuvent vous faire mes questions.

En d'autres circonstances, Lynley aurait rappelé le constable à l'ordre. En l'occurrence, il constata que l'agacement de Havers avait eu un impact positif sur Ulrike. Celle-ci se leva et se dirigea vers le classeur. Elle s'accroupit, tira l'un des tiroirs bourrés jusqu'à la gueule, fouilla dedans.

— Évidemment que je lis… Le *Guardian*. Tous les jours. Ou du moins aussi souvent que je le peux.

— Mais pas récemment ? fit Havers. Pourquoi ?

Ulrike ne répondit pas. Elle continua de fourrager dans ses dossiers. Finalement elle referma le tiroir et se releva, les mains vides.

— Il n'y a pas de Salvatore parmi nos jeunes gens. J'espère que vous êtes satisfaite. Et maintenant laissez-moi vous poser une question à mon tour : qui vous a envoyés chez nous ?

— Qui ? reprit Lynley. Que voulez-vous dire ?

— Allons, voyons. Nous avons des ennemis. Une organisation comme celle-ci… qui essaie de faire bouger les choses dans ce pays d'arriérés… Vous pensez vraiment qu'il n'y a pas des gens qui souhaiteraient nous voir nous planter ? Qui vous a mis sur notre piste ?

— La police, répondit Lynley.

— Plus précisément le commissariat de Borough High Street, ajouta Havers.

— Vous voulez vraiment me faire croire… Vous êtes venus ici parce que vous croyez que la mort de

Kimmo a un rapport avec Colossus, n'est-ce pas ? Vous ne penseriez pas une chose pareille si on ne vous avait pas mis la puce à l'oreille. Quelqu'un de l'extérieur. Quelqu'un du commissariat de Borough High Street, ou quelqu'un qui connaissait Kimmo.

Comme Blinker, songea Lynley. À ceci près que le copain piercé de Kimmo n'avait pas mentionné une seule fois l'organisation. À supposer qu'il en ait connu l'existence.

— Dites-nous en quoi consiste un stage d'évaluation, enchaîna Lynley.

Ulrike regagna son bureau. Elle resta un instant campée là, à regarder son téléphone comme si elle attendait quelque chose. Havers s'était approchée d'un mur couvert de diplômes, de certificats et de lettres de louanges, et elle prenait des notes. Ulrike la regarda faire. D'une voix calme, elle commença :

— Nous nous préoccupons vraiment du sort de ces gamins. Nous voulons leur donner une chance de s'en sortir. Et nous croyons que la seule façon d'y parvenir, c'est en établissant des relations avec eux.

— C'est là le but de l'évaluation, alors ? s'enquit Lynley. Nouer des liens avec les jeunes qui viennent ici ?

C'était ça et beaucoup plus, leur expliqua-t-elle. C'était la première expérience des jeunes avec Colossus : quinze jours pendant lesquels se retrouvaient quotidiennement une dizaine de jeunes sous la houlette d'un responsable de stage. Griffin Strong dans le cas de Kimmo. L'objectif était de susciter leur intérêt, de leur prouver qu'ils pouvaient réussir dans un domaine ou dans un autre, de les mettre en confiance, de les encourager à participer au programme proposé par Colossus. On commençait par instituer un code de conduite pour le groupe, et chaque jour on évaluait ce qui s'était passé – ce qui avait été appris – la veille.

— Ça commence par des activités sportives pour briser la glace. Puis on passe aux activités nécessitant de la confiance. Franchir le mur d'escalade qui est derrière, par exemple. Ensuite ils font une expédition qu'ils préparent et effectuent ensemble. À la campagne ou à la mer. Une randonnée dans les Pennines. Un truc dans ce goût-là. À la fin du stage, on les invite à revenir suivre des cours. Informatique. Cuisine. Comment vivre seul. S'occuper de sa santé. Comment gagner sa vie.

— Vous leur apprenez un métier, vous voulez dire ? questionna Havers.

— Ils ne sont pas prêts à tenir un emploi. Pas quand ils débarquent ici. La plupart d'entre eux ne s'expriment que par monosyllabes, quand ils ne se taisent pas carrément. Ils sont « cassés ». Nous essayons de leur montrer que la rue n'est pas la seule façon de vivre. Ils peuvent retourner à l'école, apprendre à lire, terminer la fac, dire non à la drogue. Ils peuvent croire en leur avenir. Gérer leurs sentiments. Éprouver des sentiments, pour commencer. Apprendre à s'estimer.

Elle leur jeta un regard acéré comme si elle essayait de déchiffrer leurs pensées. Oh, je sais, vous dites que tout ça c'est des conneries, du prêchi-prêcha. Le pire des jargons psys. La vérité, c'est que le comportement, c'est de l'intérieur que ça se change. On n'a pas envie de changer de voie tant qu'on n'a pas changé le regard qu'on porte sur soi.

— C'était ce que vous aviez prévu pour Kimmo ? interrogea Lynley. D'après ce que nous avons appris, il semblait en assez bons termes avec lui-même, malgré ses choix.

— Quelqu'un ayant fait les choix de Kimmo pouvait difficilement se sentir bien au fond de lui-même, commissaire.

— Vous vous attendiez donc à ce qu'il change avec le temps et grâce à Colossus ?

— Nous obtenons de bons résultats. En dépit de ce que vous semblez penser de nous. En dépit du fait que nous ignorions la mort de Kimmo. Nous avons fait le nécessaire quand il ne s'est pas représenté ici.

— C'est ce que vous nous avez dit, acquiesça Lynley. Que faites-vous concernant les autres ?

— Les autres ?

— Est-ce qu'ils vous sont tous adressés par le Service des délinquants juvéniles ?

— Pas du tout. La plupart viennent par l'intermédiaire d'un autre canal. L'Eglise, l'école, quelqu'un qui est déjà inscrit dans notre programme. S'ils restent, c'est parce qu'ils commencent à nous faire confiance et à croire en eux-mêmes.

— Que se passe-t-il pour ceux qui n'y parviennent pas ? voulut savoir Havers.

— Ne parviennent pas à quoi ?

— À croire en eux-mêmes.

— À l'évidence, ce programme ne marche pas pour tout le monde. Comment le pourrait-il ? Ils viennent chez nous avec un passé lourd, maltraitance, xénophobie. Il arrive que des gamins ne s'en sortent pas mieux ici qu'ailleurs. Ils finissent par laisser tomber. Nous ne les forçons pas à rester s'ils n'arrivent pas ici à la suite d'une ordonnance du tribunal. Quant aux autres, tant qu'ils respectent les règles, nous ne les forçons pas non plus à partir. Ils peuvent rester ici des années s'ils le souhaitent.

— Cela arrive ?

— À l'occasion, oui.

— Pouvez-vous nous citer des noms ?

— Je crains que cela ne soit confidentiel.

— Ulrike ? intervint Jack Veness, qui se tenait sur le seuil du bureau. Le téléphone. J'ai essayé de lui dire que vous étiez occupée mais il n'a rien voulu savoir. Désolé. Qu'est-ce que vous voulez que je… ?

Il haussa les épaules sans terminer sa phrase.

— Qui est-ce ?

— Le révérend Savidge. Il est dans tous ses états. Il paraît que Sean Lavery a disparu. Il n'est pas rentré à la maison hier soir après son cours d'informatique. Est-ce que je dois…

— Non ! fit Ulrike. Passe-le-moi, Jack.

Jack s'éclipsa. La directrice ferma le poing. Ne releva pas les yeux. Attendant que le téléphone sonne.

— On a retrouvé un autre corps ce matin, Ms Ellis, dit Lynley.

— Je vais mettre le haut-parleur, alors, répondit-elle. Mon Dieu, j'espère que ça n'a rien à voir avec nous.

Tandis qu'elle attendait que l'appareil sonne, elle leur expliqua que celui qui appelait était le père de la famille d'accueil d'un des garçons participant au programme : un certain Sean Lavery, un Noir. Elle regarda Lynley et la question demeura en suspens entre eux. Il eut un hochement de tête, confirmant les pires appréhensions d'Ulrike à propos du corps retrouvé le matin même dans le tunnel de Shand Street.

Lorsque la sonnerie retentit, Ulrike appuya sur une touche pour enclencher le haut-parleur. La voix du révérend Savidge leur parvint, basse, angoissée. Où était passé Sean ? questionnait-il. Pourquoi Sean n'était-il pas revenu de chez Colossus hier soir ?

Ulrike lui transmit le peu qu'elle savait. À sa connaissance, Sean Lavery était passé chez Colossus la veille comme d'habitude et il en était reparti par son bus habituel. Son professeur d'informatique avait d'ailleurs confirmé et il ne l'avait pas porté absent sur le registre.

Où diable était-il allé se fourrer ? demanda le révérend Savidge. Des jeunes gens disparaissaient dans tout Londres. Ulrike était-elle au courant ? En était-elle consciente ? Ou ne s'en souciait-elle pas étant donné que le jeune homme était noir ?

Ulrike lui promit d'en toucher un mot au professeur d'informatique à la première occasion, mais, en attendant... Le révérend Savidge avait-il téléphoné à droite et à gauche ? Sean avait peut-être accompagné un copain chez lui. Ou alors il était allé chez son père. Ou voir sa mère. Elle était encore à Holloway, n'est-ce pas, et c'était un trajet faisable pour un garçon de l'âge de Sean. Les jeunes de cet âge-là, il leur arrivait de s'absenter.

— Ce n'est pas le genre de celui-ci, madame, fit le pasteur en raccrochant brutalement.

— Oh, mon Dieu, dit Ulrike.

Lynley comprit que c'était une prière. Il en dit une lui-même. Le prochain coup de fil du révérend Savidge allait être pour son commissariat de police local.

Seul l'un des deux policiers quitta l'immeuble après le coup de fil du révérend Savidge. L'autre – la mocheté aux dents de devant ébréchées et aux ridicules baskets rouges – resta sur place. L'homme, le commissaire Lynley, allait gagner South Hampstead afin de s'entretenir avec le tuteur de Sean Lavery. Son subordonné, le constable Barbara Havers, allait attendre le temps qu'il faudrait afin de s'entretenir avec Griffin Strong. Ulrike Ellis comprit la situation en quelques secondes une fois que les flics en eurent fini avec elle. Lynley lui demanda l'adresse de Bram Savidge ; Havers, si elle pouvait faire le tour du propriétaire.

Ulrike savait qu'elle pouvait difficilement refuser. Les choses étaient suffisamment sinistres, elle ne pouvait se permettre de ne pas coopérer. Aussi accéda-t-elle à la requête du constable. Car peu importait ce qui avait pu se passer hors de ces murs, Colossus – et ce que Colossus représentait – était plus important que la vie d'un jeune ou d'une dizaine de jeunes.

Toutefois, alors même qu'elle s'efforçait de se persuader que la réputation de Colossus émergerait intacte de ce contretemps, Ulrike ne pouvait s'empêcher de se faire du mauvais sang pour Griff. Il aurait dû être là au moins deux heures plus tôt, quoi qu'elle ait dit aux policiers concernant la livraison des tee-shirts et des sweat-shirts. Le fait qu'il ne se soit pas…

Il n'y avait rien d'autre à faire que de l'appeler sur son portable et le prévenir de ce qui l'attendait quand il arriverait. Elle tâcherait de se montrer discrète dans ses propos, n'ayant pas confiance dans la confidentialité des informations transmises via les téléphones portables. Elle se contenterait de lui dire de venir la retrouver au pub Charlie Chaplin. Ou dans le centre commercial du coin. Ou devant l'un des stands du marché. Ou même dans le métro. Peu importait le lieu. Ce qui comptait, c'était qu'elle le retrouve pour le prévenir… De quoi ? se demanda-t-elle. Et pourquoi ?

Sa poitrine lui faisait mal. Il y avait plusieurs jours que cela durait, mais ça empirait. Est-ce qu'on faisait des crises cardiaques à trente ans ? Lorsqu'elle s'était accroupie devant le classeur, elle avait éprouvé comme une sensation de vertige accompagnée d'une augmentation de sa douleur à la poitrine qui avaient failli la submerger. Elle avait cru défaillir. Mon Dieu. « Défaillir ». Où était-elle allée pêcher un mot pareil ?

Ulrike s'ordonna de cesser. Elle prit son téléphone et fit le nécessaire pour avoir l'extérieur. Puis elle composa le numéro du mobile de Griff Strong. Elle allait l'interrompre dans ses activités quelles qu'elles fussent mais c'était inévitable.

Au bout du fil, Griff dit : « Oui ? » Il avait un ton impatient. Mais en quel honneur ? Il travaillait pour Colossus. Elle était son patron. Il lui fallait en prendre son parti.

— Où es-tu ?

— Ulrike, dit-il d'un ton qui était à lui seul un message.

Mais le fait qu'il ait utilisé son prénom lui fit comprendre qu'il était dans un endroit sûr.

— La police sort d'ici, dit-elle. Je ne peux pas t'en dire davantage. Il faut qu'on se voie avant que tu reviennes ici.

— La police ?

Envolée l'impatience. Ulrike détecta de la peur dans son inflexion. Elle-même eut un petit frisson.

— Deux policiers. L'un d'eux – une femme – est encore dans nos murs. Elle t'attend.

— Elle m'attend ? Est-ce que je dois…

— Non. Il faut que tu viennes. Sinon… Écoute, ce n'est pas prudent de parler de ça sur un portable. Dans combien de temps peux-tu être au… disons au Charlie Chaplin ?

Et, parce que c'était une question plus que raisonnable, elle ajouta, afin de calculer combien de temps il lui faudrait pour s'y rendre :

— Où es-tu, là, Griff ?

La pensée que la police se trouvait dans les locaux de Colossus n'ébranla pas Griffin, qui répondit :

— Quinze minutes.

Il n'était donc pas chez lui. Mais cela, elle l'avait déjà deviné en l'entendant prononcer son prénom. Elle savait qu'il ne lui en dirait pas davantage.

— Rendez-vous au Charlie Chaplin dans un quart d'heure.

Elle raccrocha. Il ne lui restait plus qu'à attendre. Et à se demander ce que le constable fabriquait en passant les lieux en revue. Ulrike avait vite conclu que c'était mieux pour Colossus si la policière explorait l'immeuble toute seule. Lui permettre d'effectuer seule sa reconnaissance était une façon de prouver que Colossus n'avait rien à cacher.

Mais Dieu que sa poitrine lui faisait mal ! Ses nattes étaient beaucoup trop serrées. Elle savait que si elle tirait sur l'une d'elles, la totalité se détacherait de son cuir chevelu, la laissant chauve. Comment appelait-on ça déjà ? Le stress qui vous faisait tomber les cheveux ? L'alopécie. Tel était le terme technique. Existait-il quelque chose qu'on appelait l'alopécie instantanée ? Probablement. C'était de cela qu'elle allait souffrir.

Elle se leva de son bureau. D'un portemanteau près de la porte, elle décrocha son écharpe, son chapeau. Prit son manteau, qu'elle jeta sur son bras et quitta la pièce pour aller se glisser dans les toilettes.

Là, elle se prépara. Elle ne portait pas de maquillage, elle n'avait donc rien à vérifier de ce côté-là ; elle se contenta d'examiner sa peau, qu'elle tapota avec du papier toilette. Ses joues portaient les traces d'une adolescence empoisonnée par l'acné mais elle trouvait que c'était de la vanité que de mettre du fond de teint pour les dissimuler. Le fond de teint, ç'aurait été une marque de faiblesse de sa part, le signe qu'elle ne s'acceptait pas pleinement telle qu'elle était, et ce n'était pas le message à faire passer au conseil d'administration qui l'avait engagée pour sa force de caractère.

Et la force de caractère, elle allait en avoir besoin si elle voulait que Colossus traverse cette sale période. Il y avait un moment déjà qu'on parlait d'expansion chez Colossus et d'une seconde implantation – au nord de

247

Londres, cette fois. Le conseil n'apprécierait pas quand il apprendrait que le nom de Colossus était mentionné dans le cadre d'une enquête pour meurtre. Les projets d'expansion seraient stoppés net. Or l'organisation avait besoin de s'agrandir. Les urgences étaient partout. Les enfants dans la rue. Les enfants faisant commerce de leur corps. Les enfants qui mouraient d'overdose. Colossus leur offrait des solutions, Colossus devait pouvoir se développer. La situation actuelle devait être traitée de façon urgente.

Elle fouilla dans son sac pour y pêcher son gloss et s'en passa sur les lèvres. Elle remonta légèrement le col de son pull et enfila son manteau. Elle mit son chapeau et son écharpe, et décida qu'elle avait suffisamment l'air d'un patron pour l'entretien avec Griffin Strong. Cet entretien, c'était au sujet de Colossus, se dit-elle en se promettant de rappeler la chose à Griff lorsqu'elle le verrait. Tout le reste était secondaire.

Barbara Havers n'allait pas faire le pied de grue en attendant l'arrivée de Griffin Strong. Après avoir dit à Ulrike Ellis qu'elle allait « jeter un œil » si personne n'y voyait d'inconvénient, elle sortit du bureau de la directrice sans laisser le temps à cette dernière de lui attribuer un accompagnateur. Elle effectua ensuite une reconnaissance en règle du bâtiment, où se pressaient maintenant les jeunes de Colossus revenus d'un déjeuner tardif, d'une pause cigarette dans le parking ou de Dieu sait quelle autre activité peu recommandable. Elle les regarda se rendre à leurs cours. Les uns gagnaient l'atelier d'informatique, les autres une vaste cuisine, certains de petites salles de classe, d'autres encore une salle de conférences où ils prirent place en cercle et se mirent à parler sous la surveillance d'un adulte qui notait leurs idées ou leurs questions sur un tableau à feuilles. Les adultes qu'elle croisa ou aperçut, Barbara les observa avec soin. Il lui faudrait se renseigner pour savoir leur nom. Le passé de chacun d'entre eux – sans parler du présent – ferait l'objet d'un examen attentif. Au cas où. Du travail assommant, routinier. Mais indispensable.

Personne ne chercha à lui parler tandis qu'elle errait dans la maison. La plupart des gens qu'elle croisa l'ignorèrent tout bonnement. Certains même, soigneusement. Elle finit par pénétrer dans l'atelier d'informatique, où un groupe d'ados travaillait sur le web, et où un instructeur replet de son âge environ montrait à un jeune Asiatique comment se servir d'un scanner. Lorsqu'il dit à son élève : « A toi, maintenant », et s'écarta pour lui laisser la place, il vit Barbara et s'approcha d'elle.

— Je peux vous aider ? demanda-t-il tranquillement.

Le ton était amical mais manifestement il savait à qui il avait affaire et connaissait la raison de sa présence. La nouvelle s'était répandue comme une traînée de poudre.

— Vous êtes des rapides ici, n'est-ce pas ? dit Barbara. Qui vous a tuyauté ? Le type de la réception, Jack ?

— Ça fait partie de son boulot, rétorqua l'homme.

Il se présenta – Neil Greenham – et lui tendit la main pour qu'elle la serre. C'était une main douce et féminine, un peu trop chaude. Il ajouta qu'il n'avait pas eu besoin que Jack le prévienne.

— J'aurais tout de suite compris que vous êtes de la police.

— Expérience personnelle ? Don de double vue ? Elégance de ma tenue ?

— Vous êtes célèbre. Relativement, en tout cas.

Greenham s'approcha d'un bureau dans un angle de la pièce. Il y prit un journal. Revenant vers elle, il le lui tendit.

— En rentrant de déjeuner, j'ai acheté la dernière édition de l'*Evening Standard*. Comme je viens de vous le dire, vous êtes célèbre.

Poussée par la curiosité, Barbara déplia le journal. Un gros titre à la une annonçait la découverte du matin dans le tunnel de Shand Street. Sous la manchette, deux photos. L'une, granuleuse, de l'intérieur du tunnel, sur laquelle plusieurs silhouettes entourant une voiture de sport étaient éclairées par les lumières crues des projecteurs qu'avait apportés l'équipe des techniciens. L'autre était un portrait très net de Barbara, Lynley, Hamish Robson et l'inspecteur local réunis à l'extérieur du tunnel, sous les yeux de la presse. Seul le nom de Lynley était mentionné.

Elle rendit le journal à Greenham et se présenta :

— Constable Havers, de New Scotland Yard.

Il eut un mouvement de tête en direction du quotidien.

— Vous ne voulez pas le garder pour coller dans votre album ?

— Je vais en acheter trois douzaines en rentrant chez moi ce soir. Pourrais-je vous dire un mot ?

Il désigna d'un geste la salle de classe et les jeunes gens qui travaillaient.

— Nous sommes en plein boulot. Ça ne peut pas attendre ?

— Ils ont l'air de fort bien se passer de vous.

Greenham les regarda comme pour vérifier le bien-fondé de cette assertion. Il hocha la tête et lui indiqua le couloir.

— L'un de vos garçons a disparu, déclara Barbara. Êtes-vous au courant ? Ulrike vous l'a dit ?

250

Les yeux de Greenham quittèrent Barbara pour se porter vers le couloir en direction du bureau d'Ulrike Ellis. Apparemment, songea Barbara, la nouvelle ne s'était pas encore répandue. C'était curieux, compte tenu de la promesse téléphonique d'Ulrike au révérend Savidge de parler au professeur d'informatique.

— Sean Lavery ? questionna Greenham.

— Tout juste.

— Il n'est pas encore arrivé aujourd'hui.

— Vous n'êtes pas censé signaler son absence ?

— En fin de journée, oui. Si ça se trouve, il est seulement en retard.

— Comme l'*Evening Standard* l'a annoncé, on a retrouvé un jeune homme mort dans le quartier de London Bridge à cinq heures et demie ce matin.

— Sean ?

— Nous ne le savons pas encore. Mais si c'est lui, ça en fait deux.

— Kimmo Thorne aussi. Le même tueur, vous voulez dire. Un tueur en série…

— Ah, quelqu'un qui lit le journal ici ! s'exclama Barbara. Je me demandais pourquoi personne ne semblait savoir que Kimmo était mort. Vous étiez au courant, mais vous n'en avez pas parlé avec les autres ?

Greenham fit passer le poids de son corps d'une jambe sur l'autre. Non sans une certaine gêne, il finit par avouer :

— Il y a des dissensions au sein de l'organisation. Deux camps. D'un côté, Ulrike et les gens de l'évaluation ; de l'autre, le reste du personnel.

— Et Kimmo en était encore au stade de l'évaluation.

— Exact.

— Pourtant vous le connaissiez.

Greenham décida de faire fi du sous-entendu.

— Je savais qui c'était. Mais qui ne l'aurait su ? Kimmo était un travesti. Il portait du rouge à lèvres, de l'ombre à paupières. Difficile de ne pas le remarquer et encore plus difficile de l'oublier, si vous voyez ce que je veux dire. Je n'étais pas le seul à l'avoir repéré. Kimmo avait à peine franchi la porte qu'on savait à quoi s'en tenir.

— Et l'autre jeune ? Sean ?

— Un solitaire. Un peu hostile. Il n'avait pas envie d'être là mais il était d'accord pour tâter de l'informatique. Avec le temps, je crois que nous aurions réussi à en faire quelque chose.

— Vous parlez au passé, remarqua Barbara.

La lèvre supérieure de Greenham semblait moite.

— Ce corps…

— Nous ne savons pas qui c'est.

— J'ai supposé… étant donné votre présence dans nos murs…

— Ce n'est jamais une bonne idée, les suppositions.

Barbara sortit son carnet. Elle lut de l'inquiétude sur le visage bouffi de Greenham.

— Parlez-moi un peu de vous, Mr Greenham.

Il retomba vite fait sur ses pieds.

— Adresse ? Études ? Passé ? Loisirs ? Vous voulez savoir si je tue des ados à mes moments perdus ?

— Commencez par vous situer dans la hiérarchie ici.

— Il n'y a pas de hiérarchie.

— Vous avez parlé de dissensions. De camps. Ulrike et l'évaluation d'un côté. Les autres, de l'autre.

— Vous vous êtes méprise. Le problème, c'est surtout au niveau de l'information qu'il se situe, la façon dont elle circule ou non. C'est tout. Sinon, nous sommes tous sur la même longueur d'onde. Nous sommes là pour sauver des enfants. C'est notre travail.

Barbara hocha pensivement la tête.

— Allez dire ça à Kimmo Thorne. Il y a longtemps que vous bossez ici ?

— Quatre ans, répondit-il.

— Et avant ?

— Je suis enseignant. Je travaillais dans le nord de Londres.

Il lui donna le nom d'une école primaire de Kilburn. Avant qu'elle lui pose la question, il indiqua qu'il avait quitté cet emploi parce qu'il s'était rendu compte qu'il préférait travailler avec des enfants plus âgés. Il ajouta qu'il avait eu des problèmes avec le directeur. Lorsque Barbara lui demanda de quelle sorte, il lui dit sans tourner autour du pot que c'étaient des problèmes de discipline.

— De quel côté penchiez-vous ? voulut savoir Barbara. Vous étiez pour manier le bâton ? Ou plutôt partisan d'agiter la carotte ?

— Vous aimez les clichés, n'est-ce pas ?

— Je suis une encyclopédie vivante des clichés. Alors ?

— Il ne s'agissait pas de châtiments corporels. Mais de la discipline au sein de la classe. Le retrait de certains privilèges, une bonne engueulade, une période d'ostracisme. Ce genre de mesures.

— Vous vouliez les ridiculiser en public ?

Il rougit.

— J'essaie d'être franc avec vous. Je sais que vous allez leur téléphoner. Ils vont vous dire que nous n'étions pas d'accord. Mais c'est naturel. Les gens ne sont pas toujours du même avis.

— En effet, concéda Barbara. Nous avons tous des façons différentes de voir les choses. Je suppose qu'ici aussi, il y a des divergences. Des divergences débouchant sur des conflits menant à... Qui sait à quoi ? Les dissensions auxquelles vous avez fait allusion ?

— Je vous répète que nous sommes tous sur la même longueur d'onde. Colossus concerne les enfants. Plus vous rencontrerez de gens chez nous, mieux vous comprendrez notre philosophie. Maintenant, si vous voulez bien m'excuser, Yousouf a besoin de mon aide.

Sur ces mots, il la laissa en plan et regagna sa classe, où le jeune Asiatique, penché au-dessus du scanner, semblait à deux doigts de lui administrer des coups de marteau. Barbara ne comprenait que trop bien son énervement.

Elle laissa Greenham à ses étudiants. Poursuivant l'examen des lieux – sans que quiconque lui mette des bâtons dans les roues –, elle parvint à l'arrière du bâtiment. C'est là qu'elle trouva la salle des accessoires, où un groupe de gamins s'équipait en vue d'une promenade en kayak sur la Tamise. Robbie Kilfoyle – le type à la casquette EuroDisney qui jouait aux cartes à son arrivée – les avait fait mettre en rang, et il prenait leurs mesures pour leur distribuer des combinaisons de plongée. Lesquelles s'alignaient le long d'un mur. Il avait également descendu des gilets de sauvetage d'une étagère, et les gamins dont il avait pris les mesures fouillaient dans le tas afin d'en trouver un à leur taille. Les conversations se déroulaient à bas bruit. Ils étaient tous au parfum pour Kimmo Thorne et pour la présence des flics.

Kilfoyle les expédia dans la salle de jeu une fois qu'ils furent pourvus en combinaisons et gilets de sauvetage. Allez attendre Griffin Strong, leur dit-il. Ce dernier donnerait un coup de main à leur instructeur pour la promenade sur le fleuve. Et il gueulerait s'il ne les trouvait pas fin prêts quand il se pointerait. Puis, alors qu'ils sortaient en file indienne, Kilfoyle se mit à trier des bottes en caoutchouc qui s'empilaient sur le sol. Il commença à les classer par paires et à les glisser sur les étagères selon la pointure. Il adressa un signe de tête à Barbara.

— Toujours là ?

— Toujours. On dirait qu'on attend tous Griffin Strong.

— C'est exact.

Il flottait dans sa voix comme un sous-entendu. Barbara en prit note.

— Ça fait longtemps que vous travaillez ici comme bénévole ? lui demanda-t-elle.

Kilfoyle parut réfléchir.

— Deux ans ? Un peu plus. Quelque chose comme vingt-neuf mois.

— Et avant ?

Il lui jeta un regard pour lui montrer qu'il savait qu'elle ne se contentait pas de faire la conversation.

— C'est la première fois que je fais du bénévolat quelque part.

— Pourquoi ?

— Pourquoi je fais du bénévolat ?

Il s'arrêta de trier, une paire de bottes à la main.

— Je leur livre leurs sandwiches, comme je vous l'ai dit à la réception. C'est comme ça que je les ai connus. J'ai vite vu qu'ils avaient besoin de renforts parce que, de vous à moi, ils paient leurs employés avec un lance-pierre. Alors ils n'en trouvent jamais assez, ou ils ne les gardent jamais assez longtemps quand ils en trouvent. Je me suis mis à traîner dans le secteur après avoir fini mes livraisons du déjeuner. À faire une chose, puis une autre. Et je me suis retrouvé faisant du bénévolat.

— Sympa de votre part.

Il haussa les épaules.

— C'est pour une bonne cause. En plus, j'aimerais me faire embaucher.

— Même s'ils paient des cacahuètes ?

255

— J'aime les gamins. Et de toute façon chez Colossus je gagnerais davantage que ce que je me fais actuellement, croyez-moi.

— Vous les faites comment ?

— Quoi ?

— Vos livraisons.

— À bicyclette, répondit-il. J'ai une voiturette qui se fixe à l'arrière.

— Vous livrez où ?

— Dans le sud de Londres essentiellement. Un peu dans la City. Pourquoi ? Qu'est-ce que vous cherchez ?

Une camionnette, songea Barbara. Des livraisons par camionnette. Elle remarqua que Kilfoyle s'était mis à rougir mais elle décida de ne pas considérer cela comme plus significatif que la lèvre supérieure ourlée de sueur de Greenham ou ses mains trop douces. Ce type avait le teint rougeaud de bon nombre d'Anglais, le nez étroit, le menton noueux : ces caractéristiques le désignaient comme Britannique pur jus partout où il allait.

Barbara comprit combien elle aimerait pouvoir, derrière leur extérieur banal, distinguer en ces gars-là un serial killer. La vérité, c'est qu'elle aurait voulu détecter un serial killer dans tous ceux qu'elle avait rencontrés jusque-là. Elle se dit que lorsqu'il se déciderait à se manifester, Griffin Strong lui semblerait lui aussi capable de tenir cet emploi. Il fallait qu'elle mette la pédale douce à ce stade. Examine calmement les détails, s'enjoignit-elle, n'essaie pas de les assembler dans le sens qui t'arrange.

— Comment font-ils pour joindre les deux bouts ? s'enquit Barbara. Et garder un toit au-dessus de leur tête ?

— Qui ?

— Vous m'avez dit que les salaires n'étaient pas mirobolants ici.

— Oh… La plupart d'entre eux ont un second job.

— Par exemple ?

— Je ne les connais pas tous, dit-il après réflexion. Mais Jack bosse dans un pub le week-end, Griff et sa femme ont un atelier de sérigraphie. En fait, je crois que seule Ulrike gagne suffisamment d'argent pour être libre le week-end et le soir.

Regardant par-dessus l'épaule de Barbara, il ajouta :

— Hé, vieux. J'allais envoyer les chiens à ta recherche.

Barbara se retourna et vit le jeune homme qui jouait aux cartes avec Kilfoyle un peu plus tôt. Il était appuyé contre le chambranle, le jean hyperbaggy lui dégringolant sur les mollets, le caleçon dépassant de la ceinture. Il pénétra dans la salle des accessoires en traînant les pieds et Kilfoyle lui confia un paquet de cordes à démêler. Il les sortit d'un récipient en plastique et se mit à les enrouler avec soin autour de son bras.

— Est-ce que vous connaissez Sean Lavery ? demanda Barbara à Kilfoyle.

— Il a fait le stage d'évaluation ? dit-il après un instant.

— Il suit des cours d'informatique avec Neil Greenham.

— Dans ce cas, il est probable que je le connais. De vue, sinon de nom. Ici, dit-il en désignant du menton la salle des accessoires, je ne vois les gamins de près que lorsqu'il y a une sortie ou une activité sportive de programmée et qu'ils viennent chercher de quoi s'équiper. Sinon, ce ne sont que des visages pour moi. Je n'arrive pas toujours à mettre un nom dessus ou à les reconnaître une fois qu'ils sont passés par l'évaluation.

— Seuls les jeunes du stage d'évaluation utilisent ce matériel ? demanda Barbara, faisant référence aux articles de sport que renfermait la salle des accessoires.

— En général, oui.

— Neil Greenham m'a dit qu'il existait des dissensions entre les responsables de l'évaluation et le reste du personnel, et qu'Ulrike était du côté de l'évaluation. Il a souligné que c'était une source de problèmes. Que ça empêchait l'information de circuler correctement dans la boîte.

— C'est du Neil tout craché, dit Kilfoyle, qui jeta un regard à son assistant et baissa la voix. Il déteste ne pas être dans le coup. Il prend la mouche pour un rien. Il aimerait avoir davantage de responsabilités et...

— Pourquoi ?

— Quoi ?

— Pourquoi ce désir d'avoir davantage de responsabilités ?

Kilfoyle s'éloigna des bottes pour se rapprocher des gilets de sauvetage que les gamins n'avaient pas choisis.

— La plupart des gens veulent exercer des responsabilités dans le cadre du boulot, non ? Question de pouvoir.

— Neil aime le pouvoir ?

— Je ne le connais pas bien mais j'ai le sentiment qu'il aimerait avoir davantage son mot à dire sur la gestion de l'établissement.

— Et vous ? Vous avez sûrement des projets plus ambitieux que ce travail de bénévolat.

— Vous voulez dire ici chez Colossus ?

Il réfléchit, haussa les épaules.

— D'accord, j'avoue. J'aimerais bien être embauché comme travailleur social quand ils ouvriront la succursale au nord du fleuve. Mais Griff Strong vise le poste. Et si Griff le veut, il l'aura.

258

— Pourquoi ?

Kilfoyle hésita, soupesant un gilet de sauvetage comme s'il pesait ses mots. Finalement il se décida à répondre :

— Disons que Neil avait raison sur un point : tout le monde se connaît ici. Mais c'est Ulrike qui va décider à qui attribuer le poste. Or il y a des gens qu'elle connaît mieux que d'autres.

De la Bentley, Lynley téléphona au commissariat de police de South Hampstead et les mit au courant : le corps retrouvé ce matin-là au sud du fleuve... vraisemblablement l'œuvre d'un tueur en série... si le commissariat voulait bien lui permettre d'avoir une conversation avec un certain révérend Savidge qui risquait de les appeler incessamment pour leur signaler la disparition d'un jeune garçon... Les dispositions nécessaires furent prises tandis qu'il franchissait le fleuve, traversant la ville en diagonale.

Il trouva Bram Savidge dans son local, un ancien magasin d'articles électriques dont le nom, « Branché », avait été repris pour devenir celui du lieu de culte, baptisé « Branché sur le Seigneur ». Située dans Swiss Cottage, du côté de Finchley Road, l'ancienne boutique était mi-église, mi-soupe populaire. Pour l'instant, elle servait de soupe populaire.

Lorsque Lynley entra, il eut l'impression d'être un nudiste obèse dans une foule en manteau : il était le seul Blanc de la salle, et les physionomies noires tournées vers lui n'étaient pas particulièrement amènes. Il demanda le révérend Savidge, s'il vous plaît ; une femme qui distribuait un ragoût parfumé à une rangée d'affamés alla le chercher. Lorsque Savidge parut, Lynley se trouva nez à nez avec un mètre quatre-vingt-quinze d'Afrique massive, ce qui ne manqua pas de le surprendre car il s'attendait à autre chose de la part d'un homme dont la voix évoquait une éducation dans un lycée privé chic, quand il l'avait entendue dans le bureau d'Ulrike Ellis, via le haut-parleur.

Le révérend Savidge portait un caftan rouge, orange et noir, des sandales grossières, et il était pieds nus malgré la saison. Un collier de bois très travaillé pendait sur sa poitrine, et une boucle d'oreille unique faite de coquillage ou d'os se balançait à la hauteur du regard de Lynley. Savidge aurait pu débarquer de l'avion de Nairobi sans la barbe soigneusement taillée qui encadrait un visage pas aussi foncé qu'on aurait pu le penser. À l'exception de Lynley, il était la personne la plus claire de peau de la salle.

— Vous êtes de la police ?

De nouveau cet accent qui trahissait non seulement les lycées privés huppés et des diplômes universitaires, mais également une enfance et une adolescence passées dans un quartier aux antipodes de son environnement actuel. Les yeux de Savidge – noisette, nota Lynley – détaillèrent son costume, sa chemise, sa cravate et ses chaussures. L'examen ne dura qu'un instant, et il parut ne pas être à l'avantage de Lynley. Tant pis, songea ce dernier. Il sortit sa carte. Demanda s'il y avait un endroit où ils pourraient parler en privé.

Savidge l'entraîna vers un bureau situé à l'arrière du bâtiment. Ils passèrent au milieu de longues tables dressées pour qu'on puisse y prendre le repas que distribuaient des femmes vêtues comme Savidge. À ces tables, une vingtaine d'hommes et une dizaine de femmes engloutissaient le ragoût, buvaient du lait à même de petits cartons, et beurraient des tartines. De la musique jouait en sourdine pour distraire tout ce monde, une sorte de mélopée dans une langue africaine.

Savidge ferma la porte pour se couper du fond sonore lorsqu'ils eurent atteint son bureau.

— Scotland Yard. Pourquoi le Yard ? J'ai appelé le commissariat de quartier. Ils m'ont dit que quelqu'un viendrait. J'ai supposé... Que se passe-t-il ? Qu'y a-t-il ?

— Je me trouvais dans le bureau de Ms Ellis lorsque vous avez téléphoné chez Colossus.

— Qu'est-il arrivé à Sean ? questionna Savidge. Il n'est pas rentré à la maison. Vous devez savoir quelque chose. Parlez.

Lynley vit que le révérend avait l'habitude qu'on lui obéisse instantanément. Il ne fallait pas en chercher la raison bien loin : sa simple présence en imposait à ses interlocuteurs. Lynley ne se rappelait pas quand il avait vu un homme exsuder aussi naturellement une telle autorité.

— Sean Lavery habite chez vous, je crois ?

— J'aimerais savoir...

— Révérend Savidge, je vais avoir besoin de quelques renseignements. Je les obtiendrai d'une façon ou d'une autre.

Ils se livrèrent à un bref duel de regards avant que Savidge se décide à dire :

— Avec moi et ma femme. Oui. Sean habite chez nous. Il nous a été confié par les services sociaux.

— Ses parents ?

— Sa mère est en prison. Pour tentative de meurtre sur la personne d'un policier.

Savidge marqua une pause comme pour observer la réaction de Lynley. Ce dernier se garda bien de réagir.

— Son père est mécanicien à North Kensington. Ils ne se sont jamais mariés et il n'a jamais manifesté le moindre intérêt pour le petit, que ce soit avant ou après l'arrestation de sa mère. Quand on l'a incarcérée, Sean a été pris en charge par le système.

— Comment vous êtes-vous retrouvé avec lui ?

— Il y a près de vingt ans que j'ai des jeunes gens chez moi.

— Des garçons ? Il y en a d'autres, alors ?

— Pas pour le moment. Je n'ai que Sean.

— Pourquoi ?

Le révérend s'approcha d'une Thermos et se versa une tasse d'un breuvage parfumé et fumant. Il la proposa à Lynley, qui refusa. Il l'emporta jusqu'à sa table de travail, faisant signe à son visiteur de prendre un siège. Sur la table, un bloc jaune avec des ratures, des phrases barrées, soulignées.

— Le sermon, dit Savidge, remarquant la direction du regard de Lynley. Ça ne vient pas facilement.

— Les autres jeunes garçons, révérend Savidge ?

— Je suis marié maintenant. L'anglais d'Oni n'est pas fameux. Elle se sentait un peu dépassée, alors j'ai fait placer ailleurs trois des garçons. En attendant qu'Oni s'habitue.

— Mais pas Sean Lavery. Il n'a pas été placé dans une autre famille d'accueil. Pourquoi ?

— Il est plus jeune que les autres. Ça ne m'a pas semblé correct de le changer de foyer.

Lynley se demanda ce qui, outre ce transfert, ne lui avait pas semblé correct. Il ne put s'empêcher de conclure que c'était peut-être la nouvelle Mrs Savidge, seule à la maison avec une tripotée d'ados et un anglais plus qu'approximatif.

— Comment Sean s'est-il retrouvé chez Colossus ? demanda-t-il. Ce n'est pas la porte à côté par rapport à votre domicile.

— Des bonnes âmes de Colossus sont venues tenir une réunion dans mon église. Nous parler soi-disant des diverses formes d'aide sociale. Mais en fait ils ont fait la retape pour leur programme. Dont ils semblent penser qu'il est la panacée pour les enfants de couleur. La seule façon de s'en sortir.

— Vous ne les approuvez pas, si je comprends bien.

— Cette communauté ne peut s'aider que de l'intérieur, commissaire. Elle ne s'améliorera pas avec une aide que lui imposeront une poignée de libéraux et d'activistes sociaux dévorés de culpabilité. Je leur conseille de regagner les Home Counties [1] d'où ils viennent avec leurs crosses de hockey et leurs battes de cricket.

— Pourtant Sean Lavery a atterri chez eux, même si vous ne les portez pas dans votre cœur.

— Je n'ai pas eu le choix. Sean non plus. C'est son travailleur social qui a goupillé ça.

— Mais, en tant que tuteur, vous avez sûrement votre mot à dire concernant la façon dont il occupe ses loisirs.

— En d'autres circonstances, oui. Mais il y a eu l'incident avec la bicyclette.

Il s'agissait d'un malentendu, expliqua Savidge. Sean avait emprunté un coûteux VTT à un gamin du quartier. Il croyait qu'on lui avait donné l'autorisation de s'en servir, mais son jeune propriétaire n'était pas de cet avis. Ce dernier était allé dire à la police qu'on lui avait volé son vélo. Or ce vélo, les flics l'avaient retrouvé entre les mains de Sean.

— On a considéré cela comme un premier délit, et le travailleur social de Sean a suggéré qu'on étouffe dans l'œuf toute nouvelle tentative de délinquance. C'est alors que Colossus a fait son entrée en scène.

Savidge avait, bien qu'à contrecœur, approuvé la suggestion. De tous les garçons qui lui étaient passés entre les mains, Sean était le premier à avoir maille à partir avec la police. Il était également le premier à

1. Comtés situés à la périphérie de Londres, où réside une population majoritairement privilégiée et conservatrice. (*N.d.T.*)

refuser d'aller en classe. Colossus était censé remédier à tout cela.

— Il y est resté longtemps ? demanda Lynley.

— Près d'un an.

— Il fréquentait l'établissement assidûment ?

— Il n'avait pas le choix. Ça fait partie de sa mise à l'épreuve.

Savidge leva sa tasse et but. Il s'essuya soigneusement la bouche puis poursuivit :

— Sean m'a dit dès le départ qu'il n'avait pas volé cette bicyclette, et je le crois. Dans le même temps, je tiens à l'empêcher d'avoir des ennuis. Ce qui lui pend au nez s'il fait l'école buissonnière et ne s'intéresse pas à quelque chose. Il ne va pas chez Colossus de gaieté de cœur mais il y va. Il a réussi le stage d'évaluation et il est plutôt satisfait du cours d'informatique qu'il suit actuellement.

— Qui a-t-il eu comme instructeur pendant le stage ?

— Griffin Strong. Un travailleur social. Sean l'aimait bien. Ou du moins suffisamment pour ne pas se plaindre de lui.

— Lui est-il déjà arrivé de ne pas rentrer à la maison, révérend ?

— Jamais. En retard, oui, mais il téléphonait pour nous prévenir.

— Aurait-il eu des raisons de faire une fugue ?

Savidge réfléchit. Prenant son mug à deux mains, il le fit tourner entre ses paumes. Finalement, il dit :

— Une fois, il a réussi à retrouver la trace de son père sans me le dire…

— Dans North Kensington ?

— Oui. Un atelier de réparation automobile de Munro Mews. Sean l'a localisé il y a quelques mois. Je ne sais pas exactement ce qui s'est passé. Il ne me l'a jamais dit. Mais je ne crois pas que ça ait été très positif. Son père a refait sa vie. Il a une femme et des enfants, c'est tout ce que m'a dit le travailleur social de Sean. C'est pourquoi, si Sean est allé le trouver dans l'espoir d'attirer son attention… Je ne pense pas que cette rencontre ait débouché sur grand-chose. Mais de là à ce que Sean fasse une fugue, je ne crois pas.

— Le nom du père ?

Savidge le lui donna : Sol Oliver. Mais là s'arrêta son désir de coopérer. Il n'était pas habitué à ce qu'on le traite en subordonné.

— Et maintenant, commissaire Lynley, reprit-il, je vous ai dit tout ce que je savais. Je veux que vous me disiez ce que vous comptez faire. Et pas ce que vous allez faire dans quarante-huit heures ou aussi longtemps que vous croyez qu'il me faudra attendre que Sean revienne. Ce n'est pas son genre de fuguer. Il téléphone quand il sait qu'il va être en retard. Il quitte Colossus et il passe ici en allant au gymnase. Il s'explique avec le punching-ball et ensuite il rentre à la maison.

Le gymnase ? Lynley en prit bonne note. Quel gymnase ? Où ? Combien de fois y allait-il ? Et comment Sean se rendait-il de Branché sur le Seigneur au gymnase, et de là, à la maison ? À pied ? En bus ? En stop ? Est-ce que quelqu'un l'emmenait en voiture ?

Savidge le regarda avec curiosité mais répondit néanmoins sans trop se faire prier. Sean marchait, dit-il à Lynley. Ce n'était pas loin. La salle de sport s'appelait le Square Four.

Le jeune garçon avait-il un mentor au gymnase ? questionna Lynley. Quelqu'un qu'il admirait ? Dont il parlait volontiers ?

Savidge fit non de la tête. Il dit que si Sean allait au gymnase, c'était pour se défouler, se vider de sa colère, sur les conseils de son travailleur social. Il n'avait aucunement l'intention de devenir bodybuilder, boxeur, lutteur ou autre, pour autant que Savidge le sache.

Et ses amis ? s'enquit Lynley. Qui étaient-ils ?

Savidge réfléchit un moment à la question avant de reconnaître que Sean Lavery ne semblait pas avoir d'amis. Mais c'était un type bien et il avait le sens des responsabilités, insista le révérend. Et il était sûr d'une chose : Sean aurait téléphoné si quelque chose l'avait empêché de rentrer, il aurait expliqué de quoi il s'agissait.

Et puis parce que Savidge savait que le Yard ne se serait pas déplacé à la place de la police locale uniquement parce qu'il s'était trouvé dans le bureau d'Ulrike Ellis quand il lui avait téléphoné, il ajouta :

— Il est peut-être temps de me dire pourquoi vous êtes ici, commissaire.

Pour toute réponse, Lynley demanda au révérend s'il avait une photo du jeune garçon.

Pas dans son bureau, lui répondit Savidge. Pour ça, il faudrait qu'ils aillent chez lui.

11

Même si Robbie Kilfoyle, le bénévole à la casquette EuroDisney, n'y avait pas fait allusion, Barbara Havers se serait doutée qu'il y avait quelque chose entre Griffin Strong et Ulrike Ellis quinze secondes après les avoir vus ensemble. Amour non déclaré et plombé par l'angoisse. Pieds qui se frôlent sous la table de la cantine. Kama Sutra sous les étoiles. Elle n'aurait su dire en quoi cela consistait. Pas plus qu'elle n'aurait été capable de dire s'il s'agissait d'un amour à sens unique avec Ulrike au volant pilotant une voiture roulant vers nulle part. Mais qu'il y eût quelque chose entre eux – une espèce de courant électrique généralement associé à des corps dénudés et à des sécrétions corporelles qui s'échangent à grand renfort de gémissements, mais qui pouvait en réalité être associé à n'importe quoi, de la simple poignée de main à l'acte primitif –, seule une autre forme de vie, et de surcroît sourde et muette, se serait avisée de le nier.

La directrice de Colossus amena personnellement Griffin Strong à Barbara. Elle effectua les présentations, et à sa façon de prononcer son nom – sans parler du regard dont elle l'enveloppa, qui n'était pas sans rappeler celui de Barbara contemplant un gros gâteau à la crème – elle alluma pour ainsi dire des néons autour du secret qu'elle ou ils étaient censés garder. Et manifestement il y avait un secret. Non seulement Robbie Kilfoyle avait associé le mot « épouse » au nom de Strong mais ce dernier portait une alliance de la taille d'un pneu de camion. Ce qui était en soi une bonne idée, songea Barbara. Car Strong était le type le plus craquant qu'elle ait jamais vu déambuler dans les rues de Londres. Il lui fallait de toute évidence quelque chose pour éloigner les hordes de femelles qui, la mâchoire vraisemblablement pendante, le regardaient passer. Il avait une allure de vedette de cinéma. Il était mieux qu'une vedette de cinéma. Il avait l'air d'un dieu.

Il avait aussi, d'après ce que Barbara crut percevoir, l'air mal à l'aise. Elle se demanda si c'était à porter à son crédit ou si cela méritait qu'on se penche de plus près sur son cas.

— Ulrike m'a mis au courant pour Kimmo Thorne et Sean Lavery, dit-il. Autant que vous le sachiez : je les ai eus comme stagiaires. Sean a fait son stage d'évaluation avec moi il y a dix mois et Kimmo était en train de le faire. J'ai immédiatement prévenu Ulrike quand il a raté sa séance. Quant à Sean, je ne savais pas qu'il était manquant, vu que je ne l'ai pas parmi mes élèves à l'heure actuelle.

Barbara hocha la tête. Ces détails étaient utiles. Et ce qu'il avait dit à propos de Sean constituait un tuyau intéressant.

Elle lui demanda s'il y avait un endroit où ils pourraient parler. Ils n'avaient pas besoin qu'Ulrike Ellis reste suspendue à leurs lèvres.

Strong dit qu'il partageait un bureau avec deux autres responsables d'évaluation. Lesdits responsables étaient partis avec leurs gamins aujourd'hui, et si elle voulait bien le suivre, ils y seraient tranquilles. Lui-même ne disposait pas de beaucoup de temps car il devait accompagner un groupe sur le fleuve. Il jeta un regard bref à Ulrike et fit signe à Barbara de le suivre.

De son côté, Barbara tenta d'interpréter ce regard et le sourire incertain qui fleurit sur les lèvres d'Ulrike tandis qu'elle le recevait. *Toi et moi, baby. Notre secret, chérie. On parlera plus tard. Je te veux nue. Viens me chercher dans cinq minutes, s'il te plaît.* Les possibilités étaient infinies.

Barbara suivit Griffin Strong – « Griff », lui dit-il – dans un bureau situé de l'autre côté de l'accueil. Même style de décoration que celui d'Ulrike : beaucoup de bordel et peu d'espace pour manœuvrer. Des étagères, des classeurs, une table de travail. Sur les murs, des posters à visée édifiante censés influencer les jeunes dans le bon sens : joueurs de football analphabètes à coiffures extravagantes faisant semblant de lire Dickens et chanteurs pop effectuant leurs trente secondes de service social dans les soupes populaires. Des affiches de Colossus complétaient la collection. Avec le logo omniprésent de l'organisation : un géant laissant les plus petits et les plus démunis se servir de lui.

Strong s'approcha d'un des classeurs et fouilla dans un tiroir plein à craquer, d'où il extirpa deux dossiers. Il les consulta et dit que Kimmo Thorne avait atterri chez Colossus à la suite de l'intervention du tribunal et du Service des délinquants juvéniles, et du fait de sa propension à vendre des marchandises volées. Sean, lui, avait abouti chez Colossus après une décision des services sociaux et une histoire de vol de vélo tout-terrain.

Strong remit les dossiers en place et s'approcha du bureau, où il s'assit, et se frotta le front.

— Vous avez l'air fatigué, observa Barbara.

— J'ai un bébé qui a la colique du nourrisson, et une femme qui souffre du baby-blues. Je m'en sors. Mais c'est ric-rac.

Voilà qui expliquait en partie ce qui se passait entre Ulrike et lui, décida Barbara. Ce devait être une de ces aventures extraconjugales auxquelles s'adonnent les pauvres maris incompris et délaissés.

— C'est dur, commenta-t-elle.

Il lui adressa un sourire, révélant – comment en eût-il été autrement ? – des dents aussi blanches que parfaites.

— Ça vaut le coup. J'y arriverai.

J'en suis sûre, songea Barbara. Elle l'interrogea à propos de Kimmo Thorne. Qu'est-ce que Strong savait concernant son passage chez Colossus ? Sur son entourage ? Ses amis, mentors, relations, enseignants, ainsi de suite. L'ayant eu en stage d'évaluation – elle avait cru comprendre que c'était là que se nouaient les liens les plus intimes entre les gamins et leurs responsables –, il connaissait probablement Kimmo mieux que quiconque.

Un garçon bien, dit Strong. Certes, il avait eu des ennuis, mais il n'était pas taillé pour la criminalité. Pour lui, ce n'était qu'un moyen d'atteindre un but qu'il s'était fixé. Il ne faisait pas ça pour prendre son pied ni pour faire passer un message. De toute manière, il avait rejeté cette façon de vivre… Du moins c'est ce que Strong avait cru comprendre. Il était trop tôt pour dire quelle voie Kimmo finirait par choisir, ce qui était généralement le cas en début de stage chez Colossus.

Quel genre de gamin était-ce ? voulut savoir Barbara.

On l'aimait bien, dit Griff. Il était agréable, aimable. Le genre de garçon qui avait de grandes chances d'arriver à quelque chose. Il avait des capacités et un talent réels. C'était une honte qu'un salopard l'ait pris pour cible.

Barbara nota tous ces renseignements bien qu'elle sût déjà tout cela et qu'elle eût l'impression de l'entendre répéter une leçon. La prise de notes lui permettait de garder la tête baissée et de ne pas regarder l'homme qui lui transmettait les infos. Elle pouvait ainsi étudier sa voix sans se laisser distraire par son look digne d'un play-boy de *GQ*. Il semblait sincère, désireux de se rendre utile. Mais rien dans ce qu'il lui racontait n'indiquait qu'il connût Kimmo mieux que les autres, et cela ne tenait pas debout. Il était censé bien le connaître, ou du moins être en passe de bien le connaître. Pourtant, dans ses propos, il n'y avait rien qui pût inciter à penser que tel était le cas. Elle était bien forcée de se demander pourquoi.

— Des amis en particulier, ici ?

— Quoi ? Vous pensez vraiment que c'est quelqu'un de Colossus qui aurait pu le tuer ?

— C'est une possibilité, convint Barbara. Des amis en particulier, ici ?

— Ulrike vous dira qu'avant de travailler chez nous les gens sont soigneusement examinés. L'idée que, d'une façon ou d'une autre, un tueur en série...

— Vous avez eu une bonne petite conversation avec Ulrike avant qu'on se rencontre, vous et moi, c'est ça ?

Barbara releva le nez de ses notes et constata qu'il avait la tête d'un chevreuil épinglé dans la lumière des phares.

— Elle m'a dit que vous étiez ici quand elle m'a appris pour Kimmo et Sean. Mais elle m'a dit aussi que vous enquêtiez sur plusieurs autres décès. Ça ne peut donc pas avoir un rapport avec Colossus. Et Sean a peut-être séché pour la journée.

— C'est vrai, admit Barbara. Des amis en particulier ?

— Qui ça, moi ?

— Nous parlions de Kimmo.

— Kimmo, c'est exact. Tout le monde le trouvait sympathique. En dépit de sa façon de s'accoutrer et de ce que les gamins ressentent sur le plan sexuel à l'adolescence.

— Expliquez-moi ça.

— Eh bien, ils sont mal à l'aise, pas tout à fait sûrs au début de leurs penchants, et en conséquence peu enclins à se lier avec quelqu'un qui risquerait de leur porter tort aux yeux de leurs copains. Mais personne ne semblait éviter Kimmo. Il ne l'aurait pas permis. Quant à savoir s'il avait des amis en particulier, il n'avait choisi personne et personne ne l'avait choisi. Mais c'est fréquent pendant l'évaluation. Les gamins sont censés se focaliser sur le groupe. Pas sur les individus qui le composent.

— Et Sean ? lui demanda-t-elle.

— Quoi, Sean ?

— Ses amis ?

Strong hésita. Puis se lança :

— Pour autant que je me souvienne, Sean a eu plus de difficultés que Kimmo. Il ne s'est pas intégré au groupe auquel il appartenait. Mais c'était quelqu'un de plus distant. Un introverti. Il avait des problèmes. Il ressassait.

— Des problèmes de quel genre ?

— Je l'ignore. Tout ce que je sais, c'est qu'il était en colère, et qu'il ne s'en cachait pas.

— À propos de quoi, cette colère ?

— Sa présence ici, je suppose. D'après l'expérience que j'en ai, la plupart des jeunes que nous adressent les services sociaux sont en colère. Ils craquent généralement pendant la première semaine de stage. Mais pas Sean.

Depuis combien de temps Griff Strong était-il responsable de l'évaluation chez Colossus ? questionna Barbara.

Contrairement à Greenham et Kilfoyle, qui avaient dû réfléchir pour répondre à la question, Griff indiqua immédiatement :

— Quatorze mois.

— Et avant, vous faisiez quoi ?

— J'étais travailleur social. J'avais commencé ma médecine. Je pensais devenir médecin légiste et puis je me suis rendu compte que je ne supportais pas la vue d'un cadavre. Alors j'ai bifurqué vers la psychologie. Et la sociologie. J'ai eu mention très bien dans les deux matières.

Impressionnant, et de surcroît facilement vérifiable.

— Où avez-vous exercé en tant que travailleur social ?

Il ne répondit pas tout de suite, aussi Barbara leva-t-elle de nouveau le nez de son carnet. Elle le trouva la dévisageant, et elle comprit que son intention avait été de lui faire lever la tête et qu'il était tout content d'y avoir réussi. Elle se contenta de répéter sa question.

— Stockwell, pendant un certain temps, finit-il par dire.

— Et avant ?

— Lewisham. C'est important ?

— Pour le moment, tout est important. (Barbara prit son temps pour noter *Stockwell* et *Lewisham* dans son carnet.) Quel genre ? poursuivit-elle.

— Quel genre de quoi ?

— Quel genre de travail social. À quel genre de clientèle aviez-vous affaire ? Des gamins placés dans des familles ? Des récidivistes ? Des mères célibataires ?

Pour la seconde fois il s'abstint de répondre. Barbara se dit qu'il jouait peut-être encore à ses petits jeux de pouvoir ; malgré tout, elle releva la tête. Cette fois, ce n'était pas elle qu'il regardait mais le joueur de football de l'affiche, plongé avec délice dans son exemplaire à reliure de cuir de *Bleak House*. Barbara allait répéter sa question quand Griff parut prendre une décision.

— Autant que vous le sachiez. De toute façon vous ne tarderez pas à le découvrir. J'ai été viré de ces deux postes.

— Pour quelle raison ?

— Je ne m'entends pas toujours avec mes supérieurs, surtout si ce sont des femmes. Parfois…

Il la fixa, l'obligeant à croiser son regard.

— Il y a toujours des points de friction dans ce genre de boulot. C'est forcé. Nous avons affaire à des êtres humains et chacun a sa vie, différente de celle du voisin, n'est-ce pas ?

— On peut dire ça comme ça, fit Barbara, curieuse de savoir où il voulait en venir.

Il ne tarda pas à éclairer sa lanterne.

— Oui. J'ai tendance à m'exprimer de façon abrupte, et les femmes ont tendance à ne pas apprécier. Je finis par être… disons mal compris, faute d'un terme plus adéquat.

Ah, nous y voilà, songea Barbara. Le couplet sur l'homme incompris. Mais elle ne s'attendait pas que cela s'applique à la sphère du travail.

— Mais Ulrike n'a pas de problème de ce genre avec vous ?

— Pas jusqu'à maintenant. Mais il faut dire qu'elle aime la discussion. Les débats musclés au sein de l'équipe, ça ne lui fait pas peur.

Les ébats ne devaient pas non plus l'effrayer beaucoup, se dit Barbara. Surtout musclés.

274

— Vous êtes proches, alors, Ulrike et vous ?

Griff n'allait pas se laisser entraîner sur cette pente.

— Elle dirige l'organisation.

— Et quand vous n'êtes pas à Colossus ?

— Qu'est-ce que vous voulez savoir ?

— Si vous baisez avec votre patronne. Je me demande ce que les autres responsables pourraient penser à l'idée qu'Ulrike et vous faites la bête à deux dos à la sortie du bureau. Les responsables ou quelqu'un d'autre. C'est comme ça que vous avez perdu vos deux emplois, au fait ?

— Vous n'êtes pas très sympa, remarqua-t-il d'un ton uni.

— J'ai cinq cadavres sur les bras.

— Cinq... ? Vous ne pouvez pas conclure... On m'a dit... Ulrike m'a dit que vous étiez venue ici...

— À propos de Kimmo, ouais. Mais ce n'est que l'un des deux cadavres sur lesquels nous avons réussi à mettre un nom.

— Mais vous m'avez dit que Sean... Sean est seulement porté disparu, n'est-ce pas ? Il n'est pas mort... Vous ne savez pas...

— Nous avons retrouvé un corps ce matin qui pourrait bien être celui de Sean, et mon petit doigt me dit qu'Ulrike vous a tuyauté là-dessus. En dehors de ça, nous avons identifié un gamin. Jared Salvatore. Et trois autres attendent que quelqu'un les réclame. Cinq en tout.

Il ne broncha pas mais parut retenir son souffle pour une raison connue de lui seul. Barbara se demanda ce que ça signifiait. Il finit par murmurer :

— Mon Dieu...

— Qu'est-il arrivé au reste de vos stagiaires, Mr Strong ? questionna Barbara.

— Que voulez-vous dire ?

— Vous exercez un suivi sur ceux qui ont fait leurs deux premières semaines ici ?

— Non. Quand ils ont fini le stage, ils sont confiés à des enseignants, s'ils souhaitent poursuivre notre programme. Les instructeurs notent leurs progrès et en rendent compte à Ulrike. L'équipe se réunit au grand complet tous les quinze jours, nous parlons, et Ulrike conseille les jeunes qui ont des difficultés.

Il fronça les sourcils. Cogna avec ses jointures sur la table.

— Si ces autres gamins s'avèrent être des gamins à nous... Cela signifie que... Quelqu'un essaie de discréditer Colossus. Ou l'un d'entre nous. Quelqu'un essaie de s'en prendre à l'un de nous.

— Vous pensez que ça pourrait être le cas ?

— S'il y a ne serait-ce qu'une autre des victimes qui vient de chez nous, que penser d'autre ?

— Que les gamins sont en danger dans tout Londres. Et particulièrement s'ils atterrissent ici.

— Vous voulez dire... ? Que nous sommes responsables de leur mort ? fit Strong, scandalisé.

Barbara sourit et referma sèchement son carnet.

— C'est vous qui l'avez dit, Mr Strong. Pas moi.

Le révérend Savidge et sa femme habitaient à West Hampstead, dans un quartier qui démentait le genre nous-sommes-du-peuple que voulait se donner le pasteur. Certes, leur maison était petite. Mais elle était nettement au-dessus des moyens des gens que Lynley avait vus distribuer de la nourriture à Branché sur le Seigneur ou l'y consommer. Savidge conduisait une Saab dernier cri. Ainsi que le constable Havers l'aurait souligné : cet homme-là n'était pas vraiment dans la gêne.

276

Savidge attendit que Lynley ait trouvé une place pour garer la Bentley dans la rue bordée d'arbres. Il était campé sur le perron de sa maison, l'air vaguement biblique dans son caftan qui flottait au vent d'hiver, sans manteau malgré le froid glacial. Quand Lynley finit par le rejoindre, il poussa trois verrous et ouvrit la porte d'entrée.

— Oni ? appela-t-il. J'amène un visiteur, chérie.

Lynley nota qu'il ne se préoccupait pas de savoir si Sean était là. S'il avait téléphoné. Si sa femme en avait eu des nouvelles. Il s'était contenté de dire : « J'amène un visiteur, chérie », d'un ton qui sonnait comme un avertissement et ne correspondait pas à la personnalité de l'homme auquel Lynley avait eu affaire jusque-là.

Pas de réponse immédiate à l'appel de Savidge. Il dit à Lynley : « Attendez-moi ici », et lui désigna le séjour. Lui-même s'approcha d'un escalier, qu'il gravit jusqu'au premier étage. Lynley l'entendit se déplacer dans un couloir.

Il examina le séjour, meubles de bonne facture et tapis aux motifs éclatants. Sur les murs, des documents anciens, encadrés. Tandis qu'à l'étage au-dessus des portes s'ouvraient et se refermaient, Lynley s'approcha pour y jeter un coup d'œil. L'un des documents était un antique connaissement, concernant un bateau du nom de *Valiant Sheba* transportant une cargaison de vingt mâles, trente-deux femelles – dont dix-huit étaient qualifiées de « reproductrices » – et treize enfants. Un autre consistait en une lettre écrite en belle ronde sur du papier à l'en-tête d'« Ash Grove, près de Kingston ». Pâli par le temps, ce document n'était guère facile à lire mais Lynley parvint cependant à déchiffrer « excellent étalon » et « à condition de maîtriser cette brute ».

— Un de mes ancêtres, commissaire. Il n'a jamais eu tellement de sympathie pour l'esclavage.

Lynley se retourna. Dans l'encadrement de la porte se tenait Savidge, et à côté de lui une très jeune femme.

— Oni, mon épouse, dit-il. Elle a tenu à ce que je vous présente.

Lynley eut du mal à croire qu'il était devant l'épouse de Savidge car Oni ne semblait guère avoir plus de seize ans, et encore. Elle était mince, avec un cou élancé, et africaine jusqu'au bout des ongles. Comme son mari, elle était vêtue de façon traditionnelle, et elle tenait un instrument de musique inhabituel dans les mains, qui ressemblait à un banjo.

Un coup d'œil suffit à Lynley pour comprendre un certain nombre de choses. Oni était ravissante : tel un minuit sans tache, avec des centaines d'années de sang pur de tout mélange. Elle était ce que Savidge ne pourrait jamais être, à cause de la *Valiant Sheba*. Elle était également la dernière chose qu'un homme doté de raison se serait amusé à laisser seule en compagnie d'un groupe d'adolescents.

— Mrs Savidge, dit Lynley.

La toute jeune femme sourit et hocha la tête. Elle consulta son mari du regard comme pour lui demander conseil.

— Vous voulez quoi ? dit-elle.

Là-dessus elle s'arrêta, comme si elle essayait de faire un tri dans une liste de mots qu'elle connaissait et dans des règles de grammaire qu'elle comprenait à peine.

— C'est au sujet de Sean, chérie, expliqua Savidge. Nous ne voulons pas t'empêcher de t'exercer à la kora. Pourquoi ne t'installes-tu pas en bas pour jouer pendant que j'emmène le policier en haut dans la chambre de Sean ?

278

— Oui, acquiesça-t-elle. Je vais jouer.

Elle s'approcha du canapé et posa avec soin la kora par terre. Comme ils allaient la laisser, elle observa :

— Il ne fait pas beaucoup de soleil aujourd'hui. Un autre mois de passé. Bram, je... découvre... Pas découvre... J'apprends ce matin...

Savidge hésita. Lynley discerna un changement chez lui, un relâchement de la tension peut-être.

— On parlera plus tard, Oni.

— Oui, dit-elle. Et l'autre aussi ? De nouveau ?

— Peut-être. L'autre.

Très vite, il entraîna Lynley vers l'escalier. Il l'emmena dans une pièce située à l'arrière de la maison. Lorsqu'ils furent à l'intérieur, il parut éprouver le besoin d'expliquer. Il ferma la porte et dit :

— Nous essayons d'avoir un enfant. Sans succès jusqu'à présent. C'est de cela qu'elle parlait.

— C'est dommage.

— Elle s'inquiète. Elle a peur que je... je ne sais pas... que je la répudie. Mais sa santé n'est pas en cause. Elle est parfaitement constituée. Elle...

Savidge s'interrompit, se rendant peut-être compte qu'il n'était pas loin de se mettre à parler des capacités reproductrices de sa femme. Il changea de sujet.

— Bref. Voilà la chambre de Sean.

— Avez-vous demandé à votre femme s'il était rentré ? S'il avait téléphoné ? Envoyé un message ?

— Elle ne répond pas au téléphone. Son anglais n'est pas suffisant. Elle manque de confiance en elle.

— Quoi d'autre ?

— Que voulez-vous dire ?

— Vous ne l'avez pas questionnée à propos de Sean ?

— Je n'en ai pas eu besoin. Elle me l'aurait dit, s'il y avait eu du nouveau. Elle sait que je me fais du mauvais sang.

— Quel genre de relations entretient-elle avec ce garçon ?

— Quel rapport avec...

— Mr Savidge, je suis obligé de vous poser la question, dit Lynley, le fixant. Elle est manifestement beaucoup plus jeune que vous.

— Elle a dix-neuf ans.

— Elle est donc beaucoup plus proche par l'âge des garçons à qui vous avez donné asile que de vous-même, n'est-ce pas ?

— Il ne s'agit ici ni de mon mariage, ni de ma femme, ni de ma situation, commissaire.

Oh, mais si, songea Lynley, qui poursuivit :

— Vous avez quoi, vingt ans, vingt-cinq ans de plus qu'elle ? Et les garçons, quel âge avaient-ils ?

Savidge parut doubler de volume sous le coup de l'indignation.

— Il s'agit d'un garçon porté disparu. Dans des circonstances dans lesquelles d'autres jeunes garçons ont disparu, si j'en crois les journaux. Si vous vous figurez que je vais vous laisser me désorienter sous prétexte que vous et vos collègues avez foiré une enquête, vous vous trompez.

Il n'attendit pas de réponse. Il s'approcha d'une petite bibliothèque qui contenait un lecteur de CD et une rangée de livres de poche – lesquels ne semblaient pas avoir été ouverts. Sur le dessus de la bibliothèque, il prit une photo dans un cadre de bois tout simple. Il la tendit rudement à Lynley.

Sur la photo, on voyait Savidge en vêtements africains, un bras passé autour des épaules d'un jeune à la mine solennelle qui portait un survêtement trop grand pour lui. Le garçon avait des dreadlocks et l'air méfiant, comme un chien qu'on a trop souvent ramené dans sa cage au refuge de Battersea après une promenade. Il était très foncé de peau, un tout petit peu plus clair seulement que la femme de Savidge. C'était également, il n'y avait pas le moindre doute là-dessus, le jeune dont ils avaient retrouvé le corps ce matin-là.

Lynley releva la tête. Par-delà l'épaule de Savidge, il constata que les murs de la chambre de Sean étaient couverts de posters : Louis Farrakhan en pleine exhortation, Elijah Mohammed entouré de membres de la Nation impeccablement vêtus. Mohammed Ali jeune, le plus célèbre sans doute des convertis. Il dit :

— Mr Savidge...

Puis il se trouva dans l'incapacité de poursuivre. Un corps dans un tunnel, cela devenait quelque chose de trop humain quand on l'associait à une maison. Rattaché à un foyer, à un domicile, un corps cessait d'être un corps pour devenir une personne dont la mort ne pouvait passer inaperçue, suscitant désir de vengeance, besoin de justice ou nécessité d'exprimer les regrets les plus simples.

— Je suis désolé. Nous avons un corps que vous allez devoir examiner. Il a été retrouvé ce matin au sud du fleuve.

— Oh, mon Dieu. Est-ce que c'est...

— J'espère que non, dit Lynley bien qu'il fût persuadé du contraire.

Il prit son interlocuteur par le bras pour le soutenir. Il y avait des questions qu'il allait devoir poser à Savidge à un moment ou un autre mais pour l'instant il n'y avait rien à ajouter.

Ulrike réussit à attendre dans son bureau pendant que Jack Veness mettait de l'ordre à l'accueil avant de plier bagage. Une fois qu'elle lui eut rendu son bonsoir et eut entendu la porte extérieure se fermer derrière lui, elle partit à la recherche de Griff.

Elle tomba sur Robbie Kilfoyle. Il était dans le couloir, occupé à vider deux sacs-poubelle pleins de tee-shirts et de sweat-shirts qu'il rangeait au fur et à mesure dans le placard sous la vitrine contenant les souvenirs à vendre. Griff ne lui avait pas menti, sur ce point du moins. Il avait bel et bien passé plusieurs heures dans l'atelier de sérigraphie aujourd'hui.

Elle avait eu des doutes. Quand ils s'étaient retrouvés au Charlie Chaplin, la première chose qu'elle lui avait dite avait été : « Où étais-tu fourré toute la journée, Griffin ? » Au son de sa propre voix elle s'était crispée : elle savait bien ce que signifiait son inflexion et il savait qu'elle le savait, c'est pourquoi, avant de lui répondre, il l'avait rembarrée d'un : « Pas de ça. » Il avait dû s'occuper d'une pièce défectueuse à l'atelier de sérigraphie. « J'avais dit que je passerais à l'atelier en me rendant au bureau. Tu m'avais réclamé des tee-shirts supplémentaires, tu te rappelles ? » C'était une réponse digne de Griffin. J'ai fait ce que tu m'as demandé, laissait-il entendre.

Ulrike, s'adressant à Robbie Kilfoyle, dit :

— Tu n'as pas vu Griff ? Il faut que je lui dise un mot.

Accroupi par terre, Robbie s'assit sur ses talons et inclina sa casquette vers l'arrière.

— Il doit emmener un nouveau groupe sur le fleuve avec les autres responsables. Ils sont partis dans les camionnettes il y a quoi… deux heures ? fit Robbie, l'air de sous-entendre qu'en tant que directrice elle aurait dû être au courant.

Griff avait laissé tout ça – mouvement de menton en direction des sacs – dans la salle des accessoires.

— Je me suis dit qu'il valait mieux les ranger. Est-ce que je peux vous aider ?

— M'aider ?

— Eh bien, comme vous avez besoin de Griff, comme Griff n'est pas là, je pourrais peut-être…

— J'ai dit qu'il fallait que je lui dise un mot, Robbie, répliqua Ulrike, aussitôt consciente de la sécheresse de sa réponse. Désolée. Je n'aurais pas dû te parler sur ce ton. Je suis crevée. La police. D'abord Kimmo. Et maintenant…

— Sean, répondit Robbie. Ouais. Je sais. Il n'est pas mort, hein, Sean Lavery ?

Ulrike lui décocha un regard pénétrant.

— Je n'ai pas prononcé son nom. Comment sais-tu, pour Sean ?

Robbie parut pris au dépourvu.

— La policière m'a demandé si je le connaissais, Ulrike. Elle est passée dans la salle des accessoires. Elle m'a dit que Sean suivait un cours d'informatique ; alors, quand j'en ai eu l'occasion, j'ai demandé à Neil ce qui se passait. Il m'a répondu que Sean Lavery n'avait pas assisté au cours aujourd'hui. Voilà.

Il ajouta, sur un ton qui n'avait rien de déférent :

— Ça va, Ulrike ?

Elle ne pouvait pas lui en vouloir.

— Écoute, Robbie, dit-elle, je ne voulais pas avoir l'air si… soupçonneuse. Je suis sur les nerfs. D'abord Kimmo. Maintenant Sean. Et la police. Sais-tu à quelle heure Griff et les gamins doivent rentrer ?

Robbie prit son temps, analysant ses excuses avant de répondre. Là, il y allait un peu fort, songea-t-elle. Après tout, c'était un simple bénévole.

— Je ne sais pas, dit-il. Ils s'arrêteront vraisemblablement pour prendre un café en rentrant. Sept heures et demie, peut-être ? Huit heures ? Il a ses clés, non ?

Exact, songea-t-elle. Il pouvait aller et venir comme bon lui semblait, ce qui avait été très commode par le passé quand ils avaient voulu parler boutique. Mettre des stratégies au point avant les réunions avec le reste du personnel, et après les heures de bureau. « Voilà ce que je pense concernant ce problème, Griffin. Et toi ? »

— Je suppose que tu as raison, dit-elle. Ils ne sont pas près de revenir.

— Mais ils ne rentreront quand même pas trop tard. L'obscurité, tout ça. Et il doit faire un froid de canard sur la Tamise. De vous à moi, je ne comprends pas pourquoi les responsables de l'évaluation ont choisi de leur faire faire une promenade en kayak cette fois-ci. Une randonnée aurait été nettement plus appropriée. Un sentier dans les Cotswolds. Un trajet entre deux villages. Ils auraient pu s'arrêter pour prendre un repas en fin de balade.

Il se remit à fourrer les tee-shirts et les sweat-shirts dans le placard.

— C'est ce que tu aurais fait, toi ? lui demanda-t-elle. Tu les aurais emmenés randonner ? Dans un endroit sûr ?

Il jeta un regard par-dessus son épaule.

— Si ça se trouve, ça n'est rien.

— Quoi ?

— Sean Lavery. Ils font des fugues, parfois, ces gosses.

Ulrike aurait aimé lui demander pourquoi il croyait connaître les gamins de Colossus mieux qu'elle. Mais la vérité, c'est qu'il y avait de grandes chances que ce fût le cas parce que, depuis des mois, elle était distraite. Les jeunes étaient venus et repartis ; mais elle, elle avait eu l'esprit ailleurs.

Ce qui lui coûterait son poste si le conseil d'administration venait à l'apprendre alors que ses membres cherchaient un coupable pour ce qui se passait... s'il se passait quelque chose. Tous ces jours, ces heures, ces semaines, ces mois, ces années consacrés à l'organisation. Tout ce travail finirait d'un seul coup de chasse dans les toilettes. Elle pourrait trouver du travail ailleurs mais ce ne serait pas dans un endroit doté du potentiel de Colossus pour faire bouger les choses comme il fallait le faire en Angleterre et comme elle le souhaitait avec ferveur ; car ce qu'il fallait, selon elle, c'étaient des changements de fond, au niveau du psychisme de chaque enfant.

Où était passée sa conscience professionnelle ? Elle avait pris ses fonctions chez Colossus persuadée qu'elle réussirait à obtenir des résultats et c'est ce qu'elle avait fait, jusqu'au jour où Griffin Charles Strong avait déposé son CV sur son bureau et braqué sur elle ses yeux sombres et ensorcelants. Même alors elle avait réussi, des mois durant, à conserver un air de froid professionnalisme, connaissant fort bien les dangers qui pouvaient découler d'une liaison avec un collègue.

Sa détermination avait faibli avec le temps. Je pourrais peut-être me contenter de le toucher, s'était-elle dit. Cette merveilleuse chevelure bouclée. Ces larges épaules de rameur sous le pull marin qu'il affectionnait. Cet avant-bras dont le poignet s'ornait d'une tresse de cuir. Le toucher était devenu une telle obsession que la seule manière de se débarrasser du désir d'effleurer de la main telle ou telle partie de son corps était tout bonnement d'y succomber. Tendre le bras vers lui sur la table de conférence, lui attraper le poignet pour souligner qu'elle était d'accord avec une remarque qu'il avait faite durant une réunion de département, sentir un élan de surprise tandis qu'il refermait brièvement son autre main sur la sienne et la serrait. Elle se disait que cela signifiait seulement qu'il la remerciait du soutien qu'elle apportait à ses idées. À ceci près qu'il y avait des signes…

Elle dit à Robbie Kilfoyle :

— Quand tu en auras fini ici, vérifie que les portes sont bien fermées, d'accord ?

— Ce sera fait.

Elle sentit son regard fixé sur elle, un regard pensif, tandis qu'elle regagnait son bureau.

Une fois là, elle se dirigea vers le classeur. Elle s'accroupit devant le tiroir du bas qu'elle avait ouvert en présence des enquêteurs. Elle fouilla parmi les chemises et sortit celle dont elle avait besoin, qu'elle fourra dans le sac de toile qui lui servait d'attaché-case. Cela fait, elle prit sa tenue de cycliste et alla se changer pour faire le long trajet de retour chez elle.

Elle se rhabilla dans les toilettes, prenant son temps et guettant avidement l'éventuel retour de Griff Strong et de ses stagiaires. Mais la seule chose qu'elle capta, ce fut le bruit accompagnant le départ de Robbie Kilfoyle. Alors elle se retrouva seule dans les bureaux de Colossus.

Elle ne pouvait courir le risque d'appeler Griff sur son portable cette fois, quand il se trouvait avec un groupe. Il ne lui restait donc qu'à lui écrire un mot. Au lieu de le déposer sur sa table, où il pourrait toujours prétendre ne pas l'avoir vu, elle alla jusqu'au parking et le glissa sous l'essuie-glace de son véhicule, du côté du conducteur. Elle le fixa même avec un morceau d'adhésif pour être sûre qu'il ne s'envolerait pas. Puis elle alla chercher sa bicyclette et prit la direction de St George's Road, première partie du trajet qui devait l'emmener d'Elephant & Castle jusqu'à Paddington.

Par ce froid intense, le parcours lui prit près d'une heure. Son masque l'empêchait d'avaler une bonne partie des gaz d'échappement de la circulation mais elle n'avait rien pour se protéger du vacarme incessant. Elle atteignit Gloucester Terrace plus fatiguée que d'habitude mais contente que le trajet – et la nécessité d'être aux aguets pour éviter voitures et autres véhicules – lui ait permis d'avoir l'esprit occupé.

Elle entortilla la chaîne de sûreté de sa bicyclette à la grille devant le numéro 258, déverrouilla la porte d'entrée. Elle fut accueillie par les habituelles odeurs de cuisine émanant de l'appartement en rez-de-chaussée. Cumin, huile de sésame, poisson. Choux de Bruxelles trop cuits. Oignons qui avaient tourné de l'œil. Elle retint son souffle. Se dirigea vers l'escalier. Elle avait gravi cinq marches lorsque derrière elle l'Interphone se fit entendre avec violence. Le battant était équipé d'un rectangle de verre dans sa partie supérieure, et à travers cette vitre elle distingua les contours de sa tête. Elle s'empressa de descendre.

— J'ai appelé ton portable, dit Griff, irrité. Pourquoi n'as-tu pas répondu ? Merde, Ulrike. Si tu dois me laisser un mot de ce genre…

— J'étais à vélo. Je peux difficilement répondre quand je pédale. Je le coupe. Tu le sais.

Elle lui tint la porte ouverte et tourna les talons. Il n'aurait d'autre choix que de la suivre.

Au premier, elle alluma la minuterie et se dirigea vers la porte de son appartement. À l'intérieur, elle laissa tomber son fourre-tout de toile sur le volumineux canapé et alluma une lampe.

— Attends-moi ici, dit-elle.

Allant dans sa chambre, elle ôta sa tenue de cycliste, se renifla les aisselles, trouva qu'elles n'étaient plus très fraîches. Un coup de gant de toilette régla le problème, après quoi elle s'examina dans la glace et se trouva satisfaite de ses joues, dont la course à travers Londres avait ravivé les couleurs. Elle se glissa dans une robe de chambre, noua la ceinture. Puis elle regagna le séjour.

Griff avait allumé le plafonnier, d'où tombait une lumière plus vive. Elle fit mine de ne pas s'en apercevoir. Elle se rendit dans la cuisine. Elle avait mis une bouteille de bourgogne blanc au réfrigérateur. Elle sortit deux verres, s'empara du tire-bouchon.

Voyant cela, Griff commença :

— Ulrike, je rentre d'expédition avec les gamins. Je suis mort, et il est hors de question…

Elle se tourna vers lui.

— Tu ne te serais pas laissé freiner par si peu il y a un mois. N'importe quand, n'importe où. Et tant pis pour les conséquences. Ne me dis pas que tu as oublié.

— Je n'ai pas oublié.

— Bien. Ça me plaît de penser que tu es toujours d'attaque.

Elle versa le vin et lui en apporta un verre. Elle lui passa un bras autour du cou et l'attira vers elle. Un instant de résistance et la langue de Griff trouva la sienne. Baisers profonds en veux-tu en voilà, et au bout d'un moment sa main, quittant la taille d'Ulrike, se glissa vers son sein. Doigts atteignant son téton. Pinçant. Malaxant jusqu'à ce qu'elle gémisse. Sensation de chaleur intense dans son bas-ventre. Oui. Beau travail, Griff. Elle le relâcha brusquement et s'éloigna.

Il eut le bon goût de paraître contrarié. Il s'approcha d'un siège, évitant de choisir le canapé, et s'y laissa tomber.

— Tu disais que c'était urgent. Une urgence. Une crise. Le chaos. C'est pour ça que je suis venu. Parce que, je te le rappelle, tu habites exactement à l'opposé de chez moi. Ce qui veut dire que je ne suis pas près de regagner mes pénates.

— Quel dommage… Alors que le devoir t'appelle et tout. Inutile de me rappeler ton adresse, Griff, tu sais que je la connais.

— Je n'ai pas envie qu'on ait une prise de bec. C'est pour ça que tu m'as fait venir ici, pour qu'on s'engueule ?

— Qu'est-ce qui te fait dire ça ? Où étais-tu passé aujourd'hui ?

Il leva la tête vers le plafond, avec ce regard de martyr qu'affichent sur les tableaux les premiers saints chrétiens en train d'agoniser.

— Ulrike, tu connais ma situation. Tu la connais depuis le début. Tu ne peux pas... Qu'est-ce que tu veux que je fasse ? Qu'est-ce que tu aurais voulu que je fasse ? Que je plaque Arabella quand elle était enceinte de cinq mois ? Pendant qu'elle était en train d'accoucher ? Ou maintenant qu'elle se retrouve avec un nouveau-né sur les bras ? Je ne t'ai jamais laissé entendre...

— Tu as raison.

Elle eut un sourire incertain. Si fragile que, s'en rendant compte, elle s'en voulut de réagir à ses propos. En une parodie de toast, elle leva son verre dans sa direction.

— Tu ne m'as jamais laissé entendre quoi que ce soit. Bravo ! Tu as toujours joué franc jeu. Bonne façon d'esquiver les responsabilités.

Il posa son verre sur la table sans avoir touché au contenu.

— Très bien, je me rends. Drapeau blanc. Comme tu voudras. Pourquoi m'as-tu fait venir ?

— Qu'est-ce qu'elle voulait ?

— Écoute, si je suis arrivé en retard aujourd'hui, c'est parce que je suis passé à l'atelier. Je te l'ai dit. De toute façon, ça ne te regarde pas, ce qu'Arabella et moi...

Ulrike éclata de rire, mais d'un rire forcé, un rire de mauvaise actrice sur une scène trop éclairée.

— Je me doute de ce qu'Arabella voulait et de ce que tu lui as probablement donné... Les vingt centimètres ont dû y passer. Mais ce n'est ni de toi, ni de ta charmante épouse que je parle. Je te parle de la policière. Le constable Machin avec les dents ébréchées et les vilains cheveux.

— Tu essaies de m'acculer ?

— De quoi parles-tu ?

— Je parle de ta façon d'aborder le problème. Ta conduite est intolérable, ça suffit, va te faire foutre, tu auras ce que tu veux.

— Quoi ?

— Ma tête sur un putain de plateau sans la danse ni les sept voiles.

— C'est ce que tu penses ? Tu crois vraiment que c'est pour ça que je t'ai demandé de venir jusqu'ici ?

Elle vida son verre et sentit presque immédiatement l'effet de l'alcool.

— Tu veux dire que tu ne me virerais pas si tu en avais l'occasion ?

— Je n'hésiterais pas un instant, répondit-elle. Mais ce n'est pas de ça qu'il s'agit.

— Alors de quoi… ?

— De quoi t'a-t-elle parlé ?

— De ce dont tu pensais qu'elle me parlerait.

— Et ?

— Et ?

— Que lui as-tu dit ?

— Qu'est-ce que tu crois ? Kimmo, c'était Kimmo. Sean, c'était Sean. L'un était un travelo avec la personnalité d'une folle de music-hall, un gosse à qui personne n'aurait voulu faire de mal. L'autre, c'était quelqu'un qui aurait boulotté des boulons au petit déjeuner. Je t'ai avertie quand Kimmo a manqué une journée de stage. Sean, lui, ne faisait plus partie de mes stagiaires, il était passé à autre chose. Comment aurais-je su qu'il avait cessé de se pointer aux cours ?

— C'est tout ce que tu lui as dit ?

290

Elle l'examina en posant la question, se demandant quel genre de confiance pouvait exister entre deux personnes qui en ont trahi une troisième.

Les yeux de Griff s'étaient plissés. Il poursuivit :

— On s'était mis d'accord.

Et comme elle le scrutait sans chercher à s'en cacher, il ajouta :

— Tu n'as plus confiance en moi ?

Non, évidemment. Comment faire confiance à quelqu'un qui avait la trahison si facile ? Mais il y avait un moyen de le tester, et pas seulement ça, mais aussi un moyen de faire en sorte qu'il soit obligé de faire semblant de coopérer avec elle, s'il faisait semblant.

Elle s'approcha de son fourre-tout. Sortit le dossier qu'elle avait rapporté du bureau. Le lui tendit.

Elle l'observa tandis que ses yeux se braquaient dessus et qu'il en déchiffrait l'étiquette. Il releva la tête vers elle après avoir lu.

— J'ai fait ce que tu m'as demandé. Que suis-je censé faire avec ça ?

— Ce qu'il faut que tu fasses. Inutile de te mettre les points sur les *i*.

12

Lorsque le constable Barbara Havers s'arrêta dans le parking en sous-sol de New Scotland Yard le lendemain matin, elle en était déjà à sa quatrième cigarette, sans compter celle qu'elle avait allumée au saut du lit avant de passer sous la douche. Elle fumait sans discontinuer depuis qu'elle avait quitté son domicile. Et le trajet depuis le nord de Londres, un trajet toujours éprouvant, n'avait guère contribué à améliorer son humeur.

Elle avait l'habitude des engueulades. Des accrochages, elle en avait eu avec tous ceux avec qui elle avait travaillé. Et elle était même allée jusqu'à tirer sur un supérieur au cours de l'algarade majeure qui lui avait coûté son grade et failli lui faire perdre son boulot. Toutefois, rien de ce qui s'était passé au cours de sa carrière en dents de scie – sans parler de sa vie – ne l'avait secouée comme l'avaient secouée les cinq minutes de conversation qu'elle avait eues avec son voisin.

Elle n'avait aucunement eu l'intention de rentrer dans le lard de Taymullah Azhar. Son objectif avait été simplement d'inviter sa fille. Des recherches minutieuses – ou qui pour elle pouvaient être considérées comme telles, alors qu'elle s'était contentée d'acheter un exemplaire de *What's On*, comme n'importe quelle touriste venue voir la reine – lui avaient fait découvrir l'existence du Jeffrye Museum, où l'on pouvait, grâce à des maquettes de salons, se faire une idée de l'histoire sociale du pays. Est-ce que ce ne serait pas une idée géniale que Haddiyah y accompagne Barbara afin de nourrir son jeune esprit avide de connaissances d'autre chose que de considérations sur les piercings de nombril en vogue chez les chanteuses pop ? Elles s'offriraient un voyage depuis le nord de la capitale jusqu'à l'est. Ce serait foutrement pédagogique. Comment Azhar, lui-même enseignant de haut niveau, pourrait-il trouver à redire à cela ?

Eh bien, si, justement, il s'avéra qu'il y trouvait à redire. Lorsque Barbara frappa chez lui en se rendant à sa voiture, il ouvrit la porte et écouta poliment, comme à son habitude, pendant que le parfum d'un petit déjeuner équilibré et nourrissant s'échappait de l'appartement comme pour condamner le breakfast rituel de Barbara à base de Pop-Tarts et de Players.

« On ferait coup double, fit valoir Barbara en conclusion. Le musée étant installé dans un hospice, ce serait l'occasion d'étudier un aspect de l'architecture du pays. Le genre de choses devant lesquelles les enfants passent sans s'en rendre compte, si vous voyez ce que je veux dire. Bref, je me suis dit que ce serait... » Quoi ? se demanda-t-elle. Une bonne idée ? Une occasion pour Hadiyyah de s'instruire ? D'échapper à la punition ?

C'était cela, bien sûr. Barbara était passée une fois de trop devant le petit visage puni de la fillette derrière sa fenêtre. Assez, c'est assez, s'était-elle dit. Azhar avait fait passer le message. Inutile de l'enfoncer dans le crâne de la petite à coups de marteau.

« C'est très gentil à vous, Barbara, avait dit Azhar avec sa courtoisie et son sérieux habituels. Mais, étant donné les circonstances… »

La petite était alors arrivée, ayant apparemment entendu leurs voix. Elle s'écria : « Barbara ! Bonjour ! » et dit à son père, près duquel elle s'était glissée : « Papa, est-ce que Barbara peut entrer ? On est en train de prendre le petit déjeuner, Barbara. Papa nous a préparé des toasts et des œufs brouillés. C'est ce que je suis en train de manger. Avec du sirop. Lui, il prend un yaourt. » Elle plissa le nez mais manifestement pas pour critiquer la nourriture que son père avait choisie parce qu'elle poursuivit en disant :

« Barbara, tu as déjà fumé ? Papa, est-ce que Barbara peut entrer ?

— Je ne peux pas, ma grande, s'empressa de dire Barbara pour éviter à Azhar de l'inviter s'il ne le souhaitait pas. Je vais travailler. Faire en sorte que Londres soit une ville sûre pour les femmes, les enfants et nos petits compagnons à quatre pattes. Tu connais la musique. »

Hadiyyah sautait d'un pied sur l'autre.

« J'ai eu une bonne note à mon examen de maths, confia-t-elle. Papa était fier de moi quand il a vu ça. »

Barbara regarda Azhar. Son visage foncé était sévère.

« L'école, c'est très important, dit-il à sa fille bien qu'il regardât Barbara en parlant. Hadiyyah, fais-moi le plaisir d'aller terminer ton petit déjeuner.

— Mais est-ce que Barbara ne peut pas…

— Hadiyyah, reprit-il d'un ton brusque. Qu'est-ce que je viens de te dire ? Et tu n'as pas entendu Barbara t'expliquer qu'elle partait travailler ? Tu n'écoutes pas quand on te parle ? Tu ne prêtes attention qu'à ce qui te fait plaisir ? »

294

C'était un peu dur, même pour Azhar. Le visage de Hadiyyah, qui s'était illuminé, se métamorphosa en un instant. Ses yeux s'écarquillèrent mais pas de surprise. Barbara constata que la petite fille s'efforçait de réprimer ses larmes. Elle recula avec un hoquet et fila en direction de la cuisine.

Azhar et Barbara restèrent en tête à tête. Lui, avec l'air d'un témoin apathique devant un accident de voiture ; elle, sentant une chaleur de mauvais augure envahir tout son être. C'était le moment de conclure d'un : « Bon, eh bien, tant pis. Peut-être à plus tard », et de poursuivre sa route, sachant qu'elle était en terrain glissant et ferait mieux de s'occuper de ses affaires. Au lieu de quoi, elle soutint le regard de son voisin et laissa la sensation de chaleur voyager de son estomac à sa poitrine, où elle forma un nœud brûlant. Puis elle prit la parole.

« Vous n'y êtes pas allé un peu fort ? Ce n'est qu'une enfant. Vous ne pouvez pas la lâcher un peu ?

— Hadiyyah sait ce qu'elle a à faire, rétorqua Azhar. Elle sait également qu'il y a un prix à payer quand elle défie mon autorité.

— Bon, très bien. Vu. C'est écrit dans la pierre. Tatoué sur mon front. Tout ce que vous voudrez. Mais la punition ne doit-elle pas être proportionnelle au crime ? Et pourquoi l'humilier devant moi ?

— Je ne l'ai pas…

— Si, siffla Barbara. Vous n'avez pas vu la tête qu'elle faisait. La vie est suffisamment dure comme ça, particulièrement pour les petites filles, sans que leurs parents la leur rendent encore plus difficile.

— Elle a besoin…

— Vous voulez lui rabattre son caquet ? Vous voulez lui faire prendre conscience du fait qu'elle n'est pas le nombril du monde, qu'elle ne le sera jamais ? Laissez-la se mêler aux autres, Azhar, elle saisira rapidement le message. Elle n'a pas besoin de l'entendre de la bouche de son père. »

Barbara comprit qu'elle était allée trop loin. Le visage d'Azhar, toujours calme, se ferma complètement.

« Vous n'avez pas d'enfants, rétorqua-t-il. S'il vous arrive un jour d'avoir la chance d'être mère, Barbara, vous réagirez différemment en matière d'éducation et de discipline. »

Ce fut cette expression – *la chance* –, et tout ce qu'elle impliquait, qui permit à Barbara de voir son voisin sous un angle totalement différent. Il lui avait administré un coup bas. Mais elle était capable d'en faire autant.

« Pas étonnant qu'elle vous ait plaqué, Azhar. Combien de temps lui a-t-il fallu pour vous percer à jour ? Trop longtemps, j'imagine. Mais ce n'est pas surprenant, n'est-ce pas ? Après tout, elle était anglaise, et nous autres, Anglaises, on est loin d'être des flèches. »

Sur ces mots, elle pivota et le planta là, goûtant le bref plaisir – celui du couard – d'avoir le dernier mot. Mais c'était le fait de l'avoir eu, ce dernier mot, qui l'avait poussée à tenir mentalement, pendant qu'elle rejoignait le centre de Londres, une conversation furieuse avec un Azhar qui n'était pas là. Aussi, lorsqu'elle trouva une place de stationnement sous l'immeuble de New Scotland Yard, était-elle toujours très remontée et guère dans l'état d'esprit requis pour attaquer une journée de travail productif. Elle avait également la tête qui tournait un peu à cause de la nicotine et elle percevait comme un sifflement dans ses oreilles.

Elle fit halte dans les toilettes pour s'asperger d'eau le visage. Elle jeta un coup d'œil dans la glace et s'en voulut de s'abaisser à examiner son reflet pour y trouver confirmation de ce que Taymullah Azhar devait contempler depuis qu'ils étaient voisins : une pauvre femelle esseulée, un parfait spécimen de féminité ratée. Aucune chance de mener une vie normale, Barbara. Quel que soit le sens qu'on donne au mot « normal ».

« Qu'il aille se faire foutre, chuchota-t-elle. Qui est-il, de toute façon ? Pour qui se prend-il ? »

Elle passa ses doigts dans ses cheveux ras et redressa le col de son chemisier, se rendant compte qu'elle aurait dû le repasser... (Pour cela, il aurait fallu qu'elle possède un fer.) Elle avait quasiment l'air d'un épouvantail mais elle n'y pouvait rien, et tant pis. Il fallait qu'elle se mette au travail.

Dans la salle des opérations, elle constata que la réunion du matin était déjà commencée. Le commissaire Lynley jeta un regard dans sa direction alors que Winston Nkata était au beau milieu d'une phrase, et il n'eut pas l'air particulièrement ravi lorsque ses yeux se posèrent sur la pendule murale derrière elle.

Winston était en train de dire :

— ... des œuvres de colère ou de vengeance, si j'en crois ce que la dame de Crystal Moon m'a dit. Elle a consulté un livre et c'est ce qu'elle a trouvé dedans. Elle m'a montré un registre avec les noms des clients désireux de recevoir leur bulletin, et elle détient des reçus de cartes de crédit, et les codes postaux des clients également.

— Faisons le rapprochement entre les codes postaux et les lieux où ont été déposés les corps, suggéra Lynley. Pareil pour le registre et les achats par carte de crédit. On aura peut-être un résultat. Et Camden Lock Market ? fit-il en se tournant vers Barbara. Qu'est-ce que vous avez déniché sur ce stand, constable ? Vous y êtes passée ce matin ?

Façon de dire : Je présume que c'est la cause de votre retard.

Bordel de merde, songea Barbara. L'accrochage avec Azhar lui avait fait oublier toute autre considération. Elle chercha fébrilement une excuse mais la sagesse lui dicta de s'en tenir à la vérité.

— Ça m'a échappé, reconnut-elle. J'ai complètement laissé échapper le ballon. Désolée, monsieur. Quand j'en ai eu terminé avec Colossus hier, je... Mais je m'en occupe immédiatement.

Autour d'elle on échangeait des regards. Elle vit Lynley pincer les lèvres, aussi poursuivit-elle en hâte, espérant se rattraper :

— De toute façon, je crois qu'il nous faut chercher la solution du côté de Colossus, monsieur.

— Vraiment ?

La voix de Lynley était unie, trop unie, mais elle décida de ne pas en tenir compte.

— Oui, monsieur. Il y a là-bas des tas de possibilités. Qu'il faut creuser. Outre Jack Veness, qui semble tout savoir sur tout le monde, j'ai rencontré un type du nom de Neil Greenham que je trouve un peu trop coopératif. Il avait un exemplaire du *Standard* qu'il a été tout content de me montrer, à propos. Et Robbie Kilfoyle – celui qui jouait aux cartes avec un gamin à l'accueil hier – fait du bénévolat dans la salle des accessoires. Il a un second boulot de livreur de sandwiches...

— Ses livraisons, il les effectue en camionnette ? s'enquit Lynley.

— À bicyclette, désolée, dit Barbara à regret. Mais il a reconnu qu'il visait un vrai boulot chez Colossus si l'organisation décidait d'ouvrir une succursale de l'autre côté du fleuve, ce qui fait qu'il se trouve avoir un mobile pour...

— Ce n'est pas en zigouillant ses clients qu'il va décrocher un poste, Havers, coupa John Stewart, acerbe.

Barbara fit celle qui n'avait pas entendu, poursuivant :

— Son rival pour le poste pourrait bien être un type du nom de Griff Strong, qui a été viré de ses deux derniers emplois à Stockwell et à Lewisham sous prétexte, selon lui, qu'il ne s'entendait pas avec ses collègues de sexe féminin. Ça fait quatre suspects possibles, et ils sont tous dans la tranche d'âge du profil, monsieur.

— Nous examinerons cela, acquiesça Lynley.

Comme Barbara semblait avoir fini de s'expliquer, Lynley demanda à John Stewart de confier cette mission à l'un de ses hommes. Il dit à Nkata de creuser dans le passé du révérend Bram Savidge et de tâcher de savoir ce qui se passait au gymnase Square Four de Swiss Cottage, et par la même occasion dans un atelier de réparations de véhicules de North Kensington. Puis il confia d'autres tâches à d'autres constables, notamment celle de contacter le chauffeur de taxi qui avait composé le 999 pour signaler le corps abandonné dans le tunnel de Shand Street et l'épave où ce même corps avait été déposé. Il consulta un rapport concernant les écoles de cuisine de Londres – aucune trace de l'inscription de Jared Salvatore dans ces établissements – avant de se tourner vers Barbara.

— Je veux vous voir dans mon bureau, constable.

Il sortit à grandes enjambées de la salle des opérations sur un : « Au travail, tout le monde », laissant Barbara lui emboîter le pas. Elle remarqua que personne ne la regardait tandis qu'elle suivait Lynley.

Elle fut obligée d'accélérer l'allure pour rester à sa hauteur, et cette attitude de toutou suivant son maître ne lui plaisait pas du tout. Elle savait qu'elle s'était plantée en oubliant de se rendre à Camden Lock Market et elle se dit qu'elle n'avait pas volé qu'on lui secoue les puces. Mais d'un autre côté, elle leur avait fourni une autre piste avec Strong, Greenham, Veness et Kilfoyle, n'est-ce pas, alors ça devait être porté à son crédit.

Une fois dans le bureau du commissaire, cependant, Lynley ne parut pas voir les choses de cette façon.

— Fermez la porte, Havers, dit-il.

Quand ce fut fait, il s'approcha de son bureau. Au lieu de s'asseoir, il s'appuya contre la table et lui fit face. Lui ayant fait signe de s'asseoir sur une chaise, il la dominait de toute sa taille.

Elle détestait cette sensation mais elle décida de ne pas se laisser déstabiliser.

— Votre photo était à la une du *Standard*, monsieur. Hier après-midi. La mienne également. Ainsi que celle de Hamish Robson. On nous a pris devant l'entrée du tunnel de Shand Street. Votre nom était précisé. Ce n'est pas bien.

— Ce sont des choses qui arrivent.

— Mais avec un tueur en série…

Lynley l'interrompit.

— Dites-moi une chose, constable : vous essayez délibérément de vous tirer une balle dans le pied ou c'est votre subconscient qui fait des siennes ?

— Des siennes… ? Quoi ?

— On vous avait confié une mission. Camden Lock Market. Sur votre chemin en rentrant chez vous, pour l'amour du ciel. Ou en venant ici. Vous vous rendez compte de ce que les autres peuvent penser quand ils voient que, comme vous le dites, vous avez « laissé échapper le ballon » ? Si vous voulez retrouver votre grade, ce que vous souhaitez, je crois, et qui dépend, comme vous devez le savoir, de votre capacité à fonctionner en équipe, comment voulez-vous y arriver si c'est vous qui décidez de ce qui est important et de ce qui ne l'est pas dans cette enquête ?

— Monsieur, ce n'est pas juste, protesta Barbara.

— Et ce n'est pas la première fois que vous me faites le coup de travailler en solo, poursuivit Lynley comme si elle n'avait pas ouvert la bouche. J'ai rarement vu un officier de police faire preuve d'un tel instinct suicidaire dans l'exercice de sa profession... À quoi pensiez-vous, bon sang ? Vous ne voyez donc pas que je ne peux pas sans arrêt prendre votre défense ? Juste au moment où je commence à me dire que vous avez assimilé la leçon, voilà que vous remettez ça avec...

— Avec quoi ?

— Votre caractère de chien. Votre entêtement. Votre manie de prendre les rênes au lieu d'accepter le mors. Votre perpétuelle insubordination. Votre refus de faire semblant d'appartenir à une équipe. Ce n'est pas nouveau. Nous avons déjà connu cela par le passé. À maintes reprises, même. Je fais de mon mieux pour vous sauver la mise, mais je vous assure que si cela ne s'arrête pas... Filez à Camden Lock Market, Havers. Chez Wendy's Rainbow, ou quel que soit le nom de cette foutue boutique.

— Wendy's Cloud, marmonna Barbara. Mais il est possible qu'elle ne soit pas ouverte parce que la propriétaire...

— Si elle n'est pas là, lancez-vous à sa recherche, bon sang ! Et tant que vous ne l'aurez pas retrouvée, je ne veux plus vous voir ni vous entendre. Je ne veux pas non plus savoir si vous existez. C'est clair ?

Barbara le fixa, l'observant attentivement. Elle travaillait avec Lynley depuis assez longtemps pour savoir combien cette sortie ne lui ressemblait pas, même si elle avait largement mérité de se faire rabrouer. Elle examina les raisons pour lesquelles il pouvait être sur les nerfs : un autre meurtre, une dispute avec Helen, un accrochage avec Hillier, des problèmes avec son jeune frère, un pneu crevé alors qu'il se rendait au travail, trop de café, pas assez de sommeil… C'est alors qu'elle comprit :

— Il vous a contacté, n'est-ce pas ? Il a vu votre nom dans le journal, et il vous a contacté, bordel.

Lynley la considéra un moment avant de prendre sa décision. Il contourna son bureau, sortit une feuille d'une chemise en papier kraft et la lui tendit. Barbara vit que c'était une copie d'un original qui devait à l'heure actuelle être en route pour le labo de police scientifique.

LE REFUS DE SE RENDRE À L'ÉVIDENCE N'EXISTE PAS, SEUL LE SALUT EXISTE. C'était tracé en majuscules bien nettes sur une seule ligne. Au-dessous se trouvait non pas une signature mais un symbole. Lequel n'était pas sans rappeler deux parties disjointes d'un seul et même labyrinthe.

— Comment est-ce arrivé jusqu'à vous ? voulut savoir Barbara en restituant le document à Lynley.

— Par la poste. Dans une enveloppe standard. Même écriture.

— Que pensez-vous du symbole ? Une signature ?

— En quelque sorte.

— Ça pourrait être un connard qui veut s'amuser, non ? Il ne dit rien qui nous prouve qu'il sait une chose que seul sait le tueur.

— À l'exception du fragment sur le salut. Lequel suggère qu'il sait que les gamins – du moins ceux que nous avons identifiés – ont eu maille à partir avec la justice. Seul le tueur est au courant de ça.

— Le tueur et tous ceux qui travaillent chez Colossus, souligna Barbara. Neil Greenham avait un exemplaire du *Standard*, monsieur.

— Comme les trois quarts des gens à Londres.

— Mais on a mentionné votre nom dans le *Standard*, et c'est l'édition qu'il m'a montrée. Laissez-moi fouiner dans ses…

— Barbara, dit Lynley d'un air patient.

— Quoi ?

— Vous remettez ça.

— Quoi, « ça » ?

— Occupez-vous de Camden Lock Market. Je me charge du reste.

Elle allait protester – au diable la voix de la raison – quand le téléphone sonna. Lynley décrocha.

— Oui, Dee ? dit-il à la secrétaire du département.

Il écouta un moment, puis, avant de raccrocher, ajouta :

— Amenez-le ici, si vous voulez bien.

— Robson ? s'enquit Barbara.

— Simon, répondit Lynley. Il a quelque chose pour nous.

Il reconnaissait que sa femme était son point d'ancrage. Sa femme et la réalité distincte de la sienne qu'elle représentait. Pour Lynley, cela tenait quasiment du miracle de pouvoir rentrer chez lui et, pendant les quelques heures qu'il y passait, se laisser sinon absorber complètement, du moins distraire par quelque chose d'aussi ridicule que la nécessité de maintenir la paix entre leurs deux familles à propos de la tenue de baptême.

« Tommy, avait dit Helen depuis le lit tandis qu'elle le regardait s'habiller pour la journée, une tasse de thé en équilibre sur le renflement que formait son ventre, je ne t'ai pas dit que ta mère avait téléphoné hier ? Elle voulait me faire savoir qu'elle avait finalement retrouvé les chaussons de baptême, après avoir passé des jours à fouiller dans les combles pleins d'araignées et de serpents venimeux, en Cornouailles. Elle nous les envoie – les chaussons, pas les araignées ni les serpents –, alors je dois m'attendre à les trouver au courrier. Un peu jaunis par le temps, j'en ai peur, a-t-elle dit. Mais une bonne blanchisserie se chargera de leur rendre leur éclat. Évidemment, je n'ai pas su quoi lui répondre. Si nous n'utilisons pas les vêtements de baptême de ta famille, est-ce que Jasper Felix sera quand même un vrai Lynley ? (Elle bâilla.) Mon Dieu, pas cette cravate, chéri. Elle date de Mathusalem. On dirait un élève d'Eton en rupture de cours. Son premier week-end de libre à Windsor et il essaie de ressembler à l'un des grands. Où l'as-tu dénichée ? »

Lynley la retira, la remit dans la penderie, disant :

« Ce qui est incroyable, c'est que, lorsqu'ils sont célibataires, les hommes s'habillent sans savoir qu'ils n'y connaissent rien s'ils n'ont pas une femme à côté d'eux pour les conseiller. »

Il sortit deux autres cravates et les soumit à son approbation.

« La verte, dit-elle. J'aime le vert dans le cadre du travail. Ça te donne un air de Sherlock.

— Je l'ai portée hier, Helen.

— Bof, personne ne s'en apercevra. Crois-moi. On ne remarque jamais les cravates des hommes. »

Il ne prit pas la peine de lui faire remarquer qu'elle se contredisait. Il se contenta de sourire. Il s'approcha du lit et s'assit sur le bord.

« Quel est ton programme, aujourd'hui ?

— J'ai promis à Simon de travailler quelques heures. Il s'est de nouveau laissé déborder…

— Il se laisse toujours déborder.

— Il m'a demandé de lui donner un coup de main pour préparer une communication sur un machin chimique qui, ajouté à je ne sais quel truc, produit j'ignore quel résultat. Tout ça me dépasse. Je suis juste censée avoir l'air décorative quand il sera au tableau. Encore que... ajouta-t-elle en considérant son petit ventre d'un air attendri – d'ici quelque temps ça va être difficile. »

Il l'embrassa sur le front puis sur la bouche.

« Tu seras toujours décorative à mes yeux, lui dit-il. Même quand tu auras quatre-vingt-cinq ans et que tu seras édentée.

— J'ai l'intention de conserver mes dents jusqu'à mon dernier souffle. Elles seront impeccablement blanches, droites, et absolument pas déchaussées.

— Je suis impressionné.

— Une femme doit avoir de l'ambition. »

Il éclata de rire. Elle réussissait toujours à le faire rire. C'est pourquoi elle lui était nécessaire. Il aurait eu bien besoin d'elle ce matin pour détourner ses pensées de Barbara Havers et de son instinct suicidaire.

Si Helen était pour lui un miracle, Barbara était une énigme. Chaque fois qu'il croyait l'avoir enfin remise sur les rails de la rédemption professionnelle, elle s'empressait de faire quelque chose qui le détrompait. Jouer collectif, elle en était incapable. Quand on lui confiait une mission comme à tout autre membre de l'équipe, on pouvait être sûr qu'elle allait soit en rajouter jusqu'à ce que la mission initiale devienne méconnaissable, soit suivre son petit bonhomme de chemin et n'en faire qu'à sa tête. Pour l'instant, avec cinq meurtres non élucidés et un sixième peut-être en préparation, l'enjeu était trop important pour que Barbara puisse se permettre de faire autre chose que ce qu'on lui demandait de faire quand on le lui demandait.

Pourtant, en dépit de ses façons d'agir, à rendre fou, Lynley avait appris à ne pas sous-estimer l'opinion de

Barbara. En un mot, elle n'était pas idiote. Aussi l'autorisa-t-il à rester dans la pièce tandis que Dee Harriman allait chercher Saint James dans le hall.

Lorsqu'ils se retrouvèrent tous les trois et que Saint James eut refusé le café que lui proposait Dee, Lynley désigna la table ronde. Ils s'y installèrent comme ils l'avaient fait souvent par le passé en d'autres endroits. Lynley y alla de sa formule habituelle.

— Qu'est-ce qu'on a ?

Saint James sortit une liasse de papiers de l'enveloppe en kraft qu'il avait apportée. Il en fit deux piles. D'un côté, les comptes rendus d'autopsie. De l'autre, un agrandissement de la marque tracée avec du sang sur le front de Kimmo Thorne, une photocopie d'un symbole similaire, et un rapport assez bref, soigneusement dactylographié.

— Cela m'a pris un certain temps, déclara Saint James. Vous n'avez pas idée du nombre ahurissant de symboles qui existent de par le monde. Panneaux de signalisation routière, hiéroglyphes, j'en passe et des meilleures. Mais dans l'ensemble je dirais que c'est assez simple.

Il tendit à Lynley la photocopie et l'agrandissement de la marque tracée sur Kimmo Thorne. Lynley les plaça côte à côte tandis qu'il prenait ses lunettes de lecture dans sa veste. Les différents éléments constitutifs du symbole étaient tous présents sur les deux documents : le cercle, le X à l'intérieur du cercle et, dépassant de ce dernier, les deux barres du X terminées par des croix.

— C'est le même, acquiesça Barbara, se tordant le cou pour mieux voir les deux documents. Qu'est-ce que c'est, Simon ?

— Un symbole alchimique, dit Saint James.

— Qu'est-ce que cela signifie ? demanda Lynley.

— Purification, répondit-il. Plus exactement un processus de purification obtenu par brûlure des impuretés. C'est pourquoi il leur brûle les mains.

Barbara siffla tout bas.

— « Le refus de se rendre à l'évidence n'existe pas, seul le salut existe », murmura-t-elle.

Et, s'adressant à Lynley :

— Il brûle leurs impuretés. Monsieur, je crois qu'il sauve leur âme.

— Que voulez-vous dire ? questionna Saint James en regardant Lynley.

Ce dernier alla chercher la copie du mot qu'il avait reçu. Saint James le lut, fronça les sourcils et contempla la fenêtre d'un air pensif.

— Cela pourrait expliquer l'absence de composante sexuelle du crime, non ?

— Est-ce que le symbole qu'il a utilisé dans ce mot te dit quelque chose ? demanda Lynley à son ami.

Saint James l'étudia de nouveau.

— Il devrait, après toutes les images que j'ai examinées. Est-ce que je peux emporter ça ?

— Vas-y, dit Lynley. Nous en avons d'autres copies.

Saint James fourra le papier dans son enveloppe en kraft.

— Il y a autre chose, Tommy.

— Quoi donc ?

— Appelle ça de la curiosité professionnelle. Les rapports d'autopsie font état d'une blessure de type ecchymose sur chacun des corps, sur le flanc gauche, de cinq à douze centimètres au-dessous de l'aisselle. Si l'on excepte l'un des corps, sur lequel la blessure comporte également deux petites brûlures au milieu, la description est la même à chaque fois : pâle au milieu, le pourtour plus foncé, presque rouge sur le corps de St George's Gardens…

— Celui de Kimmo Thorne, précisa Havers.

— C'est exact. J'aimerais jeter un coup d'œil à cette blessure. Une photo fera l'affaire. Mais si possible je préférerais examiner l'un des corps. Tu pourrais m'arranger ça, Tommy ? Sur Kimmo Thorne, peut-être ? Si son corps n'a pas été rendu à sa famille.

— Je peux t'arranger ça. Mais où veux-tu en venir ?

— Je ne suis pas tout à fait sûr, admit Saint James. Mais je crois que cela a un rapport avec la façon dont les gamins ont été neutralisés. Il n'y a aucune trace de substance chimique dans leur sang d'après la toxicologie, donc on ne les a pas drogués. Aucune trace de lutte avant qu'on leur attache les poignets et les chevilles, donc ils n'ont pas été agressés. Si l'on suppose qu'il ne s'agit pas d'un rituel sadomaso – un gosse qu'un type plus âgé persuade de se livrer à des pratiques tordues et que le type assassine avant l'acte sexuel…

— C'est une possibilité qu'on ne peut pas écarter, remarqua Lynley.

— Tout à fait. On ne peut pas l'écarter. Mais si l'on suppose que la composante sexuelle est absente de ce scénario, alors le tueur a mis au point une technique pour les ligoter avant de les torturer et de les mettre à mort.

— Ces gamins connaissent les dangers de la rue, observa Havers. Je les vois mal coopérant avec un individu qui veut les attacher pour faire mumuse avec eux.

— En effet, opina Saint James. Et la présence de cette blessure, toujours la même, suggère que le tueur savait à quoi s'attendre de leur part dès le début.

Aussi non seulement il doit y avoir un lien entre toutes les victimes...

— Que nous avons trouvé, coupa Havers.

Elle commençait à s'exciter, ce qui n'était jamais bon signe, Lynley le savait, car alors elle n'était pas facile à canaliser. Elle expliqua :

— Simon, il existe une organisation du nom de Colossus. Des bonnes âmes travaillant avec des jeunes des cités, des gamins à risque, des délinquants juvéniles. Près d'Elephant & Castle. Et deux des victimes y étaient inscrites.

— Deux des victimes identifiées, corrigea Lynley. Il y a un autre corps identifié qui n'a aucun rapport avec Colossus. Et d'autres qui n'ont pas encore été identifiés du tout, Barbara.

— Ouais, convint Barbara. Mais qu'on fouille dans les dossiers et qu'on trouve quels sont les gamins qui ont cessé de se pointer chez Colossus à l'époque où ont eu lieu les autres meurtres qui nous intéressent, et je vous fiche mon billet qu'on va les identifier, les autres corps. Le nœud de l'affaire, c'est chez Colossus qu'on va le découvrir, monsieur. L'un des types qui bossent là-bas est notre homme, ma main à couper.

— Nous avons de bonnes raisons de croire qu'ils connaissaient leur assassin, dit Saint James comme s'il était d'accord avec Havers. Il est également fort possible qu'ils lui aient fait confiance.

— Or la confiance, c'est la clé de la philosophie de Colossus, ajouta Havers. L'apprentissage de la confiance, monsieur. Griff Strong m'a dit que ça faisait partie du stage d'évaluation. Et c'est lui qui chapeaute les activités censées les mettre en confiance. Bon Dieu, on devrait envoyer une équipe là-bas et le cuisiner à fond. Ainsi que les trois autres mecs. Veness, Kilfoyle et Greenham. Ils ont tous un lien avec au moins une des victimes. L'un d'entre eux n'est pas net, j'en mettrais ma main au feu.

— C'est peut-être le cas, et je vous félicite de l'enthousiasme dont vous faites preuve, dit sèchement Lynley. Mais on vous a déjà confié une mission, si je ne m'abuse. Camden Lock Market.

Havers eut le bon goût de se calmer.

— C'est exact.

— Le moment est peut-être venu de vous en acquitter ?

Elle ne parut guère enchantée mais elle ne chercha pas à discuter. Se levant, elle se dirigea d'un pas lourd vers la porte.

— J'ai été contente de vous voir, Simon, dit-elle à Saint James. Ciao !

— Salut, fit Saint James tandis qu'elle sortait.

Il se tourna vers Lynley.

— Des problèmes avec Barbara ?

— Il y a toujours des problèmes avec Havers.

— Mais j'ai toujours pensé que tu avais de l'estime pour elle.

— En effet.

— Va-t-elle retrouver son grade ?

— S'il ne tenait qu'à moi, je le lui rendrais, malgré son entêtement. Mais la décision ne m'appartient pas.

— Hillier ?

Lynley s'adossa à son siège et retira ses lunettes.

— Comme d'habitude. Il a trouvé le moyen de me coincer ce matin alors que je n'étais même pas encore dans l'ascenseur. Il essaie de diriger l'enquête par service de presse interposé mais les reporters ne sont pas aussi coopératifs qu'au début, même s'ils acceptent le café, les croissants et les bribes d'information que leur fournit Hillier. Il semble qu'ils aient pigé : trois métis – des mineurs – assassinés de manière similaire avant Kimmo Thorne, et personne de la Police métropolitaine n'est encore apparu sur le plateau de *Crimewatch*. Que signifie cette attitude ? veulent-ils savoir. Quel genre de message est-elle censée faire passer à la communauté ? Cela signifie-t-il que ces morts sont sans importance comparés à ceux où la victime est blanche, blonde aux yeux bleus et purement anglo-saxonne ? Ils commencent à poser les vraies questions, celles qui ne sont pas commodes, et Hillier regrette de ne pas s'être battu pour tenir le service de presse plus à l'écart de cette affaire.

— Orgueil démesuré, commenta Saint James.

— L'orgueil de quelqu'un a dérapé, ajouta Lynley. Et les choses ne vont pas s'arranger. Le dernier gamin assassiné, Sean Lavery, était placé dans une famille, il habitait Swiss Cottage chez un activiste noir qui, d'après ce que m'a dit Hillier, va tenir une conférence de presse vers midi aujourd'hui. Tu te doutes de l'effet que ça va produire sur la soif de sang des médias.

— Ça va être un vrai plaisir de travailler avec Hillier.

— C'en est toujours un. Tu imagines la pression.

Lynley regarda la photocopie du symbole alchimique, réfléchissant aux possibilités que cela offrait d'éclairer la situation.

— Je vais passer un coup de fil, dit-il à Saint James. J'aimerais que tu écoutes la conversation, si tu as le temps.

Il chercha le numéro de Hamish Robson et le trouva sur la couverture du rapport que le profileur lui avait remis. Lorsqu'il eut Robson au bout du fil, il mit le haut-parleur et le présenta à Saint James. Il lui transmit les infos que Saint James lui avait communiquées et admit que Robson avait vu juste : le tueur était entré en contact avec lui.

— Vraiment ? questionna Robson. Il vous a téléphoné ? Il vous a écrit ?

Lynley lui lut le mot.

— Nous en concluons que les symboles de purification dessinés sur le front et la brûlure des mains sont liés. Et nous avons réussi à dénicher des infos sur l'ambre gris qu'on a retrouvé sur les corps. Cette huile s'utilise pour des œuvres de colère ou de vengeance.

— Colère, vengeance, pureté, salut, remarqua Robson. Le message qu'il nous adresse est clair, non ?

— Nous pensons ici que tout ça vient d'un programme d'aide sociale situé de l'autre côté du fleuve, expliqua Lynley. Une organisation qui s'appelle Colossus. Ils s'occupent de jeunes en difficulté. Souhaitez-vous ajouter quelque chose ?

Il y eut un moment de silence tandis que Robson réfléchissait. Finalement, il dit :

— Nous savons qu'il est d'une intelligence supérieure à la moyenne mais qu'il se sent frustré parce que le monde ne se rend pas compte de son potentiel. Si vous vous êtes approché un tant soit peu de lui pendant l'enquête, il ne faut pas vous attendre à ce qu'il fasse un pas de travers pour vous laisser l'approcher davantage. C'est pourquoi, s'il s'attaque à des gamins venant d'une même source...

— Comme Colossus, coupa Lynley.

— Oui. S'il enlève des mineurs de chez Colossus, je doute fort qu'il continue de procéder de la même façon s'il voit que vous allez poser des questions là-bas.

— Vous voulez dire que les meurtres vont cesser ?

— Peut-être. Mais momentanément seulement. Tuer est trop gratifiant pour lui pour qu'il s'arrête complètement, commissaire. Le besoin de tuer et le plaisir qu'il en tire seront toujours plus forts que la crainte de se faire prendre. Mais je gage qu'il sera beaucoup plus prudent dorénavant. Il risque de changer de territoire, de s'éloigner davantage.

— S'il pense que l'étau se resserre, intervint Saint James, pourquoi entrer en contact avec la police par la poste ?

— Ah, cela fait partie du sentiment d'invincibilité du psychopathe, Mr Saint James, dit Robson. C'est la preuve de ce qu'il considère comme son omnipotence.

— Le genre de chose qui le conduit à sa chute ? demanda Saint James.

— Le genre de chose qui le convainc qu'il ne peut pas commettre l'erreur qui le perdra. C'est un peu comme Brady tentant de mettre son beau-frère dans le coup : il est tellement persuadé de la force de sa personnalité qu'il pense que personne de sa connaissance ne songera à le dénoncer ou n'osera le faire. C'est le grand défaut de la personnalité dévoyée du psychopathe. Votre tueur dans ce cas se croit intouchable quelle que soit la distance à laquelle vous vous trouvez. Même si vous êtes proche de lui. Il vous demandera de but en blanc quelles preuves vous avez contre lui si vous l'interrogez, et il va prendre bien soin de ne pas vous en fournir désormais.

— Nous pensons que la composante sexuelle est absente de ces crimes, dit Lynley, ce qui nous amène à écarter de la liste des auteurs potentiels les délinquants de catégorie A.

— Il s'agit ici de pouvoir, opina Robson. Mais les crimes sexuels sont aussi des crimes de pouvoir. C'est pourquoi vous pouvez parfaitement trouver un élément sexuel dans ces meurtres. Une dégradation du corps à connotation sexuelle. Au cas où le meurtre lui-même n'aurait pas réussi à procurer au tueur la satisfaction et la libération escomptées.

— C'est le cas normalement ? fit Saint James. Dans des meurtres comme ceux-ci ?

— C'est une forme de dépendance, précisa Robson. Chaque fois qu'il réalise son fantasme de salut par la torture, il lui en faut davantage pour le satisfaire. Le corps s'habitue à la drogue – quelle qu'elle soit – et il lui en faut davantage pour atteindre le nirvana.

— En d'autres termes, il faut s'attendre à ce qu'il y en ait d'autres. Avec des variations sur ce thème.

— Oui. C'est exactement ce que je veux dire.

Il voulait l'éprouver de nouveau : l'envol qui venait de l'intérieur. Il avait soif de la sensation de liberté qui L'envahissait à l'instant ultime. Il voulait entendre Son âme crier « Oui ! » à l'instant précis où le cri étouffé au-dessous de Lui se réduisait à un dernier et faible « Non ! ». Il avait besoin de cela. Qui plus est, on le Lui devait. Mais quand la faim s'éveillait en Lui de toute son exigeante présence, Il savait qu'Il ne pouvait pas agir dans la précipitation. Cela Le laissait avec le besoin et le mélange excitant de nécessité et de devoir qu'Il sentait couler dans Ses veines. Il était comme un plongeur qui remonte trop rapidement à la surface. Le désir se transformait vite en douleur.

Il lui fallait un certain temps pour tenter de trouver un apaisement. Il conduisit jusqu'aux marécages où Il pouvait fouler le sentier de halage au bord de la Lea. Là, songea-t-Il, Il chercherait le soulagement.

Ils étaient toujours pris de panique quand ils retrouvaient leurs sens et se rendaient compte qu'ils étaient attachés à la planche, bras en croix, pieds et mains ligotés, bouche bâillonnée par l'adhésif. Tandis qu'Il les emmenait dans la nuit, Il les entendait se débattre en vain derrière Lui, certains en proie à la terreur, d'autres à la colère. Le temps qu'Il atteigne sa destination, toutefois, ils avaient tous traversé la phase préliminaire de réaction instinctive, et ils étaient prêts à négocier. Je ferai ce que vous voudrez. Laissez-moi seulement vivre.

Ils ne disaient jamais cela directement. Mais c'était là, dans leurs yeux affolés. Je ferai n'importe quoi, serai n'importe quoi, dirai n'importe quoi, penserai n'importe quoi. Laissez-moi seulement la vie sauve.

Il s'arrêtait toujours au même endroit, un endroit sûr, où un coude dans le parking de la patinoire le protégeait de la rue. Là, il y avait une parcelle de terrain qui disparaissait sous des buissons échevelés, et le lampadaire censé l'éclairer était hors d'usage depuis longtemps. Il éteignait les phares et grimpait à l'arrière. Il s'accroupissait près de la forme immobilisée et attendait que Ses yeux s'habituent à l'obscurité. Ce qu'Il disait alors était toujours la même chose, malgré Sa voix douce et pleine de regret. *Tu as fait quelque chose de mal. Je vais ôter ça –* Ses doigts sur l'adhésif *– mais seul le silence te permettra d'avoir la vie sauve et d'être libéré. Est-ce que tu peux garder le silence ?*

Ils faisaient oui de la tête, toujours, alors qu'ils ne pensaient qu'à parler. Raisonner, reconnaître, menacer parfois, ou exiger. Mais peu importait ce qu'ils ressentaient, ils en étaient bientôt réduits à supplier.

Ils éprouvaient Son pouvoir. Ils en captaient l'odeur intense dans l'huile dont Il imprégnait Son corps. Ils le voyaient dans la lueur du couteau qu'Il brandissait. Ils le sentaient dans la chaleur de la cuisinière. Ils l'entendaient dans le grésillement de la poêle.

Je n'ai pas besoin de te faire mal, leur disait-Il. *Il faut qu'on parle, et si notre conversation se déroule bien, il se peut que tu sois libéré.*

Pour parler, ils parlaient. Ils jacassaient, même. Le recensement de leurs crimes ne leur arrachait généralement qu'un aveu angoissé. Oui, j'ai fait ça. Oui, je suis désolé. Oui, je jure... tout ce que vous voudrez, laissez-moi partir.

Mais mentalement ils n'étaient pas d'accord, et Il lisait dans leurs pensées. Espèce d'immonde salaud, concluaient-ils. Je ferai en sorte que tu grilles en enfer pour ça.

C'est pourquoi, bien sûr, Il ne pouvait absolument pas les libérer. Du moins pas comme ils l'espéraient. Mais Il n'en était pas moins un homme de parole.

Il commençait par leur brûler les mains, pour leur montrer Sa colère et aussi Sa pitié. Leurs déclarations de culpabilité ouvraient la porte à leur rédemption, mais ils devaient souffrir pour être purifiés. Alors Il leur bâillonnait de nouveau la bouche et Il plaquait leurs paumes contre la chaleur jusqu'à ce qu'Il sente l'odeur de la chair brûlée. Ils s'arc-boutaient, tentant de s'échapper, leurs sphincters se relâchaient. Certains s'évanouissaient et ne sentaient même pas le garrot se glisser et se resserrer autour de leur cou. D'autres restaient conscients, et c'était avec ceux-là que Fu avait l'impression d'exulter vraiment tandis que la vie quittait leur corps pour transporter le Sien.

Et après Il se préoccupait toujours de sauver leur âme, se servant du couteau, les éventrant pour la libération finale. C'était ce qu'Il leur avait promis, après tout. Il leur suffisait de reconnaître leur culpabilité et d'exprimer un sincère désir de rédemption. Mais la plupart se bornaient à reconnaître leur culpabilité. La plupart ne comprenaient rien à la seconde partie du programme.

Le dernier n'avait rien compris du tout. Jusqu'à la fin il avait nié. Je n'ai rien fait, espèce de salopard, je n'ai rien fait, t'as compris ? Va te faire foutre, enculé, laisse-moi partir.

La libération avait été impossible pour lui. La liberté, la rédemption, tout ce que Fu lui offrait, le gamin avait craché dessus avec force jurons. Il était parti sans avoir été purifié, sans que son âme ait été libérée – échec de la part de la Créature divine.

Mais le plaisir infini du moment lui-même était demeuré intact pour Fu. Et c'était ce à quoi Il aspirait de nouveau. Le narcotique exaltant de la maîtrise totale.

Marcher le long de la Lea ne le lui procurait pas. Le souvenir non plus. Une seule chose pouvait le Lui procurer.

13

Barbara Havers était d'une humeur massacrante lorsqu'elle atteignit finalement Camden Lock Market. Furieuse d'avoir laissé des considérations d'ordre personnel s'interposer entre elle et son travail. Sur les nerfs d'avoir dû regagner le nord de Londres peu de temps après avoir enduré la circulation matinale pour se rendre dans le centre de la ville. Mécontente que le stationnement réglementé l'empêche de se garer suffisamment près du marché pour lui éviter de faire un bout de trajet à pied. Enfin, absolument persuadée que cette mission était une perte de temps pure et simple.

La réponse, c'était entre les murs de Colossus qu'elle se trouvait, pas ici. Bien que persuadée au fond d'elle-même que le profil établi par Robson était un tissu d'âneries, elle était disposée à en accepter une partie ; et cette partie, c'était la description de leur tueur. Étant donné que quatre hommes au moins correspondaient à ce signalement – tous employés chez Colossus au sud de la Tamise –, elle savait qu'elle avait peu de chances de trouver quelqu'un d'autre correspondant à cette description errant autour des stands et des boutiques de Camden Lock. Et elle ne s'attendait certes pas à trouver des traces d'un suspect chez Wendy's Cloud. Mais elle savait qu'elle avait intérêt à filer doux et à obéir aux ordres de Lynley. Alors elle se fraya tant bien que mal un chemin au milieu de la circulation et trouva une place de parking assez loin du marché, où elle gara sa Mini comme avec un chausse-pied. Après quoi elle gagna à pied Camden Lock avec ses boutiques, ses stands et ses restaurants alignés le long du canal à l'opposé de Chalk Farm Road.

Wendy's Cloud ne fut pas facile à dénicher car le magasin n'avait pas d'enseigne. Après avoir consulté un plan du marché et demandé son chemin à droite et à gauche, Barbara finit par situer le magasin : c'était un simple stand à l'intérieur d'une des boutiques. Cette boutique proposait des bougies et des bougeoirs, des cartes de vœux, des bijoux et du papier à lettres fait main. Wendy's Cloud, des massages et des huiles pour l'aromathérapie, de l'encens, du savon et des sels de bain.

La propriétaire éponyme de l'établissement était assise sur un pouf informe, invisible derrière le comptoir. Barbara crut tout d'abord qu'elle surveillait les clients qu'elle soupçonnait d'avoir les doigts crochus mais lorsqu'elle l'appela : « Excusez-moi, est-ce que je peux vous dire un mot ? », il s'avéra que la dénommée Wendy était dans les vapes et que la substance qui l'avait plongée dans cet état n'était probablement pas en vente dans son échoppe. Elle avait les paupières plus qu'en berne. Elle réussit non sans peine à se lever en s'accrochant à l'un des pieds du comptoir, le menton reposant un instant dans les sels de bain.

Barbara jura intérieurement. Avec ses cheveux gris filandreux et son caftan taillé dans un couvre-lit indien, Wendy ne semblait pas constituer une source de renseignements très prometteuse. Elle avait plutôt l'allure d'une rescapée de la génération hippie. Il ne lui manquait que le collier de perles typique des années soixante.

Barbara se présenta néanmoins, montra sa carte, et s'efforça de stimuler le cerveau de la sexagénaire en prononçant à toute vitesse à la suite de New Scotland Yard les mots « tueur en série ». Elle mentionna dans la foulée l'huile d'ambre gris, et, pleine d'espoir, demanda si Wendy tenait une comptabilité de ses achats. L'espace d'un instant, elle songea que seule une longue douche froide pourrait faire retrouver ses esprits à Wendy mais, au moment où elle se demandait où trouver de quoi asperger la bonne dame, celle-ci se décida à parler :

— Libre service, dit-elle. Désolée.

Barbara en conclut qu'elle ne gardait pas la trace des achats qu'elle effectuait. Wendy hocha la tête. Elle ajouta que, quand il ne lui restait plus qu'un flacon d'une huile en magasin, elle en commandait un autre. À condition qu'elle n'oublie pas de passer le stock en revue, en fin de journée, au moment de la fermeture. Le fait est qu'elle oubliait souvent cette formalité, et que c'était seulement quand un client réclamait un produit spécifique qu'elle se rendait compte qu'il lui fallait passer une nouvelle commande.

C'était relativement prometteur. Barbara voulut savoir si, récemment, quelqu'un lui avait demandé de l'ambre gris.

Wendy fronça les sourcils. Puis ses globes oculaires parurent se révulser tandis qu'elle disparaissait dans les profondeurs de son esprit pour tenter de trouver une réponse à cette question.

— Coucou ? fit alors Barbara. Vous êtes toujours là, Wendy ?

— Vous cassez pas la tête, mon petit, dit quelqu'un tout près. Ça fait plus de trente ans qu'elle se drogue. Elle n'a plus grand-chose entre les oreilles, si vous voyez ce que je veux dire.

Barbara regarda autour d'elle et vit que la personne qui avait parlé était assise au comptoir de la boutique abritant le stand de Wendy. Tandis que Wendy se rasseyait sur son pouf, Barbara rejoignit l'inconnue, qui lui expliqua qu'elle était la sœur de Wendy, Pet. Diminutif de Petula, précisa-t-elle. Il y avait des lustres qu'elle avait autorisé Wendy à planter sa tente chez elle mais elle ne savait jamais si cette dernière allait venir ou non.

Barbara lui demanda ce qui se passait les jours où Wendy ne venait pas. Que se passait-il quand quelqu'un voulait lui acheter quelque chose ? Est-ce que Pet – Barbara l'espérait – se chargeait de la vente pour sa sœur ?

Pet secoua la tête, ses cheveux gris comme ceux de Wendy ressemblaient à de la paille de fer tellement ils étaient permanentés. Non, mon chou, pas question. Wendy était la bienvenue dans sa boutique du moment qu'elle payait ; mais si elle voulait gagner de l'argent et s'arranger pour ne pas retomber dans le caniveau où elle avait apparemment résidé pendant une dizaine ou une vingtaine d'années avant d'ouvrir Wendy's Cloud, il fallait qu'elle se pointe, ouvre le stand et effectue les ventes. Il était hors de question que sa petite sœur le fasse pour elle.

— En d'autres termes, vous n'avez aucun moyen de savoir si quelqu'un lui acheté de l'huile d'ambre gris ? demanda Barbara.

Aucun, lui dit Pet. Les gens allaient et venaient constamment à Camden Lock Market. Les weekends, comme le constable devait le savoir, c'était même de la folie. Touristes, ados, couples en goguette, familles lestées de jeunes enfants cherchant un moyen économique de se distraire, clients, pickpockets, voleurs à l'étalage... Impossible de se rappeler qui achetait quoi dans sa boutique. Encore moins sur le stand de sa sœur. Non, si quelqu'un pouvait dire au constable qui avait effectué un achat chez Wendy's Cloud, c'était Wendy elle-même. Le problème, hélas, c'est que Wendy passait la plupart de son temps dans les nuages... si le constable voyait ce que Petula voulait dire.

Barbara ne voyait que trop bien. De toute façon, elle savait qu'il n'y avait rien à tirer de cette expédition à Camden. Elle dit au revoir à Pet, non sans lui laisser son numéro de portable pour le cas – peu probable – où Wendy redescendrait sur terre assez longtemps pour se souvenir de quelque chose d'intéressant, et elle mit les voiles.

Comme elle ne voulait pas avoir fait tout ce trajet pour rien, Barbara effectua deux autres haltes. La première dans un stand situé en bordure de l'une des ruelles. Toujours soucieuse d'étoffer sa collection de tee-shirts à message, elle inspecta les rayonnages de Pig & C°. Elle écarta « Princesse à l'entraînement » et « Papa et maman sont allés à Camden Lock Market et tout ce qu'ils m'ont rapporté, c'est un tee-shirt minable », et opta pour « Je freine pour laisser passer les autres formes de vie », imprimé au-dessous d'une caricature du Premier ministre coincé sous les roues d'un taxi londonien.

Son achat effectué, elle décida de s'octroyer un repas sur le pouce. Une pause devant un stand de pommes de terre en robe des champs lui parut faire l'affaire. Elle choisit comme garniture du chou cru, des crevettes et du maïs – il était nécessaire d'avoir une alimentation variée –, emporta le tout avec une fourchette en plastique à l'extérieur du marché et se mit à manger tout en regagnant l'endroit où elle avait laissé sa voiture.

Cela l'entraîna vers son domicile, direction nord-ouest, le long de Chalk Farm Road. Elle n'avait pas fait cent mètres que son portable se mit à sonner, la forçant à s'arrêter, à poser son en-cas sur le couvercle d'une poubelle au premier coin de rue venu et à extirper son téléphone de son sac. Peut-être que Wendy était sortie du potage et avait fourni à sa sœur des renseignements utiles que Pet voulait lui transmettre… L'espoir fait vivre.

— Havers, lança Barbara d'un ton encourageant.

Levant la tête, elle vit une camionnette passer et se garer en stationnement interdit devant l'entrée latérale de Stables Market, un bâtiment destiné jadis à abriter des chevaux de l'artillerie et désormais à usage commercial. Elle la regarda d'un œil vague tandis que Lynley parlait.

— Où êtes-vous, constable ?

— À Camden Lock, comme vous me l'avez ordonné, répondit Barbara. J'ai fait chou blanc, j'en ai peur.

Devant elle, un homme descendit lourdement de la camionnette. Il était bizarrement vêtu, même par ce froid hivernal : bonnet de laine rouge genre lutin, lunettes de soleil, mitaines et un gros manteau noir qui lui battait les chevilles. Trop grand, le manteau, songea Barbara en l'examinant avec curiosité. C'était le genre de vêtement sous lequel on pouvait aisément dissimuler des explosifs. Elle inspecta sa camionnette tandis qu'il s'approchait de l'arrière. Elle était violette – couleur peu banale – avec des lettres blanches sur le flanc. Barbara se plaça de façon à mieux voir. Lynley continuait de parler.

— Alors mettez-vous dessus immédiatement, disait-il. Il se peut que vous ayez vu juste concernant Colossus.

— Désolée, s'empressa de dire Barbara. Je vous ai perdu un instant, monsieur. La réception est mauvaise. Putain de portable. Vous pouvez répéter ?

Lynley lui apprit qu'un policier de l'équipe Deux avait obtenu des infos sur Griffin Strong. Mr Strong ne leur avait apparemment pas tout révélé à propos de son départ des services sociaux précédant son entrée chez Colossus. Un enfant était décédé, dont Strong s'était occupé à Stockwell. Le moment était venu de fouiner plus avant dans ses antécédents. Lynley lui communiqua l'adresse de Strong et lui demanda de commencer par là. Il habitait dans un lotissement de Hopetown Street. East 1, précisa Lynley. Un sacré trajet pour s'y rendre. Il pourrait y envoyer quelqu'un d'autre mais, comme Havers avait parlé de Colossus avec beaucoup d'insistance...

Y avait-il du regret dans sa voix ? se demanda Barbara. Essayait-il de se faire pardonner, se rendant compte que ce n'était pas parce qu'il avait mal commencé la journée que les autres devaient en pâtir ?

Aucune importance. Elle prendrait ce qui se présenterait. Elle lui répondit qu'une folle expédition à Whitechapel était exactement ce qu'il lui fallait. Qu'elle allait se mettre en route sur-le-champ. En fait, tandis qu'ils parlaient, elle s'était mise à trotter en direction de sa voiture.

— Très bien, conclut Lynley. Occupez-vous-en.

Il raccrocha avant que Barbara ait le temps de lui dire à quoi elle pensait tout en observant la camionnette violette devant elle et l'homme qui déchargeait des cartons empilés à l'arrière du véhicule.

Violette, avait pensé Barbara. Obscurité, éclairage faiblard provenant d'un réverbère à quelques mètres de là, une femme à moitié endormie, à sa fenêtre, à l'étage.

Elle s'approcha de la camionnette. L'inscription portée sur le flanc indiquait que le véhicule appartenait à Mr Magic, et elle s'accompagnait d'un numéro de téléphone londonien. Ce devait être l'homme au manteau, se dit Barbara, parce que, outre des explosifs, le vêtement devait pouvoir receler toutes sortes de choses, des colombes aux dobermans.

Tandis qu'elle s'approchait d'un pas nonchalant, sa pomme de terre à la main, l'homme, chargé de deux cartons, avait refermé les portières arrière de la camionnette d'un coup de pied. Il avait laissé ses feux de détresse allumés, dans l'espoir sans doute que cela dissuaderait une contractuelle trop zélée. Voyant Barbara, il dit :

— Excusez-moi. Est-ce que je pourrais vous demander de... J'en ai pour une minute. Le temps de porter ça jusqu'au stand. Vous pouvez jeter un oeil ? Ils sont impitoyables par ici pour ce qui est du stationnement.

— Bien sûr, dit Barbara. Vous êtes Mr Magic ?

Il fit une grimace.

— Barry Minshall, en fait. J'en ai pour deux secondes. Merci.

Il passa par l'entrée latérale des Stables – l'un des quatre marchés du voisinage – et Barbara en profita pour faire le tour de sa camionnette. Ce n'était pas une Ford Transit, mais c'était sans importance car elle ne pensait pas que cela puisse être celle qu'ils recherchaient. Il y avait peu de chances pour qu'un flic se trouvant dans la rue et travaillant sur l'affaire tombe providentiellement sur le tueur en série qu'il cherchait. Cependant la couleur de la camionnette l'intriguait.

Barry Minshall revint, se confondant en remerciements. Barbara en profita pour lui demander ce qu'il vendait sur son stand. Des accessoires de magie, des vidéos, des farces et attrapes. Pas d'huile. Barbara écoutait, se demandant pourquoi il portait des lunettes de soleil, compte tenu du temps qu'il faisait. Mais, après sa rencontre avec Wendy, elle savait qu'il fallait s'attendre à trouver absolument de tout dans ce quartier.

Pensive, elle regagna sa voiture. Quelqu'un avait parlé d'une camionnette rouge, aussi avaient-ils tous pensé « rouge » au cours de l'enquête. Mais le rouge n'était qu'une partie d'un spectre plus vaste, n'est-ce pas ? Pourquoi pas quelque chose approchant davantage du bleu ? C'était un point qu'il convenait de ne pas négliger.

Lorsque le sergent Winston Nkata se rendit à l'église de Branché sur le Seigneur, il n'était pas sans munitions. Il avait en effet dûment fouiné dans les antécédents du révérend Bram Savidge. Les infos qu'il avait dénichées lui avaient fourni des armes suffisantes pour rencontrer cet homme qui avait été surnommé le Champion de Finchley Road par le *Sunday Times* et par le *Mail on Sunday*, lesquels avaient consacré des reportages à son ministère.

La conférence de presse battait son plein lorsque Nkata pénétra dans le magasin transformé en église et en soupe populaire. Les pauvres et les sans-abri qui venaient manger là pendant la journée faisaient la queue d'un air abattu sur le trottoir. La plupart d'entre eux s'étaient accroupis avec la patience inévitable dont sont obligés de faire preuve les gens qui ont vécu trop longtemps en marge de la société.

Nkata éprouva comme un pincement au cœur en passant devant eux. Il s'en était fallu d'un cheveu qu'il ne finisse comme eux ; il ne devait qu'à l'amour inconditionnel de ses parents et à sa rencontre avec un flic compréhensif de n'avoir pas sombré lui aussi. Il avait la gorge serrée chaque fois que son travail l'amenait à opérer chez les siens. Il se demandait s'il arriverait à se débarrasser un jour du sentiment qu'il les avait d'une certaine façon trahis en adoptant une ligne de conduite que la plupart d'entre eux ne comprenaient pas.

Il avait vu la même réaction dans les yeux de Sol Oliver lorsqu'il était entré dans son minable atelier de mécanique moins d'une heure auparavant. L'atelier faisait partie d'un bidonville comprenant l'étroite rue de Munro Mews dans North Kensington, endroit défiguré par les tagueurs et les graffiteurs, noirci par des générations de suie et les vestiges d'un incendie qui avait provoqué l'effondrement du bâtiment voisin. L'arrière des bâtiments donnait sur Golberne Road, où Nkata avait laissé son Escort. La circulation s'y écoulait lentement dans un quartier de boutiques misérables et d'étals crasseux, entre des trottoirs défoncés et des caniveaux jonchés d'ordures.

Sol Oliver était penché au-dessus d'une antique Volkswagen Coccinelle lorsque Nkata l'avait surpris. À l'énoncé de son nom, le mécanicien s'était relevé de la contemplation du minuscule moteur de la voiture. Son regard avait enveloppé Nkata de la tête aux pieds et, lorsque ce dernier lui avait montré sa carte, ce que Sol Oliver avait soupçonné concernant Nkata avait figé ses traits en une expression d'intense méfiance.

Ouais, on l'avait mis au parfum pour Sean Lavery, s'empressa-t-il de déclarer, sans avoir l'air particulièrement ému par la nouvelle. Le révérend Savidge lui avait téléphoné pour le prévenir. Il n'avait rien à dire aux flics à propos de Sean sur les jours précédant sa mort. Il y avait des mois qu'il n'avait pas vu son fils.

« C'était quand, la dernière fois ? » s'enquit Nkata.

Oliver jeta un coup d'œil à un calendrier, comme pour se rafraîchir la mémoire. Le calendrier était accroché sous un véritable hamac de toiles d'araignée et au-dessus d'une cafetière crasseuse. Un mug était posé près de la cafetière, sur lequel une main d'enfant avait peint des ballons et ce mot : « Papa ».

« Fin août, dit Oliver.

— Vous en êtes sûr ?

— Pourquoi ? Vous croyez que je l'ai zigouillé ou quoi ? »

Oliver posa la clé anglaise qu'il tenait à la main. Il s'essuya les doigts avec un chiffon bleu couvert de taches.

« Écoutez, mon vieux, j'le connaissais pas, ce môme. J'voulais même pas le connaître. J'ai une famille maintenant et ce qui s'est passé entre sa mère et moi, c'est de l'histoire ancienne. J'ai dit au p'tit que j'étais désolé que Cleo soit au ballon, mais que je pouvais pas le prendre avec moi. Que c'était pas possible. On était pas mariés ni rien, elle et moi. »

Nkata fit de son mieux pour rester impassible mais il était tout ouïe. Oliver résumait ce qui n'allait pas chez leurs hommes : ils plantaient la petite graine parce que la femme était partante ; ils fuyaient les conséquences avec un haussement d'épaules. L'indifférence, tel était l'héritage que l'on se transmettait de père en fils.

« Que vous voulait-il, alors ? demanda-t-il à Oliver. Il n'était pas venu juste histoire de tailler une bavette.

— Je viens de vous le dire. Y voulait habiter avec nous. Moi, ma meuf et les gosses. J'en ai deux. Mais j'pouvais pas le prendre. J'ai pas la place. Et pis même si je l'avais… » Il regarda autour de lui comme pour chercher une explication entre les murs du vieux garage à l'odeur âcre. « On était des étrangers, lui et moi, mec. Y se figurait peut-être que j'allais le recueillir sous prétexte qu'on était du même sang. Mais c'était pas possible. Fallait qu'y mène sa barque. Comme j'ai mené la mienne. C'est pareil pour tout le monde. » Il parut lire comme une condamnation sur le visage de Nkata car il poursuivit : « Sa mère, faut pas croire, elle tenait pas spécialement à m'avoir près d'elle. Elle était en cloque mais elle a même pas été foutue de me le dire. Il a fallu que j'la croise dans la rue, alors qu'elle était sur le point de pisser sa côtelette, pour être au courant. C'est là qu'elle me sort que c'est mon gosse qu'elle attend. Putain, comment j'peux le savoir, moi, que c'est mon gosse, hein ? Tout ce que j'sais, c'est qu'elle est jamais venue me trouver après la naissance du môme. Elle est partie de son côté. Moi du mien. Et pis un beau jour v'là que le gamin il a treize ans. La vache, y débarque ici comme une fleur. Soi-disant qu'y me veut pour père. Seulement, moi, pas question que j'y serve de père. J'suis pas partant sur ce coup-là. C'est vrai, quoi, j'le connais pas, ce minot. » Oliver reprit sa clé anglaise, manifestement prêt à se remettre au boulot. « C'est moche que sa mère soit au trou, c'est sûr. Mais qu'est-ce que j'y peux, moi, merde ? »

Exact, songea Nkata en entrant chez Branché sur le Seigneur et se plaçant contre un mur. Il était à peu près certain qu'ils pouvaient rayer Sol Oliver de la liste des suspects qu'ils étaient en train de dresser. Le mécanicien ne s'était pas intéressé suffisamment à Sean Lavery pour l'avoir tué.

On ne pouvait en dire autant du révérend Bram Savidge. Nkata avait épluché le passé de cet homme et y avait trouvé des éléments qui demandaient à être examinés de plus près. Et notamment la raison pour laquelle il avait menti au commissaire Lynley au sujet des trois jeunes garçons qui avaient été placés chez lui pour lui être ensuite retirés.

Vêtu d'un caftan et d'un couvre-chef africains, Savidge se tenait devant un lutrin où étaient posés trois micros. Les lumières crues des projecteurs d'une équipe de la télévision étaient braquées sur lui tandis qu'il s'adressait aux journalistes qui occupaient quatre rangs de chaises. Il avait réussi à attirer un public assez vaste et il se donnait à fond.

— Tout ce qu'il nous reste, ce sont des questions, disait-il. Des questions que peut raisonnablement se poser n'importe quelle communauté. Mais également des questions qui passent généralement inaperçues dans les cas où l'attitude de la police dépend de la couleur de la communauté. Eh bien, nous demandons qu'il soit mis un terme à cela. Cinq morts et ce n'est probablement pas fini, mesdames et messieurs, et la Police métropolitaine attend que se produise le *quatrième* décès pour se décider à mettre sur pied une cellule de crise et ouvrir une enquête. Pourquoi cette lenteur ? (Son regard balaya l'assemblée.) Seule la Police métropolitaine peut nous le dire.

À ce stade de son intervention, il se mit à tonner littéralement, abordant toutes les questions qu'une personne de couleur pouvait se poser. Commençant par la question de savoir pourquoi on n'avait pas enquêté à fond sur les premiers meurtres. Terminant par la raison pour laquelle on n'avait pas apposé d'affiches dans les rues pour mettre la population en garde. Un murmure convenu s'éleva parmi les journalistes en réponse à cela. Mais Savidge n'était pas décidé à se reposer sur ses lauriers. Il poursuivit :

— Et vous, messsieurs les journalistes, honte à vous. Vous êtes les sépulcres blanchis de notre société. Car vous avez, à l'instar de la police, renoncé à assumer vos responsabilités vis-à-vis du public. Ces meurtres ne vous ont pas semblé dignes d'être « montés » à la une. Que faut-il faire pour que vous reconnaissiez qu'une vie est une vie, quelle que soit la couleur ? Que toute vie est digne d'attention ? Que toute personne qui meurt a été aimée, qu'on la pleure ? Le péché d'indifférence devrait peser aussi lourdement sur vos épaules qu'il pèse sur celles de la police. Le sang de ces enfants réclame justice et la communauté noire n'aura de cesse que justice soit rendue. C'est tout ce que j'ai à dire.

Les reporters bondirent, évidemment. L'événement avait été organisé dans ce but. Ils réclamèrent l'attention de Savidge mais ce dernier disparut par une porte menant à l'arrière du bâtiment. Il laissa derrière lui un homme qui s'approcha du lutrin et déclara être l'avocat de Cleopatra Lavery, la mère emprisonnée de la cinquième victime, dont il représentait les intérêts. Elle aussi avait un message pour les médias, et il allait le leur lire sans plus tarder.

Nkata ne resta pas pour écouter les paroles de Cleopatra Lavery. Il fit le tour de la pièce et se dirigea vers la porte qu'avait utilisée Bram Savidge. Elle était gardée par un homme en longue tunique noire. Il fit non de la tête en regardant Nkata et croisa les bras.

Nkata lui montra sa carte.

— Scotland Yard.

Le gardien réfléchit un moment avant de dire à Nkata d'attendre. Il gagna un bureau, revint un instant plus tard en précisant que le révérend Savidge allait le recevoir.

Nkata trouva le pasteur qui l'attendait derrière la porte, planté dans un angle de la petite pièce. À côté de lui étaient accrochées des photos encadrées : Savidge en Afrique, un visage noir parmi des millions d'autres.

Le révérend demanda à voir ses papiers, comme s'il ne croyait pas ce que son garde du corps lui avait dit. Nkata les lui tendit et en profita pour examiner Savidge, qui lui rendit la pareille. Il se demanda si les antécédents du pasteur justifiaient l'adoption d'un total look africain : Savidge avait grandi à Ruislip. Enfant des classes moyennes, il avait pour père un contrôleur aérien et pour mère une enseignante.

Savidge rendit sa carte à Nkata.

— Alors c'est vous que le Yard envoie pour m'amadouer, me caresser dans le sens du poil ? La Police métropolitaine me prend vraiment pour un imbécile ?

Nkata croisa cinq secondes le regard de Savidge avant de parler, se disant que l'autre était en colère et qu'il n'avait pas tort. Ses propos n'étaient pas entièrement dénués de fondement.

— Il y a un point que nous aimerions tirer au clair, Mr Savidge. J'ai pensé préférable de venir en personne.

Savidge ne répondit pas immédiatement, comme s'il pesait le refus de Nkata de mordre à l'hameçon. Il finit par se décider à lâcher :

— Qu'avez-vous besoin de tirer au clair ?

— Les jeunes garçons qui étaient chez vous. Vous avez dit à mon patron que vous aviez fait placer trois des quatre garçons dont vous étiez le père adoptif dans d'autres familles d'accueil à cause de votre femme. De son anglais insuffisant. Quelque chose dans ce goût-là.

— Oui, dit Savidge, méfiant. Oni apprend la langue. Vous voulez peut-être juger par vous-même…

Nkata fit signe que non, que ce n'était pas cela qui l'intéressait.

— Je suis sûr qu'elle apprend l'anglais, je n'en doute pas. Mais le fait est, révérend, que vous n'avez pas fait placer ces enfants ailleurs. Ils vous ont été retirés par les services sociaux avant même votre mariage. Et ce que je ne comprends pas, c'est pourquoi vous avez menti à ce sujet au commissaire Lynley alors que vous deviez vous douter que nous prendrions des renseignements sur vous.

Le révérend Savidge ne répondit pas immédiatement. Un coup fut frappé à la porte. Celle-ci s'ouvrit et le garde du corps passa la tête à l'intérieur.

— Sky News veut savoir si vous avez l'intention de faire une déclaration à leur reporter devant la caméra.

— J'ai dit tout ce que j'avais à dire, rétorqua Savidge. Faites-moi sortir tout ce monde-là. Nous avons des gens à nourrir.

— Très bien, acquiesça l'homme en refermant la porte.

Savidge alla s'asseoir à son bureau. Il fit signe à Nkata de prendre un siège.

— Vous voulez m'en parler ? insista Nkata. « Arrêté pour conduite obscène ». C'est ce qu'indique le dossier. Expliquez-moi comment vous avez fait pour que ça n'aille pas plus loin.

— C'était un malentendu.

— Quel genre de malentendu se termine par une arrestation pour conduite obscène, Mr Savidge ?

— Un malentendu qui vient du fait que j'avais des voisines qui attendaient en retenant leur souffle que l'homme noir, c'est-à-dire moi, fasse un pas de travers.

— Ce qui veut dire ?

— Je prends des bains de soleil nu en été, quand été il y a. Une voisine m'a vu. Un des garçons était sorti de la maison et a décidé de se joindre à moi. Voilà.

— Quoi ? Deux types nus comme des vers allongés sur la pelouse ?

— Pas exactement.

— Alors quoi ?

Savidge appuya ses doigts sous son menton comme s'il se demandait s'il devait poursuivre. Il se décida:

— La voisine… C'est ridicule. Elle a vu le gamin se déshabiller. Elle m'a vu l'aider. À retirer sa chemise ou son pantalon. Je ne sais plus. Elle en a tiré des conclusions hystériques et passé un coup de téléphone à la police. Résultat, j'ai vécu quelques heures des plus pénibles avec les autorités locales en la personne d'un constable plus tout jeune qui n'était pas une flèche mais qui avait une imagination débridée. Les services sociaux s'en sont mêlés et ont embarqué les gamins. Quant à moi, je me suis retrouvé devant le juge, qui m'a sommé de m'expliquer. Le temps que tout ça soit tiré au clair, les garçons avaient été confiés à d'autres familles, et on a jugé cruel de les déraciner encore une fois. Sean est le premier qu'on m'ait confié après cet incident.

— C'est tout ?

— C'est tout. Un adulte nu. Un adolescent nu. Un maigre rayon de soleil. Fin de l'histoire.

Pas tout à fait, évidemment, songea Nkata. Il y avait une raison, et cette raison, il la connaissait. Savidge avait la peau suffisamment foncée pour qu'une société blanche le considère comme appartenant à la minorité noire mais il n'était pas assez noir pour que ses frères l'accueillent avec enthousiasme dans leur sein. Le révérend espérait que le soleil estival lui procurerait brièvement ce que la nature et la génétique lui avaient refusé ; le reste de l'année, des séances de bronzage en institut pourraient avoir sensiblement le même résultat. Nkata songea à l'ironie de la chose. Au fait que le comportement des êtres humains leur était si souvent dicté par la notion erronée qu'ils n'étaient pas assez bien. Pas assez blancs ici, pas assez noirs là, trop ethniques pour un groupe, trop anglais pour un autre. En fin de compte, il croyait à l'histoire de Savidge prenant des bains de soleil à poil dans le jardin. C'était suffisamment dingue pour être vrai.

— Je me suis entretenu avec Sol Oliver à North Kensington, dit-il. Il m'a dit que Sean était allé le trouver pour lui demander s'il pouvait habiter chez lui.

— Cela ne m'étonne pas. La vie n'était pas facile pour Sean. Sa mère était en prison, et il a été ballotté de foyer en foyer pendant deux ans avant d'atterrir ici. J'étais sa cinquième famille d'accueil, il commençait à fatiguer. S'il avait réussi à persuader son père de le prendre, il aurait eu un point de chute stable. C'est ce qu'il voulait. Ce n'est tout de même pas trop demander.

— Comment a-t-il découvert l'existence d'Oliver ?

— Par Cleopatra, je suppose. Sa mère. Elle est détenue à Holloway. Il lui rendait visite chaque fois qu'il le pouvait.

— Est-ce qu'il se rendait ailleurs ? En dehors de Colossus ?

— Il faisait du body-building. Dans un gymnase de Finchley Road, pas loin d'ici. Le Square Four. J'en ai parlé à votre commissaire. En sortant de chez Colossus, Sean passait ici me dire un petit bonjour puis il rentrait à la maison ou alors il allait au gymnase.

Savidge parut réfléchir un instant. Puis il poursuivit, pensif :

— Je crois que c'étaient les hommes qui l'attiraient là-bas, bien que je n'aie pas pensé à ça sur le moment.

— À quoi avez-vous pensé ?

— Que c'était bien pour lui d'avoir un moyen de se défouler. Il était en colère. Il avait l'impression qu'on lui avait refilé des cartes pourries dans la vie et il voulait changer ça. Mais maintenant je vois... le gymnase. C'est peut-être par ce moyen qu'il essayait d'opérer ce changement. Par l'intermédiaire des hommes qui le fréquentent.

Nkata dressa l'oreille.

— Comment cela ?

— Pas comme vous le pensez, dit Savidge.

— Comment alors ?

— Comment ? Comme tous les gamins. Sean était à la recherche d'hommes à admirer. C'est assez normal. J'espère seulement que ce n'est pas ça qui l'a tué.

Hopetown Road filait à l'est de Brick Lane, au cœur d'un quartier populeux de Londres qui avait connu au moins trois incarnations au cours de la vie de Barbara Havers. Le quartier comptait toujours une multitude de magasins de vêtements en gros à l'aspect crasseux et au moins une brasserie qui vomissait dans l'air une âcre odeur de levure, mais, au fil des années, ses habitants avaient changé. Les Juifs avaient laissé la place aux Antillais et ces derniers aux Bengalis.

Brick Lane essayait de tirer le maximum de son actuelle ethnicité. Les restaurants exotiques abondaient et, le long du trottoir, les réverbères – annoncés au bas de la rue par une arche de fer forgé dont la forme évoquait vaguement une mosquée – soutenaient des globes ornés de décorations en filigrane. Pas exactement ce qu'on pouvait voir à Chalk Farm, songea Barbara.

La demeure de Griffin Strong se situait juste en face d'une pelouse entourée de monticules où les enfants pouvaient jouer et où un banc de bois permettait à leurs parents de s'asseoir. La maison des Strong faisait partie d'une rangée de maisons attenantes en briques rouges, qui ne se distinguaient les unes des autres que par leur porte d'entrée, leur clôture et ce que leurs propriétaires avaient décidé de faire de leur bout de jardin. Les Strong avaient choisi pour le sol de leur jardinet un damier de grandes dalles qu'ils avaient recouvertes d'un bataillon de plantes en pot que quelqu'un entretenait avec amour. Leur clôture était en brique comme la maison, et leur porte en chêne avec un vitrail ovale au milieu. Très joli, tout ça, remarqua Barbara.

Lorsqu'elle sonna, une femme vint ouvrir. Elle tenait un bébé en pleurs contre son épaule et elle portait un survêtement magenta.

— Oui ? dit-elle, s'efforçant de couvrir le son d'un cours de gymnastique venant de l'intérieur.

Barbara lui montra sa carte. Elle aimerait dire un mot à Mr Strong, s'il était là.

— Vous êtes Mrs Strong, sans doute ?

— Je suis Arabella Strong, oui, confirma la jeune femme. Entrez, je vous en prie. Laissez-moi déposer Tatiana.

Elle emporta le nouveau-né hurlant dans les profondeurs de la maison, laissant Barbara répéter « Tatiana ? » et lui emboîter le pas.

Dans le séjour, Arabella déposa le bébé sur un canapé de cuir où une petite couverture rose était surmontée d'une bouillotte également rose. Elle coucha la petite sur le dos, la cala avec des coussins, et lui posa la bouillotte sur le ventre.

— Elle a des coliques, dit-elle à Barbara, couvrant le bruit. La chaleur lui fait du bien.

De fait, au bout de quelques instants, les cris de Tatiana se réduisirent à des gémissements, de sorte qu'il ne resta plus dans la pièce que le tintamarre de la télé. Sur l'écran, à grand renfort de *plonk-boum-bang* techno, une femme incroyablement sculpturale haletait : « Abdos, allez, abdos, allez », tandis que, allongée, elle lançait les jambes en l'air. Sous les yeux de Barbara, la femme se leva soudain d'un bond et se mit de profil, offrant son ventre à la caméra. Il était aussi plat qu'un paysage hollandais. Elle ignorait manifestement tout des bonnes choses de la vie. Comme les Pop-Tarts, les Kettle Crisp, la morue panée et les frites trempées dans le vinaigre. Pauvre fille.

D'une pression sur la télécommande, Arabella éteignit la télé et le magnétoscope.

— Elle doit en faire au moins seize heures par jour, vous ne croyez pas ?

— Rubens doit se retourner dans sa tombe.

Arabella pouffa. Elle se laissa tomber sur le canapé près de son bébé et fit signe à Barbara de prendre un siège. Elle attrapa une serviette et l'appliqua sur son front.

— Griff n'est pas là, dit-elle. Il est à l'atelier. Nous avons un atelier de sérigraphie.

— Où ça, exactement ?

Barbara s'assit et sortit son carnet de son sac. Elle l'ouvrit pour noter l'adresse. Arabella la lui indiqua – c'était dans Quaker Street – et la regarda écrire.

— C'est au sujet de ce jeune garçon, n'est-ce pas ? Celui qui a été assassiné ? Griff m'en a parlé. Kimmo Thorne. Et au sujet de l'autre petit qui a disparu. Sean.

— Sean est mort, lui aussi. Son tuteur l'a identifié.

Arabella jeta un coup d'œil à son bébé comme en réaction à cette nouvelle.

— Je suis désolée. Griff est anéanti à propos de Kimmo. Quand il saura, pour Sean, il éprouvera la même chose.

— Ce n'est pas la première fois que meurt quelqu'un qui était sous sa responsabilité, si j'ai bien compris.

Arabella caressa la tête chauve de Tatiana d'un air rêveur avant de répondre.

— Comme je viens de vous le dire, il est anéanti. Il n'a rien à voir avec le décès de ces deux garçons. Ni avec aucun autre. Chez Colossus ou ailleurs.

— Ça la fiche mal pour lui, tout de même. Si vous voyez ce que je veux dire.

— Je ne vois pas.

— Soit il a été imprudent. Soit il a bougrement manqué de pot.

Arabella se mit debout. Elle s'approcha d'une bibliothèque métallique et y prit un paquet de cigarettes. Elle en alluma nerveusement une et inhala tout aussi nerveusement. Des Virginia Slim[1], constata Barbara. Évidemment. Pour s'encourager mentalement, sans doute. Arabella en avait besoin : il fallait qu'elle se remette en forme. Elle était plutôt jolie – belle peau, beaux yeux, cheveux sombres et soyeux – mais elle semblait avoir pris plus de kilos qu'elle n'aurait dû pendant sa grossesse. À force de manger pour deux, vraisemblablement.

— Si c'est un alibi que vous cherchez – et c'est généralement ce que les gens comme vous cherchent, n'est-ce pas ? –, Griff en a un. Son nom ? Ulrike Ellis. Si vous êtes allée chez Colossus, vous l'avez sûrement rencontrée.

Voilà qui était intéressant. Non pas le fait qu'elle associât les deux prénoms – Barbara considérait déjà comme probable l'existence d'une liaison entre Ulrike et Griff. Mais le fait qu'Arabella fût au courant pour ces mêmes Ulrike et Griff. Et qu'elle ne parût pas s'en émouvoir. À quoi cela rimait-il ?

Arabella parut lire dans ses pensées car elle poursuivit :

— Mon mari est faible. Mais tous les hommes le sont. Lorsqu'une femme se marie, elle se marie en le sachant, et elle décide dès le départ de ce qu'elle acceptera ou non. Elle ne sait jamais de quelle façon cette faiblesse va se manifester chez son époux, mais je suppose que cela fait partie du... voyage, de la découverte. Quel sera son point faible ? La boisson, la bonne chère, le jeu, l'amour excessif du travail, les femmes, la pornographie, le vandalisme après les matches de foot, la passion pour le sport, la drogue ? Chez Griff, c'est une incapacité à dire non aux femmes.

---

1. *Slim* : « mince ». (*N.d.T.*)

Mais ce n'est guère surprenant quand on voit comment elles se jettent sur lui.

— C'est dur d'être mariée à quelqu'un d'aussi…

Barbara chercha le mot juste.

— Beau ? Semblable à un dieu ? proposa Arabella. Apollon ? Narcisse ? Non, ce n'est pas difficile du tout. Griff et moi avons l'intention de rester mariés. Nous sommes tous deux enfants de divorcés et nous n'avons pas envie que Tatiana connaisse le même sort. J'ai réussi à prendre du recul par rapport à la situation. Il y a pire qu'un homme qui cède aux avances des femmes. Griff en a connu un certain nombre, constable. Il en connaîtra d'autres.

En entendant cela, Barbara fut sidérée. Elle était habituée à l'idée que les femmes se battaient pour garder leur homme, qu'elles cherchaient à se venger après une infidélité ou qu'elles se retournaient contre elles-mêmes – ou contre les autres – quand elles étaient confrontées à un conjoint adultère. Mais ça ? Cette calme analyse, cette acceptation, ce « c'est la vie » ? Barbara n'arrivait pas à savoir si Arabella Strong était mature, philosophe, désespérée ou simplement folle à lier.

— En quoi Ulrike lui sert-elle d'alibi ? s'enquit-elle.

— Comparez les dates des meurtres avec celles de ses absences de la maison. Il se sera trouvé avec elle.

— Toute la nuit ?

— Une bonne partie de la nuit.

Merde, voilà qui était commode. Barbara se demanda combien de coups de fil avaient été échangés entre les trois protagonistes pour goupiller ça. Elle se demanda également quelle part de la calme acceptation d'Arabella était de la calme acceptation et dans quelle mesure ce n'était pas le résultat de la vulnérabilité d'une femme qui se retrouve avec un enfant. Arabella avait besoin que son homme gagne l'argent du ménage si elle-même voulait pouvoir rester à la maison et s'occuper de Tatiana.

Barbara referma son carnet et remercia Arabella de l'avoir reçue et de lui avoir parlé aussi franchement de son mari. Elle savait que s'il y avait autre chose à tirer de ce voyage dans l'est de Londres, ce n'était pas ici qu'elle le trouverait.

De retour à sa voiture, elle sortit son *A à Z* et chercha Quaker Street. Pour une fois la chance fut avec elle : juste au sud des voies de chemin de fer se dirigeant vers Liverpool Street Station. C'était une courte artère à sens unique qui reliait Brick Lane à Commercial Street. Elle pourrait y aller à pied.

— On ne sait plus où donner de la tête avec tous ces appels téléphoniques, Tommy, dit John Stewart.

L'inspecteur avait posé devant lui une liasse de documents soigneusement réunis par un trombone. Tout en parlant, il plaça ladite liasse de façon qu'elle coïncide avec le bord incurvé de la table de conférence. Il rectifia la position de sa cravate, s'examina les ongles, et promena son regard autour de lui comme pour vérifier l'état de la pièce. Voyant cela, Lynley ne put s'empêcher de penser que la femme de Stewart avait probablement eu plus d'une raison pour mettre un terme à leur mariage.

— Nous avons des parents qui appellent de tous les coins du pays, poursuivit-il. Deux cents enfants ont disparu. Il nous faut davantage d'hommes pour répondre au téléphone.

Ils étaient dans le bureau de Lynley, essayant de trouver un moyen de redéployer leurs troupes. Ils n'avaient pas assez de personnel et Stewart avait raison. Mais Hillier avait refusé de leur en accorder davantage tant qu'ils n'auraient pas obtenu – mot magique – un

« résultat ». Lynley croyait en avoir obtenu un avec l'identification d'une autre victime : un certain Anton Reid, âgé de quatorze ans, qui avait été la première victime du tueur, et dont le corps avait été abandonné à Gunnersbury Park. Métis, Anton avait disparu de Furzedown le 8 septembre. Il avait été membre d'un gang et avait été arrêté sous divers chefs d'inculpation : dommage causé avec intention de nuire, violation de propriété, vol et voies de fait. Lesquels avaient été communiqués à New Scotland Yard un peu plus tôt dans la journée par le commissariat de police de Mitcham Road, qui avait reconnu, lorsque ses parents avaient signalé sa disparition, avoir considéré Anton comme un fugueur de plus. Les journaux allaient s'en donner à cœur joie quand ils allaient savoir ça, avait tonné Hillier lorsque Lynley lui avait annoncé la nouvelle au téléphone. Alors quand est-ce que le commissaire comptait avoir autre chose à lui mettre sous la dent que l'identité d'un putain de cadavre ?

« Remuez-vous, avait lancé l'adjoint au préfet en conclusion. Vous ne voulez pas que je descende vous torcher le cul ? »

Lynley avait tenu sa langue et gardé son sang-froid. Il avait convoqué Stewart dans son bureau, et c'est là qu'ils se trouvaient, passant en revue les comptes rendus d'activité.

En définitive, les Mœurs n'avaient rien sur les gamins identifiés, à l'exception de Kimmo Thorne. En dehors de Kimmo, aucun d'eux ne s'était adonné à des activités sexuelles illicites, que ce soit en tant que prostitués ou travestis. Et malgré leur passé chargé, aucun d'eux n'avait touché à la drogue, que ce fût pour en vendre ou pour en acheter.

L'interrogatoire du chauffeur de taxi qui avait découvert le corps de Sean Lavery dans le tunnel de Shand Street n'avait rien donné. Une petite vérification des antécédents de cet homme leur avait permis de constater qu'il avait un casier parfaitement vierge, sans même une contravention pour stationnement interdit pour ternir sa réputation.

La Mazda du tunnel ne pouvait être reliée à personne d'impliqué fût-ce marginalement dans l'enquête. Ses plaques d'immatriculation étant manquantes, son moteur envolé, sa carrosserie calcinée, impossible de savoir à qui elle appartenait, et aucun témoin ne pouvait dire comment elle avait atterri dans le tunnel ni même depuis combien de temps elle stationnait là.

— C'est une perte de temps, conclut Stewart. On ferait mieux de mettre nos hommes sur autre chose. Et je suggère qu'on « repense » également le dispositif de surveillance qu'on a établi sur les scènes de crime.

— Rien de ce côté ?

— Que dalle.

— Comment se fait-il que personne n'ait vu quoi que ce soit qui vaille la peine d'être signalé ?

La question était purement rhétorique. Lynley n'attendait pas de réponse, et il n'en obtint pas. C'était une grande ville. Dans le métro, dans la rue, les gens évitaient de se regarder les uns les autres. Ne rien voir, ne rien entendre : la philosophie de la population était la plaie du métier de flic.

— Quelqu'un a bien dû voir une voiture flamber, quand même.

— Quant à ça…

Stewart feuilleta sa liasse.

— On a obtenu quelques infos sur les antécédents de Robbie Kilfoyle et de Jack Veness. Deux des types de Colossus.

Les deux hommes avaient des casiers pour des délits commis quand ils étaient gamins. Kilfoyle s'était rendu coupable de délits relativement mineurs. Stewart les énuméra : absentéisme scolaire, actes de vandalisme signalés par des voisins, voyeurisme. Bref, des broutilles, conclut-il. Seule chose sérieuse : il avait été viré de l'armée.

— Pour quel motif ?

— Absences répétées sans permission.

— Quel rapport avec notre affaire ?

— Je pensais au profil. Les problèmes disciplinaires, l'impossibilité d'obéir aux ordres. Ça colle, non ?

— Un peu tiré par les cheveux, jugea Lynley.

Sans laisser à Stewart le temps de se vexer, il ajouta :

— Quoi d'autre sur Kilfoyle ?

— Il est livreur de sandwiches à bicyclette, à l'heure du déjeuner. Il travaille pour une boîte qui s'appelle…

Il se reporta à ses notes.

— Mr Sandwich. C'est comme ça qu'il a atterri chez Colossus. Il les livrait, il a fini par les connaître, et il s'est mis à travailler pour eux comme bénévole après ses heures de boulot. Ça fait plusieurs années qu'il y est.

— Où se trouve cette enseigne ? questionna Lynley.

— Mr Sandwich ? Sur Gabriel's Wharf.

Et comme Lynley relevait la tête à ces mots, Stewart sourit.

— Exactement. À deux pas de Crystal Moon.

— Bravo, John. Et Veness ?

— On a eu encore plus de pot avec lui. C'est un ancien de chez Colossus. Il y est depuis l'âge de treize ans. Un incendiaire. Il a commencé par allumer des feux ici et là dans le quartier, puis il est passé à la vitesse supérieure. Il s'est mis à faire cramer des voitures, et pour finir il a foutu le feu à un squat. Il s'est fait pincer sur ce coup-là, il a tâté de l'institution pour jeunes délinquants. C'est à la suite de ça qu'il a atterri chez Colossus. On le cite en exemple maintenant. On l'exhibe devant les généreux parrains de l'organisation. Il leur sert le couplet officiel comme quoi Colossus lui a sauvé la vie. Après quoi on fait passer le chapeau.

— Où vit-il ?

— Veness…

Stewart se reporta de nouveau à ses notes.

— Il a une chambre à Bermondsey. Pas loin du marché. Là où Kimmo Thorne fourguait de l'argenterie volée, si vous vous souvenez. Quant à Kilfoyle… Il loge à Granville Square. Islington.

— C'est chic, comme quartier, pour un livreur de sandwiches, observa Lynley. Vérifiez-moi ça. Et occupez-vous également de l'autre type, Neil Greenham. D'après le rapport de Barbara…

— Barbara a rédigé un rapport ? fit Stewart. Par quel miracle ?

— … il enseignait dans une école primaire du nord de Londres, poursuivit Lynley. Il a eu une prise de bec avec son supérieur. Au sujet de la discipline, apparemment. Résultat, il a donné sa démission. Mettez quelqu'un là-dessus.

— Ce sera fait, dit Stewart en prenant note.

Un coup fut frappé à la porte, qui s'ouvrit sur Barbara Havers. Suivie de près par Winston Nkata, avec lequel elle était en grande conversation. Elle avait l'air survoltée. Nkata, intéressé. Lynley se réjouit à l'idée qu'ils allaient peut-être faire des progrès.

— C'est Colossus, annonça Havers. C'est forcément Colossus. Écoutez un peu ça. L'atelier de sérigraphie de Griffin Strong se trouve dans Quaker Street. Cela vous semble familier ? Moi, ça a fait tilt. Il a une petite fabrique dans l'un des entrepôts, et quand je me suis renseignée dans le quartier pour savoir laquelle c'était, un vieux type qui était sur le trottoir a secoué la tête en marmonnant et désigné du doigt l'endroit où, selon ses propres termes, « le démon avait fait connaître sa présence ».

345

— Que voulait-il dire par là ? s'étonna Lynley.

— Que l'un des corps avait été retrouvé à deux pas de l'atelier où Mr Strong exerce son second métier, patron. Le troisième des corps, semble-t-il. Sacrée putain de coïncidence pour que c'en soit vraiment une. Alors j'ai vérifié le reste. Et écoutez-moi ça...

Elle plongea le bras dans son volumineux sac à bandoulière et, non sans s'être démenée, elle en sortit son carnet à spirale corné. Elle se passa la main dans les cheveux – ce qui ne parvint pas à en améliorer l'aspect – et poursuivit :

— Jack Veness : 8, Grange Walk, un kilomètre cinq cents à peine du tunnel de Shand Street. Robbie Kilfoyle : 16, Granville Square, à deux pas de St George's Gardens. Ulrike Ellis : 258, Gloucester Terrace, non loin d'un parking à plusieurs niveaux. *Le* parking à plusieurs niveaux, si vous voyez ce que je veux dire. C'est forcément quelqu'un de chez Colossus. Si les corps eux-mêmes ne le criaient pas, les endroits où ils ont été déposés nous l'indiquent clairement.

— Le corps de Gunnersbury Park ? s'enquit John Stewart.

Il avait écouté, tête inclinée, et sur son visage on pouvait lire une expression d'indulgence paternelle qui, Lynley le savait, ne pouvait que hérisser Havers.

— Je n'en suis pas encore arrivée là, admit-elle. Mais je vous fiche mon billet que le corps de Gunnersbury Park est celui d'un autre habitué de Colossus. Et que Gunnersbury Park est à deux pas du domicile d'un employé de Colossus. Tout ce que nous avons à faire, c'est relever les noms et les adresses de tous ceux qui y travaillent. Des bénévoles également. Parce que, croyez-moi, monsieur, quelqu'un là-bas essaie de faire une sale réputation à l'organisation.

— Je n'aime pas ça, Tommy, dit John Stewart en secouant la tête. Un tueur en série choisissant ses victimes dans son entourage immédiat ? Je ne vois pas comment ça colle avec ce que nous savons des tueurs en série en général et de celui-ci en particulier. Nous savons que nous avons affaire à un type intelligent. C'est de la folie de penser qu'il travaille chez Colossus. Il doit bien se douter qu'on finira par comprendre, et alors quoi ? Quand on sera sur sa piste, il fera quoi ?

— Vous ne pouvez pas vous dire, contra Havers, que c'est une coïncidence si tous les corps que nous avons été en mesure d'identifier se trouvent liés à Colossus.

Comme Stewart lui jetait un regard noir, elle ajouta :

— Monsieur. Avec tout le respect que je vous dois, ça n'a pas de sens.

Elle sortit un autre carnet de son sac cabossé. Lynley vit que c'était le registre des entrées et des sorties de Colossus qu'ils avaient subtilisé à l'accueil. Elle l'ouvrit, tourna quelques pages.

— Écoutez ça, dit-elle. J'ai jeté un coup d'œil à ce registre en rentrant de l'East End il y a un instant. Vous n'allez pas le croire... Bordel de merde, comme bourreurs de mou, ces gens-là, chapeau !

Elle feuilleta le registre et lut à haute voix :

— « Jared Savatore, onze heures. Jared Salvatore, deux heures dix. Jared Salvatore, neuf heures quarante-cinq. Jared Salvatore, trois heures vingt-deux », putain de merde.

Elle referma le carnet, le lança sur la table de conférence. Il fila sur le plateau de la table, heurta les notes soigneusement disposées de Stewart et les précipita par terre.

— Aucune école de cuisine à Londres ne connaît Jared Salvatore ? C'est parce qu'il suivait ses cours chez Colossus, pardi ! C'est là que se trouve notre tueur, dans la place. C'est là qu'il choisit ses victimes. Là qu'il organise tout en véritable professionnel. Et il ne s'attend pas à ce que nous le découvrions.

— Ça colle avec un aspect de sa personnalité que Robson a souligné, dit Lynley. Le sentiment d'omnipotence. Du fait qu'il dépose les corps dans des lieux publics au fait qu'il travaille au sein même de Colossus, il n'y a qu'un pas. Dans les deux cas, il ne s'attend absolument pas à se faire pincer.

— Il faut placer sous surveillance chacun de ces lascars, dit Havers. Et tout de suite.

— Nous n'avons pas assez de personnel, objecta John Stewart.

— Alors il faut s'en procurer. Et il faut également cuisiner chacun d'eux, fouiner dans leurs antécédents, leur demander...

— Comme je viens de vous le dire, nous n'avons pas assez de personnel.

L'inspecteur Stewart se détourna de Havers. Il n'avait pas l'air content de la voir prendre le contrôle de la réunion.

— Il ne faut pas oublier ça, Tommy. Et si notre tueur est chez Colossus, ainsi que le suggère le constable, nous ferions mieux d'examiner tous les employés de la boîte. Ainsi que tous les « clients ». Quel que soit le nom qu'on leur donne. Qu'ils soient stagiaires, participants ou patients. Je ne serais pas étonné que gravitent parmi eux des individus mineurs suffisamment louches pour commettre une dizaine de meurtres.

— C'est une perte de temps, insista Havers. Écoutez-moi, monsieur, dit-elle à Lynley.

— Vous avez fait passer votre message, coupa Lynley. Qu'avez-vous appris de Griffin Strong concernant l'enfant qui est mort à Stockwell alors qu'il était placé sous sa responsabilité ?

Le constable hésita, l'air penaud.

348

— Bon Dieu de merde ! s'exclama l'inspecteur Stewart. Havers, vous n'avez pas...

— Écoutez. Quand j'ai appris pour le corps retrouvé dans l'entrepôt... s'empressa-t-elle de dire avant de se faire couper la parole par Stewart.

— Vous ne vous en êtes pas encore occupée ? De cette mort, pendant que Strong était à Stockwell ? Vous ne voyez donc pas...

— Je vais m'en occuper. Je suis rentrée directement. J'ai d'abord consulté les fichiers à propos de ces autres données parce que j'ai pensé...

— Vous avez pensé. Vous avez pensé, gronda Stewart. On ne vous demande pas de penser, bon sang. Quand on vous donne un ordre... (Il frappa du poing sur la table.) Mon Dieu. Comment se fait-il qu'on ne vous vire pas, Havers ? J'aimerais bien connaître votre secret. Parce que si vous conservez votre poste, ce n'est certainement pas grâce à ce que vous avez entre les oreilles ni à ce que vous avez entre les jambes.

Havers devint blême.

— Espèce de pauvre...

— Ça suffit, vous deux, intervint vivement Lynley. Vous dépassez les bornes.

— Elle...

— Ce salopard vient de dire...

— Ça suffit ! Pour les prises de bec, vous attendrez d'être sortis de mon bureau. Sinon je vous retire de l'enquête tous les deux. On a suffisamment de problèmes comme ça sans que vous alliez en plus vous sauter à la gorge.

Il marqua une pause, le temps de se calmer. Dans le silence, Stewart décocha à Havers un regard signifiant clairement qu'elle n'était qu'une pauvre connasse. Havers le rendit de bon cœur à cet homme avec qui elle n'avait réussi à travailler que trois semaines dans un lointain passé avant de l'accuser de harcèlement sexuel. Pendant ce temps Winston Nkata était resté près de la porte dans l'attitude qu'il adoptait presque toujours lorsqu'il était dans une pièce où se trouvaient plus de deux collègues blancs : les bras croisés, en position d'observateur.

— Qu'est-ce que vous avez récolté, Winnie ? s'enquit Lynley en se tournant vers lui d'un air las.

Nkata fit un compte rendu de ses entretiens. D'abord avec Sol Oliver dans son atelier, puis avec Bram Savidge. Il leur relata ensuite sa visite au gymnase où Sean Lavery s'entraînait. Il termina par une précision qui atténua quelque peu la tension dans la pièce : il avait peut-être mis la main sur quelqu'un qui avait vu le tueur.

— Il y avait un Blanc qui traînait devant le gymnase peu de temps avant que Sean disparaisse. Il s'est fait repérer parce qu'il n'y a pas beaucoup de Blancs qui fréquentent cette salle de sport. Un soir, paraît-il, il rôdait dans le couloir devant la salle. L'un des habitués lui a demandé ce qu'il voulait, il a dit qu'il était nouveau dans le quartier, qu'il cherchait un endroit où s'entraîner. Il n'est pas entré, par contre. Ni dans le gymnase, ni dans les vestiaires, ni dans le sauna. Il n'a pas cherché à se renseigner sur les conditions pour devenir membre. Il s'est juste pointé dans le couloir.

— Un signalement ?

— Un portrait-robot est en cours. Le client du gymnase pense qu'il pourrait arriver à dessiner ce salaud. Il m'a tout de suite dit qu'il n'avait pas le genre de la maison. Pas la carrure d'un gars qui fait de la gonflette. Plutôt petit et mince. Un visage long. Je crois qu'on a une chance, là, commissaire.

— Beau travail, Winnie, approuva Lynley.

— C'est ce que j'appelle du beau travail, en effet, renchérit lourdement Stewart. Je vous prends dans mon équipe quand vous voulez, Winston. Et félicitations

350

pour votre promotion, au fait. Je ne crois pas vous avoir encore complimenté.

— John, dit Lynley, s'exhortant à la patience. Soyez gentil, inutile de remuer le couteau dans la plaie. Téléphonez à Hillier. Tâchez de voir si vous pouvez obtenir des renforts pour mettre en place les dispositifs de surveillance. Winston, Kilfoyle travaille chez Mr Sandwich, sur Gabriel's Wharf. Voyez donc s'il n'y aurait pas un lien entre lui et Crystal Moon.

Il y eut des bruits de pas tandis que les hommes s'éloignaient, laissant Havers seule avec Lynley. Il attendit que la porte soit fermée pour se pencher sur son cas.

Ce fut elle qui prit la parole la première, d'une voix basse mais encore surexcitée.

— Je n'ai pas à supporter ses putains de…

— Je sais, dit Lynley. Barbara, je sais. Il a dépassé les bornes. Vous avez eu raison de réagir. Mais d'un autre côté, que vous le reconnaissiez ou non, vous l'avez provoqué.

— Moi, je l'ai provoqué ? Je l'ai poussé à dire…

Incapable de terminer, elle se laissa tomber sur un siège.

— Il y a des moments où je me dis que je ne vous connais pas, ajouta-t-elle.

— Et moi des moments où je ne me connais pas moi-même.

— Alors…

— Ce que vous avez provoqué, ce ne sont pas les mots, l'interrompit Lynley. Ils sont inexcusables. Mais le fait qu'il les a prononcés. Leur existence, si vous voulez.

Il la rejoignit près de la table. Il était exaspéré et ce n'était jamais bon signe. Dans cet état d'esprit, il allait bientôt se trouver à court d'idées pour aider Barbara à récupérer son grade de sergent. Sans compter qu'il risquait même de ne plus avoir envie de lui venir en aide.

— Barbara, vous connaissez la musique. Le travail d'équipe. La nécessité de jouer collectif. De mener à bien la mission qu'on vous a confiée. De remettre votre rapport. D'attendre la prochaine mission. Dans une situation comme celle-ci, où une trentaine de personnes comptent sur vous pour que vous fassiez ce qu'on vous a demandé...

Il leva une main, la laissa retomber.

Havers le regarda. Il lui rendit son regard. Et ce fut comme si un voile s'était en quelque sorte levé entre eux ; elle comprit.

— Je suis désolée, monsieur. Que puis-je dire ? La pression est déjà assez forte sans que je m'y mette aussi, n'est-ce pas ?

Elle se tortilla sur son siège et Lynley se dit qu'elle mourait d'envie de griller une cigarette. Pour se donner une contenance, pour se donner un coup de fouet. Il avait envie de lui donner la permission de fumer ; il avait également envie de la laisser se trémousser. Il allait falloir que cette maudite femme mette de l'eau dans son vin, sinon elle était perdue pour de bon.

— Il y a des moments où la vie est tellement dure que je n'en peux plus, monsieur.

— Qu'est-ce qui se passe chez vous ?

Elle s'esclaffa. Elle était avachie dans son siège et elle se redressa.

— Non. Pas question d'aborder ce sujet. Vous avez assez de problèmes à régler comme ça, commissaire.

— Une dispute familiale à propos d'une tenue de baptême, ce n'est pas ce que j'appelle un problème, dit Lynley sèchement. Et j'ai une femme suffisamment diplomate pour négocier une trêve entre les grands-parents.

Havers sourit comme malgré elle.

352

— Ce n'est pas ce que je voulais dire et vous le savez bien.

— Oui, je sais, sourit-il à son tour.

— Je parlais des problèmes qui viennent des étages supérieurs. J'imagine que vous devez en avoir une sacrée collection.

— Disons que je me rends mieux compte de ce que Malcolm Webberly a dû supporter pendant toutes ces années pour nous empêcher d'avoir Hillier et la hiérarchie sur le dos.

— Hillier n'en mène pas large, dit Havers. Vous le talonnez. Encore quelques échelons à gravir et vlan ! Vous vous retrouvez à la tête de la Met, et lui est obligé de courber l'échine devant vous.

— Je n'ai pas envie de diriger la Met, dit Lynley. Parfois…

Il fit des yeux le tour du bureau qu'il occupait provisoirement : les deux fenêtres qui indiquaient qu'il était monté en grade, la table de conférence où Havers et lui étaient assis, la moquette au lieu du lino, et dehors, de l'autre côté de la porte, les hommes et les femmes qu'il dirigeait pour l'instant. C'était ridicule, c'était pathétique. Et nettement moins important que ce qu'il avait en face de lui.

— Havers, poursuivit-il. Je crois que vous avez raison.

— Bien sûr que j'ai raison, rétorqua-t-elle. N'importe qui…

— Je ne parle pas de Hillier. Mais de Colossus. Il choisit les gosses là-bas, il doit y avoir un lien. Ce n'est pas ce à quoi on peut s'attendre normalement de la part d'un tueur en série ; mais d'un autre côté y a-t-il une si grande différence entre cette stratégie et celle de Peter Sutcliffe racolant des prostituées ou les West s'attaquant à des auto-stoppeuses ? Ou celle d'un type prenant pour cible des femmes promenant leur chien dans un parc ? Ou encore de quelqu'un choisissant une fenêtre ouverte la nuit et une vieille dame dont il sait qu'elle est seule chez elle ? Notre homme fait ce qui lui a toujours réussi. Compte tenu du fait qu'il a réussi à cinq reprises à atteindre son objectif sans se faire serrer – ni même se faire remarquer –, pourquoi ne continuerait-il pas tout bonnement comme il a commencé ?

— Vous pensez donc que les autres cadavres sont également ceux de gosses de Colossus ?

— Oui. Puisque les gamins que nous avons identifiés jusqu'à présent n'étaient considérés par tous – à l'exception de leurs familles – que comme des rebuts de la société, notre tueur n'a jamais eu de soucis à se faire : il ne risquait pas qu'on le détecte.

— Alors qu'est-ce qu'on fait ?

— On se met en quête d'éléments supplémentaires.

Lynley se mit debout et la regarda : son allure était un désastre ; son entêtement, insensé. Elle était insupportable. Mais elle avait également l'esprit vif, et c'était pour cela qu'il en était venu à l'apprécier comme collègue.

— C'est là toute l'ironie de la chose, Barbara.

— Quoi ?

— John Stewart est d'accord avec votre vision de l'affaire. Il venait de me le dire quand vous êtes entrée dans le bureau. Il est persuadé lui aussi que ça peut être Colossus. Vous l'auriez découvert...

— Si j'avais fermé ma grande gueule.

Havers repoussa sa chaise en arrière pour pouvoir se lever.

— Alors je suis censée ramper ? Lui faire des courbettes ? Apporter le café à onze heures et le thé à quatre ?

— Essayez de ne pas vous attirer d'ennuis, pour une fois, dit Lynley. Tâchez de faire ce qu'on vous demande.

— C'est-à-dire ?

— Occupez-vous de Griffin Strong et du gamin qui est mort quand Strong travaillait à Stockwell.

— Mais les autres corps...

— Havers. Les autres corps, c'est important, je ne le nie pas. Mais nous ne pouvons pas passer notre temps à sauter du coq à l'âne dans cette enquête. Vous avez remporté une manche. Occupez-vous du reste.

— Bien, dit-elle.

Mais sa voix manquait d'empressement alors qu'elle ramassait son sac pour aller travailler. Elle se dirigea vers la porte, s'arrêta, pivota pour lui faire face.

— Quelle manche ?

— Vous savez très bien laquelle, répondit-il. Colossus n'est pas un endroit sûr pour les jeunes garçons qui y sont envoyés.

14

— Anton Quoi ? dit Ulrike Ellis au téléphone. Vous pouvez épeler, s'il vous plaît ?

À l'autre bout de la ligne, le policier, dont Ulrike s'était empressée d'oublier le nom, épela. R-e-i-d. Il ajouta que les parents d'Anton, lequel avait disparu de Furzedown et avait finalement été identifié comme étant la première victime du tueur en série qui avait à ce jour assassiné cinq jeunes garçons à Londres, avaient mis Colossus sur la liste des établissements fréquentés par leur fils pendant les mois précédant sa mort. La directrice pouvait-elle confirmer ? Et pouvait-elle leur fournir une liste des personnes avec lesquelles Anton Reid avait été en contact au sein de Colossus ? Cette liste nous serait très utile, madame.

Ulrike ne fit pas l'erreur de se méprendre : la formulation était courtoise, mais la requête ferme. Elle chercha néanmoins à gagner du temps.

— Furzedown est au sud de la Tamise, et comme nous sommes bien connus ici, constable… ?

Elle attendit qu'il lui redonne son nom.

— Eyre, dit-il.

— Constable Eyre, reprit-elle. Ce que je veux dire, c'est qu'il n'est pas impossible que ce jeune garçon – Anton Reid – ait dit à ses parents qu'il fréquentait notre établissement alors qu'il faisait en réalité tout autre chose. Ce sont des choses qui arrivent, vous savez.

— Il vous a été adressé par le service des délinquants juvéniles, d'après les parents. Vous devriez avoir une trace de son passage chez vous.

— Les délinquants juvéniles, dites-vous ? Je vais devoir vérifier. Si vous voulez bien me donner votre numéro de téléphone, je vais jeter un coup d'œil aux dossiers.

— Nous savons que c'est un des vôtres, madame.

— Il est possible que vous le sachiez, constable… ?

— Eyre.

— Oui, bien sûr. Il est possible que vous le sachiez, constable Eyre, mais moi, non. Il va falloir que je passe les dossiers en revue. Si vous voulez bien me donner votre numéro, je vous rappellerai.

Il était coincé. Il pouvait obtenir un mandat de perquisition mais cela prendrait du temps. Et elle se montrait coopérative. Nul ne pouvait dire le contraire. Jusqu'à un certain point du moins.

Le constable indiqua son numéro de téléphone à Ulrike, qui le nota. Elle n'avait pas l'intention de s'en servir – pas question de lui rendre des comptes telle une écolière que l'on convoque dans le bureau de la directrice – mais elle voulait l'avoir pour le brandir sous le nez de qui débarquerait chez Colossus pour glaner des renseignements sur Anton Reid. Parce que quelqu'un finirait bien par débarquer. Et son travail consistait à mettre au point une stratégie en prévision de cette visite.

Après avoir raccroché, elle se dirigea vers le classeur. Elle regrettait le système qu'elle avait instauré : la conservation d'une trace écrite sur support papier des fichiers informatiques. En cas de nécessité, elle aurait pu faire quelque chose du matériel qui se trouvait sur les disques durs, même si elle avait dû pour cela reformater chacun des malheureux ordinateurs de l'organisation. Mais les flics qui étaient venus chez Colossus l'avaient déjà vue fouiller dans ses dossiers à la recherche de documents concernant Jared Salvatore, aussi était-il peu probable qu'ils croient que certains stagiaires avaient des documents électroniques et d'autres, non. Le dossier d'Anton pouvait toujours suivre le même chemin que celui de Jared. Le reste n'était pas compliqué.

Elle avait à moitié sorti le dossier d'Anton du tiroir lorsqu'elle entendit Jack Veness :

— Ulrike ? Est-ce que je peux vous dire un mot… ?

Il ouvrit la porte sans plus de cérémonie.

— Je t'ai déjà dit de ne pas faire ça, Jack.

— J'ai frappé, protesta-t-il.

— Tu as frappé, c'est une chose. Mais tu n'as pas attendu que je te dise d'entrer.

Les narines de Jack frémirent, il blêmit.

— Comme vous voudrez, Ulrike, dit-il, amorçant un demi-tour, tel un adolescent manipulateur et irritable malgré son âge.

Quel âge avait-il, d'ailleurs ? Vingt-sept, vingt-huit ans ? Qu'il aille au diable. Elle avait vraiment autre chose à faire pour l'instant.

— Qu'est-ce que tu veux, Jack ?

— Rien. Juste vous dire un truc qui pourrait vous intéresser.

Des devinettes, toujours des devinettes.

— Oui ? Si ça doit m'intéresser, pourquoi ne pas me le dire ?

Il se retourna.

— Il a disparu.

— Quoi ? Qu'est-ce qui a disparu ?

— Le registre, à l'accueil. Je me suis dit que je l'avais peut-être mal rangé en partant, hier. Mais j'ai cherché partout. Il a bel et bien disparu.

— Disparu.

— Il s'est volatilisé, envolé.

Ulrike s'accroupit sur ses talons. Elle passa en revue différentes possibilités, toutes aussi peu agréables les unes que les autres.

— Robbie l'a peut-être embarqué pour une raison que j'ignore, dit Jack, voulant se rendre utile. Ou alors Griff. Il a une clé, il peut s'introduire ici en dehors des heures de bureau, n'est-ce pas ?

Là, il poussait un peu.

— Qu'est-ce que Robbie, Griff ou qui que ce soit d'autre pourrait bien vouloir en faire ?

Jack haussa les épaules et enfonça les poings dans les poches de son jean.

— Quand as-tu constaté sa disparition ?

— Quand les gamins ont commencé à arriver ce matin. J'ai voulu prendre le registre mais il n'était pas à sa place habituelle. Comme je vous l'ai dit, je me suis imaginé que je l'avais rangé au mauvais endroit hier soir en partant. J'en ai commencé un autre en attendant de retrouver celui qui a disparu. Mais je n'ai pas réussi à remettre la main dessus. Sans doute que quelqu'un me l'a piqué.

Ulrike passa en revue la journée de la veille.

— La police, dit-elle. Quand tu es venu me chercher. Tu les as laissés seuls à l'accueil.

— Ouais. C'est ce que je me suis dit, moi aussi. Seulement je vois pas ce qu'ils pourraient vouloir faire de notre registre de présence, et vous ?

Ulrike se détourna de Jack pour ne pas voir son air suffisant.

— Merci de m'avoir prévenue, Jack.

— Est-ce que vous voulez que…

— Merci, reprit-elle d'une voix plus ferme. Y a-t-il autre chose ? Non ? Dans ce cas tu peux retourner à ton travail.

Lorsque Jack l'eut quittée après un petit salut moqueur et un claquement de talons qu'elle était censée trouver comique mais qui ne lui donna pas du tout envie de rire, Ulrike remit le dossier d'Anton Reid en place. Elle referma avec violence le tiroir du classeur et s'approcha du téléphone. Elle composa le numéro du portable de Griffin Strong. Il était avec un nouveau groupe de stagiaires, c'était leur premier jour ensemble, la première journée consacrée à briser la glace. Il n'aimait pas qu'on l'interrompe quand les gamins formaient le cercle, comme ils disaient. Mais elle ne pouvait faire autrement et il le comprendrait aisément quand il saurait ce qu'elle avait à lui dire.

— Ouais ? dit-il d'un ton impatient.

— Qu'as-tu fait du dossier ? s'enquit-elle.

— Ce que tu m'as… commandé.

Il n'avait pas choisi ce mot par hasard : il se moquait ; comme Jack tout à l'heure avec son salut ironique. Il n'avait pas encore pigé qui était en danger. Mais il allait bientôt comprendre.

— C'est tout ? fit-il.

Le silence absolu à l'arrière-plan fit comprendre à Ulrike que les stagiaires ne perdaient pas une miette de la conversation. Une sorte d'amère satisfaction s'empara d'elle. Très bien, Griffin, songea-t-elle. Voyons comment tu vas t'en sortir ce coup-ci.

— Non, Griff. La police est au courant.

— De quoi ?

— Ils savent que Jared Salvatore était l'un des nôtres. Ils ont emporté le registre de l'accueil en partant hier. Ils ont dû voir son nom dedans.

Silence. Puis :

— Merde. Nom de Dieu, chuchota-t-il. Pourquoi n'y as-tu pas pensé ?

— Je pourrais te poser la même question.

— Qu'est-ce que ça signifie ?

— Anton Reid, dit-elle.

Nouveau silence.

— Griffin, poursuivit-elle, il faut que tu comprennes une chose. Pour la baise tu es exceptionnel, mais je ne laisserai personne détruire Colossus.

Elle reposa le téléphone avec soin. Voilà qui lui donnera à réfléchir, songea-t-elle.

Elle se tourna vers son ordinateur. Elle accéda aux données qu'ils avaient sur Jared Salvatore. Elles n'étaient pas aussi complètes que celles que contenait son dossier papier, mais ça irait. Elle choisit l'option « impression ». Puis elle composa le numéro que le constable Eyre lui avait indiqué quelques minutes plus tôt.

— Eyre, dit-il, répondant immédiatement.

— Constable, j'ai des informations pour vous. Je suppose que vous allez vous faire un plaisir de les transmettre à qui de droit.

Nkata laissa l'ordinateur travailler pour lui sur les codes postaux rassemblés par la propriétaire de Crystal Moon. Si Gigi comptait s'en servir pour prouver à sa banque la nécessité d'ouvrir une succursale dans un autre quartier de Londres, Nkata allait, quant à lui, essayer d'établir une correspondance entre les clients de Crystal Moon et les lieux où les corps avaient été déposés. Après avoir réfléchi à ce que Barb Havers lui avait dit concernant ces mêmes lieux, il décida d'élargir la recherche et d'effectuer une comparaison entre les codes postaux réunis par Crystal Moon et ceux des employés de Colossus. Cela lui prit plus de temps qu'il ne l'avait tout d'abord pensé. Chez Colossus, on ne se montra pas très chaud en effet pour communiquer ces codes postaux à la police.

Lorsqu'il eut enfin obtenu ce qu'il voulait, il imprima le document et l'étudia pensivement. Pour finir, il transmit le papier à l'inspecteur Stewart avec pour mission de le faire parvenir à Hillier en même temps que la demande de personnel supplémentaire pour mettre en place les dispositifs de surveillance. Il enfilait son manteau pour ressortir et prendre la direction de Gabriel's Wharf afin de s'acquitter de la suite de sa mission, lorsque Lynley parut sur le pas de la porte de la salle des opérations et l'appela tranquillement non sans ajouter :

— On nous demande en haut.

Cela ne pouvait signifier qu'une seule chose. Le fait que Hillier les réclamait quelques heures à peine après la conférence de presse du révérend Bram Savidge indiquait que l'entretien n'allait pas être une partie de plaisir.

Nkata rejoignit Lynley mais il n'ôta pas son manteau.

— Je m'apprêtais à rallier Gabriel's Wharf, dit-il au commissaire dans l'espoir que cela lui permettrait de faire l'économie d'une corvée.

— Ça ne prendra pas longtemps, lui assura Lynley.

Cela sonnait comme une promesse.

Ils prirent l'escalier. Tandis qu'ils gravissaient les marches, Nkata dit :

— Je crois que Barb a raison, patron.

— À quel sujet ?

— Colossus. J'ai repéré une correspondance à propos d'un des codes postaux de Crystal Moon. J'ai fait suivre l'info à l'inspecteur Stewart.

— De quoi s'agit-il ?

— Robbie Kilfoyle. Il a le même code postal qu'un client qui a fait des achats chez Crystal Moon.

— Vraiment ?

Lynley s'immobilisa. Il parut réfléchir un moment. Puis il dit :

— Ce n'est qu'un code postal, Winnie. Il n'est pas le seul à l'utiliser. Il le partage avec… voyons… combien de milliers de personnes ? Et la boîte pour laquelle il bosse est également sur le quai, non ?

— Juste à côté de Crystal Moon, convint Nkata. La sandwicherie.

— Alors je ne sais pas si ça va beaucoup nous aider. C'est quelque chose, j'en conviens…

— Quelque chose, reprit Nkata. C'est de ça qu'on a besoin justement. Quelque chose.

— Mais à moins de savoir ce qu'il a acheté… Vous voyez la difficulté, n'est-ce pas ?

— Ouais. Il travaille sur le quai depuis je ne sais combien de temps. Il a probablement effectué des achats dans cette boutique et dans toutes les autres.

— Exactement. Mais tentez le coup. Faites-y un saut quand même.

Judi MacIntosh les fit entrer immédiatement dans le bureau de Hillier. Celui-ci les attendait, campé devant ses fenêtres et la vue qu'elles offraient sur St James's Park. Il examinait le paysage lorsqu'ils entrèrent. À côté de lui, sur une console, un journal soigneusement plié.

Hillier se retourna. Comme posant pour une caméra invisible, il s'empara du journal et le déplia de sorte que la une lui fit comme une serviette dissimulant ses organes génitaux. Il dit d'un ton uni :

— Vous pouvez m'expliquer ?

Nkata constata que c'était la dernière édition de l'*Evening Standard*. L'article à la une rendait compte de la conférence de presse que Bram Savidge avait tenue un peu plus tôt dans la journée. La manchette faisait état de l'angoisse d'un tuteur.

L'angoisse, tel n'était pas le terme que Nkata aurait utilisé pour qualifier la réaction de Savidge à la mort de Sean Lavery. Mais « angoisse » était plus vendeur que « colère compréhensible face à l'incompétence de la police ». Même si les deux étaient de nature à faire monter les tirages.

Hillier poursuivit, lançant le journal sur son bureau :

— Commissaire, vous êtes censé gérer les familles des victimes, pas leur donner accès aux médias. Cela fait partie de votre boulot, alors pourquoi ne le faites-vous pas ? Avez-vous une idée de ce qu'il a déclaré à la presse ?

Hillier frappa de l'index le quotidien, martelant ses mots :

— « Racisme institutionnel. Incompétence policière. Corruption endémique ». Tout ça accompagné de demandes d'enquête approfondie par le ministère de l'Intérieur, un sous-comité parlementaire, le Premier ministre, ou toute autre instance désireuse de procéder à un grand ménage dans nos rangs. Car c'est de ça qu'il nous accuse, d'avoir besoin de faire le ménage au Yard.

Il expédia le journal d'un revers de main et le fit tomber dans la poubelle.

— Ce salopard sait comment s'y prendre pour retenir l'attention des médias. Il va falloir que ça change, conclut-il.

Il y avait quelque chose de satisfait dans l'expression de Hillier qui ne collait ni avec son intonation, ni avec ses propos. En l'observant, Nkata comprit que Hillier prenait plaisir à remonter les bretelles de Lynley en présence de l'un de ses subordonnés. S'il l'avait choisi, lui, Nkata, pour être ce subordonné, c'était à cause des conférences de presse précédentes pendant lesquelles le sergent était resté assis bien sagement à côté de lui, tel un chien savant.

S'adressant à Hillier, et sans laisser à Lynley le temps de prendre la parole, Nkata dit :

— Excusez-moi, chef. J'y étais, à cette conférence de presse. Et franchement, je n'ai même pas pensé à en empêcher la tenue. Je me suis dit qu'il pouvait convoquer la presse si bon lui semblait. C'est son droit.

Lynley lui jeta un coup d'œil. Nkata se demanda si ce dernier, avec sa fierté bien connue, allait laisser passer sans réagir cette intervention de sa part. Comme rien n'était moins sûr, il poursuivit avant que Lynley puisse ajouter quoi que ce soit :

— J'aurais pu prendre le micro après le discours de Savidge, bien sûr. C'est peut-être ce que j'aurais dû faire. Mais je n'ai pas pensé que vous voudriez que je le fasse. Pas en votre absence, expliqua-t-il avec un sourire de Brave Petit Nègre.

Près de lui, Lynley s'éclaircit la gorge. Hillier lui décocha un regard furieux avant d'en adresser un autre à Nkata.

— Reprenez la situation en main, Lynley. Il est hors de question que le premier venu se précipite dans les bras des journalistes.

— Nous allons nous y employer, dit Lynley. C'est tout, monsieur ?

— Pour la prochaine conférence… dit Hillier avec un geste abrupt en direction de Nkata. Je vous veux en bas dix minutes avant le début.

— Compris, fit Nkata, l'index à sa tempe.

Hillier allait en dire davantage mais finalement il les congédia. Lynley ne fit aucun commentaire. Il attendit qu'ils soient sortis du bureau, qu'ils aient dépassé la secrétaire de Hillier et traversé pour atteindre Victoria Block. Il se contenta alors de dire en ralentissant l'allure :

— Winston. Écoutez-moi. Ne recommencez pas.

Sa fierté, songea Nkata. Voilà sa fierté qui parle. Il fallait s'y attendre.

Mais c'est alors que Lynley le surprit.

— C'est trop risqué de s'en prendre à Hillier, fût-ce indirectement. Je vous remercie de votre soutien, mais il est plus important pour vous de surveiller vos arrières que de chercher à protéger les miens. Il est dangereux d'avoir un tel homme pour ennemi. Faites en sorte de ne pas vous le mettre à dos.

— Il voulait vous donner une leçon, vous moucher devant moi, dit Nkata. Ça ne m'a pas plu, patron. Je me suis dit que j'allais lui rendre la monnaie de sa pièce, histoire de lui montrer l'effet que ça fait de se faire doucher.

— Pour cela il faudrait que Hillier soit capable de penser qu'il lui arrive de mériter une réprimande.

Ils s'approchèrent de l'ascenseur. Lynley appuya sur le bouton pour descendre. Il l'examina un instant avant de poursuivre.

— D'un autre côté, ça ne manque pas de piquant.

— Quoi donc, patron ?

— Eh bien, en vous accordant, à vous, le grade de sergent, au lieu de le donner à Barbara, Hillier ne s'attendait pas à ce que vous lui donniez du fil à retordre.

Nkata réfléchit. Les portes de l'ascenseur s'ouvrirent. Ils montèrent dedans, appuyèrent chacun sur un bouton.

— Vous croyez qu'il pensait que je continuerais à faire le béni-oui-oui jusqu'à la fin de mes jours ? demanda-t-il, curieux.

— Oui. J'ai comme l'impression que c'est ce qu'il se figurait.

— Pourquoi ?

— Parce qu'il ne vous connaît absolument pas, rétorqua Lynley. Mais en disant cela, je ne vous apprends rien, je suppose.

Ils s'arrêtèrent à l'étage de la salle des opérations, où Lynley sortit, laissant Nkata continuer jusqu'au parking. Avant que les portes ne se referment sur lui, toutefois, le commissaire les bloqua de la main.

— Winston…

Il resta un instant sans ajouter quoi que ce soit et Nkata attendit qu'il termine sa phrase. Quand il poursuivit, ce fut pour dire :

— Merci tout de même.

Il relâcha la porte de l'ascenseur et la laissa se refermer. Ses yeux croisèrent le regard de Nkata quelques secondes, et disparurent.

Il pleuvait lorsque Nkata émergea du parking. La lumière du jour déclinait rapidement et la pluie intensifiait l'obscurité. Les feux de signalisation brillaient dans les rues mouillées ; les feux arrière des véhicules brasillaient tandis que les gouttes de pluie s'écrasaient contre le pare-brise. Nkata se fraya un chemin jusqu'à Parliament Square et gagna lentement Westminster Bridge, pris dans une file de taxis, de bus et de voitures officielles. Tandis qu'il traversait la Tamise, le fleuve soulevait sa masse grise que ridait la marée montante. Une barge avançait poussivement vers Lambeth et, dans la timonerie, une silhouette solitaire dirigeait l'embarcation.

Nkata se gara en stationnement interdit à l'extrémité sud de Gabriel's Wharf et mit un macaron de la police sur son pare-brise. Remontant le col de son manteau pour braver la pluie, il s'avança vers le quai au-dessus duquel des lumières formaient un dais coloré et où le propriétaire du magasin de location de vélos rentrait sagement son matériel à l'intérieur.

Chez Crystal Moon, c'est Gigi cette fois et non sa grand-mère qui était perchée sur un tabouret, lisant derrière la caisse. Nkata s'approcha et lui montra sa carte. Elle ne la regarda pas. Mais dit :

— Grand-mère m'avait prévenue que vous reviendriez. Elle a de l'intuition. À une autre époque, on l'aurait brûlée comme sorcière. Est-ce que l'aigremoine a marché ?

— Je ne suis pas très sûr de ce que je suis censé en faire.

— C'est pour ça que vous êtes revenu ?

Il fit non de la tête.

— Je voulais vous dire un mot au sujet d'un dénommé Kilfoyle.

— Rob ? fit-elle en fermant son livre, un Harry Potter. Qu'est-ce que vous lui voulez, à Rob ?

— Vous le connaissez ?

— Ouais, dit-elle d'un ton mi-affirmatif, mi-interrogateur.

Elle avait l'air circonspect.

— Bien ?

— Comment suis-je censée le prendre ? Rob a fait quelque chose ?

— Il a acheté des choses chez vous ?

— Ça lui arrive. Comme à des tas de gens.

— Qu'est-ce qu'il vous achète ?

— Je ne sais pas. Ça fait un moment que je ne l'ai pas vu. Et je ne note pas ce que les gens achètent.

— Mais vous savez qu'il a acheté quelque chose.

— Parce que je le connais. Je sais également que deux des serveuses du Riviera m'ont acheté des choses. Ainsi que le chef de Pizza Express, et toute une série de vendeuses du quai. Mais c'est comme pour Rob : je ne me souviens pas de ce qu'ils ont acheté. À l'exception du type de Pizza Express. Il voulait un filtre d'amour pour une fille qu'il avait rencontrée. Je m'en souviens parce qu'on en a discuté.

— Vous le connaissez comment ? poursuivit Nkata.

— Qui ?

— Vous venez de me dire que vous connaissiez Kilfoyle. Je me demande comment.

— Vous voulez savoir si c'est mon petit ami ?

Nkata vit qu'elle rougissait au niveau du cou.

— Non, ce n'est pas mon petit ami. On a bu un pot ensemble, une fois, mais c'était pas un rendez-vous. Il a des ennuis ?

Nkata ne répondit pas. De toute façon, il y avait peu de chances que la propriétaire se rappelle ce que quelqu'un avait acheté. Mais le fait que Kilfoyle ait bel et bien effectué des emplettes chez Crystal Moon donnait du grain à moudre à l'enquête, et ça, ils en avaient bien besoin. Il remercia Gigi de son aide et lui remit sa carte, lui disant de téléphoner si elle se souvenait de quoi que ce soit concernant Kilfoyle qui lui paraîtrait de nature à l'intéresser. Il savait qu'il y avait de fortes chances qu'elle montre la carte à Kilfoyle la prochaine fois qu'elle le verrait, mais ce n'était pas un problème. Si Kilfoyle était leur tueur, le fait que les flics soient sur ses traces le freinerait sûrement. C'était presque aussi satisfaisant que de l'épingler. Ils avaient assez de victimes sur les bras.

Il se dirigea vers la porte, où il s'arrêta, le temps de poser une autre question à Gigi.

— Qu'est-ce que je suis censé en faire, au fait ?

— De quoi ?

— De l'aigremoine.

— On la fait brûler ou on en enduit la personne.

— Comment cela ?

— Vous faites brûler de l'huile en sa présence ou alors vous lui en enduisez le corps. Je suppose qu'il s'agit d'une jeune femme ?

Nkata repoussa l'idée de s'en servir. Mais il songea également au tueur : faisant brûler de l'huile, s'en enduisant le corps. Il remercia Gigi et sortit de la boutique. Il se dirigea vers la sandwicherie mitoyenne au nom de Mr Sandwich.

La petite échoppe était fermée pour la journée, le panneau indiquait les heures d'ouverture. Dix heures-quinze heures. Il jeta un coup d'œil par la vitre mais ne put rien distinguer dans la semi-obscurité si ce n'est le comptoir et, sur le mur au-dessus, une liste des sandwiches avec les prix. Il n'y avait rien d'autre à glaner par ici, décida-t-il. Autant rentrer.

Mais il ne prit pas le chemin de son domicile. Au lieu de cela, il se sentit obligé de faire un nouveau détour par l'Oval, prenant la direction de Kennington Park Road dès que cela lui fut possible. Il se gara de nouveau dans Braganza Street, mais au lieu de l'attendre ou d'entrer dans Doddington Grove Estate pour voir si elle était rentrée, il alla à pied jusqu'au triste carré de verdure de Surrey Gardens. De là, il s'engagea dans Manor Place, endroit toujours à mi-chemin entre décrépitude et renaissance.

Il n'était pas allé à sa boutique depuis novembre mais il n'en avait pas oublié l'emplacement. Il la trouva à l'intérieur, comme la dernière fois qu'il était venu. Elle était à un bureau dans le fond, la tête penchée au-dessus d'un livre de comptabilité. Elle avait un crayon à la bouche et cela lui donnait l'air vulnérable d'une écolière qui avait du mal à faire ses additions. Toutefois lorsque la sonnerie retentit et qu'elle leva le nez, elle avait l'air d'une adulte. Et d'une adulte peu accueillante. Elle reposa son crayon et ferma le livre. Elle s'approcha du comptoir et s'assura qu'il servait bien de rempart entre eux.

— Un jeune Noir a été tué cette fois, dit-il. Son corps a été abandonné près de London Bridge Station.

On a identifié un jeune garçon également. Un métis de Furzedown. Ça fait deux gamins au sud du fleuve maintenant, Yas. Où est Daniel ?

— Si vous croyez… dit-elle.

Il l'interrompit.

— Yas, est-ce que Daniel fréquente des gamins qui se retrouvent près d'Elephant & Castle ?

— Dan n'appartient pas à un gang.

— Il ne s'agit pas d'un gang, Yas. C'est une organisation d'aide sociale. Ils proposent des activités aux gamins… aux gosses à risque. Je sais. Vous allez me dire que Dan n'est pas un gosse à risque. Le nom du groupe est Colossus. Et j'ai besoin de le savoir. Vous ne leur avez pas demandé de s'occuper de Dan après les cours, par hasard ? Pendant que vous êtes à la boutique ? Pour qu'il ait un point de chute ?

— Je n'ai pas laissé Dan traîner du côté d'Elephant & Castle.

— Il n'a jamais prononcé le nom de Colossus devant vous ?

— Jamais… Pourquoi est-ce que vous faites ça ? On ne veut pas de vous ici. Vous en avez assez fait comme ça, vous ne croyez pas ?

Elle commençait à s'énerver. Il s'en rendit compte au mouvement de houle de ses seins sous son pull. Un petit pull ultracourt, qui laissait voir son estomac lisse et plat comme la paume d'une main. Elle s'était fait poser un piercing au nombril. De l'or brillait contre sa peau.

Il avait la gorge sèche, mais il savait qu'il y avait des choses qu'il devait lui dire, même si elle n'était pas prête à les entendre.

— Yas, dit-il, se demandant ce que son nom avait de magique. Vous auriez préféré ne pas savoir ? Elle vous trompait, elle vous trompait depuis le début. Il faut bien que vous le reconnaissiez, quoi que vous pensiez de moi.

— Vous n'aviez pas le droit de...

— Vous auriez préféré rester dans l'ignorance ? Quel bien cela vous aurait-il fait ?

Elle s'écarta du comptoir.

— C'est tout ? Parce que si tel est le cas, j'ai du travail à finir avant de rentrer.

— Non. Ce n'est pas tout. Ce que j'ai fait était bien, et vous le savez.

— Vous...

— Mais c'est ma façon de m'y prendre qui n'était pas bien. Et...

Il en arrivait à la partie la plus difficile maintenant, il allait devoir dire la vérité alors que cette vérité, il avait du mal à se l'avouer à lui-même. Toutefois il alla de l'avant.

— Et mes motivations n'étaient pas nettes non plus. Et... c'est moche que je me sois menti à moi-même à ce propos. Je suis désolé. Vraiment désolé. Je voudrais pouvoir réparer.

Elle garda le silence. Son regard était tout sauf amène. Une voiture s'arrêta devant le trottoir et elle jeta un coup d'œil dans cette direction avant de le regarder de nouveau.

— Cessez de vous servir de Daniel, dit-elle.

— Me servir... ? Yas, je...

— Cessez d'utiliser Daniel pour vous approcher de moi.

— C'est ce que vous pensez ?

— Je ne veux pas de vous. J'avais un homme. Je l'ai épousé, et chaque fois que je me regarde dans la glace je vois ce qu'il m'a fait, et ça me fait penser à ce que je lui ai fait. Il est hors de question que je m'embarque à nouveau dans une histoire de ce genre.

372

Elle s'était mise à trembler. Nkata aurait voulu la réconforter, lui assurer que tous les hommes n'étaient pas... Mais il savait qu'elle ne le croirait pas, et il n'était pas certain d'y croire lui-même. Comme il essayait de trouver quelque chose à dire, la porte s'ouvrit, la sonnerie retentit, et un autre Noir entra dans la boutique. Il dirigea son regard vers Yasmin, l'examina et regarda Nkata.

— Yasmin, dit-il, prononçant le prénom d'une voix douce aux inflexions étrangères. Des ennuis, Yasmin ? Vous êtes toute seule ici ?

Ce fut la façon dont il lui parla. L'intonation et le regard qui l'accompagnait. Nkata se fit l'effet d'être un imbécile.

Il dit au nouvel arrivant :

— Oui, maintenant, oui.

Et il les laissa ensemble.

Barbara Havers décida de s'accorder une pause cigarette. Ce serait sa petite récompense, la carotte qu'elle s'était agitée sous le nez pour se donner du cœur au ventre pendant ces longues heures passées sur l'ordinateur et au téléphone. Elle s'était acquittée de ce travail ingrat avec, lui semblait-il, la meilleure grâce du monde. Alors que, pendant tout ce temps, ce qu'elle voulait vraiment, c'était se propulser jusqu'à Elephant & Castle chez Colossus afin d'y secouer le cocotier. Tâche nettement plus agréable. Pendant tout ce temps, elle s'était efforcée de mettre ses réactions entre parenthèses : indignation devant les réflexions de l'inspecteur Stewart, impatience devant le labeur digne d'un grouillot qu'on lui avait confié, jalousie d'écolière – putain de merde, c'était de la jalousie ? – de voir Lynley lui préférer Winston Nkata pour l'accompagner chez l'adjoint au préfet de police. C'est pourquoi à cette heure tardive de la journée elle considérait avoir amplement mérité une clope, équivalent métaphorique à ses yeux d'une décoration au revers de sa veste.

D'un autre côté, force lui était de l'admettre même si cela ne lui plaisait pas, son travail sur l'ordinateur et au téléphone lui avait fourni des munitions qu'elle pourrait utiliser la prochaine fois qu'elle traverserait le fleuve. Elle reconnut donc de mauvais gré qu'elle avait été sage de s'acquitter de la mission qu'on lui avait confiée, et envisagea même de rédiger un rapport dans les temps pour se faire pardonner son erreur de jugement. Elle rejeta cette idée en faveur d'une cigarette. Elle se dit que si elle fumait en catimini dans l'escalier elle serait beaucoup plus près de la salle des opérations et ainsi de l'endroit où elle pourrait faire la paperasserie nécessaire une fois qu'elle se serait shootée à la nicotine dont son corps avait si grand besoin.

Elle alla se réfugier dans l'escalier, s'assit, alluma une cigarette et inhala. Rien que du bonheur. Cela ne valait pas l'assiette de lasagne et de frites qu'elle aurait préféré ingurgiter à cette heure-là, mais ce n'était pas mal tout de même.

— Havers, qu'est-ce que vous fabriquez ici exactement ?

Bordel de merde, se dit Barbara en se remettant précipitamment debout. Lynley venait d'apparaître dans l'encadrement de la porte, s'apprêtant à monter ou à descendre l'escalier. Comme il avait son manteau jeté sur l'épaule, elle supposa qu'il descendait. C'était presque une expédition pour rejoindre le parking en sous-sol, mais l'escalier vous donnait le temps de réfléchir, et c'était probablement ce qu'il comptait faire, à moins qu'il n'ait tenté de s'esquiver discrètement – manœuvre que l'escalier permettait également d'effectuer.

— Je mets de l'ordre dans mes idées, dit-elle. J'ai fait ma recherche sur Griffin Strong, et je me demandais comment présenter les infos que j'ai rassemblées.

Elle lui tendit les notes qu'elle avait prises au cours de ses recherches sur l'ordinateur et de ses appels téléphoniques. Elle avait commencé à gribouiller dans son carnet à spirale mais malheureusement elle s'était bientôt trouvée à court de place. Elle en avait été réduite à prendre ce qui lui était tombé sous la main, en l'occurrence deux enveloppes récupérées dans la poubelle et une serviette en papier extraite de son sac.

Le regard de Lynley navigua de ce matériel hétéroclite à Havers.

— Hé, dit-elle, vous n'allez pas me chercher des poux dans la tête sous prétexte que j'écris sur…

— J'ai passé ce stade. Qu'avez-vous déniché, Havers ?

Barbara se prépara à tailler une bonne bavette, la cigarette pendant à sa lèvre tandis qu'elle parlait.

— Pour commencer, d'après sa femme, Griffin Strong saute Ulrike Ellis. Arabella m'a déclaré qu'il était avec elle chaque fois qu'un meurtre s'est produit. Elle m'a déclaré ça tout de go, sans réfléchir. Je ne sais pas ce que vous en pensez mais, moi, je me dis qu'elle n'a qu'une envie : s'assurer que son mari continue de gagner le pain du ménage pendant qu'elle s'occupe du bébé et sautille comme une malade devant sa télé. Bon. Ça se comprend, notez bien. Mais il s'avère que ce cher Griff a pour habitude de fréquenter ses collègues femmes. Quand il a creusé un peu plus la question, si je puis dire, il laisse échapper le ballon en ce qui concerne ses responsabilités.

Lynley s'était accoudé à la rambarde, écoutant sans broncher. Comme il avait les yeux braqués sur Havers, elle se dit qu'elle était peut-être en train de se racheter et d'arranger ses affaires. Peut-être même sa carrière. Et sa réputation. Elle poursuivit d'un ton de plus en plus enthousiaste.

— Il a été viré de Lewisham pour avoir falsifié des rapports.

— Voilà qui est intéressant comme développement.

— Il était censé encadrer des gosses placés mais en réalité il n'en surveillait qu'un sur dix.

— Pourquoi ?

— Pour une raison évidente. Il était trop occupé à s'envoyer en l'air avec sa collègue de bureau. Il a reçu deux avertissements avant que le couperet ne tombe. Et il semble que la seule raison pour laquelle on l'ait embauché à Stockwell est qu'aucun des gamins sous sa surveillance à Lewisham n'a eu à pâtir de sa négligence.

— À notre époque… Il n'y a pas eu de répercussions ?

— Rien, pas un mot. J'ai parlé à son supérieur à Lewisham, lequel semblait convaincu – par Griff, cela ne m'étonnerait pas – que Griff était beaucoup plus poursuivi que poursuivant dans l'affaire. « N'importe qui aurait fini par succomber », m'a-t-il dit.

— Son supérieur était un homme, je suppose ?

— Naturellement. Et vous auriez dû entendre ce qu'il m'a confié sur la nana. L'équivalent sexuel de la peste bubonique.

— Et à Stockwell ?

— Le gamin qui est mort alors que Strong l'encadrait a été victime d'une agression.

— De la part de qui ?

— D'un gang pratiquant un rituel d'initiation impliquant la chasse aux gamins de douze ans qu'ils tailladaient ensuite à coups de tessons de bouteille. Les membres du gang l'ont surpris alors que le petit traversait Angell Park. Ils lui ont tailladé la cuisse mais ils ont touché une artère, et le gamin s'est vidé de son sang avant d'avoir le temps de rentrer chez lui.

— Mon Dieu, dit Lynley. Mais ce n'était pas la faute de Strong ?

— En tout cas le gamin qui l'a planté était son propre frère d'adoption.

Lynley leva la tête au ciel. Il avait l'air abattu.

— Il avait quel âge, le frère adoptif ?

Barbara consulta ses notes.

— Onze ans.

— Que lui est-il arrivé ?

Elle continua de lire.

— On l'a enfermé dans un hôpital psychiatrique jusqu'à ce qu'il ait dix-huit ans. Pour ce que ça lui servira…

Elle fit tomber le cylindre de cendre de sa clope.

— Tout ça m'a fait penser…

— À quoi ?

— Au tueur. J'ai l'impression qu'il se voit dans le rôle du type qui débarrasse le troupeau de ses brebis galeuses. C'est comme une religion pour lui. Quand on pense à tous les aspects du rituel qui font partie des meurtres…

Lynley se frotta le front tout en s'appuyant contre la rambarde.

— Barbara, je ne me soucie pas de ce qu'il pense. Il s'agit d'enfants, pas de mutations génétiques. Les enfants ont besoin d'être remis sur les rails quand ils se trompent. Et le reste du temps, ils ont besoin d'être protégés. Point final. Fin de l'histoire.

— On est sur la même longueur d'onde, monsieur, dit Barbara. Du début jusqu'à la fin.

Elle laissa tomber son mégot dans l'escalier et l'écrasa. Puis, pour dissimuler les traces de son forfait, elle le ramassa et le fourra dans son sac avec ses notes.

— Des problèmes, là-haut ? dit-elle en faisant allusion à l'entrevue de Lynley avec Hillier.

— Pas plus que d'habitude. Winston n'est pas le bon petit bien docile que l'adjoint s'attendait à avoir en face de lui.

— Ça fait plaisir à entendre, remarqua Barbara.

— Dans une certaine mesure, oui.

Il l'étudia. Un petit silence s'établit durant lequel Barbara détourna les yeux, ôtant de son pull informe un fil qui pendait.

— Barbara, finit par dire Lynley. Vous n'êtes pas obligée de continuer comme ça.

— Quoi ? fit-elle en relevant la tête.

— Je crois que vous me comprenez. Vous ne vous êtes jamais dit que vous auriez davantage de chances de récupérer votre grade en faisant équipe avec quelqu'un qui a la cote avec la hiérarchie ?

— Qui ça ? John Stewart ? Ça serait sympa, je vois ça d'ici.

— MacPherson, peut-être. Ou Philip Hale. Et vous pourriez demander à être mutée dans un commissariat de quartier. Parce que tant que vous serez dans mon entourage – sans parler de celui de Hillier –, avec Webberly qui n'est plus là pour faire le tampon pour nous...

Il ébaucha un geste qui signifiait : je vous laisse conclure.

Elle rajusta son sac sur son épaule et se dirigea vers la salle des opérations.

— Ce n'est pas comme ça que je vois les choses. Je sais faire la différence entre ce qui est important et ce qui ne l'est pas.

— Ce qui signifie ?

Elle s'arrêta devant la porte menant au couloir.

— Je crois que vous me comprenez, monsieur. Je vous souhaite une bonne soirée. J'ai encore du travail avant de rentrer.

15

En imagination, Il allongea par terre devant Lui un corps crucifié par les liens et la planche. Un corps réduit au silence mais vivant et qui, en retrouvant ses sens, comprit qu'il était en présence d'un pouvoir auquel il n'avait aucun espoir d'échapper. Alors la peur s'empara du corps sous l'apparence de la colère et, en présence de cette peur, le cœur de Fu se dilata. Ses muscles se gonflèrent de sang, et Il s'envola au-dessus de Lui-même. Extase que seul le fait d'être un dieu peut procurer.

L'ayant ainsi vécue, Il voulait la vivre de nouveau. Après avoir connu la sensation d'être celui qu'Il était vraiment, libéré de la chrysalide de celui qu'Il était en apparence seulement, il n'était plus possible de l'ignorer. Elle était là à jamais.

Il avait essayé de se cramponner à cette sensation le plus longtemps possible après la mort du premier garçon. Maintes fois, Il s'était plongé dans l'obscurité, et là, Il avait lentement revécu les différentes étapes du processus ; du choix initial au jugement, de là aux aveux, jusqu'à la punition et à la libération. Mais, hélas, l'exaltation de l'expérience s'était émoussée comme s'émoussait toute chose. Pour la revivre, Il n'avait d'autre solution que d'opérer un autre choix et de recommencer l'opération.

Il se disait qu'Il n'était pas comme ceux qui L'avaient précédé : des porcs comme Brady, Sutcliffe et West. Eux avaient couru après la mesquinerie des sensations fortes, ils avaient été des tueurs sans pitié qui s'attaquaient à des êtres vulnérables dans le seul but de se maintenir au pouvoir. Ils avaient crié leur insignifiance au monde à travers des actes que ce dernier ne risquait pas d'oublier.

Mais pour Fu il en allait différemment. Lui ne voulait pas d'enfants innocents en train de jouer, ni de prostituées choisies au hasard des trottoirs, ni d'autostoppeuses décidant – erreur funeste – de monter dans une voiture occupée par un homme et son épouse…

Dans le monde de ces tueurs, la possession, la terreur, la tuerie étaient tout ce qui comptait. Fu, Lui, suivait un autre chemin, et c'est ce qui rendait son état actuel beaucoup plus difficile à gérer. S'Il avait voulu rejoindre les rangs des porcs, Il serait plus tranquille maintenant : Il n'aurait qu'à sillonner les rues et en l'espace de quelques heures… Il connaîtrait de nouveau l'extase. Parce qu'Il n'était pas fait ainsi, Fu recherchait l'obscurité pour parvenir au soulagement.

Une fois là, cependant, Il sentit la présence d'un intrus. Il prit une profonde inspiration, retint son souffle, tous les sens en alerte. Il tendit l'oreille. Il songea que c'était impossible. Pourtant son corps Lui soufflait qu'il y avait quelque chose.

Il chassa les ténèbres. Cherchant une preuve. La lumière était tamisée comme Il l'aimait mais suffisante pour Lui permettre de se rendre compte qu'aucun intrus n'avait pénétré dans cet endroit. Pourtant Il savait. Il avait appris à faire confiance aux terminaisons nerveuses de sa nuque, et elles lui murmuraient que la prudence était de mise.

Un livre gisait, abandonné, par terre, près d'un fauteuil. Une revue avait une couverture froissée. Des journaux étaient empilés les uns sur les autres. Des mots. Des mots. Des mots sur des mots. Qui jacassaient. Qui accusaient. Un asticot, murmuraient-ils en chœur. Ici, ici.

Le reliquaire, songea Fu. C'était ça qu'il Lui fallait. Car c'était seulement par l'intermédiaire du reliquaire que l'asticot pourrait parler de nouveau. Et ce qu'il dirait...

Me dis pas que t'as pas acheté de sauce, espèce d'abrutie. Qu'est-ce que t'as d'autre à foutre toute la journée ?

Je t'en prie, mon ami. Le petit...

Tu essaies de me dire... ? Bouge ton cul, va me chercher cette sauce. Et laisse le petit tranquille. Je t'ai dit de le laisser. Est-ce que tes oreilles sont aussi nazes que ta cervelle ?

Voyons, chéri...

Comme si l'intonation et les mots pouvaient faire une différence sur la démarche ralentie et la diarrhée engendrées par la peur. Qui reviendraient toutes deux si le reliquaire ou son contenu venaient à Lui échapper.

Pourtant Il voyait que le reliquaire était là où Il l'avait laissé, dans sa cachette qui n'en était pas une. Et quand Il en retira avec soin le couvercle, Il constata que le contenu ne semblait pas avoir été manipulé. Même le contenu à l'intérieur du contenu – soigneusement enfoui, précieusement préservé et conservé – était tel qu'Il l'avait laissé. Du moins en apparence.

Il s'approcha de la pile de journaux. Il se pencha au-dessus, mais ils ne lui dirent que ce qu'Il pouvait voir : un homme vêtu à l'africaine. Une manchette annonçait que cet homme était un « Tuteur angoissé », et l'article qui accompagnait le gros titre relatait le reste : les morts partout dans Londres. La police avait enfin compris qu'un tueur en série sévissait dans la ville.

Fu se détendit. Il sentit ses mains se réchauffer, le malaise commença à se dissiper tandis qu'Il tripotait amoureusement le tas de tabloïds. Peut-être suffiraient-ils, songea-t-Il.

Il s'assit. Il approcha de Lui la pile tel un père Noël serrant un enfant. C'était étrange, songea-t-Il. C'était seulement avec le dernier garçon – ce Sean qui avait menti, nié ses crimes, qui était passé à côté de la rédemption et de la libération parce qu'il avait, pauvre tête de mule, refusé de reconnaître sa culpabilité – que la police avait compris qu'elle avait affaire à quelque chose de supérieur, de plus vaste que ce contre quoi elle luttait d'habitude. Il leur avait fourni des indices depuis le début, mais ils avaient refusé de voir clair. Maintenant, ils savaient. Ils ne connaissaient pas Son objectif, bien sûr, mais ils connaissaient Son existence en tant que force unique et singulière de la justice. Il avait toujours une longueur d'avance sur Ses poursuivants. Suprême, n'était-Il pas un être suprême ?

Il prit le dernier exemplaire de l'*Evening Standard* et le mit de côté. Puis il en extirpa un autre de la pile. On y voyait une photo du tunnel où Il avait déposé le dernier corps. Il posa les mains sur la photo de la scène, et il embrassa d'un coup d'œil les autres clichés illustrant l'article : des flics, sûrement, qui cela pouvait-il être d'autre ? Et on donnait même le nom de l'un d'entre eux, de sorte que maintenant Il savait qui s'efforçait de contrecarrer ses plans, qui s'employait à Le détourner de Sa voie. Lynley, commissaire. Un nom facile à se rappeler.

Fu ferma les yeux et évoqua en pensée une confrontation entre Lui et ce Lynley. Mais pas le genre de scène où Il était seul face à lui. Il visualisa, au contraire, un moment de rédemption auquel assistait le policier, incapable d'arrêter le cycle de la punition et du salut tel qu'il se déroulait sous ses yeux. Voilà qui serait fameux, songea Fu. Il ferait passer un message que jamais personne – pas plus Brady que Sutcliffe ou West – n'avait réussi à faire passer.

Fu s'en réjouissait à l'avance, espérant que cela Le rapprocherait de la sensation enivrante – ce qu'Il appelait le *oui* – que Lui procuraient les derniers moments de l'acte de rédemption. Voulant que la sensation de plénitude induite par le succès Le possède, voulant que la conscience d'être pleinement L'emplisse tout entier, voulant voulant voulant sentir l'explosion émotionnelle et sensuelle qui se produisait sous l'impact du désir et de l'accomplissement... Je vous en prie.

Mais rien ne se produisit.

Il ouvrit les yeux, tous Ses nerfs à vif. L'asticot était venu ici, avait souillé cet endroit, voilà pourquoi Il ne pouvait revivre les moments pendant lesquels Il avait le plus vibré.

Il ne pouvait se permettre d'éprouver le désespoir qui menaçait de fondre sur Lui, alors Il le laissa se muer en colère ; et la colère, Il la dirigea tel un faisceau laser vers l'asticot. Reste dehors, branleur. Reste dehors. Eloigne-toi.

Mais ses nerfs frémissaient toujours, racontant une histoire qui Lui indiquait qu'Il ne trouverait jamais la paix de cette façon. La paix ne pourrait être engendrée que par l'acte qui déboucherait sur la rédemption d'une autre âme.

Ce qui devait être serait.

La pluie tomba pendant les cinq jours qui suivirent, une lourde pluie de milieu d'hiver qui vous fait désespérer de jamais revoir le soleil. Le sixième jour, le gros de la tempête était passé, mais le ciel menaçant en annonçait un autre à mesure que la journée avançait.

Lynley n'entra pas directement au Yard comme il le faisait d'habitude. Au lieu de cela, il prit la direction opposée, se frayant un chemin jusqu'à l'A4, quittant le centre de Londres. C'était Helen qui lui avait suggéré ce petit voyage. Le regardant par-dessus son verre de jus d'orange du petit déjeuner, elle lui avait dit : « Tommy, si tu allais faire un saut à Osterley ? Je crois que ça te ferait du bien.

— J'ai l'air désemparé à ce point ?

— Je ne dirais pas ça. Et je crois que tu es trop dur avec toi-même si c'est le terme que tu utilises.

— Quel mot utiliserais-tu, toi ? »

Helen avait réfléchi, tête inclinée sur le côté, tout en l'observant. Elle ne s'était pas encore habillée pour la journée, elle n'avait même pas encore peigné ses cheveux, et Lynley se disait qu'il l'aimait ainsi ébouriffée. Elle avait l'air... d'une épouse, songea-t-il. C'était le terme. Pourtant il se serait fait couper la langue plutôt que de le lui dire.

« Je dirais que c'est une ride sur la surface de ta tranquillité d'esprit, une ride causée par les tabloïds et l'adjoint au préfet de police. David Hillier veut te voir échouer, Tommy. Depuis le temps, tu devrais le savoir. Il a beau prétendre vouloir des résultats, il ne veut surtout pas que tu en obtiennes. »

Lynley savait qu'elle avait raison.

« C'est pourquoi je me demande ce qui l'a poussé à me mettre dans cette situation.

— À faire de toi un commissaire intérimaire ou à te confier la direction de l'enquête ?

— Les deux.

— C'est à cause de Malcolm Webberly, bien sûr. Hillier t'a dit lui-même qu'il savait ce que Malcolm aurait voulu qu'il fasse, alors il le fait. C'est sa façon à lui de lui rendre… hommage, faute d'un meilleur terme. Sa façon de faire en sorte que Malcolm se rétablisse. Mais sa volonté va à l'encontre de son désir d'aider Malcolm. Alors si d'un côté tu te retrouves élevé au grade de commissaire dirigeant cette enquête, de l'autre il te faut supporter la malveillance de Hillier. »

Lynley réfléchit. C'était du bon sens. C'était Helen. Dès qu'on grattait un peu le vernis superficiel de son insouciance, on découvrait du bon sens et de l'intuition.

« Je ne te savais pas si douée pour la psychanalyse.

— Oh, fit-elle en le saluant avec sa tasse de thé. C'est à force de regarder les talk-shows, mon chéri.

— Vraiment ? Jamais je ne t'aurais crue capable de regarder les talk-shows.

— Tu me flattes. Je suis devenue une fan de ces émissions américaines. Tu vois le topo : un type (ou une femme) assis sur un canapé s'épanche devant le présentateur et un demi-milliard de téléspectateurs. Quand il (ou elle) a bien purgé son radiateur, on lui donne des conseils et on le renvoie lutter contre ses démons. Confession, catharsis, solution, le tout en cinquante minutes chrono. J'adore la façon dont on résout les problèmes à la télé américaine, Tommy. Mais c'est comme ça que les Américains s'y prennent pour tout, non ? La méthode expéditive : on dégaine, on tire, et le problème disparaît.

— Tu n'es pas en train de me conseiller de liquider Hillier d'une balle dans le corps ?

— Seulement en dernier ressort. En attendant, je te suggérerais plutôt un aller et retour à Osterley. »

Il avait accepté la suggestion. C'était une drôle d'heure pour rendre visite à un convalescent à l'hôpital, mais il se dit qu'avec sa carte de police on le laisserait entrer.

Tel fut le cas. La plupart des patients étaient encore en train de prendre le petit déjeuner mais le lit de Malcolm Webberly était vide. Une aide-soignante complaisante lui conseilla de se diriger vers la salle de kinésithérapie. C'est là que Lynley trouva le commissaire Webberly, cheminant entre deux barres parallèles.

Resté sur le pas de la porte, Lynley l'observa. Que le commissaire fût encore en vie tenait du miracle. Il avait survécu à une liste impressionnante de blessures diverses et variées. On lui avait enlevé la rate et une bonne partie du foie. Il avait eu une fracture du crâne et on lui avait retiré un caillot du cerveau ; il était resté près de six semaines dans un coma provoqué ; il avait eu une hanche cassée, un bras cassé, cinq côtes brisées et une crise cardiaque tandis qu'il récupérait lentement de tout le reste. Il avait rudement bataillé pour retrouver ses forces. Webberly était un battant. Ce rude guerrier était aussi le seul homme de New Scotland Yard à qui Lynley pût parler à cœur ouvert.

Webberly avançait tel un escargot le long des barres, encouragé par la kinésithérapeute qui s'obstinait à lui donner du « mon petit » malgré ses grimaces excédées. Elle était à peu près grosse comme un canari, et Lynley se demanda comment elle s'y prendrait pour soutenir le massif commissaire au cas où ce dernier viendrait à basculer et s'étaler par terre. Mais apparemment Webberly n'avait d'autre intention que d'atteindre sain et sauf l'extrémité des barres. Lorsqu'il y fut parvenu, il dit sans regarder Lynley :

— Ils pourraient au moins m'autoriser à fumer un putain de cigare de temps en temps, vous ne croyez pas, Tommy ? Leur conception de la fête, c'est un lavement administré sur du Mozart.

— Comment allez-vous, monsieur ? s'enquit Lynley, s'avançant dans la pièce. Avez-vous perdu quelques kilos ?

— Parce que j'avais besoin d'en perdre ? fit Webberly en jetant un regard rusé dans sa direction.

Il était pâle et pas rasé, et il n'avait pas l'air très assuré avec sa hanche en titane. Il ne portait pas de tenue d'hôpital mais un survêtement. Dont le haut s'ornait des mots « Top Cop ».

— C'était juste une remarque en passant, dit Lynley. Je n'ai jamais vraiment considéré que vous aviez besoin d'une révision.

— Quel toupet !

Webberly atteignit en grognant l'extrémité des barres et pivota pour s'installer dans le fauteuil roulant que la kinésithérapeute lui approchait.

— Une tasse de thé, mon petit ? demanda-t-elle une fois que Webberly eut pris place dans son fauteuil. Un biscuit au gingembre ? Vous vous êtes bien débrouillé.

— Elle me traite comme un chien savant, maugréa Webberly, prenant Lynley à témoin. Apportez-nous plutôt la boîte, merci.

La jeune femme sourit sans s'émouvoir et lui tapota l'épaule.

— Une tasse de thé et un biscuit, donc. Et pour vous ? fit-elle, s'adressant à Lynley.

Ce dernier lui dit qu'il n'avait besoin de rien, merci. Elle disparut dans une pièce adjacente.

Webberly se propulsa vers une fenêtre, souleva les stores et regarda dehors.

— Saleté de temps, grommela-t-il. J'ai une de ces envies de partir pour l'Espagne, Tommy. Rien que d'y penser… C'est ce qui m'encourage à poursuivre la rééducation.

— Vous allez prendre votre retraite ?

Lynley s'efforça de formuler la question d'un ton plutôt badin mais il était loin de se sentir le cœur léger à l'idée que le commissaire allait quitter la police.

Son intonation ne trompa pas Webberly, qui lui jeta un regard par-dessus son épaule.

— David fait encore des siennes ? Il faut que vous trouviez un truc pour le contrer.

Lynley le rejoignit près de la fenêtre. Ils contemplèrent d'un œil morose la journée grise et la vue qu'on avait de la fenêtre. Des branches dénudées, les bras suppliants des arbres d'Osterley Park. Un peu plus près, ils apercevaient le parking.

— Moi, personnellement, je m'en arrange, dit Lynley.

— C'est tout ce qu'on vous demande.

— C'est pour les autres que je me tracasse. Barbara et Winston, surtout. Je ne leur ai pas tellement rendu service en prenant votre poste. C'était de la folie de ma part de croire que je pourrais arriver à un résultat.

Webberly garda le silence. Lynley savait qu'il comprenait son point de vue. Le bateau des rêves de Havers au Yard continuerait vraisemblablement de prendre l'eau tant qu'elle ferait équipe avec lui. Quant à Nkata... Lynley savait que n'importe quel policier promu au grade de commissaire intérimaire aurait mieux réussi que lui à empêcher Hillier de manœuvrer Nkata comme il le faisait. Havers semblait de plus en plus condamnée à végéter professionnellement ; quant à Nkata, que Hillier utilisait comme alibi, il risquait d'en concevoir une amertume qui entacherait durablement sa carrière. Quelle que soit la façon dont il envisageait la question, Lynley se disait que c'était à cause de lui que Nkata et Havers se trouvaient dans la situation qui était la leur actuellement.

— Tommy, fit Webberly comme si Lynley n'avait rien dit de tout ça, vous n'avez pas ce pouvoir.

— Vraiment ? Vous l'aviez bien, vous. Vous l'avez. Je devrais...

— Arrêtez. Je ne parle pas du pouvoir de jouer les tampons entre David et ses subordonnés. Je parle du pouvoir de le changer. Ce qui est votre objectif, convenez-en. Mais il est comme vous, il a ses démons. Et vous ne pouvez rien faire pour l'en débarrasser.

— Comment faites-vous pour vous en tirer avec lui ?

Webberly posa les coudes sur l'appui de la fenêtre. Il avait l'air, comme Lynley put le constater, beaucoup plus âgé ces temps-ci. Ses cheveux jadis roux qui avaient viré doucement au blond cendré étaient maintenant complètement gris. La chair sous ses yeux pendait ; la peau sous son menton formait des fanons. En voyant cela, Lynley pensa aux réflexions d'Ulysse face à sa condition de mortel : « La vieillesse n'est pas synonyme de déshonneur ni d'oisiveté. » Il aurait voulu réciter le poème de Tennyson à Webberly. Car, se dit-il, tout était bon pour différer l'inévitable.

— Tout ça, c'est à cause de son titre de chevalier, j'en suis sûr, dit Webberly. Vous croyez peut-être que David le porte avec aisance. Je crois plutôt, moi, qu'il le porte comme une armure, ce qui, vous en conviendrez, n'est pas particulièrement confortable. Il le voulait, et il ne le voulait pas. Il a intrigué pour l'obtenir, et maintenant il lui faut vivre avec.

— Le magouillage ? Mais c'est ce qu'il fait de mieux.

— Entièrement d'accord. Pensez à l'effet que ça ferait si vous aviez ça sur votre tombe. Pensez-y, Tommy. Et si vous arrivez à faire taire votre mauvais caractère, vous verrez que vous réussirez à fonctionner avec lui.

Nous y voilà, songea Lynley. La vérité qui gouvernait sa vie. Il entendait encore son père y faire allusion, bien que ce dernier eût disparu depuis près de vingt ans. *Ton sale caractère, Tommy. Non seulement tu laisses la passion t'aveugler mais tu la laisses t'entraîner, mon garçon.*

À quelle occasion avait-il perdu son sang-froid ce jour-là ? Un match de football et une prise de bec avec un arbitre ? Une phase de jeu au rugby ? Une dispute avec sa sœur aux dames ou aux échecs ? Quelle importance, maintenant ?

L'important, ç'avait été la remarque de son père. Cela, et point final. L'emportement passager n'avait aucune importance une fois le moment passé. Il n'arrivait pas à se pénétrer de ce fait ; résultat, les autres devaient payer pour ce fatal trait de caractère. Il était Othello sans l'excuse de Iago ; Hamlet sans fantôme. Helen avait raison. Hillier lui tendait des pièges et il fonçait dedans tête baissée.

Il eut du mal à ne pas pousser un grognement d'agacement. Webberly le regardait.

— Il y a une courbe d'assimilation qui va avec le poste, lui dit le commissaire. Pourquoi ne pas vous donner le temps d'apprendre ?

— Plus facile à dire qu'à faire quand on vous attend au tournant avec une hache.

Webberly haussa les épaules.

— Vous ne pouvez pas empêcher David de s'armer. Ce qu'il faut, c'est apprendre à esquiver les coups.

La kinésithérapeute au format canari revint dans la pièce : thé dans une main, serviette en papier dans l'autre. Sur la serviette, un unique biscuit au gingembre ; la récompense du commissaire pour avoir réussi l'exercice aux barres parallèles.

— Voilà, mon petit, dit-elle à Webberly. Une bonne tasse de thé bien chaud avec du lait et du sucre… Juste comme vous l'aimez.

— Je déteste le thé, riposta Webberly en prenant la tasse et le biscuit.

— Allons, voyons, vous faites le vilain ce matin. C'est parce que vous avez de la visite ? demanda-t-elle en lui tapotant l'épaule. Enfin, ça fait plaisir de voir que vous réagissez. Mais arrêtez de me charrier ou c'est la fessée assurée.

— Si je fais le maximum pour foutre le camp d'ici, soyez persuadée que c'est à cause de vous, rétorqua Webberly.

— Tant mieux, alors, dit-elle sans se troubler le moins du monde. Vous voir partir, c'est exactement ce que je souhaite.

Elle agita les doigts et sortit de la salle, saisissant un dossier au passage.

— Vous avez Hillier ; moi, c'est elle que je dois supporter, gronda Webberly en mordant dans son biscuit. Chacun sa croix.

— Au moins elle vous offre des rafraîchissements.

La visite à Osterley n'avait rien résolu mais le conseil de Helen avait néanmoins porté ses fruits, ainsi qu'elle l'espérait. Lorsque Lynley quitta le commissaire après l'avoir raccompagné dans sa chambre, il se sentait prêt à repartir vers de nouvelles aventures professionnelles.

Pour commencer, des infos lui parvinrent de différentes sources. Il rejoignit ses hommes dans la salle des opérations, où les téléphones sonnaient et où les constables s'activaient à entrer des données. Stewart compilait des rapports d'activité. Ô merveille, Barbara Havers avait réussi à obéir aux ordres de l'inspecteur sans piquer une crise. Lorsque Lynley rassembla tout son monde, la première chose qu'il apprit fut que, exécutant à la lettre les instructions de Stewart, Havers avait traversé le fleuve pour se rendre chez Colossus afin d'avoir une nouvelle entrevue avec Ulrike Ellis.

— C'est fou ce qu'elle a eu vite fait d'en dégoter, des infos sur Jared Salvatore, quand elle a compris que nous avions embarqué le registre de l'accueil où le nom de ce gamin figure à plusieurs reprises, dit Havers. Et par-dessus le marché, elle a déniché toutes sortes de données sur Anton Reid. Elle marche à fond avec nous maintenant, monsieur. Aucun doute là-dessus. Elle coopère que c'en est à peine croyable. Elle m'a donné les noms de tous les gamins qui avaient lâché Colossus en cours de route ces douze derniers mois. J'ai fait une recherche pour voir s'il n'y en avait pas un qui correspondrait avec le troisième corps.

— Et les contacts de ces deux garçons avec le personnel de Colossus ?

— Jared et Anton ? Surprise, ils ont eu tous les deux Griffin Strong comme moniteur de stage. Par ailleurs, Anton Reid a eu Greenham comme prof d'informatique pendant quelque temps.

— Et Kilfoyle et Veness ? Des liens entre eux et les deux ados ?

Havers consulta son rapport qui pour une fois – preuve peut-être qu'elle avait l'intention de se transformer en flic modèle – était dactylographié.

— Tous deux connaissaient Jared Salvatore. Apparemment, c'était un petit génie de la cuisine. Ne sachant pas lire, il ne pouvait suivre les manuels, alors il inventait des plats qu'il servait au personnel de Colossus. Lequel faisait office de cobaye. Tout le monde ici le connaissait, si j'ai bien compris. Mon erreur, avoua-t-elle en jetant un regard à la ronde comme si elle s'attendait que ses collègues réagissent, ç'a été de me contenter d'interroger Ulrike Ellis et Griffin Strong au sujet de Jared. Quand ils m'ont dit qu'il n'était pas l'un des leurs, je les ai crus parce qu'ils avaient reconnu dès le début qu'ils connaissaient Kimmo Thorne. Désolée.

— Que vous ont dit Kilfoyle et Veness concernant Anton Reid ?

— Kilfoyle dit qu'il ne se souvient pas d'Anton. Veness hésite. Il n'est pas sûr. Neil Greenham se souvient bien de lui, par contre.

— Ce Greenham, Tommy, intervint John Stewart, il a un drôle de foutu caractère si j'en crois le directeur de l'établissement où il enseignait à Kilburn. Il s'est mis en colère à plusieurs reprises ; une fois, il a même empoigné un élève et l'a envoyé valdinguer contre le tableau noir. Les parents s'étant plaints, il s'est platement excusé ; mais rien ne prouve que ses excuses aient été sincères.

— Autant pour ses théories sur le maintien de l'ordre en classe, observa Havers.

— A-t-on placé ces deux lascars sous surveillance ? voulut savoir Lynley.

— Non. On est trop juste côté personnel, Tommy. Hillier ne nous accordera des renforts que lorsque nous aurons obtenu un résultat.

— Bon Dieu...

— Mais on a envoyé nos gars fureter à droite et à gauche, ça nous a donné une petite idée de leurs activités nocturnes.

— Comment les occupent-ils, leurs soirées ?

Stewart fit signe de la tête à ses hommes de l'équipe Trois d'y aller de leur compte rendu. Jusqu'à présent, rien de bien méchant. Après sa journée de travail chez Colossus, Jack Veness fréquentait régulièrement le Miller & Grindstone, le pub du coin à Bermondsey – au bar duquel il bossait également le week-end. Il buvait, fumait, passait des coups de fil d'une cabine située à l'extérieur du rade...

— Voilà qui s'annonce prometteur, observa quelqu'un dans la salle.

... Mais c'était tout. Après quoi il rentrait directement chez lui ou s'achetait un curry en passant dans un resto indien de Bermondsey Square. Griffin Strong, quant à lui, se partageait entre son atelier de sérigraphie de Quaker Street et son domicile. Il semblait également avoir un faible pour un restaurant bengali de Brick Lane où il lui arrivait d'aller dîner seul.

Quant à Kilfoyle et Greenham, l'équipe Trois continuait de glaner des infos. Kilfoyle, semblait-il, passait de nombreuses soirées à l'Othello Bar du London Ryan Hotel, en bas de Gwynne Place Steps. Cet escalier conduisait à Granville Square. Le reste du temps, il était chez lui, sur la place.

— Il vit avec qui ? questionna Lynley. Est-ce qu'on le sait ?

— D'après le contrat, la maison appartient à Victor Kilfoyle. Son père, je présume.

— Et Greenham ?

— La seule chose intéressante qu'il ait faite, c'est d'emmener sa maman au Royal Opera House. À part ça, il semble qu'il ait une petite amie, qu'il voit en douce. On sait qu'ils sont allés dîner chez un chinois assez quelconque de Lisle Street et ont ensuite assisté à un vernissage dans Upper Brook Street. Le reste du temps, il est à la maison avec maman. À Gunnersbury, au fait, précisa-t-il en souriant.

— Y a-t-il quelqu'un que cela surprend ? commenta Lynley.

Il jeta un coup d'œil à Havers. Elle s'efforçait de ne pas pavoiser. Il l'en félicita intérieurement. Elle avait établi dès le début le lien entre les employés de Colossus et les lieux où les corps avaient été déposés.

Nkata les rejoignit alors à sa sortie de réunion avec Hillier. Ils allaient passer dans l'émission *Crimewatch*, leur dit-il. Il accueillit avec force froncements de sourcils les commentaires bon enfant de ses collègues sur le fait qu'une étoile était née. Ils se serviraient du portrait-robot du rôdeur repéré au gymnase Square Four, leur apprit-il. Lequel avait été conçu avec l'aide de l'habitué du gymnase qui avait vu le suspect potentiel. Ils ajouteraient à ce portrait-robot les photos des victimes identifiées jusqu'alors ainsi qu'une séquence reconstituant la rencontre entre Kimmo Thorne et son assassin : une Ford Transit rouge arrêtant un cycliste en possession d'objets volés, le conducteur de la fourgonnette aidant ledit cycliste à charger vélo et objets dérobés à bord du véhicule.

— Nous avons quelque chose à ajouter à ça, intervint Stewart d'un air réjoui lorsque Nkata eut terminé. Des séquences des bandes des caméras de surveillance. Je n'irai pas jusqu'à dire que ça vaut de l'or, mais on a eu de la chance avec une caméra installée sur l'un des bâtiments jouxtant St George's Gardens : l'image d'une camionnette s'éloignant dans la rue.

— La date et l'heure ? demanda Lynley.

— Elles collent avec la mort de Kimmo.

— Bon sang, John, pourquoi vous a-t-il fallu tout ce temps pour mettre la main dessus ?

— Il y a un moment que nous l'avons, admit Stewart, mais l'image n'était pas nette. Il nous a fallu la faire optimiser et ça a pris du temps. Mais ça valait le coup d'attendre. Jetez-y un coup d'œil, vous me direz ce que vous voulez qu'on en fasse. *Crimewatch* pourrait peut-être en tirer quelque chose.

— Je vais regarder ça tout de suite, dit Lynley. Et les dispositifs de surveillance sur les scènes de crime ? Ça a donné quelque chose ?

Rien, apparemment. Si le tueur envisageait de se rendre de nuit sur le lieu de ses exploits, comme semblait le penser Hamish Robson, il ne l'avait pas encore fait. Le nom du profileur ayant été prononcé, la question du profil revint sur le tapis. Barbara Havers dit qu'elle l'avait relu et tenait à mettre l'accent sur un point évoqué par Robson : le fait que le meurtrier vivait probablement avec un parent dominant. Ils avaient deux suspects susceptibles d'entrer dans cette catégorie : Kilfoyle et Greenham. L'un vivait avec papa ; l'autre, avec maman. N'était-ce pas louche que Greenham emmène maman à l'opéra alors que sa petite amie devait se contenter d'un chinois bas de gamme et d'un vernissage dans une galerie perdue ? Qu'est-ce que ça cachait ?

Lynley lui dit que ça valait le coup d'être examiné et s'enquit :

— Qui sait avec qui habite Veness ?

— Sa logeuse. Mary Alice Atkins-Ward. Une parente éloignée, répondit Stewart.

— Est-ce qu'on met le paquet sur Kilfoyle et Greenham, alors ? questionna un constable, crayon au poing.

— Laissez-moi d'abord visionner la bande de St George's Gardens.

Sur ces mots, Lynley leur dit de se remettre au travail et de poursuivre les tâches qu'on leur avait assignées. Lui-même s'approcha d'un magnétoscope avec John Stewart. Il indiqua d'un geste à Nkata de les suivre. Havers fit une sale tête en voyant ça, mais il décida de ne pas en tenir compte.

Il fondait de grands espoirs sur la séquence vidéo. Le portrait-robot n'avait pas donné grand-chose. Ç'aurait pu être Monsieur Tout-le-monde. Le suspect portait une espèce de casquette, mais n'en portaient-ils pas tous ? Et même si, en la voyant, Barbara Havers avait souligné en jubilant que Robbie Kilfoyle avait une casquette EuroDisney, ce n'était pas franchement une preuve. De l'avis de Lynley, le portrait-robot était quasiment sans valeur ; il se dit que cela se confirmerait sans doute quand *Crimewatch* le diffuserait.

Stewart prit la télécommande du magnétoscope et mit le téléviseur en marche. Dans un coin de l'écran s'affichèrent l'heure et la date ainsi qu'une portion des anciennes écuries derrière laquelle s'incurvait le mur de St George's Gardens. Tandis qu'ils regardaient défiler les images, l'avant d'une camionnette apparut à l'extrémité des bâtiments, à quelque trente mètres de la caméra. Le véhicule s'immobilisa, tous feux éteints, et une silhouette en émergea. Un homme tenant un outil, qui disparut derrière le mur sans doute pour se servir de l'outil en question sur un objet situé hors champ. Sans doute le cadenas de la chaîne qui maintenait la grille fermée pendant la nuit, songea Lynley.

La silhouette masculine revint dans le champ, trop lointaine et, même après avoir subi des retouches, trop granuleuse pour qu'on puisse la distinguer avec netteté. L'homme monta dans la camionnette, et celle-ci s'éloigna en douceur. Avant qu'elle disparaisse, escamotée derrière le mur, Stewart appuya sur pause.

— Regardez-moi ça, Tommy, dit-il, ravi.

Ravi, il avait tout lieu de l'être, en effet. Car, à l'image, on discernait des traces d'inscription sur le flanc de la camionnette. Le miracle aurait été que l'inscription soit complète. Mais un demi-miracle, ce n'était déjà pas si mal.

Sur trois lignes on pouvait distinguer les caractères suivants :

uis

bile

waf

Et sous ces caractères, des chiffres : 873-61.

— On dirait que ça fait partie d'un numéro de téléphone, dit Nkata.

— Et le reste, ce doit être une raison sociale, ajouta Stewart. La question est : est-ce qu'on communique ces éléments à l'équipe de *Crimewatch* ?

— Qui planche sur la camionnette pour l'instant ? questionna Lynley. Où en est-on ?

— Les gars essaient de voir s'ils ne peuvent pas obtenir de British Telecom plus de précisions sur ce numéro de téléphone partiel. Ils se renseignent auprès du registre du commerce concernant la raison sociale, et ils interrogent une nouvelle fois Swansea.

— Ça risque de prendre un siècle, souligna Nkata. Mais combien de millions de personnes sont susceptibles de prendre connaissance de ces données si on les passe à la télé ?

Lynley se demanda quelles seraient les retombées si l'on diffusait la séquence vidéo à *Crimewatch*. Des millions de téléspectateurs suivaient l'émission et, en des dizaines d'occasions, celle-ci avait permis à des enquêtes de progresser à grands pas. Mais diffuser le film dans le pays présentait également des risques, notamment celui de dévoiler leur jeu au tueur. Car il y avait toutes les chances que leur homme regarde l'émission et décide ensuite de faire le ménage de fond en comble dans la camionnette, effaçant ainsi toute trace de la présence d'une des victimes dans son véhicule. Et puis il y avait aussi le risque qu'il abandonne immédiatement la camionnette, l'emmenant si loin de Londres qu'il faudrait des années avant de remettre la main dessus. Ou alors qu'il la planque dans un box quelque part, ce qui aurait le même résultat.

C'était à Lynley de prendre une décision. Il décida de la remettre à plus tard.

— Il faut que je réfléchisse, dit-il.

Puis, s'adressant à Winston :

— Dites aux réalisateurs de *Crimewatch* que nous avons peut-être des infos supplémentaires pour eux mais que nous travaillons encore dessus.

L'air mal à l'aise, Nkata se dirigea vers le téléphone. Stewart paraissait content en rejoignant son bureau.

Lynley fit signe à Havers qu'il voulait s'entretenir avec elle. Elle s'empara d'un carnet qui semblait neuf et le suivit hors de la salle des opérations.

399

— Beau travail, la félicita-t-il.

Il constata qu'elle était allée jusqu'à s'habiller correctement, tailleur de tweed et chaussures plates. La jupe s'ornait d'une tache et les souliers n'étaient pas cirés, mais c'était néanmoins un changement de tenue remarquable chez une femme qui portait généralement des pantalons à taille coulissante et des tee-shirts arborant des slogans à faire hurler.

Elle haussa les épaules.

— Je suis capable de saisir les allusions quand elles ne sont pas trop fines, monsieur.

— Heureux de l'entendre. Prenez vos affaires et suivez-moi.

À ces mots, le visage de Havers changea : il s'illumina d'espoir, et Lynley en fut touché. Il faillit lui conseiller de ne pas laisser paraître ses sentiments de façon aussi flagrante mais il tint sa langue. Havers était comme elle était. Il n'y avait pas de raison qu'elle change.

Elle ne lui demanda pas où ils allaient avant d'être dans la Bentley et de rouler vers Vauxhall Bridge Road. Là, elle dit :

— On se fait la malle, monsieur ?

— Ce n'est pas l'envie qui m'en manque, dit Lynley. Mais Webberly m'a assuré qu'il y avait une façon de s'y prendre avec Hillier. Je la cherche.

— Ça doit ressembler à la quête du Graal.

Elle regarda ses chaussures. Parut se rendre compte de leur triste état. Elle s'humecta les doigts et les passa sur le cuir éraflé, mais sans grand résultat.

— Comment va-t-il, au fait ?

— Webberly ? Il progresse. Lentement, mais il progresse.

— C'est une bonne nouvelle.

400

— Les progrès, oui, pas la lenteur. Nous avons besoin de lui avant que Hillier ne s'autodétruise et ne nous entraîne tous dans sa chute.

— Vous croyez qu'on en arrivera là ?

— J'avoue ne savoir que penser.

Une fois arrivés à destination, ils eurent encore une fois bien du mal à se garer. Lynley réussit à caser la Bentley devant le pub à l'enseigne du King's Head & Eight Bells, juste sous un panonceau interdisant d'en bloquer l'entrée. Quelqu'un était allé jusqu'à ajouter : « Sous peine de mort ». Havers haussa un sourcil.

— Il faut savoir prendre des risques dans la vie, fit Lynley, posant toutefois un macaron de la police bien en vue sur la plage avant.

— Voilà ce qui s'appelle vivre dangereusement, en effet, commenta Havers.

Ils parcoururent à pied, le long de Cheyne Row, les quelques mètres qui les séparaient de la maison située au coin de Lordship Place. Ils y trouvèrent Saint James en compagnie de Deborah et Helen. Lesquelles feuilletaient des revues tout en bavardant. Ils étaient dans le laboratoire.

— C'est la solution ! Simon, tu as épousé un génie, disait Helen.

— Question de logique, rétorqua Deborah. Rien de plus, tu sais.

Relevant la tête, elle vit Lynley et Havers campés dans l'encadrement de la porte.

— Ah, vous tombez bien. Regarde qui est là, Helen. Tu n'auras même pas à attendre d'être rentrée pour le persuader.

— Me persuader de quoi ?

Lynley s'approcha de sa femme, lui prit le menton, le leva afin d'étudier son visage.

— Tu as l'air fatiguée.

— Ne joue pas les mères poules. Toi, tu as des rides sur le front.

— C'est à cause de Hillier, intervint Havers. Dans un mois, nous aurons tous l'air plus vieux de dix ans.

— Il ne doit pas partir à la retraite ? questionna Deborah.

— Les adjoints au préfet de police ne prennent pas leur retraite, mon amour, dit Saint James à sa femme. Pas avant d'être sûrs qu'ils ne passeront pas préfets. Ce qui ne risque pas de se produire de sitôt, on dirait, ajouta-t-il en regardant Lynley.

— Bien vu, Simon. Alors, est-ce que tu as quelque chose pour nous ?

— Je suppose que tu fais allusion à des tuyaux, pas à du whisky. Fu.

— Fou ? reprit Havers en écho. Comme chez les dingues ?

— Comme dans *F* et *U*.

Saint James, qui étudiait un schéma couvert de taches de sang factice, le laissa en plan et s'approcha de son bureau. Il prit dans le tiroir du haut une feuille de papier sur laquelle était dessiné le symbole qui figurait au bas du mot envoyé au Yard par le tueur.

— C'est un symbole chinois, expliqua-t-il. Cela signifie autorité, pouvoir divin, et la possibilité de juger. Cela représente en fait la justice et cela se prononce comme « fou ».

— Ça t'aide, Tommy ? dit Helen.

— Ça colle avec la teneur du message qu'il nous a envoyé. Et dans une certaine mesure avec la marque dessinée sur le front de Kimmo Thorne.

— Parce que c'est une marque ? fit Havers.

— C'est ce que dirait le Dr Robson.

— Même si l'autre marque est empruntée à l'alchimie ? demanda Deborah à son mari.

— Ce qui compte, c'est l'existence d'une marque, répondit Saint James. Deux symboles distincts avec des interprétations simples. C'est ce que tu veux dire, Tommy ?

— Hum. Oui.

Lynley examina le morceau de papier sur lequel la marque avait été reproduite et où se trouvait l'explication.

— Simon, où as-tu pêché ces infos ?

— Sur Internet. Ça n'a pas été bien sorcier.

— Autrement dit, notre homme a accès à un ordinateur, observa Havers.

— Comme la moitié de la population de Londres, dit Lynley d'un air sombre.

— Je crois pouvoir en éliminer une partie. Il y a autre chose, annonça Saint James, qui s'était approché d'une table sur laquelle il étala des photos.

Lynley et Havers le rejoignirent tandis que Deborah et Helen restaient à l'autre table avec leurs revues ouvertes entre elles.

— Le SO7 m'a fait parvenir ça, dit Saint James, faisant référence aux photos.

Lynley constata que c'étaient des portraits des victimes ainsi que des agrandissements d'une partie du torse de chacune d'elles.

— Tu te souviens des comptes rendus d'autopsie, Tommy ? Ils mentionnaient la présence sur tous les corps d'une zone où on observait une blessure présentant l'aspect d'un hématome. Eh bien, regarde un peu. Deborah a réalisé les agrandissements pour moi, hier soir.

Il s'empara de l'un des clichés. Le tendit à son ami. Lynley l'examina, tandis que Havers regardait par-dessus son épaule.

Sur le cliché, Lynley repéra aussitôt l'hématome mentionné par Saint James. Si on le distinguait nettement sur le corps de Kimmo Thorne, c'est parce que ce dernier était la seule victime blanche. Sur le torse de Kimmo, un cercle pâle était entouré d'une ecchymose brune. Au centre de la partie pâle, on observait deux petites marques ressemblant à des brûlures. On retrouvait ces marques, avec des variations dues à la pigmentation de la peau de chacune des victimes, sur toutes les photos que Saint James remit à Lynley. Après les avoir examinées, ce dernier releva la tête.

— Le SO7 a laissé échapper ça ?

Intérieurement, il pensait : Nom de Dieu, voilà qui s'appelle se planter en beauté.

— Les techniciens en ont fait état dans leurs comptes rendus d'autopsie. Le problème, c'est le terme qu'ils ont employé. Le fait qu'ils ont parlé d'hématome et d'ecchymose.

— Qu'est-ce que tu en penses, toi ? C'est à cheval entre l'hématome et la brûlure, non ?

— J'avais ma petite idée au départ mais je n'en étais pas absolument sûr. Alors j'ai scanné les photos et je les ai fait parvenir à un confrère aux États-Unis, histoire d'avoir son avis.

— Pourquoi aux États-Unis ?

Havers s'était emparée d'une photo et l'examinait en fronçant les sourcils. Elle releva la tête d'un air surpris.

— Parce que, comme presque toutes les armes, ils sont autorisés en Amérique.

— Quoi donc ?

— Les boîtiers paralysants. Appelés aussi poings électriques. Je crois que c'est avec ça qu'il neutralise les gamins avant de passer à la suite du programme.

Saint James poursuivit, expliquant les caractéristiques des blessures à l'aspect d'hématome, les comparant au genre de marque qu'on peut observer sur un corps quand il a été traversé par une décharge électrique de cinquante mille à deux cent mille volts.

— Chacun des garçons a été atteint à peu près au même endroit, sur la partie gauche du torse. Cela indique que le tueur se sert du boîtier paralysant de façon identique à chaque fois.

— Quand on a un truc qui marche, pourquoi changer ? dit Havers.

— Exactement, opina Saint James. L'électricité, en passant du boîtier dans le corps de la victime, lui secoue le système nerveux, la laissant paralysée, dans l'incapacité absolue de bouger. Ses muscles sont agités de secousses. Le sucre dans son sang est transformé en acide lactique, ce qui la vide de son énergie. La victime est faible, désorientée, en pleine confusion.

— Pendant qu'elle est dans cet état, ajouta Lynley, le tueur en profite pour l'immobiliser.

— Et si elle revient à elle… ? avança Havers.

— Le tueur lui redonne un coup de boîtier paralysant. Le temps qu'elle reprenne ses esprits, elle est bâillonnée et ligotée, et il peut en faire ce que bon lui semble. Oui. Je crois que c'est exactement ce qui se passe, conclut Lynley en rendant les photos à Saint James.

Havers tendit à Saint James le cliché qu'elle tenait à la main et s'adressa à Lynley.

— À ceci près que ces gamins ne sont pas idiots, monsieur. Ils s'en apercevraient sûrement si quelqu'un leur collait une arme de poing contre les côtes, vous ne croyez pas ?

— Quant à ça, Barbara…

Saint James sortit quelques feuillets d'une corbeille posée sur un classeur. Il tendit à Lynley ce qui ressemblait à une publicité. En y regardant de plus près, Lynley vit que le document avait été récupéré sur Internet. Sur un site du nom de PersonalSecurity. com, des boîtiers paralysants étaient proposés à la vente. Mais ces boîtiers n'avaient rien à voir avec les armes de poing classiques. Certains étaient camouflés en téléphones portables. D'autres en torches électriques. Tous fonctionnaient de la même façon, cependant : l'utilisateur devait plaquer le gadget contre la victime pour que la décharge électrique passe du boîtier dans le corps de celle-ci.

Havers siffla doucement.

— Très impressionnant. J'imagine qu'il ne doit pas être difficile d'introduire ces bidules en fraude chez nous.

— Effectivement, convint Saint James. Sous ce camouflage, c'est un jeu d'enfant.

— Et de là, ils se retrouvent sur le marché noir, fit Lynley. Bien joué, Simon. Merci. On progresse.

— Oui, mais on ne peut pas répercuter ça à Hillier, objecta Havers. Il en parlerait à *Crimewatch*. Ou bien il refilerait l'info à la presse en moins de temps qu'il n'en faut pour dire : « Va te faire enculer. » Même si vous ne diriez jamais une chose pareille, monsieur.

— Ce n'est pas l'envie qui m'en manque, dit Lynley. Même si je préfère m'exprimer de façon plus subtile.

— On va avoir un problème, annonça Helen depuis la table où Deborah et elle feuilletaient des revues.

Elle en brandit une et Lynley vit que c'étaient des photos de vêtements de bébés et d'enfants.

— Ce n'est pas subtil du tout, expliqua-t-elle. Deborah a suggéré une solution, Tommy. Pour cette histoire de tenue de baptême.

— Ah, ça.

— Oui, ça. Je te le dis maintenant ? Ou j'attends qu'on soit rentrés ? Ça te distrairait des lugubres réalités de ton affaire.

406

— Parce que tu trouves ça distrayant, les lugubres réalités de la famille ?

— Ne me taquine pas, chéri. Franchement, s'il ne tenait qu'à moi, j'envelopperais Jasper Felix dans un torchon pour le baptiser. Mais comme c'est impossible – surtout avec deux cent cinquante ans d'histoire et tous les Lynley qui pèsent sur moi –, je me suis dit qu'il fallait trouver une solution de compromis qui plaise à tout le monde.

— Cela ne risque guère d'arriver car ta sœur Iris va rameuter tes autres sœurs en faveur des traditions de la famille Clyde, dit Lynley.

— C'est vrai, Iris est un peu intimidante quand elle s'y met. C'est de ça qu'on parlait justement avec Deborah quand elle a fait une suggestion épatante.

— Puis-je me permettre de te demander laquelle ? fit Lynley en se tournant vers Deborah.

— Des vêtements neufs.

— Pas seulement neufs, ajouta Helen. Et pas la robe et les accessoires traditionnels. L'idée, c'est de lancer une nouvelle tradition. Quelque chose de totalement différent. Bien sûr, ça va demander des efforts d'imagination. Et pas uniquement un petit saut chez Peter Jones.

— Je vois ça d'ici. Tu crois que tu y arriveras, chérie ?

— Il joue les sarcastiques, dit Helen aux autres. (Et à Lynley :) C'est la solution, tu ne crois pas ? Quelque chose de neuf, de différent, qu'on pourra transmettre à nos enfants, qui pourront s'en servir à leur tour. Je suis sûre que ça existe quelque part, ce que nous cherchons. Deborah m'a proposé de m'aider à mettre la main dessus.

— Merci, dit Lynley à Deborah.

— Ça te plaît, cette idée ? lui demanda-t-elle.

— Tout pourvu qu'on ait la paix, dit-il. Même si elle n'est que temporaire. Maintenant, si nous pouvions trouver une solution…

Son portable crépita. Tandis qu'il tendait la main vers la poche de poitrine de sa veste, celui de Havers sonna également.

Les autres les regardèrent tandis qu'ils recevaient simultanément des nouvelles de New Scotland Yard. Ce n'étaient pas de bonnes nouvelles.

Queen's Wood. Au nord de Londres.

Quelqu'un avait trouvé un nouveau corps.

16

Helen les accompagna à la voiture et arrêta Lynley avant qu'il ne monte.

— Tommy, mon chéri, écoute-moi, s'il te plaît.

Jetant un coup d'œil en direction de Barbara, qui bouclait sa ceinture sur le siège passager, elle continua tranquillement :

— Tu y arriveras, Tommy. Je t'en supplie, ne sois pas si dur avec toi-même.

Il soupira. Comme elle le connaissait bien ! Tout aussi tranquillement, il répondit :

— Je ne peux pas faire autrement. Il y a une victime de plus, Helen.

— N'oublie pas que tu n'es qu'un homme, après tout.

— Mais je ne suis pas seul. Nous sommes plus de trente hommes et femmes sur le coup à avoir tout essayé pour l'arrêter. C'est *lui* qui est tout seul.

— Ce n'est pas vrai.

— Qu'est-ce qui n'est pas vrai ?

— Tu sais très bien ce que je veux dire. Il n'y a pas d'autre façon de mener cette enquête.

— Mais pendant ce temps-là, Helen, des jeunes gens – des gamins encore mineurs – se font tuer dans la rue. Peu importe ce qu'ils ont fait, peu importent leurs crimes, à supposer qu'ils en aient commis, ils ne méritent pas ça. J'ai l'impression que nous dormons tous au volant sans nous en rendre compte.

— Je sais, dit-elle.

Lynley vit de l'amour et de l'inquiétude sur le visage de sa femme. Il s'en trouva un instant réconforté. Mais ne put s'empêcher, en montant dans la voiture, d'ajouter d'un ton amer :

— Ne te fais pas une si haute idée de moi, Helen.

— Je ne peux pas faire autrement. Sois prudent, s'il te plaît.

Puis, se tournant vers Havers :

— Barbara, pourriez-vous veiller à ce qu'il fasse au moins un repas dans la journée ? Vous le connaissez. Il ne va probablement rien manger.

— Je lui trouverai une bonne friture bien grasse quelque part. Histoire de le caler.

Helen sourit et caressa la joue de Lynley avant de s'éloigner de la voiture. Quand ils partirent, Lynley regarda dans le rétroviseur. Elle était toujours immobile au même endroit.

Ils roulèrent bien, prenant d'abord vers le nord-ouest par Park Lane et Edgware Road. Ils longèrent Regent's Park par le nord et foncèrent vers Kentish Town. Ils venaient de passer Highgate Station en direction de Queen's Wood quand la pluie annoncée pour la journée finit par tomber. Lynley lâcha un juron. Pluie et scène de crime : le cauchemar de la police scientifique.

Anomalie dans Londres, Queen's Wood était un bois authentique qui avait autrefois été un parc comme les autres, mais que l'on avait laissé à l'abandon pour le meilleur et pour le pire. Avec, pour résultat, des hectares de nature sauvage en plein environnement urbain. Quelques mètres à peine derrière les palissades et jardins des maisons et immeubles d'habitation, le bois jaillissait de terre dans une éruption de hêtres, buissons et fougères qui, pour survivre, s'entre-dévoraient de la même façon qu'ils l'auraient fait à la campagne.

Pas de pelouses. Pas de bancs. Pas de mare aux canards. Pas de cygnes flottant sereinement sur lac ou rivière. Mais, à la place, chemins mal indiqués, poubelles débordant de tout et n'importe quoi, du carton à hamburger à la couche-culotte, panneaux indiquant vaguement la direction de Highgate Station. Avec, au bout, un flanc de coteau descendant vers une rangée de jardins ouvriers.

La meilleure façon d'accéder à Queen's Wood était de prendre Muswell Hill Road, puis Wood Lane, qui montait vers le nord-est et coupait en deux la partie sud du bois. La police locale s'était installée en force autour de la scène de crime. L'extrémité de la rue était bloquée par des tréteaux, et quatre policiers en tenue de pluie retenaient les curieux qui se pressaient sous leurs parapluies tels des champignons ambulants.

Lynley présenta sa carte à l'un des agents, qui fit signe aux autres de débloquer suffisamment le barrage pour laisser passer la Bentley. Avant de repartir, Lynley lui dit :

— Ne laissez passer personne à part les techniciens de scène de crime. Personne. Peu m'importe qui ils sont ou ce qu'ils vous racontent. Personne ne passe, sauf la police sur présentation de sa carte.

L'agent acquiesça de la tête. Les flashes d'appareils photo indiquèrent à Lynley que la presse n'était pas en retard sur le coup.

La première partie de Wood Lane était composée d'habitations. Mélange de bâtiments du dix-neuvième et du vingtième siècle avec hôtels particuliers réaménagés, appartements, maisons individuelles, le tout sur environ deux cents mètres. Puis la zone bâtie s'arrêtait brutalement pour céder la place des deux côtés de la rue à une forêt non clôturée totalement accessible, à l'allure peu engageante et même dangereuse par ce temps.

— Bon choix, grommela Havers tout en descendant de voiture en compagnie de Lynley. Il a le chic, hein ? Faut reconnaître.

Elle releva le col de son caban pour se protéger de la pluie.

— Un vrai décor de thriller, ce coin.

Lynley ne contesta pas. En été, l'endroit devait être un paradis, une oasis naturelle permettant d'échapper à la prison de béton, pierre, brique et goudron qui avait voilà déjà bien longtemps englouti le reste du quartier originel. Mais en hiver, c'était un endroit sombre où tout semblait en voie de décomposition. Recouvert d'un tapis de feuilles pourries, le sol sentait la tourbe. Les hêtres abattus par les tempêtes au fil des années pourrissaient à l'endroit même où ils étaient tombés tandis que les branches arrachées par le vent qui ponctuaient la pente étaient envenimées de mousse et de lichen.

L'activité était concentrée dans la partie sud de Wood Lane, où le parc descendait vers les jardins ouvriers avant de remonter vers Priory Gardens, la rue juste après. À environ cinquante mètres à l'ouest des jardins ouvriers, un abri de fortune avait été installé au moyen d'un grand carré de plastique translucide attaché à des piquets. Un énorme hêtre y avait été arraché récemment car, à l'endroit autrefois occupé par les racines, se trouvait un trou que le temps, la terre, les petits animaux et les fougères n'avaient pas encore comblé.

C'est dans ce creux que le tueur avait déposé le corps. Un médecin légiste était en train de l'examiner tandis qu'une équipe de techniciens de scène de crime aussi efficace que silencieuse s'occupait de l'environnement immédiat. À trente mètres de là sous un grand hêtre, un adolescent chaussé de baskets regardait la scène, appuyé contre l'arbre, une jambe repliée contre le tronc, un sac à dos à ses pieds. L'homme roux en trench-coat qui était avec lui adressa un signe de tête à Lynley et Havers pour leur demander de le rejoindre.

Le rouquin se présenta. Inspecteur Widdison, du commissariat d'Archway. Son compagnon s'appelait Ruff.

— Ruff ?

Lynley considéra le garçon qui lui lança un regard noir de sous le capuchon de son sweat-shirt recouvert par un anorak trop grand pour lui.

Widdison s'éloigna de quelques pas du garçon, entraînant Lynley et Havers avec lui.

— Pas de nom pour l'instant, dit-il. C'est lui qui a trouvé le corps. Un vrai petit dur, mais ça l'a secoué quand même. Il a vomi en allant chercher de l'aide.

— Où s'est-il adressé pour en trouver ? s'enquit Lynley.

Widdison fit un grand geste en direction de Wood Lane.

— À Walden Lodge. Il y a une dizaine d'appartements. Il a appuyé sur toutes les sonnettes jusqu'à ce que quelqu'un le laisse entrer pour passer un coup de fil.

— Qu'est-ce qu'il faisait dans le coin ? questionna Havers.

— Des tags, répondit Widdison. Évidemment, il ne veut pas le reconnaître, mais il était tellement sous le choc qu'il nous a donné sa signature sans le faire exprès. Résultat, maintenant, il refuse de nous dire son vrai nom. Ça doit faire huit mois qu'on essaie de lui mettre le grappin dessus. Il a bombé « Ruff » sur toutes les surfaces possibles du quartier : panneaux d'affichage, poubelles, arbres. En argent.

— Argent ?

— C'est sa couleur de tag. Argenté. Les pots de peinture sont dans son sac à dos. Il n'a pas eu la présence d'esprit de s'en débarrasser avant de nous appeler.

— Que vous a-t-il appris ? voulut savoir Lynley.

— Que dalle. Vous pouvez lui parler si vous voulez, mais je crois qu'il n'a rien vu. D'ailleurs, je pense qu'il n'y a rien à voir.

Il fit un mouvement de tête en direction du cercle de techniciens affairés autour du cadavre.

— Si vous avez besoin de moi, je suis là-bas.

Lynley et Havers retournèrent vers le garçon, Havers fouillant dans son sac.

— Je crois qu'il a raison, Barbara, dit Lynley. Prendre des notes ne...

— Ce n'est pas mon carnet que je cherche, monsieur, répliqua-t-elle.

Quand ils le rejoignirent, elle tendit un paquet de Players tout aplati à l'adolescent.

Ruff fixa les cigarettes et leva les yeux vers Barbara, avant de les river de nouveau sur les cigarettes. Puis il finit par grommeler « Merci » en en prenant une qu'elle lui alluma avec un briquet de plastique.

— Il y avait quelqu'un d'autre dans les parages quand tu as trouvé le corps ? demanda Lynley au garçon une fois que ce dernier eut goulûment tiré une bouffée.

Ruff avait les mains sales et les ongles en deuil. Son visage très pâle était constellé de taches de rousseur.

Il secoua la tête.

— Seulement dans les jardins, fit-il. Un vieux qui retournait la terre avec une pelle. On aurait dit qu'il cherchait quelque chose. Je l'ai vu en arrivant de Priory Gardens. Du chemin. C'est tout.

— Tu étais tout seul à taguer ? demanda Lynley.

L'ado le fusilla du regard.

— Hé, j'ai pas dit...

— Désolé. Tu es venu dans le parc tout seul ?

— Ouais.

— Tu n'as rien vu d'anormal ? Une voiture ou une camionnette avec quelque chose de spécial ? Et quand tu es allé téléphoner pour demander de l'aide ?

— J'ai vu que dalle. De toute façon, y a tout le temps plein de bagnoles garées dans le coin pendant la journée. Parce que les gens qui habitent loin viennent en voiture et finissent leur trajet en métro. Y a une station, tout près, Highgate. Écoutez, j'ai déjà raconté tout ça aux keufs. Mais à les voir, on croirait que c'est moi qui suis coupable. Et ils veulent pas me laisser partir.

— C'est peut-être aussi un peu parce que tu refuses de donner ton nom, opina Havers. S'ils ont encore besoin de te parler, ils ne sauront pas où te trouver.

Ruff lui adressa le regard soupçonneux du type qui a flairé un piège.

— Nous sommes de Scotland Yard, ajouta Havers d'un ton rassurant. Alors on va pas t'envoyer en taule parce que tu as bombé ton tag dans le quartier. On a d'autres chats à fouetter.

Ruff renifla, s'essuya le nez d'un revers de main et se détendit. Il s'appelait Elliott Augustus Greenberry. En lâchant le morceau, il les surveilla d'un œil attentif comme s'il s'attendait à une réaction d'incrédulité de leur part.

— Deux *l*, deux *t*, deux *e*, deux *r*. Pas la peine de me dire que j'ai un nom débile, j'suis au courant. Bon, j'peux partir, maintenant ?

— Dans une minute, rétorqua Lynley. Le garçon, tu l'as reconnu ?

Ruff écarta une mèche grasse de son visage pour la coincer sous la capuche de son sweat-shirt.

— Quoi ? Lui ? Le...

— Le garçon mort, oui, confirma Lynley. Est-ce que tu le connais ?

— Jamais de la vie, fit Ruff. Jamais rencontré. Peut-être bien qu'il est du coin, de la rue derrière les jardins si ça se trouve, mais je le connais pas. Je vous l'ai déjà dit, je sais que dalle. Je peux partir ?

— Quand on aura noté ton adresse, dit Havers.

— Pourquoi ?

— Parce qu'il faudra que tu signes une déposition un de ces jours et qu'il faudra qu'on sache où te trouver, tu saisis ?

— Mais je vous ai dit que j'ai rien...

— Simple routine, Elliott, coupa Lynley.

Le gamin fit une grimace mais finit par coopérer, et ils le relâchèrent. Il se débarrassa de l'anorak, le restitua et s'éloigna sur le sentier qui descendait la colline avant de remonter vers Priory Gardens.

— Vous en avez tiré quelque chose ? s'enquit l'inspecteur Widdison lorsque Havers et Lynley le rejoignirent.

— Rien, dit Lynley. Un type qui bêchait dans les jardins ouvriers.

Il lui tendit l'anorak. Widdison le passa à un agent trempé, qui fut ravi de l'enfiler.

— Il m'a dit la même chose, répondit Widdison. On est en train de faire une enquête de voisinage dans le coin.

— Et dans Wood Lane ?

— Idem. À mon avis, c'est à Walden Lodge qu'on a le plus de chances.

L'inspecteur tendit la main en direction d'un immeuble moderne trapu, situé à l'orée du bois. C'était le dernier bâtiment de Wood Lane avant le parc. Rien sur les balcons, à l'exception ici et là d'un barbecue et de meubles de jardin protégés pour l'hiver. Et, sur quatre d'entre eux, de curieux, dont l'un était muni de jumelles.

— Le tueur n'a pas pu amener le corps ici sans torche, continua Widdison. Peut-être que quelqu'un l'a vu, de là-haut.

— À moins qu'il soit venu juste après le lever du jour, remarqua Havers.

— Trop risqué, fit Widdison. Avec tous les banlieusards qui se garent dans la rue et continuent en métro jusqu'au centre. Il était forcément au courant et aura agi en conséquence. Mais il risquait quand même d'être vu par quelqu'un qui aurait décidé de partir plus tôt que d'habitude.

— Pourtant, il prépare bien ses coups, remarqua Havers. Il n'a pas abandonné les autres cadavres n'importe où.

Widdison n'eut pas l'air convaincu. Il les emmena jusqu'à la victime. Allongé sur le côté, le cadavre avait été déposé sans soin particulier dans le trou laissé par les racines du hêtre arraché. Le menton dans la poitrine, il avait les bras écartés, comme si la mort l'avait fauché en train de faire un signal.

Ce garçon semblait plus jeune que les autres, mais pas de beaucoup. Blanc, lui aussi, c'était un blond à la peau très pâle, petit et plutôt fluet. À première vue, il ne s'agissait pas d'une de leurs victimes. Lynley était soulagé. Havers et lui s'étaient payé la traversée de Londres pour rien. Mais, quand il s'accroupit pour voir les choses de plus près, il distingua sur la poitrine du garçon l'incision d'autopsie qui descendait jusqu'à la taille et, sur son front, un symbole grossier dessiné avec du sang, petit frère de celui trouvé sur Kimmo Thorne.

Lynley s'adressa au médecin légiste qui parlait dans le micro d'un Dictaphone portatif :

— J'aimerais jeter un coup d'œil à ses mains. C'est possible ?

L'homme acquiesça.

— J'ai terminé. On est prêts à l'emballer.

Un membre de l'équipe arrivait justement pour ça. Ils commenceraient par lui mettre les mains dans des sachets de papier pour ne pas déloger les microparticules de peau et de tissus du tueur qui pourraient se trouver sous les ongles de la victime. Ensuite, ce serait la routine habituelle. Lynley se dit qu'il verrait mieux quand ils déplaceraient le corps.

C'est ce qui se passa. Malgré la rigidité cadavérique, les mains s'ouvrirent suffisamment lorsqu'ils sortirent le cadavre du trou et Lynley constata que les paumes étaient noires, qu'on les avait brûlées. Le nombril manquait également. On l'avait grossièrement découpé.

— Z comme Zorro, murmura Havers.

Elle avait raison. C'étaient bien là les signatures de leur tueur, malgré les différences dont Lynley prenait note : aucune trace de liens sur les poignets et les chevilles ; la strangulation, manuelle cette fois-ci, avait laissé de vilaines marques noires tout autour du cou. Il y avait d'autres marques de coups du haut des bras jusqu'aux coudes, ainsi que le long de la colonne vertébrale, sur les cuisses et autour de la taille. Mais l'ecchymose la plus importante était celle qui couvrait un côté du visage, de la tempe au menton.

Lynley en conclut que, contrairement aux autres, ce gamin ne s'était pas laissé faire et que le tueur avait commis là une première erreur dans le choix de sa victime. Il espéra que cette bévue lui avait fait laisser de nombreux indices derrière lui.

— Il s'est défendu, murmura Lynley.

— Pas de boîtier électrique, cette fois-ci ? s'enquit Havers.

Ils examinèrent le corps à la recherche de traces de poing électrique.

— Apparemment non, dit Lynley.

— Qu'est-ce que ça veut dire, à votre avis ? Que les batteries étaient à plat ? Parce qu'elles se déchargent, j'imagine ?

— Peut-être. Ou peut-être qu'il n'a pas eu l'occasion de s'en servir. On dirait que tout ne s'est pas passé comme prévu.

Lynley se releva, adressa un signe de tête aux hommes qui attendaient pour mettre le corps dans la housse à cadavre et alla retrouver Widdison.

— Et sur le terrain, quelque chose de particulier ?

— Deux empreintes de pas sous la tête du gosse, répondit l'inspecteur. Peut-être qu'elles étaient là avant, mais on fait des moulages de toute façon. On effectue également une fouille en règle du périmètre. Mais, à mon avis, les indices, c'est sur le cadavre qu'on les trouvera.

Avant de quitter l'inspecteur, Lynley lui ordonna de lui faire parvenir à New Scotland Yard, le plus vite possible, toutes les dépositions en provenance des résidences de Wood Lane.

— Surtout de cet immeuble, ajouta-t-il. Je suis d'accord avec vous, il y a forcément quelqu'un qui a vu ou entendu quelque chose. Et postez des agents aux deux extrémités de la rue toute la journée pour cuisiner les banlieusards qui sortent du métro et vont récupérer leur voiture.

— Je ne pense pas que ça donne grand-chose, lâcha Widdison.

— Au point où nous en sommes, il faut faire feu de tout bois, répliqua Lynley, qui donna à l'inspecteur tous les renseignements sur la camionnette qu'ils recherchaient. Peut-être que quelqu'un l'a vue.

Havers et Lynley gravirent la pente pour regagner Wood Lane. L'enquête de voisinage était en cours. Des policiers en tenue étaient occupés à frapper aux portes ; d'autres, à l'abri des vérandas, interrogeaient les habitants. Mais pas un chat sur les trottoirs ou dans les jardins. Avec la pluie persistante, tout le monde se calfeutrait.

Tel n'était pas le cas au barrage, cependant, où les badauds s'étaient agglutinés. Lynley attendit, le temps que l'on déplace le tréteau une nouvelle fois, pensant à ce qu'ils venaient de voir dans Queen's Wood, lorsque l'exclamation de Havers le tira de sa méditation :

— Bordel de merde, monsieur. C'est pas possible ! Le voilà qui remet ça.

Il eut tôt fait de comprendre de quoi il s'agissait. De l'autre côté de la barricade, Hamish Robson leur adressait de grands gestes. Au moins, se dit Lynley, irrité, ils avaient réussi à contrarier Hillier sur un point : le policier de garde avait suivi les ordres de Lynley à la lettre. Robson n'avait pas de carte de police, on ne le laisserait pas franchir la barrière, quelles que soient les instructions que sir David Hillier lui avait données.

Lynley baissa sa vitre et Robson se fraya un chemin jusqu'à la voiture.

— Cet agent a refusé...

— Il a obéi à mes ordres. Vous n'avez pas le droit de vous rendre sur la scène de crime, docteur Robson. On n'aurait déjà pas dû vous laisser aller sur la précédente.

— Mais l'adjoint au préfet...

— C'est lui qui vous a prévenu, je n'en doute pas, mais c'est hors de question. Je sais que vous voulez nous aider. Et que vous êtes pris entre deux feux, entre un roc et une montagne. Et je m'en excuse. Ainsi que du temps que vous avez perdu à faire tout ce trajet. Mais dans l'état actuel...

Robson agrippa le montant de la portière. Il était manifestement venu en toute hâte, sans parapluie ni imperméable. Il avait le dos trempé, ses verres de lunettes étaient couverts de gouttes de pluie et les rares cheveux qui lui restaient pendaient lamentablement de part et d'autre de son visage et sur son front.

— Commissaire, laissez-moi vous donner un coup de main, implora-t-il. Ça n'a aucun sens de me renvoyer à Dagenham, maintenant que je suis là à votre disposition.

— C'est un point qu'il vous faudra discuter avec Hillier, dit Lynley.

— Ça pourrait se passer autrement.

Regardant autour de lui, Robson fit un geste de la tête vers le bord de la route.

— Vous ne voulez pas vous garer un moment pour qu'on puisse discuter un peu ?

— Je n'ai rien à vous dire.

— D'accord. Mais moi, j'en ai, des choses à vous dire. Et je tiens à ce que vous les entendiez.

Il relâcha son étreinte sur le haut de la portière, dans ce qui ressemblait à un geste de bonne volonté, laissant à Lynley la responsabilité de la décision.

— Quelques mots, c'est tout, ajouta Robson avec un sourire désabusé. Ça ne me ferait pas de mal d'oublier un peu cette pluie. Si vous me laissez monter avec vous, je vous promets de disparaître dès que je vous aurai expliqué mon affaire et entendu votre réponse.

— Et s'il n'y a pas de réponse ?

— Ce n'est pas votre genre. Alors je peux...?

Lynley réfléchit avant d'acquiescer sèchement.

— Monsieur, fit Barbara du ton étonnamment suppliant qu'elle prenait quand elle désapprouvait une de ses décisions.

— Autant l'écouter, Barbara, puisqu'il est ici. Peut-être qu'il a quelque chose d'intéressant à nous faire savoir.

— Ah, la vache, vous...

Elle ravala ses mots quand la portière arrière s'ouvrit et que Hamish Robson s'engouffra dans la voiture.

Lynley avança un peu, éloignant le véhicule de la foule. Puis il se rangea en bordure du trottoir, moteur allumé, essuie-glaces continuant leur besogne rythmée sur le pare-brise.

Ce dont Robson ne manqua pas de tirer les conclusions qui s'imposaient.

— Je serai bref, dit-il, extirpant un mouchoir de sa poche et se tamponnant le visage. À mon avis, cette scène de crime devrait être différente des autres. Pas complètement, mais à certains égards. Est-ce que je me trompe ?

— Pourquoi ? demanda Lynley. Vous vous y attendiez ?

— Elle est différente ? insista Robson. Parce que vous savez, dans le profilage, on voit souvent...

— Avec tout le respect que je vous dois, docteur Robson, pour l'instant, votre profilage ne nous a menés à rien, rien d'important, et ne nous a pas rapprochés d'un pouce de notre tueur.

— Vous en êtes sûr ?

Sans laisser à Lynley le temps de répondre, Robson se pencha en avant sur son siège et continua d'un ton bienveillant :

— Je me vois mal faisant votre métier. Ça doit être encore plus épuisant qu'on ne peut l'imaginer. Mais vous ne devez surtout pas vous mettre cette mort sur le dos, commissaire. Vous faites le maximum. Personne ne pourrait vous demander de faire plus que ce que vous faites, alors ne vous en demandez pas plus vous-même. Cela ne mènerait qu'à la folie.

— Opinion de professionnel ? fit Lynley, sardonique.

Prenant les paroles de Lynley au sérieux et ignorant le sarcasme, Robson répondit :

— Absolument. Aussi, laissez-moi vous donner un avis plus complet, laissez-moi voir la scène de crime. Laissez-moi vous donner des conseils dont vous pourrez tirer profit. Commissaire, chez un psychopathe, la pulsion de mort ne cesse de croître. Elle augmente à chaque crime, elle ne s'émousse pas. Mais à chaque fois, le plaisir est plus difficile à atteindre, et le tueur a besoin pour être rassasié d'une dose plus importante des satisfactions que son crime lui procure. Alors, comprenez-moi. C'est là que réside le danger profond. Pour les jeunes gens, pour les enfants, pour les petits, pour... nous ne savons pas vraiment. Alors, pour l'amour de Dieu, laissez-moi vous aider.

Lynley regardait Robson dans le rétroviseur. Havers, quant à elle, s'était tournée sur son siège pour observer le psycholoque. Apparemment secoué par le feu de son propre discours, l'homme sortit de nouveau son mouchoir pour se moucher quand il en eut terminé.

— Et vous, docteur Robson, quelle est votre histoire ?

Robson regarda sur sa gauche, à travers la vitre zébrée de pluie, en direction d'une haie d'ifs sous laquelle des flaques s'étaient formées.

— Désolé, fit-il. Je ne supporte pas ce que l'on inflige aux enfants au nom de l'amour. Ou du divertissement. Ou de la discipline. Ou de n'importe quoi.

Il se tut, et l'on n'entendit plus que le chuintement des essuie-glaces sur le pare-brise et le ronronnement feutré du moteur de la Bentley.

— Pour moi, ç'a été mon oncle maternel, finit-il par reprendre. Il appelait ça de la lutte. Mais ça n'en était pas. Entre un adulte et un enfant, c'est rarement de la lutte quand l'idée vient de l'adulte. Mais l'enfant ne comprend jamais, bien entendu.

— Désolé, dit Lynley, se tournant à son tour sur son siège pour regarder le psychologue directement. Mais peut-être cela vous rend-il moins objectif que...

— Non. Croyez-moi, cela me permet au contraire de savoir exactement quoi chercher, répondit Robson. Alors laissez-moi voir la scène de crime. Je vous dirai ce que j'en pense et ce que je sais. Mais pour la suite des opérations, c'est vous qui déciderez.

— J'ai bien peur que ce ne soit pas possible.

— Mais bon Dieu...

— Le corps a été emballé et emporté, docteur Robson, coupa Lynley. Tout ce qui reste de la scène de crime, c'est un hêtre abattu avec un trou en dessous.

Robson s'effondra sur son siège et regarda dehors. Une ambulance avait remonté Wood Lane jusqu'au barrage de police. Sans gyrophare ni sirène. L'un des agents sortit dans la rue et arrêta le trafic – qui n'avançait déjà pratiquement plus – pour permettre à l'ambulance de passer. Ce qu'elle fit sans se presser : il n'y avait plus urgence pour emmener le passager à l'hôpital. Les reporters en profitèrent pour prendre des photos. Ce fut peut-être ce spectacle qui souffla à Robson sa question suivante :

— Dans ce cas, vous me laisserez regarder les photos, au moins ?

Lynley réfléchit. Le photographe de la police avait terminé son travail avant que Havers et lui n'arrivent sur les lieux, et un enregistrement vidéo avait été réalisé du corps, du site, des diverses activités autour de la scène de crime. La fourgonnette technique n'était pas très loin de l'endroit où ils se trouvaient. Dans cette fourgonnette, il y aurait à coup sûr un enregistrement vidéo de la scène de crime déjà prêt, que Robson pourrait visionner.

Au point où ils en étaient, il n'y avait pas d'inconvénient à laisser le profileur prendre connaissance de ce qu'ils avaient : enregistrements vidéo, photos digitales ou tout autre document réalisé par la brigade criminelle. Cela ferait également office de compromis entre ce que Hillier voulait et ce que Lynley était décidé à ne pas lui donner.

Mais, d'un autre côté, le psychologue n'était pas le bienvenu. Personne sur la scène de crime ne l'avait réclamé et son arrivée sur les lieux n'était due qu'à l'intervention de Hillier, qui voulait donner du grain à moudre aux médias. Si Lynley cédait à Hillier maintenant, celui-ci en profiterait probablement pour faire appel à un médium. Et puis à qui, encore ? Une voyante qui lirait dans le marc de café ? Ou dans les entrailles d'un poulet ? On ne pouvait pas courir ce risque. Il fallait que quelqu'un reprenne le contrôle d'une situation qui partait dans tous les sens, et le moment était venu.

— Désolé, docteur Robson, reprit Lynley.

Le profileur sembla dépité. Passant la main sur sa maigre chevelure grisonnante, il lança :

— C'est votre dernier mot ?

— Oui.

— Êtes-vous sûr que ce soit sage ?

— Je ne suis sûr de rien.

— C'est ça le pire, vous ne trouvez pas ?

Robson descendit alors de voiture. Il regagna le barrage, passa à côté de l'inspecteur Widdison sans même tenter de lui adresser la parole. Remarquant pour sa

425

part le véhicule de Lynley, Widdison leva la main comme pour l'empêcher de démarrer. Lynley baissa sa vitre tandis que l'inspecteur approchait à grands pas.

— Le commissariat de Hornsey Road nous a appelés, dit-il en arrivant. Un garçon a disparu, ses parents l'ont signalé hier soir. La description colle avec celle de notre victime.

— On s'en charge, dit Lynley tandis que Havers vidait son sac sur le tapis de sol pour récupérer son carnet et noter l'adresse.

C'était un petit lotissement de Upper Holloway, tout près de Junction Road. Là, à deux pas de l'entreprise de pompes funèbres William Beckett et de Yildiz Supermarket, ils trouvèrent une allée goudronnée baptisée Bovingdon Close. Comme c'était un quartier piétonnier, ils laissèrent la Bentley dans Hargrave Road, où un vagabond barbu tenant d'une main une guitare et traînant de l'autre un sac de couchage trempé leur proposa de surveiller la voiture pour le prix d'une pinte de bière. Ou d'une bouteille de vin, s'ils préféraient. Il se chargerait d'empêcher la racaille du quartier de toucher à « une belle tire comme ça, patron ». Pour tout imperméable, il portait un immense chapeau vert. On aurait dit un personnage sorti d'une pièce en costumes, quelqu'un qui avait passé beaucoup trop de temps à regarder BBC1 dans sa jeunesse.

— Dans le coin, c'est plein de racaille pas d'chez nous, leur lança-t-il. Faut rien laisser traîner, patron, sinon y mettent leurs sales pattes dessus.

Il esquissa un vague geste en direction de sa tête, à la recherche de quelque chose avec quoi saluer. Son haleine fleurait bon la carie avancée.

Lynley lui demanda de ne pas quitter des yeux la voiture. Le vagabond se laissa tomber sur le premier escalier menant à une entrée de maison et, malgré la pluie, se mit à gratter sur les trois cordes de sa guitare, surveillant d'un regard mauvais un groupe d'enfants noirs qui traversaient la rue avec leurs sacs à dos.

Abandonnant l'homme à sa mission, Lynley et Havers pénétrèrent dans Bovingdon Close par une ouverture en forme de tunnel dans le mur de brique couleur cannelle qui entourait le lotissement. Ils cherchèrent le numéro 30, qu'ils trouvèrent à proximité de l'unique aire de détente du domaine, une petite pelouse triangulaire avec des buissons de rosiers anémiques dans chaque coin et un petit banc sur chaque côté. En dehors des quatre arbrisseaux qui se battaient en duel et tentaient de survivre dans le triangle vert, il n'y avait aucun arbre dans Bovingdon Close, et les maisons qui ne donnaient pas sur l'aire de détente n'étaient séparées de leur vis-à-vis que par un espace goudronné de cinq mètres. En été, avec les fenêtres ouvertes, il ne devait y avoir de secrets pour personne.

À chaque maison avait été attribué un terrain grand comme un mouchoir de poche dont les résidents les plus optimistes tentaient de faire un jardin. Devant le numéro 30, ledit jardin était réduit à une vague pelouse moribonde occupé par un vélo d'enfant renversé et une chaise de jardin en plastique vert. À côté, un volant de badminton en piteux état qui semblait avoir été mâchouillé par un chien. Les deux raquettes posées contre le mur près de la porte d'entrée avaient presque toutes leurs cordes cassées.

Quand Lynley sonna, ce fut un homme en miniature qui lui ouvrit. Même pas aussi grand que Havers, il avait le buste épais de quelqu'un qui compense sa petite taille par de la gonflette. Pas rasé, les yeux rouges, il jeta un regard derrière eux comme s'il attendait quelqu'un d'autre.

— Les flics, dit-il en réponse à une question que personne ne lui avait posée.

— C'est bien ça.

Lynley fit les présentations et attendit que l'homme – un certain Benton, lui avait-on dit – les invite à entrer. Derrière lui, Lynley aperçut une porte donnant sur un salon sombre et les silhouettes de gens assis à l'intérieur. Un enfant demanda d'une voix pleurnicharde pourquoi on ne pouvait pas ouvrir les rideaux, pourquoi il ne pouvait pas aller jouer. Une femme le fit taire.

— Rappelle-toi ce que je t'ai dit, aboya Benton par-dessus son épaule.

Puis, revenant à Lynley :

— Et l'uniforme ?

Lynley répondit qu'ils ne faisaient pas partie de la patrouille de policiers en uniforme mais travaillaient dans un service différent, à New Scotland Yard.

— Pouvons-nous entrer ? demanda-t-il. C'est votre fils qui a disparu ?

— Il est pas rentré hier soir.

Benton passa sa langue sur ses lèvres gercées.

S'écartant de la porte, il les fit entrer dans le salon qui se trouvait au bout d'un bref couloir. Il y avait cinq personnes dans la pénombre, installées sur des chaises, le canapé, un tabouret et par terre. Deux petits garçons, deux adolescentes et une femme qui se présenta. Bev Benton. Son mari s'appelait Max. Les deux filles étaient Sherry et Brenda ; les deux garçons, Rory et Stevie. C'était leur Davey qui avait disparu.

Lynley remarqua qu'ils étaient tous particulièrement petits. D'une façon ou d'une autre, ils ressemblaient tous au corps de Queen's Wood.

Les garçons étaient censés être à l'école, dit Bev, et les filles au travail à vendre des produits d'alimentation au marché de Camden Lock. Max et Bev eux-mêmes auraient dû être en train de vendre du poisson dans leur fourgonnette à Chapel Street. Mais personne ne quitterait la maison tant qu'ils n'auraient pas de nouvelles de Davey.

— Il lui est arrivé quelque chose, c'est sûr, dit Max Benton. Sinon, ils nous auraient pas envoyé des flics en civil. On est quand même pas assez débiles pour pas percuter. Alors, qu'est-ce qui s'est passé ?

— Il serait peut-être préférable de ne pas parler de tout cela devant les enfants, dit Lynley.

— Mon Dieu, lâcha Bev Benton dans un sanglot.

— Pas de larmes ici, aboya Max, puis, s'adressant à Lynley : Personne ne bouge. Si c'est une une leçon de choses qu'ils doivent entendre, bon sang, je veux qu'ils l'apprennent.

— Mr Benton...

— Y a pas de Mr Benton qui tienne, fit Max. Crachez le morceau.

Mais Lynley ne l'entendait pas de cette oreille. Il insista :

— Vous avez une photo de votre fils ?

— Sherry, ma puce, lança Benton, va chercher la photo de classe de Davey sur le frigo, et apporte-la à l'inspecteur.

L'une des deux filles – aussi blonde que le cadavre de la forêt, à la peau blanche, aux traits fins et à l'ossature délicate – s'éclipsa tel l'éclair et reparut tout aussi rapidement. Les yeux rivés sur ses chaussures, elle tendit la photo à Lynley et retourna au tabouret qu'elle partageait avec sa sœur. Lynley examina le cliché. Un garçon au regard malicieux lui sourit. Ses cheveux blonds paraissaient plus foncés à cause du gel qu'il avait utilisé pour se faire une coiffure hérisson. Il avait des taches de rousseur de part et d'autre du nez et des écouteurs autour du cou, par-dessus son uniforme d'écolier.

— Il les a mis au dernier moment, ça, c'est sûr, commenta Bev Benton comme pour expliquer la présence des écouteurs qui avaient peu de chances de faire partie de la tenue réglementaire. C'est qu'il aime la musique, notre Davey. Le rap. Ces Noirs américains qui ont des drôles de noms.

Le garçon de la photo ressemblait au cadavre, mais seule une identification par l'un des parents pouvait le confirmer. Néanmoins, quelle que soit la leçon que Max Benton voulait infliger à ses enfants, il n'était nullement question pour Lynley de la leur dispenser lui-même.

— À quelle heure avez-vous vu Davey pour la dernière fois ? demanda-t-il.

— Hier matin, répondit Max. Il est parti à l'école, comme d'habitude.

— Mais il est pas rentré comme d'habitude, fit Bev Benton. Il devait garder Rory et Stevie à la maison.

— Je suis allé au taekwondo pour voir s'il y était, ajouta Max. La dernière fois qu'il s'est défilé pour pas faire quelque chose, c'est là-bas qu'il a prétendu être allé.

— Prétendu ? demanda Havers depuis la porte du couloir, où elle était restée à écrire dans son nouveau carnet à spirale.

— Un jour, il devait venir à notre stand de poissons à Chapel Market, expliqua Bev. Pour aider son père. Comme il est pas venu, il a dit qu'il était allé au taekwondo et qu'il avait oublié l'heure. Il y a un type avec qui il a eu des ennuis...

— Andy Crickleworth, continua Max. Un petit trou du cul qui veut casser la gueule à Davey pour devenir le chef de la bande.

— Pas un gang, ajouta Bev à la hâte. Des garçons, c'est tout. Ça fait des années qu'ils sont copains.

— Mais ce Crickleworth est nouveau. Quand Davey a dit qu'il voulait voir le taekwondo, je me suis dit...

Max, qui était debout, alla rejoindre sa femme. Il se laissa tomber sur le canapé et se passa les mains sur le visage. Les petits réagirent au désarroi de leur père en se blottissant contre les genoux d'une de leurs sœurs, qui leur posa à chacun une main sur l'épaule comme pour les réconforter. Parvenant à se contrôler, Max reprit :

— Les types, au taekwondo ? Ils avaient jamais entendu parler de Davey. Ils l'avaient pas vu, ils le connaissaient même pas. Alors j'ai téléphoné à l'école, pensant qu'il avait séché et qu'on avait oublié de m'avertir. Seulement, il avait pas séché, vous comprenez. Aujourd'hui, c'est le premier jour qu'il est absent à l'école. De tout le trimestre.

— A-t-il déjà eu affaire à la police ? demanda Havers. Ou à un juge ? Est-ce qu'on l'a adressé à un groupe de jeunes pour le remettre sur les rails ?

— Notre Davey n'a pas besoin d'être remis sur les rails, lança Bev Stenton. Il ne manque jamais l'école. Et il travaille bien en classe, ça oui.

— Il n'aime pas que ça se sache, maman, murmura Sherry comme si sa mère venait de trahir un secret.

— Il fallait qu'il ait l'air d'un dur, ajouta Max. Les petits voyous sont pas fans de l'école.

— Alors Davey faisait son numéro, expliqua Bev. Mais il était pas comme ça.

— Et il n'a jamais eu d'ennuis avec la police ? Jamais eu affaire à un travailleur social ?

— Pourquoi vous insistez comme ça ? Max...

Bev se tourna vers son mari comme pour lui demander de la soutenir.

Mais Lynley intervint.

— Vous avez téléphoné à ses amis ? Les garçons dont vous parliez ?

— Personne ne l'a vu, répondit Bev.

— Et l'autre garçon ? Cet Andy Crickleworth ?

Personne de la famille ne l'avait jamais rencontré. On ne savait même pas où le trouver.

— Il ne se serait pas réconcilié avec lui, par hasard ? suggéra Havers en levant le nez de son carnet. Histoire de couvrir autre chose ?

Il y eut un moment de silence dans la pièce. Personne ne savait ou ne voulait répondre. Curieux, Lynley attendit et vit Bev Benton lancer un regard à son mari, l'air de ne pas vouloir en dire plus. Lynley laissa le silence se prolonger jusqu'à ce que Max Benton se décide à le briser.

— Les casseurs cherchaient jamais la bagarre avec lui. Ils savaient que notre Davey leur flanquerait une raclée. Il était petit, mais...

Se rendant compte qu'il venait de parler au passé, Benton se tut, apparemment ébranlé. Ce fut sa fille Sherry qui acheva sa phrase.

— Mignon, dit-elle. Notre Davey est très mignon.

Ils l'étaient tous, se dit Lynley : petits et mignons, des miniatures. Et les garçons devaient être obligés de compenser. En se défendant bec et ongles si quelqu'un s'en prenait à eux, par exemple. En encaissant des coups avant de se faire étrangler, couper en rondelles et abandonner dans les bois.

— Pourrions-nous voir la chambre de votre fils, Mr Benton ? demanda Lynley.

— Pourquoi ?

— Peut-être y trouverons-nous une indication sur l'endroit où il est allé, expliqua Havers. Il arrive que les enfants ne disent pas toujours tout à leurs parents. Peut-être qu'il a un copain que vous ne connaissez pas...

Max échangea un regard avec sa femme. C'était la première fois qu'il ne jouait pas au chef de famille.

Bev l'encouragea d'un mouvement de tête. Et Max demanda à Lynley et Havers de le suivre.

Il les emmena à l'étage, où trois chambres à coucher donnaient sur un palier carré. Dans l'une des chambres, deux jeux de lits superposés étaient installés contre deux murs opposés, séparés par une commode. Au-dessus de l'un des jeux de lits, une étagère haut placée avec une collection de CD et une petite pile bien rangée de casquettes de base-ball. Le lit du dessous avait été enlevé pour permettre l'installation d'un coin privé, dont une partie était consacrée aux vêtements : pantalons baggy, baskets, pulls et tee-shirts avec des dessins des artistes de rap américains dont Bev Benton avait parlé. Une autre partie contenait des étagères métalliques bon marché qui, après examen, se révélèrent porteuses de romans fantastiques. À l'extrémité du repaire se trouvait une petite commode. Tout cela, déclara Benton, appartenait à Davey.

Lynley et Havers se glissèrent à l'intérieur du repaire, chacun dans une partie différente. D'une voix qui n'avait plus rien d'autoritaire mais véhiculait maintenant le désespoir et l'angoisse, Max commença :

— Vous êtes obligés de me mettre au courant. Vous seriez pas là si y avait pas autre chose, pas vrai ? Devant ma femme et les gosses, je comprends pourquoi vous vouliez pas parler. Mais maintenant... Ils auraient envoyé des flics en uniforme, pas vous.

Lynley avait glissé ses mains dans les poches d'un premier pantalon pendant que Benton parlait. Il s'arrêta, cependant, tandis que Havers continuait de fouiller.

— Vous avez raison, dit-il. Nous avons un corps, Mr Benton. On l'a trouvé dans Queen's Wood, près du métro de Highgate.

Max Benton se tassa un peu, mais repoussa Lynley d'un geste de la main quand ce dernier voulut lui prendre le bras pour l'emmener s'asseoir sur le lit du bas, de l'autre côté de la chambre.

— Davey ? s'enquit-il.

— Il va falloir que vous examiniez le corps. C'est la seule façon pour nous d'être sûrs. Je suis désolé.

— Davey ? répéta Max.

— Mr Benton, il se peut que ce ne soit pas Davey.

— Mais vous pensez... Autrement, pourquoi vous auriez pris la peine de monter dans sa chambre voir ses affaires ?

— Monsieur... fit Havers, toujours dans la tanière.

Lynley se retourna et vit qu'elle lui tendait quelque chose. Une paire de menottes. Mais pas des menottes ordinaires en métal, des menottes de plastique épais qui luisaient sous le matelas.

— Ça pourrait... commença Havers.

Mais Max Benton la coupa sèchement :

— Je lui ai dit de rendre ces trucs. Il a dit qu'il le ferait. Il me l'a juré parce qu'il ne voulait pas que je l'emmène moi-même les rapporter.

— À qui ? demanda Havers.

— Il les a prises dans un stand à Stables Market, oui, c'est ça. Près de Camden Lock. Il m'a dit que c'était un cadeau d'un vendeur. Mais vous en connaissez, vous, des vendeurs qui font des cadeaux aux gosses qui traînent ? Alors je me suis dit qu'il les avait piquées, et je lui ai dit de les rendre immédiatement. Au lieu de ça, ce petit salaud les a cachées.

— Quel stand au marché ? Il vous l'a précisé ? s'enquit Lynley.

— Le stand de magie, à ce qu'il a dit. Je connais pas le nom du type. Il me l'a pas dit et j'ai pas demandé. Je lui ai seulement dit de rapporter les menottes et d'arrêter de piquer de la camelote qui lui appartient pas.

— Le stand de magie ? reprit Havers. Vous en êtes bien sûr, Mr Benton ?

— C'est ce qu'il a dit.

Havers sortit du repaire.

— Je peux vous dire un mot, monsieur ? demanda-t-elle à Lynley.

Sans attendre la réponse, elle quitta la chambre et passa sur le palier.

— Nom de Dieu, fit-elle d'une voix tranquille et dure à la fois, peut-être que je me suis trompée. Que j'ai vu les choses par le petit bout de la lorgnette. Appelez ça comme vous voudrez.

— Havers, le moment est mal choisi pour me faire part de vos états d'âme.

— Attendez. J'ai pas arrêté de penser à Colossus. Mais je n'ai jamais pensé à la magie. Vous connaissez un gosse de quinze ans ou moins qui n'aime pas la magie ? Non. Monsieur. Attendez... lança-t-elle à Lynley qui était sur le point de l'abandonner à son monologue. Wendy's Cloud est dans Camden Lock Market, à côté de Stables Market. Et la plupart du temps, Wendy est si défoncée qu'elle ne peut dire ni ce qu'elle vend, ni quand elle l'a vendu. Mais il fut un temps où elle vendait de l'huile d'ambre gris – ça, on le sait. Eh bien l'autre jour, en retournant à ma voiture après avoir parlé avec elle, j'ai vu un type à Stables...

— Quel type ?

— Il déchargeait des cartons. Il les emportait à un stand de magie ou quelque chose comme ça, et il était magicien. C'est ce qu'il a dit. Il peut pas y avoir plus d'un magicien à Stables Market, d'accord ? Alors, écoutez-moi, monsieur. Il conduisait une camionnette.

— Rouge ?

— Violette. Mais à la lumière d'un réverbère, aux environs de trois heures du matin, quand on jette un œil à la fenêtre, on n'y pense plus après. Dans une ville aussi gigantesque, on s'imagine pas qu'il faut faire particulièrement attention à une camionnette dans la rue en pleine nuit.

— Une inscription, sur la camionnette ?

— Ouais. Une publicité de magicien.

— Ce n'est pas ce que nous cherchons, Havers. Ce n'est pas ce que nous avons vu sur la bande vidéo de St George's Gardens.

— Mais nous ne savons rien de la camionnette de St George's Gardens. Ça pouvait être celle du gardien qui allait ouvrir. Ou de quelqu'un venu réparer quelque chose.

— À trois heures du matin ? Transportant un outil suspect qui aurait parfaitement pu servir à cisailler le cadenas du portail ?

— Une seconde, s'il vous plaît. Tout ce qu'on sait, c'est qu'il y a peut-être une explication logique que nous connaîtrons dans une heure ou deux. Nom de Dieu, le mec pouvait parfaitement avoir un boulot tout ce qu'il y a de plus réglo à faire dans le jardin, avec un outil en rapport. Tout est possible : peut-être qu'il réparait un truc, peut-être qu'il pissait un coup, peut-être encore qu'il distribuait un journal. On peut imaginer tout ce qu'on veut. Ce que je veux dire...

— Très bien. Oui. Je vois.

Elle continua comme si Lynley n'avait pas saisi.

— Et j'ai parlé à ce type, à ce magicien. Je l'ai vu. Alors si le corps de Queen's Wood est celui de Davey et si ce type est celui qui s'est fait piquer les menottes par le gosse...

Elle le laissa terminer sa pensée.

Ce qu'il eut vite fait.

— Il a intérêt à avoir un alibi pour la nuit dernière. Bon, très bien, Barbara. Je vois comment vous recollez les morceaux.

— Et c'est lui, monsieur. Davey. Vous le savez.

— Le corps ? Oui, je crois. Mais nous ne pouvons pas avancer sans identification. Ça, je m'en occupe.

— Et moi je vais...

— À Stables Market. Établir le lien entre Davey et le magicien, si vous y arrivez. Et quand ce sera fait, vous le convoquerez pour interrogatoire.

— Je crois qu'on tient notre première piste, monsieur.

— J'espère que vous avez raison, répliqua Lynley.

17

Barbara Havers emporta les menottes fluo à Stables Market, situé comme son nom l'indiquait dans une ancienne et gigantesque écurie de l'artillerie en briques noircies. Le marché longeait toute une partie de Chalk Farm Road, mais Barbara y entra par Camden Lock Place et se renseigna sur la localisation du stand de magie dès la première échoppe, qui proposait à la vente des meubles et étoffes du sous-continent indien. Une âcre odeur de patchouli imprégnait l'air, et des haut-parleurs crachotaient une musique de sitar.

La vendeuse n'avait jamais entendu parler d'un stand de magie mais estima que Tara Powell, du piercing, pourrait l'aiguiller.

— Elle fait du bon boulot, Tara, ajouta la vendeuse, qui arborait un clou d'argent sous la lèvre inférieure.

Barbara n'eut aucune peine à trouver le stand de piercing. Tara Powell était une fille enjouée d'une vingtaine d'années, aux dents épouvantables. Par égard pour son métier, elle avait l'oreille droite criblée d'une demi-douzaine de trous, du lobe au sommet, et le sourcil gauche traversé par un mince anneau d'or. Elle était en train d'introduire une aiguille dans la cloison nasale d'une adolescente dont le petit ami attendait debout,

438

tenant le bijou qu'elle avait choisi au creux de la paume. Ça va être joli, pensa Barbara.

Tara babillait, allez savoir pourquoi, sur l'implantation capillaire du Premier ministre. Elle s'était apparemment livrée à des recherches considérables sur les effets du pouvoir et des implications sur la chute des cheveux. Elle aurait eu quelque peine, cela étant, à appliquer sa théorie à Margaret Thatcher.

Il s'avéra que Tara connaissait effectivement le stand de magie. Barbara le trouverait dans l'allée. Barbara lui ayant demandé quelle allée, elle répondit « l'allée » et leva les yeux au ciel de façon à exprimer que cette information aurait dû suffire. Puis elle se retourna vers sa cliente :

— Ça va piquer un peu, chérie.

D'un geste expert, elle lui transperça le nez avec son aiguille. Barbara se hâta de battre en retraite tandis que la fille poussait un hurlement, tournait de l'œil, et que Tara criait à quelqu'un :

— Le flacon de sels ! Vite !

Cette fille faisait un métier stressant.

Barbara avait beau habiter non loin de Camden High Street et être passée maintes fois par les marchés, elle n'aurait jamais deviné que l'étroit passage où elle finit par dénicher le stand de magie portait un nom. Il ressemblait d'ailleurs moins à une allée qu'à un interstice, bordé d'un côté par le mur de brique d'un des anciens bâtiments de l'artillerie et de l'autre par une longue rangée de stands où on trouvait de tout, des bouquins aux brodequins.

L'endroit était pauvrement éclairé par une série d'ampoules nues au bout d'un fil tendu sur toute la longueur de l'allée. Elles ponctuaient une pénombre accentuée par la suie de l'écurie et la teinte sombre des stands qui lui faisaient face. Tous n'étaient pas ouverts – on était en semaine. Mais le stand de magie, si. En s'approchant, Barbara reconnut l'homme drôlement attifé qu'elle avait vu l'autre jour décharger sa camionnette dans la rue. Il exécutait un tour de passe-passe avec une cordelette devant un groupe de petits garçons fascinés qui, au lieu d'être à l'école, faisaient cercle autour de son étal. Ils étaient exactement de la taille – et de l'âge – du gamin retrouvé mort à Queen's Wood, pensa Barbara.

Elle s'arrêta à la lisière du groupe pour regarder le magicien et étudier son stand. Celui-ci n'était pas bien grand – à peu près de la taille d'une penderie – mais il avait réussi à le bourrer d'accessoires de passe-passe, de farces et attrapes du genre vomi artificiel à déposer sur la moquette neuve de maman, de cassettes vidéo de magiciens, de manuels de prestidigitation et de magazines d'occasion. Parmi les articles en vente, Barbara repéra des menottes identiques à celles qu'elle avait dans son sac. Elles faisaient partie d'une gamme annexe d'accessoires coquins.

Barbara contourna le groupe par l'arrière pour bénéficier d'une meilleure vue sur le magicien. Il était habillé comme la première fois qu'elle l'avait vu, et elle s'aperçut que son bonnet en laine rouge ne faisait pas que lui couvrir la totalité du crâne, il cachait aussi ses sourcils. Grâce à l'adjonction de la paire de lunettes noires qui complétait l'ensemble, il avait réussi à escamoter toute la moitié supérieure de son visage. En temps normal, Barbara ne se serait guère attardée sur ce détail. Mais dans le cadre d'une enquête pour meurtre, cette tenue bizarroïde, ajoutée aux menottes, à la mort d'un enfant et à la couleur de sa camionnette, rendait ce type encore plus suspect. Il fallait qu'elle le voie seul.

Barbara se faufila à l'avant du groupe et commença à passer en revue les accessoires de passe-passe en vente. Les articles, de ce côté-ci, semblaient adaptés à un public d'enfants : albums de coloriage magiques, anneaux entrelacés, pièces volantes et autres. Cela lui fit penser à Hadiyyah, à son petit visage grave et à son signe de la main mélancolique derrière la porte-fenêtre chaque fois qu'elle passait devant l'appartement du rez-de-chaussée d'Eton Villas. Et cela lui fit penser à Azhar, aux mots désagréables qu'ils avaient échangés la dernière fois qu'ils s'étaient vus. Depuis, ils s'évitaient scrupuleusement. Une offre de paix s'imposait, mais Barbara n'était pas sûre de devoir en prendre l'initiative.

Elle souleva le coffret d'un stylo trans-billet et lut de vagues indications (empruntez un billet de cinq livres à quelqu'un du public, enfoncez le stylo en son centre, puis retirez-le d'un coup sec sur le côté et abracadabra ! Le billet de cinq livres est intact). Elle était en train de réfléchir à la pertinence de cet objet en tant qu'offre de paix quand elle entendit le magicien dire :

— Ce sera tout pour aujourd'hui. Filez, les gars. J'ai du travail, moi.

Quelques gamins protestèrent, réclamant un dernier tour, mais il ne voulut rien entendre.

— La prochaine fois, lança-t-il en les chassant.

Il portait, constata Barbara, des mitaines laissant à nu ses doigts blafards.

Les gamins s'en allèrent – non sans que Mr Magic eût été obligé de reprendre la boîte de pièces volantes que l'un d'eux avait tenté de barboter au passage –, et il fut tout à Barbara. En quoi pouvait-il l'aider ?

Barbara fit l'acquisition du stylo trans-billet, un investissement de moins de deux livres pour la noble cause de la paix entre voisins.

— Vous avez le chic avec les gosses, dit-elle. Vous devez en avoir tout le temps dans les pattes.

— La magie, répondit-il avec un haussement d'épaules, tout en glissant méticuleusement le coffret dans un sac en plastique. Les garçons et la magie. Ça va ensemble, on dirait.

— Comme les haricots et le toast.

Ses lèvres se retroussèrent en un sourire qui semblait dire « C'est pas ma faute si j'ai la cote ».

— Ça doit vous porter sur le système, à la longue, tous ces petits lascars qui traînent dans le coin en réclamant que vous fassiez le spectacle.

— C'est bon pour les affaires. Ils rentrent chez eux, ils racontent à leurs parents ce qu'ils ont vu, et quand il y a de l'anniversaire dans l'air, ils savent de quel genre de spectacle ils ont envie.

— Un spectacle de magie ?

Il ôta son bonnet et s'inclina.

— Mr Magic à leur service. Ou au vôtre. Anniversaires, bar-mitsva, quelques rares baptêmes, soirées de Nouvel An. Et cætera.

Barbara tiqua, puis se ressaisit à toute vitesse pendant que l'homme remettait son bonnet. Il le portait, comprit-elle, pour la même raison qu'il portait des lunettes noires et des mitaines. Il était albinos. Sapé de la sorte, il devait s'attirer quelques coups d'œil de temps en temps dans la rue. S'il avait été habillé normalement, en laissant visibles ses prunelles et ses cheveux dépigmentés, toutes les têtes se seraient retournées sur son passage, sans parler des tourments infligés par ces mêmes enfants qui l'admiraient aujourd'hui.

Il offrit sa carte de visite à Barbara. Elle lui rendit la politesse en scrutant ce qu'il laissait voir de son visage pour détecter une réaction.

— Police ?

— New Scotland Yard. À votre service.

— Ah. Bon. Ça m'étonnerait que ce soit pour un spectacle de magie au commissariat.

Bien rattrapé, pensa Barbara. Elle sortit les menottes fluo de son sac. En attendant l'analyse d'empreintes, elles avaient été enfermées dans un sachet en plastique pour pièces à conviction.

— Ceci vient de votre stand, si je ne m'abuse. Vous les reconnaissez ?

— Je vends effectivement ce genre de truc. Comme vous pouvez le voir par vous-même. Je les mets au rayon gadgets érotiques.

— Un gamin qui s'appelle Davey Benton a pris ça chez vous, d'après ce que son père nous a dit. Il vous les a fauchées, en clair. Il était censé venir vous les rendre.

Les lunettes noires empêchèrent Barbara de lire la moindre réaction dans les yeux du magicien. Elle dut se contenter du ton de sa voix, qui resta parfaitement inchangé lorsqu'il déclara d'un ton enjoué :

— On dirait qu'il a fait l'impasse là-dessus.

— De quoi parlez-vous ? Du vol ou de la restitution ?

— Vu que vous les avez retrouvées dans ses affaires, je suppose qu'on est en droit de dire qu'il a fait l'impasse sur la restitution.

— Ouais. Je suppose. Sauf que je n'ai jamais dit que je les avais retrouvées dans ses affaires.

Le magicien lui tourna le dos et se mit à enrouler la cordelette de son tour de magie en une pelote serpentine. Barbara sourit intérieurement en le regardant. Je t'ai eu, pensa-t-elle. Elle savait d'expérience que le plus lisse des clients avait forcément un côté rugueux quelque part.

Mr Magic lui accorda de nouveau son attention.

— Il se peut que ces menottes viennent de chez moi. Vous voyez que j'en vends. Mais je suis loin d'être le seul à Londres chez qui on puisse acheter – ou faucher – des gadgets érotiques.

— Certes. Mais j'ai l'impression que vous êtes le plus près de chez Davey, non ?

— Aucune idée. Est-ce qu'il serait arrivé quelque chose à ce garçon ?

— Il lui est arrivé quelque chose, effectivement. Il est on ne peut plus mort.

— Mort ?

— Mort. Mais laissons tomber le jeu de l'écho. Quand on a trouvé ça en fouillant dans ses affaires, son père nous a dit d'où elles venaient, Davey le lui avait dit lui-même… Vous comprenez pourquoi je cherche à savoir si elles vous disent quelque chose, Mr… Comment vous appelez-vous ? Sûrement pas Magic. On s'est déjà rencontrés, soit dit en passant.

Il ne lui demanda pas où. Il s'appelait Minshall, répondit-il. Barry Minshall. Et oui, d'accord, les menottes venaient sûrement de son stand si c'était ce que le garçon avait dit à son papa. Mais les gosses avaient tendance à faucher, n'est-ce pas ? Il y en avait toujours un pour piquer quelque chose. Ça faisait partie de leur vie de gosses. Ils repoussaient les limites. Qui ne risque rien n'a rien, et comme les flics donnaient l'impression de ne rien pouvoir faire d'autre que leur servir un sermon s'ils se faisaient prendre la main dans le sac, qu'est-ce qu'ils avaient à perdre en tentant leur chance ? Oh, il essayait bien de les tenir à l'œil, mais il lui arrivait de temps en temps de ne pas repérer une main poisseuse au moment où elle se refermait sur un article comme les menottes fluo. Quelquefois, dit-il, le gamin était tout simplement trop fort, de la vraie graine d'Artful Dodger[1].

1. Personnage de voleur à la tire d'*Oliver Twist* de Dickens. (*N.d.T.*)

444

Barbara écouta tout cela en hochant la tête et en faisant de son mieux pour avoir l'air pensive et impartiale. Mais elle sentait la lente montée de l'angoisse dans la voix de Barry Minshall et cela agissait sur elle comme l'odeur du renard sur une meute de chiens courants. Ce type mentait par tous ses pores, pensa-t-elle. Il était du genre à se croire aussi indéchiffrable qu'une feuille de laitue, et c'était justement comme ça qu'elle les aimait, étant donné que la laitue, il n'y avait rien de plus facile à fatiguer.

— Vous avez une camionnette quelque part dans le coin, dit-elle. Je vous ai vu la décharger l'autre jour. J'aimerais y jeter un coup d'œil, si ça ne vous dérange pas.

— Pourquoi ?

— Appelons ça de la curiosité.

— Je ne pense pas être obligé de vous la montrer. Pas sans mandat, en tout cas.

— Et vous avez raison. Mais si on s'oriente sur cette voie-là – ce qui, évidemment, est votre droit le plus strict –, je vais avoir un mal de chien à me retenir de penser qu'il y a peut-être dans cette camionnette quelque chose que vous n'avez pas envie que je trouve.

— Je vais devoir passer un coup de fil à mon avocat.

— Faites donc, Barry. Tenez. J'ai un portable, vous n'avez qu'à vous en servir.

Elle plongea la moitié du bras dans son sac et se mit à farfouiller dedans avec enthousiasme.

— J'ai le mien, dit Minshall. Écoutez. Je ne peux pas laisser mon stand comme ça. Il faudrait que vous reveniez plus tard.

— Pas besoin de quitter votre stand, camarade. Passez-moi juste les clés de la camionnette et j'irai jeter un coup d'œil toute seule.

Il médita là-dessus derrière ses lunettes noires et sous son bonnet dickensien. Barbara visualisa les rouages en train de tournoyer furieusement sous son crâne tandis qu'il s'efforçait de choisir la voie à suivre. Exiger à la fois un avocat et un mandat de perquisition était la seule chose sensée et intelligente à faire. Mais les gens se montraient rarement sensés et intelligents lorsqu'ils avaient quelque chose à cacher et que les flics se pointaient de manière inopinée, posaient des questions et réclamaient des réponses immédiates. C'était dans ces moments-là qu'ils prenaient la décision stupide de se tirer de ce mauvais pas par un coup de bluff, s'imaginant à tort avoir affaire à des Mr Plod[1] faciles à berner. Ils croyaient que s'ils en appelaient sur-le-champ à leur avocat – histoire de « se couvrir », comme on disait dans les séries policières américaines –, ils se retrouveraient à jamais avec le *C* de coupable marqué au fer rouge sur la poitrine. Alors qu'en vérité ils méritaient plutôt le *I* d'intelligent. Mais ils suivaient rarement ce genre de raisonnement quand ils étaient sous pression, et c'était ce sur quoi comptait Barbara.

Minshall prit sa décision.

— Vous perdez votre temps. Pire, vous me faites perdre le mien. Mais si vous croyez vraiment que c'est indispensable…

Barbara sourit.

— Vous pouvez avoir confiance, je fais partie de ceux qui sont là pour servir et protéger.

— Bon. D'accord. Mais vous allez devoir attendre que j'aie fermé le stand, et après ça je vous emmène à

---

1. Personnage de policier de la version originale anglaise de la série *Oui-Oui* (*Noddy*) d'Enid Blyton, dont l'équivalent français est le personnage du « gendarme ». (*N.d.T.*)

la camionnette. J'en ai pour quelques minutes. J'espère que vous avez le temps.

— Mr Minshall, vous êtes un sacré veinard. Parce qu'il se trouve que du temps, aujourd'hui, j'en ai plein ma besace.

En revenant à New Scotland Yard, Lynley découvrit que les médias étaient déjà en train d'établir leur camp dans le petit parc qui bordait l'angle de Victoria Street et de Broadway. Deux équipes de télévision concurrentes – à en juger par les logos qui estampillaient camionnettes et matériel – s'affairaient chacune à construire ce qui semblait être un plateau extérieur tandis qu'à proximité, sous les arbres ruisselants du parc, plusieurs journalistes tournaient en rond, identifiables à leurs vêtements. Lynley observa tout cela le cœur gros. Il aurait été vain d'espérer que les médias ne seraient pas attirés par le meurtre d'un sixième adolescent. Un sixième meurtre garantissait leur attention immédiate. Il réduisait aussi les chances qu'ils acceptent la façon dont la Direction des Affaires publiques souhaitait les voir couvrir la crise.

Il se fraya un passage dans la pagaille de la rue et descendit la rampe du parking souterrain. Le factionnaire ne se contenta pas comme à son habitude de le saluer d'un doigt et de lever la barrière. Il s'approcha à pas mesurés de la Bentley et attendit que Lynley ait baissé sa vitre. Puis il se pencha vers l'habitacle.

— Un message pour vous, commissaire. Vous êtes censé monter direct au bureau de l'adjoint au préfet. Sans passer par la case départ et tout le bazar, si vous voyez ce que je veux dire. L'adjoint au préfet m'a appelé personnellement. Pour qu'il n'y ait pas de si ni de mais. Je suis censé le rappeler pour l'avertir de votre arrivée. La question, c'est combien de temps voulez-vous ? Je peux le prévenir quand ça vous arrange, mais ce qu'il ne veut pas, c'est que vous vous arrêtiez en chemin pour parler à votre équipe.

— Nom de Dieu, grommela Lynley. Attendez dix minutes, ajouta-t-il après une seconde de réflexion.

— Ça roule.

L'agent se replia et ouvrit à Lynley la barrière du garage. Cerné de pénombre et de silence, celui-ci passa ses dix minutes de grâce assis dans sa Bentley, les yeux clos et la nuque contre l'appuie-tête.

Ce n'était jamais facile, pensa-t-il. On croyait toujours que ça finirait par le devenir dès lors qu'on aurait été exposé à une dose suffisante d'horreur et de tout ce qui allait avec. Mais au moment précis où vous croyiez avoir enfin dominé votre sensibilité, quelque chose venait vous rappeler que vous étiez encore pleinement humain, malgré tout ce que vous aviez pu penser.

C'était ce qu'il avait éprouvé lorsque Max Benton était venu identifier le corps de son fils aîné. Pour rien au monde Benton ne se serait contenté d'un Polaroïd, ni d'un regard jeté à travers une vitre instaurant une distance de sécurité qui lui aurait permis de ne pas connaître, ou du moins de ne pas contempler de ses yeux certains aspects de la mort du garçon. Au lieu de cela, il avait insisté pour tout voir, refusant d'identifier son fils avant d'avoir été témoin de tout ce qui marquait le chemin qui avait mené Davey à sa mort.

Alors seulement il avait dit :

« Il s'est battu, hein ? Comme il devait le faire. Comme je lui ai appris. Il s'est battu avec ce fumier.

— C'est votre fils, Mr Benton ? » avait demandé Lynley.

Cette formalité n'était pas une question purement machinale, c'était aussi un moyen d'éviter le déferlement d'émotions réprimées – d'émotions qui ne seraient jamais convenablement réprimées – qu'il sentait sur le point d'exploser chez cet homme.

« J'ai toujours dit qu'on vivait pas dans un monde sûr, avait répondu Benton. J'ai toujours dit que c'était un monde brutal. Mais il a jamais voulu m'écouter comme j'aurais voulu. Et voilà ce que ça donne. Ça. Je veux qu'ils viennent ici, les autres. Je veux qu'ils voient ça. »

Sa voix se brisa mais il enchaîna, ivre de détresse :

« On fait de notre mieux pour expliquer à nos gosses ce qui les guette dehors. On ne vit que pour leur faire comprendre qu'ils ont intérêt à faire gaffe, à ouvrir l'œil, allez savoir ce qui peut arriver… C'est ça que je lui disais tout le temps, à notre Davey. Et Bev les a jamais chouchoutés non plus parce qu'il fallait qu'ils soient costauds, tous. Quand on est petit comme ça il faut être costaud, être sur ses gardes, être dans le coup… Il faut piger… Écoute-moi, petit con. Putain mais pourquoi tu ne vois pas que c'est pour ton bien… ? »

Il s'était mis à pleurer, s'était affalé contre un mur, puis avait abattu son poing contre ce mur en disant d'une voix hachée par les sanglots qui bloquaient les mots dans sa gorge :

« Va te faire foutre… »

Il n'y avait aucune consolation possible, et Lynley avait rendu hommage à la douleur de Max Benton en s'abstenant de lui en proposer.

« Je suis navré, Mr Benton », s'était-il contenté de dire avant de guider vers la sortie cet homme brisé.

Et c'était maintenant, dans le parking souterrain, que Lynley prenait le temps dont il avait besoin pour récupérer, conscient d'avoir été touché plus profondément qu'en d'autres circonstances par la douleur de ce père face à la perte de son enfant, parce que lui aussi était sur le point de rejoindre les rangs des hommes ayant un fils sur lequel ils reportaient parfois imprudemment leurs rêves. Benton avait raison et Lynley le savait. Le premier devoir d'un homme était de protéger sa progéniture. Lorsqu'il échouait – et que cet échec se manifestait sous une forme aussi spectaculaire que le meurtre d'un de ses enfants –, sa culpabilité était presque aussi forte que son chagrin. Des couples se brisaient ; des familles aimantes volaient en éclats. Et tout ce qu'on avait jusque-là cru précieux et solide se retrouvait anéanti par la survenue d'un drame dont tous les parents craignaient qu'il ne frappe leurs enfants, mais que personne n'était jamais capable d'anticiper.

On ne se remettait pas d'une telle catastrophe. On ne se réveillait pas un beau matin après avoir nagé toute la nuit dans les eaux du Léthé. Cela n'arrivait pas – cela n'arrivait jamais – aux parents d'un enfant dont un assassin avait volé la vie.

Six, pensa Lynley. Six enfants, six familles. Et les médias qui comptaient les points.

Il monta, selon les ordres, au bureau de l'adjoint au préfet de police. Robson avait dû l'informer du refus de Lynley de le laisser accéder à la dernière scène de crime, et Hillier était probablement dans tous ses états.

L'adjoint au préfet était en réunion avec le chef du service de presse : ce fut ce que sa secrétaire expliqua à Lynley. Hillier avait toutefois laissé des consignes explicites pour que, au cas où le commissaire intérimaire Lynley se présenterait au cours de cette réunion, on le fasse entrer sur-le-champ.

— Il ressent...

Judi MacIntosh hésita. Cela ressemblait davantage à une recherche d'effet qu'à un besoin de trouver les mots justes.

— Il ressent une certaine animosité à votre égard, commissaire. Un homme averti...

Lynley la remercia d'un hochement de tête poli. Il se demandait souvent comment Hillier avait réussi à dénicher une secrétaire aussi parfaitement adaptée à son style de commandement.

Stephenson Deacon était monté chez Hillier flanqué de deux assistants. Lynley les découvrit en entrant. Un homme et une femme, qui tous deux lui évoquèrent des stagiaires : propres comme des sous neufs, zélés et pleins de déférence. Ni Hillier ni l'acrimonieux Deacon – qui pour Dieu sait quelle raison était venu de la Direction des Affaires publiques en apportant un litre d'eau gazeuse – ne daigna les lui présenter.

— Vous avez vu le cirque, je suppose, lança Hillier à Lynley sans préambule. Les conférences de presse régulières ne suffisent pas. On va contre-attaquer en leur donnant du grain à moudre.

Le stagiaire masculin notait religieusement les moindres mots de Hillier. La femme, en revanche, fixait Lynley avec une intensité déconcertante qui n'était pas sans rappeler l'attention hypnotique d'un prédateur.

— Je croyais que vous aviez choisi *Crimewatch*, monsieur, observa Lynley.

— C'était avant tout ce merdier. À l'évidence, ça ne suffira pas.

Lynley n'avait pas encore communiqué à l'adjoint au préfet les informations fournies par les images de la caméra de surveillance. Il préférait attendre des nouvelles de la visite de Havers à Stables Market.

— Eh bien, dit-il, j'espère que vous n'avez pas l'intention de les désinformer.

Hillier ne parut pas ravi de la remarque, et Lynley comprit qu'il avait été mal inspiré.

— Ce n'est pas dans mes habitudes, commissaire, rétorqua l'adjoint au préfet. Dites-lui, Mr Deacon.

— L'embedding, annonça Deacon en dévissant sa bouteille d'eau gazeuse pour en boire une gorgée. Ça leur coupera la chique, à ces connards. Je vous prie de m'excuser, miss Clapp, ajouta-t-il à l'intention de la stagiaire, sidérée d'être l'objet de tant d'amabilité.

Lynley pensait avoir compris mais se refusait à y croire.

— Je vous demande pardon ?

— L'embedding, répéta Deacon avec impatience. On va embarquer un journaliste dans l'équipe d'enquêteurs. Un témoin direct de la façon dont travaille la police sur une affaire de cette envergure. Le genre de truc qui se pratique parfois en temps de guerre, si vous voyez ce que je veux dire.

— Vous avez sûrement entendu parler de ça, commissaire ? dit Hillier.

Lynley en avait entendu parler, bien sûr. Mais il ne parvenait pas à croire que le service de presse ait pu envisager une démarche aussi téméraire.

— On ne peut pas faire une chose pareille, monsieur, répondit-il à Hillier en tâchant de rester aussi poli que possible, ce qui n'alla pas sans effort. Ce serait hasardeux et...

— Ça n'a effectivement jamais été fait, commissaire, coupa Stephenson Deacon avec un sourire insidieux. Ce qui ne veut pas dire que ça ne peut pas être fait. Après tout, il nous est plus d'une fois arrivé d'inviter les médias à assister à des interpellations programmées. Ceci n'est qu'un pas de plus. L'intégration d'un journaliste trié sur le volet – de la grande presse, hein, pas question de laisser la porte ouverte aux tabloïds – pourrait nous permettre de renverser la tendance de l'opinion publique. Et pas seulement sur cette enquête en particulier, mais sur la Met en général. Je n'ai pas besoin de vous rappeler à quel point cette

452

affaire commence à agiter l'opinion. La une du *Daily Mail* d'aujourd'hui, par exemple…

— … servira demain à tapisser le fond des poubelles, interrompit Lynley.

Il adressa la suite de son intervention à Hillier en essayant d'adopter un ton aussi rationnel que celui de Deacon.

— Monsieur, ce type d'initiative pourrait nous causer un tort inimaginable. Comment voulez-vous que mon équipe – lors d'une réunion matinale, par exemple – s'exprime librement, sachant que le moindre mot prononcé risquerait de faire la manchette du *Guardian* le lendemain ? Et comment respecter la loi sur l'offense à la cour s'il y avait un journaliste parmi nous ?

— Ça, répondit tranquillement Hillier, qui n'avait pas quitté Lynley des yeux depuis l'instant où celui-ci était entré dans la pièce, c'est le problème des journalistes, pas le nôtre.

Lynley se sentait sur le point de perdre son sang-froid, mais il lui semblait que les enjeux du débat en cours comptaient davantage que sa capacité à les aborder avec un flegme digne de Holmes.

— Vous avez une idée du nombre de noms qu'on prononce dans ces cas-là ? Vous imaginez la réaction d'une personne qui se retrouverait citée dans la presse comme « collaborant à l'enquête de police » alors que ce ne serait absolument pas le cas ?

— Ça resterait le problème du canard, commissaire, intervint Deacon avec condescendance.

— Et si la personne citée s'avérait être le tueur que nous recherchons ? Supposez qu'il décide de disparaître ?

— Vous ne voudriez quand même pas qu'il continue à tuer pour vous permettre de le retrouver ? fit Deacon.

— Ce n'est pas un jeu, bon Dieu. Je viens de voir le père d'un garçon de treize ans dont le corps...

— J'ai deux mots à vous dire là-dessus, coupa Hillier, cessant enfin de regarder Lynley pour se tourner vers Deacon. Revenez me voir avec une liste de candidats, Stephenson. J'aimerais lire leur CV à tous. Et aussi des échantillons d'articles. Je vous ferai part de ma décision dans...

Il jeta un coup d'œil à sa montre puis consulta le calendrier posé sur son bureau.

— Disons quarante-huit heures, ça devrait suffire.

— Vous voulez qu'on fasse une petite fuite à l'intention des oreilles adéquates ?

La proposition venait du sous-fifre masculin, qui avait enfin relevé la tête de ses notes. L'élément féminin continuait de se taire, scrutant toujours Lynley.

— Pas pour le moment, dit Hillier. Je vous ferai signe.

— C'est parti, conclut Deacon.

Lynley les regarda refermer tous les trois leurs carnets, dossiers, sacs et attachés-cases. Ils quittèrent la pièce à la queue leu leu, Deacon en tête. Lynley resta là où il était mais exploita ce délai pour tenter de se refaire un sang-froid.

— Malcolm Webberly était un sorcier, finit-il par dire.

Hillier alla s'asseoir derrière son bureau et l'observa au-dessus de ses mains jointes.

— Ne parlons pas de mon beau-frère.

— Je crois pourtant que ça s'impose. Je commence tout juste à prendre conscience des efforts qu'il a dû déployer pour vous maîtriser.

— Surveillez votre langage.

— Je ne vois pas ce que ça nous rapporterait à l'un ou à l'autre.

— Vous pouvez être remplacé.

— Ce qu'il vous a toujours été impossible de faire avec Webberly ? Parce que c'est votre beau-frère et qu'en aucun cas votre femme ne vous aurait laissé virer le mari de sa sœur ? Surtout sachant que le mari de sa sœur était le seul rempart entre vous et la fin de votre carrière ?

— Ça suffit.

— Vous avez tout pris à l'envers dans cette enquête. Vous avez sans doute toujours fonctionné comme ça, et heureusement que Webberly était là pour…

Hillier se dressa comme un ressort.

— Ça suffit, j'ai dit !

— Sauf qu'il n'est plus là et que vous vous retrouvez à découvert. Et il ne me reste que le choix de vous laisser soit couler seul, soit nous faire couler tous ensemble. Quelle voie voulez-vous que je prenne ?

— Ce que je veux, c'est que vous obéissiez aux ordres qu'on vous donne. Tels qu'ils sont donnés et quand ils sont donnés.

— Pas s'ils sont absurdes.

Lynley fit un effort pour se refréner. Il réussit à ajouter d'une voix radoucie :

— Monsieur, je ne peux pas vous laisser interférer plus longtemps dans cette enquête. Je vais devoir vous sommer de cesser de vous en mêler, sans quoi…

Et il s'arrêta là, stoppé en plein élan par la lueur de satisfaction qui papillonna brièvement sur les traits de Hillier. Il comprit tout à coup que son aveuglement était en train de le propulser tout droit dans le piège tendu par l'adjoint au préfet. Et cette prise de conscience lui fit comprendre la raison pour laquelle le commissaire Webberly avait fait clairement savoir à son beau-frère lequel de ses subordonnés devrait lui succéder, même s'il ne s'agissait que d'une mesure temporaire. Lynley pouvait se permettre de claquer brusquement la porte sans en souffrir le moins du monde. Les autres, non. Lui disposait d'une source de revenus extérieure à la Met. Alors que la Met faisait bouillir la marmite familiale de tous les autres inspecteurs et mettait un toit sur leur tête. Cette situation les aurait fatalement contraints à se soumettre sans discuter aux injonctions de Hillier parce que aucun d'eux ne pouvait s'offrir le luxe d'être viré. Pour Webberly, Lynley était le seul à avoir une petite chance de tenir plus ou moins tête à son beau-frère.

Ce que Webberly lui-même avait si souvent fait pour lui qu'il lui devait bien un petit renvoi d'ascenseur, songea Lynley.

— Sans quoi ? fit Hillier d'une voix sépulcrale.

Lynley chercha une nouvelle direction.

— Monsieur, nous avons un nouveau meurtre sur les bras. Ne nous demandez pas en plus de prendre en charge un journaliste.

— Oui. Un nouveau meurtre. Vous vous êtes frontalement opposé à l'un de mes ordres, commissaire, et vous feriez mieux d'avoir une bonne explication à me fournir.

Ils arrivaient enfin au cœur du sujet, pensa Lynley : son refus de laisser Hamish Robson accéder à la scène de crime. Il ne chercha pas à brouiller les pistes.

— J'ai laissé une consigne au barrage. Pas de carte de police, pas d'accès à la scène. Robson n'avait pas de carte et les constables du barrage ne pouvaient pas savoir qui il était. Ç'aurait pu être n'importe qui et, plus spécifiquement, ç'aurait pu être un journaliste.

— Et quand il est venu vous voir ? Quand vous vous êtes parlé ? Quand il a demandé à voir les photos, la vidéo, ce qu'il y avait encore à voir sur place… ?

— J'ai refusé, mais vous le savez déjà, sans quoi nous ne serions pas en train d'en parler.

— Exact. Et maintenant, vous allez écouter ce que Robson a à dire.

— Monsieur, si vous voulez bien m'excuser, j'ai une équipe à diriger, un travail à poursuivre. C'est plus important que…

— Mon autorité l'emporte sur la vôtre, coupa Hillier, et il s'agit d'un ordre direct.

— J'entends bien, mais puisqu'il n'a pas vu les photos, nous ne pouvons pas nous permettre de perdre du temps pendant qu'il…

— Il a vu la vidéo. Il a lu le rapport préliminaire.

Hillier esquissa un sourire étroit en voyant la surprise de Lynley.

— Comme je vous le disais, mon autorité l'emporte sur la vôtre, commissaire. Asseyez-vous donc. Vous en avez pour un moment.

Hamish Robson eut le bon goût d'adopter une mine contrite. Il eut aussi le bon goût de paraître aussi mal à l'aise que toute personne intuitive l'aurait été dans la même situation. Il s'avança dans le bureau avec un carnet jaune et une petite liasse de notes. Ces dernières furent remises à Hillier. Il pencha la tête vers Lynley et haussa brièvement une épaule en un geste plein d'humilité qui disait : « L'idée n'est pas de moi. »

Lynley répondit en hochant la tête. Il n'éprouvait aucune agressivité envers cet homme. Selon lui, ils faisaient tous deux leur travail dans des conditions extrêmement difficiles.

Hillier tenait manifestement à faire de sa domination le thème de la réunion : au lieu de quitter son bureau pour aller s'asseoir à la table de conférence autour de laquelle il avait tenu colloque avec le patron du service de presse et sa cour, il fit signe à Robson de s'asseoir avec Lynley face à lui. On aurait dit deux suppliants devant le trône du pharaon. Ne manquait plus que la prosternation.

— Qu'est-ce que vous avez trouvé, Hamish ? lança Hillier, renonçant à toute formule de politesse.

Robson ouvrit son carnet sur ses genoux. Son visage paraissait fébrile, et Lynley ressentit une brève bouffée de compassion. Cet homme était de nouveau entre le marteau et l'enclume.

— Avec les précédents meurtres, commença Robson, qui semblait ne pas trop savoir au juste comment négocier la tension qu'il devinait entre les deux officiers de la Met, le tueur a atteint le sentiment d'omnipotence qu'il recherchait par la mécanique visible de ses crimes : je veux parler de l'enlèvement de la victime, des entraves et du bâillon, des rituels de brûlure et d'incision. Mais dans le cas de Queen's Wood, ces comportements n'ont pas suffi. Ce que les meurtres précédents lui avaient apporté – continuons à supposer qu'il s'agit de pouvoir – lui a été dénié cette fois-ci. Cela a fait naître en lui une rage qu'il n'avait pas ressentie jusque-là. Et c'est une rage qui l'a surpris, je suppose, parce qu'il avait sans doute mis en place un raisonnement assez élaboré pour justifier l'assassinat de ces garçons et que la rage n'avait jamais fait partie de l'équation. Mais voilà qu'il l'éprouve parce qu'il se sent frustré dans son désir de puissance, et elle déclenche chez lui un besoin brutal de punir ce qu'il considère comme un défi de la part de sa victime. Cette victime devient responsable de ne pas lui avoir donné ce qu'il avait obtenu de toutes les autres.

Robson, qui jusqu'ici avait parlé en consultant ses notes, leva la tête comme s'il avait besoin d'être incité à poursuivre. Lynley resta muet. Hillier hocha sèchement la tête.

— Donc, reprit le profileur, il use de violence physique contre ce garçon, avant de le tuer. Et son crime, après coup, ne lui inspire aucun remords : le corps n'est ni disposé, ni arrangé comme une effigie. Il est jeté. Et jeté à un endroit où il aurait pu passer des jours sans que personne le retrouve, ce qui nous autorise à supposer que le tueur suit de près la progression de l'enquête et fait maintenant des efforts non seulement pour ne laisser aucun indice sur les lieux de son crime, mais aussi pour ne pas risquer d'être vu. Je pense que vous lui avez déjà parlé. Il sait que vous vous rapprochez et il n'a plus aucune intention de vous donner quoi que ce soit qui puisse l'associer à ses crimes.

— C'est pour ça qu'il n'y a pas eu d'entraves cette fois-ci ? s'enquit Lynley.

— Je ne pense pas. Je dirais plutôt qu'avant ce meurtre le tueur croyait avoir atteint le degré d'omnipotence qu'il a passé le plus clair de sa vie à rechercher. Cette illusion de puissance l'a mené à croire qu'il n'aurait pas besoin d'immobiliser sa victime suivante. Mais, en l'absence d'entraves, le garçon s'est débattu et l'a obligé à puiser dans ses ressources personnelles pour l'éliminer. Au lieu d'un garrot, le tueur s'est servi de ses mains. Il n'y avait qu'en utilisant ces ressources personnelles qu'il pouvait reconquérir ce sentiment de puissance dont le besoin est sa motivation première.

— Votre conclusion ? demanda Hillier.

— Nous avons affaire à une personnalité inadaptée. Soit il est dominé par d'autres, soit il se représente comme étant dominé par d'autres. Il ne voit absolument pas comment se dépêtrer des situations où il se sent moins fort que les personnes qui l'entourent et, en particulier, il ne voit absolument pas comment se dépêtrer de la situation dans laquelle il se trouve actuellement.

— Vous parlez des meurtres ? fit Hillier.

— Oh, non. Il se sent parfaitement capable de mener la police par le bout du nez en ce qui concerne les meurtres. Mais dans sa vie personnelle, il est prisonnier de quelque chose. Et de telle manière qu'il ne perçoit aucune issue. Il peut s'agir de son travail, d'un mariage qui bat de l'aile, d'une relation parentale qui lui impose plus de responsabilités qu'il ne se sent capable d'en supporter, d'une relation parentale où il est depuis longtemps la tête de Turc, d'un échec financier qu'il cache à une épouse ou à quelqu'un qui partage sa vie. Ce genre de chose.

— Mais vous dites qu'il sait qu'on se rapproche, insista Hillier. On lui a parlé ? On a été en contact avec lui ?

Robson hocha la tête.

— Tous ces cas de figure sont possibles. Quant au dernier corps, commissaire...

La suite s'adressa au seul Lynley :

— Tout, dans ce corps, indique que vous êtes plus près du tueur que vous ne le croyez.

18

Barbara regarda Barry Minshall, alias Mr Magic, boucler son stand dans l'allée. Il prit son temps, chacun de ses gestes visant à exprimer à quel point la flicaille lui compliquait la vie. Il décrocha sa gamme de gadgets érotiques, qui tous furent placés avec une infinie délicatesse dans les cartons pliables qu'il gardait entassés dans un espace aménagé au-dessus du stand à cette fin expresse. Les farces et attrapes furent rangées de façon similaire, de même qu'une partie des accessoires de prestidigitation. Chaque objet possédait son lieu de rangement propre, et Minshall veilla à ce qu'il s'y retrouve dans une position précise et connue de lui seul. Barbara attendit tranquillement que ça se passe. Elle avait tout le temps dont Minshall s'escrimait à montrer qu'il lui manquait. Et pour le cas où il profiterait de ce délai pour concocter une petite histoire sur Davey Benton et les menottes fluo, elle-même en profita pour recenser les caractéristiques de l'allée qui pourraient lui être utiles lors de son prochain échange avec Mr Magic. Car échange il y aurait, elle n'en doutait pas. Ce zozo-là n'avait pas l'air d'être du genre à rester les bras croisés pendant qu'elle explorerait sa camionnette. Les ennuis qui lui pendaient au nez étaient beaucoup trop graves.

Pendant les minutes qu'il mit à fermer boutique, elle repéra donc tout ce qui pourrait l'aider quand le moment serait venu de mettre les poucettes au magicien : les caméras de vidéosurveillance montées à l'entrée de l'allée près d'un traiteur chinois, et le vendeur de sels de bain qui, à cinq mètres de là, observait Minshall avec un intérêt non dissimulé tout en dévorant un samoussa dont la graisse dégoulinait sur sa main et jusque dans sa manche de chemise. Ce mec, pour Barbara, avait l'air d'avoir une histoire à raconter.

Ce qu'il fit, en un sens, lorsqu'ils passèrent devant lui quelques minutes plus tard en quittant l'allée.

— Tu t'es trouvé une copine, Bar ? lança-t-il. Ça alors, c'est une première, hein ? Moi qui te croyais branché garçons !

— Va te faire foutre, Miller, répondit Minshall d'un ton affable en passant sans s'arrêter devant l'échoppe.

— Un instant, fit Barbara.

Elle fit halte, montra sa carte de police au vendeur de sels.

— Vous croyez que vous pourriez reconnaître sur photo certains garçons qui auraient traîné autour du stand ces derniers mois ?

Miller devint soudainement prudent.

— Des garçons ? Quel genre ?

— Le genre à se retrouver clamsés un peu partout dans Londres.

— Je veux pas d'embrouilles, moi, dit-il en jetant un coup d'œil à Minshall. Je ne savais pas que vous étiez flic quand j'ai dit...

— Qu'est-ce que ça change ?

— J'ai rien vu.

Il se retourna vers ses produits, fit mine de s'affairer.

— C'est sombre, ici. Je serais pas fichu de distinguer un gosse d'un autre.

— Bien sûr que si, John, dit Minshall. Vu le temps que tu passes à les mater. Constable, vous souhaitiez voir ma camionnette ?

Il se remit en marche.

Barbara enregistra le nom du vendeur. Elle savait que la pique qu'il venait de lancer contre Barry Minshall pouvait ne rien vouloir dire, tout comme la riposte de Minshall : rien d'autre que l'animosité naturelle que certains mâles éprouvent parfois les uns envers les autres. À moins qu'elle ne fût le résultat d'une réaction d'écolier de Miller à l'apparence étrange de Minshall. Cela dit, dans un cas comme dans l'autre, le terrain méritait d'être exploré.

Barry Minshall la mena vers l'entrée principale du marché. Ils débouchèrent dans Chalk Farm Road au moment où une rame grondait sur les rails du métro aérien. Dans la lumière déclinante de la fin d'après-midi, le halo des réverbères miroitait sur le bitume détrempé, et les effluves de diesel d'un camion de passage imprégnaient l'air d'un bouquet lourd qui était la quintessence même de Londres l'hiver sous la pluie.

En raison du froid et de l'humidité, la population habituelle de Goths tout de noir vêtus et de retraités se demandant où diable était passé leur quartier avait déserté les trottoirs. À leur place, les banlieusards se dépêchaient de rentrer chez eux après le boulot et les commerçants commençaient à remballer leurs étals. Barbara constata que Barry Minshall attirait les regards de tous ces gens. Même dans un secteur de la capitale connu pour l'excentricité généralisée de sa population, le magicien faisait tache, que ce fût à cause de ses lunettes noires, de son manteau long et de son bonnet de laine, ou de l'émanation maléfique qui le nimbait comme une aura. Barbara avait sa petite idée là-dessus. Débarrassé de la patine de pureté que suggérait l'innocence de ses tours de magie, Barry Minshall n'était pas beau à voir.

— Dites-moi, Mr Minshall. Dans quel genre de lieu avez-vous l'habitude d'exercer vos talents ? Pour la magie, je veux dire. Je ne vous vois pas vous produisant uniquement pour amuser les gamins qui viennent traîner devant votre stand. Je suppose que vos doigts finiraient par se rouiller si ça s'arrêtait là.

Minshall lui décocha un coup d'œil oblique. Barbara sentit qu'il soupesait non seulement la question qu'elle venait de poser, mais aussi les diverses réactions qu'il pourrait susciter par sa réponse.

Elle lui tendit quelques perches.

— Dans des cocktails, par exemple ? Des cercles de dames ? Des entreprises ?

Il resta muet.

— Des anniversaires ? J'imagine que vous y faites un tabac. Dans des écoles pour la remise des prix ? Des fêtes religieuses ? Chez les scouts ? Les guides ?

Il marchait toujours.

— Et au sud du fleuve, Mr Minshall ? Ça vous arrive de faire des spectacles là-bas ? Du côté d'Elephant & Castle, par exemple ? Dans des organisations pour jeunes ?

Il ne lâcha rien. Il n'avait peut-être pas l'intention de faire intervenir son avocat pour la fouille de sa camionnette, mais il était visiblement décidé à ne pas dire un mot qui puisse aggraver son cas. Il n'était donc qu'à moitié idiot. Aucun problème. Cette moitié-là suffirait probablement à Barbara.

La camionnette était garée à contresens le long de Jamestown Road, avec un pneu sur le trottoir. Minshall avait eu la bonne idée de la laisser sous un réverbère et une flaque de lumière jaune tombait directement dessus, renforcée par l'éclairage de façade d'une maison située à quelques mètres. Tout cela, combiné à ce qui restait de lumière du jour, rendait superflu l'usage d'une lampe de poche.

— Voyons ça, dit Barbara en indiquant du menton l'arrière de la camionnette. Vous me faites les honneurs, ou je m'y colle ?

Elle farfouilla dans son sac tout en parlant et en ressortit une paire de gants en latex. Ceci eut apparemment pour effet de lui délier la langue.

— J'espère que vous prendrez ma coopération pour ce qu'elle est, constable.

— À savoir ?

— Une preuve de mon désir de vous aider. Je n'ai rien fait de mal.

— Mr Minshall, je suis ravie de l'apprendre. Ouvrez, s'il vous plaît.

Minshall extirpa un jeu de clés d'une poche de son ample manteau. Il ouvrit la portière arrière de la camionnette et recula pour laisser Barbara regarder à l'intérieur. Celui-ci contenait des cartons. Des piles de cartons. À lui seul, le magicien semblait maintenir en activité toute la filière cartonnage. Des inscriptions au feutre identifiaient le contenu supposé d'au moins trois douzaines de caisses : « Cartes & Pièces » ; « Gobelets, Dés, Mouchoirs, Foulards & Cordes » ; « Livres & Magazines » ; « Gadgets Sexy » ; « Farces & Attrapes ». En dessous, Barbara vit que le plancher de la camionnette était recouvert d'un tapis. Ce tapis était effrangé, et une curieuse tache sombre dont les ramifications rappelaient les bois d'un cerf dépassait sous la caisse de cartes et pièces, ce qui suggérait non seulement la présence éventuelle d'autres taches, mais aussi – peut-être – une tentative pour les dissimuler.

Barbara fit un pas en arrière. Elle referma les battants de la portière.

— Satisfaite ? lui demanda Minshall sur le ton – cruelle – d'un homme soulagé.

— Pas tout à fait. Jetons un coup d'œil à l'avant.

Il parut sur le point de protester mais se ravisa. Il déverrouilla en bougonnant la portière conducteur et l'ouvrit.

— Pas celle-là, dit Barbara en montrant la portière passager.

L'avant de la camionnette était une poubelle ambulante, et Barbara dut se frayer un chemin entre les emballages alimentaires, les boîtes de soda, les vieux tickets de métro et de parking, et les prospectus du style de ceux qu'on retrouve sous ses essuie-glaces dès qu'on stationne dans une rue passante. C'était, en bref, une vraie caverne d'Ali Baba d'indices. Si Davey Benton – ou n'importe quel autre garçon assassiné – était monté dans cette camionnette, on retrouverait des dizaines de traces susceptibles de le prouver.

Barbara promena une main sous le siège passager, en quête d'autres trésors cachés aux regards. Elle en retira une de ces rondelles en plastique qu'on vous remet lorsque vous laissez un manteau au vestiaire, ainsi qu'un crayon, deux stylos à bille et un coffret vide de cassette vidéo. Elle contourna ensuite le véhicule pour rejoindre le côté conducteur, où Minshall attendait planté près de la portière, espérant peut-être, bien à tort, qu'elle le laisserait filer dans le crépuscule. Elle lui adressa un signe de tête et il la lui ouvrit. Elle passa une main sous le fauteuil.

Ses doigts, là aussi, entrèrent en contact avec divers objets. Elle récupéra une petite lampe-torche – en état de marche – puis une paire de ciseaux émoussés – à peine bons à couper le beurre. Et enfin une photographie en noir et blanc.

Son regard s'arrêta un instant dessus, puis chercha Barry Minshall. Elle retourna la photo et la brandit face à lui en la tenant à hauteur de poitrine.

— Vous avez une histoire à me raconter là-dessus, Bar ? s'enquit-elle d'un ton enjoué. Ou vous me laissez deviner ?

Sa réponse fut immédiate et conforme à ses attentes.

— Je ne sais pas du tout comment ce…

— Gardez votre salive pour plus tard, Barry. Vous en aurez besoin.

Elle lui demanda les clés et sortit son téléphone portable. Elle composa un numéro et attendit que Lynley prenne son appel.

— Tant qu'on n'aura pas retrouvé la camionnette de la vidéo et tant qu'on ne saura pas ce qu'elle fichait à St George's Gardens en pleine nuit, dit Lynley, je ne veux pas que ces images soient diffusées.

Winston Nkata leva la tête des notes qu'il était en train de prendre dans son petit calepin relié de cuir :

— Hillier va péter les…

— C'est un risque qu'on va devoir assumer, coupa Lynley. On en prendrait un plus gros – et même un double – si l'info sortait trop vite. Cela reviendrait soit à montrer notre jeu au tueur, soit, si cette camionnette rouge est passée par là pour une raison valable, à focaliser l'attention du public sur ce type de véhicule alors que celui du tueur pourrait être entièrement différent.

— Il y a quand même ce résidu retrouvé sur les corps. Il prouve bien que c'était une Ford Transit, non ?

— Mais ça ne nous révèle pas sa couleur. Je préférerais donc ne pas aborder ce sujet pour le moment.

Nkata ne paraissait toujours pas convaincu. Il était venu dans le bureau de Lynley pour une ultime mise au point sur ce qui allait être diffusé à *Crimewatch* le soir même – s'étant vu confier cette tâche par l'adjoint au préfet, qui, de toute évidence, avait renoncé à contrôler les moindres rouages de l'enquête, le temps de choisir ce qu'il porterait pour passer à l'antenne –, et il regardait ses maigres notes en se demandant très vraisemblablement comment il allait pouvoir annoncer cette décision à leur supérieur commun sans s'attirer ses foudres.

Lynley songea qu'il n'avait pas à s'en soucier. Ils avaient fourni à Hillier toutes sortes de faits à exploiter dans le cadre de l'émission, et il pouvait faire confiance au besoin qu'éprouvait celui-ci de paraître ethniquement correct pour l'empêcher de se défouler de ses frustrations sur Nkata.

— Je ferai le paratonnerre, Winnie, le rassura-t-il.

Et il ajouta, afin de donner au sergent un surcroît de munitions :

— En attendant de voir ce que Barbara aura à nous dire sur cette camionnette d'où elle a vu sortir le magicien, on garde tout ça pour nous. Vous n'avez qu'à mettre le paquet sur le portrait-robot de l'inconnu du Square Four et la reconstitution de l'enlèvement de Kimmo Thorne. Ça pourrait donner des résultats.

Un coup sec fut frappé à la porte, et l'inspecteur Stewart passa la tête dans l'embrasure.

— Je peux vous dire un mot, Tommy ?

Il salua Nkata d'un coup de menton et ajouta :

— Ça y est, vous avez la gueule poudrée pour les caméras ? Il paraît que le courrier de vos fans double de volume tous les jours.

Nkata accueillit la plaisanterie d'un air blasé.

— Je vous ferai suivre tout ça, mec. Vu que votre femme a jeté l'éponge, vous devez avoir besoin d'un rencard, pas vrai ? J'ai reçu une lettre vraiment craquante d'une nana de Leeds, tiens. Cent quarante kilos, à ce qu'il paraît, mais ce genre de morceau ne doit pas vous faire peur.

— Allez vous faire foutre, dit Stewart sans sourire.

— Je vous renvoie le compliment.

Nkata se leva et quitta la pièce. Stewart prit sa place sur un des deux fauteuils qui faisaient face au bureau de Lynley. Il se tapota la cuisse du bout des doigts, en rythme, comme chaque fois qu'il n'avait rien à tripoter dans les mains. Stewart, Lynley l'avait appris depuis longtemps, savait cogner mais pas encaisser.

— C'était un poil en dessous de la ceinture, fit Stewart.

— On est tous en train de perdre notre sens de l'humour, John.

— Je n'aime pas que ma vie privée...

— Personne n'aime ça. Vous avez quelque chose pour moi ?

Stewart réfléchit avant de répondre ; il pinça le pli de son pantalon, chassa une poussière de son genou.

— Deux infos. D'abord l'identification du corps de Quaker Street, grâce à la liste d'absents de Colossus fournie par Ulrike Ellis. Il s'appelait Dennis Butcher. Quatorze ans. De Bromley.

— Il figurait sur la liste des personnes disparues ?

Stewart secoua la tête.

— Ses parents sont divorcés. Le père croyait qu'il était chez la mère et son nouveau copain. La mère le croyait chez père, la copine du père, ses deux gosses à elle et leur bébé à tous les deux. Bref, il n'a jamais été porté disparu. En tout cas c'est ce qu'ils nous racontent.

— Alors qu'en vérité ce serait plutôt...

— Bon débarras, d'un côté comme de l'autre. Il a fallu qu'on se donne un mal de chien pour obtenir que quelqu'un vienne nous aider à identifier le corps, Tommy.

Lynley se détourna de Stewart et regarda par la fenêtre, derrière laquelle commençaient à pétiller les lumières de la nuit londonienne.

— Si seulement quelqu'un pouvait m'expliquer l'espèce humaine... Quatorze ans. Pourquoi s'est-il retrouvé chez Colossus ?

— Une agression au cran d'arrêt. Il est d'abord passé par le juge des mineurs.

— Encore une âme en mal de purification. Il rentre dans le moule.

Lynley se retourna vers l'inspecteur.

— Et l'autre info ?

— On a fini par retrouver le Boots où Kimmo Thorne achetait son maquillage.

— Ah bon ? Où est-ce ? À Southwark ?

Stewart secoua la tête.

— On s'est farci toutes les bandes vidéo de tous les Boots proches de son domicile, puis autour de Colossus. On n'a rien trouvé. Alors on a relu le dossier et on a vu qu'il avait l'habitude de traîner du côté de Leicester Square. À partir de là, ça n'a pas été long. On a défini un rayon de cinq cents mètres autour de la place et on a repéré un Boots sur James Street. Et c'est là qu'on l'a logé, en train d'acheter sa peinture en compagnie d'un zozo déguisé en Faucheuse à la mode gothique.

— Ce devait être Charlie Burov, dit Lynley. Plus connu sous le nom de Blinker. Un copain de Kimmo.

— En tout cas, c'était bien lui. Ils faisaient la paire, tous les deux. Difficile à louper. La caissière était de sexe féminin, soit dit en passant, et il y avait la queue. Quatre personnes qui attendaient leur tour.

— L'une d'elles pourrait-elle correspondre à notre portrait-robot ?

— Je n'irais pas jusque-là. Mais ce sont des images de vidéosurveillance, Tommy. Vous savez à quoi ça ressemble.

— Et par rapport à la description du profileur ?

— Quoi ? Elle est tellement vague qu'elle s'applique aux trois quarts de la population masculine de Londres de moins de quarante ans. Ce qu'on est en train de faire, à mon avis, c'est relier un maximum de points entre eux. Quand on aura assez de traits, on trouvera peut-être ce qu'on cherche.

Il y avait du bon dans cette façon de procéder : arpenter le terrain sans relâche, en ne laissant aucune pierre à sa place. Car c'était souvent celle dont on espérait le moins qui, une fois soulevée, révélait une information capitale.

— On va montrer cette bande à Havers, dit Lynley.

— Havers ? Pourquoi ?

— Jusqu'ici, elle est la seule à avoir vu toutes les personnes qui nous intéressent chez Colossus.

— Alors comme ça vous marchez dans sa théorie ?

Stewart avait parlé sur un ton détaché – et sa question n'était pas illogique – mais il y avait quelque chose dans sa voix, et aussi dans l'attention qu'il semblait tout à coup accorder à un fil échappé de la couture de son pantalon, qui aiguisa le regard de Lynley.

— Je marche dans toutes les théories. Ça vous pose un problème ?

— Pas de problème, non.

— Alors… ?

L'inspecteur se tortilla nerveusement sur son fauteuil. Il parut chercher la réponse la plus adaptée, finit par se jeter à l'eau :

— Il y a des rumeurs de favoritisme qui circulent, Tommy. Dans le reste de l'équipe. Et aussi la question de...

Le voyant hésiter, Lynley crut un instant que Stewart allait sombrer dans le ridicule en déclarant qu'on lui prêtait des sentiments pour Barbara Havers.

— C'est votre façon de la défendre qui est mal interprétée.

— Par tout le monde ? Ou simplement par vous ?

Lynley n'attendit pas la réponse, sachant à quel point l'antipathie de l'inspecteur Stewart pour Havers était profonde. Il reprit d'un ton léger :

— Il se trouve, John, que je suis un vrai boulimique du châtiment. J'ai péché, et Barbara est mon purgatoire. Si je réussis à faire d'elle une enquêtrice adaptée au travail d'équipe, je serai sauvé.

Stewart sourit – presque malgré lui, semblait-il.

— Elle serait plutôt bonne si elle ne nous cassait pas autant les pieds. Je veux bien vous concéder ça. Et Dieu sait si elle est tenace.

— Disons que ses bons côtés l'emportent sur les mauvais.

— Un goût de chiotte en matière de fringues, souligna Stewart. À croire qu'elle s'habille chez Oxfam.

— Je suis certain qu'elle vous répondrait qu'il y a pire.

Le téléphone posé sur le bureau de Lynley sonna à cet instant et, pendant qu'il décrochait, Stewart se leva pour prendre congé. Quand on parle du loup... La voix de Havers annonça sans préambule :

— La camionnette de Minshall. Un vrai fantasme pour les gars de la scientifique, monsieur.

Lynley gratifia Stewart d'un petit signe de tête au moment où celui-ci quittait le bureau puis reporta toute son attention sur le téléphone.

— Vous avez quelque chose ? demanda-t-il à Havers.

— Un trésor. Il y a tellement de foutoir dans cette bagnole qu'il va falloir un mois pour tout trier. Mais j'ai trouvé un truc en particulier qui va vous plonger dans l'extase. Sous le siège du chauffeur.

— Qu'est-ce que c'est ?

— Une photo pédophile, monsieur. Un môme à poil avec deux types : prenant d'un côté, donnant de l'autre. Je vous laisse imaginer le tableau. Je dirais qu'il nous faut un mandat pour fouiller chez lui et un autre pour son bahut. Envoyez-moi une équipe de techniciens pour le passer au peigne fin.

— Où est-il en ce moment ? Où êtes-vous ?

— Toujours à Camden Town.

— Emmenez-le au commissariat de Holmes Street. Mettez-le dans une salle d'interrogatoire et prenez son adresse. Je vous retrouve devant chez lui.

— Et les mandats ?

— Ce ne sera pas un problème.

La réunion durait depuis trop longtemps, Ulrike Ellis le ressentait dans sa chair. Ses extrémités fourmillaient, les terminaisons nerveuses de ses membres étaient irradiées de petites impulsions bourdonnantes. Elle fit de son mieux pour rester calme et professionnelle, pour continuer à incarner le leadership, l'intelligence, la vision et la sagesse. Mais plus les délibérations du conseil se prolongeaient, plus elle rêvait de quitter la pièce.

C'était l'aspect de son travail qu'elle détestait par-dessus tout : être obligée de supporter les sept bienfaiteurs qui composaient le conseil d'administration et s'absolvaient de toute la mauvaise conscience qu'aurait dû leur inspirer leur richesse obscène en signant de-ci de-là un chèque à l'organisation charitable de leur choix – en l'occurrence, Colossus – et en harcelant leurs amis tout aussi friqués pour les pousser à faire de même. Du coup, ils avaient tendance à prendre leurs responsabilités un peu trop au sérieux, au goût d'Ulrike. Et leurs réunions mensuelles à l'Oxo Tower s'étiraient sur des heures interminables, consacrées à rendre compte du moindre penny dépensé et à échafauder de fastidieux projets d'avenir.

Aujourd'hui, c'était encore pire que d'habitude : ils oscillaient tous au bord du gouffre sans le savoir, et elle s'efforçait de leur dissimuler cette réalité. Car leurs chances d'atteindre leur objectif à long terme – lever des fonds suffisants pour ouvrir une branche de Colossus dans le nord de Londres – seraient réduites à néant si le moindre scandale venait à éclabousser l'organisation. Alors qu'on avait désespérément besoin de Colossus sur l'autre rive du fleuve. Kilburn, Cricklewood, Shepherd's Bush, Kensal Rise. Des jeunes totalement marginalisés vivaient là-bas au contact continuel de la drogue, des fusillades, des rackets et des braquages. Colossus était capable de leur offrir un autre mode de vie que celui qui les condamnait à la toxicodépendance, aux maladies sexuellement transmissibles, à l'incarcération ou tout simplement à une mort précoce, et ces jeunes-là méritaient qu'on leur laisse une chance d'expérimenter ce que Colossus avait à leur proposer.

Mais pour que cela devienne possible, il fallait absolument qu'il n'existe aucun lien entre l'organisation et ce tueur. Et il n'en existait aucun, hormis la triste coïncidence qui avait voulu que cinq garçons à problèmes meurent au moment où ils cessaient de fréquenter les cours et autres activités d'Elephant & Castle. Ulrike s'en était persuadée, car c'était la seule façon pour elle de pouvoir continuer à vivre en paix avec elle-même.

Elle afficha donc une coopération de façade tout au long de la réunion. Elle hocha la tête, prit des notes, murmura des formules du type « Excellente idée » et « Je vais régler ça tout de suite ». Ces expédients lui permirent de se tirer indemne de cette énième rencontre avec les administrateurs, dont l'un finit par avoir l'idée bénie de proposer que la séance soit levée.

Venue à vélo à l'Oxo Tower, elle se hâta de descendre le récupérer. Elephant & Castle n'était pas loin, mais l'étroitesse des rues et la pénombre grandissante rendaient le trajet délicat. L'affichette du marchand de journaux aurait donc logiquement dû échapper à son attention pendant qu'elle descendait Waterloo Road, mais l'expression « Sixième Meurtre ! » lui sauta à la figure. Elle pila net et escalada le trottoir avec sa bicyclette.

Le cœur bloqué, elle entra dans le bureau de tabac et rafla un exemplaire de l'*Evening Standard*. Tout en lisant la une, elle piocha dans son porte-monnaie quelques pièces qu'elle tendit vers la caisse.

Mon Dieu, mon Dieu. Elle n'arrivait pas à y croire. Un cadavre de plus. À Queen's Wood, dans le nord de Londres cette fois. Découvert dans la matinée. Il n'avait pas encore été identifié – du moins la police n'avait-elle donné aucun nom – et il restait donc un espoir que ce ne soit qu'une coïncidence, un meurtre sans lien avec les cinq autres… Sauf qu'Ulrike ne pouvait pas tout à fait y croire. L'âge était similaire : le journaliste désignait la victime comme un « jeune adolescent » et savait visiblement qu'il n'était pas mort de mort naturelle ni même accidentelle puisque le mot « meurtre » était utilisé. Mais quand bien même, n'était-il pas possible que… ?

Il fallait que ce meurtre n'ait rien à voir avec Colossus. Il le fallait absolument. Et s'il n'avait rien à voir, il fallait qu'elle-même soit clairement perçue comme quelqu'un qui coopérait avec la police par tous les moyens possibles. Il n'y avait aucune solution intermédiaire. Elle pouvait temporiser ou carrément dissimuler des informations, mais cela ne ferait que retarder l'inéluctable s'il s'avérait qu'elle avait accidentellement recruté un tueur au sein de son personnel et refusé ensuite de faire en sorte de le démasquer. Si c'était le cas, elle était cuite. Et Colossus aussi, vraisemblablement.

De retour à Elephant & Castle, elle se retrancha directement dans son bureau. Elle ouvrit le tiroir supérieur et en sortit la carte de visite remise par le policier de Scotland Yard. Elle composa nerveusement le numéro mais s'entendit répondre qu'il était en réunion et ne pouvait pas être dérangé. Peut-être désirait-elle laisser un message, à moins que quelqu'un d'autre puisse l'aider… ?

Oui, répondit-elle au constable qui avait pris son appel. Elle se présenta, cita Colossus. Elle avait besoin des dates auxquelles chacun des six corps avait été découvert. Il s'agissait de faire le lien entre les victimes, les activités de Colossus et les moniteurs en charge de ces activités. Elle tenait à fournir au commissaire Lynley un compte rendu plus détaillé que celui qu'elle lui avait déjà donné, et les dates en question étaient essentielles pour lui permettre de s'acquitter de cette obligation qu'elle s'était imposée.

Le constable la fit patienter plusieurs minutes, sûrement le temps d'aller consulter un supérieur habilité à approuver sa requête. Puis il revint en ligne avec les dates. Ulrike les nota, les vérifia en les confrontant aux noms des victimes, et raccrocha. Elle étudia ensuite sa liste d'un air pensif en s'efforçant de se mettre dans la peau de quelqu'un qui aurait eu le désir de discréditer, de détruire Colossus.

Car s'il y avait un rapport entre Colossus et les morts, hormis celui qui sautait aux yeux, l'objectif du tueur ne pouvait être que de réduire l'organisation à néant. Donc, peut-être y avait-il dans ces locaux quelqu'un qui haïssait les enfants de ce type sous toutes leurs formes. Peut-être y avait-il ici quelqu'un qui s'était senti frustré dans son désir d'avancer, de modifier certains rouages du programme, d'augmenter le nombre de stagiaires... Peut-être y avait-il ici quelqu'un qui voulait lui prendre sa place et qui n'avait pas trouvé de meilleur moyen pour y parvenir. Peut-être y avait-il ici quelqu'un qui était totalement maboul et qui faisait juste semblant d'être normal. Ou peut-être...

— Ulrike ?

Elle leva les yeux de sa liste. Elle avait sorti un calendrier de son tiroir afin de comparer les dates aux activités programmées de Colossus et aux lieux où ces activités s'étaient déroulées. Neil Greenham avait passé sa drôle de tête arrondie dans l'entrebâillement de la porte et l'observait d'un air déférent.

— Oui, Neil ? Je peux t'aider ?

Il se mit à rougir, et son visage joufflu se couvrit d'une vilaine teinte qui en grimpant jusqu'à son cuir chevelu souligna la pauvreté de son implantation capillaire. Qu'est-ce qu'il lui voulait encore ?

— Je tenais à vous prévenir qu'il faudra que je parte plus tôt demain. Maman va chez le docteur pour sa hanche, et il n'y a que moi qui puisse l'emmener.

Ulrike fronça les sourcils.

— Elle ne peut pas y aller en taxi ?

L'expression de Neil perdit une bonne part de sa déférence.

— Non, elle ne peut pas. C'est trop cher. Et je ne la laisserai pas prendre le bus. J'ai déjà dit aux gamins de venir deux heures plus tôt. Si ça vous va, ajouta-t-il, bien que n'ayant pas du tout l'air d'être prêt à modifier ses plans s'ils ne convenaient pas à sa directrice.

Ulrike réfléchit. Neil manœuvrait pour décrocher un poste administratif depuis qu'il travaillait pour eux. Il devait d'abord faire ses preuves, mais ça, il n'en avait pas envie. Les gens comme lui n'en avaient jamais envie. Il avait besoin d'être remis à sa place.

— Très bien, Neil. Mais à l'avenir, s'il te plaît, consulte-moi avant de modifier ton programme, d'accord ?

Elle baissa de nouveau les yeux sur sa liste, lui signifiant son congé. Il ne capta pas le message ou choisit de l'ignorer.

— Ulrike.

Elle releva la tête.

— Quoi encore ?

Elle sentit qu'elle s'était exprimée sur un ton impatient. Elle s'efforça d'en tempérer l'effet avec un sourire et un petit geste en direction de la paperasse qui l'attendait.

Neil considéra celle-ci avec solennité puis chercha le regard d'Ulrike.

— Excusez-moi, dit-il. Je pensais que vous aimeriez être prévenue pour Dennis Butcher.

— Qui ça ?

— Dennis Butcher. Il suivait le stage « Apprendre pour Réussir » quand il a disp... quand il a cessé de venir. Jack Veness m'a dit que les flics étaient passés pendant que vous étiez au conseil. Ce corps retrouvé sur Quaker Street... c'était Dennis.

— Seigneur...

Ce fut tout ce qu'Ulrike parvint à répondre.

— Et ils en ont retrouvé encore un de plus aujourd'hui. Du coup, je me demandais…

— Quoi ? Tu te demandais quoi ?

— Si vous aviez envisagé…

Ses pauses étaient exaspérantes.

— Quoi ? Quoi ? Quoi ? Je suis débordée, alors si tu as quelque chose à dire, Neil, dis-le.

— Oui. Bien sûr. Je me disais qu'il serait peut-être temps de réunir les gosses pour les mettre en garde, non ? Si les victimes sont choisies chez nous, il me semble que notre seul recours…

— Rien ne prouve que les victimes soient choisies chez nous, coupa Ulrike, bien qu'ayant elle-même envisagé cette hypothèse quelques secondes avant que Neil Greenham soit venu la déranger. Ces enfants vivent sur le fil du rasoir. Ils consomment et ils revendent de la drogue, ils sont impliqués dans des bagarres, des vols, des attaques à main armée et des histoires de prostitution. Ils fraient tous les jours avec des gens de la pire espèce, alors s'ils finissent sur le carreau, c'est à cause de ça et sûrement pas à cause du temps qu'ils ont passé chez nous.

Il la dévisagea bizarrement. Il laissa planer entre eux un silence pendant lequel Ulrike entendit la voix de Griff, venue du bureau que se partageaient les moniteurs du stage d'évaluation. Il fallait qu'elle se débarrasse de Neil. Il fallait qu'elle étudie cette liste et prenne des décisions.

— Si c'est ce que vous pensez… finit-il par lâcher.

— C'est ce que je pense, mentit-elle. Donc, s'il n'y a rien d'autre… ?

De nouveau ce silence, ce regard. Spéculatif. Allusif. Se demandant comment tirer parti de l'entêtement d'Ulrike.

— Bon, dit-il, je crois que c'est tout. Je vous laisse.

Il la dévisageait toujours. Elle l'aurait giflé.

— Bon courage pour demain, lâcha-t-elle d'un ton neutre. Chez le médecin.

— Oui. Il faut ce qu'il faut.

Sur ce, il la quitta. Dès qu'il fut parti, elle appuya le front contre ses doigts joints. Mon Dieu. Mon Dieu. Dennis Butcher, pensa-t-elle. Et de cinq. Et dire que jusqu'à Kimmo Thorne, elle n'avait strictement rien vu de ce qui se passait sous son nez. Parce que son nez n'était capable de sentir qu'une seule odeur, celle de l'après-rasage de Griff Strong.

Et justement, le voilà qui arrivait à son tour. Pas comme Neil qui était resté planté sur le seuil, mais marchant droit sur elle.

— Ulrike, tu es au courant ? Pour Dennis Butcher ?

Elle fronça les sourcils. Était-ce bien du contentement qu'elle sentait dans sa voix ?

— Neil vient de me prévenir.

Griff s'assit sur la seule chaise vacante. Il portait ce pull marin ivoire qui soulignait ses cheveux noirs et le bleu du jean à l'intérieur duquel étaient moulées ses cuisses dignes de Michel-Ange. Typique.

— Tant mieux, dit-il. Du coup ça ne peut pas être ce qu'on pensait, pas vrai ?

On ? Ce qu'on pensait ?

— Quoi ?

— Comment ?

— Qu'est-ce qu'on pensait ?

— Que c'était lié à moi. Que quelqu'un cherchait à m'enfoncer en tuant ces gosses. Ce n'est pas moi qui ai évalué Dennis Butcher, Ulrike. Il était suivi par un autre moniteur. C'est un vrai soulagement. Sentir le souffle chaud des flics sur ma nuque… Je n'y tenais pas et j'imagine que toi non plus.

— Pourquoi ?

— Pourquoi quoi ?

480

— Les flics ? Le souffle chaud ? Serais-tu en train d'insinuer que j'ai quelque chose à voir dans la mort de ces gamins ? Ou que la police pourrait me soupçonner ?

— Bon Dieu non… Je voulais juste dire que… Toi et moi…

Il se fendit alors de ce geste qu'il avait l'habitude de faire pour paraître juvénile, la main dans les cheveux. Ceux-ci s'ébouriffèrent joliment. Il se les faisait sûrement couper de manière à rendre cet effet possible.

— Je ne peux pas imaginer que tu aies envie qu'ils s'intéressent à ce que toi et moi… ajouta-t-il. Il y a des choses qui doivent rester privées. Bref…

Il la gratifia d'un nouveau sourire et se pencha au-dessus du bureau, vers les dates et le calendrier.

— Qu'est-ce que tu prépares ? Comment s'est passée la réunion du conseil, au fait ?

— Tu ferais mieux de me laisser.

Il parut déconcerté.

— Pourquoi ?

— Parce que j'ai du travail. Ta journée est peut-être finie, mais pas la mienne.

— Qu'est-ce qui ne va pas ?

Encore la main dans les cheveux. Il fut un temps où elle avait trouvé ça craquant. Il fut un temps où elle y avait vu une invitation à lui toucher elle aussi les cheveux. Elle avait tendu la main et ce geste l'avait littéralement fait mouiller : ses doigts timides dans les glorieuses bouclettes de Griff, prélude au baiser et à la pression affamée de leurs corps.

— Cinq de nos stagiaires sont morts, Griff. Peut-être six, puisqu'un autre cadavre a été retrouvé ce matin. Voilà ce qui ne va pas.

— Mais il n'y a pas de rapport.

— Comment peux-tu dire ça ? Cinq morts, et leur seul point commun, à part leurs ennuis avec la justice, c'est qu'ils étaient tous inscrits ici.

— Oui, oui. Je sais. Je parlais de Dennis Butcher. Il n'y a pas de rapport. Il ne faisait pas partie de mes gosses. Je ne le connaissais même pas. Alors, pour toi et moi… personne n'a besoin de savoir.

Elle l'observa. Elle se demanda comment elle avait pu ne pas voir… Qu'y avait-il dans la beauté physique ? Avait-elle le pouvoir de crétiniser ceux qui la contemplaient en plus de les rendre aveugles et sourds ?

— Oui. Bon. Passe une bonne soirée.

Elle reprit son stylo et baissa les yeux sur sa feuille.

Il prononça une nouvelle fois son prénom mais elle ne réagit pas. Elle ne leva pas non plus les yeux lorsqu'il quitta la pièce.

Le message resta cependant gravé en elle après son départ. Les meurtres n'avaient aucun rapport avec lui. Elle médita un moment là-dessus. Se pouvait-il qu'ils n'en aient pas davantage avec Colossus ? Et si tel était le cas, n'était-il pas vrai qu'en cherchant à démasquer un tueur au sein même de l'organisation, Ulrike risquait de braquer un projecteur sur eux tous et d'inciter la police à creuser plus profondément dans le curriculum et les faits et gestes de tout son personnel ? Ne risquait-elle pas, ce faisant, de pousser les enquêteurs à négliger ce qui aurait pu les mener au vrai tueur, lequel en profiterait pour continuer à tuer chaque fois que l'envie lui en prendrait ?

La vérité était qu'il devait y avoir un autre rapport entre ces garçons et que ce rapport était forcément extérieur à Colossus. Les policiers n'avaient pas réussi à le déceler jusqu'ici mais ils finiraient par y arriver. Ils y arriveraient sûrement. À condition qu'elle les tienne à distance et qu'ils aillent fureter ailleurs qu'à Elephant & Castle.

Il n'y avait pas âme qui vive sur le trottoir lorsque Lynley engagea sa Bentley sur Lady Margaret Road, dans Kentish Town. Il prit la première place libre, devant l'église catholique bâtie au coin de la rue, et remonta le trottoir à pied en cherchant Havers. Il la trouva en train de fumer devant l'adresse de Barry Minshall.

— Il a réclamé un avocat dès qu'on a mis les pieds au poste, dit-elle en lui tendant une photographie emballée dans un sachet de plastique.

Lynley regarda la photo. Elle correspondait en tout point à la description imagée qu'en avait faite Havers au téléphone. Sodomie et fellation. Le garçon paraissait avoir une dizaine d'années.

Il se sentit pris de nausée. Cet enfant aurait pu être n'importe qui, n'importe où, n'importe quand, et les hommes qui prenaient leur plaisir à ses dépens étaient totalement impossibles à identifier. C'était bien le but, d'ailleurs. Assouvir leurs appétits était la seule chose qui comptait pour ces monstres. Il n'existait pour eux que des chasseurs et des proies. Il rendit le cliché à Havers et attendit que son estomac se soit calmé pour s'intéresser au bâtiment.

Le 16, Lady Margaret Road était une sinistre bicoque de brique et de ciment sur trois niveaux plus un sous-sol, dont chaque centimètre carré de maçonnerie et de bois aurait mérité d'être repeint. Aucune plaque de numérotation n'était visible, que ce fût au-dessus de la porte ou sur les poteaux à section carrée qui bornaient le perron. Un *16* avait simplement été griffonné au marqueur sur un de ces poteaux, accompagné des lettres *A, B, C* et *D* et de flèches correspondantes, orientées vers le haut ou vers le bas selon que l'appartement se trouvait au sous-sol ou dans la maison proprement dite. Le grand platane londonien qui poussait sur le trottoir avait tapissé le jardinet d'une litière de feuilles mortes en décomposition épaisse comme un matelas. Ces feuilles recouvraient tout : du muret de brique vacillant à l'étroite allée menant aux marches, ainsi que les marches elles-mêmes, au nombre de cinq, qui s'élevaient vers une porte d'entrée peinte en bleu. Deux panneaux vitrés translucides barraient verticalement la moitié supérieure de celle-ci, dont l'un vilainement fendillé qui ne demandait qu'à voler en éclats une bonne fois pour toutes. Il n'y avait pas de poignée, juste une serrure autour de laquelle le bois était décoloré par la pression de milliers de mains.

Minshall occupait l'appartement A, au sous-sol. On y accédait par un escalier extérieur, puis en longeant le côté de la maison, et enfin en empruntant un étroit passage où l'eau de pluie se déposait en flaques et où la moisissure rongeait le pied du bâtiment. Juste à côté de la porte, une cage contenait des oiseaux. Des colombes. Elles roucoulèrent doucement en voyant arriver des humains.

Lynley avait les mandats, Havers avait les clés. Elle les tendit à son chef et s'effaça pour lui laisser l'honneur. Ils s'avancèrent dans une obscurité totale.

Ils durent pour trouver de la lumière tâtonner à travers ce qui de prime abord ressemblait à une salle de séjour retournée de fond en comble par un cambrioleur. Mais quand Havers eut annoncé « J'en ai une, monsieur » et allumé une lampe de bureau de faible puissance, Lynley se rendit compte que l'état des lieux n'était dû qu'à l'absence de ménage.

— Ça sent quoi, à votre avis ? demanda Havers.

— Le mâle crasseux, la plomberie défectueuse, le sperme et l'absence de ventilation.

Lynley enfila une paire de gants en latex ; elle l'imita.

— Le gamin est venu ici, dit-il. Je le sens.

— Celui de la photo ?

— Davey Benton. Que dit Minshall ?

— Il la boucle. Je pensais le coincer grâce aux caméras de surveillance du marché, mais les flics de Holmes Street m'ont expliqué qu'elles étaient juste là pour la frime. Pas de bande dedans. Cela étant, il y a là-bas un type, un certain John Miller, qui devrait être capable de reconnaître Davey sur photo. S'il veut bien parler.

— Pourquoi ne parlerait-il pas ?

— Je crois qu'il a un penchant, lui aussi. Pour les petits garçons. J'ai plus ou moins l'impression que s'il donne Minshall, Minshall le donnera. Je te tiens, tu me tiens...

— Formidable, murmura Lynley d'un ton sinistre.

Il se fraya un chemin dans la pièce, trouva une deuxième lampe près d'un canapé défoncé. Il l'alluma et se retourna pour contempler le décor.

— Bingo, dit Havers.

Il aurait difficilement pu la contredire. Un ordinateur, certainement équipé d'une connexion Internet. Un magnétoscope avec dessous des rangées de cassettes. Des magazines pornos, dont certains truffés de photos sadomaso. De la vaisselle sale. Tout un attirail de magicien. Ces divers objets traînaient un peu partout dans la pièce.

— Monsieur ? lança Havers. Ça vous inspire ce que ça m'inspire ? J'ai trouvé ça par terre, sous le bureau.

Elle brandissait des espèces de torchons. Ils étaient durcis par endroits et semblaient avoir été utilisés par quelqu'un qui, assis devant son ordinateur, s'était adonné à une activité n'ayant pas grand-chose à voir avec le séchage d'assiettes ou de verres.

— Sacré numéro, hein ?

Lynley passa dans une alcôve faisant office de chambre, dont le lit était recouvert de draps à peu près dans le même état que les torchons. Cet appartement recelait un véritable trésor d'ADN. Si Minshall s'y était envoyé en l'air avec quelqu'un d'autre que son ordinateur et le creux de sa main, et si ce quelqu'un avait moins de seize ans, il y en aurait suffisamment de traces pour l'envoyer passer quelques décennies à l'ombre.

Par terre, à côté du lit, traînait un énième magazine, amolli par les feuilletages continuels. Lynley le ramassa, le parcourut brièvement. Des photos très crues de femmes nues, aux cuisses écartées. Des invitations du regard, des doigts qui stimulaient, exploraient, caressaient. Du sexe réduit à sa plus vile expression de soulagement. Ce spectacle déprima Lynley jusqu'à la moelle.

— Monsieur, j'ai quelque chose.

Lynley revint au séjour, où Havers, en fouillant le bureau, avait déniché une liasse de polaroïds. Elle la lui tendit.

Il ne s'agissait pas de photos pornographiques. Sur chacune d'elles, un garçon différent posait en tenue de magicien : cape, haut-de-forme, pantalon et chemise noirs. Avec parfois une baguette sous le bras pour un surcroît d'effet. Ils exécutaient ce qui semblait être le même tour, avec des foulards et une colombe. Il y en avait treize au total : des Blancs, des Noirs, des métis. Davey Benton ne figurait pas parmi eux. Il faudrait montrer ces images aux familles des autres victimes.

— Qu'est-ce qu'il vous a dit sur la photo récupérée dans sa camionnette ? interrogea Lynley après avoir fait défiler une deuxième fois les polaroïds.

— Qu'il ne voyait pas du tout comment elle avait pu atterrir là. Que ce n'était pas à lui. Qu'il était innocent comme l'agneau. Qu'il y avait erreur. Et patati et patata.

— Il se peut qu'il dise la vérité.

— Vous rigolez.

Lynley promena sur les lieux un regard circulaire.

— Jusqu'ici, on n'a trouvé aucune image pédophile.

— Jusqu'ici, dit Havers en montrant le magnétoscope et ses cassettes. Vous n'allez pas me dire que c'est du Disney qu'il y a là-dedans, monsieur.

— Je vous l'accorde. Mais dites-moi, pourquoi aurait-il gardé une photo pédophile dans sa camionnette et rien ici, chez lui, où les risques étaient pourtant infiniment moindres ? Et comment se fait-il que tout ce que nous venons de trouver ait tendance à indiquer que ses fantasmes sexuels tournent autour des femmes ?

— Parce qu'il n'a aucune envie de se retrouver au gnouf. Et qu'il est assez malin pour savoir que c'est ce qu'il risque. Pour le reste, laissez-moi dix minutes maximum et je vous dégote tout ce qu'il faut sur cet ordinateur.

Lynley lui donna son feu vert. Il s'engagea dans un couloir au fond du séjour, découvrit une salle de bains malpropre et, au-delà, une cuisine. Le tableau était à peu près le même dans chaque pièce. Les techniciens de la police scientifique allaient devoir se retrousser les manches. Ils retrouveraient sûrement ici, en plus des traces laissées par toutes les personnes qui étaient passées par l'appartement, des empreintes digitales à foison.

Laissant Havers sur l'ordinateur, il quitta l'appartement et revint à l'avant de la maison. Ayant gravi les marches du perron, il appuya sur toutes les sonnettes. Il n'obtint qu'une seule réponse. Venue de l'appartement C, au premier étage, où une voix d'Indienne le pria de monter. Elle ne demandait pas mieux que de renseigner la police du moment qu'il était en possession de sa carte et qu'il voudrait bien la glisser sous sa porte.

Ce geste suffit à lui ouvrir l'accès d'un appartement sur rue. Une femme d'un certain âge en sari le convia à entrer en lui restituant sa carte avec une petite révérence.

— On n'est jamais trop prudent, si vous voulez mon avis, dit-elle. C'est le monde qui veut ça.

Elle se présenta comme Mrs Singh. Elle était veuve, sans enfants, en situation de précarité financière et avec des chances de se remarier plus que réduites.

— Hélas, mes années de fécondité sont derrière moi. Je ne serais plus bonne qu'à m'occuper des enfants des autres. Voulez-vous prendre le thé avec moi, monsieur ?

Lynley déclina l'invitation. L'hiver était long, cette femme était seule, et en d'autres circonstances il aurait pris le temps de lui accorder une agréable demi-heure. Mais il régnait dans cet appartement une température tropicale et, quand bien même, ce qu'il attendait d'elle n'exigeait que quelques minutes de conversation et il ne pouvait guère se permettre de rester plus longtemps. Il lui expliqua qu'il souhaitait se renseigner sur le monsieur du sous-sol. Barry Minshall, pour ne pas le nommer. Le connaissait-elle ?

— Cet homme étrange au bonnet de laine, oh oui. Vous l'avez arrêté ?

— Pourquoi cette question ?

— Les garçons, dit-elle. Toutes ces allées et venues au sous-sol. Jour et nuit. J'ai téléphoné trois fois à la police à ce sujet. Je pense que vous devriez enquêter sur cet homme, voilà ce que je leur disais. Il y a visiblement quelque chose qui ne va pas. Mais j'ai bien peur qu'ils ne m'aient prise pour une commère qui se mêle des affaires des autres.

Lynley lui présenta la photo de Davey Benton fournie par son père.

— Ce garçon en faisait partie ?

Elle l'examina. Elle s'approcha de la fenêtre qui surplombait la rue et son regard alla de la photo au trottoir, comme si elle tentait de se remémorer Davey Benton tel qu'elle avait pu le voir d'ici : traversant le jardinet, puis descendant l'escalier extérieur pour rejoindre le passage menant à l'appartement en sous-sol.

— Oui. Oui. Je le reconnais. Un jour, cet homme est venu l'accueillir là, en bas. Je les ai vus. Le garçon avait une casquette. Mais j'ai vu son visage. Absolument.

— Vous en êtes sûre ?

— Oh, oui. J'en suis certaine. Ce sont les écouteurs, vous comprenez, sur la photo. Il en portait aussi, sûrement un genre de lecteur. Il était tout petit et très mignon, exactement comme sur la photo.

— Il est entré avec Minshall dans l'appartement du sous-sol ?

Ils avaient descendu l'escalier et longé le bâtiment, dit-elle. Elle ne les avait pas vus entrer dans l'appartement, mais on était en droit de supposer... Elle n'avait aucune idée du temps qu'ils avaient pu rester. Elle ne passait pas sa vie à la fenêtre, ajouta-t-elle avec un petit rire d'excuse.

Mais ce qu'elle avait dit suffisait amplement, et Lynley l'en remercia. Il déclina une ultime offre de thé et reprit l'escalier extérieur en direction du sous-sol. Havers l'accueillit à la porte de l'appartement.

— On le tient, annonça-t-elle.

Et elle mena Lynley à l'ordinateur. L'écran affichait une liste de sites visités par Barry Minshall. Il n'y avait pas besoin d'être diplômé en cryptologie pour lire leurs noms et comprendre de quoi il retournait.

— On va faire venir la scientifique, dit Lynley.

— Et pour Minshall ?

— Laissons-le mariner jusqu'à demain matin. Je veux qu'il nous imagine à quatre pattes dans son appartement, suivant la trace visqueuse de son existence.

19

Winston Nkata n'était pas particulièrement pressé de partir au travail ce matin-là. Il savait que ses collègues allaient le chambrer sur son passage à *Crimewatch* et il ne se sentait pas prêt à y faire face tout de suite. Ce qu'il n'était d'ailleurs pas obligé de faire parce que l'émission avait entraîné un possible rebondissement de l'enquête et qu'il allait devoir explorer cette nouvelle piste avant de rejoindre l'autre rive de la Tamise.

Au salon, le menu télévisuel quotidien de sa mère – *BBC Breakfast* – dévidait sur l'écran sa litanie habituelle de nouvelles recyclées, de points trafic et de bulletins météo, avec un flash spécial toutes les demi-heures. L'heure était venue d'informer les téléspectateurs de ce qui ornait la une de tous les quotidiens et tabloïds nationaux. Ce qui permit à Nkata de prendre la température de la presse sur les meurtres en série.

Selon *BBC Breakfast*, les tabloïds du jour mettaient le paquet sur le corps de Queen's Wood, qui avait enfin chassé des gros titres Bram Savidge et ses accusations de racisme institutionnel. Savidge avait cependant toujours droit à un coin de page, et tous les journalistes qui n'étaient pas occupés à déterrer des infos supplémentaires sur le corps retrouvé dans le bois semblaient s'être mobilisés pour interviewer un maximum de gens ayant des reproches à adresser à la police. Navina Cryer, qui partageait la une du *Mirror* avec le cadavre de Queen's Wood, témoignait sur la façon dont on l'avait ignorée lorsqu'elle avait signalé la disparition de Jared Salvatore. Cleopatra Lavery avait réussi à donner à *News of the World* une interview téléphonique depuis la prison de Holloway et ne manquait pas de choses à dire sur la justice criminelle et ce que celle-ci avait fait à « son merveilleux Sean ». Savidge et sa femme africaine avaient été interrogés chez eux par le *Daily Mail*, avec en prime une demi-page de photos de l'épouse jouant d'une sorte d'instrument de musique sous l'œil attendri de son mari. D'après ce qu'il réussit à déduire du blabla des présentateurs, Nkata comprit que le reste de la presse n'y allait pas de main morte non plus avec la Met à la suite de ce nouveau meurtre. Un tueur, et combien de policiers ? Telle était la question rhétorique que posaient les médias avec une ironie méprisante.

C'était la raison pour laquelle *Crimewatch* et la façon dont l'émission présentait les efforts déployés par la Met pour venir à bout de cette enquête revêtaient une telle importance. Et c'était aussi la raison pour laquelle Hillier avait tenté la veille au soir de prendre la place du réalisateur de l'émission.

Il lui fallait un écran divisé en deux, avait-il expliqué aux types de la régie. Le sergent Nkata allait nommer les victimes une par une pendant l'émission, et le voir en gros plan sur une moitié de l'écran tandis que les photos des victimes du tueur en série défileraient sur l'autre moitié aiderait les téléspectateurs à comprendre – grâce à la mine sombre de Nkata – que la Met prenait l'affaire extrêmement au sérieux.

Ce qui, naturellement, était du pipeau absolu. Ce que Hillier cherchait à montrer n'était autre que ce que la Direction des Affaires publiques et lui-même cherchaient à montrer depuis le début de l'enquête : une bonne bouille de nègre, associée à un grade supérieur.

L'adjoint au préfet n'avait pas eu le dernier mot. On ne faisait pas dans la dentelle à *Crimewatch*, lui avait-on répondu. On se contentait d'envoyer des images vidéo quand il y en avait, des portraits-robots, des photographies, des reconstitutions dramatiques et des interviews d'enquêteurs. Les maquilleuses feraient ce qu'il fallait pour que le visage des personnes passant devant la caméra ne brille pas – et les mecs du son pour éviter que le micro agrafé au revers de leur veston ne ressemble à un insecte cherchant à grimper sur le menton des intervenants – mais on n'était pas chez Spielberg. C'était une émission à petit budget, merci bien. Alors, qui allait dire quoi, à qui et dans quel ordre, s'il vous plaît ?

Hillier n'apprécia pas, mais rien n'y fit. Il se débrouilla néanmoins pour que le sergent Nkata soit présenté nommément et en remit une couche en répétant son nom dans le courant de l'émission. Pour le reste, il définit la nature des crimes, donna les dates correspondantes, montra les différents lieux où avaient été retrouvés les corps et glissa quelques confidences sur l'enquête en cours de façon à suggérer que Nkata et lui travaillaient au coude à coude. Avec le portrait-robot du mystérieux rôdeur du gymnase, une reconstitution de l'enlèvement de Kimmo Thorne et l'énumération des noms des victimes par Nkata, cela constitua l'intégralité du menu de l'émission.

L'effort avait porté un fruit. Ce qui, au moins, eut le mérite de justifier l'entreprise dans son ensemble. Ce fruit rendait même presque supportable la perspective de se faire charrier par ses collègues, puisque Nkata comptait bien faire son entrée dans la salle d'opérations, muni d'informations solides, en fin de matinée.

Il acheva son petit déjeuner pendant que la BBC faisait un énième point sur les embouteillages. Il quitta l'appartement salué par un « Sois prudent, trésor » de sa mère et le « Bravo, fiston » paternel, longea la galerie extérieure puis descendit l'escalier tout en boutonnant son manteau pour se protéger du froid. Il traversa Loughborough Estate sans rencontrer personne sauf une mère qui faisait de son mieux pour mener trois enfants dans la direction de l'école primaire. Il atteignit sa voiture et, alors qu'il allait monter dedans, se rendit compte que son pneu avant droit était crevé.

Il soupira. Comme par hasard, le pneu n'était pas juste dégonflé, ce qui aurait pu être imputable à n'importe quoi : d'une petite fuite à un clou ramassé quelque part, puis retombé une fois son forfait accompli. Un mauvais départ de ce genre aurait eu le don de l'irriter, mais sans avoir le cachet d'un coup de canif. Un coup de canif indiquait au propriétaire du véhicule concerné qu'il avait intérêt à surveiller ses arrières, et pas seulement dans l'immédiat, pendant qu'il sortait son cric et sa roue de secours, mais chaque fois qu'il se retrouverait dans le quartier.

Nkata promena autour de lui un regard machinal avant de s'atteler au changement de roue. Évidemment, il n'y avait personne en vue. Le forfait avait été commis de nuit, une fois qu'il était rentré chez lui après *Crimewatch*. Son auteur, quel qu'il soit, n'avait pas eu les couilles de l'affronter en face. Parce que même s'il représentait la police et par conséquent l'ennemi aux yeux de ces jeunes-là, Nkata était aussi un ex-membre des Brixton Warriors, un gang pour lequel il avait fait couler le sang, le sien mais pas seulement.

Un quart d'heure plus tard, il se mettait en route. Son trajet le fit passer devant le commissariat de police de Brixton, dont il n'avait que trop connu les salles d'interrogatoire du temps de son adolescence, après quoi il tourna à droite sur Acre Lane, où la circulation était fluide dans la direction qu'il suivait.

C'est-à-dire celle de Clapham, puisque c'était de Clapham qu'était parti le coup de fil à la fin de *Crimewatch*. Son auteur était un certain Ronald X. Ritucci – « Pour Xavier », avait-il précisé – et croyait être en possession d'une information susceptible d'aider la police dans son enquête sur la mort de « ce gosse à vélo dans les jardins ». Sa femme et lui avaient suivi l'émission sans se douter qu'elle pourrait les concerner jusqu'à ce que Gail – « c'est ma femme » – lui fasse remarquer que le soir où ils avaient été cambriolés était celui de la mort de ce garçon. Et lui – Ronald X. – avait eu le temps d'apercevoir le petit voyou juste avant qu'il ne saute de la fenêtre de leur chambre, au premier étage de la maison. Il était maquillé, aucun doute là-dessus. Bref, si les policiers étaient intéressés…

Ils l'étaient. Quelqu'un le rappellerait dans la matinée.

Ce quelqu'un fut Nkata, qui localisa l'adresse des Ritucci non loin de Clapham Common. Elle se trouvait dans une rue bordée de maisons de style post-édouardien toutes identiques, mais que leur non-mitoyenneté distinguait de tant d'autres de la rive nord dans une ville où le terrain valait de l'or.

Il pressa la sonnette et entendit une cavalcade enfantine se rapprocher dans le couloir. Le verrou intérieur fut quelque peu tripatouillé, en vain, pendant qu'une petite voix s'écriait :

— Maman ! La sonnette ! T'entends ?

Dans la foulée, une voix d'homme :

— Pousse-toi de là, Gillian. Je t'ai déjà dit mille...

La porte s'ouvrit en grand. Une petite fille en chaussons, collant et tutu de ballerine passa la tête entre les jambes de l'homme, un bras autour de sa cuisse.

Nkata tenait sa carte brandie. L'homme ne la regarda pas.

— Je vous ai vu à la télé. Je suis Ronald Ritucci. Entrez. Ça vous embête si on se met dans la cuisine ? Gail n'a pas fini de faire manger le petit. Notre baby-sitter a la grippe, malheureusement.

Nkata répondit que ça ne l'embêtait pas et suivit Ritucci une fois que celui-ci eut refermé, verrouillé et vérifié la porte d'entrée. Ils rejoignirent une cuisine aménagée à l'arrière de la maison, avec une partie en verrière meublée d'une table en pin et de chaises assorties. Là, une femme en tailleur à l'air débordé tentait d'introduire une cuillerée de quelque chose dans la bouche d'un bébé qui avait peut-être un an. Sûrement Gail, lancée dans un effort héroïque, en l'absence de sa baby-sitter, pour jouer les mamans avant de filer au boulot.

Comme son mari, elle dit :

— Vous êtes passé à la télévision.

La petite Gillian choisit ce moment pour placer une observation qui résonna comme un coup de cymbales.

— C'est un Noir, dis, papa ?

Ritucci parut mortifié, comme si nommer la race de Nkata revenait à désigner une maladie sociale que les gens bien élevés savaient ignorer.

— Gillian ! Ça suffit, maintenant. Un petit thé, peut-être ? proposa-t-il à Nkata. Je peux vous en préparer une tasse en un clin d'œil. Aucun problème.

Nkata répondit non merci. Il venait de prendre son petit déjeuner et n'avait besoin de rien. Et, montrant d'un signe de tête une des chaises en pin :

— Je peux…

— Bien sûr, répondit Gail Ritucci.

— T'as mangé quoi ? lui demanda Gillian. Moi c'était un œuf à la coque et des mouillettes.

— Gillian, avertit son père, qu'est-ce que je viens de dire ?

— Des œufs, dit Nkata à la petite fille, mais pas de mouillettes. Ma maman trouve que je suis trop vieux, mais peut-être qu'elle m'en ferait quand même si je lui demandais gentiment. J'ai mangé une saucisse, aussi. Et des champignons à la tomate.

— Tout ça ? fit l'enfant.

— Il faut bien que je grandisse.

— Je peux m'asseoir sur tes genoux ?

C'était apparemment la limite. Les parents horrifiés proférèrent à l'unisson le prénom de leur fille, le père la prit dans ses bras et la transporta hors de la pièce. La mère enfourna une cuillerée de porridge dans la bouche béante du nourrisson et dit à Nkata :

— Elle… Ça n'a rien à voir avec vous, sergent. On essaie de lui apprendre à faire attention aux inconnus.

— Les parents ne seront jamais trop prudents de ce côté-là, observa Nkata en sortant son stylo pour prendre des notes.

Ritucci revint presque aussitôt, ayant déposé sa fille aînée quelque part dans la maison, hors de vue. Comme sa femme, il s'excusa, et Nkata se surprit à se demander ce qu'il pourrait faire pour les inciter à s'excuser encore.

Il leur rappela qu'ils avaient composé le numéro de *Crimewatch*. Pour parler d'un garçon maquillé qui les aurait cambriolés… ?

Gail Ritucci se chargea de la première partie du récit, passant la cuiller et le porridge à son mari, qui prit le relais pour nourrir leur deuxième rejeton. Ils étaient sortis ce soir-là avec les enfants, expliqua-t-elle, pour aller dîner à Fulham avec de vieux amis et leurs enfants. En rentrant à Clapham, ils s'étaient retrouvés dans leur rue derrière une camionnette qui roulait au pas, et ils avaient cru d'abord qu'elle cherchait à stationner. Mais elle était passée sans s'arrêter devant une place libre, puis une seconde, ce qui leur avait mis la puce à l'oreille.

— On avait eu une note d'information qui parlait de cambriolages dans le quartier, ajouta-t-elle en se tournant vers son mari. C'était quand, Ron ?

Il interrompit le repas du nourrisson, sa cuiller en suspens.

— En début d'automne ?

— Quelque chose comme ça. Bref, à force d'avancer au ralenti, cette camionnette a fini par nous paraître suspecte. J'ai noté son numéro de plaque.

— Bien joué, dit Nkata.

— Ensuite, quand on est arrivés à la maison, l'alarme était en marche. Ron a couru à l'étage et il a vu ce garçon au moment où il enjambait l'appui de fenêtre pour sortir par le toit. Évidemment, on a tout de suite appelé la police, mais le voleur avait filé depuis longtemps quand ils sont arrivés.

— Ils ont mis deux heures, grommela le mari, la mine sombre. C'est à se demander.

Gail prit un air navré.

— Bon, ils avaient sûrement eu d'autres problèmes à régler... plus graves... un accident ou un crime... je ne veux pas dire que ça n'était pas grave pour nous de trouver quelqu'un dans la maison en rentrant. Mais pour la police...

— Ne commence pas à leur trouver des excuses, coupa son mari.

Il reposa le bol de porridge et la cuiller, utilisa un coin de torchon pour essuyer le visage de son enfant.

— Les forces de l'ordre sont en train de partir en couille. Ça fait des années que ça dure.

— Ron !

— Sans vouloir vous offenser, dit-il à Nkata. Ce n'est sans doute pas votre faute.

Nkata rétorqua qu'il ne se sentait pas offensé et demanda s'ils avaient communiqué le numéro de plaque de la camionnette à la police locale.

Bien entendu, s'exclamèrent-ils. La nuit même du cambriolage. Quand la police s'était enfin présentée chez eux – « Il devait être deux heures du matin », grommela Ritucci –, ç'avait été sous la forme de deux constables de sexe féminin, qui avaient établi un procès-verbal et fait de leur mieux pour prendre un air compatissant. Elles avaient dit qu'on les rappellerait et leur avaient conseillé de passer au commissariat quelques jours plus tard pour récupérer un double du procès-verbal à des fins d'assurance.

— Et ça s'est arrêté là, dit Gail à Nkata.

— Les flics n'en ont pas fichu une rame, ajouta son mari.

En partant de chez elle pour aller retrouver Lynley à Upper Holloway, Barbara Havers s'arrêta devant la porte de l'appartement du rez-de-chaussée, qu'elle avait l'impression d'ignorer depuis des lustres en regardant ailleurs. Elle apportait l'offre de paix dont elle avait fait l'acquisition sur le stand de Minshall : le stylo trans-billet, censé épater et ravir vos amis.

Taymullah Azhar et Hadiyyah lui manquaient l'un comme l'autre. Elle regrettait leur amitié décontractée, cette façon qu'ils avaient de débarquer les uns chez les autres pour tailler une bavette dès que l'envie leur en prenait. Ils ne faisaient pas partie de sa famille. Elle n'aurait même pas pu dire que c'était un peu comme s'ils faisaient partie de sa famille. Mais ils lui apportaient… quelque chose, une touche de familiarité, un réconfort. Elle avait envie de retrouver tout cela et elle était prête à se répandre en plates excuses pour relancer la machine.

Elle frappa à la porte.

— Azhar ? C'est moi. Vous avez cinq minutes ?

Puis elle recula. Les rideaux laissaient filtrer une faible lumière, donc ils étaient là, peut-être en train d'enfiler leur robe de chambre.

Personne ne répondit. De la musique, se dit-elle. Un radio-réveil laissé en marche après avoir rempli son office. Elle avait été trop discrète dans sa tentative. Elle frappa de nouveau, plus fort cette fois. Elle tendit l'oreille, chercha à déterminer si ce qu'elle entendait derrière la porte pouvait être le bruissement d'une personne en train d'écarter les rideaux pour voir qui venait frapper à sa porte de si bon matin. Elle regarda vers la fenêtre ; elle étudia le panneau opaque qui recouvrait les vitres de la porte-fenêtre. Rien.

Une gêne l'envahit. Elle recula d'un pas supplémentaire. Elle lâcha à mi-voix : « Bon, d'accord », et s'en alla vers sa voiture. Puisqu'il voulait que ça se passe comme ça… Puisqu'elle avait cogné tellement en dessous de la ceinture avec son commentaire sur sa femme… Mais elle n'avait dit que la vérité, non ? Et des vacheries, il en avait balancé lui aussi, et il ne s'était pas pour autant précipité au fond du jardin pour lui présenter des excuses.

Elle se força à penser à autre chose et mobilisa encore plus de détermination pour s'éloigner sans jeter le coup d'œil en arrière qui lui aurait permis de voir si l'un d'eux l'épiait derrière un rideau entrouvert. Elle marcha jusqu'à sa voiture, garée loin sur Parkhill Road, n'ayant pas trouvé de place plus près à son retour la veille.

Elle roula jusqu'à Upper Holloway et localisa le centre scolaire dont Lynley lui avait téléphoné l'adresse alors qu'elle flemmardait au lit, comptant pour se lever sur le swing irrésistible de Diana Ross et de ces bonnes vieilles Supremes qui ordonnaient à quelqu'un de « *set me free why doanchew babe* » depuis les profondeurs de son radio-réveil. Elle avait tendu le bras vers le téléphone, tâché de prendre une voix fringante et griffonné l'adresse sur la couverture intérieure d'*Ivre de désir*, le roman à l'eau de rose qui avait réussi à la tenir en haleine jusqu'à une heure avancée de la nuit avec sa question brûlante – le héros et l'héroïne allaient-ils enfin céder à leur passion fatale l'un pour l'autre ? Ça au moins c'était de l'énigme, avait-elle pensé, sarcastique.

Le centre scolaire en question n'était pas très loin de Bovingdon Close, où vivait la famille de Davey Benton. On aurait dit une prison semi-ouverte, dont les rares ornements visuels semblaient être l'œuvre d'un émule de David Hockney.

Bien qu'ayant dû parcourir plus de distance qu'elle, Lynley l'attendait. Il tirait une tronche d'enterrement. Il lui expliqua qu'il venait de passer chez les Benton.

— Comment vont-ils ?

— Comme on pourrait s'y attendre. Comme n'importe qui dans la même situation.

Les mots de Lynley étaient âpres, plus encore qu'elle ne s'y serait attendue. Elle le regarda avec curiosité et allait lui demander ce qu'il y avait lorsqu'il lui indiqua du menton l'entrée de l'école.

— Prête ?

Barbara l'était. Ils avaient fait le déplacement pour entendre un certain Andy Crickleworth, camarade présumé de Davey Benton. Lynley lui avait expliqué au téléphone qu'il souhaitait réunir autant de munitions que possible pour le moment où ils se retrouveraient enfin face à Barry Minshall dans une salle d'interrogatoire du commissariat de Holmes Street, et qu'il sentait qu'Andy Crickleworth pourrait leur en fournir.

Il avait pris la précaution de téléphoner afin que les responsables du centre scolaire soient informés de l'intérêt que portait la police à l'un de leurs élèves. Il ne fallut donc que quelques minutes pour que Lynley et Barbara se retrouvent en compagnie du directeur de l'école, de sa secrétaire et d'un garçon de treize ans. La secrétaire se caractérisait par un visage gris et défait, le directeur par l'air usé d'un homme pour qui la retraite n'arrivera jamais assez tôt. Quant au garçon, il avait un appareil dentaire, des boutons plein la figure, et les cheveux huilés et rabattus en arrière d'un gigolo des années trente. En retroussant un coin de sa lèvre supérieure à son entrée dans la pièce, il réussit à afficher le mépris que lui inspirait l'idée de rencontrer la police. Mais son rictus travaillé ne put rien contre l'agitation de ses mains, qui passèrent toute la durée de l'entretien à s'enfoncer dans son bas-ventre comme si elles cherchaient à l'empêcher de se faire dessus.

Le principal – Mr Fairbairn – se chargea des présentations. La réunion avait lieu dans une salle de conférences, autour d'une table scolaire standard, elle-même entourée d'inconfortables chaises standard. La secrétaire s'assit dans un coin, prenant furieusement des notes comme si celles-ci devaient un jour être confrontées à celles de Barbara dans le cadre d'une éventuelle action en justice.

Lynley commença par demander à Andy Crickleworth s'il savait que Davey Benton était mort. Le nom de Davey ne devait être communiqué à la presse que dans la matinée, mais les rumeurs avaient tendance à se développer comme le chiendent. Si l'école avait été informée du meurtre par les parents de Davey, il y avait une forte probabilité pour que la nouvelle se soit déjà propagée parmi les élèves.

— Ouais, fit Andy. Tout le monde est au courant. En tout cas chez les quatrièmes.

Il ne semblait pas déplorer la chose plus que ça. Il clarifia sa position en ajoutant : « Il s'est fait descendre, pas vrai ? », sur un ton de voix tendant à suggérer que se faire descendre était une façon de finir sa vie cent fois plus cool que tomber malade ou mourir d'un accident.

Cette croyance était probablement caractéristique de la quasi-totalité des garçons de treize ans, pensa Barbara. La mort brutale était pour eux une sorte de mirage, qui n'arrivait qu'aux autres.

— D'abord étrangler, puis balancer dans un bois, Andy, répondit-elle d'un ton primesautier, histoire de le secouer un peu. Tu sais qu'il y a un tueur en série qui rôde en ce moment dans Londres, pas vrai ?

Andy avait peut-être l'air impressionné, mais pas penaud.

— C'est lui qui a zigouillé Davey ? Et vous voulez que je vous aide à le coincer, c'est ça ?

— Vous êtes ici pour répondre à leurs questions, Crickleworth, intervint Mr Fairbairn. C'est la limite à ne pas dépasser.

Andy lui suggéra du regard d'aller se faire foutre.

— Parle-nous de Stables Market, dit Lynley.

— Quoi, Stables Market ? demanda Andy, inquiet.

— D'après ses parents, Davey allait là-bas. Et s'il y allait, j'imagine que le reste de sa bande y allait aussi. Tu en faisais partie, n'est-ce pas ?

Andy haussa les épaules.

— Ça se peut que j'y sois allé. Mais pas pour faire des conneries.

— Le père de Davey nous a raconté qu'il avait fauché une paire de menottes sur un stand de magie. Tu es au courant ?

— J'ai rien piqué, moi. Si Davey a fait ça, c'est son problème. Ça m'étonnerait pas trop, en fait. Davey aimait bien faucher. Des cassettes au vidéo-club de Junction Road. Des bonbecs chez le marchand de journaux. Des bananes au marché. Il trouvait ça cool. Moi je lui disais qu'il faisait tout ce qu'il fallait pour se faire pincer et se retrouver un jour chez les keufs, mais il m'écoutait pas. Il était comme ça, Davey. Il voulait qu'on le prenne pour un dur.

— Et le stand de magie ? intervint Barbara.

— Ben quoi ?

— Tu y es allé avec Davey ?

— Hé, je vous dis que j'ai jamais fauché…

— Il ne s'agit pas de toi, coupa Lynley. Il ne s'agit pas de ce que tu pourrais ou non avoir volé ni de l'endroit où tu pourrais ou non l'avoir volé. C'est clair ? Nous savons par ses parents que Davey fréquentait un stand de magie de Stables Market, mais c'est tout ce que nous savons – à part ton nom, qui nous a également été donné par eux.

— Je les connais même pas ! s'écria Andy, paniqué.

— Nous le savons. Nous savons aussi que tu fricotais avec Davey.

— Commissaire… admonesta Mr Fairbairn, comme s'il redoutait d'entendre une accusation qu'il n'avait pas l'intention de laisser proférer dans l'enceinte de son établissement.

Lynley leva la main, l'empêchant d'aller plus loin.

— Mais tout ça n'a aucune importance, Andy, reprit-il. Tu comprends ? Ce qui compte, c'est ce que tu as à nous dire sur le marché, le stand de magie, et tout ce qui pourrait nous aider à retrouver l'assassin de Davey Benton. Est-ce que c'est assez clair ?

Andy admit à contrecœur que oui, ça l'était, même si Barbara avait quelques doutes. Il paraissait davantage focalisé sur la dimension dramatique de la situation que sur la sinistre réalité qui se profilait derrière.

— Est-ce qu'il t'est arrivé d'accompagner Davey au stand de magie de Stables Market ? interrogea Lynley.

Andy opina.

— Une fois. On y est tous allés. Mais c'est pas moi qui ai eu l'idée, attention. Je me rappelle plus qui c'est, mais on y est allés.

— Et ? demanda Barbara.

— Et Davey a essayé de piquer des menottes à ce mec zarbi qui tient le stand de magie. Il s'est fait choper, et nous, on s'est tirés.

— Choper par qui ?

— Le mec. Le zarbi. Grave zarbi, le mec. Faudrait l'examiner, à mon avis.

Andy parut tout à coup faire le lien entre ces questions et la mort de Davey.

— Vous croyez que c'est ce connard qui a tué notre Davey ?

— Et après ça, tu les as revus ensemble ? interrogea Lynley. Davey et le magicien ?

Andy secoua la tête.

— Jamais.

Il fronça les sourcils et ajouta après un bref temps d'arrêt :

— Sauf qu'ils ont dû.

— Dû quoi ? questionna Barbara.

— Se revoir.

Il bougea sur son siège de manière à faire face à Lynley, et c'est à celui-ci qu'il adressa la fin de son récit. Davey, expliqua-t-il, faisait des tours de magie à l'école. Des petits tours à la con – n'importe qui aurait pu réussir ça, c'est sûr – mais Davey n'en avait jamais fait avant le jour où toute la bande était passée au stand de Stables Market. Peu après, par contre, il leur avait fait un tour avec une balle : il la faisait disparaître, même s'il suffisait d'avoir le cerveau gros comme un petit pois pour piger comment il s'y prenait. Et aussi un tour avec une cordelette : il la coupait en deux et la ressortait ensuite intacte. Ça se pouvait qu'il ait appris ça tout seul devant sa télé ou dans un bouquin, mais peut-être bien que c'était ce connard de magicien qui lui avait appris les tours, ce qui voulait dire Davey l'avait sûrement vu plus d'une fois.

Andy, visiblement très fier de sa déduction, regarda autour de lui comme s'il s'attendait que quelqu'un s'exclame : « Holmes, vous me surprendrez toujours ! »

Au lieu de quoi Lynley lui demanda :

— Tu étais déjà passé au stand de magie avant ce jour-là ?

— Non. Pas moi. Jamais.

Tout en parlant, Andy enfonça encore un peu plus ses mains dans son bas-ventre et les y laissa, avec un coup d'œil vers le stylo à bille de Barbara.

Il ment, se dit-elle. Pourquoi ?

— Alors comme ça, toi aussi tu aimes la magie, Andy ? interrogea-t-elle.

— Ça dépend. Pas ces trucs de môme avec des balles et des cordelettes. Ce qui me botte, moi, c'est quand on fait disparaître des avions. Ou des tigres. Pas les trucs à la con.

— Crickleworth, lâcha Mr Fairbairn en guise de sommation.

Andy lui décocha un regard.

— 'Scusez. Le genre de tours que faisait Davey, j'aime pas ça. C'est pour les mioches. Ça me correspond pas.

— Mais ça correspondait à Davey ? fit Lynley.

— Davey, répondit Andy, c'était un mioche.

Et c'était justement ce qui pouvait exciter un gros dégueulasse comme Barry Minshall, pensa Barbara.

Andy ne put rien leur apprendre de plus. Ils avaient ce qu'ils étaient venus chercher : la confirmation que Minshall et Davey Benton avaient bel et bien été en contact. Même si le magicien affirmait pour se défendre que les menottes portaient ses empreintes pour la simple raison qu'elles venaient de son stand mais qu'il n'avait pas vu Davey les lui voler, ils pourraient le piéger. Non seulement il avait vu Davey lui voler les menottes, mais il l'avait pris la main dans le sac. De l'avis de Barbara, Minshall était cuit.

À la sortie du centre scolaire, elle dit à Lynley :

— Miam miam, commissaire. On va s'offrir Barry Minshall au petit déjeuner.

— Si seulement c'était aussi simple.

Lynley avait parlé d'une voix sinistre, pas du tout comme elle s'y serait attendue.

— Pourquoi ça ne le serait pas ? On a la déposition du gamin, ça y est, et vous savez comme moi que le reste de la bande de Davey suivra le mouvement s'il le faut. On a l'Indienne qui a vu Davey devant chez Minshall, et on retrouvera ses empreintes partout dans l'appart. Je dirais donc que la situation s'éclaircit. Et vous, qu'en dites-vous ? Il s'est passé autre chose, monsieur ?

Lynley stoppa devant sa voiture. Celle de Havers était garée un peu plus loin dans la rue. Il resta silencieux et elle commençait à se demander s'il allait parler lorsqu'il lâcha :

— Sodomisé.

— Quoi ?

— Davey Benton a été sodomisé, Barbara.

— Merde. C'est exactement ce qu'il a dit.

— Qui ça ?

— Robson. Il nous a prévenus qu'il fallait s'attendre à une escalade. Que ce qui avait permis au tueur de prendre son pied dans un premier temps finirait par ne plus lui suffire. Qu'il allait lui falloir quelque chose de plus. Maintenant, on sait ce que c'est.

Lynley acquiesça.

— Oui, on le sait.

Il se força à ajouter :

— Je n'ai pas pu me résoudre à le dire aux parents. J'y suis allé pour ça – ils ont le droit de savoir ce qu'a subi leur fils –, mais quand le moment est arrivé…

Son regard fila de l'autre côté de la rue, vers une retraitée qui passait en boitillant, traînant derrière elle un chariot à provisions.

— C'était la pire crainte de son père. Je n'ai pas pu lui annoncer qu'elle s'était réalisée. Je n'ai pas eu les tripes. Ils finiront par le savoir. Au pire, ça ressortira au procès. Mais quand je me suis retrouvé face à lui… Je sens que ma motivation est en train de me quitter, Havers.

Barbara chercha ses Players, sortit le paquet de son sac. Elle le lui tendit en espérant qu'il résisterait, ce qu'il fit. Elle s'en alluma une. L'odeur mordante et amère du tabac brûlé s'éleva dans la froidure hivernale.

— Vous devenez plus humain, dit-elle, mais ça ne fait pas de vous un mauvais flic.

— C'est le mariage. Cette notion de paternité. Ça vous donne… Ça me donne le sentiment d'être trop exposé. Je me rends compte à quel point la vie est fragile. Elle peut s'envoler en un instant, et tout ça… tout ce qu'on fait, vous et moi… ça me le rappelle. Et… Barbara, voilà bien une chose que je ne me serais jamais attendu à ressentir.

— Quoi ?

— Que je ne supporte plus cette idée. Et que la perspective de traîner quelqu'un par les couilles devant le juge n'y changera plus rien pour moi.

Elle tira une longue bouffée de sa clope et la garda longtemps. La vie relevait du coup de dés, eut-elle envie de lui répondre. Elle offrait quelques ficelles, mais aucune garantie. Mais ça, il le savait déjà. Tous les flics le savaient. Exactement comme tous les flics savaient qu'il ne suffisait pas d'aller bosser chaque jour dans le camp des bons pour protéger sa femme, son mari ou sa famille. Ça n'empêchait nullement les gosses de mal tourner. Ni les femmes d'aller vers l'adultère. Ni les maris d'avoir une crise cardiaque. On pouvait facilement perdre en un éclair tout ce qu'on avait. C'était la vie.

— Il faut vivre au jour le jour. Voilà ce que je dis. Ça ne sert à rien de se soucier du lendemain tant qu'on n'y est pas.

Barry Minshall ne semblait pas avoir passé une nuit facile, et c'était ce sur quoi avait misé Lynley lorsqu'il avait décidé d'attendre le lendemain pour l'interroger. Le magicien était hirsute et voûté. Il fit son entrée dans la salle d'interrogatoire accompagné de son avocat – lequel se présenta sous le nom de James Barty tout en conduisant Minshall à la table et en le faisant asseoir sur une chaise – et, sitôt assis, cligna des yeux sous la lumière crue en demandant à récupérer ses lunettes noires.

— Voir mes yeux ne vous apportera rien d'utile, si c'est ce que vous espérez, dit-il à Lynley en relevant la tête pour illustrer son propos.

Ses yeux, à peine plus colorés qu'une fumée de bois sec, se déplaçaient constamment et à toute vitesse. Il ne maintint cette pose qu'une seconde avant de baisser de nouveau la tête.

— Nystagmus et photophobie, reprit-il. C'est comme ça que ça s'appelle. Vous n'allez quand même pas me demander une lettre de mon médecin ? J'ai besoin de mes lunettes, d'accord ? Je ne supporte pas cette lumière et j'y vois que dalle.

Lynley fit un signe de tête à Havers. Elle quitta la pièce pour aller chercher les lunettes du magicien. Lynley mit à profit ce délai pour préparer le magnétophone et étudier leur suspect. Il n'avait jamais été confronté à l'albinisme en chair et en os. Ce n'était pas vraiment ce à quoi, dans son ignorance, il se serait attendu. Pas d'yeux roses. Ni de cheveux blancs comme neige. Plutôt un regard gris et une impression de densité des cheveux, comme si un dépôt s'était accumulé dessus en plusieurs couches successives et les avait parés d'une teinte jaunâtre. Il les portait longs, mais rabattus en arrière et attachés au niveau de la nuque. Sa peau était totalement dénuée de pigmentation. Pas un grain de beauté ne venait rompre l'uniformité de sa surface.

Lorsque Havers revint avec les lunettes noires, Minshall les remit aussitôt. Cela lui permit de relever un peu la tête, même s'il la garda inclinée tout au long de l'interrogatoire, peut-être la meilleure position pour contrôler la danse de ses yeux.

Lynley commença par le préambule d'usage en annonçant que l'entretien était enregistré. Il enchaîna avec les mises en garde officielles afin de capter l'attention complète de Minshall pour le cas où l'illusionniste n'aurait pas encore réalisé la gravité de sa situation, ce qui était assez peu probable. Puis il dit :

— Parlez-nous de vos relations avec Davey Benton.

À côté de lui Havers sortit son carnet pour faire bonne mesure.

— Vu les circonstances, je n'ai pas très envie de vous parler de quoi que ce soit.

Le ton de Barry Minshall était neutre – une réplique apparemment bien répétée.

Son avocat se laissa aller en arrière sur sa chaise, visiblement rassuré par cette réponse. Il avait eu toute la nuit pour informer Minshall de ses droits, si tant est que celui-ci en ait eu besoin.

— Davey est mort, Mr Minshall, comme vous le savez, reprit Lynley. Je vous conseille d'adopter une approche un peu plus coopérative. Pouvez-vous nous dire où vous étiez il y a deux nuits ?

S'ensuivit une hésitation marquée, le temps pour Minshall d'explorer toutes les ramifications possibles d'un silence ou d'une réponse à cette question.

— À quelle heure, commissaire ? finit-il par demander avec un petit geste à l'intention de son avocat, qui s'agitait, pour l'empêcher d'intervenir.

— À toutes les heures.

— Vous ne pouvez pas être plus précis ?

— Vous êtes sollicité à ce point-là en soirée ?

Les lèvres de Minshall s'incurvèrent. Lynley trouvait déconcertant d'interroger une personne dont les yeux étaient protégés par des verres noirs mais se força à concentrer son attention sur d'autres signes :

511

les soubresauts de la pomme d'Adam, les mouvements des doigts, les changements de position.

— J'ai fermé mon stand à l'heure habituelle, cinq heures et demie. Je suis sûr que John Miller, le vendeur de sels de bain, vous le confirmera, étant donné le temps qu'il passe à observer les enfants qui traînent devant chez moi. De là, je suis allé dans un café, pas loin de mon appartement, où je prends régulièrement mon dîner. Il s'appelle Le Placard de Sofia, même s'il n'y a aucune Sofia et encore moins le petit côté cosy que le mot « placard » serait censé suggérer. Mais les prix sont raisonnables et on me fiche la paix, c'est ce qu'il me faut. Ensuite, je suis rentré chez moi. Je suis ressorti pour acheter du lait et du café. C'est tout.

— Et chez vous ?

— Quoi ?

— Vous avez fait quoi ? Vous avez regardé des cassettes ? Surfé sur Internet ? Reçu de la visite ? Répété vos tours de passe-passe ?

Cela lui demanda un certain temps de réflexion.

— Bon, si je me souviens bien...

Il consacra ensuite un long moment à se souvenir. Trop long pour le goût de Lynley. Aucun doute, Minshall était en train de chercher à évaluer ce que la police pourrait ou non vérifier en fonction de ses déclarations. Des coups de téléphone ? Ils les retrouveraient. Internet ? L'ordinateur en garderait la trace. Une visite au pub local ? Il y aurait des témoins. Vu l'état de son appartement, il pouvait difficilement prétendre avoir passé la soirée à faire le ménage, ce qui ne lui laissait donc plus guère que la télévision – auquel cas on lui demanderait de nommer les émissions –, les magazines et les cassettes vidéo.

— Je n'ai pas fait long feu, finit-il par dire. J'ai pris un bain et je me suis couché direct. Comme je ne dors pas très bien, ça me rattrape de temps en temps et, dans ces cas-là, je me couche tôt.

— Seul ?

La question venait de Havers.

— Seul, répondit Minshall.

Lynley sortit les polaroïds retrouvés chez lui.

— Parlez-nous de ces garçons, Mr Minshall.

Minshall baissa les yeux. Et, au bout d'un instant, répondit :

— Ce sont les vainqueurs.

— Les vainqueurs ?

Minshall ramena vers lui le sachet de plastique qui contenait les polaroïds.

— Aux anniversaires. Ça fait partie de mon gagne-pain, avec mon stand sur le marché. Je demande toujours aux parents d'organiser un concours pour les enfants, et ce que vous voyez là, c'est le premier prix.

— À savoir ?

— Un costume de magicien. Je les fais fabriquer à Limehouse, si l'adresse vous intéresse.

— Les noms de ces garçons ? Et comment se fait-il que le vainqueur soit toujours un garçon ? Il n'y a pas de filles qui assistent à vos spectacles ?

— En fait, rares sont les filles qui s'intéressent à la magie. Ça ne les attire pas autant que les garçons.

Minshall réexamina ostensiblement les photos. Il les approcha un peu trop près de son visage. Puis il secoua la tête et les reposa.

— Peut-être qu'ils m'ont dit leur nom sur le coup, mais j'ai oublié. Dans certains cas, il se peut que je ne l'aie jamais su. Je n'y pensais pas. Jamais je n'aurais cru devoir un jour donner leur nom à qui que ce soit. Et encore moins à la police.

— Pourquoi les avez-vous photographiés ?

— Pour montrer ces photos aux parents intéressés par un spectacle d'anniversaire. C'est de la publicité, commissaire. Rien de plus méchant que ça.

Habile, pensa Lynley. Force était de le lui concéder. L'illusionniste n'avait pas passé pour rien la nuit au commissariat de Holmes Street. Mais cette démonstration d'habileté gravait en capitales le mot COUPABLE sur son front. Il s'agissait maintenant de découvrir une faille dans ce masque d'assurance.

— Mr Minshall, nous savons que Davey Benton est venu sur votre stand. Nous savons qu'il vous a volé des menottes. Nous avons un témoin qui vous a vu en train de le prendre sur le fait. Je vous redemande donc de nous expliquer quelles étaient vos relations avec ce garçon.

— Le fait que je l'aie surpris en train de voler quelque chose sur mon stand ne suffit pas à établir ce que vous appelez des relations. Les gamins essaient tout le temps de me piquer des trucs. Parfois je les attrape. Parfois non. Dans le cas de ce garçon... le constable ici présent m'a dit que vous aviez trouvé des menottes chez lui et qu'il se pouvait qu'elles viennent de mon stand. Mais si c'est le cas, est-ce que ça ne vous suggère pas plutôt que je ne l'ai pas pris sur le fait ? Parce que si je l'avais pris sur le fait, pourquoi est-ce que je l'aurais laissé repartir avec ces menottes ?

— Vous aviez peut-être une très bonne raison de le faire.

— Laquelle ?

Lynley n'était pas disposé à laisser le suspect poser les questions, ni à ce stade ni à aucun autre de l'interrogatoire. Il sentit qu'ils avaient obtenu de Minshall tout ce que celui-ci était disposé à lâcher pour le moment, mais qu'il en gardait sous le coude.

— Une équipe de la scientifique est en train de recueillir des pièces à conviction chez vous en ce moment même, Mr Minshall, et j'imagine que vous savez comme moi ce qu'elle va y trouver. Quelqu'un s'occupe aussi de votre ordinateur, et je n'ai guère de doutes sur le type d'images qui vont apparaître à l'écran dès qu'il se sera connecté sur les sites que vous avez visités ces derniers temps. Parallèlement, des spécialistes inspectent votre camionnette, et votre voisine – je suppose que vous connaissez Mrs Singh – a formellement identifié Davey Benton comme étant venu vous rendre visite chez vous. Dès qu'elle aura vu les photos des autres victimes… Bref, je crois que vous êtes capable de remplir les blancs vous-même. Et je ne parle même pas de la manière dont vos collègues de Stables Market vont creuser votre tombe quand on ira leur poser des questions.

— Sur quoi ? fit Minshall, un peu moins sûr de lui, en jetant un coup d'œil à son avocat comme pour chercher du soutien.

— Sur ce qui va se passer maintenant, Mr Minshall. Au nom de la loi, je vous arrête pour meurtre. Cet interrogatoire est terminé pour le moment.

Lynley se pencha en avant, donna la date et l'heure, puis éteignit le magnétophone. Il remit une carte de visite à James Barty en disant :

— Au cas où votre client souhaiterait préciser telle ou telle de ses réponses, Mr Barty. En attendant, nous avons du travail. Je suis sûr que le sergent du dépôt veillera à ce que Mr Minshall soit bien installé en attendant son transfert dans une maison d'arrêt.

À l'extérieur du commissariat, Lynley dit à Havers :

— Il faut absolument qu'on retrouve ces garçons qu'il a pris en photo. S'il y a quelque chose à apprendre sur Barry Minshall, l'un d'eux nous le dira. Il faut aussi comparer ces portraits à ceux des victimes.

Barbara se retourna vers l'entrée du commissariat.

— Il est mouillé, monsieur. Je le sens. Pas vous ?

— Il ressemble à ce que Robson nous a dit de chercher, c'est un fait. Cet air confiant. Il est dans le pétrin et il n'a même pas l'air inquiet. Renseignez-vous sur ses antécédents. Remontez aussi loin que vous pourrez. S'il s'est fait tirer l'oreille à huit ans pour être monté à vélo sur un trottoir, je veux le savoir.

Le portable de Lynley sonna pendant qu'il parlait. Il attendit que Havers ait griffonné ses instructions sur son carnet pour prendre l'appel.

Celui-ci venait de Winston Nkata, dont la voix trahissait une excitation plus ou moins contrôlée :

— On a la camionnette, patron. Le soir du dernier cambriolage de Kimmo Thorne, une camionnette a été signalée dans la rue. Elle roulait au pas, comme pour faire du repérage. Le commissariat de Cavendish Road a enregistré l'information mais n'a pas donné suite. Impossible de la relier au cambriolage, d'après eux. Ils ont pensé que le témoin avait mal noté le numéro de plaque.

— Pourquoi ?

— Parce que le propriétaire avait un alibi. Corroboré par des bonnes sœurs qui travaillent pour Mère Teresa.

— Une source inattaquable.

— Mais écoutez ça. La camionnette appartient à un certain Muwaffaq Masoud. Et son numéro de téléphone correspond aux chiffres qu'on devine sur la vidéo de la camionnette filmée à St George's Gardens.

— Où peut-on trouver ce monsieur ?

— À Hayes. Dans le Middlesex.

— Donnez-moi l'adresse. Je vous retrouve là-bas.

Nkata épela. Lynley fit signe à Havers de lui passer son stylo à bille et son calepin, nota l'adresse dessus. Il prit congé de Nkata et médita un instant sur les implications de ce rebondissement. Des tentacules, conclut-il. Partant dans toutes les directions.

— Retournez au Yard et occupez-vous de Minshall, dit-il à Havers.

— On se rapproche de quelque chose ?

— Il m'arrive d'avoir cette impression, répondit Lynley. Mais à d'autres moments, je me dis qu'on vient à peine de commencer.

20

Lynley prit l'autoroute A40 pour foncer dans le Middlesex à l'adresse que lui avait fournie Nkata. Celle-ci ne fut pas facile à trouver, et son voyage fut émaillé d'un certain nombre d'erreurs de bifurcation et de redéfinitions d'itinéraire, sans parler de la négociation d'une place sur le bac qui traversait le Grand Union Canal. En fin de compte, il dénicha la maison dans un petit lotissement qui s'inscrivait lui-même dans un complexe constitué de deux gymnases, deux stades, trois pièces d'eau et un port de plaisance. Il avait beau se trouver encore officiellement dans l'agglomération londonienne, il se serait cru à la campagne, et les avions qui en toile de fond décollaient d'Heathrow ne parvenaient pas à dissiper la sensation que l'air ici était plus pur, et la vie plus libre et plus sûre.

Muwaffaq Masoud habitait à l'extrémité de Telford Way, une rue étroite bordée d'un double alignement de maisonnettes de brique couleur ambre. Il était chez lui et vint ouvrir la porte après le coup de sonnette de Lynley et Nkata.

Il cligna des yeux en les découvrant à travers ses lunettes à grosse monture, un toast à la main. Il n'était pas encore habillé et portait une robe de chambre rappelant ces peignoirs que les boxeurs enfilent avant le combat, avec la capuche et le mot « Tueur » brodé dans le dos.

Lynley montra sa carte de police.

— Mr Masoud ?

L'homme ayant nerveusement opiné d'un coup de tête, il ajouta :

— On peut vous dire un mot, s'il vous plaît ?

Il déclina son identité et celle de Nkata. Masoud les gratifia tour à tour d'un bref regard avant de s'effacer.

La porte ouvrait directement sur un séjour à peine plus grand qu'un réfrigérateur, dont un escalier en bois dominait tout le fond. Un canapé tapissé de laine occupait un des côtés de la pièce, face à une fausse cheminée. Dans l'angle, un présentoir de métal biscornu servait de support aux seules décorations visibles : une dizaine de photographies représentant une foule de jeunes adultes apparemment flanqués de leur progéniture. La partie supérieure de ce présentoir constituait une sorte d'autel, avec une photographie à cadre chromé de la princesse Diana au pied de laquelle avaient été soigneusement disposées des fleurs de soie.

Lynley regarda le présentoir, puis de nouveau Muwaffaq Masoud. Barbu, entre cinquante et soixante ans. La ceinture de sa robe de chambre soulignait une panse non négligeable.

— Vos enfants ? demanda Lynley, indiquant les photos du regard.

— J'ai cinq enfants et dix-huit petits-enfants. Ils y sont tous. Sauf le petit dernier, le troisième de ma fille aînée. Je vis seul ici. Ma femme est morte il y a quatre ans. En quoi puis-je vous être utile ?

— Vous étiez un admirateur de la princesse ?

— La question des races ne se posait apparemment pas pour elle, répondit-il poliment.

Il baissa les yeux sur le toast qu'il tenait toujours à la main. À l'évidence, il n'en avait plus envie. Il s'excusa et se faufila par une porte sous l'escalier. Elle donnait sur une cuisine qui paraissait encore plus exiguë que le séjour. Derrière une fenêtre, les branches nues d'un arbre suggéraient la présence d'un jardin derrière la maison.

Il revint vers eux en resserrant la ceinture de son peignoir de boxeur. Il déclara solennellement, et avec beaucoup de dignité :

— J'espère que vous n'êtes pas là pour me reparler de cette histoire de cambriolage à Clapham. À l'époque, j'ai dit à vos collègues tout ce que je savais, c'est-à-dire pas grand-chose, et comme je n'ai plus jamais entendu parler d'eux, j'en ai déduit que l'affaire était réglée. Mais il faut bien que je vous pose la question : l'un de vous a-t-il seulement téléphoné aux bonnes sœurs ?

— On peut s'asseoir, Mr Masoud ? dit Lynley. Nous avons quelques questions à vous poser.

L'homme hésita, comme s'il se demandait pourquoi Lynley ne lui avait pas répondu. Il finit par lâcher d'un air pensif : « Oui, bien sûr », et leur montra le canapé. Il n'y avait pas d'autre siège dans la pièce.

Il alla se chercher une chaise dans la cuisine et la plaça en face d'eux. Il s'assit dessus, les pieds bien à plat sur le sol. Ils étaient nus, constata Lynley. Un de ses orteils n'avait pas d'ongle.

— Il faut que je vous dise, commença Masoud, que je n'ai jamais enfreint une seule des lois de ce pays. Comme je l'ai déjà dit aux policiers qui sont venus me trouver. Je ne connais pas Clapham et je ne connais aucun quartier au sud de la Tamise. Et même si j'en connaissais, toutes les soirées où je ne suis pas avec mes enfants, je les passe à Victoria Embankment.

C'est là que j'étais au moment de ce cambriolage à Clapham sur lequel la police m'a interrogé.

— Victoria Embankment, répéta Lynley.

— Oui. Oui, au bord du fleuve.

— Je sais où c'est. Et qu'est-ce que vous faites là-bas ?

— Derrière l'hôtel Savoy, beaucoup de gens dorment dans la rue en toute saison. Je leur fais à manger.

— Vous leur faites à manger ?

— Dans ma cuisine. Oui. Je leur fais à manger. Et je ne suis pas le seul, ajouta-t-il, comme s'il éprouvait le besoin de contrer ce qu'il percevait comme du scepticisme chez Lynley. Les sœurs sont là aussi. Et encore un autre groupe, qui distribue des couvertures. Quand les policiers m'ont questionné sur ma camionnette que quelqu'un aurait aperçue à Clapham le soir d'un cambriolage, c'est ce que je leur ai répondu. Entre neuf heures et demie et minuit, j'ai bien trop à faire pour penser à cambrioler des maisons, commissaire.

Il suivait, expliqua-t-il, la voie de l'islam, et il ajouta : « Tel qu'il devrait être pratiqué », avec un léger accent sur le mot « devrait », peut-être pour différencier l'ancienne voie des formes militantes que l'islam épousait parfois autour du globe. Le Prophète – béni soit son nom – avait enjoint à ses disciples de prendre soin des pauvres. Sa cuisine mobile était le moyen pour l'humble serviteur d'Allah qu'il était de suivre cette instruction. On pouvait le trouver à Victoria Embankment toute l'année, même si c'était surtout l'hiver, lorsque le froid frappait de plein fouet les sans-abri, qu'on avait le plus besoin de lui.

Nkata fut le premier à relever le mot.

— Votre cuisine mobile, Mr Masoud. Ces repas, vous ne les préparez pas ici ?

— Non, non. Comment pourrais-je les garder au chaud sur un trajet aussi long ? Ma camionnette est équipée de tout le matériel nécessaire à la confection des repas. Un réchaud, un plan de travail, un petit réfrigérateur. Je n'ai besoin de rien d'autre. Bien entendu, je pourrais leur servir des sandwiches, qui ne nécessitent pas de cuisson, mais ces pauvres hères ont besoin de quelque chose de chaud à manger, pas de pain et de fromage froids. Et je remercie Dieu de pouvoir le leur apporter.

— Cette cuisine mobile, vous la tenez depuis longtemps ? demanda Lynley.

— Depuis que j'ai pris ma retraite de British Telecom. Ça va faire neuf ans. Vous pouvez demander aux sœurs. Elles vous le confirmeront.

Lynley le crut. Pas seulement parce qu'il y avait de fortes chances pour que les sœurs confirment ses dires, ainsi que toute autre personne susceptible de voir régulièrement Muwaffaq Masoud sur les quais, mais aussi parce que cet homme dégageait une impression d'honnêteté qui incitait à la confiance. « Droit » était vraisemblablement l'adjectif qui l'aurait le mieux décrit.

— Mon collègue et moi aimerions jeter un coup d'œil à votre camionnette, dit néanmoins Lynley. À l'extérieur et à l'intérieur. Est-ce que vous seriez d'accord ?

— Naturellement. Si vous voulez bien patienter… ? Le temps de m'habiller, et je vous y emmène.

Il grimpa l'escalier en souplesse, laissant Lynley et Nkata se consulter silencieusement du regard.

— Votre avis ? finit par demander Lynley.

— Soit il dit la vérité, soit c'est un psychopathe. Mais regardez ça.

Nkata tourna son petit calepin de cuir sur son genou pour le mettre face à Lynley, qui lut ce qu'il avait noté dessus.

uis
bile

waf
873-61

Et, dessous :

Cuisine
Mobile
de Muwaffaq
8873-6179

— Il y a un truc qui m'échappe, dit Nkata. Qu'est-ce qu'il foutait là ? Il sert ses repas derrière le Savoy, puis s'en va traîner Dieu sait pourquoi dans le centre de Londres et se retrouve en pleine nuit à St George's Gardens, où il se fait filmer par cette caméra de surveillance ? Pourquoi ?

— Un rendez-vous ?

— Avec qui ? Son dealer ? Ce mec ne se défonce pas plus que moi. Une pute, alors ? Sa femme est morte, alors je veux bien que ça le démange un peu, mais pourquoi est-ce qu'il irait se taper une pute à St George's Gardens ?

— Un terroriste ? proposa Lynley.

Cela ne les mènerait probablement nulle part, mais aucune piste ne devait être négligée.

— Un trafiquant d'armes ? Un fabricant de bombes ?

— Une livraison de matériel de contrebande ?

— Ce n'est pas le tueur, mais il a rendez-vous avec le tueur, dit Nkata. Pour lui remettre quelque chose. Une arme ?

— Ou pour recevoir quelque chose ?

Nkata secoua la tête.

— Non. Pour lui remettre quelque chose. Ou quelqu'un. Pour lui livrer le gosse.

— Kimmo Thorne ?

— Ça collerait.

Nkata jeta un coup d'œil à l'escalier, puis revint sur Lynley.

— Bon, il est sur les quais, mais de Leicester Square au Savoy, ça fait combien ? Et de la passerelle d'Hungerford, si c'est par là que Kimmo et son pote ont traversé le fleuve ? Si ça se trouve, ce type connaissait Kimmo depuis une éternité, et il a pris tout son temps pour décider de ce qu'il allait faire de lui.

Lynley réfléchit. Il avait du mal à envisager cette hypothèse. À moins, comme Nkata l'avait souligné, que le Pakistanais ne fût un véritable psychopathe.

— Veuillez me suivre, s'il vous plaît, dit Masoud en redescendant l'escalier.

Il n'avait pas revêtu le *shalwar qamiz* traditionnel des hommes de son pays, mais un jean ample et une chemise en toile sur laquelle il était en train de remonter le zip d'un blouson d'aviateur en cuir. Il portait des baskets. Il semblait tout à coup nettement plus proche de l'Angleterre que de son pays d'origine. Cette transformation incitait à le considérer d'un œil différent, songea Lynley.

Sa camionnette était garée à l'intérieur d'un des garages alignés au bout de Telford Way. Il n'y avait pas moyen d'inspecter le véhicule sans le sortir, ce que fit Masoud avant même qu'on le lui ait demandé. Il exécuta une marche arrière pour permettre à Nkata et Lynley d'y accéder facilement. La camionnette était rouge, comme celle qui avait été vue par l'occupante de l'appartement donnant sur Handel Street, en bordure de St George's Gardens. Et c'était une Ford Transit.

Masoud coupa le moteur et, ayant sauté à terre, ouvrit la portière coulissante pour leur montrer l'intérieur du véhicule. Celui-ci était équipé exactement comme il l'avait dit : un réchaud à gaz était installé sur un des côtés. Il y avait aussi des placards, un plan de travail et un petit réfrigérateur. On aurait pu partir en camping avec, étant donné qu'il restait suffisamment d'espace libre au milieu pour dormir le cas échéant. On aurait également pu l'utiliser comme site de meurtre mobile. Il n'y avait aucun doute là-dessus.

Mais il n'avait pas été utilisé de cette façon. Lynley en eut la certitude avant que Masoud leur ait ouvert la portière de la Ford. Cette camionnette était d'un millésime tout récent, et le « Cuisine Mobile de Muwaffaq » assorti du numéro de téléphone brillait de mille feux sur son flanc.

Nkata posa la question au moment où Lynley ouvrait la bouche pour le faire.

— Vous n'auriez pas eu une autre camionnette avant celle-ci, Mr Masoud ?

Masoud hocha la tête.

— Oh, si. Mais elle était vieille, et elle m'avait trop souvent posé des problèmes en refusant de démarrer.

— Qu'est devenue cette camionnette ? demanda Lynley.

— Je l'ai vendue.

— Avec l'intérieur équipé ?

— Le réchaud, vous voulez dire ? Les placards ? Le réfrigérateur ? Oh, oui, elle était exactement comme celle-ci.

— Qui vous l'a achetée ? interrogea Nkata d'une voix chargée d'espoir. Quand ?

Masoud prit le temps de la réflexoin.

— Ce devait être... il y a sept mois ? Vers la fin juin ? Je crois que c'est ça, oui. Le monsieur... je regrette, je ne me souviens pas de son nom... Il la voulait pour le pont de la fin août, disait-il. Je me suis imaginé qu'il souhaitait faire un petit voyage avec, même s'il ne me l'a pas dit.

— Comment vous a-t-il payé ?

— Eh bien, évidemment, je n'en demandais pas très cher. Elle était vieille. On ne pouvait plus s'y fier, comme je vous l'ai déjà dit. Elle avait grand besoin de réparations. Et de peinture, aussi. Il aurait voulu me signer un chèque, mais comme je ne le connaissais pas, j'ai demandé à être payé en liquide. Il est parti puis il est revenu avec la somme convenue le jour même. La transaction s'est faite, et voilà.

Masoud se chargea lui-même d'associer les pièces du puzzle en terminant son explication.

— Ce doit être cette camionnette-là que vous recherchez. Bien sûr. Ce monsieur me l'a achetée dans le seul but de commettre un acte répréhensible, et il s'est bien gardé de faire enregistrer le changement de nom. Et cet acte... Cet homme serait-il le cambrioleur de Clapham ?

Lynley secoua la tête. Le cambrioleur était un adolescent, expliqua-t-il à Masoud. L'acquéreur de la camionnette était probablement l'assassin de cet adolescent.

Masoud fit un pas en arrière.

— Ma camionnette... ?

Ce fut tout ce qu'il parvint à dire.

— Vous pouvez nous décrire ce type ? demanda Nkata. Qu'est-ce que vous vous rappelez de lui ?

Masoud avait toujours l'air atterré, mais il réussit à leur faire une réponse sensée.

— Ça fait si longtemps... Un monsieur d'un certain âge ? Plus jeune que moi, peut-être, mais moins que vous. C'était un Blanc. Anglais. Chauve. Oui. Oui. Il était chauve parce qu'il faisait chaud ce jour-là, il transpirait du crâne et se l'est essuyé avec un mouchoir. Un mouchoir étrange, aussi, pour un homme. Bordé de dentelle. Je m'en souviens parce que je le lui ai fait remarquer, et il m'a répondu qu'il avait une

526

valeur sentimentale. Le mouchoir de sa femme. Elle brodait de la dentelle.

— Les frivolités, murmura Nkata. Comme ce bout de tissu qu'on a retrouvé sur Kimmo, patron.

— Il était veuf comme moi, reprit Masoud. C'est ce qu'il entendait par valeur sentimentale. Et... oui, ça me revient : il n'était pas en très bonne santé. Nous sommes venus à pied de chez moi à ce garage, et cette courte marche lui a coupé le souffle. Je n'ai pas osé faire de commentaire, mais je me suis dit qu'il n'était pas normal qu'un homme de son âge soit aussi essoufflé.

— Autre chose que vous auriez remarqué dans son apparence ? insista Nkata. Le type est chauve, et puis ? Barbu ? Moustachu ? Gros ? Maigre ? Un signe particulier ?

Masoud baissa les yeux au sol comme s'il espérait y retrouver une image mentale de l'acheteur de sa camionnette.

— Il n'avait pas de moustache, ni de barbe.

Il réfléchit un instant, le front plissé par l'effort de mémoire, avant d'ajouter :

— Je ne peux rien vous dire de plus.

Chauve et essoufflé. Il n'y avait pas de quoi aller très loin.

— Nous aimerions faire le portrait-robot de cet individu, dit Lynley. On va vous envoyer quelqu'un pour le dessiner avec votre aide.

— Dessiner son visage, vous voulez dire ? demanda Masoud, dubitatif. Je ferai de mon mieux, mais...

Il hésita, parut chercher une façon courtoise de s'exprimer.

— Vous savez, la plupart des Anglais se ressemblent tellement pour moi... Et ce monsieur était très anglais, très... ordinaire.

Comme la plupart des tueurs en série, pensa Lynley. C'était leur talent spécifique : ils se fondaient dans la foule sans que personne s'aperçoive de leur présence. Il n'y avait que dans les récits d'épouvante qu'ils apparaissaient sous forme de loups-garous.

Masoud rentra sa camionnette dans le garage. Ils l'attendirent, revinrent ensemble à la maison. Ce ne fut qu'au moment de prendre congé que Lynley s'aperçut qu'il restait une question à poser.

— Comment est-il venu, Mr Masoud ?

— Que voulez-vous dire ?

— S'il avait prévu de repartir au volant de votre camionnette, il a bien fallu qu'il utilise un moyen de locomotion quelconque pour arriver jusqu'ici. Il n'y a pas de gare à proximité. Vous avez vu son véhicule ?

— Oh, oui. C'était sûrement ce minicab. Il est resté garé le long du trottoir, juste devant chez moi, pendant toute la durée de la transaction.

— Vous avez vu le visage du chauffeur ? demanda Lynley en échangeant un regard avec Nkata.

— Désolé, non. Il s'est contenté de rester assis dans sa voiture et d'attendre. Notre affaire n'avait pas du tout l'air de l'intéresser.

— Il était jeune ou vieux ? demanda Nkata.

— Plus jeune que nous tous, à mon avis.

Fu n'utilisa pas la camionnette pour se rendre à Leadenhall Market. Ce n'était pas nécessaire. Il n'aimait pas la sortir du parking en plein jour et, en outre, Il disposait d'un autre moyen de locomotion qui apparaîtrait – du moins aux yeux d'un observateur neutre – plus logique pour le secteur.

Il essayait de Se convaincre que les derniers jours Lui avaient enfin prouvé Sa puissance. Mais même si les autres commençaient enfin à Le voir comme Il souhaitait depuis longtemps être vu, Il avait l'impression que le contrôle de la situation était en train de Lui échapper. Cette inquiétude avait beau être injustifiée, Il sentait tout de même en Lui l'envie de crier sur la place publique : « Me voilà, Je suis Celui que vous cherchez. »

Il savait comment fonctionnait le monde. Plus on le connaîtrait, plus le risque augmenterait. Il avait accepté cette possibilité d'entrée de jeu. Il l'avait même recherchée. Ce qu'Il n'avait pas prévu, c'était que Son envie serait démultipliée par cette reconnaissance tant attendue. Il avait l'impression qu'elle le consumait.

Il entra dans le vieux marché victorien par Leadenhall Place, où le siège monstrueusement moderne de la Lloyds Lui garantissait l'anonymat d'une foule constante : Sa présence ici ne serait jamais remarquée, et même si une des innombrables caméras de surveillance installées sur le trajet captait Son image, personne n'y réagirait à cet endroit et à cette heure de la journée.

À chaque coin de la voûte de métal et de verre, un formidable dragon surplombait le marché : longues griffes, langue vermeille et ailes d'argent déployées pour l'envol. En bas, la vieille rue pavée était fermée à la circulation et les commerces qui la bordaient proposaient leurs articles aux employés de bureau de la City ainsi qu'aux touristes qui, en des saisons plus clémentes, intégraient ce marché à leur circuit d'excursion à la Tour ou à Petticoat Lane. Il convenait parfaitement à ce genre de clientèle avec ses étroits passages où l'on trouvait de tout, des pizzas à emporter aux tirages photo express, au coude à coude avec des boucheries et des poissonneries qui vendaient des produits frais à consommer le soir même.

En plein hiver, le site convenait presque idéalement à ce que Fu avait en tête. Il était pratiquement désert toute la journée sauf pendant la pause déjeuner des employés de la City et en toute fin de soirée, lorsque les bornes interdisant la circulation étaient retirées à chaque extrémité de la rue principale ; les quelques véhicules qui l'empruntaient ensuite passaient de façon très sporadique.

Fu traversa le marché à grands pas en direction de l'entrée principale, celle de Gracechurch Street. Les commerces étaient ouverts, mais peu fréquentés, l'essentiel de l'activité semblant s'être concentré à l'intérieur de la Lamb Tavern, derrière les vitres translucides où les silhouettes des clients bougeaient de temps en temps. Devant l'établissement, un jeune cireur de chaussures frottait distraitement les souliers noirs d'une espèce de banquier absorbé dans la lecture d'un quotidien pendant qu'on s'occupait de ses pieds. Fu jeta un coup d'œil au journal en passant devant lui. On aurait pu s'attendre qu'un homme de ce genre épluche les colonnes du *Financial Times*, mais pas du tout, c'était l'*Independent*, dont la première page arborait une de ces manchettes que les journaux réservaient habituellement aux scandales royaux, aux cauchemars politiques et aux catastrophes naturelles. Elle se limitait à deux mots : « Numéro Six ». Dessous, on voyait une photographie granuleuse.

Cette vision déclencha chez Fu un type d'envie différent. Une envie qui n'était pas orientée vers la satisfaction de Son désir croissant mais qui faillit bien le propulser – s'il avait manqué de maîtrise – vers ce banquier et son journal comme un oiseau-mouche affamé vers la fleur. Pour proclamer Son identité, pour être compris.

Au lieu de quoi il détourna les yeux. C'était trop tôt, et pourtant Il reconnaissait en Son for intérieur cette même sensation qu'Il avait éprouvée en regardant l'émission de télévision qui Lui avait été consacrée la veille au soir. Il était bizarre pour Lui de nommer cette sensation pour ce qu'elle était, parce que c'était bien de cela qu'il s'agissait, et pas du tout de ce à quoi Il se serait attendu.

La colère. Et sa brûlure, qui Lui enflammait les muscles de la gorge jusqu'à L'amener au bord du cri. Parce que celui qui Le cherchait vraiment n'avait pas daigné apparaître devant les caméras de la télévision, se contentant d'envoyer des sous-fifres, comme s'il le prenait, Lui, Fu, pour une araignée facile à écraser d'un coup de talon.

Pendant qu'il regardait, l'asticot L'avait rattrapé, escaladant le fauteuil dans lequel Il était assis, s'insinuant en Lui par une narine, se lovant derrière Ses yeux jusqu'à Lui brouiller la vision, élisant ensuite domicile à l'intérieur de Son crâne, où il était resté. Pour le harceler. Pour lui prouver... *Pathétique, pathétique, pathétique. Petit branleur débile, sale petit porc.*

Tu te prends pour quelqu'un ? Tu crois peut-être avoir une chance d'être quelqu'un ? Parasite... Ne détourne jamais les yeux quand je te parle.

Fu secoua la tête, se détourna. Il était toujours là.

Tu veux du feu ? Je vais t'en montrer, moi, du feu. Donne-moi tes mains. J'ai dit : Donne-moi tes foutues mains. Là. Ça te plaît comme sensation ?

Il rejeta la nuque contre le dossier de Son fauteuil et Il ferma les yeux. L'asticot lui rongeait goulûment la cervelle, et Il tenta de ne pas le sentir, de ne pas lui prêter attention. Il tenta de rester là où Il était, pour faire ce que Lui seul était capable de faire.

Tu m'entends ? Tu me reconnais ? Tu comptes expédier combien de personnes dans la tombe avant d'être satisfait ?

Autant qu'il faudra, avait-Il pensé. Jusqu'à ce que Je sois rassasié.

Il avait rouvert les yeux et vu le dessin sur l'écran de la télévision. Son visage, et quelque chose qui n'avait rien à voir avec Son visage. Quelqu'un s'efforçant par un effort de mémoire de ramener une image du néant. Il étudia cette description de Lui, et Il pouffa de rire. Il ouvrit Sa chemise, exposa Son ventre à la haine qui allait, surgie des quatre coins du pays, se cristalliser sur cette image.

Venez, dit-Il. Bouffez-moi les tripes.

Tu crois que c'est ce qu'ils feront ? Pour toi ? Merde, tu t'y crois vraiment, hein, mon gars. Je n'ai jamais vu un cas pareil.

Personne n'en avait jamais vu, pensa Fu. Et personne n'en verrait jamais. Leadenhall Market allait en fournir la preuve.

Il s'arrêta à hauteur d'une série de trois devantures situées à deux pas de l'entrée de Gracechurch Street : deux boucheries et une poissonnerie, toutes en rouge, crème et or, un vrai Noël à la Dickens. Au-dessus de chaque échoppe et sur toute sa longueur couraient trois rails de fer datant du dix-neuvième siècle et hérissés d'une myriade de crochets. C'était là-haut qu'on pendait le gibier à plume cent ans plus tôt, de dinde en dinde et de faisan en faisan, pour tenter le chaland à la période des fêtes. Ces crochets n'étaient plus que le vestige d'une époque depuis longtemps révolue. Mais ils avaient vocation à Le servir.

C'était là qu'Il les amènerait tous les deux. En même temps preuve et témoignage. Ce serait, décidat-Il, une sorte de crucifixion, avec les bras étirés au maximum le long des rails d'acier et le reste des corps coincé dans l'interstice qui séparait les rails entre eux. Ce serait la plus publique de Ses installations. Ce serait la plus hardie.

Il entreprit d'échafauder Son plan tout en arpentant le marché. Quatre issues permettaient d'entrer dans Leadenhall Market, chacune représentant un défi particulier. Mais toutes avaient un point commun – un point commun partagé par la quasi-totalité des rues de la City.

Il y avait des caméras de sécurité partout. Celles de Leadenhall Place surveillaient la Lloyds of London ; sur Whittingdon Avenue, elles surveillaient la librairie Waterstone et, en face, le cabinet de la Royal & Sun Alliance ; sur Gracechurch Street, elles surveillaient la banque Barclays. Le passage de Lime Street offrait la meilleure possibilité, mais là aussi, une petite caméra était fixée au-dessus d'une épicerie devant laquelle Il devrait passer pour accéder au marché. C'était à peu près comme s'Il avait choisi la Banque d'Angleterre comme lieu de Son prochain « dépôt ». Mais le défi que représentaient toutes ces difficultés ne Lui procurerait que la moitié de Son plaisir. L'autre moitié viendrait de l'accomplissement lui-même.

Il passerait par l'entrée de Lime Street. Cette petite caméra insignifiante serait la plus facile à atteindre et à mettre hors service.

Sa décision prise, Il se sentit apaisé. Il revint sur Ses pas, regagna le centre du marché, et prit la direction de Leadenhall Place et de la Lloyds of London. Ce fut alors qu'Il entendit l'appel.

— Hé, monsieur. Veuillez m'excuser, monsieur, si vous voulez bien vous arrêter…

Il stoppa. Se retourna. Il vit un homme en forme de poire venir vers Lui, la carrure élargie par une paire d'épaulettes. Fu laissa s'installer sur Ses traits l'expression molle qui semblait avoir la propriété de mettre les gens à l'aise en Sa présence. Il esquissa également un sourire perplexe.

— Excusez-moi, fit l'homme en Le rejoignant.

Il était essoufflé, ce qui n'avait rien de surprenant. Il était obèse et engoncé dans son pantalon et sa chemise. Il portait un uniforme de vigile et à en croire sa plaque d'identification il s'appelait B. Stinger. Fu se demanda s'il avait souvent été charrié à cause de son nom[1]. Si c'était son vrai nom.

— C'est l'époque qui veut ça, ahana B. Stinger. Désolé.

— Il se passe quelque chose ? s'enquit Fu en regardant tout autour de Lui. Il y a un problème ?

— C'est juste que… fit B. Stinger avec une grimace navrée. Bref, on vous a repéré sur les écrans… du poste de sécurité, vous comprenez ? Vous aviez l'air… j'ai dit aux autres que vous deviez sûrement chercher une boutique, mais ils se sont imaginé… Enfin. Excusez-moi, mais est-ce que je peux vous aider à trouver votre chemin ?

Fu fit ce qui lui paraissait naturel. Il chercha des yeux des caméras, d'autres caméras que celles qu'Il avait vues à l'extérieur du marché.

— Quoi ? Vous m'avez repéré sur vos écrans ?

— Les terroristes, soupira l'homme avec un haussement d'épaules. L'IRA, les islamistes, les Tchétchènes et autres voyous. Vous n'avez pas le profil, mais dès qu'on voit quelqu'un traîner…

Fu écarquilla les yeux de manière à exprimer la stupeur.

— Et vous avez cru que je… ? Excusez-moi, dit-il en souriant. Je jetais juste un coup d'œil. Je passe ici tous les jours et je n'étais pour ainsi dire jamais entré à l'intérieur. C'est fantastique, n'est-ce pas ?

---

1. *Stinger* signifie « dard » en anglais. (*N.d.T.*)

Il montra du doigt les caractéristiques du marché qu'Il prétendait trouver particulièrement à Son goût : les dragons argentés, les enseignes en lettres d'or sur fond marron pourpré, les moulures ornementales. Il se sentait dans la peau d'un de ces amateurs d'art à la gomme, ce qui ne L'empêcha pas de broder avec enthousiasme.

— Dites donc, ajouta-t-Il, heureusement que je n'ai pas apporté mon appareil photo. Vous et vos copains, vous m'auriez fait coffrer aussi sec. Enfin, vous ne faites que votre boulot. Je peux comprendre. Vous voulez mes papiers ? Je m'en allais, en fait.

B. Stinger leva les mains, les paumes tournées vers l'extérieur, comme pour dire : « N'en jetez plus. »

— Il fallait juste que je vous parle. Je vais leur dire que vous êtes réglo. Ils sont paranos, ces gars-là, ajouta-t-il à mi-voix. Je monte et je descends cet escalier au moins trois fois par heure. Il ne faut pas vous sentir visé.

— Ça ne m'a pas effleuré, répondit Fu sur un ton affable.

B. Stinger Lui fit signe de circuler ; Fu le salua d'un petit hochement de tête et reprit Sa marche vers Leadenhall Place.

Mais, arrivé là, Il stoppa. Il sentait la tension descendre le long de Son cou et se répandre sur Ses épaules comme une substance jaillie de Ses oreilles. Tout ça n'avait servi à rien, et une telle perte de temps alors que Son temps valait de l'or… Il eut brusquement envie de retrouver ce vigile et de le prendre comme trophée, tant pis pour les risques. Parce qu'Il allait devoir tout recommencer. Or tout recommencer à un moment où Son envie était aussi intense présentait un danger. Il se retrouvait sur le point de céder à un accès de témérité. Et Il ne pouvait pas Se le permettre.

Tu te crois différent, pauvre merde ? Tu crois peut-être que tu as quelque chose que tout le monde voudrait avoir ?

Il crispa les mâchoires. Il Se força à considérer les faits, rien que les faits. Cet endroit ne convenait pas à Son projet, et l'intervention du vigile avait été une bénédiction en le Lui démontrant. À l'évidence, il y avait plus de caméras à l'intérieur du marché qu'Il ne l'avait cru, camouflées en hauteur dans les voûtes du plafond, sans doute, sous une aile de dragon, derrière une moulure élégante… Ça n'avait plus d'importance. Seul comptait ce qu'Il savait. Il pouvait maintenant se mettre en quête d'un autre site.

Il repensa à l'émission télévisée. Il repensa aux articles des journaux. Il repensa aux photos. Il repensa aux noms.

Il sourit tant la réponse était simple. Il savait où chercher.

Le temps pour Lynley et Nkata de revenir à New Scotland Yard, Barbara Havers avait bouclé sa recherche sur les antécédents de Minshall. Elle avait aussi visionné la bande vidéo du magasin Boots et étudié la queue qui s'était formée derrière Kimmo Thorne et Charlie Burov – alias Blinker –, au cas où un visage familier en aurait fait partie, et elle s'était efforcée en prime de passer en revue les autres clients de la boutique, dans la mesure où ceux-ci étaient visibles sur la bande. Personne, leur annonça-t-elle, ne ressemblait de près ou de loin à quelqu'un qu'elle aurait vu chez Colossus. Barry Minshall ne figurait pas non plus parmi les clients. Quant à une éventuelle ressemblance avec le portrait-robot du gymnase… Elle s'était montrée d'emblée peu enthousiaste concernant ce dessin.

— Ça ne nous mènera nulle part, dit-elle à Lynley.

— Et les antécédents de Minshall ?

— Il a gardé les mains propres jusqu'ici.

Elle avait remis les photos des garçons déguisés en magiciens à l'inspecteur Stewart, qui lui-même les avait remises à des agents chargés de les montrer aux parents des victimes en vue d'une possible identification.

— Si vous voulez mon avis, ajouta Barbara, je ne crois pas non plus que ça puisse nous mener très loin, monsieur. Je les ai comparées aux photos qu'on a en stock et aucune ne paraît coller.

Cette conclusion ne semblait pas la mettre en joie. De toute évidence, elle aurait bien vu Minshall en tueur.

Lynley lui demanda de creuser le passé du vendeur de sels de bain de Stables Market, le dénommé John Miller, qui paraissait manifester un intérêt excessif pour ce qui se passait sur le stand de Barry Minshall.

Entre-temps, John Stewart avait chargé cinq constables – il n'avait pas pu faire plus, dit-il à Lynley – de traiter les appels consécutifs à la diffusion du portrait-robot à *Crimewatch*. Une foule de téléspectateurs connaissaient apparemment une personne ayant une ressemblance marquée avec l'individu à casquette de base-ball qui avait été vu au Square Four. Les constables avaient pour mission de trier le bon grain de l'ivraie parmi les appelants. Les farfelus et autres agités du bocal adoraient sauter sur ce genre d'occasion pour se donner de l'importance ou s'offrir une petite vengeance vis-à-vis d'un voisin avec lequel ils étaient en bisbille. Il n'y avait rien de mieux dans ces cas-là que d'informer la police que tel ou tel « méritait qu'on s'intéresse à lui ».

Lynley quitta la salle d'opérations pour son bureau, où l'attendait un rapport du SO7. Il avait sorti ses lunettes de la poche de sa veste et commençait à peine à le lire lorsque le téléphone sonna. Dorothea Harriman lui souffla d'une voix étouffée que Hillier était en route pour venir le voir.

— Il est accompagné, ajouta Harriman sotto voce. Je ne sais pas qui c'est, mais il ne fait pas flic.

Un instant plus tard, Hillier faisait son entrée :

— Il paraît que vous avez quelqu'un en garde à vue.

Lynley ôta ses lunettes de lecture. Il jeta un coup d'œil au compagnon de Hillier avant de répondre : un homme d'une trentaine d'années en blue-jean, bottes de cow-boy et Stetson. Effectivement, pensa-t-il, ce n'est pas un flic.

— On ne s'est jamais rencontrés, je crois ? dit-il à l'inconnu.

— Mitchell Corsico, de la *Source*, intervint Hillier d'un ton impatient. Notre journaliste « embarqué ». Qu'est-ce que c'est que cette histoire de suspect, commissaire ?

Lynley reposa lentement le rapport du SO7 à l'envers sur son bureau.

— Puis-je vous dire un mot en particulier, monsieur ?

— Ce ne sera pas nécessaire, répondit Hillier.

Corsico s'empressa de lancer, en regardant de l'un à l'autre :

— Je fais un petit saut dehors.

— J'ai dit...

— Merci.

Lynley attendit que le journaliste ait disparu dans le couloir pour s'en prendre à Hillier.

— Vous aviez dit quarante-huit heures avant l'arrivée du journaliste. Le compte n'y est pas.

— Adressez-vous en haut lieu, commissaire. Ça ne vient pas de moi.

— De qui, alors ?

538

— La Direction des Affaires publiques nous a transmis une proposition. Et il se trouve que je l'ai jugée bonne.

— Je proteste. Non seulement c'est irrégulier, mais c'est dangereux.

Hillier ne parut pas goûter la remarque.

— Écoutez-moi. Les médias sont au summum de l'hystérie. Cette affaire domine l'ensemble de la presse écrite et tous les journaux télévisés. À moins qu'une bande de têtes brûlées arabes ne décide de faire sauter Grosvenor Square, rien ne nous permettra d'échapper aux feux des projecteurs. Mitch est avec nous, et…

— Vous ne pouvez pas penser une chose pareille, coupa Lynley. Et vous m'aviez assuré que le journaliste en question viendrait de la grande presse, monsieur.

— … et son idée est intéressante, enchaîna Hillier. Son rédacteur en chef a téléphoné à la DPA pour la lui soumettre, et la DPA a donné son feu vert.

Il se tourna vers la porte et lança :

— Mitch ? Revenez par ici, s'il vous plaît.

Ce que fit Corsico, son Stetson rejeté derrière la nuque.

Le journaliste s'empressa de se faire l'écho des sentiments de Lynley.

— Écoutez, commissaire, je sais que tout ça n'est pas très régulier, mais vous ne devez pas vous inquiéter. Je voudrais démarrer par une sorte de portrait. Mettre le public dans l'ambiance de l'enquête en parlant des personnes qui travaillent dessus. Et je voudrais commencer par vous. Qui vous êtes, ce que vous faites ici. Croyez-moi, aucun détail de l'investigation proprement dite ne passera dans mon article si vous ne le voulez pas.

— Je n'ai pas le temps de répondre à des interviews.

Corsico leva une main.

— Aucun souci. J'ai déjà un grand nombre d'informations – l'adjoint au préfet a fait le nécessaire – et tout ce que je vous demande, c'est de me laisser être une mouche sur votre mur.

— Je ne peux pas vous accorder ça.

— Moi si, dit Hillier. Je le peux, et je le fais. Vous avez ma confiance, Mitch. Je sais que vous savez à quel point cette situation est délicate. Suivez-moi, je vais vous présenter au reste de l'équipe. Vous n'avez encore jamais vu de salle d'opérations ? Je suis sûr que vous allez trouver ça intéressant.

Hillier ressortit avec Corsico dans son sillage. Incrédule, Lynley les regarda s'en aller. Il s'était levé à l'entrée de l'adjoint au préfet et du journaliste ; il se rassit en se demandant s'ils avaient tous perdu la tête à la Direction des Affaires publiques.

À qui téléphoner ? Comment protester ? Il pensa à Webberly, se demanda si le commissaire pourrait intercéder depuis sa convalescence. Il ne voyait pas comment. Hillier était piloté par ses supérieurs, et cela, Webberly n'était vraisemblablement pas en position de s'y opposer. La seule personne susceptible de mettre le holà à cette folie aurait été le préfet lui-même, mais quel résultat son intervention produirait-elle à terme, à part la décision qu'il prendrait plus que probablement d'écarter Lynley de l'enquête ?

Des portraits d'enquêteurs, songea-t-il avec ironie. Seigneur Dieu, et puis quoi encore ? Des photos sur papier glacé dans *Hello !* ou une invitation sur le plateau d'un talk-show inepte ?

Il reprit le rapport du SO7, fort d'une seule certitude : son équipe d'enquêteurs serait à peu près aussi enchantée que lui de ce développement. Il remit ses lunettes pour voir ce que les légistes avaient à leur apprendre.

On avait retrouvé des traces de peau sous les ongles de Davey Benton, conséquence de sa lutte désespérée avec son bourreau. On avait aussi retrouvé du sperme, fruit de l'agression sexuelle. Ces deux résultats allaient permettre d'obtenir l'ADN du tueur, une première depuis qu'il avait commencé à sévir.

On avait aussi retrouvé sur le cadavre un poil inhabituel – le cœur de Lynley bondit à l'instant où il lut le mot « inhabituel », et ses pensées se dirigèrent aussitôt vers Barry Minshall – qui était actuellement en cours d'analyse. Il semblait toutefois que ce ne soit pas un poil humain, et il ne fallait donc pas exclure qu'il provienne simplement du lieu où le corps avait été abandonné.

Enfin, les empreintes de chaussures retrouvées sur le site de Queen's Wood avaient été identifiées. Elles avaient été produites par des Church, pointure 43. Le modèle s'appelait Shannon.

Lynley accueillit cette dernière information avec pessimisme. La liste des lieux d'achat possibles englobait la quasi-totalité des rues commerçantes de Londres.

Il composa le numéro de poste de Dorothea Harriman. Pouvait-elle faire parvenir un exemplaire de ce dernier rapport du SO7 à Simon Saint James ? lui demanda-t-il.

Toujours diligente, elle l'avait déjà fait, ce à quoi elle ajouta qu'elle avait en ligne quelqu'un du commissariat de Holmes Street qui souhaitait lui parler. Voulait-il prendre l'appel ? Et, au fait, était-elle censée ignorer ce type, là, Mitchell Corsico, quand il lui posait des questions sur l'effet que ça faisait d'avoir un aristo pour patron ? Parce que, poursuivit-elle, si c'était vraiment la question du patron aristo qui l'intéressait, il y avait peut-être là un moyen de faire en sorte que l'adjoint au préfet saute sur son propre… « son propre je ne sais quoi ».

— Son propre pétard, compléta Lynley, voyant où elle voulait en venir.

C'était effectivement la solution, et la simplicité même, sans qu'il soit aucunement besoin de demander à un supérieur d'intervenir en quoi que ce soit.

— Dee, vous êtes un génie. Oui. Ne vous gênez pas pour lui envoyer du grain à moudre, à la tonne. Ça pourrait l'occuper pendant des jours et des jours, alors, servez-lui la soupe bien allongée. Parlez-lui de la Cornouailles. Du pactole familial. De la clique de domestiques qui refont Manderley[1] sous la houlette d'une gouvernante ruminant son chagrin. Téléphonez à ma mère et dites-lui de faire ce qu'il faut pour que mon frère ait l'air suffisamment défoncé si d'aventure Corsico venait à frapper à sa porte. Téléphonez à ma sœur et avertissez-la de s'enfermer à double tour au cas où il irait dans le Yorkshire avec l'envie de fouiller dans son linge sale. Vous voyez autre chose ?

— Eton et Oxford ? L'équipe d'aviron ?

— Hum… Oui. Le rugby aurait fait meilleur effet, non ? Plus viril. Mais restons-en aux faits, c'est ce qu'il y a de mieux pour le maintenir aussi loin que possible de la salle d'opérations. On ne récrit pas l'histoire, même quand on en a envie.

— Faut-il que je vous appelle milord ? Monsieur le comte ? Ou quoi ?

— N'allez pas trop loin, ou il se rendra compte. Il n'a pas l'air idiot.

— Exact.

---

1. Domaine où se situe l'action du livre (puis du film) *Rebecca*. (*N.d.T.*)

— Et maintenant, le commissariat de Holmes Street. Passez-le-moi, si vous voulez bien.

Harriman s'exécuta. Et Lynley se retrouva presque aussitôt en ligne non pas avec un policier, mais avec l'avocat de Barry Minshall. Son message fut aussi bref que bien accueilli.

Son client, annonça James Barty, avait réfléchi. Il était prêt à parler aux enquêteurs.

21

Ulrike Ellis songea qu'elle n'avait aucune raison de se sentir coupable. Elle déplorait la mort de Davey Benton comme elle aurait déploré celle de n'importe quel enfant dont on aurait retrouvé le cadavre au milieu de tous ces détritus jetés dans les bois. Mais une chose était sûre, Davey Benton n'avait jamais mis les pieds chez Colossus et elle se réjouissait de cette levée de soupçons, d'où découlerait certainement la conclusion qu'aucun adulte de Colossus n'était impliqué dans son meurtre.

Bien entendu, les policiers n'étaient pas allés jusque-là quand elle leur avait téléphoné. C'était une conclusion personnelle. Mais l'inspecteur qu'elle avait eu en ligne lui avait dit : « Très bien, madame », sur un ton laissant entendre qu'il était en train de rayer un élément important de sa liste, et cela signifiait forcément qu'un gros nuage se dissipait, ce nuage étant formé par les soupçons de la brigade criminelle de New Scotland Yard.

Elle leur avait téléphoné une première fois pour connaître le nom du garçon dont le corps avait été retrouvé à Queen's Wood. Et elle avait rappelé pour les informer, ravie – même si elle avait essayé de toutes ses forces de ne pas le montrer –, qu'il n'y avait aucune trace d'un Davey Benton dans les fichiers de Colossus. Entre les deux appels, elle avait épluché ses dossiers. Elle avait feuilleté toutes les chemises et passé en revue toutes les données stockées dans les ordinateurs de Colossus. Elle avait inspecté toutes les cartes remplies par des enfants ayant exprimé un intérêt pour Colossus dans le cadre des opérations de sensibilisation que l'organisation avait lancées un peu partout dans Londres l'année précédente. Elle avait même communiqué l'identité du garçon aux services sociaux, pour s'entendre répondre par téléphone qu'ils n'avaient pas de dossier à son nom et qu'aucune intervention de Colossus n'avait été recommandée en ce qui le concernait.

Tout cela étant fait, elle se sentit soulagée. L'horreur des meurtres en série, en fin de compte, n'était pas liée à Colossus. Ce n'était pas qu'elle eût vraiment pensé un instant qu'elle pût l'être, mais...

Un coup de fil de la vilaine femme constable aux dents ébréchées et aux cheveux mal peignés déclencha cependant chez Ulrike un nouveau pic d'anxiété. La police travaillait à présent sur une autre connexion possible. Était-il arrivé à Colossus d'emmener ses stagiaires à des spectacles ? interrogea le constable. Dans certaines occasions particulières, peut-être ?

Ulrike ayant demandé à celle-ci – elle s'appelait Havers – quel genre de spectacle, elle s'entendit répondre :

— Un spectacle de magie, par exemple. Ça vous arrive d'organiser ce genre de truc ?

Ulrike rétorqua, d'un ton aussi serviable que possible, qu'elle allait devoir se renseigner sur ce point. Car les stagiaires participaient effectivement à des sorties – cela faisait partie du programme d'évaluation –, même si celles-ci relevaient plutôt en général d'activités physiques comme la voile, la randonnée, la bicyclette ou le camping. Néanmoins, la chose était possible, et Ulrike tenait à explorer toutes les possibilités. Donc, si elle pouvait rappeler le constable Havers… ?

Elle se remit à chercher. Un nouvel épluchage des dossiers s'imposait. Elle alla aussi trouver Jack Veness : si quelqu'un savait ce qui se passait dans les moindres recoins de Colossus, c'était bien lui, puisqu'il était déjà dans la place avant l'entrée en scène d'Ulrike.

— De la magie ? fit Jack, haussant un sourcil broussailleux couleur gingembre. Le style lapin sorti d'un chapeau et tout ça ? Qu'est-ce qui leur prend encore, aux flics ?

Il enchaîna en affirmant qu'il n'avait jamais entendu parler d'un spectacle de magie organisé dans les locaux de Colossus ni d'une sortie de quelque groupe de stagiaires que ce soit pour assister à un truc de ce genre. Et il ajouta, en se tordant le cou pour indiquer les profondeurs du bâtiment où des enfants étaient occupés par leurs cours :

— Ces mômes-là, c'est pas franchement le genre à marcher à fond dans ce genre de connerie, hein, Ulrike ?

Bien sûr que non, ce n'était pas leur genre, et elle n'avait aucun besoin de se l'entendre dire par Jack Veness. Elle n'avait pas besoin non plus de le voir ricaner, que ce soit parce qu'il était en train de visualiser leurs stagiaires assis en demi-cercle, retenant leur souffle devant un prestidigitateur lancé dans son numéro ou bien parce qu'elle – Ulrike Ellis, censée piloter l'organisation – avait pu ne serait-ce qu'envisager que les petits caïds qu'ils avaient pour clients pourraient apprécier ce type de divertissement. Ce garçon avait décidément besoin d'être remis à sa place.

— Tu trouves cette histoire de tueur amusante, Jack ? Et si oui, tu peux m'expliquer pourquoi ?

Le rictus fut balayé du visage de Veness et remplacé par une moue hostile.

— Vous devriez vous calmer, Ulrike.

— Surveille ton langage, dit-elle en s'éloignant.

Elle tenait à découvrir d'autres informations à donner aux flics. Mais lorsqu'elle leur annonça par téléphone qu'aucun employé de Colossus n'avait jamais fait venir de magicien ni emmené un groupe au spectacle d'un magicien, ils n'eurent pas l'air impressionnés. Le constable qui prit son appel se contenta d'imiter sa triste collègue comme quelqu'un qui lit son texte. « Très bien, madame », dit-il en se contentant d'ajouter qu'il ferait suivre l'information.

— Vous voyez naturellement ce que cela implique...

Mais il avait déjà raccroché, et Ulrike comprit ce que cela signifiait : il allait en falloir un peu plus pour que les flics cessent d'être sur le dos de Colossus, et elle allait devoir creuser pour le leur fournir.

Elle tenta de mettre au point une méthode d'approche suffisamment discrète pour ne pas risquer d'engendrer de futurs problèmes avec ses employés ou, pire, une réaction collective d'hostilité à son encontre. Elle savait qu'un leader efficace ne devait pas se soucier de l'opinion des autres, mais ce leader devait aussi être un animal politique capable de donner à toute action l'apparence d'un pas judicieux dans la meilleure direction, et ce quelle que soit cette action. Elle ne parvint cependant pas à trouver un moyen de faire en sorte que son intervention ressemble à autre chose qu'à une déclaration de méfiance. Le seul effort qu'elle fournit pour planifier une approche provoqua chez elle un début de rage de dents, au point qu'elle se demanda si elle n'était pas restée trop longtemps sans aller voir son dentiste. Elle chercha dans son bureau un comprimé de paracétamol, le fit passer avec une gorgée de café froid qui traînait à côté de son téléphone depuis Dieu sait combien de temps. Puis elle se mit en quête de... de réhabilitation. Pas pour elle, mais pour les autres. Quoi qu'elle découvre, se promit-elle, elle en informerait la police. Il n'y avait aucun doute dans son esprit sur le fait que Colossus n'hébergeait aucun tueur en son sein. Mais elle savait qu'elle devait absolument présenter une image rationnelle aux policiers, surtout à cause du mensonge qu'elle avait fait en déclarant que Jared Salvatore n'était pas un de leurs stagiaires. Il fallait qu'elle leur démontre qu'un changement s'était produit. Il fallait qu'elle les éloigne de Colossus.

Laissant de côté Jack Veness, elle se mit en quête de Griff. Elle vit par la fenêtre de la salle de cours qu'il était en séance avec son nouveau groupe, et son tableau à feuilles lui indiqua qu'ils étaient en train de faire le bilan de leur dernière activité. Elle réussit à capter son regard et lui adressa un petit geste. Je peux te parler ? Il répondit en lui montrant les cinq doigts de sa main avec un demi-sourire indiquant qu'il se faisait une idée fausse du sujet qu'elle souhaitait aborder avec lui. Tant pis, pensa-t-elle. Qu'il s'imagine qu'elle cherchait à l'attirer de nouveau dans son lit. Ça le rendrait moins méfiant, ce qui n'était pas plus mal. Elle hocha la tête et partit ensuite à la recherche de Neil Greenham.

À la place, elle trouva Robbie Kilfoyle, en salle de cuisine, qui préparait le prochain cours de pâtisserie. Il était en train de sortir des saladiers et des casseroles des placards en suivant la liste fournie par le professeur. Ulrike décida de commencer par lui. Que savait-elle vraiment de Robbie, à part qu'il avait eu quelques démêlés avec la justice longtemps auparavant ? Un voyeur, avait révélé l'enquête de moralité. Elle avait tout de même accepté de le prendre comme bénévole. Dieu sait s'ils avaient besoin de ses services, et les bénévoles n'avaient jamais couru les rues. Les gens changent, s'était-elle dit à l'époque. Mais son regard se fit soudain plus critique, et elle se rendit compte qu'il portait une casquette de base-ball... exactement comme le portrait-robot du tueur en série.

Mon Dieu ! S'il s'avérait qu'elle avait fait entrer un tueur au sein de l'organisation...

Mais si elle connaissait l'aspect du tueur présumé pour avoir vu son portrait-robot dans l'*Evening Standard* et pendant *Crimewatch*, n'était-il pas logique de supposer que Robbie Kilfoyle le connaissait aussi ? Et s'il le connaissait, et si c'était bien lui le tueur, pourquoi au nom du ciel serait-il venu ici avec sa casquette EuroDisney ? À moins, bien sûr, qu'il n'ait continué à la mettre parce qu'il se rendait compte à quel point ç'aurait paru bizarre qu'il cesse de la porter juste après l'émission. Ou alors, peut-être qu'il était tellement sûr de ne pas se faire pincer qu'il avait décidé de se montrer devant elle et tous les autres avec sa casquette EuroDisney sur la tête, un peu comme un chiffon rouge qu'on agite devant le taureau... Ou peut-être qu'il était incroyablement idiot... Ou qu'il ne regardait pas la télévision, qu'il ne lisait pas les journaux et... mon Dieu... mon Dieu...

— Quelque chose ne va pas, Ulrike ?

La question l'obligea à reprendre ses esprits. Le mal de dents avait migré vers sa poitrine. Le cœur, encore. Elle était mûre pour un check-up complet.

— Excuse-moi, dit-elle. Je te regardais ?

— Ben... oui.

Il se mit à aligner des saladiers sur le plan de travail, à intervalles réguliers, pour les stagiaires du cours de cuisine.

— Aujourd'hui c'est pudding du Yorkshire, déclarat-il avec un coup de menton vers la liste qu'il avait punaisée sur un panneau de liège au-dessus de l'évier. Ma mère en faisait tous les dimanches. Et vous ?

Ulrike saisit la perche.

— Je n'y avais jamais goûté avant qu'on arrive en Angleterre. Maman n'en faisait pas en Afrique du Sud. Je ne sais pas pourquoi.

— Ni de rosbif ?

— Je ne m'en souviens pas, à vrai dire. Probablement pas. Je peux t'aider ?

Il eut un regard circulaire. La proposition parut l'inquiéter. Cela se comprenait, dans la mesure où elle ne lui en avait jamais fait jusque-là. Elle n'avait même jamais parlé – vraiment parlé – avec lui à part au tout début, lorsqu'elle l'avait engagé. Elle se promit de parler à tout le monde au moins une fois par jour à partir de cette date.

— Il n'y a plus grand-chose à faire, répondit-il, mais j'ai rien contre un brin de conversation.

Elle s'approcha du panneau de liège et consulta sa liste. Des œufs et de la farine. De l'huile. Des casseroles. Du sel. Pas besoin d'être un génie pour préparer un pudding du Yorkshire. Elle se fit une seconde promesse : demander au professeur de cuisine de mettre la barre un peu plus haut.

Elle se creusa la cervelle pour retrouver quelque chose qu'elle savait sur Robbie, à part son passé de voyeur.

— Comment va le boulot ? demanda-t-elle.

Il lui décocha un coup d'œil sarcastique.

— De livreur de sandwiches, vous voulez dire ? C'est un gagne-pain. Enfin, ajouta-t-il avec un sourire, si on peut dire. Je ne serais pas contre quelque chose d'un peu mieux, pour être franc.

550

Ulrike l'entendit comme un appel du pied. Il louchait sur un poste permanent chez Colossus. Un poste rémunéré. On ne pouvait pas lui en vouloir.

Robbie sembla lire dans ses pensées. Il cessa de verser de la farine dans un grand saladier en plexiglas.

— Je suis vraiment capable de bosser en équipe, Ulrike. Si vous me donniez ma chance.

— Oui. Je sais que c'est ce que tu veux. C'est à l'étude. Le jour où on ouvrira la branche nord, tu seras tout en haut de la liste des moniteurs d'évaluation.

— Vous ne me faites pas marcher, au moins ?

— Pourquoi je ferais une chose pareille ?

Il reposa son sachet de farine sur le plan de travail.

— Écoutez, je ne suis pas débile. Je sais ce qui se passe ici. Les flics sont venus me parler.

— Ils ont parlé à tout le monde.

— Ouais, peut-être. Mais ils sont aussi allés sonner chez mes voisins. J'ai toujours vécu là-bas, et les voisins m'ont dit qu'ils étaient venus. Je crois qu'ils sont à deux doigts de me placer sous surveillance.

— Sous surveillance ? répéta Ulrike d'un ton qu'elle voulut détaché. Toi ? Certainement pas. Qu'est-ce qu'il y a donc dans tes activités qui pourrait leur donner envie de te tenir à l'œil ?

— Rien, justement. Bon, il y a juste cet hôtel près de chez moi, avec un bar. C'est là que je vais boire un verre quand j'ai besoin que mon père me lâche un peu. À croire que c'est un crime pour eux.

— Les parents, dit-elle. De temps en temps, on a besoin de leur échapper, pas vrai ?

Il fronça les sourcils, interrompit sa tâche et resta un instant silencieux avant de demander :

— Leur échapper ? Qu'est-ce que ça veut dire, ça ?

— Rien. C'est juste que ma mère et moi, on se chamaille souvent, alors je crois que j'ai pensé... eh bien, à la question de la rivalité, voilà tout. Deux adultes du même sexe, sous le même toit. On finit par se porter mutuellement sur les nerfs.

— Tant qu'on regarde la télé, on s'entend très bien, mon père et moi.

— Oh. Tu as de la chance. Ça t'arrive souvent ? De regarder la télé, je veux dire.

— Oui. La téléréalité. On est accros. L'autre soir, tiens, on…

— C'était quel soir ?

Elle avait posé sa question trop vite. Les traits de Kilfoyle prirent soudain une dureté qu'elle ne leur avait jamais vue. Il sortit des œufs du réfrigérateur, les compta avec soin, comme s'il tenait à montrer sa diligence. Elle attendit pour voir s'il répondrait.

— La veille du jour où on a retrouvé le garçon dans les bois, dit-il enfin, d'un ton effroyablement courtois. On a regardé cette émission qui se passe sur un yacht. *Sail Away*. Vous connaissez ? C'est sur le câble. On a parié sur le candidat qui se ferait éliminer. Vous avez le câble, Ulrike ?

Elle fut bien obligée d'admirer la façon dont il avait fermé les yeux sur l'affront pour rester coopératif. Elle se sentit une dette envers lui.

— Excuse-moi, Rob.

Il attendit un instant avant de hausser les épaules, magnanime.

— Ça ira. Mais je me demandais vraiment pourquoi vous vous étiez arrêtée pour discuter.

— Je t'assure que tu es sur la liste des candidats à un poste salarié.

— Oui. Bon, je ferais mieux de finir.

Elle le laissa reprendre sa tâche. Elle se sentait mal à l'aise mais conclut que les sentiments d'autrui ne devaient pas entrer en ligne de compte, et les siens non plus. Plus tard, quand la situation serait redevenue normale, elle ferait les ajustements nécessaires. En attendant, elle avait des préoccupations nettement plus pressantes.

Elle décida de renoncer à l'approche enveloppante. Ayant trouvé Neil Greenham, elle lui sauta directement à la jugulaire.

Seul en salle d'informatique, il travaillait sur le site web de ses stagiaires. Typique de la clientèle de Colossus, la page d'accueil était noire et frappée de caractères gothiques.

— Neil, attaqua-t-elle, que faisais-tu le soir du 8 ?

Il griffonna une note dans un carnet jaune ouvert à côté de la souris. Elle vit se contracter un muscle de sa mâchoire grassouillette.

— Laissez-moi deviner, Ulrike. Vous cherchez à savoir si j'étais occupé à assassiner un malheureux gamin dans les bois.

Elle resta muette. Il n'avait qu'à penser ce qu'il voulait.

— Vous avez aussi posé la question aux autres ? demanda-t-il. Ou je suis le seul élu ?

— Tu peux répondre à ma question, Neil ?

— Je peux, bien sûr. Mais quant à savoir si je vais le faire, c'est une autre histoire.

— Neil, ça n'a rien de personnel. J'en ai déjà parlé à Robbie Kilfoyle. Et j'ai l'intention d'en parler aussi à Jack.

— Et Griff ? Peut-être qu'il n'apparaît plus sur votre écran radar dès lors qu'il est question de meurtre ? Puisque vous semblez avoir décidé de jouer les indics, je m'attendais à ce que vous fassiez enfin preuve d'un minimum d'objectivité.

Elle se sentit rougir. D'humiliation, pas de colère. Oh, elle avait toujours cru qu'ils étaient largement assez prudents. Personne ne peut se douter, répétait-elle à Griff. Et en fin de compte, ça n'avait servi à rien. Quand on laissait l'ivresse l'emporter sur la prudence, c'était peine perdue.

— Tu as l'intention de répondre à ma question ?

— Bien sûr, quand les flics me la poseront. Et je m'attends à ce qu'ils me la posent. Vous allez faire ce qu'il faut pour, n'est-ce pas ?

— Il ne s'agit pas de moi. Ni de personne. Il s'agit de…

— Colossus, compléta-t-il. Exact, Ulrike. Il s'agit toujours de Colossus, hein ? Maintenant, si vous voulez bien m'excuser, j'ai du boulot. Mais si vous cherchez un raccourci, passez donc un coup de fil à ma maman. Mon alibi, c'est elle. Bon, comme je suis son petit ange adoré aux yeux bleus, il est certain que j'aurais pu lui demander de mentir au cas où quelqu'un viendrait poser des questions. Mais ce risque-là, de toute façon, vous allez le retrouver avec tout le monde. Au revoir.

Il se tourna vers son ordinateur. Son visage rougeaud avait encore rougi d'un ton. Elle vit une veine pulser sur sa tempe. L'innocence outragée confrontée au soupçon ? Ou autre chose ? Très bien, Neil. Comme tu voudras.

Les choses furent plus faciles avec Jack Veness.

— Au Miller & Grindstone. Merde, Ulrike, c'est là que je suis tout le temps. Qu'est-ce qui vous prend de vous mêler de ça, d'ailleurs ? Vous ne trouvez pas qu'on est déjà assez dans la merde ?

Ils l'étaient. Elle aggravait la situation, mais il n'y avait aucun moyen de l'éviter. Il fallait qu'elle trouve quelque chose à donner aux flics. Même si cela l'obligeait à vérifier elle-même chaque alibi : le père de Robbie, la mère de Neil, le tenancier du Miller & Grindstone… Elle était prête à cela. Elle en était capable. Et ça ne lui faisait pas peur. Elle allait s'en charger parce que les enjeux étaient trop…

554

— Ulrike ? Qu'est-ce qui se passe ? Je croyais vous avoir dit cinq minutes.

Griff venait de les rejoindre à l'accueil. Il semblait décontenancé, et il y avait de quoi dans la mesure où toutes les fois où il lui avait dit à quel moment elle pourrait entrer dans son orbite, elle avait obéi avec la ponctualité d'un satellite.

— Il faut que je te dise un mot, déclara-t-elle. Tu as un moment ?

— Bien sûr. Les gosses préparent le cercle de confiance. Qu'est-ce qui se passe ?

— Ulrike reprend le flambeau là où les flics l'ont laissé, intervint Jack.

— Ça ira, Jack, lâcha Ulrike. Viens avec moi, Griff.

Elle le précéda dans son bureau puis referma la porte. Ni l'approche oblique ni l'approche directe n'ayant réussi à éviter l'affront, elle avait décidé que la manière dont elle s'y prendrait avec Griff n'avait aucune importance. À la seconde où elle ouvrait la bouche, il prit la parole.

— Ça me fait plaisir que tu aies demandé à me parler, Rike, dit-il en se passant une main, toujours cette main, dans les cheveux. Il fallait que je te parle.

— De quoi ?

Ce fut alors qu'elle se rendit compte. Rike. Un nom qu'il lui avait susurré à l'oreille. Un râle d'orgasme : Rike, Rike.

— Tu me manques. Je n'aime pas la façon dont tout a l'air terminé entre nous, ça ne me va pas. Je n'aime pas que ce soit terminé. Cette chose que tu as dite de moi… que j'étais un bon coup. Ça m'a touché jusqu'à l'os. Je n'ai jamais vu les choses sous cet angle-là avec toi. Ce n'était pas une histoire de cul, Rike.

— Vraiment ? Et c'était quoi ?

Il s'était jusque-là tenu immobile près de la porte, et elle devant son bureau. Il avança, mais pas dans sa direction. Il s'approcha des rayons de livres et fit mine de les examiner. Il finit par soulever la photo de Nelson Mandela posant entre Ulrike – beaucoup plus jeune, beaucoup plus ignorante des choses de la vie – et son père.

— Ça, dit-il. Cette gamine de la photo, tout ce à quoi elle croyait à l'époque et croit encore maintenant. Sa passion. La vie qu'on sent en elle. Le fait d'être au contact de tout ça parce que c'est ce que je cherche moi aussi : la passion et la vie. Voilà ce que c'était.

Il reposa le cliché, la chercha du regard.

— Et c'est encore là, en toi. C'est ça qui me fascine. Depuis le début, et encore maintenant.

Il glissa les mains dans les poches arrière de son blue-jean. Il était serré, comme toujours, et lui moulait l'entrejambe. On devinait la bosse de son pénis. Elle détourna les yeux.

— C'est l'enfer à la maison, poursuivit-il. Je n'ai pas été moi-même ces derniers temps, et je m'en excuse. Les hormones d'Arabella font le yo-yo, le bébé a des coliques. L'atelier de sérigraphie ne marche pas fort en ce moment. J'avais trop de trucs en tête. J'ai commencé à te voir comme un problème de plus, et je ne t'ai pas traitée comme tu le méritais.

— Oui. C'est vrai.

— Mais ça ne voulait pas dire… ça ne veut pas dire… que je ne voulais plus de toi. C'est juste qu'à ce moment-là les complications…

— La vie n'a pas besoin d'être compliquée. C'est toi qui te la compliques.

— Rike, je ne peux pas la quitter. Pas encore. Pas avec un tout petit. Si je le faisais, ça ne serait pas bon pour toi, ni pour personne. Il faut que tu comprennes.

— Personne ne t'a demandé de la quitter.

— On y allait tout droit, et tu le sais.

Elle resta silencieuse. Elle savait qu'il fallait le ramener sur le sujet qu'elle souhaitait aborder avec lui, mais ses yeux de braise la perturbaient et, ce faisant, la replongeaient malgré elle dans le passé. La sensation de sa présence si proche. La chaleur de sa peau. Cet instant de vertige où il la pénétrait. Plus qu'un corps-à-corps, c'était la fusion de deux âmes.

— Oui, dit-elle, résistant à la force d'attraction du souvenir. Bon. Peut-être bien.

— Tu sais qu'on y allait. Tu voyais bien ce que je ressentais. Ce que je ressens…

Il s'approcha. Ulrike sentit son pouls, léger, rapide, caracoler au fond de sa gorge. Une chaleur monta en elle, irradia ses parties intimes. L'affolante humidité se répandait malgré elle.

— C'était un truc animal, dit-elle. Il faudrait être idiot pour y voir une histoire sérieuse.

Il était assez proche pour qu'elle perçoive son odeur. Pas de lotion, non. Ni d'eau de Cologne, ni d'après-rasage. Juste son odeur, cette combinaison de cheveux, de peau, et de sexe.

Il tendit une main et la toucha : ses doigts lui effleurèrent la tempe, décrivirent un quart de cercle jusqu'à son oreille. Il effleura le lobe. L'index suivit le tracé de sa mâchoire. Puis il laissa retomber sa main.

— Le courant passe toujours bien entre nous, non ?

— Griff, écoute.

Elle entendit le manque de conviction de sa voix. Il avait dû l'entendre aussi. Et comprendre ce que cela signifiait. Parce que cela signifiait bel et bien… Oh, sa présence, son odeur et sa force. La plaquant, emprisonnant ses mains dans les siennes sur le matelas, et son baiser, son baiser. Ses hanches en une danse rythmique, rotative, puis cambrées, cambrées parce que plus rien ne comptait ni alors ni même plus tard que l'envie, la possession, la satiété.

Elle sentit qu'il ressentait la même chose. Elle sentit que si elle baissait les yeux – ce qu'elle ne ferait pas – , elle en verrait la preuve sous son jean serré.

— Que j'écoute quoi, Rike ? grommela Griff. Mon cœur ? Le tien ? Qu'est-ce qu'ils nous disent ? J'ai envie de te retrouver. C'est fou. C'est idiot. Je n'ai rien à t'offrir pour le moment à part l'envie que j'ai de toi. Je ne sais pas ce que demain nous réserve. On sera peut-être morts tous les deux. J'ai envie de toi, maintenant, et c'est tout.

Quand il l'embrassa, elle ne se déroba pas à son étreinte. La bouche de Griff trouva la sienne et força le passage de ses lèvres. Elle recula contre le bureau et il épousa son mouvement de manière à lui faire sentir son désir, dur et chaud, plaqué contre elle.

— Reprends-moi, Rike, murmura-t-il.

Elle noua les bras autour de son cou et l'embrassa goulûment. Le danger était partout mais elle s'en moquait. Parce que au-delà du danger – au-dessus de lui et neutralisant son pouvoir de nuisance – il y avait ceci. Ses mains dans les cheveux de Griff, leur soie brute entre ses doigts. La bouche au creux de son cou, les mains cherchant ses seins. La pression de ce corps qui se frottait contre elle et le désir d'en jouir, combiné à l'absolue indifférence à la découverte.

Ils feraient vite, pensa-t-elle. Mais ils ne pourraient pas se séparer tant que...

Des zips, des dessous, et leur cri de plaisir à tous les deux quand il la hissa sur le bureau et entra en elle. Leurs bouches collées, ses bras noués, ceux de Griff qui lui maintenaient les hanches en position, et ses coups de boutoir qui ne seraient jamais ni assez forts ni assez brutaux. Et puis elle sentit venir la contraction bénie, le soulagement et dans la seconde d'après son râle de plaisir à lui. Soudés l'un à l'autre comme ils étaient voués à l'être, sains et saufs, en moins de soixante secondes.

Ils se dissocièrent lentement. Elle vit qu'il était rouge. Elle devait l'être aussi. Il respirait vite, semblait abasourdi.

— Je ne voulais pas que ça arrive, dit-il.

— Moi non plus.

— Voilà ce qu'on est ensemble.

— Oui. Je sais.

— Je ne veux pas que ça s'arrête. J'ai essayé. Mais ça ne marche pas parce que je te vois et…

— Je sais. Je sens ça moi aussi.

Elle remit ses vêtements. Elle savait que l'odeur du sexe était partout sur elle. Elle aurait dû s'en inquiéter, mais non.

C'était pareil pour lui. Ce devait être pareil, parce qu'il l'attira contre lui et lui offrit un baiser.

— Je vais trouver une solution, dit-il.

Elle lui rendit son baiser. Le reste de Colossus, derrière la porte de son bureau, n'existait pas.

Il détacha enfin sa bouche avec un petit rire. Il la garda dans ses bras, lui appuya la tête sur son épaule.

— Tu seras là pour moi, dis ? Tu seras toujours là pour moi, Rike ?

Elle leva la tête.

— J'ai l'impression que je ne vais nulle part.

— Je suis content. On est ensemble. Toujours.

— Oui.

Il lui caressa la joue. Lui mit de nouveau la tête contre son épaule et la maintint.

— Tu le dis, alors ?

— Hmmm…

— Rike ? Est-ce que tu le… ?

Elle redressa la tête.

— Quoi ?

— Qu'on est ensemble. On se désire, on sait que ce n'est pas bien, mais on n'y peut rien. Alors, quand l'occasion se présente, il n'y a plus rien qui compte. L'heure, le jour, rien. On fait ce qu'on a à faire.

Elle surprit ses yeux graves – la façon dont ils la scrutaient – et sentit comme un courant d'air froid.

— Qu'est-ce que tu racontes ?

Griff eut un gloussement d'amant, tendre, indulgent. Elle se détacha.

— Qu'est-ce qu'il y a ? demanda-t-il.

— Tu étais où ? Dis-moi où tu étais.

— Moi ? Quand ?

— Tu sais très bien quand, Griffin. Parce que tout ça, dit-elle avec un geste qui les enveloppa l'un et l'autre, le bureau, l'interlude qu'ils venaient de créer, n'a qu'un seul but. Toi. Tout se ramène toujours à toi. Et à me faire tourner la tête pour que je raconte n'importe quoi. Les flics rôdent autour, et la dernière personne à qui je voudrais qu'ils s'intéressent de près, évidemment, c'est le type que je m'envoie en douce.

Il esquissa une expression incrédule, mais elle ne se laissa pas berner. Pas plus qu'elle ne fut émue par l'innocence blessée qui s'y substitua. Quoi qu'il ait pu faire le soir du 8, Griff allait avoir besoin d'un alibi solide. Et il s'était imaginé qu'elle s'empresserait de le lui fournir, persuadée qu'elle était de former avec lui ce couple d'amants maudits que le destin – ou autre – les condamnait à être.

— Espèce de salaud égocentrique, dit-elle.

— Rike...

— Fous le camp. Fous le camp de ma vie.

— Quoi ? Tu me vires ?

Elle rit, un rire dur dont la cible n'était autre qu'elle-même et sa stupidité.

— On en revient toujours à ça, hein ?

— À quoi ?

— À toi. Non, je ne te vire pas. Ce serait trop facile. Je tiens à te garder à l'œil, ici même. Je veux que tu accoures chaque fois que je sifflerai. J'ai l'intention de ne pas te lâcher.

Chose incroyable, il demanda :

— Mais est-ce que tu comptes raconter aux flics… ?

— Crois-moi, Griff, je vais leur raconter tout ce qu'ils auront envie de savoir.

Lynley décida qu'il devait à Havers de la laisser assister au deuxième interrogatoire de Barry Minshall, puisque c'était elle qui l'avait arrêté. Il alla donc la chercher en salle d'opérations, où elle était occupée à fouiller le passé du vendeur de sels de bain de Stables Market. Il la pria simplement de le suivre. Pendant qu'ils descendaient par l'escalier au garage souterrain, il la mit au courant.

— Il cherche à négocier, je parie, dit-elle lorsqu'il lui eut appris que Barry Minshall était disposé à parler. Ce type traîne tellement de linge sale qu'il va avoir besoin d'une usine de lessive pour tout laver. Notez bien ce que je dis. Vous comptez jouer le jeu, monsieur ?

— Ce sont des gamins, Havers. À peine sortis de l'enfance. Il n'est pas question que je brade la valeur de leur existence en offrant au tueur autre chose que ce qui lui pend au nez : la résidence à vie dans un environnement hostile où les agresseurs d'enfants sont ce qu'il y a de moins populaire.

— Je marche, déclara Havers.

Malgré cet accord de principe, Lynley sentit qu'il avait besoin d'en dire plus, comme si un débat les opposait. Il lui semblait que ce n'était qu'en frappant fort qu'on pouvait avoir une petite chance d'éradiquer la maladie qui avait commencé à gangrener leur société.

— À un moment ou à un autre, Havers, il faudra bien qu'on devienne un pays où les enfants ne sont pas des produits jetables. Il faudra qu'on devienne autre chose qu'un pays où tout arrive et où rien n'a d'importance. Et, croyez-moi, ça me plaît assez de commencer en prenant M. Minshall comme sujet de leçon pour tous ceux qui considèrent que les garçons de douze ou treize ans se jettent à la poubelle comme des barquettes de curry à emporter.

Il s'arrêta sur un palier intermédiaire et la regarda.

— Encore un sermon, dit-il d'un air de regret. Excusez-moi.

— Pas de problème. Vous avez le droit.

Elle leva la tête vers les étages supérieurs de Victoria Block.

— Mais, monsieur…

Sa voix était hésitante, ce qui ne lui ressemblait pas du tout. Elle se jeta à l'eau.

— Ce type, Corsico… ?

— Le journaliste « embarqué ». On ne pourra pas y couper. Hillier est toujours aussi imperméable aux arguments rationnels.

— Ce type saura rester dans les limites, le rassura-t-elle. Ce n'est pas ça. Il ne s'intéresse à rien, et les seules questions qu'il pose vous concernent. Hillier nous a dit qu'il voulait faire des portraits de l'équipe, mais je pense que…

Elle paraissait nerveuse. Lynley sentit qu'elle avait envie d'une cigarette, cette vieille béquille.

— Ce n'est pas une bonne idée, acheva-t-il à sa place. Exposer l'image des enquêteurs sur la place publique.

— C'est juste que je ne veux pas y passer. Pas question que ce type aille fouiller dans mon tiroir à petites culottes.

— J'ai dit à Dee Harriman de lui en donner suffisamment pour qu'il reste plusieurs jours occupé par mon passé inavouable, qu'elle a reçu la consigne d'enjoliver comme bon lui semblera : Eton, Oxford, Howenstow, une bonne vingtaine d'histoires d'amour, et les plaisirs de la haute comme les croisières en yacht, le tir au faisan, la chasse au renard...

— Merde, vous n'allez pas me dire que... ?

— Bien sûr que non. Enfin si, une fois, quand j'avais dix ans, et j'ai vraiment détesté ça. Mais Dee est autorisée à en parler, et aussi à parler des dizaines de danseuses qui ont défilé dans ma vie si nécessaire. Je veux que ce journaliste fiche la paix à tout le monde pendant un bon moment. Si Dieu le veut – si Dee fait son office et si tous ceux qu'ira trouver Corsico marchent dans la combine –, on aura bouclé l'enquête avant même qu'il ait commencé à esquisser un deuxième portrait.

— Vous n'avez certainement pas envie de voir votre bouille à la une de la *Source*, fit-elle tandis qu'ils reprenaient leur descente. « Comte et Condé ». Ce genre de titre à la con.

— C'est la dernière chose que je souhaite. Mais si ma bouille à la une de la *Source* permet d'éviter à tous ceux qui travaillent sur cette affaire de s'y retrouver, je suis prêt à courir le risque.

Ils se dirigèrent chacun vers son véhicule, car la fin de journée approchait et Havers habitait assez près du commissariat de Holmes Street pour qu'il paraisse logique qu'elle rentre directement chez elle après leur entretien avec Barry Minshall. Elle suivit donc Lynley à travers Londres dans sa Mini pétaradante, après quelques secondes de suspense insoutenable passées dans le parking à se demander si elle allait démarrer.

Au commissariat de Holmes Street, ils étaient atten-
dus. Mais il fallut aussi faire revenir James Barty –
l'avocat de Minshall –, ce qui demanda une vingtaine
de minutes, qu'ils passèrent à poireauter dans une salle
d'interrogatoire, après avoir décliné une offre de thé trop
tardive. Lorsque Barty se présenta enfin, avec des miettes de pain au lait à la commissure des lèvres, il apparut vite évident qu'il ne savait pas du tout pourquoi
son client s'était décidé à parler. Ce n'était assurément
pas une idée soufflée par son défenseur. Lui-même
aurait préféré attendre de voir ce que les policiers
avaient à offrir, ainsi qu'il l'expliqua. Parce que quand
une arrestation pour meurtre tombait aussi vite que
celle-là, cela cachait en général quelque chose, pas
vrai, commissaire ?

L'apparition de Barry Minshall empêcha Lynley de
répondre. Le magicien fit son entrée dans la salle,
extrait de sa cellule par le sergent du dépôt. Il portait
ses lunettes noires. Son aspect était semblable à celui
de la veille, à l'exception de ses joues et de son menton, criblés de petits poils blancs.

— La piaule vous plaît ? s'enquit Havers. On commence à s'y faire ?

Minshall l'ignora. Lynley alluma le magnétophone,
puis récita la date, l'heure, le nom des personnes présentes. Et enchaîna :

— Vous avez demandé à nous parler, Mr Minshall.
Qu'est-ce que vous aimeriez nous dire ?

— Je ne suis pas un meurtrier.

Minshall sortit la langue et humecta rapidement ses
lèvres, lézard incolore en reptation sur une chair
incolore.

— Vous croyez vraiment que votre camionnette ne
nous aura pas fourni d'empreintes digitales d'ici à vendredi ? demanda Havers. Sans parler de votre thurne.
Quand avez-vous fait le ménage pour la dernière fois,

au fait ? Je vous fiche mon billet qu'on y retrouvera plus de preuves que dans un abattoir.

— Je ne dis pas que je ne connaissais pas Davey Benton. Ni les autres. Ceux des photos. Je les connaissais. Je les connais. Nos chemins se sont croisés, et nous avons établi des rapports... d'amitié, on pourrait dire. Ou de maître à élève. Ou de mentor à... enfin, peu importe. Bref, je reconnais les avoir reçus chez moi : Davey Benton et les garçons des photos. Mais il s'agissait de leur apprendre la magie pour que, quand j'étais invité à un anniversaire, il n'y ait aucune ambiguïté sur... Écoutez, les gens n'ont pas confiance, et on ne peut pas leur en vouloir... Un type déguisé en père Noël attire une gamine sur ses genoux et lui fourre la main dans la culotte. Un clown s'introduit dans le service pédiatrique de l'hôpital du coin et va s'enfermer avec un bébé dans la lingerie. On voit ça tous les jours, et j'avais besoin de montrer aux parents qu'ils n'ont rien à craindre avec moi. Le fait d'avoir un garçon comme assistant... ça les met toujours à l'aise. C'est ce que j'apprenais à Davey.

— À être votre assistant, répéta Havers.

— Exact.

Lynley se pencha en avant, secouant la tête.

— Je déclare cet interrogatoire terminé...

Il jeta un coup d'œil à sa montre et donna l'heure. Puis il éteignit le magnétophone et se leva en disant :

— Havers, nous avons perdu notre temps. Je vous retrouve demain matin.

Havers parut surprise mais se leva à son tour.

— Bon, fit-elle en le suivant vers la porte.

— Attendez, lança Minshall. Je n'ai pas...

Lynley se retourna.

— C'est vous qui allez attendre, Mr Minshall. Et écouter. Détention et divulgation d'images pédophiles. Agression sur enfant. Pédophilie. Meurtre.

— Je n'ai…

— Il n'est pas question que je reste assis là à vous écouter prétendre que vous donniez des cours à des magiciens en herbe. Vous avez été vu avec ce garçon. Au marché. Chez vous. Et Dieu sait où encore, parce que cela ne fait que commencer. On va retrouver des traces de lui dans tous les lieux qui vous sont associés, et des traces de vous partout sur lui.

— Vous n'allez pas retrouver…

— Bien sûr que si. Et je vous garantis que l'avocat qui osera prendre votre défense va passer un sale quart d'heure à essayer de justifier tout ça devant un jury qui de toute façon sera avide de vous faire condamner pour avoir posé vos pattes immondes sur un petit garçon.

— Ce n'étaient pas des petits g…

Minshall s'interrompit net. Il se pencha en arrière sur sa chaise.

Lynley resta muet. Havers aussi. La salle devint tout à coup aussi silencieuse qu'une crypte d'église de campagne.

— Vous voulez qu'on discute un moment, Barry ? proposa l'avocat.

Minshall secoua la tête. Lynley et Havers restèrent là où ils étaient. Deux pas de plus et ils quittaient la pièce. La balle était en train de revenir à toute allure dans le camp de Minshall, et ce type n'avait rien d'un imbécile. Il s'en rendait forcément compte, pensa Lynley.

— Ça ne veut rien dire, dit Minshall. Ce verbe au passé. « N'étaient pas. » Ce n'est pas le lapsus que vous croyez. Tous ces garçons qui sont morts – les autres, pas Davey –, vous ne trouverez jamais aucun lien entre eux et moi. Je vous jure devant Dieu que je ne les connaissais pas.

566

— On donne dans le biblique, maintenant ? fit Havers.

Barry Minshall lui décocha un regard. Malgré ses lunettes noires, le message passa sans peine : « Comme si vous pouviez comprendre ». Lynley sentit Havers se raidir à côté de lui. Il lui effleura le bras, la ramena vers la table.

— Qu'avez-vous à nous dire ? interrogea-t-il.

— Rallumez le magnéto, répondit Minshall.

22

— Ce n'est pas ce que vous croyez, commença par
dire Barry Minshall lorsque Lynley eut remis le magnétophone en marche. Vous autres, vous vous mettez une
idée dans le crâne, et ensuite vous déformez les faits
de façon à être sûrs que votre idée collera jusqu'au
bout. Mais sur ce qui s'est passé... ? Vous vous trompez. Et sur ce qu'était Davey Benton... ? Vous vous
trompez aussi. Mais laissez-moi vous le dire d'emblée,
vous n'allez pas être capables d'entendre ce que j'ai à
dire, parce que si vous y arriviez, ça chamboulerait
complètement la façon que vous avez toujours eue de
voir le monde. Il me faut de l'eau. Je crève de soif et
ça risque de prendre un moment.

Lynley répugnait à accorder la moindre concession à
cet individu, mais il fit néanmoins signe à Havers et
celle-ci disparut pour aller chercher une boisson à
Minshall. Elle revint moins d'une minute plus tard
avec un gobelet en plastique rempli d'une eau qui
semblait avoir été directement puisée dans la cuvette
des toilettes, ce qui était vraisemblablement le cas.
Elle le déposa devant Minshall, et le regard de celui-ci
se déplaça du gobelet à celle qui venait de le lui apporter comme s'il cherchait à deviner si elle avait craché
dedans. Ayant jugé l'eau potable, il but une gorgée.

568

— Je peux vous aider, dit-il. Mais il me faut des garanties.

Lynley tendit la main vers le magnétophone, prêt à interrompre une nouvelle fois l'interrogatoire.

— Je ne ferais pas ça, à votre place, intervint Minshall. Vous avez besoin de moi autant que moi de vous. Je connaissais Davey Benton. Je lui ai appris quelques tours de magie élémentaires. Je l'ai déguisé en assistant. Il a circulé dans ma camionnette et il est venu chez moi. Mais ça s'arrête là. Je ne l'ai jamais touché de la façon que vous croyez, même si ce n'était pas l'envie qui lui manquait.

Lynley sentit sa bouche se dessécher.

— Qu'est-ce que vous insinuez, bon Dieu ?

— Je n'insinue pas, j'affirme. Je déclare. J'informe. Appelez ça comme vous voudrez, ça revient au même. Ce gamin-là en était. Ou en tout cas il pensait en être et il cherchait une preuve. Une première fois pour voir comment c'était. Entre mâles.

— Vous ne voulez tout de même pas qu'on croie…

— Je me fiche de ce que vous croyez. Je vous dis la vérité. Ça m'étonnerait que j'aie été le premier parce qu'il a été fichtrement direct dans son approche. Il m'a mis la main au paquet à la seconde où on s'est retrouvés à l'abri des regards. Il me voyait comme un solitaire – ce que je suis, soyons franc – et, dans son esprit, il ne risquait rien à essayer des trucs avec un type dans mon genre. C'était ce qu'il cherchait et j'ai mis les points sur les *i*. Je ne fais rien avant l'âge légal, je lui ai dit. Reviens le jour de tes seize ans.

— Vous êtes un menteur, Barry, lâcha Barbara Havers. Votre ordinateur est bourré d'images pédophiles. Vous en aviez même dans votre camionnette, bon Dieu ! Vous vous astiquez tous les soirs devant votre écran et vous voudriez nous faire avaler que c'est Davey Benton qui vous courait après ?

— Vous pouvez penser ce que vous voulez. Et vous ne vous gênez pas, d'ailleurs. Pourquoi se gêner face à un taré dans mon genre ? Parce qu'il y a ça aussi qui vous trotte dans la tête, hein ? Ce mec a l'air d'un vampire, donc c'en est sûrement un.

— Vous la ressortez souvent, celle-là ? dit Havers. J'imagine qu'elle fait des merveilles dans le vaste monde. Renvoyer leur aversion à la gueule des gens. Ça doit particulièrement bien fonctionner avec les gosses. Vous êtes un vrai génie, dites donc. Réussir à utiliser votre apparence à votre avantage, c'est sacrément bien joué, mon pote.

— Vous semblez ne pas bien comprendre votre position, Mr Minshall, dit Lynley. Est-ce que Mr Barty vous a expliqué ce qui se passe quand on est accusé de meurtre ? La cour d'assises, la maison d'arrêt, le procès à Old Bailey…

— Tous ces taulards et ces matons qui n'attendent plus que vous à Wormwood Scrubs, ajouta Havers. Ils réservent un accueil très particulier aux agresseurs d'enfants. Vous saviez ça, Bar ? Il faudra juste vous pencher un petit peu en avant, bien sûr.

— Je ne suis pas…

Lynley coupa le magnétophone.

— Apparemment, dit-il à James Barty, votre client a encore besoin de temps pour réfléchir. En attendant, les indices s'accumulent contre vous, Mr Minshall. Et à la seconde où nous aurons confirmé que vous êtes bien la dernière personne à avoir vu Davey Benton en vie, vous aurez tout loisir de considérer que votre sort est scellé.

— Je n'ai pas…

— Vous pourrez toujours essayer d'en convaincre le ministère public. Nous, on se contente de recueillir des éléments. Et on les leur transmet. Ensuite, les choses ne dépendent plus de nous.

— Je peux vous aider.

— Pensez d'abord à vous aider vous-même.

— J'ai des informations pour vous. Mais si vous les voulez, il va falloir qu'on passe un accord, parce que, si je vous les donne, je vais devenir quelqu'un d'assez impopulaire.

— Et si vous ne nous donnez rien, vous allez plonger pour l'assassinat de Davey, remarqua Barbara Havers. Ça ne va pas tellement arranger votre cote de popularité, Barry.

— Ce que je vous suggère, intervint Lynley, c'est de nous raconter ce que vous savez et de prier Dieu pour qu'on s'y intéresse plus qu'à autre chose. Mais ne vous faites pas d'illusions, Barry, vous êtes actuellement passible, au minimum, d'une accusation de meurtre. Quels que soient les autres chefs d'accusation que vous pourriez risquer en nous disant ce que vous avez à dire sur Davey Benton, ils ne vous vaudront pas une peine de prison aussi lourde. Sauf, bien sûr, dans le cas d'une autre accusation de meurtre.

— Je n'ai tué personne.

Mais la voix de Minshall était altérée, et Lynley eut pour la première fois l'impression qu'ils allaient enfin pouvoir percer cet homme à jour.

— On ne demande qu'à se laisser convaincre, dit Havers.

Minshall réfléchit un instant, puis :

— Rallumez le magnétophone. Je l'ai vu le soir de sa mort.

— Où ça ?

— Je l'ai emmené dans un…

Il hésita, but une gorgée d'eau.

— Un hôtel, le Canterbury. J'avais un client là-bas, et on est allés faire notre numéro.

— Comment ça, « faire votre numéro » ? répéta Havers. Quel genre de client ?

En plus de l'enregistrement effectué par Lynley, elle avait décidé de prendre des notes. Elle releva la tête.

— Un numéro de magie. On donnait un spectacle privé, pour un client unique. Et à la fin, j'ai laissé Davey sur place. Avec lui.

— Avec qui ? demanda Lynley.

— Le client. Je ne l'ai plus revu ensuite.

— Et comment s'appelait ce client ?

Les épaules de Minshall s'affaissèrent.

— Je n'en sais rien. (Et, comme s'il s'attendait à les voir quitter la salle d'interrogatoire, il s'empressa d'ajouter :) Je ne le connaissais que par un numéro de code. Deux-un-six-zéro. Il ne m'a jamais dit son nom. Et lui non plus ne connaissait pas le mien. Il m'appelait Snow[1], dit-il avec un geste en direction de ses cheveux. Ça paraissait logique.

— Comment avez-vous rencontré cette personne ? interrogea Lynley.

Minshall but une nouvelle gorgée d'eau. Son avocat lui demanda s'il voulait le consulter en aparté. Le magicien secoua la tête.

— Chez MABIL.

— Mabel comment ? fit Havers.

— M-A-B-I-L, épela Minshall. Ce n'est pas une personne. C'est une organisation.

— Un acronyme, dit Lynley. Qui veut dire… ?

— *Men And Boys In Love*[2], lâcha Minshall d'une voix lasse.

— Bordel de merde, marmonna Havers en notant cette réponse dans son calepin.

Elle souligna les initiales d'un trait rageur, qui crissa comme du papier de verre sur le bois.

---

1. « Neige », en anglais. (*N.d.T.*)
2. Hommes et garçons qui s'aiment. (*N.d.T.*)

— Essayons de deviner ce que c'est que ce machin, railla-t-elle.

— Où cette organisation se réunit-elle ? demanda Lynley.

— Dans le sous-sol d'une église. Deux fois par mois. Une église désaffectée, St Lucy, tout près de Cromwell Road. Dans la rue qui part de la station Gloucester Road. Je n'ai pas l'adresse exacte, mais ce n'est pas difficile à trouver.

— L'odeur de soufre aide sûrement à se repérer une fois qu'on est dans le quartier, remarqua Havers.

Lynley lui décocha un coup d'œil. Il éprouvait la même aversion qu'elle pour cet homme et son histoire, mais puisque Minshall s'était enfin mis à parler, il fallait qu'il continue.

— Parlez-nous de MABIL.

— C'est un groupe de soutien. Qui accueille des...

Sans doute cherchait-il un mot capable d'exposer les objectifs de l'organisation tout en présentant ses membres sous une lumière positive. Une tâche impossible, songea Lynley, qui le laissa néanmoins tenter sa chance.

— C'est un lieu où des gens de même orientation peuvent se rencontrer, se parler, et se rendre compte qu'ils ne sont pas seuls. MABIL s'adresse à des hommes qui pensent qu'il n'y a pas de mal à aimer de jeunes garçons et à vouloir les initier à la sexualité masculine dans un environnement sûr, et que cela ne devrait pas être frappé de condamnation sociale.

— Dans une église ? lâcha Havers, visiblement incapable de se contenir. Avec des sacrifices humains ? Sur l'autel, je suppose ?

Minshall retira ses lunettes et les essuya sur sa jambe de pantalon en la foudroyant du regard.

— Vous devriez mettre la sourdine, constable. Ce sont des gens comme vous qui dirigent les chasses aux sorcières.

— Dis donc, espèce de…

— Ça suffit, Havers. Continuez, ajouta-t-il en s'adressant à Minshall.

Après avoir décoché à Havers un dernier regard, le magicien déplaça son corps comme pour lui signifier son congé.

— Il n'y a pas de jeunes garçons au sein de l'association. MABIL n'a pas d'autre fonction que d'apporter du soutien.

— À qui ? insista Lynley.

Il remit ses lunettes noires.

— À des hommes dont… dont les désirs sont conflictuels. Ceux qui ont déjà franchi le pas viennent en aide à ceux qui veulent le franchir. Et cette aide est apportée dans un climat d'amour et de tolérance générale, sans aucun jugement.

Lynley, sentant Havers prête à une nouvelle sortie, lui coupa l'herbe sous le pied :

— Et deux-un-six-zéro ?

— Je l'ai repéré tout de suite, la première fois qu'il est venu. Tout ça était totalement nouveau pour lui. Il était presque incapable de regarder qui que ce soit dans les yeux. J'ai eu de la peine pour ce type et j'ai proposé de l'aider. C'est ce que je fais.

— Comment ça ?

Et là, Minshall coinça. Il garda un moment le silence puis demanda à parler à son avocat. James Barty s'était jusque-là contenté de rester assis en se tétant les dents du bas avec une telle énergie qu'on aurait dit qu'il s'était avalé la lèvre.

— Oui. Oui. Oui, lâcha-t-il brusquement.

Lynley éteignit le magnétophone. Il indiqua la porte à Havers, et tous deux ressortirent dans le couloir du commissariat de Holmes Street.

— Il a eu toute la nuit pour mitonner ce boniment, monsieur.

— Sur MABIL ?

— Ça, plus son baratin sur deux-un-six-zéro. Vous croyez une seconde que les gars des Mœurs trouveront MABIL à St Lucy quand on les enverra participer à la prochaine réunion ? Ça m'étonnerait sacrément, monsieur. Et Barry aura une explication imparable, hein ? Permettez-moi de vous la donner en avant-première : « Il y a des flics parmi les membres de MABIL, vous savez. Les bruits qui courent à la Met ont dû leur mettre la puce à l'oreille, et ils se sont passé le mot. Le téléphone arabe, vous savez ce que c'est. Ils sont rentrés sous terre. Dommage que vous ne puissiez pas les retrouver... » Saloperies de pédophiles, ajouta Barbara.

Lynley la regarda : une incarnation de la morale outragée. Il éprouvait le même sentiment, mais savait aussi qu'il fallait laisser couler le flux d'informations venu du magicien. La seule façon de faire le tri entre la vérité et ses mensonges consistait à l'encourager à parler longuement puis à relever les pièges qu'il finirait inévitablement par se tendre à lui-même, car tel était le lot de tous les menteurs.

— Vous connaissez le système, Havers. Il faut qu'on lui donne du mou.

Elle se retourna vers la porte et l'homme assis derrière.

— Je sais, je sais. Mais il me flanque la chair de poule. Il est là-dedans avec Barty en train de mettre sur pied une justification du fait qu'il a séduit des gosses de treize ans, et ça, vous le savez comme moi. Et on est censés faire quoi ? Bouillir sur place ?

— Oui, dit Lynley. Parce que Mr Minshall est en train de s'apercevoir qu'on ne peut pas dire tout et son contraire. Il ne peut pas prétendre avoir repoussé les avances de Davey Benton parce qu'il était trop jeune pour expérimenter les choses de l'amour ou je ne sais quoi, alors que, dans le même temps, il l'a livré à un tueur. Je suppose qu'il cherche à résoudre cette petite contradiction avec M. Barty au moment où nous parlons.

— Ça veut dire que vous croyez à l'existence de MABIL ? Que vous croyez Minshall quand il dit que ce n'est pas lui qui a assassiné ce garçon et les autres ?

Comme Havers, Lynley regarda la porte de la salle d'interrogatoire.

— Je crois effectivement que c'est très probable. Et il y a une partie de son histoire qui se tient, Barbara.

— Laquelle ?

— Celle qui permet de comprendre pourquoi nous avons maintenant une victime sans aucun lien avec Colossus.

Elle embraya immédiatement, comme d'habitude, et franchit le pas avec lui :

— Parce que le tueur a dû se trouver un nouveau terrain de chasse à partir du moment où on s'est pointés à Elephant & Castle ?

— Pour autant qu'on le sache, il n'est pas idiot. Dès lors qu'on s'est intéressés à Colossus, il a bien fallu qu'il se trouve un nouveau vivier de victimes. Et MABIL remplit exactement les conditions requises, Havers, parce que personne n'irait le soupçonner chez ces gens-là, et surtout pas Minshall, qui ne demandait qu'à le prendre sous son aile et à lui fournir les victimes, persuadé qu'il était – ou du moins se laissant croire à lui-même qu'il était persuadé – de la sainteté de ce fichu projet.

— Il nous faut le signalement de ce deux-un-six-zéro, lâcha Havers en montrant de la tête la salle d'interrogatoire.

— Et pas seulement ça, dit Lynley au moment où la porte s'ouvrait sur James Barty, qui leur fit signe de revenir.

Minshall avait fini son eau et entrepris de déchiqueter le gobelet qui l'avait contenue. Il se déclara prêt à clarifier les choses. Lynley répondit qu'ils étaient prêts à entendre tout ce que le magicien souhaitait leur dire et remit en marche le magnétophone tandis que Havers s'asseyait en faisant bruyamment crisser sa chaise sur le lino.

— La première fois, pour moi, c'était chez mon pédiatre, commença Minshall à mi-voix, la tête baissée de façon à diriger son regard – ostensiblement, car il portait toujours ses lunettes noires – sur ses mains occupées à détruire le gobelet. Il appelait ça « m'examiner ». J'étais gamin, qu'est-ce que je pouvais savoir ? Il me tripotait l'entrejambe pour s'assurer que mon « état » ne me causerait pas de problèmes sexuels à l'avenir, du genre impuissance ou éjaculation précoce. Il a fini par me violer carrément, dans son cabinet, mais je suis resté muet. De peur. Je ne voulais pas que d'autres garçons vivent ce genre de première fois, dit Minshall en relevant la tête. Vous comprenez ? Je voulais que ça découle d'une relation d'amour et de confiance pour que, le jour venu, ils soient prêts. Et qu'ils en aient envie, aussi. Qu'ils comprennent ce qui leur arrivait et ce que ça voulait dire. Je voulais que ce soit une expérience positive, alors je les fortifiais.

— Comment ?

Lynley réussit à garder une voix calme malgré son envie de hurler. Comme ces gens-là excellaient à se justifier, pensa-t-il. Les pédophiles vivaient dans un univers parallèle à celui du reste de l'humanité et on ne pouvait quasiment rien faire pour les en expulser, tant ils s'y étaient profondément ancrés par des années de sophismes.

— Par l'ouverture, répondit Barry Minshall. Par l'honnêteté.

Lynley entendit Havers faire un effort pour se refréner. Il vit à quel point elle serrait son stylo en prenant ses notes.

— Je leur parle de leurs pulsions sexuelles. Je leur permets de comprendre que ce qu'ils ressentent est naturel, qu'ils ne doivent pas s'en cacher ni en avoir honte. Je leur montre ce qu'on devrait montrer à tous les enfants : que la sexualité dans toutes ses manifestations est quelque chose qui nous a été donné par Dieu pour être célébré et non dissimulé. Il existe encore des tribus, vous savez, où les enfants sont initiés au sexe dans le cadre d'un rite de passage, guidés par un adulte de confiance. Cela fait partie de leur culture, et si nous réussissons un jour à nous débarrasser des chaînes de notre passé victorien, cela fera aussi partie de nous.

— C'est ce que vise MABIL, hein ? demanda Havers.

Minshall ne lui répondit pas directement.

— Quand ils viennent me voir chez moi, je les forme à la magie. Au travail d'assistant. Ça prend quelques semaines. Quand ils sont prêts, on se produit devant une seule personne : mon client. De MABIL. Ce que vous devez savoir, c'est qu'aucun garçon n'a jamais refusé de rester avec l'homme à qui il était remis à la fin de notre représentation. Au contraire, ils sont toujours impatients. Ils sont prêts. Ils sont, comme je l'ai dit, fortifiés.

— Davey Benton… commença Havers.

À l'âpreté de sa voix, Lynley sut qu'il devait l'empêcher de poursuivre.

— Et où se passaient ces « représentations », Mr Minshall ? À St Lucy ?

Minshall secoua la tête.

— Elles étaient privées, je vous l'ai dit.

— À l'hôtel Canterbury, alors. Là où vous avez vu Davey pour la dernière fois. Où est-ce ?

— Sur Lexham Gardens. Près de Cromwell Road. C'est un de nos membres qui le tient. Pas pour ça. Pas pour que des hommes et des garçons s'y retrouvent. C'est un hôtel normal.

— Tu parles, murmura Havers.

— Racontez-nous ce qui s'est passé, reprit Lynley. Pendant cette représentation. Cela se passait dans une chambre ?

— Une chambre ordinaire. Je demande toujours au client d'en prendre une à l'avance au Canterbury. Il nous retrouve à la réception, et on monte. On fait notre numéro, le garçon et moi, et je me fais payer.

— Pour avoir livré le garçon ?

Minshall n'était pas disposé à se voir en proxénète.

— Pour le numéro de magie pendant lequel le garçon m'a assisté.

— Et ensuite ?

— Ensuite, je laisse le garçon au client. Et il le ramène chez lui… après.

— Tous ces enfants dont on a retrouvé les photos chez vous… ? commença Havers.

— D'anciens assistants, acquiesça Minshall.

— Vous voulez dire que vous les avez tous amenés dans une chambre d'hôtel pour qu'ils se fassent sauter par un type ?

— Pas un seul n'y est allé sans en avoir envie. Pas un seul n'est resté contre son gré à la fin de la représentation. Pas un seul n'est ensuite venu se plaindre à moi de la façon dont il avait été pris en main.

— Pris en main, répéta Havers. Pris en main, Barry ?

— Mr Minshall, intervint Lynley, Davey Benton a été assassiné par l'homme à qui vous l'avez livré. Vous en êtes conscient, n'est-ce pas ?

Il secoua la tête.

— Je sais juste que Davey a été assassiné, commissaire. Rien n'indique que ce soit mon client. Tant qu'il ne m'aura pas dit le contraire, je resterai convaincu que Davey Benton est reparti seul, cette nuit-là, après avoir été déposé devant chez lui par deux-un-six-zéro.

— Comment ça, « tant qu'il ne m'aura pas dit le contraire » ? lâcha Havers. Vous vous attendez peut-être à ce qu'un tueur en série décroche son téléphone et vous dise : « Merci, mon pote. Si on remettait ça pour que je puisse en refroidir un autre ? »

— C'est vous qui dites que mon client a tué Davey. Pas moi. Effectivement, je m'attends à ce qu'il me relance. En général, c'est ce qui se passe. Et souvent une troisième et une quatrième fois, à moins que le garçon et l'homme finissent par conclure un accord séparé.

— Quel genre d'accord ?

Minshall prit son temps pour répondre. Il jeta un coup d'œil à James Barty, cherchant peut-être à se rappeler ce que l'avocat lui avait conseillé de dire et de ne pas dire.

— MABIL, poursuivit-il avec circonspection, a pour préoccupation l'amour, l'amour entre hommes et jeunes garçons. La plupart des enfants n'attendent que ça, l'amour. La plupart des êtres humains n'attendent que ça. Il n'est pas question – il n'a jamais été question – de sévices.

— Juste de proxénétisme, fit Havers, manifestement incapable de se maîtriser plus longtemps.

— Aucun garçon, s'entêta Minshall, ne s'est jamais senti utilisé ou abusé par les interactions que j'organise dans le cadre de MABIL. Nous ne voulons que les aimer. Et nous les aimons.

— Et quand on retrouve leur cadavre dans un bois, vous vous dites quoi ? aboya Havers. Que vous les avez aimés à la vie à la mort ?

Minshall adressa sa réponse à Lynley, comme si le silence de celui-ci était une approbation tacite de son action.

— Vous n'avez aucune preuve que mon client…

Il décida de changer de voie.

— Davey Benton n'aurait pas dû mourir. Il était prêt à…

— Davey Benton s'est battu avec le tueur, coupa Lynley. Contrairement à ce que vous pensiez de lui, Mr Minshall, Davey n'en était pas, il n'était pas prêt, il n'était pas consentant, et il ne demandait pas que ça. Par conséquent, s'il est resté avec son assassin à la fin de votre « numéro », je doute qu'il l'ait fait de son plein gré.

— Il était vivant quand je les ai laissés, insista Minshall d'une voix caverneuse. Je n'ai jamais touché à un cheveu d'un seul de mes garçons. Mes clients non plus.

Lynley en avait assez entendu sur Barry Minshall, ses clients, MABIL et le vaste projet d'amour dans lequel le magicien se croyait impliqué.

— À quoi ressemblait cet homme ? Comment est-ce que vous communiquiez ?

— Ce n'est pas lui qui…

— Mr Minshall, je me fiche pour le moment de savoir si c'est ou non un assassin. J'ai l'intention de le retrouver et j'ai l'intention de lui poser des questions. Comment est-ce que vous communiquiez ?

— Il me téléphonait.

— Ligne fixe ? Portable ?

— Portable. Quand il s'est senti prêt, il m'a téléphoné. Je n'ai jamais eu son numéro.

— Comment a-t-il pu savoir que vous aviez pris les dispositions nécessaires, alors ?

— Je savais combien de temps ça me prendrait. Je lui ai dit quand me rappeler. C'est comme ça qu'il a gardé le contact. Une fois que tout a été organisé, j'ai simplement attendu qu'il me téléphone et je lui ai dit où et quand nous retrouver. Le reste s'est passé comme je vous l'ai dit. Nous avons fait notre numéro, et je lui ai confié Davey.

— Davey n'a pas protesté ? Rester seul dans une chambre d'hôtel avec un inconnu ?

Cela ne ressemblait pas au Davey Benton décrit par son père, pensa Lynley. Il devait manquer un ingrédient à la mixture de Minshall.

— Il était drogué ? interrogea-t-il.

— Je n'ai jamais drogué aucun de mes garçons.

Lynley commençait à être rompu à la façon qu'avait Minshall de tourner autour du pot.

— Et vos clients ?

— Je ne drogue…

— La ferme, Barry, intervint Havers. Vous savez très bien ce que vous demande le commissaire.

Minshall baissa les yeux sur ce qui restait de son gobelet en plastique : des lambeaux et des confettis.

— On nous sert généralement des rafraîchissements dans la chambre d'hôtel. Les garçons sont libres d'en consommer ou non.

— Quel genre de rafraîchissements ?

— De l'alcool.

— Pas de drogue ? Cannabis, cocaïne, ecstasy ou autres ?

L'indignation provoqua chez Minshall un mouvement de recul physique.

— Bien sûr que non. Nous ne sommes pas des drogués, commissaire Lynley.

— Juste des enculeurs de gosses, dit Havers.

Elle s'empressa de décocher à Lynley un regard disant : « Désolée, monsieur. »

— À quoi ressemblait cet homme, Mr Minshall ?

— Deux-un-six-zéro ?

Minshall réfléchit un instant.

— Quelconque. Il portait une moustache et un bouc. Une casquette en toile, le genre paysan. Et des lunettes, aussi.

— Et il ne vous est jamais venu à l'esprit que ça pouvait être un déguisement ? demanda Lynley. La moustache et le bouc, les lunettes, la casquette ?

— Sur le moment, je n'ai vraiment pas pensé... Écoutez, quand un homme se décide à sauter le pas en réalisant ce genre de fantasme, il est au-delà du déguisement.

— Pas s'il a l'intention de tuer, remarqua Havers.

— Quel âge avait-il ?

— Je n'en sais rien. Disons un certain âge ? Ça doit être ça parce qu'il ne semblait pas très en forme. Il avait l'air de quelqu'un qui ne fait pas de sport.

— Le genre qui s'essouffle facilement ?

— Ça se peut. Mais je vous assure, ce n'était pas un déguisement. D'accord, je veux bien admettre que certains types se déguisent un peu la première fois qu'ils viennent à MABIL – une perruque, une barbe, un turban – mais quand ils sont prêts... Ça veut dire que la confiance s'est instaurée entre nous. Et sans confiance, personne ne ferait ça. Parce que, vu le peu qu'ils savent de moi, je pourrais être un flic infiltré. Je pourrais être n'importe qui.

— Eux aussi, dit Havers. Mais vous n'avez jamais pensé à ça, pas vrai, Bar ? Vous vous êtes contenté de livrer Davey Benton à un tueur en série, vous leur avez dit au revoir, et vous êtes reparti avec votre fric en poche.

Elle se tourna vers Lynley.

— Je dirais qu'on en a assez entendu, pas vous, monsieur ?

Lynley s'abstint de la contredire. Pour le moment, en effet, Minshall leur avait donné suffisamment d'informations. Ils allaient demander la liste des appels reçus sur son portable, ils iraient faire un tour à l'hôtel Canterbury, et ils procéderaient à l'élaboration d'un deuxième portrait-robot pour voir si l'image que Minshall leur fournirait de son client pouvait correspondre à l'inconnu du Square Four. D'après sa description de deux-un-six-zéro, toutefois, les points de convergence semblaient moins nombreux avec le portrait-robot de la salle de sport qu'avec le signalement donné par Muwaffaq Masoud de l'homme qui était venu lui acheter sa camionnette. Certes, celui-ci n'avait parlé ni de moustache ni de bouc. Mais l'âge correspondait, la mauvaise condition physique aussi, et le crâne chauve évoqué par Masoud pouvait aisément s'être caché sous la casquette en toile qu'avait vue Minshall.

Pour la première fois, Lynley envisagea une hypothèse résolument nouvelle.

— Havers, dit-il à Barbara lorsqu'ils furent ressortis de la salle d'interrogatoire, il y a une autre approche possible. Une piste que nous n'avons pas encore explorée.

— À savoir ? demanda-t-elle en rangeant son calepin dans son sac.

— Deux hommes. L'un rabat, l'autre tue. Le premier rabat pour donner à l'autre l'occasion de tuer. Le dominant et le partenaire soumis.

Elle réfléchit un instant.

— Ce ne serait pas la première fois, effectivement. Une variante de Fred et Rosemary West, ou de Hindley et Brady.

— Mieux que ça.

— Comment ?

— Cela expliquerait pourquoi, pendant qu'un type achetait cette camionnette dans le Middlesex, un autre l'attendait dans ce minicab garé juste devant chez Muwaffaq Masoud.

Quand Lynley arriva chez lui, il était tard. Il était repassé par Victoria Street pour toucher un mot de MABIL au TO9 et communiquer aux enquêteurs de la brigade de protection des mineurs les quelques informations dont il disposait sur cette organisation. Il leur parla de l'église St Lucy, près du métro de Gloucester Road, et demanda quelles étaient les possibilités de démanteler le groupe.

Les réponses qu'il obtint n'étaient pas réjouissantes. Que des personnes d'orientation similaire se rassemblent quelque part pour discuter de cette orientation ne constituait pas une infraction à la loi. S'échangeait-il autre chose que des paroles dans le sous-sol de l'église St Lucy ? Sinon, les Mœurs avaient trop peu d'effectifs et trop d'affaires urgentes sur les bras.

— Mais ce sont de vrais pédophiles, objecta Lynley, frustré par le constat de son collègue.

— Possible, répondit celui-ci. Mais ne comptez pas sur le ministère public pour traîner quelqu'un en justice sur la seule foi de ce que ce type vous a dit, Tommy.

Néanmoins, le TO9 tâcherait d'infiltrer quelqu'un lors d'une prochaine réunion de MABIL dès que la charge de travail aurait un peu diminué du côté du Yard. Donner suite à une plainte ou enquêter sur un indice tangible d'activité criminelle, c'était à peu près tout ce que le TO9 pouvait faire.

Lynley était donc d'humeur sombre à son retour à Eaton Terrace. Il alla parquer sa voiture dans le garage, redescendit l'allée pavée et contourna l'angle de sa maison. La journée avait laissé sur lui une profonde sensation de saleté : de la peau jusqu'au tréfonds de l'âme.

À l'intérieur, le rez-de-chaussée était presque entièrement obscur, tout juste une faible lumière brillait-elle au pied de l'escalier. Il monta, pénétra dans leur chambre pour voir si sa femme était couchée. Mais le lit n'était pas défait, et il continua de chercher, d'abord dans la bibliothèque, puis dans la chambre du bébé. C'est là qu'il la trouva. Elle avait acheté un fauteuil à bascule, constata-t-il, et elle était assise dedans, endormie, avec dans les bras un drôle de polochon. Il le reconnut pour l'avoir vu lors de leurs nombreuses sorties chez Mothercare au cours de ces derniers mois. On était censé s'en servir pour allaiter. Le bébé était calé dessus, sous le sein de sa mère.

Helen sursauta tandis qu'il traversait la pièce pour venir à elle.

— Voilà, j'ai décidé de m'entraîner, dit-elle comme s'ils reprenaient le fil d'une conversation interrompue quelques secondes plus tôt. Enfin, disons que c'est surtout pour voir l'effet que ça fera. Pas l'allaitement proprement dit, mais le fait de le tenir comme ça dans mes bras. C'est bizarre quand on y pense, je veux dire quand on va vraiment au bout de la pensée.

— C'est-à-dire ?

Elle avait installé le fauteuil à bascule sous la fenêtre ; il s'adossa au rebord et l'observa tendrement.

— Nous avons créé un petit être humain. Notre Jasper Felix, qui barbote joyeusement dans mon ventre en attendant d'être présenté au monde.

La dernière partie de sa réflexion fit frissonner Lynley : présenter leur fils à ce monde saturé de violence, lieu à n'en pas douter de profondes incertitudes…

Helen dut le sentir, car elle demanda :

— Qu'y a-t-il ?

— Sale journée.

Elle lui tendit une main, qu'il prit. Sa peau était fraîche, et il sentit son odeur citronnée.

— J'ai reçu un coup de fil d'un certain Mitchell Corsico, Tommy. Journaliste à la *Source*, m'a-t-il dit.

— Bon sang, maugréa Lynley. Je suis désolé. Effectivement, il travaille pour la *Source*.

Il lui expliqua comment il avait décidé de court-circuiter le plan de Hillier en focalisant Corsico sur certains aspects de sa vie personnelle.

— Dee aurait dû te prévenir. Je ne pensais pas qu'il serait aussi rapide. Elle lui a donné ce qu'il fallait pour qu'il reste le plus longtemps possible à l'écart de notre salle d'opérations.

— Ah, bâilla Helen en s'étirant. Je me suis effectivement doutée qu'il se passait quelque chose quand il m'a appelée « comtesse ». Il a aussi contacté mon père, soit dit en passant. Je ne vois vraiment pas comment il a pu retrouver sa trace.

— Qu'est-ce qu'il voulait savoir, Corsico ? Sur toi ?

Elle voulut se lever. Lynley lui vint en aide. Elle installa le polochon dans le berceau du bébé et plaça dessus un éléphant en peluche.

— Fille de comte, mariée à un comte. Il me méprise, c'est évident. J'ai essayé de l'amuser avec ma sidérante insouciance et mes petits défauts de fille habituée à avoir le monde à ses pieds, mais il n'a pas paru aussi charmé que je le souhaitais. Un tas de questions pour savoir ce qui pouvait pousser un sang bleu – toi, chéri – à devenir flic. Je lui ai répondu que je n'en avais pas la moindre idée et que j'aurais nettement préféré que tu sois libre tous les jours pour déjeuner avec moi à Knightsbridge. Il a demandé à venir m'interviewer ici, chez nous, avec un photographe dans sa besace. J'ai mis les pouces. J'espère que c'est ce qu'il fallait faire.

— Absolument.

— J'en suis contente. Bien sûr, ça n'a pas été facile de résister à l'envie de prendre une pose artistique sur le canapé du salon pour la *Source*, mais j'ai tenu bon.

Elle lui passa un bras autour de la taille, et ils se dirigèrent vers la porte.

— Quoi d'autre ? interrogea-t-elle.

— Hmmm ? fit-il en lui plantant un baiser au sommet du front.

— Ta sale journée.

— Mon Dieu. Je n'ai pas du tout envie d'en parler pour le moment.

— Tu as dîné ?

— Pas faim. La seule chose dont j'aie vraiment envie, c'est de m'écrouler. De préférence sur quelque chose de doux et de relativement malléable.

Elle leva les yeux sur lui.

— Je sais exactement ce qu'il te faut, dit-elle en souriant.

Elle le prit par la main, l'entraîna vers la chambre.

— Helen, ne compte pas trop sur moi ce soir. J'ai bien peur d'être cuit. Désolé.

Elle éclata de rire.

— Jamais je n'aurais cru pouvoir entendre ça de toi, mais rassure-toi. J'ai autre chose en tête.

Elle lui ordonna de s'asseoir sur le lit puis passa dans la salle de bains. Il entendit craquer une allumette. Discerna un flamboiement. Quelques secondes plus tard, lorsque l'eau se fut mise à chanter dans la baignoire, elle revint vers lui.

— Ne fais rien. Évite de penser si c'est possible. Contente-toi d'être, dit-elle en commençant à le déshabiller.

Il y avait une sorte de dimension cérémonielle dans sa façon de faire, en partie parce qu'elle lui ôta ses vêtements sans la moindre hâte. Elle déposa soigneusement ses chaussures au pied du lit, plia son pantalon, sa veste et sa chemise. Lorsqu'il fut nu, elle le conduisit dans la salle de bains ; l'eau de la baignoire était parfumée et les chandelles qu'elle avait allumées diffusaient une aura apaisante, réfléchie par les miroirs et arrondie sur les murs.

Il entra dans l'eau, s'assit puis s'allongea jusqu'à être immergé jusqu'aux épaules. Elle disposa une serviette en guise d'oreiller derrière sa nuque et dit :

— Ferme les yeux. Détends-toi. Ne fais rien. Essaie de ne penser à rien. Le parfum devrait t'aider. Concentre-toi dessus.

— Qu'est-ce que c'est ?

— La potion magique de Helen.

Il l'entendit circuler autour de la baignoire : la porte qui se refermait, un bruissement de vêtements tombant au sol. Puis elle fut de nouveau à côté de la baignoire, trempa une main dans l'eau. Il rouvrit les yeux. Elle avait enfilé un moelleux peignoir en éponge couleur olive dont sa peau nue accentuait la teinte chaude. Elle tenait à la main une éponge naturelle sur laquelle elle était en train d'appliquer un gel de bain.

Elle commença à le laver.

— Je ne t'ai même pas demandé comment s'est passée ta journée, murmura-t-il.

— Chut.

— Non. Dis-moi. Ça m'empêchera de penser à Hillier et à l'enquête.

— D'accord, dit-elle à mi-voix en faisant glisser l'éponge sur la longueur de son bras avec une douceur qui l'incita à refermer les yeux. J'ai eu une journée d'espérance.

— Ravi d'apprendre que quelqu'un l'a vécue comme ça.

— Après de longues recherches, Deborah et moi avons sélectionné huit magasins pour la tenue de baptême. Nous nous sommes donné rendez-vous demain pour une journée entièrement consacrée à cette excursion.

— Excellent. Voilà qui mettra un terme au conflit.

— C'est ce que nous pensons. Est-ce qu'on pourrait prendre la Bentley, au fait ? Il y aura plus de paquets que ma voiture ne peut en contenir.

— Nous parlons de vêtements de bébé, Helen. De vêtements de nouveau-né. Ça prend vraiment tant de place ?

— Non. Bien sûr. Mais il pourrait y avoir deux ou trois autres petites choses, Tommy…

Il rit. Elle lui prit l'autre bras.

— Tu es capable de résister à tout, dit-il, sauf à la tentation.

— Quand c'est pour la bonne cause.

— Parce que tu en connais d'autres ?

Il lui dit de prendre la Bentley et de bien profiter de son excursion, puis il s'installa de manière à profiter au maximum des soins qu'elle lui prodiguait.

Elle s'occupa de son cou, lui dénoua les muscles des épaules. Elle le pria de se pencher en avant pour pouvoir accéder à son dos. Elle lui savonna le torse et se servit de ses doigts pour appuyer sur certains points de son visage de façon à en éliminer toute tension. Elle procéda de même avec ses pieds jusqu'à ce qu'il ait la sensation d'être devenu de la cire chaude. Elle garda ses jambes pour la fin.

L'éponge glissa dessus, plus haut, toujours plus haut. Et soudain ce ne fut plus l'éponge mais la main de Helen, qui le fit gémir.

— Oui ? murmura-t-elle.

— Oh oui. Oui.

— Encore ? Plus fort ? Comment ?

— Continue de faire ce que tu es en train de faire.

Il retint son souffle.

— Mon Dieu, Helen… Tu es une très vilaine fille.

— Je peux arrêter si tu veux.

— Jamais de la vie.

Il rouvrit les yeux, croisa les siens et constata qu'elle l'observait en souriant légèrement.

— Enlève ton peignoir.

— Stimulation visuelle ? Tu n'en as pas franchement besoin.

— Ce n'est pas ça. Enlève ce peignoir.

Et quand ce fut fait, il se redressa de manière qu'elle puisse le rejoindre dans la baignoire. Quand elle eut posé un pied de chaque côté de ses hanches, il lui prit les mains pour l'aider à descendre.

— Dis à Jasper Felix de se pousser un peu, chuchota-t-il.

— Je crois, répondit-elle, qu'il ne demande pas mieux.

23

Barbara Havers alluma la télévision pour accompagner son rituel matinal : Pop-Tarts, clope et café. Il faisait un froid de canard dans son bungalow, et elle alla voir à la fenêtre s'il avait neigé pendant la nuit. Non, mais la menace d'un voile de givre sur l'allée de béton qui passait devant la maison scintillait dans le halo de la veilleuse fixée au toit. Elle revint vers son lit défait et envisagea de s'y réfugier pendant que le radiateur électrique s'efforçait de repousser le froid, mais comme elle n'avait pas de temps à perdre, elle se contenta de se saisir de la couverture et de s'en draper, puis elle se dirigea en frissonnant vers la cuisine et mit la bouilloire en marche.

Derrière elle, *The Big Breakfast* régalait ses téléspectateurs de la dernière moisson de ragots people. Il s'agissait essentiellement de savoir qui était avec qui – question toujours brûlante pour le public britannique, semblait-il – et qui avait plaqué qui pour se mettre à la colle avec qui.

Barbara fronça les sourcils en versant de l'eau bouillante dans la cafetière. Elle se pencha au-dessus de l'évier et, tapotant du doigt la cigarette coincée entre ses lèvres, fit tomber la cendre à proximité de la bonde. Seigneur, pensa-t-elle, ils étaient totalement obsédés. À la

592

colle par-ci, à la colle par-là. Est-ce que personne ne restait jamais seul cinq minutes... en dehors d'elle-même, évidemment ? À croire que le passe-temps national consistait à sauter d'une liaison à l'autre avec un minimum d'intervalle entre les deux. Il était acquis qu'une femme seule était un échec humain et, où qu'elle se tourne, ce message lui explosait à la figure comme une balle entre les deux yeux.

Elle transporta ses Pop-Tarts jusqu'à la table, revint chercher le café. Elle pointa la télécommande sur l'écran et l'éteignit d'un geste sec. Elle se sentait à vif, beaucoup trop près d'être obligée de réfléchir à sa vie de solitude. Elle entendait le commentaire d'Azhar sur ses chances de se retrouver un jour dans l'heureuse position d'avoir des enfants, et il n'était pas question pour elle de s'aventurer à moins de cinquante mètres de cette question-là. Elle prit donc une énorme bouchée de Pop-Tart et chercha ce qui pourrait la distraire des pronostics de son voisin, de ses remarques sur sa situation conjugale et maternelle, et du souvenir de cette porte d'entrée qui ne s'était pas ouverte la dernière fois qu'elle y avait frappé. Elle jeta son dévolu sur son homme de Lubbock. Elle mit le CD et poussa le son.

Buddy Holly s'époumonait toujours à la fin de sa deuxième Pop-Tart et de sa troisième tasse de café. Il célébrait même sa fugace existence avec tant de passion et de puissance qu'en se dirigeant vers la salle de bains pour prendre sa douche elle faillit ne pas entendre la sonnerie du téléphone.

Elle réduisit Buddy au silence et, ayant décroché, entendit une voix familière prononcer son prénom.

— Barbie, ma chère, c'est vous ?

C'était Mrs Flo – Florence Magentry pour l'état civil –, de Greenford, chez qui la mère de Barbara résidait depuis quinze mois en compagnie de plusieurs autres vieilles dames ayant besoin de soins similaires.

— En personne, répondit Barbara. Salut, Mrs Flo. Vous démarrez de bonne heure. Tout va bien pour maman ?

— Oui, ça va, ça va, répondit Mrs Flo. Tout le monde se porte à merveille. Votre mère a demandé du porridge ce matin et elle s'est jetée dessus. Un appétit superbe. Elle parle de vous depuis hier midi.

Mrs Flo n'était pas du genre à jouer sur la culpabilité des proches de ses pensionnaires, mais Barbara en ressentit tout de même l'aiguillon. Elle n'était pas allée voir sa mère depuis plusieurs semaines – cinq, constata-t-elle en jetant un coup d'œil au calendrier – et il ne lui en fallait pas beaucoup pour se sentir dans la peau d'une vache égoïste ayant abandonné son veau. Elle éprouva donc le besoin de se justifier :

— Je travaille sur cette série de meurtres… les jeunes garçons. Vous en avez sûrement entendu parler. C'est un sale dossier, et chaque minute compte. Est-ce que maman… ?

— Barbie, ma chère, ne vous inquiétez pas comme ça. Je voulais juste que vous sachiez que votre maman traverse une bonne phase depuis quelques jours. Elle est bien là, avec nous, et ça continue. Donc, je me suis dit que, puisqu'elle est un peu moins dans le brouillard, ce ne serait peut-être pas mal d'en profiter pour lui faire passer son examen gynécologique. Ça pourrait se faire sans qu'il soit nécessaire de la mettre sous sédatifs, ce que je trouve préférable, pas vous ?

— Tu m'étonnes. Si vous voulez bien prendre le rendez-vous, je l'emmènerai.

— Évidemment, chère Barbara, rien ne garantit qu'elle sera encore elle-même au moment où vous l'emmènerez là-bas. Comme je vous l'ai dit, elle est dans une bonne phase, mais vous savez ce que c'est.

— Je sais. Prenez rendez-vous quand même. Tant pis si on doit la mettre sous sédatifs.

Barbara était capable de se préparer à ça : sa mère affalée sur le siège passager de la Mini, la mâchoire pendante et l'œil vague. Ce serait un spectacle presque insupportable, mais cela vaudrait infiniment mieux que d'essayer d'expliquer à son entendement en pleine déliquescence ce qui allait arriver quand on lui demanderait de mettre ses jambes dans les étriers de la salle d'examen.

Barbara convint donc avec Mrs Flo d'un éventail de jours où il lui serait possible de se rendre en voiture à Greenford pour le rendez-vous. Puis elles prirent congé, et Barbara resta aux prises avec l'idée amère qu'elle n'était pas aussi dénuée d'enfant qu'il y paraissait. Car sa mère, aucun doute, lui tenait lieu de progéniture. Pas exactement celle que Barbara aurait souhaité avoir, mais c'était ainsi. Les forces cosmiques qui régissaient l'univers étaient toujours prêtes à vous offrir une variante de ce que vous attendiez de la vie.

Elle mit de nouveau le cap sur la salle de bains mais le téléphone sonna une deuxième fois. Elle décida de laisser son répondeur gérer l'appel et quitta la pièce pour prendre sa douche. Mais de la salle de bains lui parvint une voix qui, cette fois, était masculine, ce qui lui suggéra que la nuit avait peut-être accouché d'un nouveau développement de l'affaire ; elle revint donc en hâte dans le séjour au moment où Taymullah Azhar disait :

— ... à ce numéro au cas où vous auriez besoin de nous contacter.

Elle s'empara du combiné.

— Azhar ? Allô ? Vous êtes là ?

Là où ? se demanda-t-elle.

— Ah, Barbara. J'espère que je ne vous réveille pas ? Hadiyyah et moi sommes à Lancaster pour un séminaire à l'université, et je me suis aperçu que je n'ai demandé à personne de ramasser notre courrier. Pourriez-vous… ?

— Elle ne devrait pas être en classe ? Elle est en vacances ?

— Oui, bien sûr. Je veux dire, oui, elle devrait être en classe. Mais je ne pouvais pas la laisser seule à Londres, et nous avons emporté ses devoirs avec nous. Elle les fait ici, dans la chambre d'hôtel, pendant que j'assiste aux réunions. Ce n'est peut-être pas, j'en suis conscient, la meilleure solution, mais elle est en sécurité et elle n'ouvre à personne en mon absence.

— Azhar, elle ne devrait…

Barbara se ravisa. Cette voie-là ne menait qu'au désaccord.

— Vous auriez pu me la laisser. J'aurais été ravie de m'occuper d'elle. Je serai toujours ravie de m'en occuper. J'ai frappé chez vous l'autre jour. Personne n'est venu m'ouvrir.

— Ah. Nous étions sûrement déjà ici, à Lancaster.

— Oh. J'ai entendu de la musique…

— Une pauvre tentative pour dissuader les cambrioleurs.

Barbara ressentit un soulagement indicible.

— Vous voulez que je jette un coup d'œil chez vous, dans ce cas ? Vous avez laissé une clé quelque part ? Parce que je pourrais ramasser votre courrier, entrer et…

Elle se rendit compte qu'elle crevait de joie d'entendre sa voix et qu'elle n'avait qu'une seule envie, lui faire plaisir. Ce n'était pas bon du tout et elle se retint de continuer. Après tout, cet homme était celui qui la jugeait malheureusement inapte à se trouver un partenaire de vie.

— C'est très aimable à vous, Barbara. Si vous vouliez bien prendre notre courrier, je ne vous demande rien de plus.

— Ça marche, répondit-elle avec entrain. Comment va ma copine ?

— Je crois que vous lui manquez. Elle dort encore, sans quoi je vous la passerais.

Barbara lui fut reconnaissante de l'information, consciente qu'il n'était pas obligé de la lui fournir.

— Azhar, pour le CD, pour notre dispute… vous savez… ce que j'ai dit sur votre… sur le départ de la maman de Hadiyyah…

Elle ne savait pas trop où elle allait et ne tenait pas à répéter l'erreur en raison de laquelle elle était sur le point de lui demander pardon.

— J'étais à côté de la plaque quand j'ai dit ça. Excusez-moi.

Il y eut un silence. Elle se l'imagina dans une chambre d'hôtel du Nord, avec du givre à la fenêtre et la petite forme de Hadiyyah recroquevillée dans le lit. Il devait y avoir deux lits, avec une table de chevet au milieu, et il devait être assis au bord du sien. Une lampe allumée, mais pas celle de la table de chevet parce qu'il ne voulait pas réveiller sa fille. Il devait porter… quoi ? Une robe de chambre ? Un pyjama ? Ou était-il déjà habillé ? Et ses pieds, nus ou chaussés ? Avait-il coiffé ses cheveux noirs ? S'était-il rasé ? Et… Merde, ma petite, reprends-toi, pour l'amour du ciel.

— Je n'ai pas répondu à ce que vous me disiez, Barbara. Je n'ai fait que réagir. J'ai eu tort de réagir au lieu de répondre. J'ai eu l'impression… Non, me suis-je dit, elle ne comprend pas, cette femme, elle ne peut pas comprendre. Sans connaître les faits, la voilà qui juge, et je vais la remettre à sa place. J'ai eu tort, et je vous présente moi aussi mes excuses.

— Comprendre quoi ?

Barbara entendait l'eau chanter librement dans sa cabine de douche, elle savait qu'elle aurait dû aller fermer le robinet. Mais elle n'osait pas lui demander de patienter un instant parce qu'elle craignait de le perdre tout à fait.

— Ce qu'il y avait dans l'attitude de Hadiyyah...

Il marqua une pause, et elle crut entendre le craquement d'une allumette. Sans doute fumait-il, différant sa réponse par ce moyen que leur avaient inculqué la société, la culture, les films et la télé. Il reprit enfin, d'une voix très basse :

— Barbara, ça a commencé... Non. Angela a commencé par des mensonges. Sur les endroits où elle allait, qui elle voyait. Et elle a fini par des mensonges. Un voyage dans l'Ontario, de la famille là-bas, une tante – sa marraine, en fait – qui était malade et à qui elle devait tant... Et vous avez deviné, n'est-ce pas ? que rien de tout ça n'était vrai, qu'il y avait quelqu'un d'autre, comme j'ai moi-même été quelqu'un d'autre autrefois pour elle... Alors, que Hadiyyah me mente comme elle l'a fait...

— Je comprends.

Barbara s'aperçut qu'elle ne souhaitait qu'une chose, faire disparaître la douleur qu'elle sentait dans la voix d'Azhar. Elle n'éprouvait aucun besoin de savoir ce que la mère de Hadiyyah avait fait, ni avec qui.

— Vous aimiez Angela et elle vous a menti. Vous ne voulez pas que Hadiyyah apprenne elle aussi à mentir.

— Parce que la femme que vous aimez plus que votre vie, la femme pour qui vous avez tout laissé, qui a porté votre enfant... le troisième de vos enfants quand vous avez perdu à jamais les deux autres...

— Azhar. Azhar. Azhar. Je vous demande pardon. Je ne pensais pas... Vous avez raison. Comment pourrais-je savoir ce que c'est ? Merde. J'aimerais...

Quoi ? se demanda-t-elle. Qu'il soit là, pensa-t-elle, ici même dans cette pièce pour qu'elle puisse le serrer dans ses bras, pour que quelque chose puisse se transmettre d'elle à lui. Du réconfort, mais pas seulement, comprit-elle. Elle ne s'était jamais sentie aussi seule de sa vie.

— Aucun voyage n'est facile, dit-il. C'est une chose que j'ai apprise.

— Ça n'atténue pas la douleur, j'imagine.

— C'est bien vrai. Ah, Hadiyyah vient de bouger. Voulez-vous lui…

— Non. Dites-lui juste que je l'aime. Et, Azhar, la prochaine fois que vous irez à une conférence ou ailleurs, pensez à moi, d'accord ? Comme je vous le disais, je serais ravie de m'occuper d'elle en votre absence.

— Merci. Je pense souvent à vous.

Et il raccrocha en douceur.

De son côté, Barbara resta pendue au combiné. Elle le garda pressé contre son oreille comme pour prolonger le bref contact qu'elle venait d'avoir avec son voisin. Enfin, elle lâcha un « Au revoir, alors » dans le vide et reposa l'appareil. Mais elle laissa les doigts dessus, sentit battre son pouls à l'extrémité de chacun d'eux.

Elle se sentait moins lourde, plus au chaud. Quand elle prit enfin sa douche, ce fut en fredonnant non pas *Raining in My Heart* mais *Everyday*, qui semblait mieux adapté à sa nouvelle humeur.

Ensuite, le trajet en voiture jusqu'à New Scotland Yard ne lui porta pas sur les nerfs. Il se déroula de façon agréable, sans qu'elle ait besoin d'une seule cigarette pour se maintenir à flot. Mais tout ce bel entrain s'estompa dès son entrée dans la salle d'opérations.

Il y avait de l'électricité dans l'air. Les policiers étaient agglutinés autour de trois bureaux sur chacun desquels était ouvert un tabloïd. Barbara s'approcha du groupe à la lisière duquel se tenait Winston Nkata, les bras croisés sur le torse selon son habitude, mais fasciné comme les autres.

— Qu'est-ce qui se passe ? lui demanda-t-elle.

Nkata lui indiqua le bureau d'un coup de menton.

— Ce canard a sorti son papier sur le patron.

— Déjà ? Sacré nom de Dieu. Ça n'a pas traîné.

Elle regarda autour d'elle. Remarqua les mines sombres.

— Il cherchait à occuper ce Corsico. Ça n'a pas marché, ou quoi ?

— Ça, tu peux dire que le mec a trouvé de quoi s'occuper, fit Nkata. Il a repéré la baraque du patron et ils en ont publié une photo. Sans donner le nom de la rue, mais on reconnaît quand même Belgravia.

Barbara écarquilla les yeux.

— L'enfoiré. Ça pue.

Elle réussit à s'approcher du bureau à mesure que d'autres collègues s'en écartaient après avoir jeté un coup d'œil au journal. Elle le referma pour lire le titre qui barrait la une : « Milord Flic », accompagné d'une photo de Lynley et de Helen, enlacés par la taille et une coupe de champagne à la main. Havers reconnut le cliché. Il avait été pris lors d'une soirée d'anniversaire en novembre. Webberly et sa femme, fêtant leurs vingt-cinq ans de mariage, quelques jours à peine avant que le commissaire ne soit victime d'une tentative de meurtre.

Pendant qu'elle parcourait l'article, Nkata la rejoignit. Elle constata que Dorothea Harriman avait joué son rôle tel que Lynley le lui avait décrit en incitant Corsico à pêcher des informations à gauche, à droite et au centre. Mais ce qu'aucun d'eux n'avait réussi à anticiper, c'était la vitesse à laquelle le journaliste avait réussi à collecter les faits, à les passer à la moulinette d'une prose haletante, typique des articles de tabloïd, et à les combiner à des informations qui dépassaient largement ce que le public était en droit de savoir.

Comme la localisation approximative du domicile des Lynley, pensa Barbara. Et ça, c'était quelque chose qui allait se payer cher.

Elle tomba sur la photographie de la maison d'Eaton Terrace en revenant à la page quatre, où se terminait l'article. Elle y découvrit de surcroît une photo de la famille Lynley en Cornouailles, une autre du commissaire adolescent en uniforme d'Eton et encore une autre de lui prenant la pose avec ses coéquipiers de l'équipe d'aviron d'Oxford.

— Bon sang, grommela-t-elle. Comment a-t-il fait pour se procurer tout ça ?

— C'est à se demander ce qu'il va déterrer quand il s'intéressera au reste d'entre nous, commenta Nkata.

Elle leva les yeux sur lui. S'il avait pu verdir, il aurait verdi. Winston Nkata ne voulait pas que son passé soit livré en pâture à l'opinion publique.

— Le patron fera ce qu'il faut pour qu'il te laisse en paix, Winnie.

— C'est pas le patron qui m'inquiète, Barb.

Hillier. C'était sûrement à lui que pensait Winnie. Parce que si Lynley constituait une excellente chair à pâté pour les journaux, comment réagiraient les tabloïds le jour où ils planteraient leurs crocs dans un conte du style « Un Ancien Voyou Chez Les Poulets » ? La situation de Nkata à Brixton, où il vivait, était dans le meilleur des cas délicate. Elle risquait de devenir tout bonnement effrayante si la presse s'emparait de l'histoire de sa « rédemption ».

Un silence soudain s'abattit sur la salle, et Barbara constata en levant les yeux que Lynley venait de les rejoindre. Voyant sa mine lugubre, elle se demanda s'il se reprochait de s'être lui-même désigné comme l'agneau que la *Source* avait sacrifié sur l'autel de son tirage.

— Au moins, dit-il, ils n'ont pas encore parlé du Yorkshire.

Son commentaire fut salué par une série de murmures nerveux. Il venait de faire allusion à la seule souillure, mais elle était indélébile, qui entachait sa carrière et sa réputation : le meurtre de son beau-frère et le rôle qu'il avait joué dans l'enquête consécutive.

— Ils y viendront, Tommy, lâcha John Stewart.

— Pas si on leur donne un plus gros os à ronger.

Lynley s'approcha du tableau de service. Il étudia les photographies fixées dessus puis la liste des tâches attribuées aux différents membres de l'équipe et demanda, fidèle à son habitude :

— Alors, quoi de neuf ?

Le premier compte rendu fut celui des enquêteurs chargés d'interroger les banlieusards qui se garaient le matin sur Wood Lane puis descendaient à pied la colline, en traversant Queen's Wood, pour remonter ensuite vers la station de métro de Highgate sur Archway Road. Aucune de ces personnes en route vers leur travail quotidien n'avait remarqué quoi que ce soit d'inhabituel le jour où le corps de Davey Benton avait été retrouvé. Plusieurs d'entre elles avaient cité un homme, une femme, et aussi deux hommes ensemble – tous occupés à promener des chiens dans le bois – mais c'était tout ce qu'elles avaient pu dire aux policiers, et sans l'assortir du moindre signalement, qu'il fût humain ou animal.

En ce qui concernait les maisons qui bordaient Wood Lane du côté du parc, là encore, les recherches n'avaient rien donné. C'était un quartier très calme aux heures creuses, et rien n'avait perturbé son silence la nuit du meurtre de Davey. Cette information découragea tous les membres de l'équipe, mais l'enquêteur qui s'était vu confier la mission d'interroger tous les habitants de Walden Lodge, un petit immeuble résidentiel à la lisière de Queen's Wood, avait de meilleures nouvelles.

Pas de quoi sabler le champagne, déclara-t-il, mais un certain Berkeley Pears – « Tu parles d'un nom », grommela un constable – s'était souvenu que son jack russell s'était soudainement mis à aboyer à trois heures quarante-cinq du matin.

— À l'intérieur de son appartement, pas dehors, précisa le constable. Pears s'est dit qu'il y avait peut-être quelqu'un sur son balcon, il a pris un couteau à découper et il est allé voir. Il est sûr d'avoir vu une lumière bouger sur le flanc de la colline. Elle revenait par intermittence, comme quand on met la main devant une lampe de poche. Il a pensé à des tagueurs ou à quelqu'un qui montait vers Archway Road. Il a fait taire son clebs, et ça s'est arrêté là.

— Trois heures quarante-cinq, dit John Stewart à Lynley. Voilà qui expliquerait qu'aucun banlieusard n'ait rien vu.

— Oui. Bon, dit Lynley, on sait depuis le début qu'il opère en pleine nuit. Autre chose à Walden Lodge, Kevin ?

— Une nommée Janet Castle dit qu'elle pense avoir entendu un cri, ou un hurlement, autour de minuit. Je dirais que le mot-clé de tout ça, c'est « pense ». Elle regarde beaucoup la télé, les séries policières et tout ça. Elle m'a fait penser à une Jane Tennison[1] manquée, avec le sex-appeal en moins.

---

1. Héroïne de la série policière britannique *Suspect n°1*. (*N.d.T.*)

— Un seul cri ?

— C'est ce qu'elle dit.

— Homme, femme, enfant ?

— Elle n'a pas pu me répondre.

— Les deux hommes dans les bois... ceux qui promenaient un chien ce matin-là... c'est une possibilité, commenta Lynley.

Sans développer sa pensée, il demanda au constable qui venait de faire son rapport de retourner voir le banlieusard qui avait vu ces hommes pour essayer d'obtenir de lui de plus amples informations.

— Quoi d'autre ? demanda-t-il à la cantonade.

— Ce vieux bonhomme aperçu par le tagueur dans les jardins ouvriers, vous vous souvenez ? lança un des constables chargés de Queen's Wood. Il a soixante-douze ans et ce n'est sûrement pas lui le tueur. Il peut à peine marcher. Par contre, pour parler, il parle. Il n'y avait plus moyen de le faire taire.

— Il a vu quelque chose ?

— Le tagueur. C'est d'ailleurs la seule chose dont il ait envie de parler. Il semblerait qu'il ait téléphoné dix fois aux flics à propos de ce petit salopiaud, mais, selon lui, ils ne foutent jamais rien vu qu'ils ont mieux à faire pour occuper leur temps que d'attraper les vandales qui s'amusent à défigurer les édifices publics.

Lynley porta un regard intrigué sur le constable de Walden Lodge.

— Quelqu'un de là-bas vous a parlé de ce tagueur, Kevin ?

Kevin secoua la tête. Il jeta néanmoins un coup d'œil à ses notes et ajouta :

— Je n'ai pu voir les occupants que de huit appartements, il faut dire. Pour ce qui est des deux autres, l'un est vacant et à vendre depuis peu, et l'autre appartient à une femme qui prend en ce moment ses vacances en Espagne.

Lynley réfléchit là-dessus et entrevit une possibilité.

— Faites la tournée des agents immobiliers du secteur. Essayez de voir si quelqu'un a visité cet appartement à vendre.

Il fit ensuite partager à l'équipe les conclusions du nouveau rapport du SO7, qu'il avait découvert sur son bureau en arrivant ce matin-là. Le poil prélevé sur le corps de Davey Benton appartenait à un chat, expliqua-t-il. Par ailleurs, les pneus de la camionnette de Barry Minshall ne correspondaient pas aux empreintes retrouvées à St George's Gardens. Quant à la camionnette qu'ils recherchaient, elle était toujours dans la nature, et il se pouvait qu'elle ait précisément été achetée pour l'usage qui en avait été fait : un site de meurtre mobile.

— À la date de la mort de Kimmo Thorne, il s'avère qu'elle était toujours enregistrée au nom de son ancien propriétaire, Muwaffaq Masoud. Quelqu'un, quelque part, est en possession de ce véhicule. Nous devons le retrouver.

— Vous voulez que son signalement soit divulgué, Tommy ? proposa John Stewart. Si on réussissait à attirer l'attention du public sur cette camionnette…

Il acheva d'un geste qui voulait dire : vous connaissez la suite.

Lynley hésita. Il ne doutait pas que cette camionnette recèlerait un trésor de preuves ADN. S'ils la retrouvaient, ils tiendraient le tueur. Le problème était que la situation demeurait inchangée : divulguer le signalement exact de la camionnette, avec sa plaque minéralogique et le logo inscrit sur son flanc, c'était aussi montrer leurs cartes au tueur. Soit il laisserait son véhicule caché dans un des milliers de garages fermés de la capitale, soit il le nettoierait de fond en comble et l'abandonnerait quelque part. Mieux valait opter pour une voie médiane.

— Contentez-vous de transmettre son signalement à tous les commissariats de la ville.

Il procéda ensuite à la distribution des tâches restantes, et Barbara reçut la sienne avec autant de bonne grâce que possible, étant donné que sa première mission consistait à rédiger un topo sur John Miller, le vendeur de sels de bains de Stables Market. La seconde la ramènerait heureusement dans la rue, où elle préférait être : à l'hôtel Canterbury, sur Lexham Gardens. Il s'agissait de retrouver le veilleur de nuit et de lui demander qui avait pris une chambre pour une nuit à la date de la mort de Davey Benton.

Lynley achevait la répartition des tâches – qui allaient de l'analyse des communications du portable de Minshall à l'identification des membres de MABIL ayant participé à la dernière réunion de l'organisation à l'église St Lucy, par leurs empreintes digitales si nécessaire – lorsque Dorothea Harriman fit entrer Mitchell Corsico dans la salle d'opérations.

Elle semblait embarrassée. L'ordre vient d'en haut, disait clairement son expression.

— Ah, Mr Corsico, fit Lynley. Suivez-moi, s'il vous plaît.

Et il laissa l'équipe se mettre au travail.

Barbara perçut une pointe d'acier dans sa voix. Elle comprit que Corsico allait en prendre pour son grade.

Lynley était lui aussi en possession d'un exemplaire de la *Source*. Celui-ci lui avait été fourni par le portier du parking souterrain quand il était arrivé. En le feuilletant, il avait mesuré l'étendue de son erreur : comme il avait été présomptueux, se dit-il, de se croire capable de damer le pion à un tabloïd ! Les tabloïds faisaient leur beurre en montant en épingle des informations inutiles, et il s'était donc attendu à ce que soient évoqués son titre de lord, la Cornouailles, Oxford et Eton. Mais jamais il n'aurait pensé voir une photographie de sa maison londonienne dans les pages du journal, et il était fermement décidé à empêcher le journaliste de mettre en difficulté un autre enquêteur en lui réservant un traitement similaire.

— Les règles de base, lança-t-il à Corsico dès que le journaliste et lui furent seuls.

— Mon portrait ne vous a pas plu ? fit le jeune homme en remontant son jean. Il n'y a pourtant pas l'ombre d'une allusion à la salle d'opérations, ni à ce que vous savez sur le tueur. Ou à ce que vous ne savez pas, ajouta-t-il avec un sourire compatissant que Lynley eut aussitôt envie de lui étaler sur la figure.

— Ces gens ont des femmes, des maris, des familles. Fichez-leur la paix.

— Aucun souci, répondit Corsico d'un ton obligeant. Vous êtes de loin le plus intéressant du lot. Combien de flics peuvent se targuer d'habiter à un jet de pierre d'Eaton Square ? Au fait, j'ai eu un coup de fil cet après-midi d'un sergent du Yorkshire. Il n'a pas voulu me donner son nom, mais il se dit en possession de certaines informations qu'on pourrait avoir envie de publier pour faire suite à l'article d'aujourd'hui. Vous avez un commentaire à faire ?

Sûrement le sergent Nies, pensa Lynley, de la police de Richmond. Il ne demanderait certainement pas mieux que de relater au journaliste les moments où il avait côtoyé le comte d'Asherton en prison. Et les autres détails sordides de son passé ne tarderaient pas à filtrer : la conduite en état d'ivresse, l'accident, l'ami handicapé, tout.

— Écoutez-moi, Mr Corsico.

Le téléphone de son bureau sonna. Il décrocha sèchement.

— Lynley. Quoi ?

— Je ne ressemble pas du tout à ce dessin, vous savez. (C'était une voix d'homme, franchement amicale. On entendait une musique de thé dansant à l'arrière-plan.) Celui de la télé. Vous préférez qu'on vous appelle comment ? Commissaire ou milord ?

Lynley marqua un temps d'arrêt, submergé par un calme mortel. Il n'était que trop conscient de la présence de Mitchell Corsico.

— Voulez-vous patienter un moment, s'il vous plaît ? demanda-t-il à son interlocuteur.

Il s'apprêtait à prier Corsico de le laisser seul quelques minutes quand la voix enchaîna :

— Je vais raccrocher si vous essayez ça, commissaire Lynley. Tiens. On dirait que j'ai fait mon choix sur la façon de vous appeler...

— Si j'essaie quoi ?

Lynley jeta un regard au couloir par la porte entrouverte de son bureau, espérant attirer l'attention de quelqu'un. Ne voyant personne, il attrapa un carnet et griffonna dessus l'indispensable message.

— S'il vous plaît. Je ne suis pas idiot. Vous n'arriverez pas à repérer l'origine de cet appel parce que je ne vais pas rester en ligne assez longtemps. Alors, contentez-vous d'écouter.

Lynley fit signe à Corsico d'approcher. Le journaliste fit d'abord celui qui ne comprenait pas en se montrant du doigt et en fronçant les sourcils. Lynley l'aurait étranglé. Il lui fit de nouveau signe et lui fourra dans la main un papier sur lequel était écrit : « Allez chercher le constable Havers. »

— Vite, articula-t-il en recouvrant le combiné.

— Vous finirez de toute façon par retrouver la trace informatique de cet appel, n'est-ce pas ? reprit la voix d'un ton badin. C'est votre façon de travailler. Mais avant que vous l'ayez, je vous aurai impressionné encore une fois. Et même, je vous aurai ébloui. Vous avez une femme ravissante, soit dit en passant.

— J'ai un journaliste dans mon bureau, dit Lynley, bien que Corsico fût déjà parti à la recherche de Havers. J'aimerais vous parler seul à seul. Vous voulez bien rester en ligne pendant que je le fais sortir ?

— Voyons, commissaire Lynley, vous ne pouvez pas croire que je vais marcher là-dedans.

— Faut-il que je vous le passe pour vous convaincre ? Il s'appelle Mitchell Corsico et il…

— Et malheureusement, vous ne pouvez pas me montrer sa carte de presse, même si je suis sûr que vous aimeriez le faire. Non. Inutile. J'ai l'intention d'être bref. Pour commencer, je vous ai adressé une lettre signée. Signée Fu. Peu importe la raison, mais l'information elle-même devrait suffire à vous convaincre de ce que je suis, non ? Ou faut-il que j'y ajoute une allusion à des nombrils ?

— Je suis convaincu.

Ces détails figuraient au petit nombre de ceux qui n'avaient pas été communiqués aux médias. Cet individu était donc soit le tueur lui-même, soit une personne proche de l'enquête, auquel cas Lynley aurait perçu quelque chose de familier dans sa voix, ce qui n'était pas le cas. Il faudrait absolument retrouver l'origine de cet appel. Mais au moindre faux mouvement de sa part, le tueur couperait le contact avant même que Havers l'ait rejoint dans son bureau.

— Bien. Écoutez-moi, commissaire Lynley. J'ai beaucoup prospecté pour trouver un site et vous donner encore une fois le frisson. Ça n'a pas été facile, mais je tenais à ce que vous sachiez que ça y est, je l'ai. Une inspiration à l'état pur. Un peu risqué, mais ça va vraiment déménager. Je prépare un événement que vous n'êtes pas près d'oublier.

— Qu'est-ce que vous…

— J'ai déjà opéré ma sélection, soit dit en passant.
Je me disais que ça vous plairait de le savoir, que ce
serait plus régulier.

— On peut en parler ?

— Oh, je ne crois pas, non.

— Alors pourquoi est-ce que vous…

— Peu de paroles, beaucoup d'action, commissaire. Faites-moi confiance. C'est mieux comme ça.

Et il raccrocha. À la seconde même où Havers entrait
dans la pièce, suivie comme son ombre par Corsico.

— Sortez, dit Lynley au journaliste.

— Attendez un peu. J'ai fait ce que vous…

— Ce qui va suivre ne vous regarde en rien. Sortez.

— L'adjoint au préfet…

— … survivra s'il apprend que je vous ai fait sortir
quelques minutes de mon bureau.

Lynley empoigna le journaliste par le bras.

— Je vous suggère de creuser l'info du Yorkshire.
Croyez-moi, ça vous donnera un bon papier pour votre
prochain numéro.

Il le poussa dans le couloir, referma la porte et se
tourna vers Havers.

— Il a téléphoné.

Elle comprit immédiatement.

— Quand ça ? Là, tout de suite ? C'est pour ça
que… ?

Elle montra la porte d'un signe de tête.

— Contactez l'opérateur. Il faut qu'on sache d'où il
a appelé. Il a une nouvelle victime.

— Il la tient déjà ? Monsieur, les fichiers de l'opérateur… Ça va prendre…

— De la musique, coupa Lynley. Un fond de musique dansante. C'est ça. Une musique de thé dansant.
Voilà à quoi ça m'a fait penser.

— De thé d… Pas à cette heure de la journée. Vous
pensez…

610

— Quelque chose d'ancien. Les années trente, quarante. Qu'est-ce que ça vous inspire, Havers ?

— Qu'il pourrait avoir téléphoné d'un ascenseur avec un haut-parleur au-dessus de sa tête et que ça pourrait s'être passé n'importe où dans cette foutue ville. Monsieur...

— Il savait pour Fu. Il l'a cité. Bon Dieu, si ce pisse-copie n'avait pas été dans la pièce... La presse ne doit pas être mise au courant. C'est ce qu'il voudrait. Le tueur, et aussi Corsico. Ils aimeraient tous les deux que ça fasse les gros titres. Cinq colonnes à la une. Et il a sa victime, Havers. Choisie, peut-être déjà enlevée, allez savoir. Et le site. Bon Dieu, on ne peut pas rester les bras croisés.

— Monsieur. Monsieur.

Lynley reprit ses esprits. Il lut l'anxiété sur le visage blême de Havers.

— Il y a autre chose, n'est-ce pas ? Il y a autre chose, monsieur. Qu'est-ce que c'est ? Dites-le-moi. S'il vous plaît.

Lynley aurait préféré ne pas mettre de mots là-dessus parce que cela l'obligeait à voir la réalité en face. À voir sa responsabilité en face.

— Il a cité Helen, lâcha-t-il. Barbara, il a cité Helen.

24

Lorsque Barbara Havers revint en salle d'opérations, Nkata remarqua l'expression de son visage. Il la vit s'approcher de l'inspecteur Stewart et lui dire quelques mots, après quoi l'inspecteur quitta la pièce, fou de rage. Cela, associé avec la façon dont Corsico était ressorti du bureau de Lynley pour venir chercher Havers, lui indiqua qu'il s'était passé quelque chose de sérieux.

Il ne lui sauta pas immédiatement dessus pour être mis dans la confidence. Il la regarda s'installer devant l'ordinateur sur lequel elle était censée rechercher des infos sur le type qui vendait des sels de bain à Stables Market. Elle fit un effort louable pour se remettre à l'ouvrage, mais Nkata, de l'autre côté de la salle, vit bien qu'elle n'avait pas que des sels de bain en tête. Elle fixa l'écran de son ordinateur pendant deux bonnes minutes avant de se redresser et d'attraper un stylo. Puis elle fixa l'écran deux nouvelles minutes avant de jeter l'éponge et de se lever. Elle quitta la salle, et Nkata remarqua qu'elle avait récupéré ses clopes dans son sac. Elle allait s'en griller une dans l'escalier. Voilà qui pouvait être une bonne occasion de tailler une bavette.

Mais au lieu de filer vers la cage d'escalier, elle alla au distributeur de café, mit des pièces dedans et regarda d'un air sinistre le jus dégoutter dans un gobelet en plastique. Elle sortit une cigarette de son paquet de Players mais ne l'alluma pas.

— Un peu de compagnie ? fit Nkata en se palpant les poches pour trouver de quoi alimenter à son tour le distributeur.

Elle se retourna et dit d'un ton las :

— Winnie. Tu as dégoté quelque chose ?

Il secoua la tête.

— Toi ?

Elle fit de même.

— Le type des sels de bain – John Miller ? –, on dirait qu'il est blanc comme neige. Il paie ses impôts locaux dans les temps, il a un crédit qu'il rembourse tous les mois, il est en règle avec la redevance, il a une maison et une hypothèque, un chat et un chien, une femme et trois petits-enfants. Il roule dans une Saab vieille de dix ans et il a des cors aux pieds. Demande-moi n'importe quoi. Je pourrais écrire sa biographie.

Nkata sourit. Il inséra ses pièces dans la machine à café, appuya sur lait sucré. Et dit en montrant la salle d'opérations d'un coup de tête :

— Corsico, quand il est venu te chercher tout à l'heure, tu sais ? J'ai cru qu'il t'avait choisie pour son prochain portrait. Mais c'est autre chose, hein ? Il revenait du bureau du commissaire.

Barbara ne chercha pas à tourner autour du pot, ce qui était une des raisons pour lesquelles Nkata l'appréciait.

— Il a téléphoné. Le patron l'avait encore au bout du fil quand je suis arrivée.

Nkata comprit illico de qui elle parlait.

— C'est à cause de ça que Stewart est parti en vrille ?

Elle hocha la tête.

— C'est lui qui va retracer l'origine de l'appel. (Elle but une gorgée de son café, et ce ne fut pas son goût qui la fit grimacer.) Comme si ça pouvait donner quelque chose. Ce type n'est pas débile. Il ne va pas nous appeler d'un portable, et il ne va pas non plus nous appeler de sa chambre à coucher, hein ? Il s'est installé dans une cabine quelque part, et tu peux être sûr qu'il ne l'a pas choisie en face de chez lui, de son boulot ou d'un autre endroit à partir duquel on aurait une chance de le retrouver.

— Il faut quand même le faire.

— Exact.

Elle examina la cigarette qu'elle avait eu l'intention d'allumer. Elle changea d'avis et voulut la remettre dans le paquet. La cigarette se cassa en deux. Un des bouts tomba par terre. Elle le regarda, puis l'expédia d'un coup de pied sous le distributeur.

— Quoi d'autre ? insista Nkata.

— Le type a cité Helen. Le commissaire est au trente-sixième dessous, et on ne peut pas lui en vouloir.

— C'est à cause du journal. Ce fumier essaie de nous mettre à cran.

— Ouais. Et c'est réussi.

Barbara vida son café puis broya le gobelet au creux de son poing.

— Il est où, au fait ?

— Corsico ? En train de fouiner dans le dossier personnel de quelqu'un, je suppose. Ou de taper nos noms sur le web et de voir ce qu'il va pouvoir trouver pour un prochain article. Barb, ce mec – Camionnette rouge –, qu'est-ce qu'il a dit sur elle ?

— Sur Helen ? Je ne connais pas les détails. Mais la seule idée que quelque chose ait été imprimé dans ce canard sur quelqu'un... Ça n'est pas bon. Ni pour nous, ni pour l'enquête. Comment ça se passe avec Hillier, au fait ?

— Je l'évite.

— Bonne idée.

Ce fut alors que Mitchell Corsico surgit de nulle part, et son visage s'éclaira quand il les vit devant le distributeur.

— Sergent Nkata. Je vous cherchais.

— Je préfère que ce soit toi plutôt que moi, glissa Barbara à Nkata. Désolée.

Elle repartit vers la salle d'opérations. Corsico et elle se croisèrent sans un regard. Nkata se retrouva seul sur le palier avec le journaliste.

— Je peux vous dire un mot ?

Corsico se commanda un gobelet de thé : au lait, avec supplément sucre. Il faisait du bruit en buvant. Alice Nkata aurait tiqué.

— Faut que j'y aille, dit Nkata en partant vers l'escalier.

— Il s'agit de Harold, lança Corsico d'une voix toujours aussi amicale. Je me demandais si vous auriez un commentaire là-dessus. Le contraste entre les deux frères... Ça fera un fil conducteur génial pour mon prochain papier. Car vous êtes le suivant, vous l'avez sans doute compris. Lynley d'un côté, vous de l'autre. On est là dans une sorte d'alpha et d'oméga qui pourrait donner quelque chose d'excellent.

À la mention de son frère, Nkata sentit tout son corps se raidir. Il ne voulait pas parler de Stoney. Un commentaire à son sujet ? A quoi bon ? Quoi qu'il dise, ça lui retomberait dessus. S'il prenait la défense de Stoney Nkata, son attitude serait vite réduite au cliché du Noir qui défend les Noirs quoi qu'il advienne. Et s'il s'abstenait de tout commentaire, il deviendrait le flic qui a renié son passé et sa famille.

— Harold, répondit Nkata, tout étonné de prononcer le prénom officiel d'un frère qu'il n'avait jamais appelé ainsi, est effectivement mon frère. C'est exact.

— Et vous voulez bien…

— Je viens de vous le confirmer. Et maintenant, si vous voulez m'excuser, j'ai du boulot.

Corsico le suivit dans le couloir et jusque dans la salle d'opérations. Il approcha une chaise du bureau de Nkata, sortit son calepin et l'ouvrit à une page couverte d'informations notées dans une sorte de sténo désuète.

— Bon, j'ai complètement loupé mon début. Laissez-moi une deuxième chance. Votre papa s'appelle Benjamin. Il est chauffeur de bus, c'est ça ? Il y a combien de temps qu'il travaille pour les transports londoniens ? Il circule sur quelle ligne, sergent Nkata ?

Nkata serra les mâchoires et commença à trier des feuilles.

— Loughborough Estate, dans le sud de Londres, c'est bien ça ? reprit Corsico. Vous vivez là-bas depuis longtemps ?

— J'y ai vécu toute ma vie.

Nkata ne regardait toujours pas le journaliste. Chacun de ses mouvements avait pour but de lui dire : Je suis occupé, mec.

Corsico ne marcha pas. Il jeta un coup d'œil à ses notes.

— Et votre mère ? Alice. Qu'est-ce qu'elle fait ?

Nkata pivota sur sa chaise. Garda un ton poli.

— La femme du commissaire s'est retrouvée dans le journal. Ça n'arrivera pas à ma famille. Pas question.

Corsico prit apparemment cela comme une invitation à explorer le psychisme de Nkata, qui de toute façon semblait l'intéresser plus que le reste.

— Pas facile d'être flic quand on a un tel passé, sergent ? C'est ça ?

616

— Je ne veux pas qu'on parle de moi dans le journal. Je pourrais difficilement vous le dire plus clairement, Mr Corsico.

— Mitch. Vous me considérez comme un adversaire, n'est-ce pas ? Ce n'est pas de cette façon que les choses devraient se passer entre nous. Je suis ici pour rendre service à la Met. C'est tout. Vous avez lu mon article sur le commissaire Lynley ? Pas l'ombre d'un commentaire négatif. Je l'ai présenté sous un angle aussi positif que possible. Bien sûr, il y a encore des choses à dire à son sujet... Cette histoire dans le Yorkshire, par exemple, la mort de son beau-frère... Mais on n'aura pas besoin de se lancer là-dedans tout de suite, en tout cas pas tant que les autres enquêteurs coopéreront au moment où je voudrai faire leur portrait.

— Minute, mec. Vous me menacez ? Vous êtes en train de me dire que vous allez vous payer le commissaire si je ne joue pas votre jeu ?

Corsico sourit.

— Non. Non, dit-il en balayant les questions de Nkata d'un revers de main nonchalant. Mais je ne vous cache pas qu'il y a des informations qui m'arrivent via la rédaction de la *Source*. Ce qui veut dire que quelqu'un d'autre les a probablement obtenues avant moi. Et ça, ça veut dire que mon rédac chef a pigé qu'il reste encore des choses à publier et qu'il va bientôt chercher à savoir pourquoi je ne suis pas en train de plancher sur la suite. Prenez ce tuyau venu du Yorkshire : « Pourquoi tu ne te mets pas sur le meurtre d'Edward Davenport, Mitch ? » Voilà ce qu'il va me demander. Je lui répondrai que j'ai une bien meilleure histoire sous le coude, une formidable histoire d'ascension personnelle – des Brixton Warriors à la Met. Croyez-moi, je lui répondrai, quand vous aurez lu ça, vous comprendrez pourquoi j'ai laissé Lynley de côté. D'où vous vient cette balafre sur la figure, sergent Nkata ? Un coup de cran d'arrêt ?

Nkata ne lâcha rien : ni sur les jardins ouvriers de Windmill, ni sur le combat de rue qui l'avait défiguré, et encore moins sur les Brixton Warriors, qui restaient toujours aussi actifs au sud du fleuve.

— D'ailleurs, reprit Corsico, vous savez bien que tout ça vient d'en haut, n'est-ce pas ? Stephenson Deacon – sans parler de l'adjoint au préfet – mène la vie très dure à la presse. On peut s'attendre à ce qu'ils vous la mènent encore plus dure à vous si vous ne les suivez pas en m'aidant à écrire mes portraits.

Nkata se força à hocher aimablement la tête tout en se levant. Il ramassa son calepin et répondit avec autant de dignité qu'il put en rassembler :

— Mitch, il faut que j'aille voir le commissaire, là, tout de suite. Il a besoin de ça, ajouta-t-il en montrant ses notes, alors on verra… ce qu'il y a à voir plus tard.

Et il quitta la salle d'opérations. Lynley n'avait pas besoin de ses informations – elles étaient inexploitables –, mais il n'était pas question pour lui de rester le cul sur sa chaise à écouter les menaces courtoises de ce journaliste. Et tant pis si son manque de coopération faisait péter un plomb à Hillier, décida-t-il.

La porte du bureau de Lynley était ouverte, et Nkata trouva le commissaire au téléphone. Lynley le salua d'un hochement de tête en lui indiquant la chaise face à son bureau. Il écoutait son interlocuteur et prenait des notes dans un carnet jaune.

Une fois qu'il eut raccroché, Lynley lui demanda, comme s'il était doué de prescience :

— Corsico ?

— Il a démarré sur Stoney. Direct. Putain, je veux pas que ce type aille fouiner dans mes histoires de famille. Maman en a suffisamment bavé comme ça,

618

elle n'a pas besoin que Stoney se retrouve une fois de plus dans le journal.

Sa colère le surprit lui-même. Il n'aurait pas cru être encore sensible à la trahison, à l'affront, au... il ne voyait pas comment appeler cela, n'ayant pas réussi à mettre un nom dessus à l'époque et sachant qu'il ne le pouvait pas aujourd'hui.

Lynley ôta ses lunettes, se mit les doigts sur les tempes, pressa fort.

— Winston, comment vais-je me faire pardonner tout ça ?

— Vous pourriez calmer Hillier, je suppose. Ce serait toujours un début.

— Certes. Donc vous avez dit non à Corsico ?

— Plus ou moins.

— C'était le bon choix. Hillier n'appréciera pas. Il va en entendre parler, c'est sûr, et il piquera sa crise. Mais ce n'est pas pour tout de suite, et lorsque ça viendra, je ferai de mon mieux pour le tenir à distance de vous. J'aimerais pouvoir faire plus.

Nkata estima que ce n'était déjà pas mal, dans la mesure où le commissaire avait déjà eu droit à son portrait dans le journal.

— Barb me dit que Camionnette rouge vous a téléphoné...

— En roulant des mécaniques. Il cherche à nous énerver. Vous avez du nouveau ?

— Zéro sur les règlements par carte. Ça n'a strictement rien donné. Le seul point commun entre Crystal Moon et les gens à qui on s'intéresse, c'est Robbie Kilfoyle, le livreur de sandwiches. On le met sous surveillance ?

— Sur la seule base de son lien avec Crystal Moon ? On a déjà trop tiré sur la corde. Hillier ne nous accordera pas d'effectifs supplémentaires pour ça, et nos officiers font déjà des journées de quatorze à dix-huit heures. Le SO7 a effectué une analyse comparative de la camionnette de Minshall et du résidu de gomme retrouvé sur le vélo de Kimmo Thorne. Ça ne colle pas. Minshall avait une vieille moquette, pas de tapis de sol en caoutchouc. En revanche, on a relevé des empreintes de Davey Benton un peu partout dans la camionnette. Ainsi qu'un tas d'autres.

— Celles des autres garçons morts ?

— Les analyses comparatives sont en cours.

— Vous ne croyez pas qu'ils soient montés dedans ?

— Les autres ? Dans la camionnette de Minshall ?

Lynley remit ses lunettes et baissa les yeux sur ses notes avant de répondre.

— Non. Je ne crois pas. Je crois que Minshall dit la vérité, même si ça me fait mal au cœur de l'admettre, vu son degré de perversion.

— Ce qui veut dire…

— Que le tueur a basculé de Colossus à MABIL à partir du moment où nous avons débarqué à Elephant & Castle. Et à présent que Minshall est en garde à vue, il va encore devoir se trouver une autre source de victimes. Il faut qu'on l'ait arrêté avant parce que Dieu seul sait où il va frapper, et on ne pourra jamais protéger tous les gamins de Londres.

— Dans ce cas, il va nous falloir les dates et les heures de réunion de MABIL. Pour vérifier les alibis de tous les membres.

— Retour à la case… peut-être pas départ, mais à la case cinq ou six. Mais vous avez raison, Winston. Il faut que ce soit fait.

Ulrike n'eut d'autre choix que d'utiliser les transports en commun. Le trajet à vélo était long d'Elephant & Castle à Brick Lane, et elle ne pouvait pas se permettre de perdre autant de temps à pédaler. Il était déjà suffisamment bizarre qu'elle quitte les locaux de Colossus sans qu'aucun rendez-vous soit inscrit ni dans son agenda ni sur le calendrier de l'accueil que tenait à jour Jack Veness. Elle inventa donc un coup de fil reçu sur son portable – Patrick Bensley, le président du conseil d'administration, souhaitait lui présenter un gros donateur potentiel – et annonça qu'elle sortait. Jack pourrait toujours la joindre en cas d'urgence. Elle laisserait son portable allumé, comme d'habitude.

Jack Veness l'observa, sa barbe fendue par un demi-sourire. Il hocha la tête d'un air entendu. Elle ne lui laissa pas la moindre chance d'émettre un commentaire. Il aurait eu besoin une fois de plus d'être remis à sa place, mais elle n'avait pas le temps de lui parler de son attitude et des améliorations qu'il avait intérêt à y apporter s'il souhaitait avancer un jour dans l'organigramme. Elle attrapa son manteau, son écharpe, son chapeau, et partit.

Le froid extérieur la cueillit de plein fouet, d'abord au niveau des yeux puis jusqu'aux os. C'était la quintessence du froid londonien : tellement gorgé d'humidité qu'emplir ses poumons d'air représentait en soi un effort. Cela la poussa à se précipiter vers la chaleur intolérable du métro. Elle se glissa dans une rame bondée à destination de l'Embankment et tâcha de garder ses distances vis-à-vis d'une femme qui expectorait sa toux grasse dans l'air nauséabond.

À la station Embankment, Ulrike descendit et se mit à louvoyer parmi les usagers. Ils étaient déjà différents, et leur composition ethnique bascula d'une majorité de Noirs à une forte représentation blanche, nettement mieux habillée, quand elle attrapa sa correspondance sur la ligne District, qui elle-même traversait la fine fleur des quartiers de bureaux londoniens. En chemin, elle laissa tomber une pièce d'une livre dans l'étui ouvert d'un guitariste qui faisait la manche. Il susurrait

A Man Needs A Maid d'une voix qui rappelait moins Neil Young qu'un Cliff Richard souffrant des végétations. Mais du moins faisait-il quelque chose pour subvenir à ses besoins.

À Aldgate East, elle acheta un numéro de *Big Issue*, le troisième en deux jours. Elle ajouta cinquante pence au prix officiel. Le vendeur semblait en avoir besoin.

Elle localisa Hopetown Street après une courte marche sur Brick Lane, et là, elle tourna. Et s'approcha de la maison de Griffin. Elle ne se trouvait pas bien loin, après un petit espace vert et à une trentaine de mètres du centre communautaire où un groupe d'enfants chantait, accompagné par les notes d'un piano désaccordé.

Ulrike marqua un temps d'arrêt juste après avoir franchi le portail qui donnait accès au minuscule jardin. Celui-ci était d'une propreté compulsive, comme elle se l'était imaginé. Griff n'avait jamais beaucoup parlé d'Arabella, mais étant donné le peu qu'Ulrike savait d'elle, les plantes en pot taillées au millimètre et le dallage impeccablement balayé correspondaient tout à fait à son attente.

Mais pas Arabella elle-même. Elle sortit de la maison à l'instant où Ulrike reprenait sa marche vers la porte. Elle entreprit de manœuvrer une poussette sur le seuil, dont la petite passagère était tellement emmitouflée pour affronter le froid que seul son nez était visible.

Ulrike s'était attendue à rencontrer une personne radicalement différente, encline à un certain laisser-aller. Or Arabella avait l'air parfaitement dans le coup avec son béret noir et ses bottes. Elle portait un pull à col roulé gris sous un blouson de cuir noir. Ses cuisses étaient nettement trop épaisses, mais elle travaillait visiblement pour y remédier. Elle aurait retrouvé sa ligne en un rien de temps.

Jolie peau, pensa Ulrike au moment où Arabella levait les yeux. Toute une vie en Angleterre, exposée à l'humidité ambiante. Ces peaux-là n'existaient pas au Cap. Arabella était le type même de la rose anglaise.

— Eh bien, lui lança la femme de Griff, c'est une première. Il n'est pas là, si c'est lui que vous cherchez, Ulrike. Et s'il n'est pas venu au travail, il doit être à l'atelier de sérigraphie, mais j'aurais tendance à en douter, les choses étant ce qu'elles sont depuis quelque temps.

Plissant les yeux comme pour vérifier l'identité de son interlocutrice, elle ajouta d'un ton sarcastique :

— Vous êtes bien Ulrike, n'est-ce pas ?

Ulrike s'abstint de lui demander comment elle pouvait le savoir.

— Je ne suis pas venue pour Griff. Je suis venue vous parler.

— Encore une première.

Arabella fit descendre à sa poussette la marche unique qui tenait lieu de perron. Elle se retourna, ferma la porte à clé. Arrangea les diverses couches de vêtements qui protégeaient son bébé, puis :

— Je ne vois pas de quoi nous pourrions parler. Griff ne vous a certainement pas fait de promesses, alors si vous vous imaginez que vous et moi allons discuter tranquillement divorce ou échange de rôles, laissez-moi vous dire que vous perdez votre temps. Et pas seulement avec moi, avec lui aussi.

Ulrike sentit le feu lui monter aux joues. C'était puéril, mais elle eut tout à coup envie d'agiter deux ou trois faits sous le nez d'Arabella Strong, en commençant par quelque chose du genre : Je perds mon temps ? Il m'a baisée sur mon bureau pas plus tard qu'hier, ma chère. Mais elle se retint.

— Ce n'est pas pour ça que je suis venue.

— Oh, ce n'est pas ça ?

— Non. Sachez que j'ai tout récemment botté son joli petit cul et qu'il est sorti de ma vie. Il est tout à vous, enfin.

— C'est aussi bien. Vous n'auriez pas été heureuse s'il vous avait choisie à titre permanent. Ce n'est pas l'homme le plus facile à vivre qui soit. Ses... ses intérêts extérieurs deviennent vite lassants. Il faut apprendre à faire avec.

Arabella traversa le jardinet en direction du portail. Ulrike fit un pas de côté mais ne le lui ouvrit pas. Elle laissa Arabella se débrouiller et la suivit ensuite dans la rue. De plus près, Ulrike se fit une idée plus précise de ce qu'elle était : le type même de la femme qui existait pour que quelqu'un s'occupe d'elle, qui avait quitté l'école à seize ans et sauté ensuite sur un de ces boulots qui ne servent qu'à attendre qu'un mari se présente et se révèlent profondément inadaptés à la survie au cas où le mariage se briserait et où la femme se retrouverait obligée de se faire elle-même son chemin dans le vaste monde.

Arabella se tourna vers elle.

— Je vais faire un saut au Beigel Bake, en haut de Brick Lane. Vous pouvez m'accompagner si ça vous dit. Personnellement, je n'ai rien contre. Un brin de causette avec une femme, ça fait toujours du bien. D'ailleurs, j'ai quelque chose à vous montrer qui pourrait vous intéresser.

Elle se mit en mouvement sans se soucier de savoir si Ulrike suivait. Celle-ci s'empressa de revenir à sa hauteur, bien décidée à ne pas avoir l'air de traîner dans son sillage comme un appendice indésirable.

— Comment avez-vous su qui j'étais ?

Arabella lui jeta un rapide coup d'œil.

— La force de caractère, répondit-elle. Votre façon de vous habiller, l'expression du visage. Votre démarche. Je vous ai vue ouvrir le portail. Griff est toujours attiré par les femmes fortes, en tout cas au début. Séduire une femme forte lui permet de se sentir fort lui-même. Ce qu'il n'est pas. Enfin ça, bien sûr, vous le savez. Il n'a jamais été fort. Il n'en a jamais eu besoin. Évidemment, il croit l'être, tout comme il croit avoir réussi à garder le secret sur toutes ses... sur ses aventures en série. Mais il est faible, comme le sont tous les beaux mecs. Le monde s'incline devant sa beauté, il sent qu'il a quelque chose à prouver au-delà de son apparence, et il y échoue totalement parce qu'il finit toujours par utiliser sa beauté pour y arriver. Pauvre chou. Il y a des moments où ça me fait vraiment de la peine pour lui. Enfin, on s'en tire comme on peut malgré ses défauts.

Elles s'engagèrent dans Brick Lane, en direction du nord. Au coin de la rue, un chauffeur de camion déchargeait des rouleaux de soie chatoyante devant un magasin de saris, encore orné de guirlandes de Noël, qui restaient peut-être là, toute l'année.

— J'imagine que c'est à cause de ça que vous l'avez engagé, n'est-ce pas ?

— De sa beauté ?

— J'imagine que vous l'avez reçu en entretien, que vous vous êtes sentie un peu grisée d'être la destinataire de cette expression tellement touchante qu'il sait prendre, et que vous n'avez pas pensé un seul instant à vérifier ses références. Il devait tabler là-dessus.

Arabella lui décocha alors un regard qui avait quelque chose de très travaillé, comme si elle attendait depuis des jours et des mois l'occasion de dire son fait à l'une des maîtresses de son mari.

Ulrike dut lui accorder ce point. Après tout, c'était mérité.

— Je plaide coupable. Il est très fort en entretien.

— Je ne sais pas comment il fera quand sa beauté l'aura quitté. Enfin, je suppose que c'est différent pour les hommes.

— La demi-vie est plus longue.

— Et la date de péremption nettement plus éloignée.

Elles lâchèrent ensemble un petit rire puis détournèrent le regard avec embarras. Elles avaient déjà parcouru une certaine distance sur Brick Lane. En face d'une mercerie qui devait déjà fonctionner du temps de Dickens, Arabella s'arrêta.

— Là, dit-elle. Voilà ce que je voulais vous montrer, Ulrike.

Elle lui indiqua l'autre côté de la rue, pas la mercerie Ablecourt & Son Ltd, mais le Bengal Garden, le restaurant voisin, dont les fenêtres et la porte resteraient barrées par des grilles cadenassées jusqu'à la tombée de la nuit.

— Eh bien ? demanda Ulrike.

— C'est là qu'elle travaille. Elle s'appelle Emma, mais je doute que ce soit son vrai prénom. C'est probablement plutôt quelque chose d'imprononçable commençant par un *m*. Ils ont dû ajouter le *a* pour l'angliciser. Ou bien c'est elle-même qui l'a fait. Em-a. Emma. Ses parents doivent toujours l'appeler par son prénom d'origine, mais elle, elle essaie de toutes ses forces de devenir anglaise. Et Griff a décidé de l'aider. Elle tient ce resto. C'est un vrai tournant pour Griff – en général, il n'est pas attiré par l'exotisme – mais je crois que le fait qu'elle se démène tellement pour devenir anglaise malgré les objections de ses parents... Il a dû y voir une preuve de force. Ou s'imaginer que c'en était.

— Comment avez-vous su ? Pour elle ?

— Je le sais à chaque fois. La femme trompée sait toujours, Ulrike. Il y a des signes. En l'occurrence, il m'a emmenée récemment dîner dans ce restaurant.

L'expression qu'elle a eue quand on est entrés… Visiblement, il était déjà venu et il avait posé ses jalons. Je représentais la phase deux : se pointer avec sa légitime au bras pour qu'Emma puisse voir dans quelle situation son chéri se trouvait.

— Quels jalons ?

— Il a un pull qu'il met toujours au début, quand il cherche à attirer une femme. Un pull marin. Sa couleur donne à ses yeux un éclat spécial. Il l'a porté quand il vous tournait autour ? Pour des réunions à deux, par exemple ? Oui. Je vois qu'il l'a fait. Griff est un être d'habitudes. Mais ça marche, ça marche. Alors, on ne peut pas tellement lui reprocher de ne pas se diversifier.

Arabella se remit en mouvement. Ulrike lui emboîta le pas après avoir jeté un dernier regard au Bengal Garden.

— Pourquoi restez-vous avec lui ?

— Tatiana aura un père.

— Et vous ?

— J'ai les yeux ouverts. Griffin est Griffin.

Elles traversèrent une rue et, poursuivant vers le nord, passèrent devant une ancienne brasserie puis atteignirent le secteur des maroquiniers et des bazars. Ulrike posa enfin la question qu'elle était venue poser, même si elle se doutait à ce stade qu'elle ne pourrait guère se fier à la réponse d'Arabella.

— La nuit du 8 ? répéta celle-ci d'un ton pensif, qui fit brièvement miroiter à Ulrike la possibilité d'apprendre la vérité. Eh bien, il était à la maison avec moi, Ulrike.

Elle ajouta, pesant ses mots :

— Ou alors il était avec Emma. Ou avec vous. Ou bien il est resté à l'atelier jusqu'à l'aube. Je suis prête à donner ma parole sur n'importe quelle version, celle que Griff voudra. Vous pouvez compter là-dessus, lui, vous, et le monde entier.

Elle s'arrêta à hauteur d'une large vitrine. À l'intérieur, des clients faisaient la queue devant un comptoir de verre derrière lequel un énorme tableau noir dressait la liste des bagels et autres viennoiseries proposés à la vente.

— Pour être franche, ajouta-t-elle, je n'en ai aucune idée, mais c'est quelque chose que je ne dirai jamais aux flics, ça, vous pouvez en être sûre.

Elle se détourna d'Ulrike pour regarder la boutique, avec l'expression d'une personne qui prend soudain conscience de l'endroit où elle se trouve.

— Ah, dit-elle, le Beigel Bake. Un petit bagel, Ulrike ? Je vous l'offre.

Il trouva une place de stationnement qui était la logique même. Sous le magasin Marks & Spencer, il y avait un parking souterrain et, malgré la présence d'une caméra de surveillance – qu'espérer d'autre dans ce quartier de la ville ? – susceptible d'attester Sa présence en ce lieu, celle-ci pourrait se justifier de façon rationnelle. Chez Marks & Sparks, il y avait des toilettes ; chez Marks & Sparks, il y avait aussi une épicerie. Dans un cas comme dans l'autre, cela Lui fournirait un prétexte.

Pour s'en assurer, Il monta au magasin et fit une apparition dans chacun de ces lieux. Il acheta une barre chocolatée à l'épicerie et alla se planter jambes écartées devant un urinoir des toilettes messieurs. Ça devrait suffire, pensa-t-Il.

Il Se lava les mains soigneusement – à cette époque de l'année, on ne se méfiait jamais assez des rhumes – , sortit ensuite du magasin par le rez-de-chaussée et se dirigea vers la place. Elle se situait à l'intersection d'une demi-douzaine de rues ; celle qu'Il venait d'emprunter, la plus animée de toutes, montait du sud-ouest vers le nord-est dans une bousculade de voitures particulières et de taxis qui tous se précipitaient dans le même sens. Lorsqu'Il eut atteint la place, Il traversa au feu, inhalant au passage les gaz d'échappement d'un bus de la ligne 11.

Après Leadenhall Market, Il avait eu un coup de cafard, mais Son état d'esprit était redevenu tout autre. Il avait été touché par une inspiration et Il s'en était saisi, basculant d'un plan à l'autre sans aucune intervention extérieure. Du coup, aucun asticot ne s'était manifesté pour se payer sa tête. Il y avait juste eu cet instant où Il s'était soudain rendu compte qu'une nouvelle voie s'offrait à Lui, placardée sur les kiosques à tous les coins de rue.

Arrivé sur la place, Il marcha jusqu'à la fontaine. Elle ne trônait pas au centre comme on aurait pu s'y attendre, mais plutôt dans le coin sud. C'est vers elle qu'Il se dirigea tout d'abord, et vers le filet d'eau qu'elle déversait dans le bassin limpide. Malgré les arbres qui bordaient la place à peu de distance de cette fontaine, Il constata qu'aucune feuille morte ne se décomposait dans l'eau. Quelqu'un les avait toutes repêchées depuis longtemps, et le jet qui tombait de l'urne était sonore, dépourvu de cette matité qui sans cette intervention aurait suggéré le pourrissement. Dans cette partie de la ville, les notions de mort, de pourrissement, de décomposition étaient proprement impensables. Et c'était en cela que Son choix était parfait.

Il s'éloigna de la fontaine et observa le reste de la place. Le défi était de taille. Au-delà de la rangée d'arbres qui bordait une large allée centrale courant jusqu'au monument aux morts de l'autre extrémité, une file de taxis attendait des clients et une station de métro dégorgeait ses passagers sur le trottoir. Ceux-ci s'égaillaient vers les banques, les magasins, un pub. Ils s'asseyaient aux tables d'une brasserie ou bien rejoignaient la file qui s'était formée à la caisse d'un théâtre pour réserver des places.

Rien à voir avec Leadenhall Market, qui s'animait le matin, à midi et à la fin des jours ouvrables, mais qui pour le reste était relativement désert en plein hiver. Cet endroit-ci grouillait de gens, et probablement jusqu'à une heure avancée de la nuit. Mais aucun obstacle n'était insurmontable. Le pub finirait par fermer, la station de métro aussi, les chauffeurs de taxi rentreraient se coucher, les bus passeraient beaucoup moins souvent. Vers trois heures et demie, la place serait à Lui. Tout ce qu'Il avait à faire, c'était d'attendre.

Et de toute façon, le projet qu'Il avait en tête pour ce site ne Lui demanderait pas longtemps. Il regrettait les crochets et les rails de Leadenhall Market dont Il ne pourrait plus se servir pour exprimer ce qu'Il désirait, mais ici, c'était encore mieux. Parce qu'il y avait des bancs le long de l'allée qui reliait la fontaine au monument aux morts – de fer forgé et de bois luisant sous le soleil laiteux – et qu'Il visualisait parfaitement ce que cela donnerait.

Il voyait déjà leurs corps sur cette place : l'un d'eux racheté, libéré, et l'autre non. L'observateur et l'observé, le premier apprêté et le second installé dans une position de… sollicitude attentive. Mais tous les deux délicieusement, délectablement morts.

Le plan était en marche dans Son esprit et Il Se sentait comblé, comme toujours. Il Se sentait libre. Il n'y avait pas de place pour l'asticot dans un moment comme celui-là. La chose vermiforme se recroquevillait comme pour fuir le soleil que représentaient pour cette créature bouffie de haine Sa présence et Son plan. Tu vois, tu vois ? aurait-il voulu demander. Mais rien ne pouvait Lui arriver maintenant, et rien n'aurait aucune raison de Lui arriver tant qu'Il les tiendrait tous les deux – l'observateur et l'observé – à l'intérieur du cercle défini par Son pouvoir.

Il ne restait plus qu'à attendre. Attendre et choisir le moment de frapper.

Lynley étudia le portrait-robot, résultat du souvenir qu'avait conservé Muwaffaq Masoud de l'homme qui lui avait racheté sa camionnette pendant l'été. Il le regardait depuis de longues minutes en s'efforçant de trouver des points de comparaison avec le dessin dont ils disposaient déjà du mystérieux inconnu aperçu au Square Four quelques jours avant le meurtre de Sean Lavery. Il leva enfin la tête – sa décision prise –, décrocha son téléphone et demanda une modification de chacun des deux dessins. Prenez un exemplaire de chaque, dit-il, et ajoutez-y une casquette, des lunettes, une moustache et un bouc. Il voulait voir ce à quoi ressembleraient les deux images ainsi modifiées. C'était un coup de couteau frappé dans le noir, mais il arrivait qu'une lame rencontre de la chair.

Cela fait, Lynley eut enfin un moment à lui pour téléphoner à Helen. Il avait beaucoup réfléchi à sa conversation avec le tueur en série et s'était demandé si le meilleur choix ne consisterait pas à demander à sa femme d'interrompre ses sorties et à poster un constable devant chaque entrée de leur maison. Mais il savait à quel point Helen rechignerait à admettre un tel choix, savait aussi qu'une réaction excessive reviendrait à jouer le jeu du tueur. Pour le moment, l'homme ne pouvait pas connaître l'adresse exacte des Lynley. Il était nettement préférable d'instaurer autour d'Eaton Terrace une surveillance discrète – à partir des toits et de l'Antelope Pub – afin de tendre un filet dans lequel le tueur viendrait peut-être se jeter. Plusieurs heures seraient nécessaires pour mettre tout cela en place. Dans l'intervalle, il ne lui restait plus qu'à s'assurer que Helen faisait preuve de prudence dans les rues de la capitale.

Il la joignit dans un joyeux tintamarre : vaisselle, couverts et voix féminines.

— Où es-tu ? demanda-t-il.

— Chez Peter Jones, répondit-elle. On fait une petite pause alimentaire. Jamais je n'aurais cru que chercher une tenue de baptême serait aussi épuisant.

— Tu n'as pas dû tellement progresser si tu n'es pas allée plus loin que chez Peter Jones.

— Chéri, c'est absolument inexact. (Et, à l'intention de Deborah :) C'est Tommy, il demande où on en… Oui, je vais le lui dire. Deborah dit que tu devrais manifester un peu plus de confiance en nous. Nous avons déjà fait trois magasins et nous avons le projet d'enchaîner sur Knightsbridge, Mayfair, Marylebone, et aussi une adorable petite boutique que Deborah a réussi à dénicher à South Kensington. Un styliste spécialisé dans les vêtements pour bébé. Si on ne trouve rien là-bas, on ne trouvera nulle part.

— Vous en avez pour la journée.

— Et pour couronner le tout, nous avons l'intention de rehausser un peu la décoration Art déco du Claridge en allant y prendre le thé. Une idée de Deborah, je précise. Elle semble estimer que je ne sors pas assez. Et, chéri, nous avons trouvé une partie de la tenue de baptême, je te l'ai dit ?

— Tu me l'as dit ?

— C'est terriblement mignon. Quoique… bon, ta tante Augusta pourrait avoir une attaque en voyant son arrière-petit-neveu – c'est bien ce que sera Jasper Felix ? – introduit au christianisme dans un veston miniature. Mais les langes sont tellement adorables, Tommy. Comment quelqu'un pourrait-il y trouver à redire ?

— Impensable, admit Lynley. Mais tu connais Augusta.

— Ah, zut. On continue à chercher. Cela dit, je tiens absolument à ce que tu voies le veston. De toute façon, on achète tout ce qui nous paraît portable pour que tu puisses participer au choix.

— Parfait, chérie. Passe-moi Deborah.

— Voyons, Tommy, tu ne vas tout de même pas lui demander de me refréner ?

— Je n'y penserais pas. Passe-la-moi.

— On est sages... plus ou moins, déclara Deborah dès que Helen lui eut passé son portable.

— J'espère bien.

Lynley réfléchit un instant sur la façon de présenter les choses. Deborah, il le savait, était incapable de dissimulation. Un mot de lui sur le tueur et il serait écrit partout sur sa figure, pleinement visible de Helen, qui s'en inquiéterait aussitôt. Il décida de tenter une approche différente.

— Ne laisse personne vous approcher tant que vous serez en ville, reprit-il. Dans la rue, ne vous laissez pas aborder par qui que ce soit. Tu veux bien faire ça pour moi ?

— Bien sûr. Qu'est-ce qui se passe ?

— En fait... rien. C'est mon côté mère poule. Il y a de la grippe dans l'air. Des rhumes. Dieu sait quoi d'autre encore. Ouvre l'œil et fais attention.

Il y eut un silence au bout de la ligne. Il entendit Helen discuter avec quelqu'un.

— Restez à distance des gens, insista Lynley. Je ne voudrais surtout pas qu'elle tombe malade maintenant qu'elle a enfin passé le cap des nausées.

— Ne t'en fais pas. Je les tiendrai tous en respect avec mon parapluie.

— Promis ?

— Tommy, est-ce qu'il y a quelque chose... ?

— Non. Non.

— Tu es sûr ?

— Oui. Passez une bonne journée.

Il raccrocha, comptant sur la discrétion de Deborah. Même si elle répétait mot pour mot à Helen tout ce qu'il venait de dire, il savait que sa femme aurait simplement l'impression qu'il se montrait surprotecteur.

— Monsieur ?

Il leva les yeux vers le seuil. Havers s'y tenait immobile, son carnet à spirale à la main.

— Vous avez quelque chose ?

— Que dalle. Miller est clean.

Elle enchaîna en lui récitant ce qu'elle avait réussi à trouver concernant le vendeur de sels de bain, ce qui se résumait, comme elle l'avait déjà dit, à rien.

— Donc, voilà ce que je me suis dit. Peut-être qu'on devrait le considérer un peu plus comme quelqu'un qui pourrait faire tomber Barry Minshall. S'il savait ce qu'on a sur Barry – dans le détail, je veux dire –, ça pourrait peut-être lui donner envie de nous filer un coup de main. Faute de mieux, il devrait pouvoir identifier certains gamins des polaroïds qu'on a retrouvés chez Barry. Et si on retrouve les gamins, on aura de quoi faire sauter MABIL.

— Mais pas forcément de quoi coincer le tueur. Non. Transmettez toutes les informations concernant MABIL au TO9, Havers. Donnez-leur le nom de Miller avec son dossier. Ils feront suivre le tout à la brigade de protection des mineurs concernée.

— Mais si on...

— Barbara, coupa-t-il sans lui laisser le temps d'aller au cœur des choses, c'est ce que nous avons de mieux à faire.

Dorothea Harriman entra dans le bureau pendant que Havers pestait à l'idée de laisser en plan ne serait-ce qu'un aspect de l'enquête. La secrétaire du département apportait plusieurs documents, qu'elle remit à Lynley. Elle se replia dans un sillage de parfum en disant :

— Les nouveaux portraits-robots, commissaire Lynley. À remettre tout de suite, m'a-t-on dit. Le dessinateur m'a également priée de vous signaler qu'il en a fait plusieurs versions étant donné que vous n'avez pas su lui dire à quoi ressemblaient les lunettes ni si le bouc était épais ou non. La casquette, a-t-il ajouté, est la même partout.

Pendant que Lynley la remerciait, Havers s'approcha de son bureau pour jeter un coup d'œil. Les portraits avaient subi des modifications : les deux suspects arboraient désormais un couvre-chef, des lunettes et une barbiche. Plutôt maigre comme point de départ, mais c'était un point de départ tout de même.

Lynley se leva.

— Venez avec moi, dit-il à Havers. Il est temps d'aller faire un tour à l'hôtel Canterbury.

25

— C'est comme je vous le dis depuis le début, les gars, déclara Jack Veness. J'étais au Miller & Grindstone. À quelle heure j'en suis parti, aucune idée, vu qu'il m'arrive de rester jusqu'à la dernière tournée, mais pas toujours, et je note pas tout ça sur une connerie de journal intime, d'accord ? Mais j'y étais, c'est sûr, et après mon pote et moi on est allés s'acheter un plat à emporter. Vous pouvez me poser la question autant de fois que vous voudrez, je vous servirai toujours la même putain de réponse. Alors à quoi ça sert d'insister ?

— Ça sert, Jack, répondit Winston Nkata, à accumuler des informations plus intéressantes. Plus on en sait sur qui a fait quoi et avec qui dans ce dossier, plus on a de quoi vérifier qui pourrait avoir fait autre chose. Et quand. On en revient toujours à la question : quand ?

— Et on en revient toujours à des flics qui cherchent à coller quelque chose sur le dos de quelqu'un en se fichant de savoir ce qu'il est. Vous êtes vraiment gonflés, vous savez ça ? Des mecs en prennent pour vingt ans, on découvre qu'on leur a fait porter le chapeau, mais il faut surtout pas compter sur vous pour changer d'approche, hein ?

— Vous êtes inquiet ? s'enquit Nkata. Pourquoi ?

Il faisait face au réceptionniste de Colossus sur le seuil de l'organisation, où il l'avait suivi après l'avoir croisé sur le parking. Jack était en train de taper des clopes à des mômes de douze ans. Il en avait allumé une, empoché une autre, et calé une troisième derrière son oreille. Nkata l'avait d'abord pris pour un stagiaire. Ce n'était que lorsque Veness l'avait interpellé d'un « Hé ? Vous, là ! Vous allez où ? », alors qu'il se dirigeait vers la porte, que Nkata s'était rendu compte que ce jeune homme à la tignasse carotte était un employé de Colossus.

Il avait demandé à Veness s'il pouvait lui dire un mot, et il lui avait montré sa carte. Il était en possession d'une liste de dates auxquelles les membres de MABIL s'étaient réunis – aimablement fournie par Barry Minshall sur les conseils de son avocat – et se chargeait de vérifier les alibis. Le problème était que l'alibi de Jack Veness ne variait jamais d'un pouce, il s'était lui-même donné la peine de le souligner.

Jack s'engouffra dans la salle d'accueil comme s'il estimait s'être montré suffisamment coopératif. Nkata l'y suivit. Un garçon était allongé sur un des vieux canapés. Il fumait une cigarette et essayait sans succès de propulser des ronds de fumée en direction du plafond.

— Mark ! aboya Veness. Tu cherches à te faire botter le train, ou quoi ? C'est interdit de fumer dans les locaux et tu le sais très bien. Qu'est-ce que tu crois ?

— Y a personne dans le coin, fit Mark d'un ton blasé. À moins que vous ayez envie de me balancer, personne le saura.

— Y a moi, pigé ? riposta Jack. Fous-moi le camp d'ici ou éteins cette clope.

— Et merde, grommela Mark en jetant ses jambes par-dessus l'accoudoir.

Il se leva et sortit en traînant les pieds ; l'entrejambe de son pantalon lui tombait quasiment au niveau des genoux, à la mode gangsta.

Jack passa derrière le comptoir de l'accueil et enfonça une série de touches de son ordinateur.

— Quoi encore ? Si vous voulez parler aux autres, ils sont sortis. Tous.

— Griffin Strong ?

— Vous avez un problème d'audition ?

Nkata s'abstint de relever. Il planta son regard dans celui de Veness et attendit. L'expression du réceptionniste se radoucit mais il répondit sur un ton qui fit clairement comprendre au policier qu'il n'était pas heureux :

— Il est pas venu de la journée. Il doit être en train de se faire épiler les sourcils.

— Greenham ?

— Allez savoir. Sa conception du déjeuner, à lui, c'est deux heures montre en main. Paraît que c'est pour pouvoir emmener sa môman chez le docteur.

— Kilfoyle ?

— Il se pointe jamais avant d'avoir fait ses livraisons, et j'espère que c'est pour bientôt parce qu'il a mon baguette-salami-salade et que j'aimerais bien le bouffer. Autre chose, mec ?

Il attrapa un stylo et le tapota ostensiblement sur un bloc destiné aux messages téléphoniques. Comme par enchantement, le téléphone sonna et il prit l'appel. Non, répondit-il, elle n'était pas là. Pouvait-il prendre un message ? Ce à quoi il ajouta, sarcastique :

— Pour être franc, je croyais qu'elle était avec vous, Mr Bensley. C'est ce qu'elle m'a dit en sortant.

Il parut satisfait, comme si une théorie personnelle venait de se confirmer. Il nota un message et déclara à son interlocuteur qu'il transmettrait l'information. Il raccrocha puis leva les yeux sur Nkata.

— Quoi encore ? J'ai du boulot.

Les antécédents de Jack Veness étaient gravés dans le cerveau de Nkata comme ceux de tous les employés de Colossus qui avaient éveillé l'intérêt de la police. Le jeune homme, il le savait, avait quelques bonnes raisons d'être dans ses petits souliers. Les repris de justice étaient toujours les premiers à attirer les soupçons lorsqu'un crime se produisait, et Veness le savait. Il avait déjà fait de la prison pour incendie volontaire et ne devait pas avoir trop envie de replonger. Et il ne se trompait pas de beaucoup sur la tendance qu'avaient les flics à braquer d'emblée leurs regards sur les repris de justice, à cause de leur passé et des interactions qu'ils avaient déjà pu avoir avec eux. D'un bout à l'autre de l'Angleterre, des constables rougeauds récupéraient des débris d'enquêtes bâclées pour les recaser dans des affaires d'attentat à la bombe ou de meurtre.

Jack Veness n'avait pas tort de s'attendre au pire. Mais d'un autre côté, il jouait bien le coup en se positionnant en victime.

— Ça vous fait une grosse responsabilité, observa Nkata. Quand tout le monde est parti.

Jack ne répondit pas sur-le-champ. Le changement de vitesse de son interlocuteur éveilla manifestement ses soupçons.

— Je me débrouille, finit-il par lâcher.

— Quelqu'un le remarque ?

— Quoi ?

— Que vous vous débrouillez. Ou ils sont trop occupés pour ça ?

Le terrain semblait stable. Jack y alla.

— Ils remarquent pas grand-chose. Je suis vraiment tout en bas de l'échelle, si on enlève Rob. Il s'en va, mon compte est bon. Je me retrouve sur le paillasson.

— Kilfoyle, vous voulez dire ?

Dans le regard de Jack, Nkata lut qu'il avait manifesté trop d'intérêt.

— Comptez pas sur moi pour me laisser embarquer
là-dedans, mec. Rob est un brave gars. D'accord, il a
eu des ennuis, mais ça, je suppose que vous le savez,
comme vous savez que j'en ai eu aussi. On n'est pas
des assassins pour autant.

— Ça vous arrive de sortir avec lui ? Au
Miller & Grindstone, par exemple ? C'est là que
vous l'avez connu ? Ce ne serait pas lui, ce pote dont
vous parliez ?

— Écoutez, vous pouvez toujours courir pour que je
balance quoi que ce soit sur Rob. Votre sale boulot,
vous avez qu'à le faire vous-même.

— On en revient toujours à ce fichu problème du
Miller & Grindstone, remarqua Nkata.

— Je suis vraiment pas d'accord, mais merde,
merde...

Jack attrapa son bloc, écrivit dessus un nom et un
numéro de téléphone, puis tendit la feuille à Nkata.

— Là. C'est mon pote. Passez-lui un coup de fil, et
il vous dira la même chose que moi. On passe un
moment au pub, et après on sort se payer un curry.
Posez-lui la question, posez-la au pub, posez-la à
l'indien. De l'autre côté de Bermondsey Square, voilà
où c'est. Ils vous diront tous la même chose que moi.

Nkata replia soigneusement la feuille et la glissa
dans son calepin en disant :

— Il y a un hic, Jack.

— Quoi ? Quoi ?

— Les soirées ont tendance à se confondre les unes
avec les autres quand on les passe toutes au même
endroit, pas vrai ? Au bout de plusieurs jours, plusieurs
semaines, comment ces gens pourraient savoir quels
soirs vous êtes allé picoler au pub avant de vous payer

un poulet tikka et quels autres vous n'y étiez pas parce que vous faisiez autre chose ?

— Comme quoi ? Tuer des gosses, vous voulez dire ? Putain de merde, je me fiche de…

— Un problème, Jack ?

Un homme venait d'entrer, un type légèrement enrobé aux cheveux trop clairsemés pour son âge et à la peau trop rouge, même pour quelqu'un qui venait du froid. Nkata se demanda s'il ne les écoutait pas depuis un moment.

— Je peux vous aider ? demanda le nouveau venu à Nkata en l'observant des pieds à la tête.

Jack ne parut pas ravi de son arrivée. Il estimait probablement ne pas avoir besoin de renforts.

— Neil, fit-il. Encore une visite des flics.

Sûrement Greenham, conclut Nkata. Ça tombait bien. Il voulait lui parler à lui aussi.

— Ils veulent d'autres alibis, enchaîna Jack. Cette fois-ci, il a toute une liste de dates. J'espère que tu prends des notes sur tout ce que tu fais parce que c'est ça qu'ils cherchent. Je te présente le sergent Whahaha.

— Winston Nkata, corrigea Nkata en tendant sa carte à Greenham.

— Inutile, dit Neil. Je vous crois. Et vous, maintenant, voilà ce que vous allez devoir croire. Je vais entrer là-dedans et je vais téléphoner à mon avocat. J'en ai ma claque de répondre à vos questions et de discuter avec des flics sans assistance juridique. Ça commence à virer au harcèlement. Surveille tes arrières, Jack. Ils ne lâcheront pas l'affaire avant d'avoir coincé quelqu'un de chez nous. Fais passer le message.

Et il se dirigea vers les profondeurs du bâtiment.

Nkata conclut qu'il n'avait plus rien à gagner de ce côté-ci du fleuve, à part aller faire un tour au Miller & Grindstone et chez le traiteur indien. Si Jack

Veness maraudait la nuit dans Londres, déposant des cadavres à proximité de chez ses collègues, il ne l'avait certainement pas fait savoir aux personnes qu'il connaissait au pub ou chez l'indien en adoptant une attitude compromettante. En revanche, s'il avait décidé de faire de MABIL son prochain vivier de victimes, il était possible qu'il n'ait pas été aussi prudent pour déguiser ses absences au pub et chez l'indien les soirs de réunion. Ce n'était pas grand-chose, mais ce n'était pas rien.

Nkata quitta les locaux, non sans avoir demandé à Veness de dire à Robbie Kilfoyle et à Griffin Strong de lui téléphoner dès leur retour. Il retraversa le parking situé derrière le bâtiment et s'installa dans son Escort.

Sur le trottoir opposé, nichées sous les arches sinistres et couvertes de graffitis du viaduc ferroviaire qui reliait la gare de Waterloo à la sortie de Londres, quatre ateliers de mécanique s'alignaient face à Colossus, ainsi qu'une compagnie de minicabs et un marchand de cycles. Des jeunes du quartier zonaient devant ces établissements. Ils étaient rassemblés par petits groupes, et, sous l'œil de Nkata, un Asiatique sortit du magasin de cycles et leur fit signe d'aller voir ailleurs. Ils eurent quelques mots avec lui, mais ça n'alla pas plus loin. Ils s'éloignèrent en traînant les pieds vers New Kent Road.

Nkata prit la même direction au volant de sa voiture et en dépassa d'autres sous le viaduc, puis d'autres encore qui marchaient en rang par deux, par trois ou par quatre comme des perles africaines, tout le long du trajet qui menait au centre commercial miteux bâti à l'angle d'Elephant & Castle. Ils allaient lentement sur un trottoir jonché de chewing-gums, de mégots, de briques de jus d'orange, de papiers gras, de boîtes de soda écrasées, de kebabs à moitié mangés. Entre eux circulaient des clopes... ou plus vraisemblablement des joints. Difficile à dire. Mais ils n'avaient apparemment pas peur de se faire arrêter dans cette partie de la ville, quoi qu'ils fassent. Ils étaient plus nombreux que les citoyens outragés qui auraient pu être tentés de les empêcher de faire ce qui leur plaisait : écouter des raps assourdissants et emmerder le vendeur de kebabs, dont la minuscule échoppe était comprimée entre le pub Charlie Chaplin et la boutique d'aliments et de produits mexicains El Azteca. Ils n'avaient rien à faire et nulle part où aller : exclus du système scolaire, sans aucun espoir de trouver un emploi, attendant oisivement que le courant de la vie les pousse quelque part.

Et pourtant, pensa Nkata, aucun n'avait commencé de cette façon. Chacun d'eux avait été au départ une ardoise vierge. Cela lui rappela sa propre bonne fortune : la combinaison d'humanité et de circonstances qui l'avait mené là où il était à ce jour. Et qui, pensat-il, avait aussi mené Stoney là où il était...

Il ne voulait pas penser à ce frère pour lequel il ne pouvait plus rien. Il préférait penser à aider là où il le pouvait. En souvenir de Stoney ? Non. Ce n'était pas ça. Plutôt parce qu'il était conscient d'avoir vécu une délivrance et par gratitude envers la faculté que Dieu lui avait donnée de la reconnaître lorsqu'elle s'était présentée.

L'hôtel Canterbury s'inscrivait dans un ensemble d'édifices édouardiens rénovés et repeints en blanc qui dessinait un arc de cercle vers le nord le long de Lexham Gardens, à partir de Cromwell Road, dans South Kensington. En d'autres temps, cela avait probablement été une demeure cossue parmi d'autres dans un secteur de la ville rendu désirable par la proximité du palais de Kensington. Aujourd'hui, la rue avait perdu l'essentiel de ses attraits. C'était un lieu réservé à des étrangers aux besoins minimes et au budget extrêmement serré, ainsi qu'à des couples ayant besoin d'une heure ou deux pour se livrer à des ébats discrets. Les noms des hôtels de la rue faisaient la part belle à des mots comme « Court » ou « Park », avec en général une référence à quelque lieu empreint de signification historique qui visait à suggérer l'opulence mais que contredisait l'état de leur intérieur.

Vu de la rue, l'hôtel Canterbury promettait d'être digne des sombres attentes de Barbara. Les deux parties manquantes de l'enseigne blanc sale avaient rebaptisé l'établissement *Can bury Hot*, et le damier de marbre du perron se distinguait par un trou béant. Barbara stoppa Lynley au moment où celui-ci tendait la main vers la poignée et lui montra les portraits-robots retouchés qu'elle avait apportés dans son sac.

— Vous voyez ce que je veux dire, n'est-ce pas ? C'est la seule chose dont nous n'avons pas parlé.

— Je ne suis pas en désaccord avec vous. Mais faute de mieux...

— Nous avons Minshall, monsieur. Et il commence à coopérer.

Lynley lui indiqua la porte du Canterbury.

— Dans quelques minutes, nous saurons ce qu'il faut en penser. Pour l'instant, tout ce dont nous sommes sûrs, c'est que ni Muwaffaq Masoud ni notre témoin du Square Four n'avaient rien à gagner à mentir. Vous savez comme moi que ce n'est pas le cas de Minshall.

Leur débat concernait les portraits-robots. Aux yeux de Barbara, ceux-ci n'étaient pas fiables. Plusieurs mois s'étaient écoulés depuis que Muwaffaq Masoud avait vu l'homme qui lui avait acheté sa camionnette. Le témoin du Square Four avait vu un individu louche au moins quatre semaines plus tôt. Bref, ces dessins se fondaient entièrement sur le souvenir de deux personnes qui, au moment où ils avaient vu l'homme en question, n'avaient aucune raison valable de mémoriser quelque détail que ce soit le concernant. Ils risquaient donc de n'avoir aucune espèce de valeur pour la police, alors qu'un portrait-robot réalisé à partir du témoignage de Barry Minshall aurait eu de sérieuses chances de les mettre sur la voie.

À condition, avait objecté Lynley, qu'ils puissent se fier à la volonté de Minshall de leur fournir un signalement exact. Ce qui resterait sujet à caution jusqu'à ce qu'ils aient vérifié si ses propos sur ce qui avait pu se passer à l'hôtel Canterbury étaient véridiques.

Lynley entra le premier. Il n'y avait pas de hall, juste un couloir au sol tapissé d'un chemin turc usé jusqu'à la corde et une porte vitrée ouverte sur ce qui devait être un bureau de réception. Un pschitt d'aérosol s'en échappait, accompagné d'une odeur entêtante et agressive pour les yeux qui aurait plongé n'importe quel sniffeur dans l'extase. Ils entrèrent dans la pièce.

Au lieu du visage enfoui dans un sachet en papier auquel ils auraient pu s'attendre, ils découvrirent une fille d'une vingtaine d'années, sous un lobe de laquelle pendait ce qui ressemblait à un petit lustre. Accroupie par terre au-dessus d'un tabloïd ouvert, elle était occupée à imperméabiliser une paire de bottes. Les siennes, apparemment : elle était nu-pieds.

Lynley avait sorti sa carte de police, mais la réceptionniste ne leva pas les yeux. Quasiment prostrée au sol, elle devait être en train de subir les effets des émanations de son aérosol.

— Minute, lâcha-t-elle en oscillant dangereusement sur ses talons, sans cesser de vaporiser le produit.

— Merde, vous pourriez aérer un peu.

Barbara repartit à grands pas vers la porte d'entrée et l'ouvrit en grand. Quand elle revint dans le bureau, la fille avait réussi à se remettre debout.

— Wouah-oh, fit-elle avec un rire planant. Quand ils disent de faire ça dans un endroit bien ventilé, c'est pas du pipeau.

Elle attrapa une fiche d'inscription et la déposa sur le comptoir avec un stylo à bille et une clé.

— Cinquante-cinq la nuit, trente de l'heure. Ou quinze si vous n'êtes pas regardants sur les draps. Ce que je ne vous recommande pas, soit dit en passant, mais n'allez pas le répéter.

Ce fut alors qu'elle regarda vraiment les deux personnes qui se tenaient face à elle. Mais elle n'avait toujours pas pigé qu'ils étaient flics – malgré la carte de Lynley parfaitement visible entre ses doigts – car son regard alla de Barbara à lui avec une expression qui paraissait lui dire : « Puisque c'est votre truc. »

Barbara épargna à son supérieur la peine de devoir détromper la fille sur l'idée qu'elle se faisait de leur présence au Canterbury.

— On préfère faire ça sur la banquette arrière, dit-elle en sortant à son tour sa carte de police. On est un peu serrés, d'accord, mais c'est hyper économique.

Elle poussa sa carte en direction de la fille.

— New Scotland Yard. Et sincèrement en-chan-tés d'apprendre que vous aidez le quartier à faire face à ses passions incontrôlables. Je vous présente le commissaire Lynley, soit dit en passant.

Les yeux de la fille allèrent d'une carte à l'autre. Sa main se mit à tripoter le lustre accroché à son oreille.

— Désolée, dit-elle. Vous savez, je n'ai pas vraiment cru que vous deux…

— C'est bon, coupa Barbara. Commençons par vos horaires de travail. Quels sont-ils ?

— Pourquoi ?

— Vous êtes aussi de service la nuit ? demanda Lynley.

Elle secoua la tête.

— J'arrête à six heures. Qu'est-ce qu'il y a ? Qu'est-ce qui s'est passé ?

Elle avait manifestement été prévenue sur ce qu'elle devait faire en cas de passage des flics, car elle tendit la main vers son téléphone.

— Je vais appeler Mr Tatlises, dit-elle.

— C'est le veilleur de nuit ?

— C'est le gérant. Hé ! Qu'est-ce que vous faites ?

Cette dernière phrase fut prononcée à l'instant où Barbara, ayant tendu le bras par-dessus le comptoir, coupa la communication.

— Le veilleur de nuit nous suffira, expliqua-t-elle à la fille. Où est-il ?

— Il est en règle. Tous ceux qui travaillent ici sont en règle. Il n'y a pas un seul sans-papier dans la maison, et Mr Tatlises veille en plus à qu'ils soient tous inscrits à des cours d'anglais.

— Un citoyen tout ce qu'il y a d'honorable, lâcha Barbara.

— Où pouvons-nous trouver ce veilleur de nuit ? demanda Lynley. Comment s'appelle-t-il ?

— Au lit.

— Jamais entendu ce nom-là, dit Barbara. C'est de quelle origine ?

— Hein ? Il a une chambre ici… C'est pour ça. Écoutez, il n'a sûrement pas envie d'être réveillé à cette heure-ci.

— On s'en chargera pour vous, dit Lynley. Où est-ce ?

— Dernier étage. La 41. Chambre simple. Il n'a pas besoin de payer. Mr Tatlises la déduit de son salaire.

Elle récita toutes ces informations comme si elles étaient susceptibles de les dissuader de parler au veilleur de nuit. Tandis que Lynley et Barbara se dirigeaient vers l'ascenseur, la fille attrapa son téléphone. Il n'y avait guère de doute qu'elle allait soit appeler des renforts, soit prévenir l'occupant de la chambre 41 que des flics étaient en train de monter.

L'ascenseur était une vieillerie d'avant la Première Guerre, dont la cage grillagée s'éleva avec une lenteur évoquant la majesté des assomptions mystiques. Il pouvait tout au plus accueillir deux individus sans bagages. Mais la possession de bagages ne semblait pas faire partie des conditions requises pour remplir une fiche d'inscription dans cet hôtel.

La porte de la 41 était ouverte quand ils y arrivèrent. Son occupant les attendait sur le seuil, un pyjama sur le corps et un passeport étranger à la main. Il semblait âgé d'une vingtaine d'années.

— Bonjour, déclara-t-il. Enchanté. Je m'appelle Ibrahim Selçuk. Mr Tatlises est mon oncle. Je parle mal anglais. Mes papiers sont en règle.

Comme celles de la réceptionniste, ses paroles ressemblaient à un texte appris par cœur : à réciter au cas où un flic viendrait poser des questions. Cet hôtel était probablement un nid d'immigrés clandestins, mais c'était un sujet qui ne les concernait pas dans l'immédiat, ainsi que Lynley le fit clairement comprendre au jeune homme :

— Nous n'avons rien à voir avec l'immigration. Le soir du 8, un jeune garçon a été amené dans cet hôtel par un homme d'apparence étrange, avec des cheveux blonds presque blancs et des lunettes noires. On appelle cela un albinos. Une peau sans couleur. Le garçon était jeune, blond.

Lynley montra à Selçuk la photo de Davey Benton, qu'il sortit de sa poche en même temps que le portrait de Minshall, récupéré à l'identification du poste de Holmes Street.

— Il pourrait être reparti en compagnie d'un autre homme, qui occupait déjà une chambre ici.

— Et ce manège-là – l'albinos arrivant avec un jeune garçon, puis le garçon qui ressort avec un autre type – a dû se répéter plusieurs fois, Ibrahim, alors n'essayez pas de faire comme si vous n'aviez rien vu, ajouta Barbara en brandissant les deux portraits-robots sous le nez du veilleur de nuit. Il pourrait ressembler à ça. L'autre, le type avec qui le garçon est reparti. Oui ? Non ? Vous confirmez ?

— Je parle mal anglais, répondit-il, troublé. J'ai mon passeport ici.

Il commença à se dandiner comme quelqu'un qui éprouve un besoin pressant d'aller aux toilettes.

— Des clients viennent. Je donne la fiche à signer et les clés. Ils paient cash, c'est tout.

Il agrippa le devant de son pyjama au niveau de l'entrejambe.

— S'il vous plaît, murmura-t-il en jetant un coup d'œil par-dessus son épaule.

— Merde, bougonna Barbara. « Je vais mouiller mon froc », on dirait qu'ils n'apprennent pas ça pendant leurs cours d'anglais.

Derrière le jeune homme, la chambre était obscure. La lumière du couloir leur permettait pourtant de deviner un lit défait. Ils l'avaient certainement réveillé, mais il était tout aussi certain que ce garçon avait été préparé à ne donner que des réponses minimales en toutes circonstances, sans rien lâcher d'important. Barbara allait glisser à Lynley que le forcer à se retenir une bonne vingtaine de minutes pourrait peut-être lui délier la langue quand un homme miniature, en tenue de soirée, surgit au coin du couloir et s'avança lentement vers eux.

Sûrement Mr Tatlises, pensa Barbara. Son expression joviale et déterminée sonnait suffisamment faux pour permettre de l'identifier.

— Mon neveu, déclara-t-il avec un fort accent turc, son anglais n'est pas au point. Je suis Mr Tatlises et je suis ravi de pouvoir vous aider. Ibrahim, je m'occupe de ça.

Il fit signe au garçon de réintégrer sa chambre et en referma lui-même la porte.

— Et maintenant, reprit-il avec entrain, vous avez besoin de quelque chose, c'est ça ? Mais pas une chambre. Non, non, non. On me l'a déjà dit.

Il rit et regarda Barbara puis Lynley avec une expression du type : nous autres, les garçons, on sait où la fourrer, qui donna aussitôt à Barbara l'envie de faire tâter de son poing à ce vermisseau. Parce que tu crois peut-être que quelqu'un pourrait avoir envie de s'envoyer en l'air avec toi ? fut-elle tentée de lui demander.

— Il semblerait que ce garçon ait été amené ici par un certain Barry Minshall, dit Lynley en présentant à Tatlises les deux photos correspondantes. Et qu'il soit reparti en compagnie d'un autre homme qui, nous le pensons, ressemble à cet individu. Havers ? (A son tour, Barbara montra les portraits-robots à Tatlises.) Ce que nous recherchons dans un premier temps, c'est à le confirmer.

— Et ensuite ? demanda Tatlises après avoir gratifié les photos et les dessins d'un coup d'œil plus que sommaire.

— Vous n'êtes pas franchement en position de vous demander ce qui va se passer ensuite, rétorqua Lynley.

— Alors, je ne vois pas comment…

— Écoute, coco, interrompit Barbara. Je suppose que ta bonniche, celle des bottes, t'a déjà mis au parfum. On ne vient pas du commissariat du coin : on n'est pas des flicaillons en train d'arpenter leur nouveau territoire pour soutirer une petite enveloppe à des gens comme toi, si c'est comme ça que tu fais tourner

650

ta boutique. C'est un poil plus sérieux que ça, alors si tu sais quelque chose sur ce qui s'est passé dans ce dépotoir, je te suggère de déballer tout ça en vitesse et de nous donner des faits, d'accord ? On sait par cet individu, dit-elle en vrillant son index sur la photo de Barry Minshall, qu'un pote à lui, rencontré au sein d'une organisation qui s'appelle MABIL, s'est fait présenter un gosse de treize ans ici même, dans cet hôtel, le 8. Minshall prétend que ce genre de rencontre a lieu régulièrement vu qu'il y a ici quelqu'un – et laisse-moi parier que c'est toi – qui fait aussi partie de MABIL. Elle est bien bonne, hein ?

— MABIL ? répéta Tatlises avec une série de battements de cils censés traduire sa perplexité. C'est quelqu'un… ?

— Je crois que vous savez ce qu'est MABIL, intervint Lynley. Je crois aussi que si nous vous placions dans une séance d'identification, Mr Minshall n'aurait aucun mal à vous désigner comme le membre de MABIL qui travaille dans cet hôtel. Nous pouvons éviter tout ça – vous confirmez ses dires, vous identifiez le garçon, et vous nous dites si l'homme avec qui il est reparti ressemble à l'un ou à l'autre de ces deux portraits – ou bien nous pouvons faire traîner les choses en longueur en vous embarquant pour un certain temps au commissariat d'Earl's Court Road.

— S'il est vraiment reparti avec ce type, souligna Barbara.

— Je ne sais rien, persista Tatlises.

Il gratta à la porte de la chambre 41. Son neveu l'ouvrit avec une telle célérité qu'il était certainement resté juste derrière et n'avait pas perdu une miette de l'échange. Tatlises se mit à lui parler à toute vitesse dans leur langue. D'une voix forte. Il tira le jeune homme par la veste de son pyjama, attrapa les dessins et les photos, l'obligea à les regarder.

Joli numéro, pensa Barbara. Il espérait leur faire avaler que c'était son neveu le pédophile de la maison. D'un coup d'œil, elle sollicita la permission de Lynley. Il hocha la tête. Elle entra en action.

— Écoute-moi, espèce de petit branleur, dit-elle à Tatlises en lui empoignant le bras. Si tu crois qu'on va marcher, c'est que tu es encore plus con que tu n'en as l'air. Fous-lui la paix, dis-lui de répondre à nos questions et, tant que tu y es, tu n'auras qu'à y répondre aussi. Tu piges ? Ou il faut que je t'aide à comprendre ?

Elle le relâcha après lui avoir tordu le bras.

Tatlises la maudit dans sa langue, du moins le supposa-t-elle au vu de la colère qui transpirait dans sa voix et de l'expression de son neveu.

— Je vais porter plainte contre vous, finit-il par leur dire à l'un et à l'autre.

Ce à quoi Barbara répondit :

— J'en pisse dans ma culotte. Tu n'as qu'à traduire ça pour ton « neveu ». Ce gamin… Il est venu ici, oui ou non ?

Tatlises entreprit de se masser le bras là où Barbara l'avait saisi. Elle s'attendait presque qu'il se mette à crier quelque chose comme « Vous êtes d'une brutalité sans borne ! » tant les soins qu'il apportait à son bras étaient assidus. Enfin, il lâcha :

— Je ne travaille pas la nuit.

— Super. Mais lui, si. Dis-lui de répondre.

Tatlises hocha la tête en regardant son « neveu ». Le jeune homme contempla la photo et hocha la tête à son tour.

— Parfait. Et maintenant, passons au reste, d'accord ? Vous l'avez vu quitter l'hôtel ?

Le neveu hocha de nouveau la tête.

— Il part avec l'autre. Je vois ça. Pas l'albinos, c'est comme ça que vous dites ?

652

— Pas l'albinos. Pas le type aux cheveux et à la peau tout blancs.

— L'autre, oui.

— Et vous les avez vus ? Eux ? Ensemble ? Le garçon marchait ? Il parlait ? Il était vivant ?

Ce dernier mot les précipita tous deux dans un furieux caquetage en langue étrangère. Tout à coup, le neveu se mit à pleurnicher.

— Pas moi ! Pas moi ! s'écria-t-il pendant qu'une tache sombre grossissait à l'entrejambe de son pyjama. Il part avec l'autre. Je vois ça. Je vois ça.

— Qu'est-ce qu'il y a ? lança Lynley à Tatlises. Est-ce que vous l'avez accusé de...

— Vaurien ! Vaurien ! s'écria Tatlises en faisant pleuvoir des gifles sur le crâne de son neveu. Tu te sers de cet hôtel pour faire le mal ? Tu ne t'es pas dit que tu serais pris ?

— Pas moi ! Pas moi ! geignait Selçuk en se protégeant le visage.

Lynley sépara les deux hommes et Barbara vint se planter entre eux.

— Foutez-vous bien ça dans le crâne, tous les deux. Ce mec-ci a amené le garçon à l'hôtel, et ce mec-là est reparti avec. Vous pouvez vous accuser l'un l'autre ou accuser n'importe qui d'autre, mais je peux vous garantir que vous n'avez aucune chance de ne pas tomber pour proxénétisme, pédophilie, et tout ce qu'on pourra vous coller sur le dos. Vous avez donc intérêt à faire tout ce qu'il faut pour que la mention « coopératif jusqu'au trognon » soit inscrite en lettres rouges sur votre dossier.

Elle sentit qu'elle avait fait mouche. Tatlises s'écarta de son neveu. Le neveu se replia dans sa chambre. Tous deux revinrent à la vie sous leurs yeux. Tatlises s'était peut-être adonné à de sales petits arrangements avec ses amis de MABIL quant à l'utilisation du Canterbury, peut-être s'était-il également fait un paquet de pognon en laissant se dérouler dans les murs de son établissement des relations homosexuelles impliquant des mineurs, mais le meurtre semblait clairement hors limite pour lui.

— Ce garçon… dit-il en reprenant la photo de Davey Benton.

— Exact, dit Barbara.

— Nous sommes à peu près certains qu'il est reparti d'ici vivant, précisa Lynley. Mais il se peut aussi qu'il ait été tué dans une de vos chambres.

— Non, non ! s'exclama le neveu, dont la compréhension de l'anglais s'améliorait miraculeusement. Pas avec l'albinos. Avec l'autre. Je vois ça.

Il se tourna vers son oncle putatif et lui tint un discours relativement long dans leur langue d'origine.

Tatlises traduisit. Le jeune garçon de la photo était venu avec l'albinos et ils étaient montés ensemble à la chambre 39, qui avait été réservée et était déjà occupée par un autre homme. Le garçon était reparti avec cet autre homme quelques heures plus tard. Deux, peut-être. Pas plus. Non, il n'avait pas l'air malade, ni ivre, ni drogué, même si Ibrahim Selçuk ne l'avait pas vraiment observé, pour être franc. Il n'avait aucune raison de le faire. Ce n'était pas la première fois qu'un garçon arrivait avec l'albinos et repartait avec un autre homme.

Le veilleur de nuit ajouta que l'identité des garçons variait, tout comme l'identité des hommes qui réservaient une chambre, mais que l'homme qui les présentait l'un à l'autre était toujours le même : l'albinos de la photo que les policiers avaient apportée.

— C'est tout ce qu'il sait, conclut Tatlises.

Barbara montra de nouveau les portraits-robots au veilleur de nuit. L'occupant de la chambre était-il un de ces deux types ? voulut-elle savoir.

Selçuk les étudia, désigna le plus jeune.

— Peut-être, fit-il. Ça ressemble.

Ils tenaient la confirmation qu'ils étaient venus cher-cher : Minshall disait apparemment la vérité concernant le Canterbury. Il y avait donc un mince espoir pour que l'hôtel lui-même ait encore des informations à leur révéler. Lynley demanda à voir la chambre 39.

— Vous n'y trouverez rien, s'empressa de dire Tatli-ses. Le ménage a été fait à fond. Comme dans toutes les chambres quand elles sont libérées.

Lynley insista, et ils redescendirent d'un étage en laissant Selçuk retourner à ses draps. Tatlises sortit un passe de sa poche et introduisit Lynley et Havers dans la chambre où Davey Benton avait rencontré son assassin.

C'était un lieu de séduction plutôt sordide. L'élé-ment central était un lit double, recouvert d'une cour-tepointe en patchwork dont les motifs fleuris étaient propres à camoufler toutes sortes de transgressions humaines, des liquides renversés aux écoulements intempestifs de fluides corporels. Contre un des murs, une commode de bois blanc faisait aussi office de bureau, avec un renfoncement pour les genoux dans lequel était calée une chaise dépareillée. Sur cette commode, un plateau en plastique supportait l'incon-tournable nécessaire à thé, avec une théière en fer-blanc sale pour l'infusion et une bouilloire électrique encore plus sale pour faire chauffer l'eau. Des rideaux passés masquaient l'unique fenêtre à meneaux, et la moquette brune qui recouvrait le sol était maculée de traces et de taches diverses.

— Le Savoy doit vraiment ramer pour faire face à la concurrence, commenta Barbara.

— On va faire venir une équipe de la scientifique, dit Lynley. Je veux qu'ils examinent tout ça à la loupe.

Tatlises protesta.

— Cette chambre a été nettoyée. Vous ne trouverez rien. Et il ne s'est rien passé ici ce…

Lynley se tourna brusquement vers lui.

— Votre opinion là-dessus ne m'intéresse pas particulièrement. Et je vous suggère de vous abstenir de la donner. Appelez la scientifique, Havers. Ne bougez pas de cette chambre jusqu'à leur arrivée. Ensuite, procurez-vous la fiche d'inscription qui a été remplie pour cette… pour cet endroit, et vérifiez l'adresse qu'il a donnée. Mettez le commissariat d'Earl Court's Road au courant de ce qui se passe ici, s'il ne l'est pas déjà. Parlez-en au commissaire principal. À personne d'autre.

Barbara hocha la tête. Elle éprouva une bouffée de plaisir, due autant au sentiment du progrès accompli qu'à la responsabilité qu'on lui confiait. Elle se serait presque crue revenue au bon vieux temps.

— Bien, monsieur, dit-elle en sortant son portable de son sac pendant que Lynley entraînait Tatlises hors de la pièce. Comptez sur moi.

Immobile devant l'hôtel, Lynley fit de son mieux pour se défaire de l'impression qu'ils décochaient des coups de poing dans le noir à un ennemi plus apte à esquiver qu'ils ne l'étaient à viser juste.

Il téléphona à Chelsea. Saint James devait avoir eu le temps de lire et d'évaluer la dernière série de rapports qu'il lui avait fait parvenir. Peut-être, pensa Lynley, aurait-il quelque chose d'encourageant à lui apprendre. Mais au lieu de la voix de son vieil ami, ce fut celle de Deborah qu'il entendit. « Nous ne sommes pas là pour le moment. Veuillez laisser un message après le bip, s'il vous plaît. »

Lynley n'en laissa pas. Il composa le numéro de portable de son ami et eut cette fois plus de chance.

Saint James répondit. Il s'apprêtait à entrer dans le bureau de son banquier. Oui, il avait lu les rapports, et il avait relevé deux détails intéressants… Lynley pouvait-il le retrouver dans… disons, une demi-heure ? Il était à Sloane Square.

Dès que le rendez-vous fut fixé, Lynley se mit en route. En voiture, il ne se trouvait qu'à cinq minutes de la place en cas de circulation fluide. C'était heureusement le cas, et il descendit vers le fleuve, rejoignit King's Road par Sloane Avenue puis remonta tranquillement en direction de la place dans le sillage d'un autobus de la ligne 11. Les trottoirs étaient noirs de monde à cette heure de la journée, de même que la brasserie Oriel, où il prit possession d'une table du diamètre d'une pièce de cinquante pence au moment exact où celle-ci était libérée par trois femmes chargées d'au moins vingt-cinq sacs d'achats.

Il commanda un café et attendit que Saint James en ait fini avec son rendez-vous. Sa table étant située près de la vitrine de l'Oriel, il verrait facilement son ami traverser la place et descendre l'allée rectiligne bordée d'arbres qui s'étirait de la fontaine de Vénus au monument aux morts. Le centre de la place était pour le moment désert, à l'exception des pigeons lancés à la recherche de miettes sous les bancs.

Lynley répondit à un appel de Nkata en l'attendant. Jack Veness s'était trouvé un ami pour confirmer son alibi, et Neil Greenham avait décidé de se retrancher derrière son avocat. Le sergent avait laissé un message à Kilfoyle et à Strong pour que ceux-ci le rappellent, mais ils sauraient sûrement par leurs collègues que la police voulait les interroger sur leurs alibis, ce qui leur donnerait tout le temps de s'en préparer avant d'avoir de nouveau affaire aux enquêteurs.

Après avoir encouragé Nkata à continuer de faire au mieux, Lynley souleva sa tasse et la vida en trois gorgées. Brûlant, le café lui attaqua la gorge comme un scalpel. Ce qui lui convenait très bien.

Il repéra enfin Saint James sur la place. Il se retourna, commanda un café pour son ami et un second pour lui-même. Le serveur arriva en même temps que Saint James, qui accrocha son manteau à la patère de l'entrée et se faufila jusqu'à Lynley.

— Lord Asherton au repos, sourit Saint James en tirant une chaise et en s'installant lentement dessus.

Lynley fit la grimace.

— Tu as lu le journal.

— Pas facile d'y échapper. Ta photo est sur tous les kiosques.

Saint James attrapa le sucrier et entreprit comme d'habitude de rendre son café imbuvable pour tout autre humain que lui.

— Et ce n'est qu'un début, si Corsico et son rédacteur en chef obtiennent ce qu'ils veulent.

— Qu'est-ce qui pourrait arriver d'autre ?

Saint James se versa du lait, une larme, puis entreprit de remuer son breuvage.

— Ils sont apparemment en contact avec Nies. Dans le Yorkshire.

Saint James leva la tête. Son sourire s'était évanoui.

— Tu ne peux pas souhaiter une chose pareille.

— Ce que je souhaite, c'est les tenir à distance du reste de mon équipe. Et en particulier de Winston. Ils l'ont dans le collimateur.

— En les laissant livrer ton linge sale en pâture au public ? Mauvaise idée, Tommy. Tu ne mérites pas ça, et Judith encore moins. Stephanie non plus, d'ailleurs.

Ma sœur, ma nièce, pensa Lynley. Toutes deux avaient subi l'affaire du Yorkshire, qui avait ravi à l'une son mari et à l'autre son père. Le scandale qui risquait de lui tomber dessus s'il cherchait à protéger son équipe risquait aussi d'éclabousser ses proches.

— Je ne vois aucun moyen de l'éviter. Il faudra que je les avertisse. Je suis à peu près sûr qu'elles sauront faire face. Elles l'ont prouvé.

Saint James observa son café en fronçant les sourcils. Il secoua la tête.

— Aiguille-les plutôt sur moi, Tommy.

— Sur toi ?

— Ça permettra de les tenir à l'écart du Yorkshire et aussi de Winston, au moins un certain temps. Je fais partie de l'équipe, même si ce n'est qu'indirectement. Tu n'as qu'à me mettre sur le devant de la scène.

— Comment peux-tu vouloir ça ?

— Ça ne m'emballe pas, crois-moi. Mais tu ne peux pas les laisser fouiller dans la vie conjugale de ta sœur. Avec ce que je te propose, ils ne découvriraient pas grand-chose, juste que…

— Que je t'ai rendu infirme en conduisant en état d'ivresse, compléta Lynley en reposant sa tasse. Bon Dieu, ce que j'ai pu gâcher par mes conneries.

— Pas ce soir-là. Nous étions ivres tous les deux. Ne l'oublions pas. De toute façon, je doute que ton journaliste de la *Source* aille jusqu'à aborder le sujet de ma… condition physique, appelons-la comme ça. Il tâchera de rester politiquement correct. Je ne le vois pas trop me posant une question du genre : comment se fait-il que vous portiez cet attirail à la jambe, monsieur ? Ce serait à peu près du même tonneau que s'il demandait à quelqu'un depuis quand il a cessé de battre sa femme. Et même s'il décidait de se lancer là-dedans, j'étais saoul, je suis parti en virée avec un ami, et voilà le résultat. Une bonne leçon à méditer pour les jeunes sauvageons d'aujourd'hui. Point final.

— Tu n'as tout de même pas envie qu'ils te prennent pour cible.

— Bien sûr que non. Je serai la risée de la famille, sans parler de ce que ma mère dira à sa façon inimitable.

Mais vois plutôt les choses comme ceci : je reste extérieur à l'enquête tout en y participant, ce qui présente un avantage. Tu pourras jouer sur les deux tableaux avec Hillier. Soit je fais partie de l'équipe – et il a bien dit qu'il voulait qu'on présente les membres de l'équipe, n'est-ce pas, monsieur ? –, soit je suis un égoïste invétéré et, en tant qu'expert indépendant, j'aspire désespérément à un type d'autopromotion que seule l'exposition médiatique pourra m'offrir. À toi de choisir. Je sais que tu ne vis que pour tourmenter ce pauvre con, dit-il, son sourire revenu.

Lynley sourit à son tour, malgré lui.

— C'est gentil de ta part, Simon. Ça permettra de les tenir à l'écart de Winston. Hillier n'appréciera pas, bien sûr, mais j'en fais mon affaire.

— Et quand ils recommenceront à s'intéresser à Winston ou à quelqu'un d'autre, si Dieu le veut, cette enquête sera bouclée.

— Alors, quoi de neuf ? demanda Lynley en indiquant la serviette que Saint James avait apportée.

— J'ai pris l'avantage sur plusieurs plans.

— Ce qui veut dire que j'ai raté quelque chose. D'accord. Je survivrai.

— Pas exactement raté. Je ne dirais pas ça.

— Et que dirais-tu ?

— Que j'ai l'avantage de me tenir à une certaine distance de l'affaire alors que tu as le nez dedans. Et je n'ai ni Hillier, ni la presse, ni Dieu sait qui d'autre pour me coller aux basques et exiger des résultats immédiats.

— J'accepte les excuses que tu m'apportes sur un plateau. En te remerciant. Alors, qu'est-ce que tu as trouvé ?

Saint James attrapa sa serviette et l'ouvrit sur une chaise libre qu'il prit à une table voisine. Il en retira la dernière série de rapports qu'on lui avait envoyée.

— Vous avez retrouvé l'origine de l'huile d'ambre gris ? demanda-t-il.

— On a deux sources possibles. Pourquoi ?

— Il est à court.

— D'huile ?

— On n'en a pas retrouvé la moindre trace sur le corps de Queen's Wood. Il y en avait sur tous les autres, pas toujours au même endroit, mais il y en avait à chaque fois. Et sur celui-là, rien.

Lynley réfléchit. Une explication lui traversa l'esprit.

— Il était nu. L'huile était peut-être sur ses vêtements.

— Sauf que le corps de St George's Gardens était nu lui aussi...

— Le corps de Kimmo Thorne.

— Exact. Et on a quand même relevé des traces d'huile. Non, je dirais qu'il y a de très bonnes chances pour que notre homme soit en panne d'huile, Tommy. Il va devoir se ravitailler, et si vous avez recensé deux sources possibles, la mise sous surveillance de ces établissements pourrait s'avérer être la clé.

— Tu as dit qu'il y avait de bonnes chances, remarqua Lynley. Et ensuite ? Il y a autre chose, n'est-ce pas ?

Saint James hocha lentement la tête. Il ne semblait pas certain de l'importance de l'information qu'il lui restait à délivrer.

— Il y a quelque chose, Tommy. C'est à peu près tout ce que je peux en dire. Je préfère ne pas l'interpréter parce que cela risquerait de t'entraîner dans une mauvaise direction.

— D'accord. Accepté. Qu'est-ce que c'est ?

Saint James sortit une seconde liasse de documents.

— Le contenu de leurs estomacs. Avant le dernier garçon, celui de Queen's Wood...

— Davey Benton.

— Exact. Les autres avaient tous mangé dans l'heure ayant précédé leur mort. Et le contenu de l'estomac était identique dans tous les cas.

— Identique ?

— À la molécule près, Tommy.

— Mais Davey Benton ?

— Lui n'avait rien mangé depuis des heures. Au moins huit heures. Si on combine ce détail à la question de l'huile d'ambre gris...

Saint James se pencha en avant. Il plaqua une main sur la liasse de feuillets pour appuyer son propos.

— Je n'ai pas besoin de te dire ce que ça signifie, n'est-ce pas ?

Lynley quitta son ami des yeux. Il regarda au-dehors, par-delà la vitrine, la grisaille hivernale de la place qui évoluait inexorablement vers l'obscurité et ce que l'obscurité charriait avec elle.

— Non, Simon, lâcha-t-il enfin. Tu n'as pas besoin de me le dire.

26

La fiche d'inscription était au nom d'Oscar Wilde. Cette constatation faite, Barbara Havers chercha le regard de Lustre d'oreille, s'attendant à la voir lever les yeux au ciel avec une moue disant : « Qu'est-ce que vous espériez ? » Mais de toute évidence, la réceptionniste appartenait à cette génération d'ignares dont l'éducation s'était faite à coups de clips vidéo et de magazines people. Elle n'avait pas davantage percuté que le veilleur de nuit, qui du moins avait l'excuse d'être étranger. Wilde n'était sans doute pas best-seller en Turquie.

Barbara décida de se rendre sur-le-champ à l'adresse indiquée, sur Collingham Road. Elle feuilleta le *A à Z* écorné de l'hôtel – à l'usage des prétendues hordes de touristes censées le fréquenter – et constata que la rue en question était de l'autre côté de Cromwell Road, pas si éloignée que ça de Lexham Gardens. Facilement accessible à pied.

Avant de redescendre à la réception, elle avait attendu l'arrivée de l'équipe de la police scientifique, contactée par téléphone depuis la chambre 39. Mr Tatlises s'en était allé quelque part dans sa tenue de soirée, sûrement pour avertir ses collègues de MABIL que les temps risquaient de changer. Il s'adonnerait ensuite à une vaine tentative de destruction de tous les fichiers pédophiles en sa possession. Pauvre con, pensa Barbara. Il n'avait certainement pas pu résister à l'idée de télécharger des saloperies sur le Net – aucun d'eux n'y résistait – et il devait être juste assez idiot pour s'imaginer que la commande « Supprimer » signifiait « Effacé mais pas oublié ». Le commissariat d'Earl's Court Road allait se régaler à son domicile. Et à partir du moment où Tatlises serait entre leurs griffes, ils trouveraient le moyen de lui faire cracher tout ce qu'il savait : sur MABIL, sur ce qui se passait à son hôtel, les garçons, l'argent qui changeait de mains et tout ce qui avait à voir avec cette ignoble situation. À moins, bien sûr, que certains ne soient liés à MABIL... certains flics d'Earl's Court Road... mais Barbara préférait ne pas y penser. Des flics, des prêtres, des médecins, des ministres. Il fallait bien continuer à espérer, à défaut d'y croire, qu'il existait quelque part un noyau de moralité.

Conformément aux ordres de Lynley, ce fut au commissaire principal d'Earl's Court Road qu'elle demanda à parler. Celui-ci mit l'engrenage en marche. À l'arrivée de l'équipe de la Scientifique, elle sentit qu'elle pouvait quitter les lieux.

Ayant noté l'adresse mentionnée sur la fiche d'inscription puis remis la fiche à la Scientifique pour que soit effectué le relevé d'empreintes, elle traversa Cromwell Road et marcha vers l'est et le muséum d'histoire naturelle. Collingham Road partait vers le sud à une centaine de mètres de Lexham Gardens. Barbara s'engagea dans la rue et se mit à chercher le numéro exact en longeant un alignement de hauts immeubles rénovés peints en blanc.

Étant donné le nom mentionné sur la fiche, elle avait peu d'espoir que l'adresse soit autre chose qu'un canular. Son pronostic n'était pas loin de la vérité. À l'intersection de Collingham et du bas de Courtfield Gardens se dressait une ancienne église de pierre, ceinte par une grille de fer forgé, et à l'intérieur du terrain que délimitait cette grille, un écriteau en lettres d'or défraîchies désignait ce lieu comme le centre communautaire St Lucy. Sous ce nom figurait l'adresse exacte avec son numéro : il correspondait à celui de la fiche d'inscription du Canterbury. Quel à-propos, songea Barbara en poussant le portail. L'adresse de la fiche était aussi celle de MABIL : St Lucy, l'église désaffectée, près de la station de métro Gloucester Road.

Minshall leur ayant précisé que les réunions de MABIL avaient lieu au sous-sol, ce fut par là que Barbara dirigea ses pas. Elle contourna l'édifice en empruntant une allée de béton qui traversait un petit cimetière envahi d'herbes folles. Les stèles branlantes et les pierres tombales étouffées de lierre semblaient toutes à l'abandon.

Une volée de marches de pierre descendait vers le sous-sol à l'arrière de l'église. D'après un panneau fixé sur la porte bleu roi, cette partie du centre hébergeait la « Crèche Coccinelle ». Cette porte était entrebâillée, et Barbara entendit à l'intérieur un chœur de voix d'enfants. Elle entra et se retrouva dans un vestibule bordé d'une longue rangée de crochets à hauteur de taille qui soutenaient des manteaux, des blousons et des imperméables miniatures, tandis qu'en dessous toutes sortes de petites chaussures attendaient sagement leurs propriétaires. Deux salles donnaient sur ce petit hall : une grande et une petite, toutes deux pleines de bambins enthousiastes occupés qui à fabriquer des paniers de Pâques en papier (petite salle), qui à danser au galop une énergique farandole au son de *On the Sunny Side of the Street* (grande salle).

Barbara en était à se demander dans quelle salle elle allait tâcher de s'informer quand une sexagénaire, aux lunettes retenues autour du cou par une chaînette dorée, émergea de ce qui devait être une cuisine, les bras chargés d'un plateau de biscuits au gingembre. Sortant tout juste du four, à l'odeur. L'estomac de Barbara émit un gargouillis approbateur.

Le regard de la femme quitta la nouvelle venue pour se poser sur la porte. Son expression disait que celle-ci n'aurait pas dû rester ouverte, ce en quoi, Barbara était toute prête à le reconnaître, elle n'avait pas tort. La femme demanda si elle pouvait lui être utile.

Barbara sortit sa carte de police et expliqua à cette dame – qui se présenta sous le nom de Mrs McDonald – qu'elle était là pour MABIL.

Mabel ? fit Mrs McDonald. Il n'y avait pas de Mabel parmi les enfants inscrits.

Il s'agissait d'un groupe de messieurs qui se réunissait au sous-sol certains soirs, rectifia Barbara. M-A-B-I-L.

Ah. Eh bien, Mrs McDonald n'en avait jamais entendu parler. Pour ce type de renseignement, le constable avait tout intérêt à s'adresser à l'agence immobilière Taverstock & Percy. Sur Gloucester Road. C'étaient eux qui géraient toutes les locations de salles du centre communautaire. Programmes de désintoxication, clubs féminins, brocantes et expositions artisanales, ateliers d'écriture, et ainsi de suite.

Pouvait-elle jeter un petit coup d'œil quand même ? s'enquit Barbara. Elle savait qu'elle ne trouverait rien, mais tenait à se faire une idée de cet endroit où la perversion était non seulement tolérée, mais encouragée.

Mrs McDonald ne parut pas ravie de sa requête mais répondit qu'elle lui montrerait les lieux si Barbara voulait bien attendre que les biscuits aient été distribués aux danseurs de la farandole. Elle entra avec son plateau dans la grande salle et le remit à une des puéricultrices. Elle revint tandis que la farandole se désintégrait dans une frénésie de biscuits pour laquelle Barbara éprouva une empathie immédiate. Elle avait sauté le déjeuner et c'était l'heure du thé.

Elle suivit docilement Mrs McDonald de salle en salle. Celles-ci grouillaient d'enfants, riant, babillant, frais, innocents. L'idée que des pédophiles polluaient cette atmosphère en venant ici certains soirs lui souleva le cœur, même si cela se passait à une heure où tous ces enfants étaient au lit dans la sécurité de leurs foyers.

Il n'y avait pas grand-chose à voir. Une grande salle au fond de laquelle se dressait une estrade, un pupitre repoussé dans un coin, des chaises empilées le long des murs qui s'ornaient d'arcs-en-ciel, de lépreux, et d'un chaudron d'or aussi énorme qu'énigmatique. Une petite salle meublée de tables miniatures où des enfants créaient des œuvres qui se retrouvaient ensuite exposées le long des murs dans un capharnaüm de couleurs et d'imagination. Une cuisine, des toilettes, un débarras. C'était tout. Barbara essaya de s'imaginer cet endroit envahi d'agresseurs d'enfants aux lèvres écumantes et y parvint sans peine. Elle les voyait très bien ici, ces fumiers, prenant leur pied en fantasmant sur tous les enfants qui passaient par ces salles chaque jour de la semaine, en attente du monstre qui les enlèverait un jour en pleine rue.

Elle remercia Mrs McDonald et quitta St Lucy. Même si cela risquait de ne la mener nulle part, elle ne pouvait pas ne pas soulever la pierre Taverstock & Percy.

L'agence immobilière, découvrit-elle, avait son siège de l'autre côté de Cromwell Road, à une certaine distance. Barbara passa devant une agence de la banque Barclays – au seuil occupé par quelques

incontournables clochards ivres –, une église et un cha-
pelet d'immeubles rénovés du dix-neuvième siècle –
avant de rejoindre un petit centre commercial où
l'agence Taverstock & Percy était encadrée d'un côté
par une quincaillerie et de l'autre par un marchand de
plats à emporter à l'ancienne qui était en train de servir des hot-dogs et des pommes de terre en robe des
champs à une file d'ouvriers de la voirie, qui le
temps de leur pause thé avaient délaissé un trou béant
creusé au marteau-piqueur en pleine rue.

À l'intérieur de l'agence, Barbara demanda à parler
à l'agent immobilier chargé de la location des salles de
l'église St Lucy, et on la présenta à une jeune femme,
Misty Perrin, visiblement tout excitée de voir arriver
une locataire potentielle pour St Lucy. Elle prit un for-
mulaire et le fixa sur sa tablette en disant qu'il y avait
naturellement certaines règles et consignes à respecter
pour louer une salle de l'ancienne église ou de son
sous-sol.

Ben voyons, pensa Barbara. C'est même grâce à ça
qu'on tient la racaille à distance.

Elle sortit sa carte de police et se présenta. Misty
pouvait-elle lui dire quelques mots d'une organisation
nommée MABIL ?

Misty reposa tranquillement sa tablette sur le
bureau.

— Oh, bien sûr. Quand vous avez mentionné
St Lucy, j'ai cru que… Enfin, quoi qu'il en soit…
MABIL. Oui.

Elle ouvrit un tiroir à dossiers sous sa table, fit défiler son contenu. Elle en retira une mince chemise
brune, qu'elle ouvrit. Elle parcourut les documents,
hocha la tête d'un air approbateur et déclara à la fin de
son inspection :

— Si seulement tous les locataires pouvaient être
aussi ponctuels. Chaque mois, ils règlent leur loyer à

la date convenue. Jamais aucune réclamation sur l'état des locaux après leurs réunions. Aucune plainte des voisins en matière de stationnement. Vous me direz que la fourrière est là pour ça, n'est-ce pas ? Alors, qu'est-ce que vous aimeriez savoir ?

— C'est quel genre de groupe ?

Misty consulta de nouveau ses formulaires.

— Un groupe de soutien, apparemment. Des hommes confrontés au divorce. Je ne vois pas trop pourquoi ça s'appelle MABIL, je suppose que c'est un sigle.

— À quel nom est le contrat ?

Misty le lui lut. J. S. Mill. Elle lui donna aussi l'adresse. Et enchaîna en informant Barbara que la seule chose un peu bizarre concernant MABIL était que le loyer était toujours déposé en liquide par Mr Mill lui-même le premier de chaque mois.

— Il nous a expliqué qu'il fallait que ce soit en liquide parce que c'est comme ça qu'ils se procurent l'argent, en organisant une quête pendant leurs réunions. D'accord, c'est un peu irrégulier, mais les gens de St Lucy nous ont dit que ça leur allait très bien du moment que le loyer tombait. Et il tombe, le premier de chaque mois, depuis cinq ans.

— Cinq ans ?

— Oui. C'est ça. Il y a quelque chose… ? demanda Misty, inquiète.

Barbara secoua la tête et balaya sa question d'un geste de la main. A quoi bon ? Cette fille était aussi innocente que les enfants de la crèche Coccinelle. Elle n'espérait pas en tirer quoi que ce soit mais lui montra tout de même les deux portraits-robots.

— Ce J. S. Mill. Il ressemble à un de ces types ?

Misty jeta un coup d'œil aux dessins mais secoua la tête. Il était nettement plus âgé, répondit-elle, dans les soixante-dix ans, et ne portait ni barbe, ni bouc, ni rien. Par contre, il avait un gros Sonotone, si ça pouvait servir à quelque chose.

L'information fit tressaillir Barbara. Un papy, pensa-t-elle. Elle mourait d'envie de le retrouver et de l'étrangler.

Avant de quitter l'agence, elle nota l'adresse de J. S. Mill. Qui était sans doute fausse. Elle ne se faisait guère d'illusions là-dessus. Mais elle la transmettrait tout de même au TO9. Il faudrait bien que quelqu'un, un jour, débarque chez les membres de cette organisation en enfonçant leur porte.

Elle revenait vers Cromwell Road lorsque son portable sonna. C'était Lynley, qui lui demanda où elle se trouvait.

Elle l'informa des maigres renseignements qu'elle avait obtenus grâce à son travail sur la fiche d'inscription du Canterbury.

— Et vous ? questionna-t-elle.

— Saint James pense que notre homme pourrait avoir besoin de se réapprovisionner en huile d'ambre gris, expliqua Lynley.

Et, après avoir résumé ce que lui avait dit Simon :

— Il est temps que vous refassiez un petit saut chez Wendy's Cloud, constable.

Nkata se gara à quelque distance de Manor Place. Il pensait encore aux dizaines de gamins noirs qu'il avait vus traîner sans but près d'Elephant & Castle. Aucun endroit où aller et pas grand-chose à faire. Ce n'était pas tout à fait la vérité – ils auraient pu être à l'école – mais il savait que c'était ainsi qu'eux-mêmes voyaient leur situation, une façon de penser héritée de leurs frères aînés, de parents aigris et déçus, d'un manque d'opportunités et d'un excès de tentations. Nkata avait pensé à eux pendant tout son trajet vers Kennington. Ils les avait laissés devenir son prétexte.

Un prétexte dont il n'avait pourtant pas besoin. Cette visite était à faire, pas pour lui, mais par lui. Et le moment était indiscutablement venu.

Il descendit de voiture et revint à pied vers la boutique de postiches, laquelle représentait un signe d'espoir de ce qu'il restait possible de faire au milieu des nombreux commerces aux devantures condamnées dans le quartier. Les pubs, naturellement, continuaient de prospérer. Mais à part une épicerie dont les fenêtres étaient défendues par de lourdes grilles, la boutique de Yasmin Edwards était la seule ouverte.

En entrant, Nkata vit que Yasmin était avec une cliente. Une femme noire squelettique, au visage évoquant une tête de mort. Elle était chauve et tassée dans un fauteuil d'esthéticienne entre le long miroir mural et le comptoir derrière lequel se tenait Yasmin. Sur celui-ci, une trousse de maquillage était ouverte. À côté, sur un présentoir, trois perruques : l'une tressée ; une deuxième très courte, qui rappelait la coupe de Yasmin ; et une troisième longue et lisse, à la manière de certains top models.

Le regard de Yasmin se posa sur Nkata pour s'en détacher presque aussitôt, comme si elle s'attendait à le voir et n'était pas surprise de son arrivée. Il lui adressa un salut de la tête mais elle ne le vit pas. Elle était concentrée sur sa cliente et sur le pinceau qu'elle était en train d'imprégner de blush puisé dans une boîte ronde en fer-blanc.

— Je vois pas la différence, lâcha la cliente d'une voix aussi épuisée que semblait l'être son corps. Vous embêtez pas avec ça, Yasmin.

— Attendez, répondit Yasmin avec douceur. Laissez-moi vous faire belle, trésor, et pendant ce temps, tiens, vous n'avez qu'à regarder ces perruques et en choisir une.

— Ça changera rien au problème, je vous dis. Je sais même pas pourquoi je suis là.

— Parce que vous êtes jolie, Ruby, et que le monde a le droit de le savoir.

Ruby émit un claquement de langue impatient.

— Jolie ? Plus maintenant.

Yasmin ne releva pas ce commentaire, préférant venir se placer devant sa cliente, de manière à étudier sa physionomie. Celle de Yasmin elle-même était très professionnelle, sans trace d'une pitié que la femme aurait sans doute sentie sur-le-champ. Yasmin se pencha au-dessus d'elle et entreprit de tamponner le blush sur ses pommettes osseuses. Elle enchaîna d'un mouvement similaire au niveau des mâchoires.

Nkata attendit. Il regardait Yasmin au travail : la danse du pinceau, l'apparition d'une ombre autour des yeux. Elle paracheva le tout avec du rouge à lèvres qu'elle appliqua à l'aide d'un pinceau délicat. Elle-même n'en portait pas. La cicatrice en forme de rose qui s'épanouissait sur sa lèvre supérieure – un vieux cadeau de son mari – le lui interdisait.

Elle recula pour inspecter son œuvre.

— Vous avez de l'allure, Ruby. Alors, quelle est la perruque qui va couronner le tout ?

— Oh, Yasmin, qu'est-ce que vous voulez que j'en sache ?

— Allez… Ce que votre mari attend dehors, c'est pas une jolie femme chauve. Vous voulez les réessayer ?

— La courte, je crois.

— Vous êtes sûre ? La longue vous faisait ressembler à ce mannequin, comment s'appelle-t-elle déjà ?

Ruby pouffa.

— Oh ouais, je suis prête pour la semaine de la mode, Yasmin. Peut-être même qu'ils me feront défiler en bikini. Ça y est, j'ai enfin les mensurations. Mettez-moi la courte. Elle me plaît pas mal.

Yasmin retira la perruque courte du présentoir. Elle l'installa délicatement sur le crâne de Ruby. Elle recula d'un pas, procéda à un ultime ajustement, recula de nouveau.

— Vous voilà prête pour une soirée de folie. Faites en sorte que votre mari s'en aperçoive.

Elle aida Ruby à s'extraire de son fauteuil et prit le ticket-restaurant que celle-ci lui tendait. Elle repoussa avec douceur le billet de dix livres que Ruby tentait de lui glisser dans la main.

— Pas de ça. Achetez plutôt des fleurs pour chez vous.

— Des fleurs, y en aura bien assez à l'enterrement.

— Peut-être, mais les cadavres ne savent pas les apprécier.

Elles rirent ensemble. Yasmin raccompagna Ruby à la porte. Une voiture l'attendait, garée le long du trottoir. Une portière s'ouvrit. Yasmin l'aida à monter.

De retour dans la boutique, elle marcha droit vers le siège d'esthéticienne et commença à remballer son matériel de maquillage.

— Elle a quoi ? demanda Nkata.

— Le pancréas.

— C'est mauvais ?

— Le pancréas, sergent, c'est toujours mauvais. Elle fait une chimio, mais ça ne sert à rien. Qu'est-ce que vous voulez ? J'ai du boulot.

Il s'approcha tout en maintenant une distance de sécurité.

— J'ai un frère, dit-il. Harold, mais tout le monde l'appelait Stoney. Parce qu'il était têtu comme une pierre dans un pré. Le genre menhir, je veux dire. De celles qu'il n'y a pas moyen de déplacer.

Yasmin s'interrompit dans son rangement, un pinceau à la main. Elle considéra Nkata en fronçant les sourcils.

— Et ?

Nkata s'humecta la lèvre inférieure.

— Il est à Wandsworth. Perpète.

Elle détourna les yeux, les posa de nouveau sur lui. Elle savait ce que cela signifiait. Meurtre.

— Il est coupable ?

— Oh ouais. Stoney… ouais. C'était du Stoney pur jus. Quelqu'un lui a procuré une arme – il n'a jamais dit qui – et il a fumé un mec à Battersea. Stoney et son pote ont voulu braquer une BMW, et le type ne s'est pas montré assez coopératif. Stoney lui a mis une balle dans la nuque. Une exécution. Son pote l'a donné.

Elle resta un instant immobile, comme pour le jauger. Puis elle se remit au travail.

— Le truc, enchaîna Nkata, c'est que j'aurais pu suivre la même voie et que j'étais d'ailleurs en train de le faire, sauf que je m'étais rendu compte que j'étais plus futé que Stoney. Je me battais mieux que lui, et de toute façon ça ne m'intéressait pas de braquer des bagnoles. Je faisais partie d'un gang, vous voyez, et ces mecs-là étaient mes frères, bien plus que Stoney ne l'avait jamais été. Je me battais avec eux parce que c'était notre truc. Des histoires de territoire. Ce trottoir-ci, ce trottoir-là, ce kiosque à journaux, ce bureau de tabac. J'ai fini aux urgences avec la gueule ouverte en deux et ma mère est tombée raide quand elle a vu ça. Je la regarde, puis je regarde mon vieux et je comprends qu'il a l'intention de me dérouiller jusqu'au sang dès qu'on sera rentrés à la maison, et tant pis si j'ai des points de suture plein la gueule. Et je comprends – d'un seul coup, c'est comme ça que ça m'est venu – que s'il veut me cogner, c'est pas pour moi mais parce que je fais du mal à ma mère, comme Stoney. Et là, je me rends vraiment compte de la manière dont ils la traitent : les toubibs et les infirmières des urgences, je veux dire. Ils la traitent comme si c'était elle qui avait fait quelque chose de mal, et c'est exactement ce qu'ils pensent, parce qu'un de ses fils est en taule et que l'autre est un Brixton Warrior. Et voilà. Un flic débarque, me fait un brin de causette, sur la baston qui m'a valu cette cicatrice, et me remet sur d'autres rails. Et moi je me raccroche à lui, je me raccroche à ça parce que je ne veux pas refaire à maman ce que Stoney lui a fait.

— Aussi facilement que ça ? fit Yasmin avec dans la voix ce qu'il interpréta comme une pointe de mépris.

— Aussi simplement que ça, corrigea poliment Nkata. Je ne pourrai jamais dire que ça a été facile.

Yasmin avait fini son rangement. Elle referma sa mallette avec un claquement sec et la souleva du comptoir. Elle l'emporta au fond de la boutique, la cala sur une étagère et se retourna, une main sur la hanche.

— C'est tout ?

— Non.

— Bon. Quoi d'autre ?

— Je vis chez ma mère et mon père. À Loughborough Estate. Et je vais continuer quoi qu'il arrive parce qu'ils vieillissent et que, plus ils vieillissent, plus c'est dangereux là-bas. Pour eux. Pas question que je les laisse se faire emmerder par des toxicos, des dealers et des maquereaux. Ces mecs-là ne m'aiment pas, ils n'aiment pas me savoir dans les parages, et ils garderont leurs distances par rapport à mes vieux tant que je serai là. C'est comme ça que je veux que ça se passe et je ferai ce qu'il faut pour que ça continue.

Yasmin inclina la tête. Son visage avait toujours l'expression méfiante, dédaigneuse, qu'il arborait depuis leur rencontre.

— Et alors ? Pourquoi vous me racontez tout ça ?

— Parce que je veux que vous sachiez la vérité. Et ce qu'il y a, Yas, c'est que la vérité n'a pas grand-chose à voir avec une route en ligne droite. Alors sachez-le, ouais, je me suis senti attiré par vous à la seconde où je vous ai vue, et qui ne le serait pas ? Et ouais, si j'ai cherché à vous éloigner de Katja Wolfe, ce n'est pas parce que je vous croyais faite pour l'amour d'un homme et non d'une femme, vu que ça, j'en sais strictement rien, comment voudriez-vous que je le sache ? C'est parce que je voulais avoir ma chance avec vous et que la seule façon de l'avoir, c'était de vous prouver que Katja Wolfe n'était pas digne de ce que vous aviez à offrir. Mais en même temps, Yas, j'ai tout de suite eu un bon feeling avec Daniel. Et j'ai senti que lui aussi m'aimait bien. Et je suis fichtrement bien placé pour savoir – je le savais déjà à ce moment-là et je le sais encore aujourd'hui – à quoi peut ressembler la vie pour les gamins qui ont du temps à tuer dans la rue, surtout les gamins comme Daniel, qui n'ont pas de papa à la maison. Et ce n'est pas que j'aie pensé que vous n'étiez pas – que vous n'êtes pas – une bonne maman, parce que ça, je vois bien que vous l'êtes. Mais j'ai pensé que Daniel avait besoin de quelque chose en plus – il a toujours besoin de quelque chose en plus – et voilà, c'est ça que je suis venu vous dire.

— Que Daniel a besoin…

— Non. Tout ce que je viens de dire, Yas. Du début à la fin.

Il se tenait toujours à distance d'elle mais crut voir bouger les muscles de son cou lisse et sombre lorsqu'elle déglutit. Il crut aussi voir pulser une veine de sa tempe. Mais il savait qu'il prenait peut-être ses espoirs pour des réalités. Laisse faire, se dit-il. Il arrivera ce qui doit arriver.

— Qu'est-ce que vous voulez ? finit par demander Yasmin.

Elle revint vers son fauteuil d'esthéticienne, récupéra les deux perruques restantes, en cala une sous chaque bras.

Nkata haussa les épaules.

— Rien.

— Et c'est la vérité, ça ?

— Vous. D'accord. Vous. Mais je ne suis pas sûr que la vérité se résume à ça, et c'est ce qui explique que j'ai du mal à le dire à haute voix. Au lit ? Ouais. Je vous veux de cette façon-là. Au lit. Avec moi. Mais pour tout le reste ? J'en sais rien. Alors oui, c'est la vérité, et je vous dois bien ça. On aurait toujours dû vous dire la vérité, mais vous n'y avez jamais eu droit. Ni avec votre mari, ni avec Katja. Je sais même pas si votre mec du moment vous dit la vérité, mais moi, si. Pour moi, ça a d'abord été vous et vous seulement. Et Daniel est venu ensuite. Et ça n'a jamais été aussi simple que ce que vous croyez, Yas : que je me sers de Dan pour vous atteindre. Rien n'est jamais aussi simple que ça.

Tout était dit. Nkata avait l'impression de s'être vidé de quasiment tout ce qu'il était, de s'être répandu sur le lino aux pieds de Yasmin. Il ne tenait qu'à elle de lui passer dessus, de le balayer ou de le jeter dans le caniveau… comme elle voulait, vraiment. Il était nu et impuissant comme au jour de sa naissance.

Ils se fixaient. Il ressentit un désir qu'il n'avait pas encore ressenti jusque-là, comme si le fait d'avoir admis son existence à haute voix l'avait décuplé au point qu'il se sentait rongé de l'intérieur comme par un animal.

Elle se décida à parler. Deux mots seulement, et tout d'abord il ne comprit pas ce qu'elle voulait dire.

— Quel mec ?

— Quoi ? souffla-t-il, les lèvres sèches.

— Quel mec du moment ? Vous avez dit mon mec du moment.

— Cet homme. La dernière fois que je suis passé.

Elle fronça les sourcils. Elle regarda vers la fenêtre comme si elle discernait un reflet du passé sur la vitre. Puis ses yeux revinrent à lui.

— Lloyd Burnett, dit-elle.

— Vous m'avez pas dit son nom. Il est venu...

— Chercher la perruque de sa femme.

— Oh.

Et il eut l'impression d'être un parfait imbécile.

Son portable sonna à cet instant, ce qui lui évita d'avoir à ajouter quelque chose. Il prit l'appel, marmonna « Ne quittez pas » et exploita cette interruption bénie comme une sortie de secours. Il sortit une de ses cartes de visite et s'approcha de Yasmin. Elle ne souleva pas son présentoir à perruques pour le repousser. Il glissa sa carte dans une des poches de son jean, en faisant bien attention à ne pas la toucher plus que nécessaire.

— Il faut que je prenne cet appel, lui dit-il. Un jour, Yas, j'espère que c'est vous qui m'appellerez.

Jamais elle ne l'avait laissé approcher aussi près. Il sentit son odeur. Il sentit sa peur.

Yas, pensa-t-il, sans oser le dire. Il quitta la boutique et repartit à grands pas vers sa voiture tout en collant le portable à son oreille.

La voix de la jeune femme ne lui était pas familière, le nom non plus.

— Ici Gigi. Vous m'aviez dit de vous rappeler.

— Qui ça ?

— Gigi. De Gabriel's Wharf. Crystal Moon.

L'association de ces noms eut tôt fait de lui remettre les idées en place, ce dont il remercia le ciel.

— Gigi, dit-il. D'accord. Oui. Qu'est-ce qui se passe ?

— Robbie Kilfoyle est revenu. Faire un achat.

— Vous en avez une trace écrite ?

— J'ai le ticket de caisse. Juste devant moi.

— Ne le lâchez pas. J'arrive.

Lynley fit passer le message à Mitchell Corsico tout de suite après sa discussion avec Saint James : le médecin légiste indépendant ferait un excellent deuxième sujet de portrait pour la *Source*, lui expliqua-t-il au téléphone. Non seulement c'était un expert judiciaire internationalement reconnu, doublé d'un maître de conférences au Royal College of Science, mais Lynley et lui étaient liés par une histoire personnelle commune, qui avait commencé à Eton et n'avait cessé de s'enrichir au fil des ans. Ne pensait-il pas qu'une conversation avec Saint James pourrait s'avérer fructueuse ? Corsico le pensait en effet, et Lynley lui donna un numéro où le joindre. Il espérait que cela suffirait à les débarrasser du journaliste, de son Stetson et de ses bottes de cow-boy. Corsico allait se concentrer sur autre chose que l'équipe d'enquêteurs. Au moins pour un temps.

Il regagna ensuite Victoria Street, l'esprit envahi par ce qui s'était passé ces dernières heures. Ses pensées revenaient sans cesse sur un détail mentionné par Havers lors de leur dernier entretien téléphonique.

Le nom inscrit sur le contrat de location établi par l'agence immobilière – le seul, hormis celui de Barry Minshall, qu'ils fussent actuellement en mesure de relier à MABIL – était J. S. Mill, lui avait-elle dit. Elle n'avait pas eu besoin de lui faire un dessin : J. S. Mill. John Stuart Mill, dans la droite ligne de la référence adoptée à l'hôtel Canterbury.

Lynley était tenté de croire que tout cela faisait partie d'une boutade littéraire – avec clin d'œil et coup de coude – entre membres de l'organisation de pédophiles. Une sorte de soufflet à la face collective d'un grand public mal élevé, et inculte. Oscar Wilde sur la fiche d'inscription du Canterbury. J. S. Mill sur le bail de Taverstock & Percy. Dieu seul savait ce qu'ils trouveraient encore s'ils mettaient la main sur d'autres documents relatifs à MABIL. A. A. Milne, peut-être. G. K. Chesterton. A. C. Doyle. Les possibilités étaient infinies.

Comme l'étaient, à dire vrai, les mille et une coïncidences qui se produisaient chaque jour. Et pourtant ce nom restait, ce nom le tourmentait. J. S. Mill. Attrape-moi si tu peux. John Stuart Mill. John Stuart. John Stewart.

À quoi bon le nier : Lynley avait senti un frisson lui traverser les paumes lorsque Havers avait prononcé ce nom. Ce frisson exprimait des questions que le métier de policier – sans parler de la vie même – poussait en permanence l'homme sage à se poser. Jusqu'où peut-on connaître quelqu'un ? Combien de fois laissons-nous les apparences – discours et comportements compris – dicter nos conclusions sur tel ou tel individu ?

Je n'ai pas besoin de te dire ce que ça signifie, n'est-ce pas ? Lynley voyait encore l'inquiétude sur les traits de Saint James.

Sa réponse l'avait entraîné dans une direction où il ne voulait pas aller. Non. Tu n'as pas besoin de me le dire.

Tout cela revenait en réalité à lui demander de passer le témoin à quelqu'un d'autre, mais il n'en était pas question. Il était allé tellement loin, il avait « pataugé si profondément dans le sang[1] » qu'il lui aurait été impossible de revenir sur ses pas. Il fallait qu'il mène cette enquête à son terme, quelles que soient les directions où l'entraîneraient ses ramifications. Car il y en avait plus d'une. Cela devenait évident.

Une personnalité compulsive, oui. Hantée par des démons ? Il n'en savait rien. Cette nervosité, les colères occasionnelles, les mots mal choisis. Comment avait été accueillie la nouvelle lorsque Lynley s'était vu confier le poste de commissaire intérimaire après la tentative de meurtre sur Webberly ? Des félicitations ? Personne n'avait été félicité dans les jours qui avaient suivi la tentative de meurtre. Qui aurait pu y songer à un moment où le commissaire était entre la vie et la mort et où tous se démenaient pour retrouver son agresseur ? Donc cela ne comptait pas. Cela ne signifiait absolument rien. Il avait bien fallu que quelqu'un le remplace, et on l'avait choisi. Et comme ce n'était pas à titre permanent, cela pouvait difficilement avoir été un événement assez important pour pousser quelqu'un à... décider... se laisser entraîner à... Non.

Cependant ses réflexions ramenaient inexorablement Lynley aux premiers jours passés parmi ses collègues : la distance qu'ils avaient d'abord instaurée entre eux et lui, condamné à n'être jamais vraiment un des leurs. Quoi qu'il fît pour se mettre à leur niveau, ce qu'ils savaient de lui faisait perpétuellement obstacle : le titre, les terres, sa diction d'ancien élève de grande école, la fortune et les privilèges supposés qui allaient avec, des détails dont tout le monde se foutait sauf que personne ne s'en foutait vraiment et que personne, probablement, ne s'en foutra jamais.

---

1. Citation extraite de *Richard III*, de Shakespeare. (*N.d.T.*)

Mais envisager autre chose que cela – que cette inimitié évoluant tout doucement vers l'acceptation et le respect – était impossible. Il lui semblait même déloyal de nourrir de telles pensées. Elles étaient improductives et ne pouvaient semer que la division.

Cela ne l'empêcha pourtant pas d'avoir un entretien avec l'adjoint au préfet Cherson, de la direction des ressources humaines, même si son cœur était plus lourd que jamais lorsqu'il lui parla. Cherson lui donna un accès temporaire aux dossiers individuels du personnel. Lynley les consulta en se disant que tout cela ne rimait à rien. Des faits susceptibles d'être interprétés comme chacun le voulait : un divorce difficile, un problème de garde d'enfant insoluble, une pension alimentaire absurde, une lettre disciplinaire pour harcèlement sexuel, une invitation à mieux s'entretenir sur le plan physique, un genou défaillant, une demande de formation continue. Rien, en fait. Cela ne valait rien.

Et pourtant, il prit des notes en s'efforçant d'ignorer le sentiment de trahison que son geste lui inspirait. On a tous des cadavres dans nos placards, se dit-il. Les miens sont plus laids que ceux des autres.

Il revint à son bureau. Il retrouva le profil du tueur là où il l'avait laissé sur la table, et le relut. Il y pensa. Il pensa à tout : aux repas ingurgités et aux repas sautés, aux garçons assommés par une décharge électrique. Non, pensa-t-il. Non, conclut-il. Il attrapa le téléphone et appela Hamish Robson sur son portable.

Il le joignit entre deux rendez-vous à son adresse proche du Barbican, où Robson recevait des clients en consultation privée, loin de l'ambiance glauque de l'hôpital psychiatrique Fischer pour les fous dangereux. Traiter des gens normaux en crise temporaire, expliqua le profileur, représentait pour lui une sorte d'échappatoire.

— On ne peut supporter l'élément criminel que jusqu'à un certain point. Mais j'imagine que vous savez de quoi je parle.

Lynley lui demanda s'ils pouvaient se voir. Au Yard ou ailleurs. C'était sans importance.

— Mon agenda est complet jusqu'à ce soir, répondit Robson. Mais on pourrait peut-être discuter au téléphone, là, tout de suite ? J'ai dix minutes avant mon prochain patient.

Lynley hésita. Il tenait à voir Robson. Il ne voulait pas seulement lui parler.

— Est-ce qu'il se serait passé quelque chose qui... Ça va comme vous voulez, commissaire ? Je peux vous aider ? Vous me semblez...

Un bruissement de papiers se fit entendre à l'autre bout de la ligne.

— Écoutez, je pourrais peut-être annuler un rendez-vous ou deux, ou alors les décaler. Ça vous aiderait ? J'ai aussi deux ou trois courses à faire et je m'étais réservé un petit créneau pour ça en fin de journée. Pas loin de mon bureau. Sur Whitecross Street, à l'intersection avec Dufferin. Il y a là un marchand de primeurs où nous pourrions nous retrouver. Nous pourrions discuter pendant que je fais mes emplettes.

Lynley pensa qu'il allait devoir s'en contenter. Et rien ne l'empêchait d'entamer les travaux d'approche au téléphone.

— À quelle heure ?

— Cinq heures et demie ?

— Entendu. Je vais m'arranger.

— Permettez-moi de vous demander... pour que je puisse y réfléchir en attendant. Il y a du nouveau ?

Lynley hésita. Du nouveau. Oui et non.

— Quel est le degré de fiabilité de votre profil du tueur, Dr Robson ?

— Ce n'est pas une science exacte, naturellement. Mais ça s'en rapproche beaucoup. Si l'on considère que tout cela se fonde sur des centaines d'heures d'entretiens extrêmement minutieux menés en tête à tête... si l'on considère la longueur et l'étendue des analyses tirées de ces entretiens... le nombre de données compilées, de points communs relevés... Ce n'est pas comme une empreinte digitale. Ce n'est pas de l'ADN. Mais, en tant que fil conducteur, c'est un outil incomparable.

— Vous vous y fiez à ce point ?

— Je m'y fie à ce point. Mais pourquoi me posez-vous la question ? Aurais-je laissé échapper quelque chose ? Auriez-vous des informations complémentaires à me fournir ? Je ne peux travailler que sur la base de ce que vous me donnez.

— Si je vous disais que les cinq premières victimes ont toutes mangé quelque chose durant la dernière heure de leur vie, alors que la dernière n'avait rien avalé depuis plusieurs heures, qu'est-ce que vous répondriez ? Pourriez-vous en tirer une interprétation ?

Un silence. Robson devait réfléchir à la question.

— Pas hors contexte, répondit-il enfin. Je préfère éviter.

— Et si je vous disais que la nourriture ingurgitée par les cinq premières victimes était identique à chaque fois ?

— Cela faisait sans doute partie du rituel.

— Mais pourquoi le sixième n'y a-t-il pas eu droit ?

— Il y a des dizaines d'explications possibles. Tous les garçons n'ont pas été positionnés de manière identique après leur mort. Tous les garçons n'ont pas subi une ablation du nombril. Tous les garçons n'ont pas été retrouvés avec un symbole sur le front. Nous recherchons des marqueurs permettant d'associer les crimes, mais ceux-ci ne seront jamais des copies conformes les uns des autres.

Lynley ne répondit pas. Il entendit Robson dire à quelqu'un :

— Demandez-lui d'attendre un instant, s'il vous plaît.

Son patient suivant venait d'arriver, pas de doute. Il restait peu de temps pour conclure cette conversation.

— Fred et Rosemary West, reprit Lynley. Ian Brady et Myra Hindley. Ces cas-là sont-ils fréquents ? La police aurait-elle pu anticiper ?

— Un couple de tueurs ? Ou deux tueurs faisant équipe ?

— Deux tueurs.

— Bon, c'est évidemment l'élément disparition qui a posé problème dans ces deux affaires-là, n'est-ce pas ? L'absence de corps et de scène de crime susceptibles de fournir des indices. Quand des gens disparaissent – enterrés dans un sous-sol pendant des décennies ou cachés dans les profondeurs d'une lande –, on n'a rien à interpréter. Au moment de l'affaire Brady et Hindley, le profilage n'existait pas encore. Quant aux West – et ce doit être le cas de tous les couples de tueurs en série –, il y a un élément dominant et un élément soumis. L'un tue, l'autre observe. L'un initie le processus, l'autre l'achève. Mais puis-je vous demander... l'enquête serait-elle en train de s'orienter dans cette direction ?

— Un homme et une femme ? Deux hommes ?

— Les deux sont possibles, je suppose.

— À vous de me répondre, Dr Robson. Se pourrait-il que nous soyons confrontés à deux tueurs ?

— Mon opinion professionnelle ?

— C'est tout ce que vous avez.

— Alors, non. Je ne crois pas. Je reste sur ce que je vous ai donné au départ.

— Pourquoi ? Pourquoi rester sur ce que vous nous avez dit au départ ? Je viens de vous donner deux éléments dont vous ne disposiez pas jusqu'ici. Comment se fait-il qu'ils ne changent rien ?

— Commissaire, je vous sens anxieux. Je sais à quel point vous souhaitez…

— Non, coupa Lynley. Vous ne savez pas. Vous ne pouvez pas savoir.

— D'accord. Je le reconnais. Retrouvons-nous à cinq heures et demie. Whitecross et Dufferin. Le marchand de primeurs. Vous ne pouvez pas le manquer. Je vous y attendrai.

— Whitecross et Dufferin, répéta Lynley.

Il reposa précautionneusement le combiné. Il s'aperçut qu'il transpirait légèrement. Sa paume avait laissé une trace sur le téléphone. Il sortit son mouchoir et se tamponna le visage. Anxieux, oui. Là-dessus, Robson avait raison.

— Commissaire intérimaire Lynley ?

Il n'eut pas besoin de lever la tête pour savoir que c'était Dorothea Harriman, toujours rigoureuse dans le maniement des grades.

— Oui, Dee ?

— L'adjoint au préfet Hillier. Il arrive. Il m'a appelée en personne pour m'ordonner de vous retenir dans votre bureau. J'ai dit que je le ferais, mais je ne demande pas mieux que de faire comme si vous étiez déjà parti au moment où je suis venue vous prévenir.

Lynley soupira.

— Ne risquez pas votre place. Je vais le recevoir.

— Vous en êtes sûr ?

— J'en suis sûr. Dieu sait si j'ai besoin qu'on me remonte le moral.

Miraculeusement, constata Barbara Havers, Wendy n'était pas dans les nuages. Et même, en arrivant sur le stand que cette hippie sur le retour tenait à Camden Lock Market, Barbara aurait volontiers parié qu'elle s'était enfin décidée à décrocher. Plantée au milieu de sa minuscule échoppe, Wendy ressemblait toujours à une déterrée – il y avait dans ses longues nattes grises, sa peau couleur cendre et son caftan multicolore confectionné à partir d'un couvre-lit indien quelque chose de déplaisant – mais du moins avait-elle le regard clair. Le fait qu'elle ne se souvenait pas de la précédente visite de Barbara aurait pu paraître inquiétant, mais Wendy sembla croire sa sœur lorsque Petula lui lança depuis le comptoir de son propre stand au moment des présentations réciproques :

— Tu n'étais pas dans le coup, chérie.

— Oups, fit Wendy en haussant ses épaules grassouillettes. Désolée. Ça devait être un jour sans.

Petula confia à Barbara non sans fierté que Wendy était « en désintox, une fois de plus ». Elle avait déjà tenté le coup et « ça n'avait pas pris », mais la famille nourrissait quelque espoir cette fois-ci.

— Elle a rencontré un mec qui lui a carrément lancé un ultimatum, confia Petula à mi-voix. Et Wendy serait prête à faire n'importe quoi pour une bite, vous comprenez. Elle a toujours été comme ça. Cette fille a les pulsions sexuelles d'un bouc femelle.

Qu'importe le flacon, songea Barbara en se tournant vers Wendy.

— De l'huile d'ambre gris, dit-elle. Vous en avez vendu dernièrement ? Ces jours-ci, peut-être ?

Wendy secoua ses nattes grises.

— De l'huile de massage, ça oui, des litres et des litres. J'ai six clubs de fitness dans ma clientèle régulière. Ils me passent de grosses commandes de relaxants du genre eucalyptus. Mais l'ambre gris, personne n'en prend. Ce qui n'est pas plus mal, si vous voulez mon avis. Ce qu'on fait aux animaux, quelqu'un finira par nous le faire. Des extraterrestres ou ce genre-là. Il se pourrait qu'ils adorent notre graisse – comme nous celle des baleines – et qu'ils s'en servent pour allez savoir quoi. Attendez, vous verrez. Ça viendra.

— Wendy, intervint Petula, qui avait sorti un chiffon et s'était mise à épousseter les chandeliers et les étagères, sur un ton qui semblait prier sa sœur de garder ses théories pour une autre fois. C'est bon, ma belle.

— Je ne sais même plus quand j'ai eu de l'huile d'ambre gris en stock pour la dernière fois, dit Wendy à Barbara. Si quelqu'un m'en demande, je lui dirai ce que j'en pense.

— Et est-ce que quelqu'un vous en a demandé ?

Barbara sortit de son sac les deux portraits-robots. Cet aspect de la routine policière lui semblait fastidieux, mais on ne savait jamais à l'avance quand on allait tomber sur une mine d'or.

— Un de ces types, par exemple ?

Wendy étudia les dessins. Elle fronça les sourcils puis extirpa une paire de lunettes à monture dorée des profondeurs de son généreux décolleté. Un des verres étant fissuré, elle se servit de l'autre comme d'un monocle. Non, dit-elle à Barbara, aucun d'eux ne lui rappelait la moindre personne venue sur son Nuage.

Barbara, consciente du faible degré de fiabilité des informations données par Wendy, montra également les portraits-robots à Petula.

Petula les observa l'un après l'autre. Il y avait tellement de passage sur ce marché, surtout les week-ends. Elle ne pouvait pas affirmer qu'un de ces types était venu ici, mais d'un autre côté, elle ne pouvait pas affirmer non plus que ni l'un ni l'autre n'était venu. Ils faisaient un peu penser à des poètes beatniks, non ? Ou à des clarinettistes de jazz. On s'attendait plus ou moins à croiser ce genre de mecs à Soho, n'est-ce pas ? Plus maintenant, évidemment – plus à ce point-là –, mais à une certaine époque...

Barbara décida de la ramener de la rue des Souvenirs en posant une question sur Barry Minshall. La mention d'un « magicien albinos » attira indéniablement l'attention de Petula – et de Wendy, d'ailleurs –, et Barbara crut une seconde que le nom et le signalement de Minshall allaient déclencher quelque chose. Mais non, un magicien albinos à lunettes noires, vêtements noirs et bonnet rouge ne serait pas passé inaperçu, même ici à Camden Lock Market. Minshall, répondirent les deux sœurs dans un bel ensemble, était un genre de personnage dont elles se seraient certainement souvenues.

Barbara comprit alors que, malgré tous ses efforts de pollinisation, l'arbre Wendy's Cloud n'allait pas donner de fruits. Elle rangea les portraits-robots dans son sac, laissa les sœurs fermer boutique, sortit et marqua une pause sur le trottoir pour s'allumer une clope et préparer son coup suivant.

L'après-midi touchait à sa fin, elle aurait pu rentrer chez elle, mais il lui restait encore une voie à explorer. Hantée par la pénible impression d'avoir passé son temps dans des impasses, elle prit sa décision et rejoignit sa Mini. Il n'y avait pas très loin de Camden Lock à Wood Lane. De là, il lui resterait encore la possibilité de faire un saut au commissariat de Holmes Street pour voir ce qu'elle pouvait éventuellement soutirer à Barry Minshall.

Elle partit au nord vers Highgate Hill en passant par les petites rues pour éviter les embouteillages. Cela dura moins de temps que prévu et, après Highgate

Hill, la seconde partie du trajet jusqu'à Archway Road fut relativement facile à négocier.

Elle s'arrêta brièvement avant de rejoindre Wood Lane. Un coup de fil au Yard lui permit d'obtenir le nom de l'agence immobilière chargée de revendre l'appartement vacant de Walden Lodge dont elle avait entendu parler pendant une des réunions de l'équipe. Dans la catégorie des pierres à soulever, celle-ci n'était probablement qu'un caillou sous lequel il n'y avait rien, mais elle alla tout de même échanger quelques mots avec l'agent, en lui montrant les portraits-robots pour faire bonne mesure. Ses efforts ne servirent strictement à rien. Elle se sentait dans la peau d'une jeannette vendant ses biscuits devant un local de réunion des Weight Watchers : pas l'ombre d'un client à l'horizon.

Elle rejoignit ensuite Wood Lane. Le trottoir était envahi sur toute sa longueur de voitures en stationnement. Sûrement des véhicules de banlieusards venus des comtés du Nord et qui se garaient là pour terminer ensuite leur périple en métro. Parmi ceux-ci, la police recherchait toujours quelqu'un qui pouvait avoir vu quelque chose le jour où le corps de Davey Benton avait été découvert. Un tract avait été coincé sous l'essuie-glace de chaque véhicule et Barbara supposa qu'il s'agissait d'un appel à témoins. On ne savait jamais ce que cela pouvait donner. Peut-être une information précieuse. Peut-être rien du tout.

Devant Walden Lodge, une rampe descendait vers le parking souterrain. Barbara laissa sa Mini dessus. Elle bloquait le passage, mais il n'y avait pas d'autre solution.

En gravissant les marches du perron de l'immeuble de brique trapu – parfaitement incongru dans une rue par ailleurs bordée de bâtiments historiques –, elle constata que la porte d'entrée était ouverte, bloquée par un seau jaune rempli d'eau sur lequel « Les Serpilleurs » était inscrit au pochoir en lettres rouges. Bonjour la sécurité, pensa Barbara. Elle pénétra dans l'immeuble et lança un appel.

La tête d'un jeune homme apparut au coin du couloir. Il tenait un balai à la main et portait une ceinture à laquelle étaient très officiellement clippés toutes sortes d'outils de nettoyage. Le serpilleur numéro un, pensa Barbara tandis qu'au-dessus d'elle, quelque part dans l'immeuble, un aspirateur se mettait en marche.

— C'est à quel sujet ? fit le jeune homme en remontant sa ceinture à outils. Je suis censé laisser entrer personne, moi.

Barbara lui montra sa carte. Elle expliqua qu'elle enquêtait sur le meurtre de Queen's Wood.

Il se hâta de répondre qu'il n'était au courant de rien. Sa femme et lui étaient juste chargés de l'entretien de l'immeuble. Ils n'habitaient pas ici. Ils venaient une fois par semaine passer le balai, la serpillière, l'aspirateur et faire la poussière dans les parties communes. Les vitres aussi, mais seulement quatre fois par an.

Une avalanche d'informations que Barbara mit sur le compte de sa nervosité : il suffisait qu'un flic se pointe pour que brusquement tout devienne sujet à interprétation. On avait intérêt à expliquer sa vie dans les moindres détails.

Elle connaissait le numéro d'appartement de l'homme qui avait vu une lumière bouger dans les bois en pleine nuit juste avant la découverte du corps de Davey. Elle connaissait aussi son nom : Berkeley Pears, qui lui faisait d'ailleurs penser à une marque de fruits en conserve. Elle expliqua au serpilleur où elle allait, avant de se diriger vers l'escalier.

Elle frappa à la porte et un chien se mit à aboyer derrière. Un type d'aboiement auquel elle associa l'image mentale d'un terrier mal dressé, une intuition qui ne fut pas démentie lorsque, quatre verrous ayant été successivement ouverts, la porte s'ouvrit sur un jack russell qui la chargea illico, visant ses chevilles. Barbara recula en levant son sac pour assommer l'animal, mais Mr Pears apparut dans le sillage du terrier. Il souffla dans un objet qui n'émit aucun son, mais que le chien sembla entendre. Il – ou elle ? – se laissa tomber sur le flanc en pantelant joyeusement, comme si le moment était venu de récompenser un travail bien fait.

— Bravo, Pearl, dit Pears à l'exécrable bestiole. Bonne chienne. Un su-sucre ?

Pearl frétilla de la queue.

— Vous la dressez à ça ? demanda Barbara.

— Pour l'effet de surprise.

— J'aurais pu l'assommer. J'aurais pu la blesser.

— Elle est rapide. Elle vous aurait eue avant.

Il ouvrit en grand la porte et dit :

— Gamelle, Pearl. Tout de suite.

La chienne se rua dans les profondeurs de l'appartement, vraisemblablement pour aller attendre sa récompense à côté de sa gamelle.

— En quoi puis-je vous aider ? Comment vous êtes entrée dans l'immeuble ? Je vous prenais pour la gardienne. Nous sommes sur le point de porter la bataille devant les tribunaux, et elle cherche à nous intimider pour qu'on renonce.

— Police. Constable Barbara Havers. Je peux vous dire un mot ?

— C'est au sujet de ce garçon retrouvé dans les bois ? Je leur ai déjà dit tout ce que je sais.

— Ouais. J'ai vu. Mais une autre paire d'oreilles… ? On ne sait jamais.

— Très bien. Entrez, s'il le faut. Pearlie ? Par ici, ma chérie.

692

La chienne revint au trot, le regard vif et amical comme si elle avait oublié qu'elle n'avait été quelques secondes auparavant qu'une vilaine petite machine à tuer. Elle sauta dans les bras de son maître et enfouit sa truffe dans la poche de sa chemise à carreaux. Il plongea en riant la main dans une autre poche pour y prendre un sucre, que la bestiole engloutit sans mâcher.

Berkeley Pears avait un style, aucun doute là-dessus. Il mettait probablement des chaussures en cuir verni et un manteau à col de velours lorsqu'il sortait de chez lui. On croisait de temps en temps ses semblables dans le métro. Ils portaient un parapluie fermé qu'ils utilisaient comme une canne, dévoraient le *Financial Times* comme si leur vie en dépendait et ne levaient pas une fois les yeux avant d'avoir atteint leur station.

Il la fit entrer dans le séjour : un salon trois pièces à la disposition réglementaire, une table basse sur laquelle trônaient quelques exemplaires de *Country Life* et un livre d'art, *Trésors du musée des Offices*, des lampes modernes dont l'abat-jour métallique était orienté de manière à faciliter la lecture. Tout était à sa place, et Barbara supposa qu'il n'était pas question qu'il en aille autrement... même si trois taches jaunâtres visibles sur la moquette témoignaient d'une activité canine.

— Je n'aurais rien vu du tout, vous comprenez, s'il n'y avait pas eu Pearl. Et on aurait pu s'attendre à ce que ça me vaille des remerciements, mais tout ce qu'on m'a dit, c'est : « Ce chien doit partir. » Comme si les chats posaient moins de problèmes (il prononça « chats » comme il aurait prononcé « cafards ») alors que cette sale créature du 5 hurle jour et nuit comme une bête qu'on égorge. Un siamois. Enfin, que voulez-vous ? Elle laisse sa bestiole seule pendant des semaines, alors que moi je n'ai jamais laissé Pearl ne serait-ce qu'une heure. Pas une heure, vous comprenez, mais est-ce que ça compte ? Non. La première fois qu'elle aboie en pleine nuit et que je n'arrive pas à la faire taire à la seconde, c'est parti. Quelqu'un se plaint, comme s'ils n'avaient pas tous des animaux clandestins, et j'ai droit à une visite de la gardienne. Les animaux ne sont pas autorisés. Ma chienne doit partir. Eh bien, laissez-moi vous dire que nous sommes fermement décidés à nous battre jusqu'à la mort. Si Pearl s'en va, je m'en vais.

Ce qui était peut-être le but ultime de la manœuvre, songea Barbara.

— Qu'est-ce que vous avez vu cette nuit-là, Mr Pears ? Que s'est-il passé ?

Pears s'assit dans le canapé, prit le terrier sur ses genoux comme un bébé et entreprit de lui flatter le poitrail. Il indiqua un des fauteuils à Barbara.

— D'abord, j'ai cru à une tentative d'effraction. Pearl est devenue… je ne vois pas d'autre mot qu'hystérique. Elle était tout bonnement hystérique. Elle m'a tiré d'un sommeil profond et m'a fichu une peur bleue. Elle se jetait – je vous assure, il n'y a pas d'autre mot – contre la porte-fenêtre du balcon et aboyait comme je ne l'ai jamais entendue aboyer, ni avant ni depuis. Vous comprenez pourquoi…

— Qu'avez-vous fait ?

Un léger embarras se peignit sur ses traits.

— Disons que… je me suis armé. Un couteau à découper, c'est tout ce que j'avais. Je me suis approché de cette porte-fenêtre et j'ai essayé de voir dehors, mais il n'y avait rien. J'ai ouvert, et c'est ce qui m'a valu tous ces ennuis parce que Pearl s'est aussitôt ruée sur le balcon en continuant à aboyer comme une diablesse, et comme ce n'était pas facile de l'attraper avec mon couteau à la main, ça a duré un peu de temps.

— Et dans les bois ?

694

— Une lumière. Deux ou trois éclairs. C'est tout ce que j'ai vu. Venez. Je vais vous montrer.

On accédait au balcon, qui donnait sur le séjour, par une vaste baie coulissante masquée par un store. Pears leva celui-ci et ouvrit la porte. Pearl lui échappa des mains, sauta sur le balcon et se mit à aboyer de manière tout à fait conforme à sa description. Des cris à vous déchirer les tympans. Barbara comprit pourquoi les autres habitants s'étaient plaints. Un chat n'était rien comparé à ça.

Pears attrapa la chienne et lui pinça la truffe. Elle réussit à aboyer tout de même.

— La lumière était de ce côté-là, entre ces arbres, vers le bas de la colline. Ce doit être par là que le corps… enfin, vous savez bien. Pearl aussi l'a su. Elle l'a senti. C'est la seule explication. Pearl. Chérie. Ça suffit.

Pears réintégra l'appartement avec sa chienne, pensant que Barbara ferait de même. Elle resta sur le balcon. Le bois entamait sa descente vers le bas de la colline juste derrière Walden Lodge, mais on ne pouvait pas s'en rendre compte de la rue. Les arbres poussaient en abondance, formant ce qui devait être un épais paravent en été mais qui en plein hiver se réduisait à un entrelacs de branches nues. Du pied de l'immeuble au mur de brique qui ceignait le terrain, les broussailles envahissaient tout, interdisant quasiment l'accès au bois par Walden Lodge. Le tueur aurait été obligé de traverser une marée de houx et de fougères pour aller d'ici au site où le corps avait été abandonné, et aucun tueur digne de ce nom – et encore moins un tueur capable d'éliminer six garçons quasiment sans laisser de traces aux endroits où il avait déposé les corps – n'aurait tenté une opération aussi imprudente, qui l'aurait obligé à laisser toutes sortes d'indices derrière lui. Ce qui n'était pas le cas.

Barbara, pensive, scruta les lieux en réfléchissant à tout ce que lui avait dit Berkeley Pears. Ses déclarations se tenaient, mais il y avait pourtant un détail qu'elle ne comprenait pas tout à fait.

Elle rentra, referma la baie derrière elle et dit à Pears :

— Il y a eu une sorte de cri autour de minuit dans un des appartements. Cette information nous a été donnée lorsque nous avons entendu tous les résidents de l'immeuble. Vous n'y avez pas fait allusion.

Il secoua la tête.

— Je n'ai rien entendu.

— Et Pearl ?

— Quoi, Pearl ?

— Si elle a pu entendre ce qui se passait dans les bois à cette distance...

— Je dirais qu'elle l'a senti plutôt qu'entendu.

— Soit. Disons qu'elle l'a senti. Pourquoi est-ce qu'elle n'a pas senti ce qui se passait dans l'immeuble vers minuit quand quelqu'un a crié ?

— Peut-être parce que personne n'a crié.

— Si. Quelqu'un l'a entendu. Vers minuit. Qu'est-ce que ça vous inspire ?

— L'envie d'aider la police, un rêve, une erreur. Quelque chose qui n'a pas eu lieu. Parce que si ç'avait eu lieu et que c'était quelque chose qui sortait de l'ordinaire, croyez-moi, Pearl aurait réagi. Vous avez vu ce qui s'est passé avec vous.

— Elle est toujours comme ça quand on frappe à la porte ?

— Dans certaines conditions.

— À savoir ?

— Quand elle ne sait pas qui est de l'autre côté.

— Et si elle sait ? Si elle entend une voix ou si elle sent une odeur qu'elle reconnaît ?

— On ne l'entend pas. C'est ce qui fait, vous comprenez, que ses aboiements à trois heures quarante-cinq du matin étaient tellement inhabituels.

— Parce que si elle n'aboie pas, ça veut dire qu'elle sait ce qu'elle voit, ce qu'elle entend ou ce qu'elle sent ?

— Exact. Mais je ne vois franchement pas le rapport, constable Havers.

— C'est dans l'ordre des choses, Mr Pears. Moi, si.

27

Après mûre réflexion, Ulrike décida de poursuivre le combat. Elle n'avait guère le choix. À son retour à Brick Lane, Jack Veness lui avait tendu le message téléphonique de Patrick Bensley, le président du conseil d'administration. En déclarant avec un sourire entendu :

— La réunion avec le boss s'est bien passée ?

— Oui, ça s'est très bien passé, avait-elle répondu juste avant de baisser les yeux sur le carré de papier où était inscrit le nom de l'homme avec qui elle avait prétendu avoir rendez-vous en quittant Colossus.

Elle ne chercha pas à feindre. Elle était trop accaparée par le besoin de décider de ce qu'elle ferait des informations fournies par Arabella Strong pour trouver un argument susceptible d'expliquer à Jack que Mr Bensley ait pu l'appeler au moment même où elle était censée être en réunion avec lui. Elle se contenta de plier le message, de l'empocher et d'affronter le regard du réceptionniste.

— Autre chose ?

Il lui fallut endurer un autre sourire insoutenable. Non, rien, répondit-il.

Elle décida qu'elle devait continuer, et tant pis pour ce qu'en penseraient les policiers et la réaction qu'ils risquaient d'avoir si elle leur apportait des informations. Elle nourrissait toujours l'espoir que la Met réagirait sur le mode du donnant, donnant, et s'arrangerait pour que le nom de Colossus ne soit pas communiqué à la presse. Mais ce que ces gens-là feraient ou pas n'entrait pas vraiment en ligne de compte. De toute façon, il était désormais impératif qu'elle finisse ce qu'elle avait commencé. Ce serait la seule façon pour elle de justifier sa visite au domicile de Griffin Strong si d'aventure le conseil d'administration avait vent de quelque chose.

Quant à Griff lui-même – et à la promesse d'Arabella de mentir s'il le fallait pour le couvrir –, Ulrike ne tenait surtout pas à s'attarder là-dessus, et la réaction de Jack lui fournit une bonne raison de ne pas le faire : elle venait de le catapulter tout en haut de la liste des suspects.

Elle ne se donna pas la peine d'invoquer un prétexte lorsqu'elle quitta les locaux de Colossus pour la deuxième fois de la journée. Elle enfourcha sa bicyclette et s'élança sur New Kent Road. Jack habitait Grange Walk, une rue perpendiculaire de Tower Bridge Road, à moins de dix minutes de vélo d'Elephant & Castle. Une rue étroite, à sens unique, de l'autre côté de Bermondsey Square. Elle était bordée sur un côté par un ensemble résidentiel flambant neuf et sur l'autre par une enfilade de maisons jumelles qui occupaient probablement les lieux depuis le dix-huitième siècle.

Jack avait une chambre dans une de ces maisons : au numéro 8, qui se distinguait par la fantaisie de ses volets. Peints du même bleu que les autres éléments visibles de la charpente de ce bâtiment crasseux, ils disposaient chacun dans leur partie supérieure d'une ouverture en forme de cœur censée laisser pénétrer la lumière lorsqu'ils étaient clos. Ils ne l'étaient pas, découvrant des fenêtres munies de rideaux en dentelle apparemment constitués de plusieurs voilages.

En l'absence de sonnette, Ulrike utilisa le heurtoir, lequel reproduisait la forme d'une caméra de cinématographe à l'ancienne. Afin de couvrir le vacarme de Tower Bridge Road, elle imprima une certaine vigueur à son coup. Personne n'ayant répondu, elle se pencha sur la boîte à lettres de cuivre encastrée au centre de la porte et souleva le clapet pour jeter un coup d'œil à l'intérieur. Elle vit une vieille dame descendre l'escalier avec mille précautions, en marchant de côté et les deux mains sur la rampe.

Sans doute la dame repéra-t-elle Ulrike en train de mater, car elle s'écria :

— S'il vous plaît ! Sachez que c'est une résidence privée, qui que vous soyez !

Ce qui poussa Ulrike à laisser retomber le clapet de la boîte aux lettres et à attendre, penaude, qu'on vienne lui ouvrir.

Quand cela se produisit, elle se retrouva face à une vieille femme au visage fripé et passablement courroucé, encadré de frisettes blanches qui, tout comme son corps grêle, tremblaient d'indignation. Ou du moins Ulrike le crut-elle dans un premier temps, jusqu'à ce que son regard tombe sur le déambulateur auquel se raccrochait la vieille dame. Elle comprit alors que ce n'était pas tant la colère qu'une paralysie ou la maladie de Parkinson qui provoquait ces tremblements.

Elle bredouilla des excuses hâtives et se présenta. Elle cita Colossus. Elle cita le nom de Jack. Pouvait-elle dire un mot à Mrs... ? Elle marqua un temps d'arrêt. Qui était cette bonne femme, au fait ? Elle aurait dû se renseigner avant de débarquer.

Mary Alice Atkins-Ward, compléta la vieille dame. Miss et fière de l'être, merci bien. Elle s'exprimait sur

un ton guindé – sûrement une de ces retraitées nostal-
giques du bon vieux temps où les gens avaient des
manières, ce qui se traduisait par des queues courtoises
aux arrêts de bus et le fait que les messieurs cédaient
leur siège aux dames dans le métro. Elle maintint la
porte ouverte et effectua une manœuvre en marche
arrière pour laisser entrer Ulrike. Celle-ci s'exécuta
avec gratitude.

Elle se retrouva instantanément dans un étroit couloir aux trois quarts envahi par l'escalier. Les murs
étaient tapissés de photographies qu'Ulrike, tout en
suivant Miss A-W qui la précédait vers un salon
donnant sur la rue, lorgna du coin de l'œil. Toutes,
s'aperçut-elle, étaient issues de fictions télévisées :
surtout des dramatiques en costumes de la BBC, même
si quelques séries policières pures et dures étaient
aussi représentées.

— Vous êtes une fan de télé ? s'enquit-elle, aussi
amicale que possible.

Miss A-W lui jeta un coup d'œil dédaigneux par-
dessus son épaule en traversant le salon, puis prit place
dans un fauteuil à bascule en bois dont le dossier à
barreaux était dépourvu du moindre coussin.

— Mais qu'est-ce que vous me chantez là ?

— Les photos dans le couloir ?

Jamais Ulrike ne s'était sentie aussi peu en phase
avec quelqu'un.

— Celles-là ? C'est moi qui les ai écrites, pauvre
sotte.

— Écrites ?

— Écrites. Les séries. Je suis scénariste, nom d'une
pipe. Ce sont mes productions. Bon, que voulez-vous ?

Elle n'offrit rien : ni nourriture, ni boisson, ni
conversation teintée de souvenirs touchants. Une
vieille dure à cuire, conclut Ulrike. Il n'allait pas être
simple de lui faire dévider sa pelote.

Elle se devait néanmoins d'essayer. Il n'y avait pas d'autre solution. Elle expliqua à la vieille dame qu'elle souhaitait lui toucher quelques mots de son pensionnaire.

— Quel pensionnaire ?

— Jack Veness ? Il travaille chez Colossus. Je suis… disons, sa directrice.

— Ce n'est pas mon pensionnaire. C'est mon petit-neveu. Un petit branleur, mais il fallait bien qu'il aille quelque part après avoir été foutu à la porte par sa mère. Il participe au ménage et aux courses. Je vous préviens que je vais fumer une cigarette, mamzelle. J'espère que vous ne faites pas partie de ces enragés de la lutte antitabac. Sinon, tant pis. C'est ma maison, ce sont mes poumons, et c'est ma vie. Passez-moi cette pochette d'allumettes, je vous prie. Non, non, petite sotte. Là, juste devant vous.

Ulrike finit par trouver la pochette parmi le fouillis de la table basse. Elle portait l'emblème de l'hôtel Park Lane, où, supputa Ulrike, Miss A-W avait très certainement terrorisé le personnel en exigeant qu'on lui livre tout un stock d'allumettes.

Elle attendit que la vieille dame ait extrait une cigarette de la poche de son cardigan. Elle fumait des sans filtre – ce qui n'était pas une surprise – et tenait sa clope comme une star de cinéma de l'ancien temps. Elle cueillit un brin de tabac sur sa langue, l'examina et s'en débarrassa d'une pichenette par-dessus son épaule.

— Alors, c'est quoi, ce truc sur Jack ?

— Nous pensons à lui pour une promotion, rétorqua Ulrike avec ce qu'elle espérait être un sourire engageant. Et avant de prendre ce genre de décision, nous aimons bien parler aux gens qui connaissent le mieux l'intéressé.

— Qu'est-ce qui vous fait croire que je le connais mieux que vous ?

— Eh bien, il vit ici… C'est juste un point de départ, vous comprenez.

Miss A-W darda sur la jeune femme le regard le plus acéré qu'elle eût jamais affronté. Voilà quelqu'un qui a roulé sa bosse, devina Ulrike. Qui a menti, triché, volé, allez savoir. Sans doute le résultat de sa carrière à la télévision britannique, pépinière notoire d'individus totalement dénués de scrupules. Pour trouver pire, il fallait aller à Hollywood.

Miss A-W continua de fumer en jaugeant Ulrike, visiblement insensible au silence qui s'éternisait entre elles.

— Quel genre ? lâcha-t-elle enfin.

— Je vous demande pardon ?

— Vous ne me demandez rien du tout. Quel genre de promotion ?

Ulrike se livra à une réflexion rapide.

— Nous ouvrons une branche de Colossus de l'autre côté du fleuve. La branche nord. Il vous en a peut-être parlé ? Nous verrions bien Jack en moniteur d'évaluation.

— Vous m'en direz tant. Eh bien, lui, ça ne l'intéresse pas. Ce qu'il veut, c'est travailler sur le terrain. Et vous le sauriez si vous lui en aviez parlé.

— Oui, certes, improvisa Ulrike, mais il y a une hiérarchie dont il faut tenir compte, comme Jack vous l'aura sûrement expliqué. Nous préférons placer les gens là où nous pensons qu'ils… eh bien, qu'ils pourront vraiment s'épanouir. Jack finira sans doute par accéder au travail de terrain, mais en attendant…

Elle esquissa un geste vague.

— Il va piquer sa crise quand il entendra ça, fit Miss A-W. Il est comme ça. Il se sent persécuté. Bon, sa mère ne l'a pas aidé sur ce plan-là, je dois dire. Mais pourquoi vous, les jeunes, vous n'arrivez pas à vous contenter de ce que vous avez plutôt que de vous mettre à chialer dès que vous n'obtenez pas ce que vous voulez à la seconde où vous le voulez ? Voilà quelque chose que j'aimerais savoir.

Elle ouvrit sa paume, fit tomber une cendre dedans, et frotta le tout contre le bras de son fauteuil.

— Ça fait quoi, un moniteur d'évaluation ?

Ulrike décrivit le poste, et Miss A-W s'empressa de relever l'aspect le plus significatif de sa présentation.

— Des jeunes ? Travailler avec eux de manière à instaurer une relation de confiance ? Pas franchement le truc de Jack, ça. Je vous conseille de passer à quelqu'un d'autre si c'est ce que vous voulez, mais attention, si vous lui répétez ce que je viens de vous dire, je n'hésiterai pas à vous traiter de sale menteuse.

— Pourquoi ? interrogea Ulrike, peut-être un peu trop vite. Comment réagirait-il s'il savait que nous en avons parlé ?

Miss A-W tira sur sa cigarette, puis exhala le peu de fumée qui n'avait pas adhéré à ses poumons sûrement noircis. Ulrike faisait de son mieux pour ne pas respirer trop profondément. La vieille dame parut réfléchir à sa réponse parce qu'elle attendit un instant avant de lâcher :

— Il peut être assez bon garçon quand il s'y met, mais la plupart du temps il a d'autres choses en tête.

— Comme ?

— Comme lui-même. Comme son lot dans la vie. Ils sont tous pareils à son âge.

Miss A-W gesticula avec sa cigarette pour accentuer son propos.

— Les jeunes sont des pleurnichards et c'est tout le problème de ce garçon, ma petite demoiselle. À l'entendre, on croirait que c'est le seul enfant de la terre à avoir grandi sans père. Et avec en plus une mère à la cuisse légère, qui n'a pas cessé de papillonner d'homme en homme depuis la naissance de son fils. Et qui le faisait déjà avant, d'ailleurs. Quand il était dans son ventre, Jack a sans doute entendu les efforts qu'elle faisait pour tenter de se rappeler le nom du dernier type avec qui elle avait couché. Dans ces conditions, qu'y a-t-il d'étonnant à ce qu'il ait mal tourné ?

— Mal tourné ?

— Allez. Vous savez d'où il vient. Il est passé par un centre fermé avant d'entrer chez Colossus, nom d'une pipe. Min – c'est sa mère – dit que tout ça a à voir avec le fait qu'elle n'a jamais vraiment su lequel de ses amants était le père du petit. « Mais pourquoi ce gosse n'arrive pas à s'y faire ? Je m'y suis bien faite, moi », voilà ce qu'elle en dit. C'est du Min tout craché : accusant la terre entière plutôt que de se regarder elle-même. Elle a couru les hommes toute sa vie, et Jack, lui, a couru les ennuis. Quand il a eu quatorze ans, Min a décidé qu'elle ne pouvait plus le supporter et, vu que sa mère n'en voulait pas non plus, elles me l'ont envoyé. Jusqu'à cette absurde histoire d'incendie volontaire. Le petit con.

— Comment vous entendez-vous avec lui ?

— Je vis et je laisse vivre, voilà comment je m'entends avec tout le monde, ma petite demoiselle.

— Et les autres ?

— Quoi, les autres ?

— Ses amis. Il s'entend bien avec eux ?

— On pourrait difficilement parler d'amis s'il ne s'entendait pas avec eux, non ?

Ulrike sourit.

— Vous les voyez souvent ?

— Pourquoi voulez-vous le savoir ?

— Eh bien, parce que, de toute évidence... ce type de relations est un indicateur fiable de la capacité de

Jack à interagir avec les autres, vous comprenez. Et c'est ce que nous...

— Non, je ne comprends pas, coupa sèchement Miss A-W. Si vous êtes sa directrice, vous le voyez interagir du matin au soir. Vous interagissez vous-même avec lui. Vous n'avez pas besoin de mon opinion là-dessus.

— Certes, mais la dimension relationnelle d'une vie peut révéler...

Quoi ? pensa-t-elle. Incapable de donner une réponse, elle décida d'emprunter un raccourci.

— Est-ce qu'il sort avec des amis, par exemple ? Le soir. Dans les pubs ?

Les yeux perçants de Miss A-W se plissèrent.

— Il sort autant que tous les garçons de son âge, répondit-elle prudemment.

— Tous les soirs ?

— Qu'est-ce que ça peut vous faire ?

Elle semblait de plus en plus méfiante, mais Ulrike se jeta tout de même à l'eau.

— Et c'est toujours au pub ?

— Vous me demandez s'il est alcoolo, miss... miss qui ?

— Ellis. Ulrike Ellis. Non, ce n'est pas le sens de ma question. Mais il m'a dit qu'il allait au pub tous les soirs, et...

— Si c'est ce qu'il a dit, c'est là qu'il va.

— Mais vous n'y croyez pas ?

— Quelle importance ? Il va et il vient. Je ne passe pas ma vie à le surveiller. Pourquoi le ferais-je ? Quelquefois c'est le pub, quelquefois c'est chez sa maman quand ils sont en bons termes, ce qui arrive chaque fois que Min a envie qu'il fasse quelque chose pour elle. Mais il ne m'en parle pas et je ne lui demande rien. Par contre, ce que j'aimerais bien savoir, c'est pourquoi vous me demandez ça. Il a fait une bêtise ?

— Donc il ne va pas tous les soirs au pub ? Vous vous souvenez d'un soir récent où il n'y serait pas allé ? Où il serait allé ailleurs ? Chez sa mère, par exemple ? Où vit-elle, au fait ?

Sur ce, Ulrike vit qu'elle était allée trop loin. Miss A-W se remit debout avec effort, sa cigarette pendouillant au bord des lèvres. Ulrike pensa au mot « poule », employé par les gangsters américains pour désigner les femmes dans les vieux films en noir et blanc. C'était exactement ce qu'était Miss A-W : une poule, avec laquelle il fallait compter.

— Dites donc, lança la vieille dame, vous allez à la pêche, là, et n'essayez pas de me faire croire le contraire, hein. Je ne suis pas idiote. Donc je vous conseille de décoller votre petit cul de ce canapé et de quitter cette maison avant que j'appelle les flics pour leur demander de vous assister dans votre petit jeu de questions.

— Miss Atkins-Ward, s'il vous plaît. Si je vous ai offensée… Ça fait partie de mon travail et…

Ulrike pataugeait. Il lui aurait fallu une touche de délicatesse pour s'en sortir mais cela ne venait pas. Elle ne possédait pas la pointe de machiavélisme que sa position chez Colossus aurait exigée de temps en temps. Trop honnête, se dit-elle. Trop frontale avec les gens. Il faudrait qu'elle se débarrasse de cette tendance ou du moins qu'elle soit capable de la mettre à l'occasion sous le tapis. Elle avait plus qu'intérêt à s'entraîner au mensonge pour espérer obtenir des informations utiles.

Miss A-W, elle le savait, signalerait sa visite à Jack. Elle avait beau y réfléchir, elle ne voyait aucun moyen de l'éviter à part en assommant la vieille dame d'un coup de lampe pour l'expédier à l'hôpital.

— Si je vous ai blessée… si je m'y suis mal prise… j'aurais dû faire preuve d'un peu plus de délicatesse en…

— Vous avez un problème d'audition ? interrompit Miss A-W en secouant son déambulateur. Vous vous en allez ou faut-il que je me fasse comprendre plus clairement ?

Et elle le ferait, pensa Ulrike. C'était le plus dingue. On ne pouvait qu'admirer une femme pareille. Elle avait tenu tête au monde et elle avait gagné, sans rien devoir à personne.

Ulrike n'avait pas d'autre solution que de quitter la pièce à reculons. Ce qu'elle fit, en bredouillant des sons d'excuse dans l'espoir que cela suffirait à dissuader Miss A-W d'alerter la police et de dire à Jack que sa directrice était venue se renseigner à son sujet. Ses chances de voir l'une ou l'autre de ces possibilités se réaliser étaient maigres. Quand Miss A-W proférait une menace, elle la mettait à exécution.

Ulrike se hâta de regagner la rue, navrée de l'ineptie de son plan et de sa propre bêtise. D'abord Griff, et maintenant Jack. Il en restait deux, et Dieu seul savait dans quel merdier elle allait se mettre avec ceux-là.

Elle monta sur son vélo et regagna Tower Bridge Road à grands coups de pédale. Ça irait pour aujourd'hui, décida-t-elle. Elle rentrait chez elle. Elle avait besoin d'un verre.

La lumière du jour déclinait, et des pinceaux de phares s'entrecroisaient déjà le long de Gabriel's Wharf quand Nkata arriva en voiture. Le froid avait chassé les passants des trottoirs et, hormis la mercière qui balayait le pas de sa boutique bigarrée, personne ne traînait dans le secteur. La plupart des commerces étaient pourtant encore ouverts, et Nkata constata que c'était apparemment aussi le cas de Mr Sandwich malgré les horaires affichés : deux Blanches d'un certain âge, l'une et l'autre deux vêtues d'un vaste tablier, étaient en train de nettoyer derrière le comptoir.

À Crystal Moon, Gigi l'attendait. Elle avait déjà fermé boutique mais, dès qu'il eut frappé, elle surgit de l'ombre. Jetant un rapide coup d'œil autour d'elle, comme si elle craignait d'être espionnée, elle ouvrit la porte et l'invita à entrer avec un geste de conspiratrice. Puis elle referma à double tour derrière lui.

Son premier mot incita Nkata à se demander ce qu'il faisait là.

— Du persil.

— Quoi ? Vous m'aviez dit...

— Venez par ici, sergent. Il faut que je vous explique.

Elle le mena à la caisse et lui désigna le grand livre ouvert à côté. Nkata reconnut le vieux grimoire de sa première visite, lorsqu'il avait eu affaire à la grand-mère de Gigi.

— Je n'en ai pas pensé grand-chose quand il est venu, commença-t-elle. Pas au début. Parce que l'huile de persil – c'est ce qu'il a acheté – a toutes sortes de vertus. Vous voyez, c'est une sorte de produit miracle : diurétique, antispasmodique, stimulant des muscles de l'utérus, bon pour l'haleine. Si vous en plantez à côté d'un rosier, ça améliore même le parfum des fleurs, je ne plaisante pas. Et tout ça sans même parler de ses multiples usages en cuisine, alors, quand il en a acheté, je n'ai pas pensé... sauf que je savais que vous l'avez à l'œil, n'est-ce pas, alors à force d'y penser – même s'il n'a pas une fois parlé d'huile d'ambre gris – j'ai décidé de jeter un œil à mon livre pour voir à quoi d'autre ça pouvait servir. Je n'ai pas tout en tête, vous comprenez. Je devrais peut-être, mais il y a vraiment des milliards de trucs et ça ne tient pas dans un seul cerveau.

Elle passa derrière son comptoir et fit pivoter le livre de plantes médicinales de manière que Nkata puisse lire. Même ainsi, elle parut éprouver le besoin de le préparer à ce qu'il allait apprendre.

— Attention, ça ne veut peut-être rien dire du tout, c'est même presque sûr, et donc vous devez me jurer que vous ne direz pas à Robbie que je vous ai alerté là-dessus. On va devoir continuer à travailler l'un à côté de l'autre, lui et moi, et la haine entre voisins, il n'y a rien de pire. Pouvez-vous me promettre que vous ne lui direz pas ? Que vous êtes au courant pour son huile de persil, je veux dire. Et que je vous en ai parlé ?

Nkata secoua la tête.

— Si ce mec est notre tueur, je peux rien vous promettre. Quand on trouve un truc susceptible de servir au procès de quelqu'un, ça part au ministère public, et eux voudront vous interroger en qualité de témoin potentiel. Mais vu que je sais pas du tout en quoi le persil pourrait nous faire avancer pour le moment, je crois que c'est à vous de décider de ce que vous avez envie de me dire.

Elle le dévisagea en inclinant la tête.

— Je vous aime bien. N'importe quel autre flic aurait menti. D'accord, je vais vous expliquer.

Elle lui montra le paragraphe traitant de l'huile de persil. En magie des plantes, il représentait le triomphe. On l'utilisait aussi pour chasser les monstres venimeux. Semée le vendredi saint, la plante avait le pouvoir de neutraliser la malveillance. Sa force résidait dans sa racine et dans ses graines.

Mais ce n'était pas tout.

— Huile aromatique, lut Nkata. Huile fixe, médicinale, culinaire, baume, encens et parfum.

Il se pinça pensivement le menton. Aussi intéressantes fussent-elles, il ne voyait pas quoi faire de ces données.

— Alors ? fit Gigi avec dans la voix une excitation sous-jacente. Qu'est-ce que vous en dites ? J'ai eu raison de vous prévenir ? Il n'avait pas mis les pieds ici depuis une éternité, vous voyez, et quand il est entré dans la boutique, j'ai... eh bien, pour être franche, j'ai eu une de ces trouilles... Je ne savais pas trop ce qu'il venait faire, donc j'ai essayé de faire comme si tout était normal, mais je l'ai observé en m'attendant à ce qu'il me demande de l'huile d'ambre gris, et s'il l'avait fait je crois bien que je serais tombée raide. Alors quand au lieu de ça il a pris de l'huile de persil, comme je vous disais, je n'y ai pas trop réfléchi. Jusqu'à ce que je lise ce truc sur le triomphe, les démons, le mal et... C'est là que j'ai compris que je devais vous prévenir. Parce que si je ne le faisais pas, s'il arrivait quelque chose à quelqu'un et si on découvrait que c'était Robbie le... Ce n'est pas que je le soupçonne une seule seconde, mon Dieu surtout ne lui dites jamais ça, vu qu'il nous est même arrivé de prendre un verre ensemble, comme je vous l'ai dit l'autre jour.

— Vous avez gardé le ticket de caisse ?

— Oh, absolument. Il a réglé en liquide, il n'a rien acheté d'autre. Le ticket est ici.

Elle fit tinter quelque chose sur sa caisse pour l'ouvrir, souleva le tiroir où les billets étaient classés par ordre de valeur, et récupéra dessous un petit rectangle de papier qu'elle tendit à Nkata. Elle avait inscrit « Huile de persil achetée par Rob Kilfoyle ». « Huile de persil » était souligné deux fois.

Nkata ne voyait pas trop comment ils allaient pouvoir exploiter le fait qu'un de leurs suspects avait acheté de l'huile de persil, mais il prit le ticket de caisse des mains de Gigi et le plia en deux avant de le glisser dans son calepin de cuir. Il remercia la jeune femme de sa vigilance et la pria de le recontacter au cas où Robbie Kilfoyle – ou n'importe qui d'autre – viendrait lui acheter de l'huile d'ambre gris.

Il était en train de quitter les lieux lorsqu'une pensée lui traversa l'esprit ; il s'arrêta sur le seuil et s'essaya à une ultime question.

— Il y a une chance pour qu'il vous ait fauché de l'huile d'ambre gris pendant son passage ?

Gigi secoua la tête. Elle ne l'avait pas quitté des yeux une seule seconde. Il était impossible qu'il soit ressorti avec quelque chose sans s'être présenté avec au comptoir et l'avoir dûment réglé. Rigoureusement impossible.

Nkata hocha la tête mais n'en continua pas moins de s'interroger. Il quitta la boutique, marqua un temps d'arrêt à l'extérieur et jeta un regard à Mr Sandwich, où les deux femmes en tablier travaillaient toujours. Un écriteau « fermé » venait d'être accroché derrière la vitre. Il sortit sa carte de police et se dirigea vers la porte. Il y avait une possibilité concernant l'huile de persil qu'il devait vérifier.

Quand il frappa, elles levèrent la tête à l'unisson. La plus enrobée des deux vint lui ouvrir. Il lui demanda s'il pouvait lui dire un mot, et elle répondit oui, bien sûr, entrez donc monsieur l'agent. Elles allaient justement rentrer chez elles et il avait de la chance de les trouver là.

Il passa à l'intérieur. Immédiatement, la grosse remorque jaune parquée dans un coin attira son regard. « Mr Sandwich » était peint dessus en lettres appliquées, ainsi qu'une baguette anthropomorphe de bande dessinée au visage croûteux coiffé d'un haut-de-forme, dotée de bras arachnéens et d'une paire de jambes. Sûrement la remorque de livraison de Robbie Kilfoyle. Kilfoyle lui-même et son vélo devaient être rentrés chez eux depuis longtemps.

Nkata déclina son identité aux deux femmes, qui à leur tour se présentèrent comme Clara Maxwell et sa fille Val. Cette information lui causa une certaine surprise car elles ressemblaient plus à deux sœurs qu'à une mère et sa fille, une impression moins due à l'apparente jeunesse de Clara qu'aux traits flasques et à l'incompétence vestimentaire de Val. Nkata hocha la tête d'un air amical. Val resta à distance derrière le comptoir, à tendre l'oreille autant qu'à poursuivre son nettoyage. Ses yeux faisaient constamment la navette entre Nkata et sa mère, qui avait endossé le rôle de porte-parole.

— Je peux vous poser quelques questions sur Robbie Kilfoyle ? demanda Nkata. Il travaille pour vous, c'est ça ?

— Il n'a pas d'ennuis, rétorqua Clara.

Cette affirmation fut proférée avec un regard en direction de Val, qui hocha la tête en signe d'assentiment.

— C'est lui qui livre vos sandwiches, c'est bien ça ?

— Oui. Depuis... ça fait combien, Val ? Trois ans ? Quatre ?

Val hocha de nouveau la tête. Ses sourcils s'étaient rejoints, manière de démontrer sa préoccupation. Elle se retourna vers un placard d'où elle sortit un balai et une pelle. Elle se mit à balayer derrière le comptoir.

— Ça doit faire presque quatre ans, dit Clara. Un jeune homme adorable. Il apporte leurs sandwiches à nos clients – on fait aussi des chips, des pickles et des salades de pâtes – et il revient avec l'argent. Sans qu'il ait jamais manqué ne serait-ce que dix pence à la recette.

Val redressa brusquement la tête.

— Ah, oui, fit sa mère, j'avais oublié. Merci, Val. C'est vrai qu'il y a eu cette fois-là, hein ?

— Quelle fois ?

— Juste avant la mort de sa mère. Ce devait être en décembre, pas l'année dernière mais celle d'avant. Un jour, on a remarqué qu'il manquait dix livres. Il s'est avéré qu'il les avait empruntées pour acheter des fleurs à sa maman. Elle était en maison médicalisée, vous comprenez. Alzheimer, la pauvre. Il lui a apporté… je ne sais pas… des tulipes ? Est-ce qu'on peut trouver des tulipes en cette saison ? Peut-être autre chose ? En tout cas, Val a raison. J'avais oublié cette histoire. Mais il a tout de suite reconnu les faits quand je lui ai posé la question, n'est-ce pas, et il m'a remboursé la somme dès le lendemain. Après ça, rien. Un garçon en or. On ne pourrait pas continuer sans lui parce qu'on travaille surtout en livraison et, pour ça, il n'y a pas mieux que Rob.

Val leva de nouveau les yeux. Elle chassa une mèche de son visage.

— Voyons, tu sais bien que c'est vrai, l'admonesta doucement Clara. Tu as beau dire, tu ne pourrais pas faire toutes ces livraisons toi-même, ma chérie.

— Est-ce qu'il se charge aussi de faire des achats pour vous ? interrogea Nkata.

— Quel genre d'achats ? Les sachets en papier, ce genre-là ? La moutarde ? L'emballage des sandwiches ? Non, on se fait presque tout livrer.

— Je pensais plutôt à… peut-être des ingrédients. Il vous a déjà acheté de l'huile de persil ?

— De persil ? (Clara se tourna vers Val pour s'assurer de son incrédulité.) De l'huile de persil, vous dites ? Je ne savais même pas que ça existait. Bien sûr, je suppose que ça se fait, hein ? De l'huile de noix, de l'huile de sésame, de l'huile d'olive, de l'huile de tournesol. Alors pourquoi pas de l'huile de persil ? Mais non, Jack n'en a jamais acheté pour Mr Sandwich. Je ne saurais vraiment pas quoi en faire.

Val émit un son, une sorte de gargouillis. Ce qu'entendant, sa mère se pencha au-dessus du comptoir et l'apostropha les yeux dans les yeux. Savait-elle quelque chose sur Robbie et l'huile de persil ?

questionna-t-elle. Si c'était le cas, chérie, il fallait le dire au sergent immédiatement.

— Rien, marmonna Val en glissant un regard vers Nkata.

Ce fut son seul commentaire intelligible de tout l'entretien.

— J'imagine qu'il a pu s'en servir pour cuisiner, tenta Nkata. Ou pour son haleine. Elle est comment, son haleine ?

Clara éclata de rire.

— Personnellement je n'ai rien remarqué, mais j'oserais presque dire que notre Val l'a approché d'assez près pour en avoir un petit aperçu. Comment est-elle, trésor ? Bonne ? Mauvaise ?

Val jeta à sa mère un regard noir et se réfugia dans ce qui semblait être une arrière-cuisine. Clara expliqua à Nkata que sa fille « en pinçait un peu » pour le livreur. Non pas que cela ait des chances de déboucher sur quelque chose, évidemment. Le sergent avait sans doute remarqué que Val avait un léger problème de communication.

— J'ai cru que Robbie Kilfoyle pourrait être le bon numéro pour la sortir de son monde, confia Clara en baissant le ton, et c'est même une des raisons pour lesquelles je l'ai embauché. Il n'avait pas grand-chose en termes de références – c'est à cause de sa maman, elle était malade depuis si longtemps – mais j'ai plutôt vu ça comme un avantage sur le plan des sentiments. Il ne viserait pas trop haut, ai-je pensé. Pas comme les autres garçons pour qui Val, voyons les choses en face, le pauvre ange, n'est pas exactement le trophée du siècle. Mais ça n'a rien donné. Pas d'étincelle entre eux, vous comprenez. Ensuite, quand sa mère est décédée, j'ai cru qu'il s'ouvrirait un peu. Mais ça n'est jamais arrivé. C'est plutôt comme si la vie avait quitté ce garçon.

Elle jeta un coup d'œil vers l'arrière-cuisine et ajouta en un souffle :

— Dépression. Ça peut vous démolir si vous n'y prenez pas garde. J'ai connu ça moi-même à la mort du père de Val. Ça n'a pas été brutal, bien sûr, et au moins j'ai eu un peu de temps pour m'y préparer. Mais ça ne fait aucune différence une fois que l'autre n'est plus là, pas vrai ? Il y a ce vide, et pas moyen de le contourner. On y fait face toute la journée. Val et moi avons ouvert cette boîte à cause de ça.

— À cause de… ?

— De la mort de son père. Il nous a laissé ce qu'il fallait, je veux dire de quoi vivre. Mais on ne peut pas rester chez soi à fixer les murs. Il faut bien continuer à vivre.

Elle s'interrompit, dénoua son tablier. En le déposant sur le comptoir après l'avoir plié avec soin, elle hocha la tête comme si elle venait de se révéler quelque chose à elle-même.

— Vous savez, je crois que je dirai un mot à notre Robbie là-dessus. La vie doit continuer.

Elle jeta un regard furtif à l'arrière-cuisine.

— Et puis c'est qu'elle est bonne cuisinière, notre Val. Ce n'est pas quelque chose qu'un jeune homme en âge de se marier devrait regarder de trop haut. Juste parce qu'elle est du genre discret… En fin de compte, qu'est-ce qui est le plus important ? La conversation ou un bon repas ? Un bon repas, n'est-ce pas ?

— Ce n'est pas moi qui vais vous contredire.

Clara sourit.

— Ah bon ?

— La plupart des hommes aiment bien manger.

— Exactement !

Et Nkata s'aperçut qu'elle le regardait tout à coup d'un œil neuf.

Ce qui lui indiqua qu'il était temps de la remercier et de lever l'ancre. Il ne voulait même pas penser à la réaction de sa mère s'il se pointait à la maison au bras de Val.

— J'exige des explications.

Ce furent les premiers mots de l'adjoint au préfet à Lynley lorsqu'il franchit le seuil. Il n'avait pas attendu d'être annoncé par Dee Harriman et s'était contenté de lancer un « Il est là ? » aussi bref que cassant avant de s'engouffrer dans la pièce.

Lynley, assis derrière son bureau, était en train de comparer le rapport d'autopsie de Davey Benton à ceux des meurtres précédents. Il repoussa le dossier, ôta ses lunettes de lecture et se leva.

— Dee m'a dit que vous vouliez me voir.

Il indiqua la table de conférence.

Hillier refusa cette invitation silencieuse.

— Je viens d'avoir une discussion avec Mitch Corsico, commissaire.

Lynley attendit. Il avait anticipé cela dès l'instant où il avait court-circuité le projet de Corsico de faire un papier sur Winston Nkata et comprenait assez les mécanismes mentaux de Hillier pour savoir qu'il devait lui laisser son mot à dire.

— Expliquez-vous, exigea celui-ci.

Le ton était maîtrisé, et Lynley dut lui accorder le mérite d'être descendu en territoire ennemi avec l'intention de garder son sang-froid aussi longtemps que possible.

— Saint James jouit d'une réputation internationale, monsieur. La Met a engagé tous les moyens en œuvre dans cette affaire – par exemple en intégrant un expert indépendant à l'équipe – et j'ai pensé que c'était quelque chose qui méritait d'être mis en lumière.

— C'est votre idée ?

— En gros, oui. Quand j'ai mesuré à quel point un portrait de Saint James pourrait renforcer la confiance de l'opinion vis-à-vis de notre travail...

— Ce n'était pas à vous d'en décider.

Lynley continua sur sa lancée.

— ... et quand j'ai comparé ce surcroît de confiance à ce qu'on aurait gagné en faisant à la place le portrait de Winston Nkata...

— Vous reconnaissez donc que vous avez agi pour lui barrer l'accès à Nkata ?

— ... il m'est apparu probable que nous tirerions un bénéfice politique plus important en faisant savoir à l'opinion que nous avons renforcé notre équipe en recrutant un expert qu'en braquant les projecteurs sur un officier noir et en lavant son linge sale en public.

— Corsico n'avait aucune intention de...

— Il a tout de suite posé des questions sur le frère de Winston, coupa Lynley. J'ai même eu l'impression que quelqu'un l'avait briefé sur le sujet pour qu'il sache sous quel angle aborder son interview, monsieur.

Le visage de Hillier s'empourpra violemment. Le feu lui monta aux joues comme un liquide rubis juste sous la peau.

— Je ne veux même pas penser à ce que vous insinuez.

Lynley fit un gros effort pour répondre calmement.

— Monsieur, permettez-moi d'essayer d'être clair. Vous êtes sous pression. Je suis sous pression. La population est en émoi. La presse est brutale. Quelque chose doit être fait pour rassurer l'opinion, j'en suis conscient, mais je ne peux pas laisser un journaliste de tabloïd fouiller dans le passé personnel de nos enquêteurs.

— Vous n'avez pas à dire oui ou non à des décisions qui ont été prises au-dessus de votre tête. Vous me comprenez ?

— Je dirai oui ou non chaque fois que ce sera nécessaire et je le ferai chaque fois que je sentirai que quelque chose risque d'affecter le travail d'un de mes hommes. Un article sur Winston, mettant en vedette son pitoyable frère, parce que vous savez comme moi que la *Source* avait l'intention de placer la tête de Harold en regard de celle de Winston… Caïn et Abel, Esaü et Jacob, l'enfant prodigue qui n'est jamais revenu et qui n'a aucune chance de revenir… appelez ça comme vous voudrez… un papier sur Winston au moment même où il doit déjà subir les effets d'une exposition publique aux conférences de presse… Ça ne va pas, monsieur.

— Vous osez me dire que vous savez mieux que nous comment gérer les médias ? Que vous vous sentez capable de dire, juché sur votre piédestal inaccessible au commun des mortels…

— Monsieur.

Lynley ne voulait pas d'un combat dans la boue avec l'adjoint au préfet. Il chercha en hâte une autre voie.

— Winston est venu me trouver.

— Pour vous demander d'intervenir ?

— Pas du tout. Il roule pour l'équipe. Mais il m'a dit que Corsico envisageait son article sous l'angle du bon frère contre le mauvais frère et qu'il s'inquiétait de ce que ses parents…

— Je me fous de ses parents ! (Le ton de Hillier monta précipitamment.) Il a une histoire et je veux qu'elle soit racontée. Je veux qu'elle soit vue. Je veux que ça se passe comme ça et je veux que vous fassiez ce qu'il faut pour.

— Je ne peux pas.

— Vous n'allez pas me…

— Attendez. Je me suis mal exprimé. Je ne veux pas.

Lynley enchaîna avant que Hillier ait eu une chance de réagir, en s'exhortant à garder son calme parce qu'il fallait rester dans la course.

— Monsieur, que Corsico ait fouillé dans mon passé, c'est une chose. Il l'a fait avec ma bénédiction et il pourra continuer si c'est le prix à payer pour conforter la position de la Met. Mais le faire à un de mes hommes, c'est autre chose, surtout quand l'intéressé n'en veut pas, ni pour lui ni pour sa famille. Je dois respecter ça. Vous aussi.

Il sentit à la seconde même où elle quitta ses lèvres qu'il n'aurait pas dû prononcer la dernière phrase. C'était exactement ce qu'attendait Hillier.

— Vous avez perdu les pédales !

— C'est votre façon de voir. La mienne, c'est que Winston Nkata refuse de participer à une campagne de propagande visant à caresser dans le sens du poil une catégorie de gens qui se sentent régulièrement trahis par la Met. Je ne lui en veux pas. Je ne l'en blâmerai pas. Et je ne lui ordonnerai pas d'obtempérer. Si la *Source* a l'intention d'étaler ses problèmes familiaux à la une d'un de ses prochains numéros, ce sera...

— Ça suffit !

Hillier était sur le fil, prêt à basculer dans quelque chose qui était soit une crise de rage, soit une crise de nerfs, soit un geste qu'ils regretteraient l'un comme l'autre.

— Espèce de faux jeton de... Vous débarquez ici après toute cette vie de privilèges et vous osez... merde, vous osez... vous, me dire...

Ils virent tous deux Harriman au même instant, livide dans l'encadrement de la porte laissée ouverte par Hillier. À l'évidence, pensa Lynley, tous les tympans de l'étage avaient été agressés par la force de l'animosité qui venait d'exploser entre l'adjoint au préfet et lui.

— Foutez-moi le camp d'ici ! cria Hillier à la secrétaire. Qu'est-ce qui vous prend ?

Et il marcha vers la porte, probablement pour la lui claquer au nez.

De façon absolument inattendue, Dee leva une main pour s'opposer à lui, et tous deux tendirent le bras vers la porte en même temps.

— Attendez dehors que j'aie…

— Monsieur, monsieur, interrompit-elle. Il faut que je vous parle.

Lynley vit, incrédule, que ces paroles s'adressaient non pas à lui mais à Hillier. Elle est devenue folle, pensa-t-il. Elle compte vraiment s'interposer.

— Dee, lâcha-t-il, ce n'est pas nécessaire.

Elle ne le regardait pas.

— Si, insista-t-elle, les yeux toujours fixés sur Hillier. Si. C'est nécessaire. Monsieur. S'il vous plaît.

Ce dernier mot fut arraché aux profondeurs de sa gorge, comme s'il y était coincé et voulait y rester.

Hillier empoigna la secrétaire par le bras et l'entraîna hors de la pièce.

Les événements s'enchaînèrent ensuite de façon aussi rapide qu'incompréhensible.

Il y eut des éclats de voix à l'extérieur et Lynley se dirigea vers la porte pour voir ce qui se passait. À peine eut-il fait deux pas que Simon Saint James entra dans le bureau.

— Tommy.

Et Lynley vit. Vit et comprit sans avoir eu la volonté ne fût-ce que d'accéder à un début de compréhension. Ni de trouver une raison à la présence de Saint James dans son bureau – présence dont il n'avait pas été informé mais dont Harriman, elle, était évidemment avertie…

721

Il entendit un « Oh, mon Dieu » fuser quelque part. Saint James tressaillit. Ses yeux, remarqua Lynley, étaient rivés sur lui.

— Qu'y a-t-il ? Qu'est-ce qui s'est passé, Simon ?

— Il faut que tu viennes, Tommy. Helen…

Sa voix se brisa.

Lynley se souviendrait toujours de cela – la voix de son vieil ami s'était brisée le moment venu – et il se souviendrait toujours de ce que cette brisure disait de leur amitié et de la femme qu'ils aimaient tous deux depuis tant d'années.

— Elle est à l'hôpital St Thomas, dit Saint James.

Le bord de ses yeux était rougi et il se racla péniblement la gorge.

— Tommy, il faut que tu viennes avec moi, tout de suite.

28

En quittant l'appartement de Berkeley Pears, Barbara Havers prépara son coup suivant. Une petite visite à Barry Minshall, au commissariat de Holmes Street, par exemple, histoire de voir ce qu'il y avait encore à puiser dans l'égout de son cerveau.

Elle était en train de remonter le couloir en direction de l'escalier quand le son lui parvint. À mi-chemin entre le cri et le râle d'une personne mourant par strangulation, et elle s'arrêta net. Attendit que le cri se répète, et effectivement il se répéta. Rauque, éperdu... Elle mit un certain temps à comprendre qu'il s'agissait d'un chat.

— Merde.

Cela ressemblait tout à fait à... Elle rapprocha ce son du hurlement que quelqu'un de l'immeuble avait entendu la nuit du meurtre de Davey Benton et, cette association étant faite, elle se rendit compte qu'il était fort possible que son déplacement à Walden Lodge ait été un exercice parfaitement inutile.

Le chat miaula de nouveau. Barbara n'était pas experte en félins mais elle crut néanmoins reconnaître une voix fêlée de siamois. Aussi méchantes ces boules de poil fussent-elles, elles avaient tout de même le droit de...

Boules de poil. Barbara regarda du côté de la porte derrière laquelle le chat venait de se manifester une nouvelle fois. Poil de chat, bordel de merde. On avait retrouvé un poil de chat sur le corps de Davey Benton.

Elle partit à la recherche de la gardienne de l'immeuble. Questionné, le serpilleur l'orienta vers un appartement du rez-de-chaussée. Elle frappa à la porte.

Au bout de quelques secondes, une voix de femme lança un « Qui est-ce, s'il vous plaît ? » sur un ton qui suggérait qu'elle avait déjà maintes fois dû ouvrir sa porte à un visiteur inopiné.

Barbara s'identifia. Plusieurs verrous furent tirés et la gardienne de l'immeuble apparut devant elle : Morag McDermott, c'était son nom. Que lui voulait encore la police parce que Dieu savait si elle leur avait dit tout ce dont elle se souvenait la dernière fois qu'ils étaient venus lui poser des questions sur « cette atroce histoire du bois » !

Barbara sentit qu'elle avait interrompu Morag McDermott en pleine sieste. Malgré la saison, elle portait une fine robe de chambre sous laquelle son corps squelettique était visible, et ses cheveux étaient aplatis d'un côté. Les reliefs aisément reconnaissables d'une courtepointe en chenille s'étaient imprimés sur sa joue telle une cellulite faciale.

— Comment êtes-vous entrée dans l'immeuble, au nom du ciel ? ajouta-t-elle sèchement. Montrez-moi tout de suite votre carte.

Barbara la sortit et lui relata l'épisode des serpilleurs et de la porte d'entrée. La gardienne réagit en sortant un bloc de papier autocollant du tiroir d'une console et en écrivant rageusement quelques mots dessus. Barbara prit ceci pour une invitation à entrer, ce qu'elle fit pendant que Morag McDermott collait d'une claque son pense-bête sur le mur voisin de la porte, où frémissaient déjà deux messages similaires. Ce mur allait bientôt ressembler à un tableau de prières.

Pour son rapport mensuel au syndic, expliqua Morag à Barbara en replaçant le petit bloc jaune dans son tiroir. Et maintenant, si la constable voulait bien la suivre par ici, dans le séjour…

À l'entendre, des indications étaient indispensables pour atteindre la pièce en question, qui en réalité ne se trouvait qu'à cinq pas de la porte d'entrée. Le plan de l'appartement était identique à celui de Berkeley Pears mais inversé, puisqu'il donnait non sur le bois mais sur la rue. Le décor, en revanche, était profondément dissemblable. Si le logement de Pears était en état de subir avec succès l'inspection d'un sergent instructeur, celui de Morag était un hymne au désordre et au mauvais goût. C'était surtout la faute aux chevaux, exposés par centaines, sur toutes les surfaces, de toutes les tailles et de tous les matériaux possibles : du plastique au caoutchouc. On se serait cru dans une version délirante du Grand National.

Barbara se faufila au ras d'une table basse sur laquelle paradaient des lipizzans dressés sur leurs membres postérieurs. Elle pénétra dans la pièce par le seul chemin possible, qui menait à un canapé sur lequel s'amoncelait une douzaine de coussins équestres. Ce fut là qu'elle se posa. Elle commençait à transpirer et comprit pourquoi la gardienne portait une robe de chambre aussi fine en plein hiver. Il régnait une chaleur d'été jamaïcain dans l'appartement, qui par ailleurs empestait aussi fort que s'il n'avait pas été aéré depuis l'arrivée de Morag dans l'immeuble.

Aller droit au but étant la meilleure option en termes de survie, Barbara aborda donc sans perdre un instant la question du chat. Alors qu'elle s'apprêtait à quitter l'immeuble, raconta-t-elle, elle avait entendu les appels d'un animal en détresse. Elle se demandait si Morag était au courant de quelque chose. Il lui avait semblé – malgré son oreille de profane puisqu'elle n'avait jamais possédé d'autre animal qu'une gerbille – que c'était sérieux. Un chat siamois, peut-être, ajouta-t-elle d'un ton serviable. Sans doute à l'appartement numéro 5.

— C'est Mandy, répondit promptement Morag McDermott. La chatte d'Esther. Elle est en vacances. Esther, bien sûr, pas sa chatte. Elle se taira dès que le fils d'Esther sera venu la nourrir. Il n'y a pas de quoi vous inquiéter.

Le bien-être de l'animal était le cadet des soucis de Barbara, qui laissa néanmoins se poursuivre le flux de la conversation. Il fallait qu'elle entre dans cet appartement et elle ne voulait pas attendre d'avoir un mandat. Mandy miaulait frénétiquement, déclara-t-elle sur un ton grave à la gardienne. Certes, elle ne connaissait pas grand-chose aux félins, mais elle pensait que la situation méritait d'être examinée de visu. Soit dit en passant, Berkeley Pears lui avait déclaré que les chats n'étaient pas admis dans l'immeuble. Avait-il pris quelques libertés avec la vérité ?

— Celui-là, il raconterait n'importe quoi. Bien sûr que les chats sont admis dans l'immeuble. Les chats, les poissons, et les oiseaux.

— Mais pas les chiens ?

— Ça, il le savait avant d'emménager, constable.

Barbara hocha la tête. Oui, bon, les gens et leurs bêtes… On en voyait de toutes les couleurs, n'est-ce pas ? Elle revint sur l'appartement 5.

— Cette chatte… Mandy. Elle a l'air… Enfin, se pourrait-il que le fils ne soit pas venu la nourrir depuis un certain temps ? Vous l'avez vu récemment ? Entrer ou sortir ?

Morag réfléchit en resserrant le col de sa robe de chambre autour de son cou. Elle admit qu'elle n'avait pas vu le fils dans les parages depuis quelque temps, mais ça ne voulait pas dire qu'il n'était pas venu. Il était entièrement dévoué à sa mère. Tout le monde n'avait pas la chance d'avoir un tel fils.

Néanmoins… Barbara offrit un sourire qui se voulait engageant. Peut-être feraient-elles mieux d'aller jeter un coup d'œil… ? Pour le bien de la chatte ? Il se pouvait que le fils ait eu un empêchement, n'est-ce pas ? Un accident de voiture, une crise cardiaque, un enlèvement par des extraterrestres… ?

Une de ses suggestions au moins dut faire mouche car Morag hocha pensivement la tête et lâcha un « Oui, peut-être qu'on devrait aller voir… » avant de s'approcher d'un placard d'angle et de l'ouvrir, révélant un panneau intérieur tapissé de petits crochets auxquels étaient fixées des clés.

Toujours vêtue de sa robe de chambre, Morag la précéda jusqu'à l'appartement 5. Le silence régnait derrière la porte et Barbara crut un instant que son stratagème allait échouer. Mais à l'instant où Morag disait « Franchement, je n'entends… », Mandy, coopérative, lâcha un hurlement. Avec un « Oh, mon Dieu », la gardienne s'empressa de déverrouiller la porte et de l'ouvrir. La chatte s'échappa comme un détenu qui se voit offrir une possibilité d'évasion inespérée. Elle disparut derrière le coin du couloir, en direction de l'escalier et certainement de la liberté qui l'attendait derrière la porte d'entrée, toujours bloquée en position ouverte par le seau des serpilleurs.

Morag ne l'entendait pas de cette oreille ; elle se lança à ses trousses. Barbara entra dans l'appartement.

La première chose qui la frappa fut la violente odeur d'urine. D'urine de chat, supposa-t-elle. Personne n'avait changé la litière de la pauvre bête depuis des jours et des jours. Les fenêtres étaient closes et les rideaux mis, ce qui ne faisait qu'exacerber le phénomène. Il n'y avait rien d'étonnant à ce que la chatte se soit ruée vers l'extérieur. Elle aurait fait n'importe quoi pour une bouffée d'air frais.

Barbara referma la porte malgré la puanteur, histoire d'être avertie du retour de Morag lorsque celle-ci devrait de nouveau introduire sa clé dans la serrure. L'obscurité des lieux s'accentua ; elle écarta les rideaux et constata que l'appartement 5, comme celui de Berkeley Pears, donnait sur l'arrière de la résidence.

Elle se détourna de la fenêtre et inspecta la pièce du regard. Tout le mobilier arrivait en droite ligne des années soixante : canapé et fauteuils en vinyle, tables d'angle d'un style autrefois baptisé « danois moderne », figurines naïves en forme d'animaux à l'expression anthropomorphique. Plusieurs bols garnis de pot-pourri – tentative manifeste pour débarrasser l'air ambiant de son odeur de chat – avaient été posés sur des têtières de dentelle reconverties en napperons. Barbara remarqua celles-ci avec une bouffée de satisfaction : le pagne de Kimmo Thorne, à St George's Gardens. L'horizon était indéniablement en train de s'éclaircir.

Elle se mit à fureter en quête de signes d'occupation récente – d'occupation mortelle – et trouva le premier dans la cuisine : une assiette, une fourchette, un verre dans l'évier.

Tu leur as fait manger quelque chose avant de les violer, hein, mon salaud ? Ou tu as cassé toi-même une petite croûte pendant que le gamin te régalait d'un tour de magie que tu as applaudi et pour lequel tu lui avais promis une très jolie récompense ? Viens donc un peu plus près, Davey, mon grand. Bon Dieu, ce que tu es joli garçon. On ne te l'a jamais dit ? Non ? Mais comment donc ? Ça saute aux yeux.

Par terre, dans un coin, une gamelle débordait de croquettes pour chat mais le grand bol posé à côté était vide. En se servant d'un torchon, Barbara porta celui-ci à l'évier et le remplit. Ce n'était pas la faute de la chatte. Inutile de la laisser souffrir plus longtemps. Et souffrir, Mandy savait ce que c'était, depuis la nuit du meurtre de Davey Benton. Car pour rien au monde le tueur n'aurait pu se permettre de revenir dans ce fichu immeuble après la mort de Davey, en tout cas pas tant que la rue grouillait de flics en quête de témoins.

Barbara revint de la cuisine au séjour, cherchant toujours des signes. Il avait dû· violer et étrangler Davey quelque part dans cet appartement, mais le reste, il devait le lui avoir fait après avoir transporté son corps dans le bois.

Elle passa dans la chambre où, comme au salon, elle ouvrit les rideaux et se retourna pour inspecter le décor soudain révélé par la lumière du jour faiblissante. Un lit fait, avec des couvertures et une courtepointe ; une table de chevet supportant un réveille-matin à l'ancienne ; une commode sur laquelle trônaient deux photos encadrées.

Tout cela semblait parfaitement ordinaire, à un détail près : la porte de la penderie était entrebâillée. À l'intérieur, Barbara découvrit une robe de chambre à fleurs de travers sur un cintre. Elle la sortit. La ceinture manquait.

Je vais t'apprendre un tour avec des nœuds, avait-il dû dire, et Barbara croyait presque entendre sa voix enjôleuse. C'est le seul tour que je connaisse, Davey, et crois-moi, tes copains n'en reviendront pas de voir avec quelle facilité tu seras capable de te libérer, même s'ils t'attachent les mains derrière le dos. Tiens. Attache-moi d'abord. Tu vois comment ça marche ? Et maintenant, à moi de t'attacher.

Quelque chose dans ce goût-là, pensa-t-elle. Voilà comment il avait procédé. Ensuite, plaquer le gamin sur le lit. Ne crie pas, Davey. Ne gigote pas. D'accord. Bien. Ne panique pas, mon garçon. Je vais te détacher les mains. Mais n'essaie pas de m'échapper parce que… Putain, mais tu m'as griffé, Davey. Tu m'as fait un mal de chien et maintenant je vais devoir… je t'avais dit de ne pas faire de bruit, hein ? Hein, Davey ? Je ne te l'avais pas dit, espèce de sale petit enculé de mes deux ?

Ou peut-être avait-il utilisé des menottes. Des menottes fluo comme celles que Barry Minshall avait données à Davey. Ou peut-être n'avait-il pas eu besoin de l'entraver, peut-être n'avait-il même pas pensé à l'entraver parce que Davey était beaucoup plus petit que les autres garçons et qu'après tout on n'avait retrouvé aucune marque d'entrave sur ses poignets, à la différence des autres…

Ce qui incita Barbara à marquer une pause. Ce qui lui fit reconnaître qu'elle désirait éperdument que cet appartement de Wood Lane soit la réponse. Ce qui lui indiqua qu'elle était en terrain dangereux, cherchant à plier la réalité pour la faire entrer dans le cadre d'une hypothèse dans la pire tradition des enquêtes bâclées, de celles qui expédiaient des innocents en prison tout simplement parce que les flics étaient lessivés et impatients de rentrer chez eux à temps pour dîner au moins un soir sur dix, parce que leur femme se plaignait et que leurs gosses prenaient un mauvais pli et qu'il était temps de remettre sérieusement les pendules à l'heure et d'ailleurs pourquoi est-ce que tu m'as épousée, Frank ou John ou Dick,

730

si c'est pour être absent nuit et jour pendant des mois d'affilée…

C'était comme ça que les choses se passaient, et Barbara le savait. C'était comme ça que les flics commettaient de terribles bourdes. Elle rangea la robe de chambre dans la penderie et obligea son cerveau à cesser de lui envoyer des images.

Du séjour lui parvint le cliquetis de la clé de Morag dans la serrure. Elle eut tout juste le temps de jeter un rapide coup d'œil aux draps en soulevant la courtepointe, en captant leur léger parfum de lavande. Ils n'avaient aucun secret visible à lui livrer et elle passa à la commode, de l'autre côté de la pièce.

Et là, elle trouva : tout ce dont elle avait besoin. L'une des deux photographies montrait une femme en robe de mariée en compagnie de son époux à lunettes. Sur la seconde, une version nettement plus âgée de la même femme posait sur la jetée de Brighton. À côté d'elle, un jeune homme. Binoclard comme son père.

Barbara prit le second cadre et l'approcha de la fenêtre pour l'étudier de plus près. La voix de Morag s'éleva dans le séjour :

— Vous êtes là, constable ?

Ce à quoi Mandy ajouta un miaulement de siamois.

— Putain de merde, grogna Barbara en fixant la photo prise à Brighton.

En hâte, elle fourra le cadre dans son sac. Elle s'efforça de reprendre une contenance.

— Désolée. Je jetais juste un coup d'œil. Ça me rappelle ma mère. Ce style des années soixante, c'est à fond son truc à elle aussi.

Du pur boniment, mais inévitable. Dans son état actuel, maman n'aurait pas fait la différence entre les années soixante et un sac de pommes de terre.

On entendait Mandy laper bruyamment dans la cuisine.

— Elle était à court d'eau, déclara Barbara en rejoignant la gardienne de l'immeuble dans le séjour. Je lui ai rempli son bol. Elle a tout ce qu'il faut à manger, par contre. Je crois qu'elle a de quoi tenir un bout de temps.

Morag gratifia Barbara d'un regard acéré qui suggérait qu'elle n'était pas entièrement dupe du touchant intérêt de la constable vis-à-vis du chat. Mais elle ne fit aucune tentative pour sonder sa sincérité, et il s'ensuivit un bref échange d'adieux après lequel Barbara s'empressa de déguerpir de l'immeuble et de plonger la main dans son sac pour y récupérer son portable.

Il sonna à la seconde même où elle s'apprêtait à appeler Lynley. Un numéro du Yard.

— Allô… Allô, constable Havers ?

Elle reconnut Dorothea Harriman. Sa voix était atroce.

— C'est moi, fit Barbara. Dee, qu'est-ce qui se passe ?

— Const… const…

Barbara comprit qu'elle pleurait.

— Dee, Dee, calmez-vous. Pour l'amour du ciel, qu'est-ce qui se passe ?

— C'est… sa femme, bégaya Harriman.

— Sa femme ? La femme de qui ?

Barbara sentit une peur ignoble la submerger d'un seul coup parce qu'il n'y avait qu'une seule « femme de » à qui elle pût penser en cet instant, une seule « femme de » susceptible de faire l'objet d'un appel de la secrétaire du département.

— Il est arrivé quelque chose à Helen Lynley ? Est-ce qu'elle a perdu son bébé, Dee ? Qu'est-ce qui se passe ?

732

— Une balle, sanglota Harriman. La femme du commissaire s'est fait tirer dessus.

Lynley vit que Saint James était passé le chercher non pas dans sa vieille MG mais dans une voiture pie, débarquée sirène hurlante de l'hôpital St Thomas. Il fit cette supposition parce que ce fut dans ce même véhicule qu'ils repartirent vers l'autre rive du fleuve, tous deux à l'arrière et deux constables de Belgravia à la mine sombre devant eux. Le trajet fut expédié en quelques minutes qui néanmoins lui parurent durer des heures, le flot de la circulation s'étant ouvert devant eux telle la mer Rouge du début à la fin.

Son vieil ami gardait une main posée sur son bras comme s'il s'attendait que Lynley saute en marche.

— Une équipe de traumatologie s'occupe d'elle, expliqua-t-il. Ils lui ont donné du sang. Du O, paraît-il. Donneur universel. Mais tu sais ça, bien sûr.

Saint James s'éclaircit la gorge et Lynley le regarda. Il pensa à cet instant, de façon tout à fait saugrenue, que Saint James avait autrefois aimé Helen et qu'il avait nourri bien des années plus tôt l'espoir de devenir son mari.

— Où ça ? fit Lynley d'une voix âpre. Simon, j'avais dit à Deborah... je l'ai prévenue qu'elle devait...

— Tommy.

La main de Saint James se resserra.

— Où ? Où ça, Simon ?

— À Eaton Terrace.

— Chez nous ?

— Helen était fatiguée. Elles ont arrêté la voiture et elles ont déchargé les paquets devant la porte d'entrée. Ensuite, Deborah a fait le tour jusqu'au garage avec la Bentley. Puis, quand elle est revenue à pied à la maison…

— Elle n'a rien entendu ? Rien vu ?

— Helen était par terre sur le perron. Au début, Deborah a cru qu'elle s'était évanouie.

Lynley porta une main à son front. Il se pressa les tempes comme si ce geste pouvait l'aider à comprendre.

— Comment est-ce qu'elle a pu croire…

— Il n'y avait quasiment pas de sang. Et son manteau, le manteau d'Helen, était sombre. Il est bleu marine, c'est ça ? Noir ?

Tous deux savaient que la couleur de ce manteau n'avait aucune importance, mais c'était une chose à laquelle se raccrocher et il fallait qu'ils s'y raccrochent pour ne pas avoir à affronter l'impensable.

— Noir, répondit Lynley. Il est noir.

En cachemire, lui tombant presque jusqu'aux chevilles. Elle aimait le porter avec des bottes aux talons si hauts qu'à la fin de la journée, pratiquant l'autodérision, elle trébuchait jusqu'au canapé où elle se laissait tomber, affirmant être la victime inconsciente de chausseurs italiens aux fantasmes de femmes maniant fouets et chaînes. « Tommy, sauve-moi de moi-même, lançait-elle. À part les pieds bandés, il n'y a rien de pire. »

Lynley regarda par la fenêtre. Il vit défiler des visages brouillés et sut qu'ils étaient déjà sur Westminster Bridge, où les passants sur les trottoirs évoluaient au sein de leurs petits mondes que la plainte d'une sirène et la vision d'une voiture pie roulant à toute allure ne feraient qu'effleurer sous la forme d'une seconde de surprise. C'est qui ? C'est quoi ? Puis ils oublieraient parce que cela ne les affectait en rien.

— Quand ? demanda-t-il à Saint James. À quelle heure ?

— Trois heures et demie. Elles voulaient prendre le thé au Claridge mais, comme Helen était fatiguée, elles sont rentrées plus tôt. Elles comptaient le prendre chez vous. Elles avaient acheté… je ne sais pas… des petits gâteaux quelque part, des pâtisseries…

Lynley tenta d'absorber ces informations. Il était cinq heures moins le quart.

— Une heure ? Ça fait plus d'une heure ? Comment est-ce possible ?

Saint James ne répondit pas aussitôt, et Lynley en se retournant vers lui vit à quel point son visage déjà anguleux était creusé.

— Au nom du ciel, Simon, pourquoi ? Plus d'une heure ?

— L'ambulance a mis vingt minutes à arriver.

— Bon Dieu, murmura Lynley. Bon Dieu.

— Et après, je n'ai pas voulu qu'ils te préviennent par téléphone. Il a fallu qu'on attende une deuxième voiture – les agents de la première ont dû rester à l'hôpital… pour poser des questions à Deborah…

— Elle est là-bas ?

— Encore. Oui. Bien sûr. Donc il a fallu qu'on attende. Tommy, je ne pouvais pas les laisser te téléphoner. Je ne pouvais pas te faire une chose pareille, te dire que Helen… te dire que…

— Non. Je vois. Dis-moi le reste. Je veux tout savoir, ajouta-t-il, véhément.

— Ils venaient d'appeler un chirurgien thoracique quand je suis parti. Ils n'ont rien dit d'autre.

— Thoracique ? répéta Lynley. Thoracique ?

La main de Saint James se crispa de nouveau sur son bras.

— Elle a été touchée à la poitrine.

Lynley ferma les yeux et les maintint clos pendant toute la fin du trajet, qui heureusement fut brève.

Devant l'hôpital, deux voitures de police étaient garées en haut de la rampe d'accès du service « Accidents et Urgences », et deux constables en uniforme sortirent de l'établissement au moment où Lynley et Saint James y entraient. Lynley repéra aussitôt Deborah, assise sur une chaise en acier bleu avec une boîte de mouchoirs sur les genoux à côté d'un homme entre deux âges en imperméable fripé qui lui parlait, un calepin à la main. La Criminelle de Belgravia, pensa Lynley. Il ne connaissait pas l'homme mais il connaissait la procédure.

Deux autres uniformes étaient postés non loin de là pour assurer la tranquillité de l'inspecteur. Ils connaissaient manifestement Saint James de vue – ce qui était normal dans la mesure où il était déjà passé à l'hôpital tout à l'heure – et laissèrent les deux arrivants s'approcher des rangées de chaises.

Deborah leva la tête. Elle avait les yeux rouges. Son nez semblait contusionné. Une montagne de mouchoirs usagés gisait au sol à ses pieds.

— Oh, Tommy… fit-elle.

Il vit qu'elle cherchait à se ressaisir. Il ne voulait pas penser. Il ne pouvait pas penser. Il la regardait et avait l'impression d'être en bois.

L'inspecteur de Belgravia se leva.

— Commissaire Lynley ?

Lynley hocha la tête.

— Elle est au bloc opératoire, Tommy, dit Deborah.

Lynley hocha de nouveau la tête. C'était tout ce qu'il pouvait faire, hocher la tête. Il aurait voulu la saisir au col, la secouer, lui enfoncer les dents dans le crâne. Son cerveau avait beau lui hurler que ce n'était pas la faute de Deborah, comment aurait-ce pu être la faute de cette pauvre femme, il avait besoin d'accuser, il avait envie d'accuser, et il n'y avait personne d'autre, pas encore, pas ici, pas maintenant...

— Dis-moi, lâcha-t-il.

Les yeux de Deborah s'embuèrent.

L'inspecteur – Lynley l'entendit dire, quelque part dans le lointain, qu'il s'appelait Fire... Terence Fire, mais ce n'était sûrement pas ça parce que Fire, ce n'était pas un nom de personne – annonça que l'enquête était en de bonnes mains, qu'il ne fallait pas s'inquiéter, que tous les moyens seraient mis en œuvre parce que le tout le monde au commissariat savait ce qui s'était passé et qui était la victime...

— Ne l'appelez pas comme ça, dit Lynley.

— Je resterai en contact étroit avec vous, proposa Terence Fire. Commissaire... si je puis me permettre... je suis profondément...

— Oui, dit Lynley.

L'inspecteur les quitta. Les constables restèrent.

Lynley se tourna vers Deborah au moment où Saint James s'asseyait à côté d'elle.

— Que s'est-il passé ? questionna-t-il.

— Elle m'a demandé si je voulais bien garer la Bentley. Elle avait conduit, mais il faisait froid et elle se sentait fatiguée.

— Vous en avez trop fait. Si vous n'en aviez pas trop fait... ces putains de conneries de vêtements de baptême...

Une larme sinueuse roula sous la paupière de Deborah. Elle l'essuya.

— Nous nous sommes arrêtées devant chez vous pour décharger les paquets. Elle m'a demandé de m'occuper de la voiture parce que... Tu sais à quel point Tommy adore sa voiture, m'a-t-elle dit. À la moindre éraflure, il nous mangera toutes crues au dîner. Fais bien attention au côté gauche du garage, m'a-t-elle dit. J'ai donc fait très attention. Je n'avais jamais conduit… tu comprends, elle est tellement grosse, il a fallu que je m'y reprenne à plusieurs fois pour la parquer dans le garage… Mais pas cinq minutes, Tommy, moins que ça. Et je pensais qu'elle serait rentrée sans m'attendre ou qu'elle aurait sonné Denton…

— Il est à New York, précisa inutilement Lynley. Il n'est pas là, Deborah.

— Elle ne me l'avait pas dit. Je ne savais pas. Et jamais je n'aurais pensé… Tommy, c'est Belgravia, ça ne craint rien, c'est…

— Il n'y a pas d'endroit qui ne craigne rien, bon Dieu, fit-il d'une voix sauvage.

Il vit Saint James se redresser. Son vieil ami leva une main : un avertissement, une requête. Il n'aurait pas su le dire et s'en contrefichait. Seule comptait Helen.

— Je suis en plein milieu d'une enquête, gronda-t-il. Plusieurs meurtres. Un seul tueur. Au nom du ciel, où est-ce que tu es allée chercher cette idée qu'il existe encore sur terre des endroits sûrs ?

Deborah reçut la question comme un coup de poing. Saint James prononça le nom de Lynley, mais elle lui coupa la parole d'un signe de tête.

— J'ai garé la voiture, dit-elle. Et je suis revenue à pied.

— Tu n'as pas entendu…

— Je n'ai entendu aucun son. Je suis arrivée au coin d'Eaton Terrace et ce que j'ai vu, d'abord, c'étaient les paquets. Ils étaient renversés par terre, et après je l'ai vue, elle. Elle était recroquevillée… j'ai cru qu'elle s'était évanouie, Tommy. Il n'y avait personne, personne en vue, pas âme qui vive. J'ai cru qu'elle s'était évanouie.

— Je t'avais dit de faire attention à ne laisser personne…

— Je sais, je sais. Je sais. Mais j'étais censée faire quoi ? Je pensais à la grippe, à quelqu'un qui aurait pu éternuer sous son nez, à Tommy qui jouait les maris enquiquineurs parce que je ne voyais pas de quoi il s'agissait, est-ce que tu peux comprendre ça, Tommy ? Comment aurais-je pu savoir, puisque c'était Helen et que ça se passait à Belgravia… et une balle, comment aurais-je pu penser à une balle ?

Ce fut alors qu'elle fondit en larmes, et Saint James déclara qu'elle en avait assez dit. Mais Lynley, lui, savait qu'elle ne pourrait jamais en dire assez pour expliquer que sa femme, que la femme qu'il aimait…

— Et après ?

— Tommy… intervint Saint James.

— Non. Simon, s'il te plaît, reprit Deborah. Elle était en haut du perron, avec sa clé dans la main. J'ai essayé de la réveiller. J'ai cru qu'elle s'était évanouie parce qu'il n'y avait pas de sang, Tommy. Il n'y avait pas de sang. Pas du tout ce à quoi on pourrait s'attendre quand quelqu'un a été… Je n'avais jamais vu… je ne savais pas… Mais elle s'est mise à gémir et j'ai senti que quelque chose n'allait pas du tout. J'ai appelé le 999, je l'ai serrée dans mes bras pour lui tenir chaud et alors… Sur ma main, il y avait du sang. J'ai d'abord cru que je m'étais coupée et j'ai cherché d'où ça pouvait venir et pourquoi, puis j'ai vu que ce n'était pas moi et j'ai pensé au bébé mais ses jambes, les jambes de Helen… je veux dire, il n'y avait pas de sang là où on aurait pu s'attendre… Et puis de toute façon ce n'était pas ce genre de sang, ça n'y ressemblait pas, parce que je sais, tu vois, Tommy…

Malgré son désespoir, Lynley sentit celui de Deborah et ce fut ce qui, en fin de compte, le toucha. Elle connaissait l'aspect du sang d'une fausse couche.

Combien en avait-elle vécu... ? Il l'ignorait. Il s'assit, non pas à côté de Deborah et de son mari, mais en face, sur la chaise libérée par Terence Fire.

— Tu as cru qu'elle avait perdu le bébé.

— Au début. Mais après, j'ai fini par voir le sang sur son manteau. Assez haut, là, dit-elle en montrant un point sous son sein gauche. J'ai rappelé le 999 et je leur ai dit : il y a du sang, il y a du sang. Dépêchez-vous. Mais la police est arrivée avant.

— Vingt minutes, dit Lynley. Vingt putains de minutes.

— J'ai téléphoné trois fois. Mais qu'est-ce qu'ils font, je me demandais. Elle saigne. Elle saigne. Mais je ne savais toujours pas qu'elle s'était fait tirer dessus, tu comprends. Tommy, si j'avais su... si je leur avais dit ça... Parce que je n'y pensais même pas, non, pas à Belgravia... Tommy, qui penserait à tirer sur quelqu'un à Belgravia ?

Une femme ravissante, commissaire. Ce foutu portrait dans la *Source.* Enrichi de photos du commissaire souriant et de sa charmante épouse. Et titré, le mec, rien à voir avec le flic de gouttière habituel.

Lynley se leva, hagard. Il allait le retrouver. Il allait le retrouver.

— Tommy, non, dit Saint James. Laisse la police de Belgravia...

Ce ne fut qu'alors que Lynley se rendit compte qu'il avait parlé à haute voix.

— Je ne peux pas.

— Il le faut. On a besoin de toi ici. Elle va sortir du bloc. Ils auront des choses à te dire. Elle va avoir besoin de toi.

Lynley se dirigea vers la porte mais c'était pour éviter cela, apparemment, que les constables étaient restés à traîner dans le coin. Ils l'interceptèrent en disant : « L'enquête est en de bonnes mains, monsieur. C'est une priorité absolue. L'enquête est en de bonnes mains », tandis qu'au même instant Saint James le rattrapait.

— Viens avec moi, Tommy. On ne va pas te laisser.

Et la douceur de sa voix broya comme une enclume la poitrine de Lynley.

Il eut un hoquet, chercha désespérément quelque chose à quoi se raccrocher.

— Mon Dieu. Il faut que je téléphone à ses parents, Simon. Comment vais-je leur dire ce qui s'est passé ?

Barbara constata qu'elle ne parvenait pas à se résoudre à s'en aller alors même qu'elle se doutait qu'on n'avait ni besoin d'elle ni envie de la voir là. Partout des gens tournaient en rond, chacun prisonnier de l'enfer personnel de son attente.

Les parents de Helen Lynley, le comte et la comtesse Machin-Chose, car Barbara ne se rappelait même pas si elle avait déjà entendu le titre que portait sa famille depuis tant de générations, septuagénaires et pas du tout préparés à affronter ce qu'ils subissaient, semblaient ratatinés dans leur souffrance et terriblement fragiles.

Penelope, sœur de Helen, arrivée précipitamment de Cambridge avec son mari, espérait les consoler autant que se consoler elle-même en s'écriant :

— Comment va-t-elle ? Maman, mon Dieu, comment va-t-elle ? Où est Cybil ? Est-ce que Daphne va venir ?

Elles étaient toutes en route, les quatre sœurs de Helen, y compris Iris qui vivait en Amérique.

Quant à la mère de Lynley, elle était en train de remonter à fond de train de la Cornouailles avec le plus jeune de ses frères pendant que sa sœur se dépêchait de redescendre du Yorkshire.

La famille, pensa Barbara. On n'avait ni besoin ni envie de la voir ici. Mais elle ne parvenait pas à s'en aller.

D'autres étaient passés puis repartis : Winston Nkata, John Stewart, d'autres membres de l'équipe, des constables en uniforme et des officiers en civil avec lesquels Lynley avait travaillé au fil des ans. Il était venu des flics de tous les commissariats de la ville. Tout le monde sauf Hillier, semblait-il, avait fait une apparition à l'hôpital pendant la nuit.

Barbara elle-même était arrivée au terme d'un trajet plus qu'exécrable depuis le nord de Londres. Sa voiture avait commencé par refuser de démarrer sur Wood Lane et elle avait noyé son moteur en essayant, paniquée, de remettre en marche cette satanée poubelle. Elle avait injurié sa Mini. Elle avait fait le vœu de la réduire en miettes. Elle avait étranglé son volant. Elle avait demandé de l'aide au téléphone. Et après avoir enfin réussi à arracher à son moteur un crachotement de résurrection, elle avait effectué tout le trajet les deux mains sur le klaxon pour que les autres lui dégagent la piste.

Elle était arrivée à l'hôpital au moment où on informait Lynley de l'état de Helen. Elle avait vu le chirurgien venir à lui et elle l'avait regardé recevoir des nouvelles de sa femme. Ce truc est en train de le tuer, pensa-t-elle.

Elle aurait voulu s'approcher, lui dire qu'elle porterait ce poids avec lui, comme une amie, mais elle savait qu'elle n'en avait pas le droit. Elle regarda Simon Saint James le faire à sa place et attendit que Simon ait rejoint sa femme pour lui faire partager ce qu'il venait d'apprendre. Lynley et les parents de Helen s'éclipsèrent avec le chirurgien, Dieu seul savait où, et Barbara comprit qu'elle ne pourrait pas les suivre. Elle traversa la salle pour aller parler à Saint James. Il la salua d'un signe de tête et elle lui fut éperdument reconnaissante de ne pas l'exclure ni lui demander ce qu'elle fichait là.

— C'est grave ? dit-elle.

Il hésita un instant. Son expression l'incita à se préparer à entendre le pire.

— Elle a reçu une balle sous le sein gauche, répondit-il.

Sa femme se serra contre lui, enfouit le visage au creux de son épaule pour écouter ce qu'il disait en même temps que Barbara.

— La balle a visiblement traversé le ventricule gauche, l'orifice de l'oreillette droite et l'artère droite.

— Mais il n'y avait pas de sang, il n'y avait presque pas de sang, souffla Deborah contre la veste de son mari, contre son épaule, en secouant la tête.

— Comment est-ce possible ? demanda Barbara à Saint James.

— Le poumon s'est affaissé tout de suite, répondit Saint James. Le sang a commencé par remplir la cavité qui s'est ainsi créée dans sa poitrine.

Deborah se remit à pleurer. Ce n'était pas une complainte. Ce n'était pas un ululement de chagrin. Juste un tremblement de tout son corps malgré les efforts qu'elle faisait pour se maîtriser.

— Il a fallu qu'ils l'intubent quand ils ont découvert la blessure, expliqua Saint James à Barbara. Pour la vider de tout ce sang. Un litre. Peut-être deux. C'est alors qu'ils ont dû se rendre compte qu'il fallait intervenir immédiatement.

— D'où l'opération.

— Ils ont suturé le ventricule gauche, puis l'artère et la blessure de sortie dans le ventricule droit.

— Et la balle ? Est-ce qu'on a la balle ? Où est passée la balle ?

— Elle était juste sous l'omoplate droite, entre la troisième et la quatrième côte. On l'a.

— Donc, c'est une bonne nouvelle, pas vrai ? dit Barbara. N'est-ce pas que c'est une bonne nouvelle, Simon ?

Elle le vit se retirer en lui-même, dans un lieu qu'elle ne pouvait ni connaître ni même imaginer.

— Ils ont mis tellement longtemps à arriver, Barbara.

— Qu'est-ce que vous voulez dire ? Tellement longtemps ? Pourquoi ?

Il secoua la tête. Elle vit son regard devenir nuageux. Elle n'avait plus envie d'entendre le reste, tout à coup, mais ils s'étaient déjà aventurés trop loin. Battre en retraite n'était plus possible.

— Elle a perdu son bébé ?

La question venait de Deborah.

— Pas encore.

— Dieu soit loué, fit Barbara. Donc, les nouvelles sont plutôt bonnes, hein ?

— Deborah, dit Saint James à sa femme, veux-tu t'asseoir ?

— Arrête.

Deborah releva la tête. La pauvre, s'aperçut Barbara, semblait ravagée par une maladie incurable. Elle se sentait aussi mal que si elle avait elle-même appuyé sur la détente.

— Pendant un certain temps, reprit Saint James d'une voix si assourdie que Barbara dut se pencher en avant pour deviner la suite, elle n'a pas eu d'oxygène.

— Que voulez-vous dire ?

— Que son cerveau a été privé d'oxygène, Barbara.

— Mais maintenant, insista Barbara. Elle va bien, n'est-ce pas ? Maintenant ?

— Elle est sous assistance respiratoire. Et aussi sous perfusion, bien sûr. Avec un monitoring cardiaque.

— Bien. C'est très bien, ça, non ?

C'était sûrement excellent, pensa-t-elle, il y avait de quoi se réjouir, ç'avait été un moment terrible mais ils l'avaient tous surmonté et à présent tout allait s'arranger. N'est-ce pas ? Oui. Dites-moi oui.

— Il n'y a plus d'activité corticale, dit Saint James, ce qui veut dire...

Barbara s'en alla. Elle ne voulait pas entendre un mot de plus. Entendre un mot de plus signifiait savoir, savoir signifiait ressentir, et c'était bien la dernière chose... Les yeux rivés sur le lino, elle quitta l'hôpital à grands pas et s'engouffra dans la nuit froide et dans le vent, qui la prit tellement au dépourvu en lui giflant les joues qu'elle poussa un petit cri, leva les yeux et les vit tous assemblés. Les journalistes. Les charognards. Pas par dizaines, pas comme derrière les barrières du tunnel de Shand Street ou à l'extrémité de Wood Lane. Mais c'était suffisant, et elle eut envie de se jeter sur eux.

— Constable ? Constable Havers ? Un mot ?

Barbara crut que c'était quelqu'un de l'hôpital, sorti pour la rattraper et lui annoncer une nouvelle. Elle se retourna, mais ce n'était que Mitchell Corsico qui s'approchait avec son calepin à la main.

— Fichez le camp d'ici, dit-elle. Surtout vous. Vous en avez assez fait.

Il plissa le front comme s'il ne comprenait pas le sens de ses propos.

— Vous ne pensez quand même pas...

Il marqua une pause, le temps de réorganiser ses idées.

— Constable, vous ne pensez quand même pas que cette histoire a le moindre rapport avec mon article sur le commissaire ?

— Vous savez ce que je pense. Otez-vous de mon chemin.

— Mais comment va-t-elle ? Est-ce qu'elle va s'en tirer ?

— Otez-vous de mon chemin, gronda-t-elle. Ou je ne réponds plus de rien.

29

Des préparatifs étaient indispensables, et Il s'y attela avec Son application coutumière. Il travaillait sans bruit. Il Se surprit plus d'une fois à sourire. Il Se laissa même aller à fredonner pendant qu'Il évaluait l'envergure des bras d'un adulte, mais à voix basse parce qu'il aurait fallu être idiot pour prendre un risque inutile au point où Il en était. Il choisit des airs sortis d'on ne savait où et pour finir ne put s'empêcher de glousser au moment d'entonner *C'est un rempart que notre Dieu*[1]. Car à l'intérieur de Sa camionnette, Il était bel et bien derrière un rempart, à l'abri du monde, mais le monde ne serait jamais à l'abri de Lui.

Le second jeu de sangles de cuir, Il le fixa à l'opposé de la portière coulissante de la camionnette. Il employa pour ce faire une perceuse et des chevilles, puis Il testa l'installation en pesant dessus de tout Son poids, dans la position qu'aurait l'observateur, en Se débattant et en Se contorsionnant comme l'observateur ne manquerait pas de le faire. Satisfait du fruit de Ses efforts, Il se livra ensuite à une inspection de Son équipement.

1. Hymne luthérien. (*N.d.T.*)

La bouteille de gaz du réchaud était pleine. Les bandes adhésives étaient coupées et à portée de Sa main. Les piles de la torche étaient flambant neuves. Les outils nécessaires à la libération d'une âme étaient aiguisés et prêts à l'emploi.

Le plein avait été fait. La planche destinée à supporter le corps était impeccablement propre. La corde à linge était en pelote. L'huile était à sa place. Tout était prêt, pensa-t-Il, pour Son succès suprême.

Oh oui, c'est ça. Tu t'y crois, hein ? Où est-ce que tu as appris à être aussi con ?

Fu se servit de Sa langue pour modifier la pression subie par Ses tympans, éliminant un instant la voix de l'asticot qui semait insidieusement en Lui des graines de doute. Il entendit le souffle de ce changement de pression : cric-crac contre Ses tympans, et l'asticot décampa.

Pour revenir sitôt qu'Il eut cessé de remuer la langue. *Tu as l'intention d'encombrer cette planète encore combien de temps ? Est-ce qu'on a jamais vu sur terre un couillon pareil ? Reste là et écoute-moi quand je te parle. Encaisse comme un homme ou sors de ma vue.*

Fu se hâta de finir. Il fallait fuir.

Il quitta la camionnette pour aller chercher refuge ailleurs. Il n'existait aucun endroit où l'asticot Le laissait véritablement en paix, mais il y avait tout de même des diversions possibles. Il y en avait toujours eu et il y en aurait toujours. Il les rechercha. Vite, allez, vite vite vite. Dans la camionnette, Il employait le jugement, la punition, la rédemption, la délivrance. Ailleurs, Il avait recours à des outils plus traditionnels.

Fais quelque chose d'utile de ton temps, petit merdeux.

C'était ce qu'Il allait faire, c'était ce qu'Il allait faire. Oh oui.

Il S'approcha du téléviseur et enfonça le bouton de mise en marche, augmentant le volume jusqu'à ce que tout le reste ait été balayé. Sur l'écran, une entrée de bâtiment, des silhouettes qui entraient et sortaient, les lèvres en mouvement d'une journaliste, et des paroles qu'Il fut incapable de rattacher à un sens parce que l'asticot refusait de quitter Son esprit.

Rongeant Son essence même. *Tu m'entends, couillon ? Tu comprends ce que je te dis ?*

Il haussa encore le volume. Des bribes de phrases lui parvinrent : *Hier après-midi... à l'hôpital St Thomas... état critique... enceinte de presque cinq mois...* et soudain Il le vit, le policier en personne, le témoin, l'observateur...

Cette vision Lui fit reprendre Ses esprits, chassa l'asticot. Fu put enfin se concentrer sur l'écran de télévision. Cet homme, Lynley, sortait d'un hôpital. Encadré de deux constables en uniforme faisant écran entre lui et les journalistes qui lui criaient des questions.

— ... un rapport avec... ?

— Regrettez-vous... ?

— ... aurait-il un lien avec l'article que la *Source*... ?

— ... décision d'intégrer un journaliste... ?

Lynley passa au milieu d'eux, s'en alla. Il paraissait de marbre. La journaliste reparut à l'écran pour dire quelques mots sur une conférence de presse qui avait été donnée, et ce furent ce que montrèrent les images suivantes. Un chirurgien en tenue de bloc se tenait debout derrière un pupitre, plissant les yeux face aux projecteurs de télévision. Il parla de l'extraction d'une balle, de lésions réparées, d'un fœtus qui bougeait mais dont c'était à peu près tout ce qu'on pouvait dire pour le moment et, lorsque des questions lui furent

749

posées par des auditeurs invisibles, il ne voulut pas en dire plus, préférant quitter son pupitre et la salle. L'antenne revint ensuite à l'extérieur de l'hôpital, où la journaliste était toujours postée, frissonnant sous le vent du matin.

— C'est la première fois, dit-elle gravement, qu'un proche d'un enquêteur de police est touché en pleine enquête. Le fait que ce crime soit survenu juste après la parution dans un tabloïd d'un portrait de ce même enquêteur et de sa femme pose question quant au bien-fondé de l'étrange décision prise par Scotland Yard de laisser un journaliste accéder ainsi aux coulisses d'une enquête criminelle.

Elle acheva son intervention sur ces mots mais ce fut l'image de Lynley qui resta dans l'esprit de Fu quand le plateau de télévision revint à l'écran, avec des présentateurs qui reprirent le fil des nouvelles du matin en réussissant à garder la mine solennelle qui s'imposait. Il ne voyait que le policier : sa démarche, la direction de ses regards. Une chose surtout frappa Fu : l'homme ne paraissait pas le moins du monde inquiet. Il était sans défense.

Fu sourit. Il éteignit le téléviseur d'une brève pression. Il tendit l'oreille. Aucun son dans la maison. L'asticot avait plié bagage.

L'inspecteur John Stewart prit immédiatement la direction des opérations mais Nkata eut l'impression qu'il se contentait d'exécuter des gestes, l'esprit ailleurs. Tout le monde avait l'esprit ailleurs : soit à l'hôpital St Thomas, où la femme du commissaire se débattait entre la vie et la mort, soit au commissariat de Belgravia, dont dépendait l'enquête. Nkata savait cependant qu'il n'y avait qu'une seule façon raisonnable de procéder et il s'exhorta à aller de l'avant parce qu'il devait à Lynley d'accomplir ce boulot-là. Mais son cœur n'y était pas, ce qui rendait la situation périlleuse : rien de plus facile que de passer au travers d'un détail clé quand on était dans l'état d'esprit où il était, comme tous les autres.

Tenant à la main un planning minutieusement préparé et dont la présentation multicolore avait quelque chose de profondément irritant, l'inspecteur avait réparti les missions ce matin-là puis, à sa manière inimitable, s'était mis en devoir de contrôler dans les moindres détails la mise en œuvre de chacune d'elles. Il passait son temps à arpenter la salle, ne s'arrêtant que pour entrer en liaison avec la police de Belgravia, exigeant de savoir s'il y avait du nouveau concernant l'agression dont avait été victime la femme du commissaire. Pendant ce temps, les enquêteurs réunis dans la salle d'opérations rédigeaient des rapports et les tapaient sur leur ordinateur. Régulièrement, quelqu'un lançait à mi-voix :

— Vous savez comment elle va ? Il y a du nouveau ?

L'adjectif était toujours le même : *critique*.

Nkata supposait que Barb Havers devait en savoir un peu plus, mais elle n'avait toujours pas refait surface. Vu que personne n'avait mentionné son absence, il en avait déduit que soit elle était encore à l'hôpital, soit elle travaillait sur une mission assignée par Stewart, soit elle avait décidé d'enquêter à sa façon, auquel cas il espérait qu'elle finirait par le contacter. Il l'avait brièvement croisée à l'hôpital la veille au soir, mais leur échange s'était borné à quelques monosyllabes.

Nkata s'efforça d'orienter ses pensées dans une direction constructive. Il lui semblait que plusieurs jours s'étaient écoulés depuis qu'on l'avait chargé de sa mission du moment. En s'obligeant à y revenir, il eut l'impression de se mettre à nager dans du miel refroidi.

La liste des dernières dates de réunion de MABIL – gracieusement fournie par James Barty pour démontrer à quel point son client Mr Minshall souhaitait coopérer avec la police – couvrait les six derniers mois. Utilisant cette liste comme point de départ, Nkata avait déjà eu Griffin Strong au téléphone et reçu de celui-ci l'assurance totalement dénuée de signification qu'il se trouvait avec sa femme – je ne l'ai pas quittée d'une semelle et elle sera la première à vous le confirmer, sergent – à tous les moments où on pourrait lui demander de présenter un alibi. Nkata avait enchaîné sur Robbie Kilfoyle, lequel avait déclaré qu'il n'était pas du genre à prendre des notes sur ce qu'il faisait tous les soirs et qui d'ailleurs se réduisait à peu de chose, vu qu'à part regarder la télé, le seul truc qu'il lui arrivait de faire était d'aller boire une pinte ou deux à l'Othello Bar et peut-être qu'ils pourraient lui confirmer ça au bar, même s'il n'était pas franchement sûr qu'ils soient capables de dire quels soirs il y était allé et quels soirs il n'y était pas allé. Ensuite, Nkata avait conversé avec l'avocat de Neil Greenham, puis avec Neil lui-même, et enfin avec la mère de Neil qui lui avait expliqué que son fils était un bon garçon et que s'il avait dit qu'il était avec elle, quels que soient le jour et l'heure, ça voulait dire qu'il y était. Quant à Jack Veness, le réceptionniste de Colossus lui déclara que, si sa grand-tante, son pote, le pub Miller & Grindstone et le traiteur indien n'étaient pas suffisants pour le blanchir, les flics n'avaient qu'à venir l'arrêter et qu'on en finisse.

Nkata décida d'emblée d'éliminer tous les alibis fournis par des proches, d'où il s'ensuivit que Griffin Strong et Neil Greenham apparaissaient comme deux bons candidats au rôle de membre de MABIL et de tueur en série. Le hic était que Jack Veness et Robbie Kilfoyle semblaient tous deux beaucoup mieux correspondre au profil. Nkata en tira la conclusion qu'il allait avoir besoin de retourner jeter un coup d'œil au document rédigé par Robson quelques semaines plus tôt.

Il était sur le point d'aller le chercher dans le bureau de Lynley quand Mitchell Corsico fit son entrée dans la salle d'opérations, escorté par un des sous-fifres de Hillier que Nkata reconnut pour l'avoir croisé lors d'une conférence de presse. Corsico et le sous-fifre échangèrent quelques mots avec John Stewart, après quoi le sous-fifre disparut vers une destination inconnue et le journaliste s'approcha nonchalamment de Nkata. Il s'installa sur une chaise près du bureau où Nkata était en train de compulser ses notes.

— J'ai eu mon chef, annonça-t-il. Il ne veut pas entendre parler de Saint James. Désolé, sergent. Vous êtes mon prochain client.

Nkata le regarda en fronçant les sourcils.

— Quoi ? Vous êtes dingue ? Après ce qui s'est passé ?

Corsico sortit un petit Dictaphone de sa poche intérieure de veste, puis un carnet qu'il ouvrit d'un geste sec.

— J'allais partir sur le médecin légiste, cet expert judiciaire indépendant à qui vous faites appel de temps en temps. Mais les gros bonnets de Farringdon Street ont dit niet. Donc je reviens à vous. Écoutez, je sais que ça ne vous enchante pas, et je suis prêt à transiger. Vous me donnez accès à vos parents, et je laisse Harold Nkata en dehors de tout ça. Ça vous semble correct comme marché ?

Ça semblait surtout être une décision prise par Hillier et ses copains de la Direction des Affaires publiques puis transmise à Corsico, lequel avait de toute façon sans doute déjà mis la puce à l'oreille de son rédacteur en chef en lui vantant… comment disaient-ils ?… le côté « naturel » d'un article sur Winston Nkata. La dimension humaine, voilà comment ils en parleraient, sans réfléchir une seconde à ce qu'avait provoqué leur dernier article à dimension humaine.

— Personne ne touche à mes vieux, rétorqua Nkata. Personne ne publie leur photo dans le journal. Personne ne va les trouver chez eux. Personne ne mettra les pieds dans leur appart.

Corsico régla le volume de son Dictaphone et hocha pensivement la tête.

— On en revient à Harold, alors ? Il a fumé ce type d'une balle dans la nuque, si j'ai bien compris. Il l'a fait agenouiller dans le caniveau et il lui a collé le canon de son flingue sur le crâne.

Nkata s'empara du Dictaphone. Le fit tomber au sol et abattit son pied dessus.

— Hé ! s'écria Corsico. Je ne suis pas responsable de…

— Écoutez-moi, gronda Nkata sans prêter attention aux têtes qui se tournaient vers eux. Écrivez votre papier. Avec ou sans moi, je vois que vous êtes décidé à y aller. Mais s'il mentionne mon frère, si je retrouve la photo de ma mère ou de mon père dans votre canard, et si vous écrivez un seul mot sur Loughborough Estate… je viendrai vous trouver, pigé ? Et je pense que vous en savez déjà assez à mon sujet pour comprendre ce que je veux dire.

Corsico sourit, totalement impassible. Il vint à l'esprit de Nkata que sa réaction était celle que recherchait le journaliste.

— Votre spécialité, c'était le cran d'arrêt, si je ne m'abuse, sergent. Vous aviez quoi ? Quinze ans ? Seize ? Vous trouviez peut-être que l'arme blanche valait mieux que… disons… le pistolet dont s'est servi votre frère ?

Cette fois, Nkata ne mordit pas à l'hameçon. Il se leva.

— J'ai autre chose à faire de ma journée, dit-il au journaliste.

Il glissa un stylo dans sa poche intérieure, prêt à partir dans le bureau de Lynley pour revenir à ce qu'il avait eu l'intention de faire avant d'être dérangé.

Corsico se leva à son tour, peut-être pour le suivre. Ce fut alors que Dorothea Harriman entra dans la salle, chercha quelqu'un du regard, et jeta son dévolu sur Nkata.

— Est-ce que le constable Havers… ?

— Pas là, dit Nkata. Qu'est-ce qu'il y a ?

Harriman décocha un coup d'œil appuyé à Corsico avant de prendre le bras de Nkata.

— Si ça ne vous dérange pas… Certains sujets sont personnels.

Et elle attendit que le journaliste se soit replié à l'autre bout de la salle pour ajouter à mi-voix :

— Simon Saint James vient de téléphoner. Le commissaire a quitté l'hôpital. Il est censé partir se reposer chez lui, mais Mr Saint James pense qu'il pourrait venir ici à un moment ou à un autre de la journée. Il ne sait pas trop quand.

— Pour travailler ? demanda Nkata, incrédule.

Harriman secoua la tête.

— S'il revient ici, Mr Saint James pense qu'il ira trouver l'adjoint au préfet dans son bureau. Il pense qu'il faudra que quelqu'un…

Elle hésita, la voix empreinte d'incertitude. Elle porta une main devant ses lèvres et ajouta sur un ton un peu plus ferme :

— Il pense qu'il faudra que quelqu'un soit prêt à s'occuper de lui à ce moment-là, sergent.

Barbara Havers poireauta dans la salle d'interrogatoire du commissariat de Holmes Street en attendant l'arrivée de l'avocat qui défendait les intérêts de Barry Minshall. L'auxiliaire compatissant qui tenait l'accueil lui avait jeté un coup d'œil et demandé « Noir ou au lait ? » à son entrée dans les locaux. Et elle était désormais assise avec son café – au lait – devant elle, les mains nouées sur un mug en forme de caricature du prince Charles.

Elle buvait sans trop prêter attention au goût du breuvage. Brûlant, amer, disait sa langue. C'était tout. Elle fixa ses mains, vit à quel point ses phalanges étaient blanches, tâcha de desserrer son étreinte. Elle n'avait pas obtenu l'information souhaitée et n'aimait pas être dans le noir.

Elle avait téléphoné à Simon et à Deborah à une heure aussi raisonnable que possible. Elle était tombée sur leur répondeur, d'où elle avait déduit que soit ils n'avaient pas quitté l'hôpital de la nuit, soit ils y étaient retournés dès avant l'aube pour prendre des nouvelles de Helen. Le père de Deborah n'était pas là non plus. Il devait avoir sorti le chien. Barbara avait raccroché sans laisser de message. Ils avaient mieux à faire que de la rappeler pour lui donner des nouvelles qu'elle pouvait se procurer par d'autres sources.

Mais quand elle appela l'hôpital ce fut encore pire. Les téléphones portables n'étant pas autorisés à l'intérieur, elle n'eut d'autre solution que de s'adresser à une personne chargée des renseignements au public qui ne la renseigna pas du tout. L'état de lady Asherton était stationnaire, lui expliqua-t-on. Qu'est-ce que ça voulait dire ? Et le bébé qu'elle portait ? Elle n'obtint pas de réponse à cela. Une pause, un bruissement de papiers, suivi d'un « Je regrette, vraiment, mais l'hôpital n'est pas habilité… ». Barbara raccrocha au nez de la voix compatissante – surtout parce qu'elle était compatissante.

S'étant dit que le travail était le meilleur antalgique, elle rassembla ses affaires et quitta son bungalow. À l'avant de l'immeuble, toutefois, elle vit que l'appartement du rez-de-chaussée était éclairé. Elle ne prit pas le temps de s'interroger. Ayant perçu un mouvement derrière les rideaux qui masquaient la porte-fenêtre, elle bifurqua dans leur direction. Elle frappa sans réfléchir, sachant seulement qu'elle avait besoin de quelque chose et que ce quelque chose était un véritable contact humain, aussi bref fût-il.

Taymullah Azhar vint lui ouvrir, une enveloppe brune dans une main et une mallette dans l'autre. Derrière, quelque part dans l'appartement, de l'eau coulait et Hadiyyah chantait, faux mais quelle importance : *Sometimes we'll sigh, sometimes we'll cry…* Buddy Holly. *True Love Ways*. Barbara eut envie de pleurer.

« Barbara, dit Azhar. Quel plaisir de vous revoir ! Je suis vraiment ravi… Ça ne va pas ? »

Il posa sa mallette et mit l'enveloppe brune dessus. Quand il lui fit de nouveau face, Barbara s'était plus ou moins ressaisie. Il ne savait peut-être pas encore, pensa-t-elle. S'il n'avait pas lu le journal, s'il n'avait écouté les infos ni à la radio ni à la télévision…

Elle ne put se résoudre à lui parler de Helen.

« Trop de boulot, dit-elle. Mauvaise nuit. Pas assez dormi. »

Elle se rappela l'offrande de paix dont elle avait fait l'acquisition – dans une vie antérieure, lui semblait-il – et fouilla dans les profondeurs de son sac pour la retrouver : le stylo trans-billet pour Hadiyyah. Epatez vos amis. Etonnez vos relations.

« J'ai trouvé ce truc pour Hadiyyah. Je me suis dit que ça lui plairait d'essayer. Il faut un billet de cinq livres. Si vous en avez un… Elle ne l'abîmera pas ni rien. Quand elle sera au point, en tout cas. Au début je suppose qu'elle ferait mieux d'utiliser autre chose. Le temps de se faire la main. »

Azhar cessa de regarder l'emballage en plastique pour sourire à Barbara.

« Vous êtes vraiment très gentille. Avec Hadiyyah. Je ne vous l'ai jamais dit, Barbara, et je vous prie de m'en excuser. Laissez-moi aller la chercher pour que vous…

— Non ! »

L'intensité de sa réaction les surprit l'un et l'autre. Ils se fixèrent avec une certaine dose de confusion. Barbara sentit qu'elle avait désarçonné son voisin. Mais elle sentit aussi qu'elle ne pouvait pas expliquer à Azhar que la douceur de ses paroles lui avait fait l'effet d'un coup et que ce coup lui avait brusquement donné l'impression d'être en danger. Non pas à cause de ce que les mots signifiaient mais à cause de ce que sa réaction lui disait d'elle-même.

« Excusez-moi, dit-elle. Bon, il faut que j'y aille. J'ai une bonne dizaine de trucs à faire et je dois jongler avec tout ça en même temps.

— Cette enquête.

— Ouais. Drôle de façon de gagner sa croûte, hein ? »

Il la dévisagea, solennel, de ses yeux noirs sertis dans un visage couleur de noix de pécan.

« Barbara…

— On se voit plus tard, d'accord ? »

Malgré l'urgence qu'il y avait à échapper à la douceur du ton d'Azhar, elle tendit une main et lui pressa l'avant-bras. À travers la manche de sa chemise blanche impeccable, elle sentit la chaleur de sa peau, sa force noueuse.

« Ça me fait fichtrement plaisir que vous soyez rentrés, ajouta-t-elle d'une voix pâteuse. À bientôt.

— Bien sûr. »

Elle fit demi-tour mais sentit qu'il l'observait. Elle toussa et son nez se mit à couler. Elle était en train de craquer de partout, bordel de merde.

Et là-dessus, cette saloperie de bagnole ne voulut pas démarrer. La Mini hoqueta, soupira. Lui parla d'artères durcies par l'huile qui circulait depuis trop longtemps dans son système, et Barbara vit que depuis sa porte-fenêtre Azhar l'observait toujours. Il fit deux pas à l'extérieur dans sa direction. Elle pria, et le dieu des Transports l'entendit. Le moteur de sa Mini revint à la vie en grondant et elle quitta l'allée en marche arrière pour rejoindre la rue.

Elle attendait à présent dans la salle d'interrogatoire que Barry Minshall prononce le mot-clé : un oui, c'était tout ce qu'elle attendait de lui. Un oui et elle s'en irait. Un oui et elle aurait une arrestation à effectuer.

La porte s'ouvrit enfin. Elle repoussa son prince Charles dans un coin. James Barty précéda son client dans la pièce.

Minshall portait toujours ses lunettes noires mais le reste de sa tenue était de provenance strictement carcérale. Il faudrait bien qu'il s'y fasse. Barry allait rester à l'ombre un joli paquet d'années.

— Mr Minshall et moi-même attendons toujours des nouvelles du ministère public, lança l'avocat à titre de préambule. L'audience avec le magistrat était...

— Mr Minshall et vous-même devriez remercier votre bonne étoile que nous ayons encore besoin de vous de ce côté du fleuve. En préventive, votre client risque de ne pas trouver l'ambiance aussi agréable.

— Nous avons été coopératifs jusqu'ici, dit Barty. Mais vous ne pouvez pas vous attendre à ce que cet état d'esprit se prolonge indéfiniment, constable.

— Je n'ai pas de transaction à proposer et vous le savez. Le TO9 s'occupe du cas de Mr Minshall. Votre seule chance, Barry, serait que ces garçons des polaroïds aient apprécié leur passage entre vos mains au point de ne pas vouloir témoigner contre vous. Mais je n'y compterais pas trop, à votre place. Et de toute façon, autant voir les choses en face, Bar. Même si ces jeunes ne souhaitaient pas affronter un procès, il n'en reste pas moins que vous avez livré un garçon de treize ans à son assassin et que vous allez tomber pour ça. Si j'étais vous, je tiendrais à ce que le ministère public et toutes les autres parties concernées soient bien informés que ma coopération a démarré à la seconde même où les flics m'ont demandé mon nom.

— C'est vous qui dites que Mr Minshall a livré ce garçon à la personne qui l'a assassiné, précisa Barty. Ça n'a jamais été notre position.

— Exact. Présentez ça comme vous voudrez, mais le linge sale se retrouve mouillé quel que soit l'ordre dans lequel on le met à la machine.

Elle sortit de son sac la photo encadrée qu'elle avait prise à l'appartement 5 de Walden Lodge. Elle la posa sur la table et la poussa vers Minshall.

Il baissa la tête. Elle ne voyait pas ses yeux derrière les verres noirs mais elle entendait sa respiration et eut l'impression qu'il faisait un effort pour la maintenir régulière. Elle avait envie de croire que cela signifiait quelque chose d'important, mais il ne fallait pas aller plus vite que la musique. Elle laissa les secondes s'égrener entre eux tandis qu'en son for intérieur résonnait un seul mot : *Allez. Allez. Allez.*

Finalement, il secoua la tête.

— Otez vos lunettes, dit-elle.

— Vous savez bien que la santé de mon client lui int...

— La ferme. Barry, ôtez vos lunettes.

— Ma vision...

— Otez-moi ces putains de lunettes !

Il obéit.

— Et maintenant regardez-moi.

Barbara attendit de voir ses yeux d'un gris proche de l'incolore. Elle espérait lire la vérité en eux mais, plus encore, elle voulait les voir et lui faire savoir qu'elle les voyait.

— À l'instant où je vous parle, personne ne vous accuse d'avoir livré quelqu'un pour qu'il se fasse trucider.

Elle sentit sa gorge se nouer à ces mots mais se força néanmoins à les dire parce que si mentir, tricher et flatter était le seul moyen de l'attirer là où elle voulait qu'il aille, elle mentirait, tricherait et le flatterait tout son soûl.

— Ce n'est pas ce que vous avez fait à Davey Benton. Quand vous avez laissé Davey avec ce... ce type, vous pensiez que la partie se jouerait comme elle s'était toujours jouée. Séduction, sodomie, je ne sais quoi...

— Ils ne me racontaient pas ce que...

— Mais, coupa-t-elle parce que l'entendre se justifier, protester, nier ou demander pardon lui eût été insupportable, parce qu'elle voulait juste la vérité et qu'elle était déterminée à ne pas quitter cette salle avant de la lui avoir soutirée, vous ne vouliez pas qu'il meure. Qu'il soit utilisé, oui. Qu'un type le pelote et même le viole...

— Non ! Ils n'ont jamais...

— Barry, intervint l'avocat. Vous n'avez pas besoin...

— La ferme. Barry, vous avez livré ces gosses pour le fric à vos potes dégueulasses de chez MABIL, mais c'était toujours une affaire de cul, pas de meurtre. Peut-être que vous vous les faisiez d'abord, ou peut-être que l'idée que tous ces mecs dépendaient de vous pour avoir leur chair fraîche suffisait à vous faire prendre votre pied. Le fait est que vous n'avez jamais voulu la mort de personne. Mais c'est arrivé, et soit vous me dites que ce type sur la photo est celui qui se faisait appeler deux-un-six-zéro, soit je sors de cette pièce et je vous colle sur le dos tout ce que je pourrai vous coller, de la pédophilie au meurtre en passant par le proxénétisme. Voilà. Vous allez plonger, Barry, vous n'y échapperez pas. À vous de voir jusqu'où vous avez envie de couler.

Barbara garda les yeux rivés sur ceux de Minshall, qui roulaient furieusement dans leurs orbites. Elle eut envie de lui demander comment il était devenu l'homme qu'il était – quelles étaient les forces de son passé personnel qui l'avaient conduit là – mais cela n'entrait pas en ligne de compte. Abusé dans son enfance. Maltraité. Violé, sodomisé. Qu'importaient les circonstances qui avaient fait de lui un vicelard et un maquereau, de l'eau avait coulé sous les ponts. Des enfants étaient morts et il avait des comptes à rendre.

— Regardez la photo, Barry.

Il baissa une nouvelle fois les yeux sur le cadre et le gratifia d'un regard long et intense.

— Je ne suis pas sûr, lâcha-t-il enfin. Elle est ancienne, non ? Il n'y a pas de bouc. Même pas de moustache. Il a… les cheveux sont différents.

— Il en avait plus, oui. Mais regardez le reste. Regardez ses yeux.

Il remit ses lunettes. Souleva le cadre.

— Il est avec qui ?

— Sa mère.

— Où avez-vous trouvé cette photo ?

— Chez elle. À Walden Lodge. En haut de la colline où le corps de Davey Benton a été retrouvé. C'est lui, Barry ? C'est bien deux-un-six-zéro ? C'est le type à qui vous avez livré Davey à l'hôtel Canterbury ?

Minshall reposa le cadre.

— Je ne…

— Barry. Soyez gentil, regardez bien.

Il regarda. Encore. Et Barbara passa des *Allez* à la prière.

— Je crois que c'est ça, finit-il par dire.

Barbara respira. Ce *Je crois que c'est ça* ne cassait pas des briques. Ce *Je crois que c'est ça* ne suffirait pas à faire condamner quelqu'un. Mais il allait lui permettre d'organiser une séance d'identification, et c'était déjà beaucoup.

Sa mère était arrivée à minuit. Au premier regard, elle lui avait ouvert les bras. Elle ne lui demanda pas comment allait Helen, parce que quelqu'un avait réussi à la joindre par téléphone sur la route entre la Cornouailles et Londres et qu'elle le savait déjà. Il vit cela sur son visage et à la façon dont son frère, au lieu de le saluer, se rongeait l'ongle du pouce.

— On a immédiatement prévenu Judith, réussit tout juste à dire Peter. Elle devrait arriver vers midi, Tommy.

Ce fait aurait dû lui procurer du réconfort – sa famille et celle de Helen réunies à l'hôpital pour qu'il n'ait pas à endurer son calvaire seul – mais le réconfort était inconcevable. Comme l'était l'idée de satisfaire ses plus élémentaires besoins biologiques, tels que dormir ou manger. Ces choses-là semblaient vaines à un moment où tout son être était concentré sur un unique point de lumière dans la nuit noire de son esprit.

Sur son lit d'hôpital, Helen était insignifiante par rapport à la machinerie qui l'entourait. Ils lui avaient cité des noms, mais lui n'avait retenu que leur fonction individuelle : pour respirer, pour contrôler les battements du cœur, pour réhydrater, pour mesurer le taux d'oxygène dans le sang, pour surveiller le fœtus. Hormis le ronronnement de ces machines, il n'y avait pas de bruit dans la chambre. Et à l'extérieur de la chambre, le couloir faisait silence, comme si l'hôpital et toute sa population savaient déjà.

Il ne pleura pas. Il ne fit pas les cent pas. Il n'essaya pas de passer son poing à travers le mur. Ce fut peut-être la raison pour laquelle sa mère finit par insister pour qu'il rentre chez lui lorsque l'aube les surprit tous en train d'arpenter les couloirs de l'hôpital. Va prendre un bain, une douche, un repas, n'importe quoi, dit-elle. On ne bougera pas d'ici, Tommy. Peter, moi, tout le monde. Il faut simplement que tu essaies de t'occuper un peu de toi. S'il te plaît, rentre. Quelqu'un peut t'accompagner si tu préfères.

Les volontaires ne manquaient pas : Pen, la sœur de Helen, son frère Peter, Saint James. Et même le père de Helen, bien qu'il fût aisé de voir que ce pauvre homme avait le cœur en miettes et qu'il ne serait d'aucune utilité tant que la benjamine de ses filles serait là où elle était... et dans l'état où elle était. Il avait donc commencé par répondre que non, il resterait à l'hôpital. Il ne pouvait pas la laisser, ils devaient comprendre.

Mais en fin de compte, dans la matinée, il accepta. Rentrer chez lui pour prendre une douche et se changer. Combien de temps cela lui demanderait-il ? Deux constables l'aidèrent à fendre un petit attroupement de journalistes dont il ne comprit ni n'entendit vraiment les questions. Une voiture pie le ramena à Belgravia. Il regarda les rues défiler d'un air morne.

À Eaton Terrace, ils voulurent savoir s'il souhaitait qu'ils restent. Il secoua la tête. Il se débrouillerait. Il avait un employé à domicile. Denton veillerait à ce qu'il prenne un repas.

Il s'abstint de leur dire que Denton s'était envolé vers des vacances attendues depuis longtemps : les lumières de la grande ville, Broadway, les gratte-ciel, le théâtre tous les soirs. Il les remercia et sortit ses clés pendant qu'ils redémarraient.

La police était venue. Il repéra quelques traces de son passage dans le lambeau de ruban jaune noué sous la rampe de l'étroit perron, dans le résidu de poudre à empreintes encore visible sur la porte. Il n'y avait pas de sang, selon Deborah, mais il en trouva pourtant une goutte sur un des carreaux du damier de marbre qui couvrait la plus haute marche. Elle était arrivée tellement près du but…

Il lui fallut trois essais pour introduire correctement la clé dans la serrure et, lorsqu'il y fut parvenu, un vertige s'empara de lui. Il s'attendait à trouver la maison différente, or rien n'avait changé. Le dernier bouquet de fleurs qu'elle avait composé avait semé quelques pétales sur le plateau en marqueterie du guéridon de l'entrée, mais c'était tout. Tout le reste était comme il l'avait laissé en partant : un foulard de Helen jeté en travers de la rampe d'escalier, un magazine ouvert sur un des canapés du salon, la chaise de Helen de guingois depuis la dernière fois qu'elle avait quitté la table de la salle à manger, une tasse à thé dans l'évier de la cuisine, une cuiller sur la paillasse, une liasse d'échantillons de tissu pour la chambre du bébé sur la table. Les sacs de vêtements de baptême devaient être entassés quelque part. Heureusement, il ne savait pas où.

À l'étage, il se planta sous la douche et laissa l'eau lui marteler indéfiniment la peau. Il s'aperçut qu'il ne la sentait pas réellement et, lorsqu'elle lui éclaboussa les yeux, il ne ferma pas les paupières et n'éprouva aucune douleur. Il revivait certains moments, implorant en silence un Dieu dont il n'était pas sûr de lui accorder une chance de remonter le temps.

Jusqu'à quelle date ? Jusqu'à quel moment ? Jusqu'à quelle décision qui les avait tous menés là où ils étaient ?

Il resta sous la douche jusqu'à la dernière goutte d'eau chaude du ballon. Il n'avait aucune idée du temps qu'il y avait passé quand il en émergea. Dégoulinant et tremblant, il resta sans se sécher ni s'habiller jusqu'à ce que ses dents se mettent à claquer comme des castagnettes à l'intérieur de son crâne. Il ne pouvait supporter l'idée de retourner dans leur chambre, d'ouvrir la penderie, les tiroirs, pour y prendre des vêtements propres. Ses cheveux étaient quasiment secs quand il trouva enfin la volonté d'attraper une serviette.

Il passa dans la chambre. Ils étaient absurdement démunis, comme des nourrissons, quand Denton n'était pas là pour les gronder : leur lit était mal fait, l'empreinte de la tête de Helen restait inscrite dans son oreiller. Il détourna les yeux et s'obligea à aller vers la commode. Leur photo de mariage lui sauta à la figure : soleil torride de juin, parfum des tubéreuses, du Schubert au violon. Il tendit le bras et coucha le cadre face au plateau de la commode. Il ressentit un soulagement fugace lorsque son image eut disparu, immédiatement suivi d'une bouffée de souffrance parce qu'il ne la voyait plus, et il le remit en place.

Il s'habilla. Il accorda au processus l'attention qu'elle lui aurait accordée. Cela lui permit de penser quelques instants à des couleurs et à des étoffes, de choisir des chaussures et la cravate adéquate comme si c'était un jour ordinaire et qu'elle était encore au lit, une tasse de thé sur les genoux, l'observant pour voir s'il ne commettait pas d'impair. La cravate était une question délicate. Depuis toujours. Tommy chéri, tu es absolument certain pour la bleue ?

Il n'était pas certain de grand-chose. Il n'était certain, en fait, que d'une seule chose : qu'il n'était certain de rien. Il enchaîna les gestes sans avoir une conscience complète de les accomplir, de sorte qu'il se retrouva finalement habillé de pied en cap et se demandant, face à son image dans le miroir de la penderie, ce qu'il fallait faire ensuite.

Se raser, mais c'était impossible. Sa douche, étiquetée « première douche depuis Helen », avait été assez pénible, et il ne se sentait pas capable d'aller au-delà. Il ne voulait pas d'autres étiquettes parce qu'il savait que leur poids finirait par le tuer. Le premier repas depuis Helen, le premier plein d'essence depuis Helen, la première lettre tombée de la fente dans la porte, le premier verre d'eau, la première tasse de thé. La liste était infinie et l'ensevelissait déjà.

Il quitta la maison. Dehors, il constata que quelqu'un – très probablement un voisin – avait déposé une gerbe de fleurs sur le perron. Des jonquilles. On était à cette saison-là. L'hiver se dissolvait dans le printemps et il avait désespérément besoin de stopper la marche du temps.

Il ramassa les fleurs. Elle aimait bien les jonquilles. Il allait les lui apporter. Elles sont tellement gaies, disait-elle. Les jonquilles, chéri, sont des fleurs qui donnent la pêche.

La Bentley l'attendait là où Deborah l'avait garée avec minutie et, dès qu'il eut ouvert la portière, l'odeur de Helen l'assaillit. Une pointe de citron, et elle était là.

Il monta dans l'auto et referma la portière. Il posa la tête sur le volant. Il respirait brièvement parce qu'il lui semblait que des inspirations profondes dissiperaient plus vite l'odeur, or il fallait que sa fragrance se prolonge aussi longtemps que possible. Il ne put se résoudre à remettre le siège dans la position adéquate, ni à régler les rétroviseurs, ni à faire quoi que ce soit qui pût effacer la présence de sa femme. Et il se demanda comment, s'il ne pouvait pas effectuer des gestes aussi simples et aussi essentiels alors que, pour l'amour du ciel, la Bentley n'était même pas la voiture habituelle de Helen, donc quelle importance cela pouvait-il avoir, comment il allait pouvoir affronter ce qui l'attendait maintenant.

Il n'en savait rien. Il se contentait d'accumuler des comportements machinaux dont il espérait qu'ils le porteraient de chaque instant vers le suivant.

Cela impliquait de démarrer la voiture, ce qu'il fit. Il entendit la Bentley ronronner sous son pied et la sortit en marche arrière du garage comme un praticien lancé dans une intervention de microchirurgie.

Il rejoignit Eaton Terrace. Il maintint le regard à distance de leur porte d'entrée parce qu'il ne voulait pas imaginer – et il savait qu'il le ferait, comment s'en empêcher ? – ce qu'avait vu Deborah Saint James lorsqu'elle avait débouché au coin de la rue après avoir garé son auto.

En roulant vers l'hôpital, il se rendit compte qu'il suivait certainement le même itinéraire que l'ambulance qui avait transporté Helen aux urgences. Il se demanda dans quelle mesure elle avait été consciente de ce qui se passait autour d'elle : les perfusions qu'on installait, l'oxygène insufflé dans ses narines, Deborah quelque part à proximité mais pas aussi proche que ceux qui l'auscultaient et qui disaient que sa respiration était laborieuse du côté gauche, puisque plus rien n'entrait dans le poumon qui s'était déjà affaissé. Elle devait être en état de choc. Elle n'avait pas dû se rendre compte. Elle était sur le perron, cherchant sa clé, et soudain quelqu'un lui avait tiré dessus. À bout portant, lui avait-on dit. Moins de trois mètres, sans doute plus près d'un mètre cinquante. Elle l'avait vu, et son agresseur avait vu le choc sur son visage, la surprise de se découvrir tout à coup vulnérable.

L'avait-il appelée par son nom ? Mrs Lynley, vous avez une seconde ? Comtesse ? Lady Asherton, c'est bien vous ? Et elle s'était retournée avec ce petit rire embarrassé, précipité qu'elle avait parfois. « Flûte ! Cet article imbécile dans le journal. Une idée de Tommy, mais je suppose que je n'aurais pas dû me montrer aussi coopérative. »

Puis l'arme : un pistolet, un revolver, quelle importance ? Une pression lente et régulière sur la détente, ce grand égaliseur des hommes.

Il trouvait pénible de penser et encore plus pénible de respirer. Il frappa le volant pour revenir au moment où il était plutôt qu'à un moment déjà vécu. Il le frappa pour faire diversion, pour se faire mal, n'importe quoi plutôt que de se briser sous les assauts de sa mémoire et de son imagination.

Seul l'hôpital pouvait encore le sauver, et il se hâta de rejoindre son refuge. Il doubla des bus et frôla des cyclistes. Il freina devant un serpentin de petits écoliers qui attendaient au bord du trottoir pour traverser la chaussée. Il imagina leur enfant parmi eux – le sien et celui de Helen : en chaussettes montantes, avec des croûtes aux genoux et des godillots miniatures, une casquette sur le crâne, une étiquette à son nom voletant autour du cou. Imprimée par ses instituteurs, mais il aurait tenu à la décorer selon son goût. Il aurait choisi des dinosaures parce qu'ils l'auraient emmené – Helen et lui – au muséum d'histoire naturelle un dimanche après-midi. Là, il serait tombé en arrêt sous le squelette d'un tyrannosaure, la bouche ouverte. « C'est quoi, maman ? » aurait-il demandé. « C'est extraordinairement grand, hein, papa ? » Il aurait aimé utiliser ce genre de mot. Extraordinairement. Il aurait reconnu les constellations, su nommer les muscles des chevaux.

Un klaxon meugla derrière lui. Il se raidit. Les enfants avaient atteint l'autre trottoir et repris leur marche, têtes en mouvement et semelles traînant au sol tandis que trois adultes – devant, milieu, derrière – gardaient sur eux un œil attentif.

C'était tout ce qu'on lui demandait et il avait échoué : garder un œil attentif. Au lieu de ça, il avait quasiment fourni un plan d'accès à son domicile personnel. Des photos de lui. Des photos de Helen. Belgravia. Est-ce que le tueur avait eu du mal ? Est-ce qu'il s'était seulement donné la peine de poser deux ou trois questions dans le quartier ?

Et il récoltait maintenant le fruit de son imprudence. Il y a des choses que nous ignorons, avait déclaré le chirurgien.

Mais vous ne pouvez pas dire… ?

Il y a des analyses qui permettent de diagnostiquer certains états et pour d'autres il n'y en a pas. La seule chose que nous puissions faire, c'est émettre une hypothèse, une déduction fondée sur ce que nous savons du cerveau. À partir de là, nous sommes capables d'extrapoler. Nous sommes capables de présenter les faits tels que nous les connaissons et nous sommes capables de vous dire jusqu'où ces faits peuvent nous mener. Mais c'est tout. Je suis navré. J'aimerais pouvoir vous dire plus...

Il ne *pouvait* pas. Penser à ça, affronter ça, vivre avec ça. L'horreur jour après jour. Une épée qui lui transperçait le cœur sans être fatale, ni rapide, ni miséricordieuse. Juste la pointe au début puis toujours un peu plus tandis que les jours devenaient des semaines, devenaient des mois nécessaires à l'attente de ce dont il savait déjà que ce serait le pire.

L'être humain peut s'adapter à tout, non ? L'être humain peut apprendre à survivre parce que, aussi longtemps que la volonté d'endurer subsiste, l'esprit s'adapte et il enjoint au corps de faire de même.

Mais pas à ça, pensa-t-il. Jamais à ça.

À l'hôpital, il vit que les journalistes avaient fini par se disperser. Ce n'était pas pour eux un événement à couvrir vingt-quatre heures sur vingt-quatre. L'incident initial et son lien avec l'enquête sur les meurtres en série les avait mobilisés dans un premier temps, mais ils se contenteraient dorénavant de faire un point périodique. Leur attention serait focalisée sur le criminel et la police, avec des allusions passagères à la victime et quelques images en boîte de l'hôpital – gros plan sur une fenêtre quelconque, derrière laquelle la blessée était censée se languir – à diffuser si les producteurs l'estimaient utile. Et même cela ne tarderait pas à être considéré comme du réchauffé. Il nous faut de l'inédit et, si vous n'avez pas un angle neuf sur cette affaire, enterrez-la. En page cinq ou six, ça devrait suffire. Ils avaient déjà traité, après tout, le cœur du sujet : la scène de crime, la conférence de presse du médecin, l'image de lui – une bonne petite image de réaction de proche – quittant l'hôpital un peu plus tôt dans la journée. On leur avait aussi communiqué le nom du porte-parole du commissariat de Belgravia, bref ils avaient déjà tout, vraiment. L'article pouvait quasiment s'écrire tout seul. Il n'y avait qu'à passer à autre chose. Les chiffres de tirage étaient préoccupants et il y avait d'autres actualités brûlantes pour les redresser. Les affaires étaient les affaires.

Il se gara. Il descendit de l'auto. Il se dirigea vers l'entrée de l'hôpital et ce qui l'attendait à l'intérieur : une situation inchangée et inchangeable, la famille, ses amis, et Helen.

Décide, Tommy chéri. Je te fais entièrement confiance. Enfin… sauf pour les cravates. Ce qui d'ailleurs a toujours été une énigme pour moi car tu es dans l'ensemble un homme au goût irréprochable.

— Tommy.

Il délaissa ses pensées. Sa sœur Judith venait vers lui. Elle ressemblait chaque jour un peu plus à leur mère : grande et svelte, des cheveux blonds coupés court.

Il vit qu'elle tenait un tabloïd plié à la main et penserait plus tard que c'était ce qui l'avait poussé à agir. Parce que ce n'était pas le dernier numéro en date mais celui dans lequel était paru l'article sur lui, sa vie privée, sa femme, et son adresse. Et il éprouva soudain une telle vague de honte qu'il eut la certitude qu'il allait se noyer et que la seule manière pour lui de remonter à la surface consistait à laisser libre cours à sa rage.

Il lui prit le journal des mains.

— La sœur de Helen avait ça dans son sac, dit Judith. Je ne l'avais pas encore lu. En fait, je n'étais pas au courant, et quand Cybil et Pen ont mentionné…

Elle vit quelque chose en lui, sans l'ombre d'un doute, car elle se planta à son côté et l'enlaça d'un bras.

— Ce n'est pas ça. Ne crois pas ça. Si tu commences à croire… lui dit-elle.

Il tenta de parler. Sa gorge ne le lui permit pas.

— Elle a besoin de toi, dit Judith.

Il secoua la tête, hagard. Il fit volte-face, quitta l'hôpital, repartit vers sa voiture. Il entendit la voix de sa sœur le rappeler puis l'instant d'après celle de Saint James, qui devait se trouver dans les parages lorsqu'il avait croisé Judith. Mais il ne pouvait ni s'arrêter ni leur parler pour le moment. Il fallait qu'il bouge, qu'il avance, qu'il règle ce qui aurait dû être réglé d'emblée.

Il roula vers le pont. Il avait besoin de vitesse. Il avait besoin d'action. Il faisait froid, gris et humide dehors, et il y avait de la tempête dans l'air, mais lorsque les premières gouttes de pluie tombèrent au moment où il s'engageait dans Broadway, il les considéra simplement comme des digressions mineures, des éclaboussures sur un pare-brise sur lequel était déjà écrit un drame en cours, où il ne voulait jouer aucun rôle.

L'agent de faction lui fit signe de passer tout en ouvrant la bouche pour parler. Lynley lui adressa un salut de la tête et passa sans s'arrêter, descendit au garage, où il parqua la Bentley, puis resta un moment immobile dans la pénombre, s'appliquant à respirer parce qu'il avait l'impression d'avoir gardé l'air dans ses poumons depuis qu'il avait quitté l'hôpital, quitté sa sœur en lui fourrant dans les mains le tabloïd accusateur.

Il gagna l'ascenseur. Son objectif était Tower Block, ce nid d'aigle d'où la vue sur les arbres de St James's Park scandait le passage des saisons. Il y arriva. Il vit des visages émerger d'une brume et des voix lui parlèrent sans qu'il soit capable de distinguer les mots.

Quand il arriva devant le bureau de l'adjoint au préfet Hillier, la secrétaire de celui-ci lui barra l'accès à la porte. « Commissaire... » fit Judi MacIntosh d'un ton diligent, après quoi elle dut lire ou comprendre quelque chose car elle enchaîna d'un « Tommy, mon cher » sur un ton si riche en compassion qu'il put à peine le supporter.

— Votre place n'est pas ici. Retournez à l'hôpital.

— Il est là ?

— Oui. Mais...

— Écartez-vous, s'il vous plaît.

— Tommy, je ne voudrais pas être obligée d'appeler quelqu'un.

— N'appelez personne. Judi, écartez-vous.

— Laissez-moi au moins le prévenir.

Elle fit un pas vers son poste de travail alors que n'importe quelle secrétaire sensée se serait simplement précipitée dans le bureau de Hillier avant lui. Mais elle faisait les choses dans les règles et ce fut ce qui la perdit car, sitôt la voie dégagée, il ouvrit la porte et entra, refermant derrière lui.

Hillier était au téléphone.

— ... beaucoup jusqu'ici ?... Bien. Je veux que tout soit mis en œuvre... Évidemment qu'il faut que ce soit une putain de cellule spéciale. Personne ne s'attaque à un flic...

Ce fut alors qu'il aperçut Lynley. Il ajouta pour son interlocuteur :

— Je vous rappelle. Continuez.

Il raccrocha et se leva. Il contourna son bureau.

— Comment va-t-elle ?

Lynley ne répondit pas. Son cœur se ruait contre ses côtes.

Hillier fit un geste vers le téléphone.

— C'était Belgravia. Ils reçoivent des appels de volontaires – des policiers en congé, en service et autres – de tous les coins de la ville. Demandant à travailler sur l'enquête. Ils ont mis en place une cellule de crise. C'est une priorité absolue. Elle est entrée en action hier soir en fin d'après-midi.

— Ça ne compte pas.

— Quoi ? Asseyez-vous. Là. Je vous fais monter quelque chose à boire. Vous avez dormi ? Mangé ?

Hillier revint vers le téléphone. Il composa un numéro et déclara qu'il voulait du café, des sandwiches, n'importe lesquels, mais qu'on lui apporte tout ça à son bureau le plus vite possible. Le café d'abord. Puis, à Lynley :

— Comment va-t-elle ?

— Elle est en état de mort cérébrale. (Il prononçait réellement ces mots pour la première fois.) Helen est en état de mort cérébrale. Ma femme est en état de mort cérébrale.

Les traits de Hillier s'affaissèrent.

— Mais… on m'a parlé d'une blessure à la poitrine… Comment est-ce possible ?

Lynley entreprit de décrire les faits, s'apercevant qu'il avait à la fois besoin et envie de la douleur que cette énumération lui coûtait.

— La blessure était petite. Ils n'ont pas vu tout de suite que… (Non. Il y avait une meilleure façon de présenter les choses.) La balle a traversé une artère. Et après, certaines parties de son cœur. Je ne sais pas dans quel ordre, ni le trajet exact, mais je suppose que ça vous donne une idée d'ensemble.

— Arrêtez de...

Oh, non. Il n'arrêterait pas.

— Mais, reprit-il avec effort, son cœur battait encore à ce stade-là, et son thorax a commencé à s'emplir de sang. Sauf qu'ils ne s'en sont pas rendu compte dans l'ambulance, vous voyez. Ils ont mis trop de temps pour tout. Donc, quand ils l'ont enfin déposée à l'hôpital, elle n'avait plus de pouls, plus de tension artérielle. Ils lui ont enfoncé un tube dans la gorge et ils lui en ont mis un autre dans le thorax, et c'est alors que le sang a commencé à sortir – à flots –, c'est à ce moment-là qu'ils ont su, vous comprenez, c'est à ce stade qu'ils ont su.

Il respira, entendit l'air crisser dans ses poumons et sut que Hillier aussi l'avait entendu. Et il détesta ce son pour ce qu'il révélait et pour la façon dont il risquait d'être utilisé contre lui.

— Asseyez-vous. S'il vous plaît. Vous avez besoin de vous asseoir.

Pas ça, pensa-t-il. Jamais.

— J'ai voulu savoir ce qu'ils avaient fait pour elle aux urgences, reprit-il. C'est quelque chose qu'on a le droit de demander, vous n'êtes pas d'accord ? Ils m'ont dit qu'ils l'avaient ouverte tout de suite et qu'ils avaient vu un des orifices créés par la balle. Le médecin a même enfoncé son doigt dedans pour bloquer le flot de sang, si vous pouvez visualiser une chose pareille, et je tenais à être capable de la visualiser parce qu'il fallait que je sache, vous comprenez. Il fallait que je comprenne parce que si elle respirait même faiblement... mais ils m'ont dit que son cerveau avait été insuffisamment irrigué. Et quand ils ont réussi à rétablir le flux sanguin... Oh, maintenant ça y est, elle respire grâce à un appareil et son cœur s'est remis à battre, mais son cerveau… le cerveau de Helen est mort.

— Dieu du ciel.

Hillier alla à la table de conférence. Il tira une chaise et invita Lynley à s'asseoir.

— Je suis profondément navré, Thomas.

Pas son prénom. Il ne pouvait pas supporter son prénom.

— Il nous a trouvés. Vous vous en rendez compte, n'est-ce pas ? Elle. Helen. Il l'a trouvée. Il l'a trouvée. Vous le savez. Et vous savez par quel moyen, n'est-ce pas ?

— Que voulez-vous dire ? Qu'est-ce que vous rac…

— Je vous parle de l'article, monsieur. Je vous parle de votre journaliste « embarqué ». Je vous parle des vies que vous avez mises entre les mains…

— Arrêtez.

Hillier avait haussé le ton. Cela ne ressemblait pas à l'expression d'une colère, plutôt d'un désespoir. Une tentative de la dernière chance pour endiguer une marée qu'il ne pouvait empêcher de monter.

— Il m'a téléphoné après la parution de cet article. Il m'a parlé d'elle. Nous lui avons fourni une clé, un plan, qu'importe, et il a trouvé ma femme.

— Mais c'est impossible. J'ai lu l'article. Il n'y avait aucun moyen de…

— Il y avait des dizaines de moyens, dit Lynley d'une voix plus forte, sa colère alimentée par le déni de Hillier. Dès l'instant où vous avez commencé à jouer avec la presse, vous avez créé des moyens. La télévision, les tabloïds, la radio, la grande presse. Vous et Deacon – vous deux –, vous avez cru que vous pourriez manipuler les médias comme des politiciens, et voyez où ça nous mène. Voyez où ça nous mène !

Hillier leva les mains, paumes en avant : l'injonction universelle d'arrêt.

— Thomas. Tommy. Ce n'est pas...

Il marqua une pause. Jeta un coup d'œil du côté de la porte et Lynley put quasiment lire la question dans son regard : Où est ce foutu café ? Où sont les sandwiches ? Donnez-moi une diversion, pour l'amour de Dieu, j'ai un fou furieux dans mon bureau.

— Je ne veux pas polémiquer avec vous. Il faut que vous retourniez à l'hôpital. Il faut que vous retourniez auprès de votre famille. Vous avez besoin de votre famille...

— Je n'ai plus de famille, bon Dieu de merde !

Finalement la digue céda.

— Elle est morte. Et notre bébé... Le bébé... Ils veulent la laisser branchée au moins deux mois. Plus, si possible. Vous comprenez ? Ni vivante, ni morte, et nous tous en train d'observer... Et vous... Le diable vous emporte ! C'est vous qui nous avez menés à ça. Et il n'y a aucun moyen...

— Arrêtez. Arrêtez. Vous êtes fou de chagrin. Ne faites pas, ne dites pas... Parce que vous regretteriez...

— Qu'est-ce qu'il me reste à regretter ?

Sa voix se cassa atrocement, et il détesta sur-le-champ cette cassure et ce qu'elle révélait de ce qu'il était devenu : moins qu'un homme, quelque chose comme un ver de terre exposé au sel et au soleil et se tordant, se tordant parce que c'était la fin c'était forcément la fin et qu'il n'avait pas vu venir...

Il n'y avait plus rien d'autre à faire que se jeter sur Hillier. Le saisir, l'empoigner, l'obliger...

Des mains fortes l'attrapèrent. Par-derrière, ce n'étaient donc pas celles de Hillier. Une voix lui dit à l'oreille :

— Bon Dieu, patron. Il faut que vous sortiez d'ici. Venez avec moi, d'accord ? Doucement. Doucement.

Winston Nkata. D'où sortait-il ? Se pouvait-il qu'il ait été là depuis le début, invisible ?

— Emmenez-le.

C'était Hillier. Hillier avec un mouchoir devant le visage, tenu par une main qui tremblait.

Lynley se retourna vers le sergent. On aurait dit qu'il était derrière un voile scintillant. Lynley vit néanmoins son visage une seconde avant de sentir l'étau de ses bras.

— Venez avec moi, murmura Winston à son oreille. Allez, venez avec moi.

30

L'après-midi touchait à sa fin lorsque Ulrike décida de tenter une nouvelle approche, sa rencontre à Bermondsey avec la grand-tante de Jack Veness lui ayant appris que la mauvaise foi ne servirait pas ses intérêts. Elle commença par ressortir la liste de dates fournie par New Scotland Yard. À partir de là, elle constitua un tableau à colonnes intégrant ces dates, les noms des victimes et ceux des suspects potentiels de la police. En s'accordant un maximum d'espace, de façon à pouvoir y noter tous les faits pertinents sur chacune des personnes qui lui paraissaient douteuses.

10 septembre, inscrivit-elle. *Anton Reid.*

20 octobre. Jared Salvatore.

25 novembre. Dennis Butcher.

Et, plus rapidement :

10 décembre. Kimmo Thorne.

18 décembre. Sean Lavery.

8 janvier. Davey Benton, qui, grâce à Dieu, n'avait jamais été des leurs. Pas plus d'ailleurs que la femme du commissaire, ce qui signifiait forcément quelque chose, non ?

Mais supposons que ce que cela signifiait, c'était que le tueur était allé voir ailleurs parce que ça commençait à sentir le roussi pour lui à Colossus. C'était tout à fait possible, et elle ne pouvait pas écarter cette hypothèse parce que, si elle l'écartait – devant qui que ce soit –, cela risquait d'être interprété comme une tentative pour orienter les soupçons dans une autre direction. Ce qu'elle cherchait à faire, évidemment. Mais sans en avoir l'air.

Elle se rendait compte qu'elle s'était couverte de ridicule en prétendant être allée trouver Mary Alice Atkins-Ward afin d'évaluer si Jack Veness était prêt à assumer un poste à responsabilité au sein de l'organisation. Elle ne voyait même pas comment elle avait pu imaginer un plan aussi crétin et comprenait que Miss Atkins-Ward l'ait facilement percée à jour. Elle opterait donc désormais pour une approche directe, en commençant par Neil Greenham, le seul suspect à avoir appelé un avocat à la rescousse, telle la cavalerie quand les Indiens se pointent à l'horizon. Elle décida de l'aborder dans sa salle de cours, un coup d'œil à l'horloge lui ayant indiqué qu'il devait y être encore, accordant à un de ses stagiaires le type de soutien individuel qui faisait sa spécificité.

Elle le trouva en tête à tête avec un jeune Noir dont le nom lui échappait. Elle observa la scène en fronçant les sourcils et entendit Neil faire une réflexion sur l'assiduité de son élève. Il l'appelait Mark.

Mark Connor, pensa Ulrike. Il était arrivé chez eux après un passage au centre pour jeunes délinquants de Lambeth, coupable d'un vol à l'arraché qui avait mal tourné : en poussant la vieille dame, il l'avait fait tomber et elle s'était cassé la hanche. Le profil type du gosse que Colossus avait pour mission de sauver.

Neil posa une main sur son épaule gracile. Ulrike vit Mark tressaillir.

— Neil, intervint-elle, immédiatement en alerte, puis-je te dire un mot ?

Elle guetta sa réaction. Elle était à l'affût de n'importe quel signe susceptible d'être interprété, mais il parut s'appliquer à n'en montrer aucun.

— Le temps de finir, répondit-il, et je vous retrouve juste après. Dans votre bureau ?

— Parfait.

Elle aurait préféré parler ici, sur son territoire à lui, mais tant pis. Elle s'en alla.

Neil la rejoignit exactement quinze minutes plus tard, une tasse de thé à la main.

— Je n'ai pas pensé à vous proposer… ? dit-il avec un petit mouvement de tasse censé résumer son offre.

Ulrike interpréta cela comme un signal de trêve.

— Ce n'est pas grave, Neil. Je n'en veux pas, merci. Entre et assieds-toi, je t'en prie.

Pendant qu'il s'asseyait, elle se leva et alla fermer la porte. Elle revint à son bureau, et il haussa un sourcil.

— Traitement spécial ? s'enquit-il en avalant sans bruit une gorgée de thé. (Il fallait que ce soit sans bruit, naturellement. Neil Greenham n'était pas du genre à faire du bruit en buvant.) Dois-je me sentir flatté ou m'inquiéter de cette attention soudaine ?

Ulrike ne répondit pas. Elle avait réfléchi à une entrée en matière et décidé qu'elle ne devait pas perdre son objectif de vue, quelle que soit la façon dont commencerait sa conversation avec Neil. Cet objectif était la coopération. Le temps de l'obstruction était depuis longtemps révolu.

— Il est temps que nous parlions, Neil. Nous ne sommes plus très loin de l'ouverture de la branche nord de Colossus. Tu le sais, n'est-ce pas ?

— Difficile de ne pas le savoir, répondit-il en l'observant au ras de sa tasse.

Ses yeux étaient bleus. Ils recelaient une petite pointe de glace qu'elle n'avait pas remarquée jusque-là.

— Nous allons avoir besoin d'une personne déjà en place dans l'organisation pour diriger cette branche. Est-ce que ça aussi, tu le sais ?

Il haussa nonchalamment les épaules.

— Ça se tient. Une personne déjà en place serait plus vite opérationnelle, c'est ça ?

— Effectivement, et ce n'est pas rien. Mais il y a aussi la loyauté.

— La loyauté.

Pas une question, un constat. Formulé sur un ton pensif.

— Oui. Naturellement, nous allons avoir besoin de quelqu'un dont la loyauté envers Colossus est indéfectible. C'est indispensable. Nous avons des ennemis, et les affronter exigera non seulement de la perspicacité mais aussi un esprit guerrier. Tu vois ce que je veux dire, je suppose.

Il prit tout son temps avant de répondre, soulevant son thé et buvant – sans bruit – une gorgée méditative.

— Pour être franc, non.

— Non quoi ?

— Je ne vois pas ce que vous voulez dire. Ce n'est pas que le mot « perspicacité » échappe à mon champ de compréhension, entendez-moi bien. C'est l'histoire de l'esprit guerrier qui me laisse perplexe.

Elle eut un rire doux, de ceux qu'on s'adresse en général à soi-même.

— Désolée. Je repensais à l'image du guerrier quittant son foyer – en laissant derrière lui femme et enfants – pour partir au combat. Cette capacité du guerrier à faire abstraction de la sphère privée quand il y a une bataille à livrer. Les besoins de la branche nord de Colossus devront passer avant ceux de son directeur.

— Et ceux de la branche sud ?

— Quoi ?

— Qu'est-ce que vous faites des besoins de la branche sud de Colossus, Ulrike ?

— Le directeur de la branche nord ne sera pas responsable de…

— Ce n'est pas ce que je voulais dire. Je me demandais juste si la façon dont la branche sud de Colossus est dirigée était un modèle dont la branche nord devra s'inspirer.

Ulrike le scruta. Il avait l'air doux. Neil lui avait toujours paru un peu nébuleux sur les bords, mais elle eut tout à coup la sensation distincte qu'un silex était tapi sous la surface molle et juvénile. Et il ne s'agissait pas seulement du problème d'irascibilité qui lui avait autrefois coûté son poste d'enseignant.

— Tu ne pourrais pas être un peu plus direct ? fit-elle.

— Je croyais l'avoir été. Excusez-moi. Je suppose que ce que je suis en train de vous dire, c'est que ça me paraît un peu hypocrite, tout ça.

— Tout quoi ?

— Tout ce discours sur la loyauté, sur Colossus avant tout. Je…

Il marqua un temps d'arrêt, mais Ulrike sentit que c'était une pause rhétorique.

— En d'autres circonstances, j'aurais été ravi d'avoir cette discussion avec vous. J'aurais même eu la faiblesse d'imaginer que vous envisagiez de me recommander pour diriger la future branche nord.

— Je croyais effectivement t'avoir laissé entendre…

— Sauf que le couplet sur la loyauté envers Colossus vous a trahie. Vous-même, vous n'avez pas toujours fait preuve d'une loyauté irréprochable, si ?

Elle sentit qu'il s'attendait qu'elle lui demande de clarifier son propos et décida de ne pas lui offrir ce plaisir.

— Neil, nous traversons tous des phases où nous sommes distraits de nos préoccupations essentielles. Personne, à aucun niveau de la hiérarchie, n'a jamais exigé de qui que ce soit une conception exclusive de la loyauté.

— Ce qui vous arrange bien, je suppose. Vos préoccupations secondaires étant ce qu'elles sont.

— Je te demande pardon ?

Elle regretta sa question à la seconde où elle la posa, mais c'était déjà trop tard : il s'en empara avec l'avidité d'un pêcheur qui jette dans son seau la truite qu'il vient de sortir de l'eau.

— La discrétion n'est pas toujours ce qu'on croit. Ce qui revient à dire que, quelquefois, la discrétion ne change rien à rien. Ou qu'elle ne fonctionne pas. « L'homme propose et Dieu dispose », si vous voyez ce que je veux dire. Je pourrais aussi vous dire que quand on veut laisser des petits cailloux derrière soi, mieux vaut habiter dans une maison en brique. Vous voulez que je sois encore plus direct, Ulrike, ou bien vous comprenez ce que je suis en train de vous dire ? Où est Griff, au fait ? Il vole sous les radars depuis quelque temps, non ? C'est vous qui le lui avez conseillé ?

Nous y voilà, pensa Ulrike. Le moment était venu de laisser tomber les gants. Peut-être était-il grand temps, d'ailleurs. Sa vie privée ne regardait absolument pas Neil, mais elle allait lui montrer que l'inverse n'était pas vrai.

— Débarrasse-toi de cet avocat, Neil. Je ne sais pas pourquoi tu l'as engagé et je ne veux pas le savoir. Mais je te demande de le laisser tomber immédiatement et de répondre aux policiers.

Neil changea de couleur, mais la façon dont il modifia la position de son corps indiqua à Ulrike que ce n'était ni l'embarras ni la honte qui le faisait rougir.

— Est-ce que j'ai bien entendu… ?

— Oui. Tu as bien entendu.

— Bon Dieu, mais qu'est-ce que… Ulrike, personne n'a à me dire… et encore moins vous…

— Je te demande de coopérer avec les enquêteurs. Je te demande de leur dire où tu étais à toutes les dates sur lesquelles ils t'interrogeront. Si tu veux que ce soit plus facile, tu n'as qu'à commencer par me le dire à moi et je leur transmettrai les informations.

Elle prit son stylo et le plaça en suspens au-dessus de la feuille sur laquelle elle avait tracé son tableau à trois colonnes.

— Commençons par septembre dernier. Plus précisément le 10.

Il se leva.

— Montrez-moi ça.

Il tendit une main vers la feuille. Elle plaqua son avant-bras dessus.

— Et votre nom, il y est aussi ? Ou est-ce que vos parties de jambes en l'air avec Griff vont vous servir de réponse à toutes les questions qu'ils pourraient vous poser ? Au fait, Ulrike, vous pouvez m'expliquer comment vous faites pour baiser un suspect et jouer les indics en même temps ?

— Ma vie…

— Votre vie. Votre vie, ricana-t-il. Tout Colossus et rien que Colossus. C'est à ça qu'elle est censée ressembler, hein ? On vous donnerait le bon Dieu sans confession et en même temps, quand un gamin disparaît, vous n'êtes même pas au courant. Les flics ont réfléchi là-dessus ? Et le conseil d'administration ? Parce que je crois qu'ils seraient intéressés, non ?

— Tu me menaces ?

— Je vous parle d'un fait. Prenez ça comme vous voudrez. En attendant, ne me dites pas comment je dois réagir quand les flics se mettent à fouiller dans ma vie.

— Est-ce que tu te rends compte de l'insubordination que…

— Allez vous faire foutre !

Il partit vers la porte. Il l'ouvrit brutalement. Et il cria :

— Hé, Veness ! Viens par ici, d'accord ?

Ulrike se leva. Neil était cramoisi de rage et elle devait être à peu près de la même couleur, mais son attitude était intolérable.

— Comment oses-tu donner des ordres aux autres employés ? s'écria-t-elle. Si c'est un exemple de ta manière d'admettre ou de ne pas admettre les instructions d'un supérieur, crois-moi, ça sera remarqué. Ça l'est déjà.

Il fit volte-face.

— Vous pensez vraiment que j'ai cru que vous envisageriez de me faire faire autre chose que torcher le cul de ces racailles ? Jack ! Ramène-toi !

Jack apparut sur le seuil.

— Qu'est-ce qui se passe ?

— Je voulais juste que tu saches qu'Ulrike balance tout ce qu'elle peut aux flics sur nous. Elle vient de me cuisiner et j'imagine que tu es le prochain sur la liste.

Le regard de Jack se déplaça de Neil à Ulrike, puis tomba sur le bureau et le tableau à colonnes. Il grommela un « Merde, Ulrike » éloquent.

— Elle s'est trouvé une deuxième vocation, renchérit Neil en remettant à sa place la chaise qu'il venait de quitter et en la montrant à Jack. À ton tour.

— Ça suffit, intervint Ulrike. Retourne à ton poste, Jack. Neil a cédé à sa vieille prédilection pour les coups de sang.

— Alors qu'Ulrike, elle, a passé un bon moment à céder…

— J'ai dit : ça suffit !

Il était temps de reprendre la main. Invoquer la hiérarchie était la seule issue possible, même si cela poussait Neil à mettre à exécution sa menace d'informer le conseil d'administration de sa liaison avec Griff.

— Si vous voulez garder votre poste, je vous suggère d'y retourner. Tous les deux.

— Hé ! protesta Jack. Je viens d'arriver...

— Je sais, répondit calmement Ulrike. Je m'adresse surtout à Neil. Et je m'en tiens à ce que j'ai dit, Neil. Fais ce que tu voudras, mais débarrasse-toi de cet avocat.

— Vous pouvez toujours courir.

— Voilà qui m'incite à me demander ce que tu as à cacher.

Le regard de Jack fit l'aller-retour entre elle et Neil. Il lâcha un « Putain de merde » et s'en alla.

— Je m'en souviendrai, lâcha Neil en guise d'ultime commentaire.

— J'imagine, dit Ulrike.

Le moment, l'activité, lui-même : tout ça dégoûtait Nkata, assis à côté de Hillier face à un parterre de journalistes remontés à bloc. Il n'y avait décidément rien de tel qu'un drame sanglant pour les motiver. Rien de tel que le fait de s'approprier ce drame et de lui donner un visage humain pour déclencher chez eux une compassion momentanée vis-à-vis de la Met.

C'était, il le savait, ce à quoi pensait Hillier lorsqu'il affronta leurs questions après avoir fait sa déclaration. La presse était enfin là où ils avaient toujours voulu l'amener, semblait dire son attitude. Les journalistes y réfléchiraient à deux fois avant de s'en prendre de nouveau à la Met pendant que la femme d'un officier se battait pour survivre à l'hôpital.

Sauf qu'elle n'était plus en train de se battre pour survivre. Elle n'était plus en train de se battre pour quoi que ce soit parce qu'elle n'était plus.

Il ne bougeait pas. Il ne prêtait aucune attention à ce qui se disait mais savait que ça conviendrait très bien à Hillier. Il suffisait qu'il ait l'air farouchement déterminé. On ne lui demandait rien d'autre. Il se dégoûtait.

Lynley avait insisté. Nkata l'avait sorti du bureau de l'adjoint au préfet en l'empoignant par les épaules, un geste énergique mais empreint de dévotion. Il avait compris à cet instant qu'il ferait n'importe quoi pour cet homme. Et cela l'avait sidéré car des années durant il s'était dit que réussir était la seule chose qui comptait dans sa vie. Faire son boulot et ne laisser aucune prise au reste parce que ce que pensaient les autres ne comptait pas. Il n'y avait que ce que vous saviez et qui vous étiez qui comptait.

Lynley avait toujours paru comprendre cela de lui sans qu'ils en aient jamais parlé. Même au milieu de ce qu'il était en train de subir.

Nkata l'avait entraîné hors du bureau de Hillier. En partant, ils avaient entendu l'adjoint au préfet enfoncer les touches de son téléphone. Supposant que Hillier cherchait à joindre la sécurité pour éconduire Lynley, il l'emmena donc vers un lieu où il était peu probable qu'on vienne les chercher : la bibliothèque, au onzième étage de l'immeuble, avec sa vue imprenable sur la capitale et son silence, au milieu duquel Lynley lui avait annoncé le pire.

Et le pire n'était pas que sa femme était morte. Le pire, c'était le choix qu'on lui demandait de faire.

« Les machines peuvent maintenir ses fonctions respiratoires pendant plusieurs mois, avait-il déclaré d'un ton lugubre, les yeux fixés sur le panorama. Assez longtemps pour qu'un bébé viable… » Il s'interrompit.

Il se frotta les yeux. Il ressemblait à un déterré, pensa Nkata. Pire, c'était un déterré.

« Ils n'ont aucun moyen de mesurer l'étendue des dommages cérébraux du bébé. Il y en a. Ils en sont… comment disent-ils… sûrs à quatre-vingt-quinze pour cent parce qu'elle a manqué d'oxygène pendant vingt minutes au moins et que si ça lui a détruit le cerveau à elle, il paraît logique que…

— Oh, mais c'est… Vous n'avez pas à… »

Nkata n'avait rien trouvé d'autre à dire.

« Il n'y a pas d'examen, Winston. Juste le choix. Soit on la laisse branchée deux mois – et même trois, ce serait l'idéal… enfin, si tant est que quelque chose puisse encore être idéal au point où nous en sommes – et on récupère le bébé. On l'ouvre, on sort le bébé, et on enterre le corps. Parce que ce n'est plus elle. Juste un corps. Un cadavre qui respire, si vous voulez, d'où ils pourraient extraire l'enfant vivant – quoique handicapé à vie. Vous allez devoir prendre cette décision, disent-ils. Réfléchissez-y. Il n'y a pas de véritable urgence, ce n'est pas comme si votre décision pouvait affecter l'état du cadavre. »

Nkata songea qu'ils n'avaient sans doute pas employé le mot « cadavre ». Il comprenait que Lynley puisse l'utiliser parce qu'il traduisait la vérité brutale. Et il voyait aussi le genre d'article que ça risquait de donner, que ça donnait déjà : la comtesse morte, son corps réduit à un incubateur et à l'habitant de cet incubateur, la naissance pour finir – est-ce qu'on pouvait seulement appeler ça une naissance ? – à la une de tous les tabloïds de la ville lorsqu'elle surviendrait, parce que c'était une sacrée histoire, et après ça les déclinaisons à l'infini, une par an peut-être, selon l'accord qui serait passé avec la presse : fichez-nous la paix pour le moment et on vous donnera des nouvelles de l'enfant de temps en temps, on vous laissera peut-être même le prendre en photo, mais fichez-nous la paix, s'il vous plaît fichez-nous la paix.

Nkata ne put qu'émettre un « Oh » qui lui échappa sous la forme d'un grognement.

« J'ai fait d'elle un agneau sacrificiel, reprit Lynley en se tournant vers lui. Comment est-ce que je fais pour vivre avec ça ? »

Nkata comprit.

« Eh, dit-il sans y croire tout à fait, ça n'a rien à voir. Il ne faut pas penser ça. Vous n'êtes pas responsable. »

Parce que si Lynley se jugeait responsable de la tragédie, une chaîne se formerait dont les maillons mèneraient inexorablement à lui-même et ça, Nkata ne pouvait pas le supporter, il savait qu'il ne le pouvait pas. Parce qu'il savait aussi que le plan du commissaire avait en partie consisté à concentrer l'attention de Mitchell Corsico sur sa propre personne pour le tenir à distance de tous les autres et de Nkata en particulier, qui de toutes les personnes impliquées dans l'enquête sur les meurtres en série avait probablement le passé le plus susceptible d'attiser la curiosité de l'opinion.

« Je suis responsable, dit Lynley comme s'il lisait dans ses pensées. Pas vous, Winston. » Et il avait ajouté avant de partir : « Jouez votre rôle. Il faut tirer tout ça au clair. Ne cherchez pas à rester dans mon camp. C'est fini. D'accord ?

— Je ne peux pas… »

Lynley l'avait interrompu :

« Ne me rendez pas responsable de quoi que ce soit de plus, sacré nom de Dieu. Promettez-le-moi, Winston. »

Et il se retrouvait là, dans le camp de Hillier, à jouer son rôle.

Il eut vaguement conscience de la fin de la conférence de presse. Le seul indice que Hillier lui donna de son état intérieur fut la manière dont il s'adressa ensuite à Mitchell Corsico. Le journaliste n'avait plus qu'à rejoindre ses collègues, sa salle de rédaction, son rédacteur en chef, qui il voudrait. Mais en ce qui concernait les portraits de policiers mobilisés sur l'enquête, c'était terminé.

— Mais vous ne pouvez pas croire que mon article sur le commissaire ait un rapport avec ce qui est arrivé à sa femme, protesta Corsico. Bon Dieu, je n'ai strictement rien écrit qui puisse permettre à ce type de la localiser. Rien. J'en suis sûr et certain. Et vous savez que j'ai fait tout ce qu'il fallait. À part le pape, ce papier a été censuré par le monde entier.

— C'est mon dernier mot, dit Hillier.

Par ailleurs, il resta muet sur Lynley et ce qui s'était passé dans son bureau. Il se contenta d'adresser un petit signe de tête à Nkata en lui disant « Remettez-vous au boulot » et s'en alla de son côté. Seul, pour une fois. Aucun sous-fifre ne l'accompagnait.

Nkata regagna la salle d'opérations. Il constata qu'il avait un message lui demandant de rappeler Barb Havers sur son portable et se promit de le faire. Mais dans un premier temps, il tâcha de se souvenir de ce qu'il s'apprêtait à faire tout à l'heure lorsque Dorothea Harriman était venue l'avertir de la possible arrivée de Lynley sur Victoria Street.

Le profil. L'idée lui était venue de jeter un nouveau coup d'œil au profil du tueur dans l'espoir que quelque chose l'aiguillerait sur un des suspects... si tant est que ces types soient vraiment des suspects parce que le seul élément qui semblait les rattacher aux meurtres était leur proximité avec certaines victimes, un élément sur lequel il avait de plus en plus l'impression que rien de solide ne pouvait être construit, comme s'il y avait non pas du sable sous les fondations mais plutôt de la glace, prête à craquer sous le fardeau de la preuve.

Il se rendit dans le bureau de Lynley. Sur la table, une photographie encadrée de sa femme et de lui. Ils étaient tous deux penchés au-dessus d'une balustrade inondée de soleil. Il la tenait par la taille, elle avait la tête posée contre son épaule, et tous deux fixaient en riant l'objectif tandis qu'à l'arrière-plan scintillait une mer bleue. Lune de miel, pensa Nkata. Il réalisa qu'ils étaient mariés depuis moins d'un an.

Il détourna les yeux. Il s'obligea à étudier les documents posés sur le bureau. Il lut les notes de Lynley. Il lut un récent compte rendu de Havers. Et il trouva enfin le texte qu'il cherchait, reconnaissable à l'en-tête de l'hôpital psychiatrique Fischer. Il retira le profil de la pile où Lynley l'avait rangé. Il le transporta à la table de conférence, s'assit et tâcha de s'éclaircir les idées.

« Commissaire, disait une note ajoutée d'une main appliquée sur la page de titre, j'espère que ces informations vous paraîtront utiles même si vous n'êtes pas croyant. » Pas de signature, mais elle devait avoir été écrite par le profileur en personne. Qui d'autre que lui aurait eu une raison de le faire ?

Avant de s'attaquer à la lecture du rapport proprement dit, Nkata réfléchit à la localisation de l'hôpital Fischer. Il s'avoua à lui-même qu'il pensait à Stoney. Toutes ses réflexions finissaient toujours par le ramener à son frère. Il se demanda si un établissement comme l'hôpital Fischer aurait pu aider son frère, apaiser sa colère, soigner sa folie, éradiquer son besoin de frapper, voire de tuer…

Nkata s'aperçut qu'il relisait sans cesse le titre inscrit sur la page couleur crème. Il fronça les sourcils. Se concentra. Relut. On lui avait appris que les coïncidences n'existaient pas, et il venait de lire les notes de

Lynley et le compte rendu de Havers. Il tendit la main vers le téléphone.

Barbara Havers déboula dans le bureau.

— Tu n'as pas eu mon message ? Merde et re-merde, Winnie ! Je t'ai téléphoné. En te demandant de me rappeler. J'ai… mais qu'est-ce qui se passe ici, bon Dieu ?

Nkata lui tendit le rapport du profileur.

— Lis ça. Prends ton temps.

De façon légitime, ils avaient tous besoin d'une part de lui. Lynley acceptait ce fait tout en sachant qu'il ne pouvait à peu près rien faire pour soutenir quiconque. Il avait déjà assez de mal à se soutenir lui-même.

Il revint à l'hôpital dans un état second. Il y retrouva sa famille et celle de Helen là où il les avait laissées, ainsi que Deborah et Saint James. Ils tiennent le fort, pensa-t-il absurdement. Il n'y avait plus de fort à tenir et plus personne à défendre.

Daphne, une des sœurs de Helen, était arrivée d'Italie. Une autre, Iris, devait revenir d'Amérique et était attendue d'un moment à l'autre, même si personne n'avait de précision à ce sujet. Cybil et Pen s'occupaient de leurs parents tandis que le frère et la sœur de Lynley étaient assis auprès de leur mère, familiers de l'hôpital, habitués à la mort brutale.

La pièce où on les avait regroupés était exiguë et ils l'encombraient, assis inconfortablement sur tout ce qu'ils avaient pu récupérer de chaises et de bancs, réunis en ce lieu pour être protégés des autres familles de patients en raison de leur nombre, du caractère sensible de la situation et de ce qu'ils étaient. Non pas de ce qu'ils étaient en termes de classe sociale mais de ce qu'ils étaient professionnellement : les proches d'un flic dont la femme avait été abattue en pleine rue. Lynley était conscient de l'ironie de la situation : le droit à cette intimité était dû à sa carrière et non à sa naissance. Il lui semblait que c'était peut-être le seul moment de sa vie à avoir été honnêtement défini par le métier qu'il avait choisi. Le reste du temps, il avait toujours été le comte, ce bonhomme excentrique qui avait préféré à la vie à la campagne et à la fréquentation de ses pairs un métier des plus ordinaires. Expliquez-nous pourquoi, commissaire Lynley. Il en aurait été incapable, surtout maintenant.

Daphne, la dernière arrivée, s'approcha de lui. Gianfranco, aurait voulu être là lui aussi, dit-elle. Mais il aurait fallu laisser les enfants à…

— Ne t'en fais pas, Daph, fit Lynley. Helen n'aurait pas voulu… merci d'être venue.

Les yeux de Daphne – noirs comme ceux de Helen, et il vit à quel point Helen ressemblait à sa sœur aînée – devinrent brillants, mais elle ne pleura pas.

— Ils m'ont dit ce que…

— Oui.

— Qu'est-ce que tu… ?

Il secoua la tête. Elle lui effleura le bras.

— Pauvre chéri, souffla-t-elle.

Il s'approcha de sa mère. Sa sœur, Judith, lui fit un peu de place sur le banc.

— Va te reposer à la maison, si tu veux, dit-il. Tu n'as pas besoin de passer des heures et des heures ici, maman. La chambre d'amis est libre. Denton est à New York, il ne sera donc pas là pour te préparer un repas, mais tu peux toujours… dans la cuisine… je sais qu'il y a des réserves. On se débrouillait tout seuls, il y a des barquettes au frigo…

— Je vais très bien, murmura lady Asherton. Nous allons tous très bien, Tommy. Nous n'avons besoin de rien. Nous sommes allés à la cafétéria. Et Peter a apporté du café pour tout le monde.

Lynley décocha un coup d'œil à son frère cadet. Il constata que Peter était toujours incapable de soutenir son regard plus d'une seconde. Il comprenait. Les yeux dans les yeux. Voyant et reconnaissant. Lui-même pouvait à peine supporter le contact.

— Iris arrive quand ? demanda-t-il. Quelqu'un le sait ?

Sa mère secoua la tête.

— Elle vit au milieu de nulle part, là-bas. Je ne sais pas combien de vols elle doit prendre ni même si elle est déjà partie. Elle a juste dit à Penelope qu'elle faisait ses valises et qu'elle serait là dès que possible. Mais comment fait-on pour venir du Montana ? Je ne suis même pas sûre de savoir où ça se trouve, le Montana.

— Dans le Nord, fit Lynley.

— Elle va mettre un temps fou.

— Ça n'a pas beaucoup d'importance.

Sa mère lui prit la main. Lynley la trouva chaude mais très sèche, ce qui lui sembla être une combinaison improbable. Et douce, aussi, encore une chose étrange parce qu'elle adorait jardiner et qu'elle jouait au tennis chaque fois que le climat de la Cornouailles le permettait, en toute saison, alors comment se faisait-il que ses mains soient restées douces ? Et au nom du ciel, qu'est-ce que ça pouvait bien faire ?

Saint James vint à lui tandis que Deborah le suivait des yeux depuis l'autre bout de la pièce.

— La police est venue, Tommy. Veux-tu que… ? dit Saint James avec un coup d'œil en direction de la mère de Lynley.

Lynley se leva. Il entraîna Saint James hors de la pièce et dans le couloir. L'expression *le pire par les pires moyens* lui traversa l'esprit, surgie de nulle part. Une chanson ? se demanda-t-il. Non, sûrement pas[1].

---

1. Il s'agit en réalité d'une citation de *Macbeth*. (*N.d.T.*)

— Alors ?

— Ils savent par où il est reparti après lui avoir tiré dessus. Ils ne savent pas d'où il venait, même s'ils y travaillent, mais ils savent où il est allé. Où ils sont allés, Tommy.

— Sont ?

— Apparemment, ils étaient deux. De sexe masculin. Une femme âgée promenait son chien sur le côté nord de West Eaton Place. Elle venait de déboucher au coin de Chesham Street. Tu vois ce que je veux dire ?

— Qu'est-ce qu'elle a vu ?

— De loin. Deux individus ont surgi en courant d'Eaton Terrace. Il semblerait qu'ils l'aient vue et qu'ils se soient jetés dans West Eaton Place Mews. Il y avait là une Range Rover garée le long d'un mur de brique. On a retrouvé son capot cabossé. Belgravia pense que ces types ont grimpé sur la Range Rover pour sauter dans le jardin qui se trouve derrière le mur de brique. Tu situes, Tommy ?

— Oui.

Derrière le mur de brique en question, une succession de jardins – dont chacun était délimité par un autre mur de brique – s'ouvrait à l'arrière des maisons de Cadogan Lane. Après avoir jadis accueilli les écuries des somptueuses demeures avoisinantes, la ruelle hébergeait aujourd'hui des logements issus d'anciens garages qui eux-mêmes étaient issus des écuries originelles. Le quartier était un écheveau complexe. Rien n'était plus facile que de se fondre dans le décor. Ou de s'enfuir. Ou autre.

— Ce n'est pas ce que ça a l'air d'être, Tommy, dit Saint James.

— Pourquoi ?

— Parce qu'une fille au pair de Cadogan Lane a par ailleurs signalé une effraction peu de temps après que Helen… peu de temps après. Dans l'heure. Ils sont en train de l'interroger. Elle était à la maison quand l'effraction a eu lieu.

— Qu'est-ce qu'ils savent ?

— Juste qu'il y a eu effraction pour le moment. Mais s'il y a un rapport – et bon Dieu, il y en a forcément un – et si l'intrus est ressorti par l'avant de la propriété, c'est une bonne nouvelle. Parce qu'il y a deux caméras de surveillance sur la façade d'une des plus grosses maisons de Cadogan Lane.

Lynley dévisagea Saint James. Il aurait désespérément voulu s'intéresser à ce que son ami venait de dire parce qu'il savait ce que cela signifiait : si l'individu qui était passé par le jardin de la maison où se trouvait la fille au pair avait effectivement suivi cette voie, il y avait une bonne chance pour que les caméras en circuit fermé l'aient mis en boîte. Et s'il était en boîte, les chances augmentaient de le traîner un jour devant ce qu'on appelait la justice, mais dans le fond qu'est-ce que ça pouvait bien faire ?

Il hocha tout de même la tête. C'était ce qu'on attendait de lui.

— La maison de la fille au pair ? reprit Saint James.

— Hum. Oui ?

— Elle est relativement loin de l'endroit où était garée la Range Rover, Tommy.

Lynley se força à réfléchir à ce que cela pouvait signifier. Il ne trouva rien.

— Il y a peut-être huit jardins entre les deux, peut-être moins, mais en tout cas il y en a un certain nombre. Ce qui veut dire que les personnes qui ont sauté le mur là où était la Range Rover en ont forcément sauté d'autres. Belgravia va ratisser tous les jardins. Il y aura des indices.

— Je vois.

— Ils vont trouver, Tommy. Ça ne prendra pas longtemps.

798

— Oui.

— Ça va aller ?

Lynley médita sur cette question. Il fixa Saint
James. Aller. Qu'est-ce que cela voulait dire ?

La porte s'ouvrit sur Deborah, qui les rejoignit.

— Rentre chez toi, lui dit Lynley. Tu ne peux rien
faire.

Il se rendit compte de son ton. Il savait qu'elle
l'interpréterait mal et qu'elle percevrait le reproche,
qui était bel et bien là mais pas dirigé contre elle. La
voir lui rappelait juste qu'elle avait été la dernière à
profiter de la compagnie de Helen, à l'entendre parler,
à rire avec elle. Et c'était ce statut de « dernière » qu'il
ne pouvait pas supporter, tout comme un peu plus tôt
il s'était découvert incapable de supporter le statut de
« premier » après Helen.

— Si tu veux, répondit-elle. Si ça peut t'aider,
Tommy.

— Oui.

Elle hocha la tête et partit récupérer ses affaires.
Lynley se tourna vers Saint James :

— Je retourne la voir. Tu veux venir ? Je sais que tu
n'as pas eu…

— Oui. Volontiers, Tommy.

Et ils se rendirent au chevet de Helen, nanifiée dans
son lit par tout ce qui la maintenait en fonctionnement
en tant que matrice. On l'aurait dite en cire, Helen certes, mais déjà plus tout à fait Helen, plus jamais Helen.
Tandis qu'à l'intérieur d'elle, abîmé au-delà de tout
espoir de guérison mais sans qu'on puisse savoir à
quel point…

— Ils veulent que je décide, dit Lynley en prenant la
main sans vie de sa femme et en repliant ses doigts
flasques au creux de sa paume. Je ne peux pas supporter ça, Simon.

Winston avait pris le volant, ce dont Barbara Havers lui était reconnaissante. Après une journée à faire exprès de ne pas penser à ce qui pouvait se passer à l'hôpital St Thomas, la nouvelle de l'état de Helen Lynley lui avait fait l'effet d'un crochet au foie. Elle se doutait que le pronostic serait sombre. Mais elle s'était rassurée en pensant que des gens survivaient tous les jours à des blessures par balle et que, les avancées de la médecine étant ce qu'elles étaient, les chances de Helen ne pouvaient qu'être bonnes. Hélas, aucune avancée actuelle de la médecine n'était capable de compenser une privation d'oxygène subie par le cerveau. Les chirurgiens n'entraient pas au bloc tels des messies, ils ne réparaient pas ce genre de dommage par l'imposition des mains. Il n'y avait plus de retour en arrière possible dès lors qu'un état était qualifié de « végétatif ». Barbara s'était donc prostrée contre la portière de l'auto de Nkata et serrait si fort les dents que sa mâchoire était traversée d'élancements douloureux lorsqu'ils arrivèrent à destination.

Bizarre, songea-t-elle pendant que Nkata se garait comme d'habitude avec une précision quasi scientifique, elle n'avait jamais envisagé la City comme un lieu où des gens pouvaient vivre. On y travaillait, ça oui. On y allait pour assister à des manifestations au Barbican. Les touristes venaient visiter la cathédrale Saint Paul mais, en dehors des heures ouvrables, ce quartier était censé ressembler à une ville fantôme.

Ce qui n'était pas du tout le cas au coin de Fann et de Fortune. Ici, Peabody Estate accueillait ses habitants à la fin de leur journée de boulot dans un cadre agréable, haut de gamme, avec ses immeubles d'appartements donnant sur un jardin impeccablement entretenu dont les rosiers taillés, les massifs d'arbustes et la belle pelouse occupaient l'autre côté de la rue.

Ils avaient d'abord téléphoné. Ils avaient décidé de passer pour cette fois par la petite porte, d'opter pour une approche collégiale plutôt que de donner l'assaut comme des troupes de choc. Il restait quelques faits à vérifier et ils étaient venus les vérifier.

— Comment va la femme du commissaire Lynley ? demanda d'emblée Hamish Robson en leur ouvrant sa porte. J'ai vu le journal télévisé. Apparemment, ils ont un témoin. Vous êtes au courant ? Il y aurait aussi des images vidéo, même si je ne sais pas trop d'où elles viennent. Il paraît qu'une photo pourrait être diffusée…

Il portait des gants en latex, ce qui leur parut étrange jusqu'à ce qu'il les ait précédés dans la cuisine où il était en train de faire la vaisselle. Robson devait être un cordon-bleu, car il y avait des casseroles et des poêles en quantité hallucinante sur la paillasse, sans parler de la vaisselle, des couverts et des verres pour au moins quatre personnes qui ruisselaient déjà dans l'égouttoir. Une montagne de mousse débordait de l'évier. On se serait cru dans une pub pour du produit vaisselle.

— Elle est cliniquement morte.

C'est Winnie qui avait répondu. Barbara ne pouvait se résoudre à utiliser le terme.

— Ils la laissent branchée parce qu'elle est enceinte. Vous saviez qu'elle était enceinte, docteur Robson ?

Robson, qui avait replongé les mains dans la mousse, les ressortit et les posa sur le bord de l'évier.

— Je suis vraiment navré.

Il semblait sincère. Peut-être l'était-il en un sens. Certaines personnes étaient très douées pour compartimenter les diverses parties de leur être.

— Comment va le commissaire ? Lui et moi avions rendez-vous le jour… le jour où ça s'est passé. Il n'est jamais venu.

— Il essaie de faire face, répondit Winston.

— Que puis-je faire pour vous aider ?

Barbara sortit de son sac le profil du tueur en série signé Robson.

— Vous permettez… ? fit-elle en désignant la table rutilante en chrome et verre qui définissait un coin salle à manger juste derrière la cuisine.

— Bien sûr.

Elle déposa le rapport sur la table et tira une chaise.

— Vous venez ?

— Ça ne vous dérange pas si je finis ma vaisselle ?

Barbara échangea un coup d'œil avec Nkata, qui l'avait rejointe autour de la table. Celui-ci esquissa un haussement d'épaules infinitésimal.

— Pourquoi pas ? répondit-elle. On se parlera de loin.

Elle s'assit. Winston fit de même. Elle lui passa le témoin.

— On a lu et relu ce profil, dit-il à Robson, qui s'était mis à laver une casserole repêchée dans la mousse. (Il portait un gilet de laine dont il ne s'était pas donné la peine de retrousser les manches, qui étaient trempées au-dessus de ses gants.) J'ai aussi jeté un œil aux notes manuscrites du patron. Il y a des informations contradictoires. On voulait tirer tout ça au clair avec vous.

— Quel genre d'informations contradictoires ?

Le visage de Robson luisait, mais Barbara décida de mettre cette réaction sur le compte de l'eau fumante.

— On va dire ça comme ça, proposa Nkata. Pourquoi avez-vous conclu que l'âge du tueur se situait entre vingt-cinq et trente-cinq ans ?

— Statistiquement parlant…

802

— Au-delà des statistiques. Les West n'auraient jamais correspondu à ce type de description statistique. Et ce n'est qu'un début.

— Ce ne sera jamais du cent pour cent, sergent. Mais si vous avez des doutes sur la qualité de mon analyse, je vous suggère de demander à quelqu'un de vous en fournir une autre. Engagez un Américain, un profileur du FBI. Je vous parie que ses conclusions – le rapport final qu'il vous remettra – seront quasiment les mêmes.

— Mais ce rapport, là... (Nkata fit un geste, et Barbara poussa le document vers lui sur la table.) Je veux dire, au bout du compte, il n'y a que votre parole qui nous garantit son exactitude. Pas vrai ?

Les lunettes de Robson étincelèrent sous le plafonnier au moment où son regard se déplaçait de Nkata à Barbara.

— Et pour quelle raison vous aurais-je dit autre chose que la vérité des faits tels qu'ils figurent dans les procès-verbaux de police ?

— Ça, dit Nkata en levant l'index, c'est une excellente question.

Robson revint à son lavage. La casserole qu'il récurait ne semblait pas mériter un tel déploiement d'attention.

— Si vous veniez vous asseoir ici, Dr Robson ? lui lança Barbara. Ce serait plus facile de causer.

— Ma vaisselle...

— D'accord. Pigé. Sauf qu'il y en a un sacré paquet, pas vrai ? Pour une personne seule ? Qu'est-ce que vous avez fait à dîner ?

— J'avoue que je ne lave pas la vaisselle tous les soirs.

— Ces casseroles ne m'ont pas l'air sales. Enlevez vos gants et venez nous rejoindre, s'il vous plaît. Tu as déjà vu un type mettre des gants pour faire la vaisselle,

Winnie ? Les femmes font ça de temps en temps. J'en mets, étant moi-même une femme. Histoire de ne pas gâcher le boulot de la manucure. Mais les mecs ? À ton avis, pourquoi… ? Ah. Merci, Dr Robson. Ce sera plus sympa comme ça.

— J'ai une coupure à protéger, dit Robson. Ce n'est pas interdit par la loi, que je sache ?

— Il s'est coupé, dit Barbara à Nkata. Et vous vous êtes fait ça comment, Dr Robson ?

— Quoi ?

— Votre coupure. Montrez-la-nous, au fait. Le sergent Nkata est une sorte d'expert ès coupures, vous l'aurez sans doute deviné à sa tronche. Il s'est fait… comment est-ce que tu as récolté cette balafre impressionnante, sergent ?

— Une bagarre au couteau. Enfin, moi, j'avais le couteau. L'autre, c'était un rasoir.

— Ouille aïe aïe, dit Barbara. Et la vôtre, vous dites que vous vous l'êtes faite comment ?

— Je ne vous l'ai pas dit. Et je ne suis pas sûr que ça vous regarde.

— En tout cas, vous ne vous êtes sûrement pas fait ça en taillant les rosiers, parce que la saison est passée, n'est-ce pas ? Donc ça devait être en faisant autre chose. Quoi ?

Robson resta muet, mais ses mains étaient désormais bien visibles et ce n'était pas du tout une coupure mais plutôt une griffure, et même plusieurs. Assez profondes à en juger par leur aspect et peut-être s'étaient-elles infectées, mais elles étaient maintenant en voie de cicatrisation et recouvertes d'une chair neuve et rose.

— Je n'arrive pas à piger pourquoi vous ne voulez pas répondre, Dr Robson, insista Barbara. Qu'est-ce qui se passe ? Vous donnez votre langue au chat ?

Robson s'humecta les lèvres. Il ôta ses lunettes et les essuya avec une peau de chamois qu'il tira de sa poche. Il n'était pas stupide ; ses années passées au contact des psychopathes devaient lui avoir appris quelques petites choses.

— Ce qu'on s'est dit, intervint Nkata, le constable et moi, c'est que le seul truc qui nous garantisse que votre rapport n'est pas un tissu de conneries, c'est votre parole, vous comprenez ?

— Comme je vous disais, si vous ne me croyez pas...

— Et on s'est rendu compte – le constable et moi – qu'on avait recherché par tous les moyens un type correspondant à ce profil. Mais supposez – voilà ce qu'on a pensé, le constable et moi, parce que ça nous arrive de penser de temps en temps, vous voyez –, supposez que le vrai tueur ait eu un moyen de nous faire croire qu'il fallait qu'on recherche quelqu'un d'autre ? Supposez qu'on ait été... ? C'était quoi le mot, déjà, Barb ?

— Conditionnés.

— Ouais. Conditionnés. Supposez qu'on ait été conditionnés à penser d'une certaine façon alors que la vérité était ailleurs ? Il me semble que ça aurait permis au tueur de continuer à faire tranquillement son boulot, sachant qu'on était occupés à chercher quelqu'un qui n'avait rien à voir avec lui. Plutôt malin, vous ne trouvez pas ?

— Seriez-vous en train de suggérer... ?

La peau de Robson brillait. Mais il n'ôtait pas son cardigan. Il l'avait probablement enfilé juste avant de les faire entrer, pensa Barbara. Pour cacher ses bras.

— Les griffures, dit-elle. C'est toujours pénible, ça. Comment vous vous êtes fait les vôtres, Dr Robson ?

— Écoutez, j'ai un chat qui...

— Ce ne serait pas la petite Mandy ? La siamoise ? La chatte de votre mère ? Elle avait un peu soif quand on a fait connaissance cet après-midi. Je m'en suis occupée, soit dit en passant. Surtout ne vous inquiétez pas.

Robson garda le silence.

— Le truc que vous n'avez pas vu venir avec Davey Benton, enchaîna Barbara, c'est que vous ne vous attendiez pas du tout à ce qu'il se débatte. Et comment est-ce que vous auriez pu le savoir ? Personne n'aurait pu le savoir parce qu'il n'avait pas l'air d'être un bagarreur, n'est-ce pas ? Il ressemblait à ses frères et sœurs, c'est-à-dire à… à un ange, pas vrai ? Il avait l'air tellement jeune. Tellement pur. Un chouette petit lot de chair fraîche à vendre. Je pourrais presque comprendre qu'un tordu dans votre genre ait pu avoir envie de pousser les choses un peu plus loin avec celui-là et de le violer, Dr Robson.

— Vous n'avez pas l'ombre d'une preuve pour étayer cette affirmation, riposta Robson. Et je vous suggère de quitter tout de suite cet appartement.

— Sans blague ? Winnie, le docteur aimerait qu'on s'en aille.

— C'est pas possible, Barb. Pas sans ses chaussures.

— Ah oui, j'oubliais. Vous avez laissé deux traces de pas sur la dernière scène de crime, Dr Robson.

— Il y en aurait cent mille que ça ne changerait rien et vous le savez aussi bien que moi. À votre avis, combien de personnes utilisent chaque année ce modèle de chaussures ?

— Des millions, sûrement. Mais il n'y en a qu'une seule qui ait laissé ses empreintes sur le site d'un meurtre dont la victime – je vous parle de Davey, Dr Robson – avait aussi des traces d'ADN sous les ongles. Votre ADN, je pense. En provenance directe de ces jolies petites griffures que vous protégiez du savon. Oh, et celui du chat, au fait. L'ADN du chat. Vous allez avoir du mal à vous en sortir en baratinant.

Elle guetta une réaction de Robson, l'obtint sous forme d'un brusque déplacement de sa pomme d'Adam.

— Un poil de chat sur le corps de Davey. Dès qu'il aura été attribué à la petite Mandy, la siamoise – bon Dieu ce qu'elle fait comme boucan quand elle a soif, celle-là –, vous serez cuit, Dr Robson.

Robson resta coi. Pas mal, pensa Barbara. Il était de plus en plus en panne d'arguments. Il avait tout misé sur son profil et avait cru s'abriter derrière le code 2160 lorsqu'il avait troqué Colossus contre Barry Minshall et MABIL. Seulement voilà, le numéro de téléphone de l'hôpital psychiatrique Fischer figurait en bonne place sur l'en-tête de la page de couverture de son rapport bidon : et 2, 1, 6, 0 étaient les quatre derniers chiffres de ce numéro, que les braves petits Plod de la Met étaient censés composer pour contacter l'établissement.

— Deux-un-six-zéro, Dr Robson, récita Barbara. On a mis Barry Minshall – mais je suppose que vous le connaissez mieux sous son pseudo de « Snow » – au frais pour quelque temps dans une cellule du commissariat de Holmes Street. On lui a apporté ceci et on lui a laissé le temps de l'étudier.

Elle sortit la photo de Robson et de sa mère qu'elle avait raflée chez Esther Robson.

— Notre Barry – il s'agit de votre Snow, rappelez-vous – a eu beau la retourner dans tous les sens, il arrivait chaque fois à la même conclusion. C'est bien le type auquel il a livré Davey Benton, nous dit-il. À l'hôtel Canterbury, dont la fiche d'inscription produira sûrement des empreintes intéressantes et dont le veilleur de nuit ne sera que trop heureux...

— Écoutez-moi, merde. Je n'ai pas...

— Ben voyons. Tu m'étonnes.

— Il faut que vous compreniez...

— La ferme.

Barbara quitta brusquement la table, écœurée. Elle sortit de la pièce et laissa à Winston Nkata le plaisir de réciter les avertissements d'usage avant qu'ils ne procèdent à l'arrestation de ce gros dégueulasse.

Il commença par observer depuis le trottoir d'en face. Il avait plu pendant qu'Il traversait la ville et les lumières de l'hôpital scintillaient sur le trottoir. Elles traçaient des coulées d'or et, chaque fois qu'Il plissait les yeux, Il était presque tenté de croire que Noël était revenu : cet or, et le rouge des feux arrière des autos qui circulaient.

Comme si le père Noël s'intéressait à des gens comme toi.

Il grogna. Se servit encore de Sa langue pour modifier la pression sur Ses tympans. Vroum vroum. De nouveau la paix, de nouveau seul. Il put respirer à peu près normalement parce que la normalité, ça se mérite.

Les journalistes étaient partis, constata-t-Il. Et n'était-ce pas un signe du destin ? L'affaire restait sensationnelle, mais ils pouvaient désormais la couvrir à distance. En faisant des portraits de tous les protagonistes, à la rigueur. Parce que, après tout, qu'y avait-il à dire d'un corps cloué sur un lit ? Je me trouve en ce moment devant l'hôpital St Thomas, nous sommes à J Dieu sait combien et la victime est toujours dans un état stationnaire, donc à vous les studios pour le bulletin météo, ce qui intéressera nettement plus les téléspectateurs que cette foutaise, alors pourquoi est-ce que vous ne me chargez pas d'un autre sujet s'il vous plaît ? Ou d'autres mots ayant le même effet.

Mais Sa fascination à Lui restait infinie. Les circonstances s'étaient donné le mot pour prouver une fois de plus que la suprématie était bien autre chose qu'une question de naissance. C'était aussi un miracle d'organisation, rendu possible par la capacité à saisir les moments. Et Il était le dieu des moments. À dire vrai, c'était Lui qui créait les moments. Telle était la qualité – ou une des nombreuses qualités – qui Le distinguait de tous les autres.

Tu te crois différent ? C'est ça, petit merdeux ?

Il Se servit de Sa langue. vroum et vroum. On relâche la pression pour vérifier, et…

Écarte-toi de lui, Charlene. Bon Dieu, il serait temps qu'il apprenne sa leçon parce qu'être différent bon Dieu de merde ça se mérite et en quoi est-ce qu'il serait différent… J'ai dit pousse-toi de là. Qui c'est qui veut morfler ? Allez vous faire foutre tous les deux. Sortez de ma vue.

Mais ce que Lui voyait, c'était l'avenir. L'avenir se déployait devant Lui dans la coulée d'or des lumières de l'hôpital. Et dans ce que disaient ces lumières, c'est-à-dire cassé. *Cassé.* L'une d'elles était cassée. Elle était détruite. Un obus qui aurait commencé par se fissurer et gisait à présent en mille morceaux. Et c'était Lui qui avait broyé cet œuf sous le talon de Sa chaussure. Lui et personne d'autre. Regardez-Moi bien. Regardez. Moi. Bien. Il eut envie de crier victoire, mais c'était trop dangereux. Tout comme il aurait été dangereux de rester silencieux.

De l'attention ? C'est ça ? Tu veux de l'attention ? Montre un peu de caractère et tu en auras de l'attention si c'est ça que tu veux.

Doucement, Il Se frappa le front du poing. Pressa l'air contre Ses tympans. Vroum vroum. S'Il n'y prenait pas garde, l'asticot allait Lui bouffer la cervelle.

La nuit, dans Son lit, Il avait tenté de Se boucher les orifices pour parer à l'invasion de l'asticot – du coton dans les oreilles et les narines, du sparadrap sur le trou de balle et au bout de Sa queue – mais il fallait bien respirer et ce fut là qu'Il échoua dans Ses mesures prophylactiques. L'asticot était entré avec l'air dont Il emplissait Ses poumons. À partir de Ses poumons, il s'était insinué dans Son flux sanguin, où il avait nagé comme un virus mortel jusqu'à Son crâne et ça mâchait, ça chuchotait et ça mâchait.

Des ennemis parfaits, pensa-t-Il. Toi et Moi, et qui l'aurait cru quand tout avait commencé ? L'asticot choisissait de se repaître des faibles, mais Lui... Ah, Il s'était choisi un adversaire digne de Son combat pour la suprématie.

Parce que c'est ça que tu t'imagines être en train de faire, petit connard ?

Les asticots bouffaient. C'était tout bonnement un truc d'asticot. Ils suivaient leur instinct et leur instinct leur disait de bouffer jusqu'à ce qu'ils se soient métamorphosés en mouches. Mouches à viande, mouches bleues, taons, mouches domestiques. Aucune importance. Il Lui suffisait d'attendre la fin de la période bouffe, et l'asticot Le laisserait en paix.

Sauf qu'il existait toujours le risque que cet asticot-ci soit une aberration, n'est-ce pas, une créature à qui il ne viendrait jamais d'ailes, et si c'était le cas, Il devait S'en débarrasser.

Mais ce n'était pas pour ça qu'Il était passé à l'action. Et ce n'était pas non plus pour ça qu'Il se trouvait ici maintenant, en face de l'hôpital, ombre attendant d'être dispersée par la lumière. Il se trouvait là parce qu'un couronnement devait avoir lieu et qu'il aurait bientôt lieu. Il y veillerait.

Il traversa la rue. C'était osé, mais Il Se sentait prêt, et déterminé à prendre ce risque. Se montrer en personne, c'était apposer le sceau de Sa prééminence sur un moment et sur un lieu, et c'était ce qu'Il voulait : lancer le processus qui consistait à façonner l'histoire en partant de maintenant.

Il entra. Il ne se mit pas à la recherche de Son adversaire, ne tenta même pas de localiser la salle où Il savait pouvoir le trouver. Il aurait pu S'y rendre directement s'Il l'avait voulu, mais ce n'était pas le but de Sa présence.

À cette heure où la nuit s'effritait dans le matin, il n'y avait que très peu de gens dans les couloirs de l'hôpital, et ceux qui s'y trouvaient ne Le virent même pas. Ce qui Lui fit comprendre qu'Il était invisible aux hommes de la même façon que les dieux leur sont invisibles. Le fait d'évoluer parmi les gens ordinaires en sachant qu'Il pouvait à tout moment les frapper Lui prouva irréfutablement ce qu'Il était et serait toujours.

Il respira. Il sourit. Le silence régnait sous Son crâne.

La suprématie, ça se mérite.

31

Lynley resta auprès d'elle toute la nuit et jusqu'à une heure avancée du lendemain. Il consacra en grande partie ce temps à disjoindre son visage – si pâle sur l'oreiller – de ce qu'elle était devenue, de ce corps auquel elle se trouvait soudain réduite. Il tenta de se dire que ce n'était pas Helen qu'il avait sous les yeux. Helen était partie. À l'instant où tout s'était transformé pour eux deux, elle avait fui. Helen s'était échappée de la carcasse d'os, de muscles, de sang et de tissus, laissant derrière elle non pas son âme, qui la définissait, mais sa substance, qui la décrivait. Et cette substance à elle seule n'était pas, ne serait jamais Helen.

Mais il n'y parvint pas parce que, dès qu'il essaya, des images lui revinrent : il la connaissait depuis beaucoup trop longtemps. Elle avait dix-huit ans et ne lui était pas du tout destinée – c'était plutôt la compagne choisie par son ami. Je te présente Helen Clyde, avait dit Saint James. Je vais l'épouser, Tommy.

Vous croyez que je ferai l'affaire ? lui avait-elle demandé. Je n'ai aucun des talents de la bonne épouse. Et elle avait souri d'un sourire qui avait touché son cœur, mais plutôt dans le registre de l'amitié que celui de l'amour.

L'amour était venu plus tard, des années et des années plus tard, et entre l'amitié et l'amour avaient fleuri la tragédie, les changements et le chagrin, les altérant tous trois au point de les rendre méconnaissables. Finie Helen l'évaporée, fini Saint James le batteur bondissant devant son guichet, et lui-même savait qu'il en était la cause. Un tel péché n'admettait pas de pardon. On ne pouvait s'en aller après avoir causé de tels ravages à la vie d'un autre.

On lui avait expliqué autrefois que les choses étaient exactement, à chaque instant, telles qu'elles devaient être. Il n'y avait pas d'erreur dans le monde de Dieu, disait-on. Mais il n'arrivait pas à y croire. Pas plus aujourd'hui qu'à l'époque.

Il la revit à Corfou, allongée sur une serviette de bain à la plage, la tête renversée en arrière pour que le soleil puisse lui frapper le visage. Emménageons dans un pays ensoleillé, avait-elle dit. Ou au moins, disparaissons sous les tropiques pendant un an.

Ou trente ou quarante ?

Oui. Génial. Jouons les lord Lucan[1]. Sans le motif, évidemment. Qu'est-ce que tu en dis ?

Que Londres te manquerait. Les razzias chez les chausseurs, par exemple.

Hum, c'est vrai, dit-elle. Je suis victime à vie de mes pieds. La cible idéale des créateurs mâles enclins au fétichisme des chevilles, je suis la première à le reconnaître. Mais ils doivent bien avoir des chaussures sous les tropiques, Tommy ?

---

1. Aristocrate britannique volatilisé depuis trente ans, après avoir été accusé par sa femme et tout un faisceau d'indices d'être l'assassin de la nourrice de ses enfants. (*N.d.T.*)

Pas du genre de celles que tu as l'habitude de porter, je le crains.

Ce côté candide qui le faisait sourire, Helen l'ensorceleuse.

Je ne sais pas cuisiner, je ne sais pas coudre, je ne sais pas repasser, je suis nulle en décoration. Honnêtement, Tommy, pourquoi voudrais-tu de moi ?

Et pourquoi quelqu'un pouvait-il vouloir de quelqu'un d'autre ? Parce que tu me fais sourire, parce que je ris de tes perles, qui nous le savons l'un et l'autre sont exactement destinées à ça... à me faire rire. Et la raison de tout ça, c'est que tu comprends et que tu as toujours compris qui je suis, ce que je suis, ce qui me hante et comment le chasser. Voilà pourquoi, Helen.

Puis elle était en Cornouailles, plantée devant un portrait de la galerie, avec la mère de Lynley à côté d'elle. Les yeux levés sur un aïeul précédé d'un tel nombre de « grand » qu'on ne savait plus trop où il se situait sur l'échelle du temps. Mais cela n'avait pas d'importance parce que l'attention de Helen était focalisée sur la génétique et qu'elle disait à sa mère : Vous croyez qu'il y a un risque pour que ce nez affreux ressurgisse quelque part dans la lignée ?

Il est abominable, n'est-ce pas ? avait murmuré sa mère.

Au moins, son torse est à l'abri du soleil. Tommy, pourquoi ne m'as-tu pas montré ce tableau avant de me demander ma main ? Je ne l'avais jamais vu.

On le cachait dans le grenier.

Vous avez bien fait.

Helen. Inimitable Helen.

On ne peut pas connaître quelqu'un depuis dix-sept ans sans être assailli par une horde de souvenirs. Et c'étaient ces souvenirs qui, sentait-il, risquaient de le tuer. Non parce qu'ils existaient mais parce qu'il n'y en aurait plus à partir de maintenant et que d'autres étaient déjà oubliés.

Une porte s'ouvrit quelque part derrière lui. Une main douce souleva la sienne, lui plaça entre les doigts une tasse fumante. Il perçut un arôme de soupe. Il leva les yeux sur le visage attendri de sa mère.

— Je ne sais pas quoi faire, souffla-t-il. Dis-moi ce que je dois faire.

— Je ne peux pas, Tommy.

— Si je la laisse… maman, comment puis-je la… les laisser ? Et si je le fais, est-ce que c'est de l'égoïsme ? Ou est-ce que c'est de l'égoïsme si je ne le fais pas ? Qu'est-ce qu'elle aurait voulu ? Comment puis-je le savoir ?

Elle s'approcha. Il tourna le dos à sa femme. La main de sa mère lui épousa la joue.

— Cher Tommy, murmura-t-elle. Je te soulagerais de ce poids si c'était possible.

— Je suis en train de mourir. Avec elle. Avec eux. Et c'est ce que je veux, au fond.

— Crois-moi. Je comprends. Personne ne peut ressentir ce que tu ressens, mais nous sommes tous capables de le comprendre. Et, Tommy, il faut que tu le ressentes. Tu ne peux pas fuir. Ça ne marcherait pas. Mais je voudrais que tu essaies aussi d'être conscient de notre amour. Promets-moi que tu essaieras.

Il sentit qu'elle se penchait pour lui baiser le haut du front, et il sentit que ce geste, même s'il avait du mal à le supporter, recelait un espoir de guérison. Mais c'était encore pire que ce qui l'attendait dans l'avenir immédiat. Qu'il puisse un jour cesser d'éprouver cette souffrance. Il ne se voyait pas survivre à cela.

— Simon est revenu, dit sa mère. Tu veux bien lui parler ? Je crois qu'il a des nouvelles.

— Je ne peux pas la quitter.

— Je reste. Ou je t'envoie Simon. Ou je peux prendre son message si tu préfères.

Il hocha lentement la tête et elle attendit en silence qu'il se soit décidé. Il finit par lui rendre la tasse sans avoir touché à la soupe.

— Je sors le voir, dit-il.

Sa mère prit sa place au bord du lit. Il se retourna sur le seuil et la vit se pencher vers Helen et effleurer les cheveux coiffés en arrière sur ses tempes. Il la laissa poursuivre seule la veillée de sa femme.

Saint James l'attendait à deux pas de la porte. Il paraissait moins hagard que la dernière fois que Lynley l'avait vu, ce qui tendait à prouver qu'il était rentré chez lui et avait dormi un peu. C'était une bonne chose. Les autres vivaient sur les nerfs en carburant à la caféine.

Saint James lui proposa d'aller à la cafétéria et, lorsqu'ils y arrivèrent, une odeur de lasagne indiqua à Lynley qu'il était entre midi et huit heures du soir. À l'hôpital, il avait perdu toute notion du temps. Dans la chambre de Helen, l'éclairage était tamisé, mais partout ailleurs régnait un jour perpétuel et fluorescent, où seuls les changements de visages des équipes soignantes à la fin de chaque période de service suggéraient que le temps continuait de s'écouler normalement pour le reste du monde.

— Quelle heure est-il, Simon ?

— Une heure et demie.

— Pas du matin.

— Non. De l'après-midi. Je vais te chercher quelque chose, dit Simon en indiquant de la tête le buffet de verre et d'acier. Qu'est-ce qui te ferait plaisir ?

— Ça m'est égal. Un sandwich ? Je n'ai pas faim.

— Considère que c'est médical. Ce sera plus facile.

— Œuf mayonnaise, alors, s'ils en ont. Au pain noir.

Saint James partit. Lynley était assis à une petite table dans un coin de la salle. D'autres étaient occupées par des agents hospitaliers, des proches de patients, des prêtres, et même pour l'une d'elles par deux religieuses. La cafétéria reflétait la sombre nature de ce qui se passait dans le bâtiment dont elle dépendait ; les conversations étaient chuchotées ; les gens semblaient prendre soin de ne pas faire tinter leur vaisselle et leurs couverts.

Personne ne regardait de son côté, ce qui soulagea Lynley. Il avait l'impression d'être nu et à vif, sans défense face au regard des autres et aux jugements qu'ils pourraient porter sur sa vie.

Saint James revint avec deux sandwiches à l'œuf sur un plateau. Il en avait pris un pour lui-même et avait aussi acheté une corbeille de fruits, une barre Twix et deux briques de jus de fruit.

Ils commencèrent par manger dans un silence amical. Ils se connaissaient depuis tant d'années – depuis leur toute première journée à Eton, en fait – que des paroles auraient été superflues en un tel moment. Saint James s'en rendait compte ; Lynley le lut sur son visage. Il n'y avait pas besoin de parler tout de suite.

Saint James hocha la tête d'un air approbateur lorsque Lynley eut fini son sandwich. Il poussa vers lui la corbeille de fruits, puis la barre chocolatée. Ce ne fut qu'après que Lynley eut mangé autant qu'il le pouvait que son ami lui transmit l'information.

— Belgravia a retrouvé l'arme. Dans un de ces jardins, entre la maison où les types ont cabossé la Range Rover et celle où la fille au pair a signalé une effraction. Ils ont dû escalader toute une série de murs mitoyens pour s'enfuir. Ils ont sûrement perdu le flingue en cours de route dans un buisson. Même s'ils s'en sont aperçus, ils n'auraient de toute façon pas eu le temps de retourner le chercher.

Lynley esquiva le regard de Saint James parce qu'il savait que son ami l'observait, le jaugeait à chaque mot. Il tenait certainement à ne rien dire à Lynley qui fût susceptible de le faire de nouveau basculer. Lynley en déduisit que Saint James avait eu vent de l'incident survenu avec Hillier à New Scotland Yard, dans ce qui lui semblait désormais appartenir à une autre vie.

— Je ne vais pas débouler au commissariat de Belgravia, Simon. Tu peux me dire le reste.

— Ils sont à peu près sûrs que l'arme qu'ils ont retrouvée est celle du crime. Une expertise balistique comparative sera réalisée avec la balle qu'ils ont récupérée dans... sur Helen, évidemment, mais l'arme...

Le regard de Lynley revint sur lui.

— Elle est de quel type ?

— Un pistolet. Calibre 22.

— Du 22 spécial de marché noir.

— Ça m'en a tout l'air. Elle n'y était pas depuis longtemps, cette arme, dans le jardin. Les propriétaires de la maison affirment n'être au courant de rien, et il a suffi d'un coup d'œil à la végétation pour confirmer leurs dires. Elle était piétinée de frais. Comme dans tous les autres jardins situés sur le trajet.

— Des traces de pas ?

— À la pelle. Belgravia les aura, Tommy. Bientôt.

— Les ?

— Ils étaient deux, c'est sûr. L'un d'eux était métis. L'autre... ils ne savent pas encore.

— La fille au pair ?

— Elle a été entendue à Belgravia. Elle dit qu'elle se trouvait avec le bébé dont elle s'occupe quand elle a entendu un bruit de vitre cassée au rez-de-chaussée, au fond de la maison. Le temps de descendre voir ce qui se passait, ils étaient dans la place et elle leur est tombée dessus au pied de l'escalier. L'un d'eux était déjà à la porte d'entrée, cherchant à ressortir. Elle a cru qu'ils venaient de cambrioler la maison. Elle s'est mise à hurler mais, Dieu sait pourquoi, elle a aussi essayé de leur barrer la route. L'un d'eux y a perdu sa casquette.

— Est-ce que quelqu'un a fait faire un portrait-robot ?

— Je doute que ce soit nécessaire.

— Pourquoi ?

— Cette grosse maison de Cadogan Lane, avec les caméras de surveillance, tu te souviens ? Ils ont des images, Tommy. Ils sont en train de les agrandir. Belgravia va les faire diffuser à la télévision et les journaux les publieront. C'est…

Saint James leva la tête vers le plafond. Lynley se rendit compte à quel point c'était dur pour son ami. Pas seulement de savoir ce qui était arrivé à Helen mais aussi d'aller chercher des informations à retransmettre au mari de Helen et à sa famille. L'effort ne lui laissait pas le temps d'exprimer son propre chagrin.

— Ils mettent le paquet, Tommy. Ils ont des volontaires à ne plus savoir qu'en faire, arrivés de tous les commissariats de la ville. Les journaux… tu ne les as pas encore lus, n'est-ce pas ? Le retentissement est énorme. À cause de ce que tu es, de ce qu'elle est, de vos familles, tout.

— Tout à fait le genre d'affaire dont raffolent les tabloïds, dit Lynley, amer.

— Mais ils ont le public derrière eux, Tommy. Tout le monde va voir les images et quelqu'un finira par dénoncer ces garçons.

— Ces garçons ?

Saint James hocha la tête.

— Il y en a au moins un qui était apparemment tout jeune. La fille au pair lui donne une douzaine d'années.

— Mon Dieu…

Lynley détourna les yeux comme si cela pouvait empêcher son esprit d'opérer l'inévitable lien. Saint James s'en chargea.

— Un stagiaire de Colossus… ? Accompagné par le tueur en série mais sans se douter que son complice est le tueur en série ?

— Je lui… je leur ai donné une invitation à venir frapper à ma porte. Noir sur blanc dans la *Source*, Simon.

— Mais il n'y avait pas d'adresse, pas de nom de rue. Le tueur n'aurait pas pu te retrouver sur la base de cet article. C'est impossible.

— L'article lui a permis de savoir qui j'étais et ce à quoi je ressemblais. Il lui suffisait de m'attendre devant le Yard et de me filer jusque chez moi. Ensuite, il a préparé son coup et il a attendu le moment.

— Si c'est le cas, pourquoi avoir emmené un gamin ?

— Pour lui coller un péché sur le dos. Pour que ce gamin soit sa prochaine victime une fois fait le travail sur Helen.

Ils avaient décidé de faire mariner Hamish Robson une nuit en cellule. Pour lui donner un avant-goût de l'avenir qui l'attendait. Ils avaient donc laissé le profileur au commissariat de Shepherdess Walk, qui, bien que n'étant pas le plus proche de son domicile, offrait l'avantage de leur éviter de s'enfoncer encore plus profondément dans la City comme ils y auraient été obligés s'ils avaient voulu rejoindre celui de Wood Street.

Mandat de perquisition en main, ils passèrent le plus clair de la journée suivante chez Robson, recueillant des indices contre le psychologue. L'un des tout premiers fut son ordinateur portable, caché dans un placard, et Barbara ne fut pas longue à remonter la piste des miettes numériques laissées dedans par Robson.

— Des photos pédophiles, annonça-t-elle à Nkata par-dessus son épaule après avoir fait apparaître une première image. Des petits garçons et des mecs, des petits garçons et des bonnes femmes, des petits garçons et des animaux, des petits garçons entre eux. Un beau fumier, ce Hamish.

Pour sa part, Nkata trouva un vieux guide *A à Z* écorné sur un des plans duquel l'emplacement de l'église St Lucy était entouré d'un cercle au coin de Courtfield Road. Et, coincé entre deux pages, un bout de papier mentionnant le nom et l'adresse de l'hôtel Canterbury ainsi qu'une carte de visite sur laquelle étaient imprimés le surnom « Snow » et un numéro de téléphone.

Ceci, associé à l'identification sur photo de Robson par Barry Minshall et à la présence des chiffres 2160 dans le numéro de téléphone de l'établissement où exerçait le psychologue, leur suffit à demander l'envoi d'une équipe de la police scientifique sur place et d'une autre à Walden Lodge. La première rechercherait de nouveaux indices dans le véhicule de Robson. La seconde recueillerait tout ce qu'il était possible de recueillir chez sa mère. Il semblait peu probable qu'il ait amené Davey Benton ou un autre à son domicile même, ici, à deux pas du Barbican. Mais Davey devait au moins avoir effectué avec lui le trajet en voiture jusqu'à Wood Lane et, une fois arrivé sur place, il avait forcément laissé des traces dans l'appartement d'Esther Robson.

Ayant réuni de quoi le faire inculper de pédophilie à défaut d'autre chose, ils retournèrent au commissariat. Robson avait déjà engagé une avocate et, après avoir dûment attendu que celle-ci arrive du tribunal, Barbara et Nkata les retrouvèrent tous deux dans une salle d'interrogatoire.

C'était, pensa Barbara, finement joué de la part de Robson d'avoir fait appel à une femme pour sa défense. Elle s'appelait Amy Stranne et devait sûrement être titulaire d'un doctorat d'impassibilité. Son absence absolue de réaction expressive allait de pair avec une coupe de cheveux courte, austère, un ensemble noir tout aussi austère et une cravate d'homme nouée au col de son chemisier de soie blanche. Elle sortit de sa mallette un carnet de notes flambant neuf ainsi qu'une chemise cartonnée dont elle étudia le contenu avant de prendre la parole.

— J'ai informé mon client de ses droits. Il souhaite coopérer avec vous lors de cet entretien parce qu'il a le sentiment qu'il y a des aspects significatifs de l'enquête en cours dont la compréhension vous échappe.

Ben voyons, pensa Barbara. Béni soit son cœur de fiel. Cet enfoiré savait qu'il allait passer des années au placard. Comme Minshall, il essayait déjà de faire en sorte que la sentence soit plus clémente.

— On a envoyé une équipe de la Scientifique fouiller votre véhicule, Dr Robson, commença Nkata. On en a mis une autre sur l'appart de votre mère. Il y a aussi une équipe du Yard qui recherche le garage que vous devez avoir quelque part dans le coin, parce qu'on suppose que c'est là que vous planquez votre camionnette, et une demi-douzaine d'officiers sont en train d'éplucher votre passé pour y retrouver ce qu'on pourrait tous avoir loupé jusqu'ici.

À en juger par sa mine hagarde, Robson n'avait pas trouvé à son goût les installations de Shepherdess Walk.

— Je n'ai pas…

— S'il vous plaît, coupa Barbara. Si vous n'avez pas tué Davey Benton, on ne demande pas mieux que d'apprendre ce qui lui est arrivé entre le moment où vous l'avez violé et celui où il a atterri dans le bois à l'état de cadavre.

La brutalité de la formulation fit tressaillir le psychologue. Barbara tenait à lui faire comprendre qu'il n'y avait aucune façon acceptable de dépeindre ce qu'avait subi cet enfant de treize ans.

— Je ne voulais pas lui faire de mal, dit Robson.

— À qui ?

— À ce garçon. Davey. Snow m'avait dit qu'ils étaient toujours consentants. Qu'ils étaient bien préparés.

— Comme un rôti de bœuf ? demanda Barbara. Salé, poivré et tout ?

— Il disait qu'ils étaient prêts et qu'ils en avaient envie.

— De quoi ? fit Nkata.

— De la rencontre.

— Du viol, rectifia Barbara.

— Ce n'était pas… !

Robson regarda son avocate. Amy Stranne était en train de prendre des notes mais dut sentir le poids de son regard car elle redressa la tête.

— C'est à vous de voir, Hamish, dit-elle.

— Vous avez des griffures en voie de cicatrisation sur les mains et les bras, poursuivit Barbara. Et nous avons retrouvé de la chair sous les ongles de Davey. Nous avons aussi la preuve qu'il a été sodomisé de force. Il va donc falloir nous expliquer un peu ce scénario d'une relation sexuelle volontaire... sachant que les relations sexuelles avec un gosse de treize ans sont illégales, au passage. Mais nous sommes disposés à laisser ça de côté pour le moment, ne serait-ce que pour entendre votre version de la belle histoire d'amour qui aurait apparemment...

— Je n'avais pas l'intention de lui faire du mal. J'ai paniqué. C'est tout. Il avait joué le jeu. Il avait bien aimé... Peut-être qu'il était un peu hésitant, mais il ne me disait pas d'arrêter. Pas du tout. Ça lui plaisait. Mais quand je l'ai retourné...

Le visage de Robson était terreux. Ses cheveux fins lui retombaient sur le front. Un filet de salive séchait au coin de ses lèvres, se perdait dans son bouc bien taillé.

— Après, j'ai juste essayé de le faire tenir tranquille. Je lui ai dit que la première fois, ça faisait toujours un peu peur, et même un peu mal, mais qu'il ne devait pas s'inquiéter.

— Comme c'est gentil à vous, fit Barbara.

Elle lui aurait arraché les yeux. À côté d'elle, Nkata remua. Elle s'exhorta à battre en retraite comme il venait de le lui demander par son langage corporel. Mais elle ne voulait surtout pas que ce salaud interprète leur silence – son silence – comme un signe d'approbation, même si elle savait que ce silence était vital pour qu'il continue à parler. Elle pinça les lèvres et se les mordilla pour les empêcher de bouger.

— J'aurais dû m'arrêter là, dit Robson. Je sais bien. Mais sur le moment... je me suis dit que s'il restait tranquille, ce serait vite fini. Et je voulais...

Robson détourna les yeux, mais il n'avait rien sur quoi fixer son regard à part le magnétophone.

— Je n'avais pas l'intention de le tuer. Je voulais juste qu'il se taise pendant…

— Pendant que vous en finissiez avec lui, compléta Barbara.

— Vous l'avez étranglé à mains nues, souligna Nkata. Comment voudriez-vous que…

— Je ne voyais pas d'autre moyen de le ramener au silence. Au début il n'a fait que se débattre, puis il s'est mis à hurler et je n'ai pas trouvé d'autre moyen de le faire taire. Et ensuite, plus je… plus ça montait… je n'ai pas compris pourquoi il était devenu si apathique. J'ai cru qu'il était d'accord.

Barbara ne put se retenir.

— Qu'il était d'accord. Pour se faire sodomiser. Violer. Un gosse de treize ans. Vous avez cru qu'il était d'accord. Et vous avez fini votre besogne jusqu'au moment où vous vous êtes aperçu que vous étiez en train de limer un cadavre.

Les yeux de Robson rougirent.

— Toute ma vie, dit-il, j'ai essayé d'ignorer… je me disais que ça ne comptait pas : mon oncle, les bagarres, les attouchements. Ma mère qui voulait dormir avec son petit bonhomme et l'excitation qui était quelque chose de naturel pour un garçon sauf que comment cela pouvait-il être naturel si c'était elle qui la déclenchait ? J'ai donc ignoré tout ça et j'ai fini par me marier mais je ne la désirais pas, vous comprenez, cette femme qui était pleinement formée et qui exigeait des choses de moi. J'ai cru que des photos pourraient m'aider. Des vidéos. Des images interdites, dont personne ne saurait rien.

— Des images pédophiles, dit Barbara.

— Elles m'excitaient. Facilement au début. Mais par la suite…

— Il en faut plus, termina Nkata. Il en faut toujours plus, comme une drogue. Comment avez-vous découvert MABIL ?

— Sur Internet. Un forum. J'y suis d'abord allé pour voir, juste pour être entouré d'hommes qui ressentaient ce que je ressentais. J'avais porté ce poids tellement longtemps. Ce désir obscène. J'ai cru que ça me guérirait si j'allais à une de leurs réunions, si je voyais de mes yeux quel genre d'hommes… franchissaient vraiment le pas. Sauf qu'ils étaient tout à fait comme moi, vous comprenez. Voilà la vérité. Ils me ressemblaient, mais en plus heureux. En paix. Ils étaient rendus à un stade où ils considéraient qu'il n'y a pas de péché dans le plaisir charnel.

— Le plaisir charnel avec des petits garçons, dit Barbara. Et pourquoi ? Pourquoi est-ce qu'il n'y a pas de péché là-dedans ?

— Parce que les garçons apprennent eux aussi à le désirer.

— Sans blague. Et comment est-ce que les types dans votre genre évaluent le désir, docteur Robson ?

— Je vois que vous ne croyez pas… que vous me prenez pour un…

— Un monstre ? Un tordu ? Un mutant génétique qui devrait être rayé de la surface de la planète en même temps que tous ses semblables ? Pourquoi voudriez-vous que je pense un truc pareil, putain de merde ?

— Barb, dit Nkata.

Il ressemblait tellement à Lynley, pensa-t-elle. Capable de garder son sang-froid lorsque la situation l'exigeait, ce qui était la seule chose qu'elle n'ait jamais su faire, parce qu'elle avait toujours associé le sang-froid à l'idée de se laisser bouffer les entrailles par l'horreur qu'elle éprouvait chaque fois qu'elle était obligée de se colleter avec des monstres comme celui-ci.

— Racontez-nous le reste, enjoignit Nkata à Robson.

— Il n'y a rien d'autre à raconter. J'ai attendu le plus tard possible, jusqu'au milieu de la nuit. J'ai transporté le... son corps dans les bois. Il était trois... quatre heures du matin ? Il n'y avait personne nulle part.

— La brûlure, la mutilation. Racontez-nous ça.

— Je voulais qu'il ressemble aux autres. À partir du moment où j'ai vu que je l'avais tué accidentellement, je n'ai plus eu que cette idée en tête. Le faire ressembler aux autres pour que vous arriviez à la conclusion que Davey avait été victime du même homme.

— Attendez un peu, dit Barbara. Vous voudriez nous faire avaler que vous n'avez pas tué les autres ?

Robson fronça les sourcils.

— Vous n'avez pas cru... vous ne pensez tout de même pas que je suis le tueur en série ? Comment cela serait-il possible, au nom du ciel ? Comment aurais-je pu avoir accès à ces garçons ?

— À vous de nous le dire.

— Je vous ai déjà tout dit. Tout est dans mon profil.

Ils restèrent silencieux. Robson se chargea d'interpréter ce silence.

— Bon Dieu, reprit-il, ce profil est rigoureusement exact. Pourquoi est-ce que j'aurais inventé tout ça ?

— Pour la raison la plus évidente du monde, répondit Nkata. Pour nous éloigner de vous en nous mettant sur une jolie fausse piste.

— Mais je ne connaissais même pas ces garçons, ceux qui sont morts. Jamais je n'ai vu aucun d'entre eux. Vous devez me croire...

— Et Muwaffaq Masoud ? interrogea Nkata. Vous le connaissez, lui ?

— Muwaf... Je n'ai jamais... Qui est-ce ?

— Quelqu'un qui pourrait bien vous reconnaître lors d'une séance d'identification. Ça fait un bail qu'il n'a pas revu le mec qui lui a racheté sa camionnette, mais à mon avis, l'avoir en face de lui pourrait bien lui rafraîchir un peu la mémoire.

Robson se tourna vers son avocate.

— Ils ne peuvent pas... ils ont le droit de faire ça ? J'ai été coopératif. Je leur ai tout dit.

— C'est vous qui le dites, Dr Robson, intervint Barbara. Mais nous, on est bien placés pour savoir que les tueurs et les menteurs sont de la même eau, alors ne nous en veuillez pas trop de ne pas prendre vos affirmations pour parole d'Évangile.

— Vous devez m'écouter, protesta Robson. Ce garçon-là, oui. Mais c'était un accident. Je ne voulais pas que ça arrive. Les autres, par contre... Je ne suis pas un assassin. Vous recherchez quelqu'un... Lisez mon profil. Lisez mon profil. Je ne suis pas celui que vous recherchez. Je sais que vous êtes sous pression, qu'on attend de vous que vous boucliez cette enquête le plus vite possible, et encore plus depuis que la femme du commissaire a été agressée...

— La femme du commissaire est morte, rappela Nkata. Vous avez peut-être des raisons de vouloir l'oublier ?

— Vous n'osez quand même pas insinuer...

Il se tourna vers Amy Stranne.

— Faites-moi sortir d'ici. Je ne leur dirai pas un mot de plus. Ils essaient de me faire passer pour quelqu'un que je ne suis pas.

— Ils disent tous ça, Dr Robson, remarqua Barbara. Quand on les serre, les mecs dans votre genre nous sortent toujours exactement la même rengaine.

Deux membres du conseil d'administration demandaient à la voir, ce qui fit comprendre à Ulrike qu'il y avait de l'eau dans le gaz. Le président du conseil entra, paré de tous les attributs du pouvoir à l'exception d'une chaîne en or, suivi de sa secrétaire. Patrick Bensley se chargea de parler pendant que son accompagnatrice se bornait à essayer de ressembler à quelque chose d'un peu plus substantiel que la très mondaine épouse d'un chef d'entreprise retendue par un récent lifting.

Il ne fallut pas longtemps à Ulrike pour comprendre que Neil Greenham avait mis à exécution les menaces proférées lors de leur dernier entretien. Elle était parvenue à cette conclusion dès que Jack Veness l'avait informée que Mr Bensley et Mrs Richie s'étaient inopinément présentés à la réception, exigeant de parler à la directrice de Colossus. Elle mit un peu plus longtemps à deviner laquelle de ses menaces Neil avait mise à exécution. Allait-elle être attaquée sur sa liaison avec Griff ou sur autre chose ?

Elle n'avait fait qu'entr'apercevoir Griff ces derniers jours. Il était très absorbé par son nouveau groupe de stagiaires en phase d'évaluation, et, lorsqu'il n'était pas avec eux, il gardait un profil bas et s'occupait soit d'aide sociale, soit de son atelier, soit de certaines formes d'intervention extérieure qu'on lui avait demandé mille fois d'entreprendre depuis son engagement chez Colossus. Il avait toujours été trop occupé jusqu'ici pour se consacrer à ce dernier aspect de son travail. Il était toujours sidérant de constater à quel point les tragédies avaient le pouvoir de montrer aux gens qu'ils auraient eu tout le temps de les prévenir s'ils l'avaient voulu. Dans le cas de Griff, il s'agissait de prendre le temps d'établir un lien avec ses jeunes stagiaires en phase d'évaluation et leurs familles en dehors de ses heures de travail chez Colossus. Il était désormais très efficace sur ce plan-là, du moins l'affirmait-il. Si ça se trouvait, il retournait sauter Emma, la patronne du restaurant bengali de Brick Lane, chaque fois qu'il était absent des locaux de l'organisation, Ulrike n'en savait rien. Elle s'en fichait, à vrai dire. Elle avait de plus hautes préoccupations. Et n'était-ce pas là encore un curieux virage de l'existence ? Un homme auquel on aurait presque tout sacrifié s'avérait aussi précieux qu'un mouton de poussière dès lors qu'on se décidait enfin à faire le ménage dans sa tête.

Mais ce ménage avait eu un coût excessif. Elle ne tarda pas à comprendre que c'était pour cette raison que Mr Bensley et Mrs Richie venaient la voir. Une visite qui en soi n'aurait pas été trop pénible si elle n'avait déjà reçu le même jour celle de la police.

Ils venaient cette fois de Belgravia, pas de New Scotland Yard. Ils se présentèrent sous la forme d'un inspecteur antipathique nommé Jansen et d'une femme constable qui resta anonyme et muette durant tout l'entretien. Jansen tendit à Ulrike une photographie à étudier.

Sur la photo, granuleuse mais néanmoins regardable, deux individus semblaient être en train de courir dans une rue étroite, bordée de maisons identiques, toutes sur deux ou trois niveaux. Le décor suggérait par ailleurs un quartier opulent : il n'y avait ni déchets ni poubelles visibles, aucun graffiti, pas de plantes à l'agonie dans des bacs de fenêtre décrépits.

Ulrike supposa qu'elle était censée dire si elle reconnaissait les individus passés en trombe devant la caméra de surveillance qui avait produit cette photo. Elle s'appliqua donc à les détailler.

Le plus grand des deux – apparemment de sexe masculin – avait sans doute flairé la présence de la caméra et eu la présence d'esprit de détourner le visage. Il portait une casquette enfoncée au ras des sourcils. Le col de son blouson était relevé, ses mains étaient gantées, et pour le reste il était entièrement vêtu de noir. On aurait dit une ombre.

Le plus petit n'avait pas eu la même inspiration. Son image, malgré un certain flou, était assez nette pour permettre à Ulrike de dire avec certitude – et non sans un vif soulagement – qu'elle ne le connaissait pas. Sa personne ne lui évoquait rien, et elle savait qu'elle aurait été capable de le reconnaître s'ils avaient été en contact parce qu'il avait une masse absolument inoubliable de cheveux bouclés et que son visage était constellé d'énormes taches de rousseur qui faisaient penser à des éclaboussures. Il pouvait avoir autour de treize ans, peut-être moins. Et c'était un métis, décida-t-elle. Blanc, noir, et quelque chose d'autre entre les deux.

Elle rendit la photo à Jansen.

— Je ne le connais pas. Le jeune. Le grand ne me dit rien non plus, bien qu'il soit difficile d'avoir une certitude parce qu'il se cache de la caméra. Il l'a vue, je suppose. Où était-elle ?

— Il y en avait trois, répondit Jansen. Deux sur la même façade de maison, la troisième de l'autre côté de la rue. Celle-ci vient d'une des deux caméras de la maison.

— Pourquoi cherchez-vous… ?

— Une femme a été abattue sur son perron. Il se pourrait que ces deux-là aient fait le coup.

Il ne dit rien de plus, mais Ulrike se chargea de boucher les trous. Elle avait lu la presse. La femme du commissaire de Scotland Yard, celui qui était venu chez Colossus lui parler de la mort de Kimmo Thorne et de Jared Salvatore, s'était fait descendre devant chez elle à Belgravia. Un tollé assourdissant avait suivi, surtout dans les quotidiens et les tabloïds. Un crime pareil était inconcevable pour les habitants de cette partie de la ville, qui clamaient haut et fort leur indignation sur tous les supports possibles.

— Il n'est pas de chez nous, ce garçon, déclara Ulrike à l'inspecteur Jansen. Je ne l'ai jamais vu.

— Et pour l'autre, vous êtes sûre ?

Il devait plaisanter, pensa Ulrike. Personne n'aurait pu reconnaître cet homme. À supposer que ce soit un homme. Elle jeta néanmoins un nouveau coup d'œil à la photo.

— Désolée. C'est vraiment impossible de…

— On aimerait montrer ça à votre personnel, si ça ne vous dérange pas.

Ulrike n'apprécia pas ce que cela sous-entendait – qu'elle était plus ou moins déconnectée des réalités de Colossus – mais elle n'avait guère le choix. Avant que les enquêteurs n'aillent se promener un peu partout avec leur photo, elle s'enquit de la femme du commissaire. Comment allait-elle ?

— Mal, dit Jansen.

— Je suis navrée. Vous allez…

Elle indiqua la photo d'un signe de tête.

— Vous croyez que vous l'aurez ?

Jansen baissa les yeux sur la mince feuille de papier qu'il tenait dans ses grosses pattes rugueuses.

— Le gosse ? Ce ne sera pas un problème. Cette photo est en train de sortir en ce moment même dans la dernière édition de l'*Evening Standard*. Elle fera la une de tous les canards dès demain matin et elle passera au journal télévisé ce soir et encore demain. On l'aura, et je pense que c'est pour bientôt. Et une fois qu'on l'aura eu, il se mettra à table et on pourra coincer l'autre. Je n'ai pas le moindre doute là-dessus.

— Je… C'est bien. La pauvre femme.

Elle était sincère. Aucun être humain – même riche, privilégié, titré, fortuné – ne méritait de se faire abattre dans la rue. Mais tout en pensant cela et en constatant que le lait de la bonté et de la compassion ne s'était pas complètement tari en elle, même lorsqu'il s'agissait des hautes sphères de la société rigide au sein de laquelle elle vivait, Ulrike fut soulagée d'apprendre que Colossus ne pourrait pas être associé à ce nouveau crime.

Sauf que Mr Bensley et Mrs Richie étaient désormais assis face à elle dans son bureau – on était allé chercher une chaise supplémentaire à l'accueil –, avides de lui parler d'un sujet qu'elle avait voulu leur cacher.

Bensley se chargea de l'introduire.

— Si vous nous parliez de ces garçons qui sont morts, Ulrike.

Elle pouvait difficilement jouer la naïve en disant quelque chose comme : « De quels garçons voulez-vous parler ? » Il n'y avait rien d'autre à faire que d'admettre que cinq stagiaires de Colossus avaient été assassinés depuis septembre et que leurs corps avaient été retrouvés dans plusieurs quartiers de Londres.

— Comment se fait-il que nous n'en ayons pas été informés ? Pourquoi a-t-il fallu que cette information nous soit donnée par quelqu'un d'autre ?

— Par Neil, vous voulez dire.

Ulrike ne put s'empêcher de faire cette remarque, écartelée qu'elle était entre le désir de leur faire savoir qu'elle connaissait l'identité de son Judas et le besoin de se défendre.

— Je ne l'ai su moi-même qu'après le meurtre de Kimmo Thorne. La quatrième victime. Les policiers sont venus à ce moment-là.

— Mais les autres… ?

Mr Bensley esquissa le geste d'ajuster sa cravate, façon de montrer qu'il suffoquait d'incrédulité. Mrs Richie ponctua sa question d'un claquement de mâchoires.

— Comment se fait-il que vous n'ayez rien su de la mort des autres garçons ?

— Ni même de leur disparition, précisa Mrs Richie.

— Nous ne sommes pas organisés pour contrôler l'assiduité de nos stagiaires, déclara Ulrike, comme si elle ne leur avait pas déjà expliqué tout cela cent fois. Dès lors qu'un garçon ou une fille a franchi le cap de l'évaluation, il est libre d'aller et venir comme il l'entend. Il peut participer à ce que nous avons à lui offrir ou bien laisser tomber. Nous voulons qu'ils restent de leur plein gré. Les seuls à être contrôlés sont ceux qui nous ont été envoyés dans le cadre d'une mesure de probation.

Et même dans ces cas-là, Colossus n'avait pas pour vocation de dénoncer immédiatement les gamins à la moindre absence. On leur laissait une certaine marge de manœuvre à partir du moment où ils avaient franchi la phase d'évaluation.

— Ça, dit Bensley, c'est la réponse à laquelle nous nous attendions.

Ou à laquelle on leur avait dit qu'ils devaient s'attendre, pensa Ulrike. Neil avait bien travaillé. Elle vous fera des excuses, mais le fait n'en demeure pas moins : la directrice de Colossus devrait quand même savoir ce qu'il advient des gosses que Colossus est censé soutenir, vous ne trouvez pas ? Je veux dire, ce n'est pas sorcier de jeter un coup d'œil à ce qui se passe en cours et de se renseigner auprès des moniteurs pour savoir qui est là et qui a décroché ? Et ne serait-il pas normal que la directrice de Colossus passe de temps en temps un petit coup de fil pour tâcher de localiser un enfant ayant laissé tomber un programme justement conçu – et financé, ne l'oublions pas – pour l'empêcher de laisser tomber ? Oh, ça oui, il avait bien travaillé, ce brave Neil. Ulrike ne pouvait que lui tirer son chapeau.

Ayant découvert qu'elle n'avait pas de réponse toute prête à opposer au commentaire de Bensley, elle attendit de connaître la raison réelle de la présence du président du conseil et de son accompagnatrice, qui à son avis n'était qu'en partie liée à la mort des stagiaires de Colossus.

— Peut-être, reprit Bensley, étiez-vous trop distraite pour vous rendre compte que ces garçons avaient disparu.

— Je n'étais pas plus distraite que d'habitude. Entre le projet d'ouverture de la branche nord et les fonds que ce projet exige de collecter...

Sur votre instruction, soit dit en passant, n'ajouta-t-elle pas tout en tâchant de le suggérer.

Bensley ne fit pas le raisonnement qu'elle souhaitait.

— Ce n'est pas de cette façon que nous voyons les choses. Vous avez eu un autre sujet de distraction, n'est-ce pas ?

— Comme je vous l'ai déjà dit, Mr Bensley, il n'y a pas de façon simple d'approcher ce travail. Je me suis efforcée de répartir également mon attention entre tous les problèmes auxquels on se trouve forcément confronté quand on est à la tête d'une organisation comme Colossus. Si l'absence de plusieurs garçons m'a échappé, cela est dû au nombre de problèmes liés à Colossus auxquels j'ai eu à faire face. Honnêtement, je trouve navrant qu'aucun d'entre nous (avec un subtil accent sur le mot « nous ») n'ait réussi à s'apercevoir que...

— Permettez-moi d'être franc, coupa Bensley.

Mrs Richie modifia sa position sur sa chaise d'un petit mouvement de hanches qui disait : Nous y voilà.

— Oui ? fit Ulrike en croisant les bras.

— Vous allez faire l'objet d'un contrôle, à défaut d'un meilleur mot. Je suis navré de devoir vous annoncer ça, Ulrike, parce que dans l'ensemble votre travail pour Colossus nous a toujours paru irréprochable.

— Paru.

— Oui. Paru.

— Vous me virez ?

— Je n'ai pas dit ça. Mais considérez qu'il s'agit d'une sorte d'audit. Nous allons mener... Faut-il appeler cela une enquête interne ?

— À défaut d'un meilleur mot ?

— Si vous voulez.

— Et par quels moyens avez-vous l'intention de mener cette enquête interne ?

— En effectuant des contrôles. Par des entretiens. Permettez-moi de dire que je crois que vous avez dans une large mesure fait de l'excellent boulot pour Colossus. Permettez-moi aussi de vous dire, à titre personnel, que j'espère que vous sortirez indemne de cet examen de vos fonctions et de votre histoire personnelle au sein de l'organisation.

— De mon histoire personnelle ? Qu'est-ce que ça veut dire, au juste ?

Mrs Richie sourit. Mr Bensley toussota. Ulrike comprit qu'elle allait se retrouver sur le gril.

Elle maudit Neil Greenham mais se maudit aussi elle-même. Elle avait intérêt à provoquer rapidement une modification significative du statu quo si elle voulait conserver une chance de sauver sa peau.

32

— Collez-lui deux séances d'identification. Une pour Minshall et une pour Masoud.

Ainsi John Stewart avait-il réagi en apprenant que Hamish Robson avait coopéré pour ce qui était du meurtre de Davey Benton mais refusé d'avouer autre chose. De l'avis de Barbara, ces séances constituaient une perte de temps puisque Barry Minshall avait déjà plus ou moins identifié Robson d'après la photo qu'elle avait piquée chez sa mère. Mais elle fit de son mieux pour voir cette initiative telle que l'inspecteur Stewart devait la voir lui-même : non pas comme une énième manifestation de la tendance à l'excès de zèle qui lui valait depuis longtemps une réputation d'emmerdeur notoire mais plutôt comme une secousse sismique destinée à ébranler Robson pour le pousser à d'autres aveux. Le seul fait de se retrouver debout au milieu d'un alignement de bonshommes à se demander si un témoin invisible allait vous désigner comme le coupable d'un crime avait en soi quelque chose d'effrayant: Devoir s'y soumettre à deux reprises et en déduire qu'il y avait quelque part un second témoin de Dieu savait quoi… À la réflexion, c'était très finement joué, Barbara dut le reconnaître. Elle prit donc ses dispositions pour faire transférer Minshall au commissariat de Shepherdess Walk et attendit derrière la vitre sans tain que le magicien ait désigné Robson.

— C'est lui, déclara celui-ci sans l'ombre d'une hésitation. C'est deux-un-six-zéro.

Barbara s'offrit ensuite le plaisir d'annoncer à Robson : « Et d'un, mec », histoire de le laisser osciller sous le vent du suspense. Elle fit ensuite le pied de grue pendant que Muwaffaq Masoud effectuait le trajet de Hayes à la City en perdant un temps infini sur la ligne de Piccadilly. Elle avait beau comprendre le plan de Stewart, elle aurait préféré à ce stade des opérations qu'il choisisse quelqu'un d'autre pour le mettre à exécution. Elle tenta donc d'échapper à la corvée qui consistait à attendre l'arrivée de Masoud au commissariat de Shepherdess Walk. Elle expliqua par téléphone à l'inspecteur Stewart qu'il allait dire la même chose que Minshall et qu'elle ferait donc peut-être mieux d'utiliser son temps à rechercher l'endroit où Robson avait laissé sa camionnette. Celle-ci contenait sûrement une montagne de preuves contre cet enfoiré, pas vrai ?

— Occupez-vous du boulot dont on vous a chargée, constable, rétorqua Stewart, pressé de reporter son attention sur sa liste de problèmes à résoudre.

Un vrai roi des listes, ce Stewart. Chez lui, il devait commencer ses journées en consultant son emploi du temps pour vérifier à quelle heure il était censé se brosser les dents.

Sa journée à elle avait démarré sous les auspices télévisuels de *Breakfast News*. Ils avaient diffusé les meilleurs extraits de la bande vidéo enregistrée par la caméra de surveillance d'une maison située dans une petite rue proche d'Eaton Terrace et y avaient adjoint d'autres images, moins nettes, récupérées à la station de métro Sloane Square. Ces deux individus étaient recherchés pour être interrogés sur le coup de feu dont avait été victime Helen Lynley, comtesse d'Asherton, expliquèrent les présentateurs à leur public de lève-tôt. Toute personne qui reconnaîtrait l'un d'eux était priée de contacter la salle d'opérations du commissariat de police de Belgravia.

Après avoir cité son nom la première fois, les présentateurs se contentèrent de désigner Helen sous le nom de lady Asherton. Comme si la personne en elle avait été totalement engloutie par son mariage. À la cinquième mention de son titre, Barbara éteignit le téléviseur et balança la télécommande dans un coin. Elle ne pouvait plus supporter ça.

Malgré l'heure, elle n'avait pas faim. Elle se savait incapable d'avaler quoi que ce soit qui puisse évoquer même vaguement un petit déjeuner mais comme elle savait aussi qu'il fallait qu'elle s'alimente, elle se força à manger une boîte de maïs américain froid, suivie d'un demi-pot en plastique de gâteau de riz.

Lorsqu'elle en fut venue à bout, elle décrocha son téléphone pour tenter d'obtenir de véritables nouvelles de Helen. L'idée de parler à Lynley lui était insupportable et, comme de toute façon elle ne s'attendait pas à le trouver chez lui, elle composa le numéro de Saint James. Cette fois, ce ne fut pas une voix enregistrée qui lui répondit mais celle de Deborah, bien réelle.

Barbara ne savait trop que lui demander. Un *Comment va-t-elle ?* aurait été grotesque. Un *Comment va le bébé ?* ne valait guère mieux. *Comment s'en sort le commissaire ?* était la seule question susceptible de paraître ne fût-ce que vaguement pertinente, mais elle était en même temps inutile parce que, bordel de merde, comment le commissaire aurait-il pu s'en sortir sachant quelle décision l'attendait : maintenir ou non sa femme clouée sur un lit à l'état de cadavre pendant plusieurs mois, inspirant et expirant à l'aide d'une pompe mécanique, tandis que leur enfant se trouvait réduit à… ils n'en savaient tout bonnement rien. Ils savaient que c'était grave. Ils ne savaient pas à quel point. Jusqu'où fallait-il tenter le diable ?

« C'est moi, se décida-t-elle à dire à Deborah. Je venais aux nouvelles. Est-ce qu'il… ? Je ne sais pas comment formuler ça.

— Tout le monde est là, répondit Deborah d'une voix très assourdie. Iris – c'est une des sœurs de Helen, elle vit en Amérique, vous le saviez ? – a été la dernière à nous rejoindre. Elle a fini par arriver, enfin, hier soir. Elle a eu un mal de chien à quitter le Montana tellement il y avait de neige. Ils sont tous à l'hôpital, dans une petite pièce qui a été mise à notre disposition. Ce n'est pas loin de sa chambre. Il y a des allées et venues. Personne ne veut la laisser seule. »

Elle parlait de Helen, bien sûr. Personne ne voulait laisser Helen seule. Il s'agissait pour eux tous d'une veillée prolongée. Qui était capable de prendre une décision pareille ? Mais elle n'osa pas poser la question.

« Est-ce qu'il a parlé à quelqu'un ? demanda-t-elle. Un prêtre, un aumônier, un rabbin, un… je ne sais pas, quelqu'un ? »

Un silence s'installa. Barbara crut qu'elle avait peut-être été un peu trop intrusive. Mais Deborah finit par répondre, avec une telle tension dans la voix que Barbara comprit qu'elle pleurait.

« Simon est avec lui. Daze, sa mère, y est aussi. Et il y a un spécialiste qui est censé arriver par avion tout à l'heure, je crois qu'il vient de France, ou peut-être d'Italie, je ne sais plus.

— Un spécialiste ? Quel genre ?

— Neurologie néonatale. Quelque chose comme ça. Daphne tenait à ce que ce soit fait. Elle dit que s'il y a la plus infime chance pour que le bébé n'ait pas été atteint… Elle est très affectée. Bref, elle a pensé qu'un spécialiste du cerveau des bébés…

— Mais, Deborah, en quoi est-ce que ça va l'aider, lui, à tenir le choc ? Il a besoin que quelqu'un l'aide à traverser ce qu'il est en train d'endurer.

— Je sais, fit Deborah avec un rire rauque. C'est exactement tout ce que détestait Helen, vous savez. Cette manie qu'ont les gens de continuer à se battre coûte que coûte. On pince les lèvres et on fait face. Surtout ne jamais passer pour un pleurnichard. Elle aurait détesté ça, Barbara. Elle aurait préféré qu'il monte hurler seul son chagrin sur un toit. Ça au moins c'est réel, voilà ce qu'elle aurait dit. »

Barbara sentit sa gorge se serrer. Elle ne pourrait bientôt plus parler.

« Si vous le voyez, dites-lui… »

Quoi ? Que je pense à lui ? Que je prie pour lui ? Que je fais ce qu'il faut pour aller au bout de cette histoire, alors qu'elle savait pertinemment qu'elle ne faisait que commencer pour lui ? Quel était le message, au fait ?

Elle n'aurait pas dû s'inquiéter.

« Je lui dirai », murmura Deborah.

En partant vers sa voiture, Barbara aperçut Azhar qui l'observait d'un œil sombre depuis la porte-fenêtre de son appartement. Elle leva une main mais ne s'arrêta pas, même lorsque le petit visage solennel de Hadiyyah apparut à son côté et qu'Azhar passa un bras autour de ses épaules graciles. Il y avait trop d'amour dans ce geste pour un tel moment. Barbara chassa l'image en clignant des paupières.

Quand Muwaffaq Masoud atteignit enfin le commissariat de Shepherdess Walk un certain nombre d'heures plus tard, Barbara le reconnut surtout à sa mine confuse et embarrassée. Elle le reçut à l'accueil et se présenta en le remerciant d'avoir parcouru une telle

842

distance pour contribuer à l'enquête. Il se lissa incons-
ciemment la barbe – elle n'allait pas tarder à constater
que ce geste était récurrent – et essuya ses verres de
lunettes une fois qu'elle l'eut conduit dans la salle
d'où ils devaient assister à l'identification.

Il scruta intensément les hommes alignés face à lui.
Ils arrivèrent l'un après l'autre. Il demanda à ce qu'on
fasse avancer trois d'entre eux – dont Robson – et les
dévisagea encore plus longuement. Enfin, il secoua la
tête.

— Le monsieur du milieu lui ressemble, déclara-t-il,
ce qui fit naître chez Barbara une très éphémère bouffée de plaisir parce qu'il venait de désigner Robson.
Mais je dois dire que ce n'est qu'une ressemblance,
uniquement fondée sur la forme de la tête et l'aspect
du corps. La robustesse. L'homme à qui j'ai revendu
ma camionnette était plus âgé, je pense. Il était chauve.
Et il n'avait pas de barbe.

— Tâchez d'imaginer ce type sans son bouc, insista
Barbara.

Elle s'abstint d'ajouter que Robson aurait pu se
raser les cheveux avant d'aller s'acheter une camionnette à Hayes.

Masoud fit de son mieux pour satisfaire à sa
demande mais sa conclusion resta la même. Il ne pouvait pas affirmer avec certitude que l'homme qu'il
avait devant les yeux était celui qui lui avait acheté sa
camionnette au mois de juillet. Il était sincèrement
navré, constable. Il aurait souhaité leur être plus utile.

Barbara revint à New Scotland Yard avec cette nouvelle. Son rapport à Stewart fut des plus brefs. C'était
oui pour Minshall et non pour Masoud, annonça-t-elle
à l'inspecteur. Il fallait absolument retrouver cette foutue camionnette.

Stewart secoua la tête. Il était en train d'éplucher un
rapport – tenant son stylo rouge à la main comme un

maître d'école agacé – et jeta la feuille sur son bureau avant de lâcher :

— Toute cette piste est à laisser tomber, à vrai dire.

— Pourquoi ?

— Robson dit la vérité.

Barbara resta bouche bée.

— Qu'est-ce que vous voulez dire ?

— Je veux dire que c'est un plagiaire, constable. Un pla-giaire. Il a tué le gosse et l'a arrangé de manière à ce que ce meurtre-là ressemble aux autres.

— Merde, mais qu'est-ce que… ? grogna-t-elle en enfouissant une main dans ses cheveux. Je viens de passer quatre putains d'heures à me farcir des séances d'identification autour de ce mec. Ça vous dérangerait de me dire pourquoi vous m'avez fait perdre mon temps comme ça si vous saviez…

Elle ne parvint pas à finir.

— Bon sang, Havers, intervint l'inspecteur avec sa finesse habituelle. Vous n'allez pas nous faire un caca nerveux, hein ? Personne ne vous a fait de cachotteries. Saint James vient juste de nous donner les résultats par téléphone. Il avait dit à Tommy que c'était une possibilité, rien de plus. Là-dessus, Helen s'est fait agresser, et Tommy ne nous a jamais transmis l'information.

— Quelle information ?

— Les dissemblances révélées par l'autopsie.

— Mais on a toujours su qu'il y avait des dissemblances. La strangulation à mains nues, l'absence de décharge électrique, le viol. Robson lui-même a souligné qu'une escalade était inévitable quand…

— Ce garçon n'avait rien mangé depuis des heures, constable, et on n'a retrouvé aucune trace d'huile d'ambre gris sur lui.

— Ça pourrait s'expliquer par…

— Tous les autres avaient mangé dans l'heure ayant précédé leur mort. Tous les autres avaient consommé la même chose. Du bœuf. Un peu de pain. Robson ne le savait pas, et il n'était pas non plus au courant pour l'huile d'ambre gris. Le traitement qu'il a infligé à Davey Benton était fondé sur ce qu'il savait des crimes précédents, et c'était une connaissance superficielle : limitée à ce qu'il avait lu dans les rapports préliminaires et vu sur les photos de scène de crime. C'est tout.

— Seriez-vous en train de me dire que Minshall n'a rien à voir... que Robson n'a rien à voir... ?

— Ils sont responsables de ce qui est arrivé à Davey Benton. Point barre.

Barbara s'affala sur une chaise. Autour d'elle, le silence régnait dans la salle d'opérations. Manifestement, tout le monde était déjà au courant de l'impasse dans laquelle ils s'étaient rués tête baissée.

— Qu'est-ce qu'on fait ? demanda-t-elle.

— On reprend les alibis, les vérifications et les recherches d'antécédents. Et on retourne à Elephant & Castle.

— Merde, mais on a déjà fait...

— On va le refaire, Havers. En y ajoutant tous ceux dont le nom est apparu au cours de l'enquête. On va tous les passer au microscope. Et vous allez y participer.

Elle balaya la salle du regard.

— Où est Winnie ?

— À Belgravia, répondit Stewart. Il visionne les bandes vidéo de Cadogan Lane.

Personne ne demanda pourquoi car c'était inutile. Nkata était allé regarder ces bandes parce qu'il était noir et qu'un jeune métis apparaissait dessus. Bon sang, ce qu'ils pouvaient être prévisibles ! songea Barbara. Allez donc jeter un coup d'œil à ces images des suspects, Winnie. Vous savez ce que c'est. Pour nous ils se ressemblent tous et en plus, au cas où ce serait une histoire de gangs... vous voyez le topo ?

Elle décrocha son téléphone et composa le numéro du portable de Nkata. Lorsqu'il répondit, un brouhaha était audible en fond sonore.

— Masoud dit que Robson n'est pas notre homme, annonça-t-elle. Mais je suppose que tu es déjà au parfum.

— Personne n'en savait rien avant le coup de fil de Saint James à Stewart, Barb. C'était... ça devait être vers onze heures ce matin. N'y vois rien de personnel.

— Tu me connais trop.

— J'ai dansé sur la même musique.

— Comment ça se passe ? Qu'est-ce qu'ils s'attendent à ce que tu leur dises ?

— En visionnant ces bandes ? Je crois pas qu'ils le sachent eux-mêmes. Ils font feu de tout bois. Je ne suis qu'une source parmi d'autres.

— Alors ?

— Que dalle. Le gosse est métis. Beaucoup de sang blanc, un peu de sang noir, et autre chose. Je ne sais pas quoi. L'autre ? Ça pourrait être n'importe qui. Il savait ce qu'il faisait. Il a bien fait gaffe à ne pas montrer sa tronche à la caméra.

— On peut dire que c'est du temps de travail bien utilisé, hein ?

— Je ne peux pas leur en vouloir, Barb. Ils font ce qu'ils peuvent. Ils ont une piste intéressante, cela étant. C'est tombé il y a cinq minutes. Un coup de téléphone.

— De quoi s'agit-il ?

— Ça vient de West Kilburn. Le commissariat de Harrow Road a un indic régulier dans la minorité, un Noir qui a une telle réputation de caïd que personne ne lui cherche de poux dans la tête. Ce mec a vu les photos du gosse dans le journal et il a téléphoné pour leur filer un nom. Peut-être que ça ne donnera rien, mais les gars de Harrow Road ont l'air de penser que ça vaut la peine d'y jeter un œil. Il se pourrait, d'après eux, qu'on tienne l'auteur du coup de feu.

— Qui est-ce ?

— Je n'ai pas son nom. Harrow Road s'occupe d'aller le chercher et de l'interroger. Mais si c'est lui, il va craquer. Tu peux en être sûre. Il parlera.

— Pourquoi ? Comment peuvent-ils l'affirmer ?

— Parce qu'il a douze ans. Et que ce n'est pas la première fois qu'il s'attire des ennuis.

Saint James alla annoncer la nouvelle à Lynley. Ils se retrouvèrent cette fois non pas dans le couloir, mais dans la petite salle que la famille occupait depuis ce qui semblait être des mois. Les parents de Helen avaient fini par se laisser convaincre de lever le camp et s'étaient installés en compagnie de Cybil et de Daphne dans un appartement qu'ils possédaient sur Onslow Square et où Helen elle-même avait autrefois habité. Penelope était repartie vers Cambridge pour s'occuper de son mari et de ses trois enfants. La famille de Lynley était allée passer quelques heures à Eaton Terrace pour se reposer et changer de décor. Sa mère l'avait appelé dès son arrivée pour demander : « Tommy, qu'est-ce qu'on fait des fleurs ? » Des bouquets par dizaines sur le perron, selon elle, un tapis de fleurs qui dégringolait des marches jusqu'au trottoir. Il ne trouva aucune suggestion à lui proposer. Ces marques de compassion ne le touchaient pas, constata-t-il.

Seule Iris était restée, indéfectible Iris, la moins Clyde des sœurs Clyde. Pas une once d'élégance chez cette femme aux longs cheveux sobres, maintenus à l'écart de son visage par des barrettes en fer à cheval.

Elle ne portait aucun maquillage et sa peau était froissée de soleil.

Elle avait pleuré la première fois qu'elle avait vu sa petite sœur. Elle avait lâché, rageuse : « Ce n'est pas censé arriver ici, nom de Dieu », et il avait compris qu'elle parlait de la violence et de la mort par arme à feu. Cela appartenait à l'Amérique, pas à l'Angleterre. Qu'était-il arrivé à l'Angleterre de ses souvenirs ?

Elle était partie trop longtemps, avait-il eu envie de lui répondre. L'Angleterre de ses souvenirs était morte et enterrée depuis des lustres.

Elle était ensuite restée assise plusieurs heures au chevet de Helen avant de reparler.

« Elle n'est plus ici, n'est-ce pas ? finit-elle par lâcher à mi-voix.

— Non. Elle n'est plus ici », concéda Lynley.

Car l'esprit de Helen était entièrement ailleurs, déjà passé à sa prochaine phase d'existence. Ne restait plus que l'habitacle de cet esprit, préservé de la putrescence par les douteux miracles de la médecine moderne.

Lorsque Saint James les eut rejoints, Lynley l'entraîna dans la salle d'attente, laissant Iris seule avec Helen. Il prit connaissance de l'information donnée par le commissariat de Harrow Road et son indic mais n'en retint qu'un seul aspect : « Déjà eu des ennuis avec la justice ».

— Quel genre d'ennuis, Simon ?

— Incendie volontaire et vol à l'arraché, selon les Délinquants juvéniles. Sa famille était suivie par une assistante sociale depuis quelque temps. Je lui ai parlé.

— Et ?

— Pas grand-chose, je le crains. Une sœur aînée qui fait un travail d'intérêt général suite à une tentative de vol et un frère cadet dont on ne sait quasiment rien. Ils vivent tous chez leur tante et son petit ami dans un logement social. C'est tout ce que j'en sais.

— Les Délinquants juvéniles, fit Lynley. Une assistante sociale.

Saint James hocha la tête. Son regard resta fixé sur Lynley et celui-ci se sentit observé, évalué tandis qu'il s'efforçait de relier les faits comme les fils d'une toile dont le centre était toujours et à jamais le même.

— La jeunesse en péril, reprit Lynley. Colossus.

— Ne te torture pas.

Lynley partit d'un rire amer.

— Crois-moi, je n'en ai pas besoin. La réalité s'en charge.

Pour Ulrike, dans les circonstances présentes, il n'existait pas d'expression plus affreuse que « enquête interne ». Que le conseil d'administration ait décidé de réunir des informations la concernant était déjà en soi une mauvaise nouvelle. Qu'il ait l'intention de le faire en organisant des entretiens et des vérifications était pire encore. Elle avait des ennemis à la pelle chez Colossus, et trois d'entre eux allaient être plus que ravis de saisir l'occasion pour lancer quelques tomates sur l'image d'elle-même qu'elle avait tenté d'imposer. Neil Greenham figurait en tête de liste. Il gardait sans doute en stock ses petits fruits pourris depuis des mois, n'attendant que le moment idéal pour les envoyer. Car Neil visait le contrôle absolu de Colossus, Ulrike ne s'en était rendu compte que lorsque Bensley et Richie s'étaient pointés dans son bureau. Certes, ce brave Neil n'avait jamais eu l'esprit d'équipe – il avait même réussi à se faire virer de l'enseignement en un temps où le gouvernement se mettait à genoux pour recruter des enseignants ! –, et même si Ulrike se reprochait à présent de ne pas avoir remarqué ce qu'elle aurait dû interpréter comme des signaux d'alerte, ce n'était rien comparé au côté insidieux de sa personnalité qu'avait révélé l'apparition impromptue à Elephant & Castle des deux membres du conseil, sans parler des questions que ceux-ci lui avaient posées. Neil allait donc sauter sur l'occasion pour la barbouiller de goudron avec le pinceau qu'il tenait certainement prêt depuis la première fois qu'elle l'avait regardé de travers.

Puis il y avait Jack. Et son côté pour-qui-me-prenezvous. La grande erreur d'Ulrike en ce qui concernait Jack n'était pas d'être allée fureter chez sa grand-tante et logeuse, cela dit. C'était de lui avoir confié un poste rémunéré chez Colossus. Oh, bien sûr, c'était en principe la théorie même de l'organisation : restaurer la conscience des malfaiteurs jusqu'à ce qu'ils n'aient plus besoin de mal faire. Mais elle avait laissé de côté un trait de caractère des individus comme Jack, qu'elle avait pourtant toujours connu. Ces gens-là supportaient mal les soupçons et devenaient particulièrement méchants quand l'idée – fût-elle erronée – leur traversait l'esprit que quelqu'un les avait dénoncés ou envisageait de le faire. Jack allait donc chercher à la faire payer et il y arriverait. Il ne pousserait pas le raisonnement jusqu'à comprendre que sa participation au déboulonnage d'Ulrike risquait de lui revenir dans la figure dès qu'on lui aurait trouvé un successeur.

Griff Strong, en revanche, ne le comprendrait que trop bien. Il tenterait le nécessaire pour préserver sa position au sein de l'organisation, et si cela impliquait de lâcher du bout des lèvres quelques allégations sur le harcèlement sexuel qu'il avait subi de la part d'une directrice incapable de résister au désir de toucher son corps délectable, il ne s'en priverait pas. Bref, la graine que Neil Greenham avait semée dans l'esprit des membres du conseil et que Jack allait arroser, Griff la cultiverait. Et il ne manquerait pas de mettre son maudit pull marin pour l'entretien. S'il avait besoin de se donner bonne conscience, il dresserait la liste des raisons qui l'avaient conduit à opter pour le chacun pour soi. Arabella et Tatiana figureraient en tête de cette liste. « Tu sais que j'ai des responsabilités personnelles, Rike. Tu l'as toujours su. »

Ulrike ne voyait qu'une seule personne susceptible de s'exprimer en sa faveur : Robbie Kilfoyle, et uniquement parce que, étant bénévole et non salarié, il aurait intérêt à rester prudent quand il serait interrogé. À suivre une ligne de stricte neutralité car ce serait le seul moyen pour lui de préserver son avenir et d'avancer dans la direction souhaitée, celle de l'emploi rémunéré. Rob n'avait certainement pas envie de livrer des sandwiches jusqu'à la fin de ses jours. Mais il fallait qu'il prenne clairement position. Il fallait qu'il se voie comme un joueur de l'équipe d'Ulrike et pas de celle d'en face.

Elle décida d'aller le trouver. Il était tard. Elle ne regarda pas l'heure, mais l'obscurité extérieure et le silence du bâtiment lui indiquèrent qu'il était largement plus près de huit heures que de six. Robbie restait souvent jusqu'à une heure avancée de la soirée, pour ranger. Il y avait une bonne chance pour qu'il soit encore quelque part dans les locaux, et s'il n'y était pas, elle était déterminée à retrouver sa piste.

Elle ne l'aperçut nulle part. La salle des accessoires était d'une propreté obsessionnelle – ce dont elle devrait féliciter Rob quand elle le verrait – et on aurait pu opérer quelqu'un dans la salle de cuisine tant elle aussi était immaculée. Le labo informatique avait également fait l'objet de ses attentions, de même que la salle de cours. La marque de Rob était visible partout.

Sa raison conseilla à Ulrike d'attendre le lendemain après-midi pour lui parler. Robbie arriverait vers deux heures et demie comme d'habitude, et elle n'aurait qu'à forger leur alliance à ce moment-là, après l'avoir remercié. Mais son anxiété la pressant de commencer à agir sans perdre un instant, elle chercha le numéro de téléphone personnel de Rob et l'appela chez lui. S'il n'y était pas, elle pourrait toujours laisser un message à son père.

Mais la sonnerie se répéta encore et encore. Ulrike attendit deux bonnes minutes puis raccrocha et passa au plan B.

C'était, bien entendu, de l'improvisation totale, et elle s'en rendait compte. Mais la part d'elle-même qui lui disait « Calme-toi, rentre à la maison, prends un bon bain, bois un verre de vin, tu verras tout ça demain » était couverte par celle qui criait que le temps passait et que les machinations de ses ennemis n'étaient déjà que trop avancées. En outre, elle avait l'impression depuis plusieurs heures que son estomac lui était remonté dans la gorge. Elle n'avait aucune chance de pouvoir respirer, manger ou dormir convenablement tant qu'elle n'aurait pas fait quelque chose pour y remédier.

Et d'ailleurs, n'était-elle pas une femme d'action ? Elle n'avait jamais été du genre à attendre les bras croisés de voir comment les choses tourneraient.

Dans la situation présente, il s'agissait de manœuvrer Rob Kilfoyle de façon qu'il accepte de prendre son parti. Et pour cela, une seule solution : enfourcher son vélo et aller le trouver.

Il lui fallut consulter le *A à Z* après avoir noté l'adresse de Rob car elle n'avait aucune idée de la localisation de Granville Square. La place était nichée à l'est de King's Cross Road, ce qui était un avantage incontestable. Elle n'aurait qu'à remonter jusqu'à Blackfriars Bridge, traverser la Tamise et mettre le cap au nord. C'était tout simple, et cette simplicité lui indiqua qu'une petite expédition à Granville Square s'imposait.

Elle s'aperçut qu'il était plus tard qu'elle ne l'avait cru lorsqu'elle eut rejoint l'air libre et son vélo. Le flot des banlieusards s'était depuis longtemps dilué, et la montée de Farringdon Street – même à l'approche de Ludgate Circus – s'avéra moins crispante que prévu.

Elle se retrouva vite à Granville Square, bordé sur ses quatre côtés de modestes maisons XVIIIe à tous les stades de la décrépitude et de la rénovation, comme dans tant de quartiers londoniens. Le centre de la place était occupé par un inévitable lopin de verdure mais celui-ci n'était ni fermé, ni clôturé, ni interdit aux non-résidents, mais ouvert à tous ceux qui souhaitaient marcher, lire, jouer avec un chien ou regarder leurs enfants s'amuser bruyamment sur la minuscule aire de jeu aménagée sur un des côtés. La maison de Rob Kilfoyle faisait face au centre de cette aire de jeux. Elle avait beau être aussi sombre qu'un caveau, Ulrike adossa sa bicyclette le long de la grille et gravit les marches du perron. Rob pouvait être dans une pièce du fond et, puisqu'elle était là, elle n'allait pas repartir sans avoir tenté de le débusquer de sa tanière.

Elle frappa mais n'obtint pas de réponse. Elle appuya sur la sonnette et fit de son mieux pour jeter un coup d'œil par une des fenêtres de la façade mais dut bientôt se résigner à admettre qu'à part sur le plan de l'exercice, sa petite virée jusqu'à cette zone limitrophe entre St Pancras et Islington avait été une perte de temps.

— Il est pas là, notre Rob, lança une voix féminine dans son dos. Y a pas de quoi s'en étonner, faut dire, le pauvre.

Ulrike se retourna. Une femme la fixait depuis le trottoir. Elle était taillée comme un tonneau, avec un bouledogue de forme similaire qui haletait au bout de sa laisse. Ulrike redescendit les marches.

— Vous sauriez me dire où il est ?

Elle précisa qu'elle était l'employeur de Rob.

— Z'êtes la dame des sandwiches ? Moi, c'est Sylvia Puccini. Rien à voir avec l'autre, hein, des fois que vous seriez mélomane. J'habite à trois portes d'ici. Notre Rob, je le connais depuis tout bébé.

— Je suis son autre employeur, expliqua Ulrike. De chez Colossus.

— Je savais pas qu'il avait un autre employeur, dit Mrs Puccini en l'observant avec attention. C'est quoi, vous dites ?

— Colossus. Un programme d'aide sociale pour jeunes en danger. Robbie n'est pas un employé à strictement parler. Il travaille bénévolement chez nous l'après-midi. Après sa tournée de sandwiches. Mais nous le considérons comme un des nôtres.

— Il m'en a jamais parlé.

— Vous êtes proche de lui ?

— Pourquoi vous me demandez ça ?

Mrs Puccini semblait méfiante, et Ulrike sentit qu'elle aurait tôt fait de se retrouver dans un pétrin du type Mary Alice Atkins-Ward si elle persistait dans cette voie.

— Sans raison particulière, répondit-elle en souriant. C'est juste que je me suis dit que vous deviez l'être, puisque vous le connaissez depuis toujours. Comme une deuxième maman ou quelque chose comme ça.

— Hmm. Oui. Pauvre Charlene. Paix à son âme tourmentée. Alzheimer, mais j'imagine que Rob a dû vous le dire. Elle est partie en début d'hiver l'année dernière, la pauvre choute. À la fin, elle aurait pas reconnu son fils d'une chaussure. Elle reconnaissait plus personne, faut dire. Et son père là-dessus. Il a pas eu la vie facile ces derniers temps, notre Rob.

Ulrike fronça les sourcils.

— Son père ?

— Tombé raide. En septembre dernier, que c'était. Il part au boulot comme d'habitude et il s'écroule comme une masse. Juste là-bas, sur les marches de Gwynne Place, dit-elle en indiquant l'extrémité sud-ouest de la place. Mort avant d'avoir touché terre.

— Mort ? Je ne savais pas que le père de Rob était... Il est mort ? Vous êtes sûre ?

À la lueur d'un réverbère, Mrs Puccini lui décocha un regard montrant à quel point la question lui semblait bizarre.

— S'il est pas mort, ma belle, ça veut dire qu'on s'est tous réunis pour assister à l'incinération de quelqu'un d'autre. Et ça paraît pas très vraisemblable, hein ?

Effectivement, dut concéder Ulrike, ça ne l'était pas.

— C'est juste que... vous comprenez, Rob n'a jamais fait allusion à la mort de son père.

Bien au contraire, se retint-elle d'ajouter.

— Bah, c'est qu'il en avait pas envie, j'imagine. On peut pas dire que Rob soit du genre à aller mendier un peu de pitié, même s'il s'est senti mal après la mort de son père. Vic était un type qui supportait pas les pleurnicheries, et vous savez ce qu'on dit : les chiens font pas des chats. Mais vous y trompez pas, ma chère. Ce garçon en a bavé quand il s'est retrouvé tout seul.

— Il n'a pas d'autre famille ?

— Oh, il a une sœur quelque part, nettement plus vieille que lui, mais elle a plié bagage il y a des années et on l'a jamais revue, même aux funérailles. Mariée, des gosses, en Australie ou je sais pas où. À ma connaissance, elle n'a pas repris contact depuis ses dix-huit ans.

Mrs Puccini darda sur Ulrike un regard acéré, comme pour la jauger. La raison en apparut lorsqu'elle reprit la parole :

— Faut bien dire, ma chère, entre vous, moi et Trixie (elle désigna son chien en secouant sa laisse, ce que l'animal sembla prendre pour une invitation à reprendre sa marche parce qu'il redressa ses pattes arrière, qu'il avait jusque-là tenues pliées aux pieds de Mrs Puccini), que c'était pas franchement la crème des hommes, ce Victor.

— Le père de Rob.

— Depuis toujours. Un vrai salaud quand il s'y mettait, mais y avait pas des masses de cœurs qui se serraient en y pensant dans le quartier, si vous voulez savoir.

Ulrike s'efforçait toujours d'assimiler l'information initiale : le père de Robbie Kilfoyle était mort. Elle était en train de rapporter ce fait à ce que Rob lui avait dit récemment… À propos d'une émission sur le câble ? Qui s'appelait *Sail Away* ?

— Je trouve dommage qu'il ne m'ait pas prévenue, dit-elle à Mrs Puccini. Ça aide de parler.

— Oh ça, je suppose qu'il en parle.

De manière inattendue, Mrs Puccini montra de nouveau du menton les marches de Gwynne Place.

— On trouve toujours une oreille amicale quand on paye pour.

— Quand on paye ?

Les oreilles amicales et le paiement suggéraient deux hypothèses : soit le recours à la prostitution, qui semblait à peu près autant correspondre au style de Rob que l'attaque à main armée, soit le recours à la psychothérapie, qui paraissait tout aussi improbable.

Mrs Puccini parut lire dans ses pensées parce qu'elle partit d'un rire rauque.

— L'hôtel, expliqua-t-elle. Au pied des marches. Il passe la plupart de ses soirées au bar. Ça m'étonnerait pas qu'il y soit en ce moment, tiens.

Ce qui s'avéra être le cas après qu'Ulrike eut souhaité le bonsoir à Mrs Puccini et à Trixie, traversé à pied la place et descendu les marches. Elles menaient à une tour de construction sommaire dont l'architecture évoquait indubitablement l'après-guerre avec ses briques chocolat et sa décoration extérieure minimaliste. À l'intérieur, toutefois, Ulrike découvrit une réception en style faux Art déco, aux murs recouverts de fresques qui représentaient des bourgeois des deux sexes de l'entre-deux-guerres en train de faire la fête. Au fond de cette réception, une porte marquait l'entrée de l'Othello Bar. Il parut étrange à Ulrike que Robbie – ou quiconque, d'ailleurs – ait pu choisir un hôtel plutôt qu'un pub pour lever le coude, mais elle constata néanmoins que l'Othello Bar possédait un atout non négligeable, en tout cas ce soir-là : il était pratiquement désert. Si Robbie espérait bénéficier de l'oreille compatissante du barman, ce personnage était entièrement disponible. Il y avait en outre une série de tabourets le long du bar, autre caractéristique qui rendait peut-être l'Othello plus accueillant que le pub du coin.

Robbie Kilfoyle était perché sur un de ces tabourets. Deux tables étaient occupées par des cadres qui buvaient des bières blondes ; une troisième par trois femmes dont la croupe énorme, les baskets blanches et les boissons – du vin blanc – indiquaient qu'il s'agissait de touristes américaines. Pour le reste, le bar était désert. Une musique des années trente s'échappait des haut-parleurs du plafond.

Ulrike se hissa sur le tabouret voisin de celui de Robbie. Il lui jeta un coup d'œil, puis un second dès que ce qu'il venait de voir se fut imprimé dans son cerveau. Ses yeux s'écarquillèrent.

— Salut, dit-elle. C'est une de tes voisines qui m'a dit que tu serais peut-être ici.

— Ulrike !

Il regarda autour d'elle pour voir si elle était accompagnée. Il portait un sous-pull noir moulant, remarquat-elle, qui mettait nettement plus en valeur son physique avantageux que son habituelle chemise blanche impeccablement repassée. Une leçon de Griff ? En tout cas, il avait un très beau corps.

Le barman entendit l'exclamation de Rob et s'approcha pour prendre commande. Ulrike lui annonça qu'elle souhaitait un cognac et, lorsqu'il fut reparti, elle expliqua à Rob que c'était Mrs Puccini qui lui avait suggéré de jeter un coup d'œil ici.

— Elle m'a dit que tu venais régulièrement depuis la mort de ton père.

Robbie détourna les yeux puis les reposa sur elle. Il ne chercha pas à esquiver, et Ulrike ne put s'empêcher de l'admirer.

— Je n'avais pas trop envie de vous le dire. Qu'il était mort. Je n'arrivais pas à trouver le moyen. J'avais l'impression que ç'aurait…

Il réfléchit en faisant tourner sa pinte de blonde entre ses doigts.

— Que j'aurais eu l'air de quémander un traitement de faveur. Comme si j'espérais que quelqu'un aurait pitié de moi et me donnerait quelque chose histoire de me consoler.

— Qu'est-ce que c'est que cette idée ? J'espère que personne n'a jamais rien fait chez Colossus qui ait pu te donner le sentiment que tu n'avais pas d'amis à qui te confier.

— Non, non. Ce n'est pas ça. Je crois que c'est juste que je n'étais pas prêt à en parler.

— Et tu l'es maintenant ?

C'était l'occasion ou jamais de forger son alliance avec Robbie. Bien qu'ayant en tête des préoccupations autrement plus importantes que le décès d'un homme mort depuis six mois – et qu'elle n'avait jamais rencontré –, Ulrike tenait à ce que Robbie sache qu'il avait une amie chez Colossus et que cette amie était assise en ce moment à côté de lui au comptoir de l'Othello Bar.

— Si je suis prêt à en parler ?

— Oui.

Il secoua la tête.

— Pas vraiment.

— Ça fait mal ?

Un coup d'œil dans sa direction.

— Pourquoi vous dites ça ?

Elle haussa les épaules.

— Ça paraît évident. Tu étais apparemment proche de lui. Vous viviez ensemble, après tout. Vous deviez passer ensemble un temps considérable. Je te revois encore me racontant que vous regardiez tous les deux la télévis…

Elle s'interrompit, comprenant tout à coup. Elle agita doucement son verre de cognac et s'obligea à finir sa phrase.

— Tu regardais la télévision avec lui. Tu m'as dit que tu regardais la télévision avec lui.

— Et c'est ce qu'on faisait. Mon père était un salopard de première quand il était en forme, mais il ne faisait jamais chier personne dès que la télé était allumée. Je crois que ça l'hypnotisait. Alors à chaque fois qu'on était seuls ensemble – surtout à partir du moment où maman s'est retrouvée à l'hôpital –, j'allumais la télé pour qu'il me lâche un peu. Ça doit être la force de l'habitude qui m'a fait dire que je regardais la télé avec lui. On ne faisait rien d'autre ensemble.

Il vida sa bière.

— Pourquoi vous êtes là ?

Pourquoi elle était là ? D'un seul coup, cela n'avait plus beaucoup d'importance. Elle passa ses motivations en revue jusqu'à en trouver une qui soit à la fois crédible et inoffensive.

— Pour te remercier, en fait.

— De quoi ?

— Tu en fais tellement pour Colossus. Tu n'es pas toujours assez reconnu.

— Vous êtes venue jusqu'ici pour me dire ça ?

Robbie semblait incrédule, comme l'aurait été toute personne sensée à sa place.

Ulrike sentit qu'elle était en terrain glissant et décida qu'il était plus sage d'opter pour la vérité.

— Pas seulement. Je vais faire l'objet... eh bien, d'une enquête, Rob. Donc j'essaie de voir qui sont mes amis. Tu en as sûrement entendu parler.

— De quoi ? De vos amis ?

— De l'enquête dont je vais être l'objet.

— Je sais que les flics sont venus.

— Pas celle-là.

— Laquelle, alors ?

— Le conseil d'administration a décidé d'examiner mon action en tant que directrice de Colossus. Tu dois savoir que le président est venu aujourd'hui.

— Pourquoi ?

— Pourquoi quoi ?

— Pourquoi je devrais le savoir ? J'ai toujours été la cinquième roue du carrosse, moi. Le moins important et le dernier informé.

Il avait dit cela en passant, mais elle le sentait... quoi ? Frustré ? Amer ? En colère ? Pourquoi ne l'avait-elle pas vu plus tôt ? Et que pouvait-elle y faire à part s'excuser, lui servir une vague promesse sur ce qui allait changer chez Colossus, et passer à la suite ?

— Je vais tâcher d'y remédier, Rob.

— Si je prends votre parti dans le conflit qui se profile à l'horizon.

— Je ne dis pas…

— Ne vous en faites pas.

Il repoussa sa pinte, secoua la tête lorsque le barman lui en proposa une autre. Il régla ses consommations ainsi que celle d'Ulrike et ajouta :

— Je sais bien que c'est un jeu. Je pige le côté politique de tout ça. Je ne suis pas débile.

— Loin de moi l'idée de suggérer une chose pareille.

— Sans rancune. Vous faites ce que vous avez à faire.

Il descendit de son tabouret.

— Comment vous êtes venue ici ? Pas à vélo quand même ?

Si, répondit-elle. Et, après avoir fini son cognac :

— Bon, je crois que je ferais mieux d'y aller.

— Il est tard. Je vous ramène.

— Me ramener ? Je pensais que tu étais cycliste toi aussi.

— Pour le boulot seulement. Sans ça, non. J'ai récupéré la camionnette de mon vieux quand il est mort cet été. Pauvre type. Il s'achète un camping-car pour ses années de retraite et le voilà qui tombe raide mort la semaine d'après. Il n'a même pas eu l'occasion de s'en servir. Venez. On pourra mettre votre vélo dedans. Je l'ai déjà fait.

— Merci, mais ce n'est pas nécessaire. Ça va te faire du dérangement, et…

— Ne soyez pas bête. Il n'y a pas de mal.

Il lui prit le bras, lança un « Soir, Dan » au barman et entraîna Ulrike non pas vers la porte par laquelle elle était arrivée mais vers un couloir menant, elle eut tôt fait de s'en apercevoir, aux toilettes, et, au-delà, aux cuisines, où ils entrèrent. Il ne restait qu'un seul cuistot, qui marmonna « Rob » avec un petit signe de tête en les voyant traverser. Elle vit qu'il existait une autre sortie de ce côté-là, une issue de secours pour les employés en cas d'incendie, et ce fut celle que Robbie choisit. Il la précéda sur un petit parking derrière l'hôtel, bordé d'un côté par le bâtiment lui-même et de l'autre par la pente au sommet de laquelle s'ouvrait Granville Square. Dans un recoin obscur du parking, une camionnette était garée. Elle avait l'air vieille et tout à fait inoffensive avec les taches de rouille qui saupoudraient les lettres délavées peintes en blanc sur son flanc.

— Mon vélo, dit Ulrike.

— Là-haut, sur la place ? On va se débrouiller. Montez. Je le prendrai au passage.

Elle balaya le parking du regard. Il était faiblement éclairé et désert. Elle regarda Robbie. Il lui adressa un sourire. Elle pensa à Colossus, à tout le travail qu'elle avait fourni et à ce qui partirait à vau-l'eau si elle devait passer le témoin à quelqu'un d'autre. À quelqu'un comme Neil. À quelqu'un comme Griff. À n'importe qui.

Certaines situations exigeaient un acte de foi, décida-t-elle. Celle-ci en était une.

Arrivé à la camionnette, Robbie lui ouvrit la portière. Elle grimpa dedans. Il referma la portière. Elle chercha la ceinture de sécurité par-dessus son épaule mais ne la trouva pas. Lorsque Robbie, l'ayant rejointe, la vit tâtonner, il mit le moteur en marche et dit :

— Oh, pardon. C'est un peu compliqué. Elle est plus bas que d'habitude. J'ai une torche quelque part par ici. Je vais vous éclairer.

Il farfouilla sous son propre siège. Ulrike le vit ramener une torche.

— Ça devrait faciliter les choses, dit-il au moment où elle se retournait vers la ceinture de sécurité.

Tout s'enchaîna ensuite en moins de trois secondes. Elle attendit en vain qu'un faisceau de lumière jaillisse de sa torche.

— Rob ?

Elle sentit la décharge lui transpercer le corps. Elle chercha de l'air.

Le premier spasme la secoua. Le deuxième la projeta dans une semi-inconscience. Le troisième la fit basculer dans les ténèbres.

33

La réputation du commissariat de police de Harrow Road n'était pas des meilleures, mais il fallait reconnaître que les flics avaient du pain sur la planche à West Kilburn. Ils devaient faire face à toutes sortes de problèmes, des habituels conflits sociaux et culturels qui étaient le lot des communautés multiethniques aux crimes de rue et à la toxicomanie, en passant par un marché noir florissant. Ils étaient aussi perpétuellement confrontés aux gangs. Dans ce secteur dominé par les barres et autres tours sinistres sorties de terre dans les années soixante, à une époque où l'imagination architecturale était à l'agonie, toutes sortes de légendes circulaient sur les flics qui se faisaient semer dans des lieux aussi labyrinthiques que les couloirs du célèbre Mozart Estate. Les forces de l'ordre étaient débordées depuis toujours dans cette partie de la ville. Et elles le savaient, ce qui n'améliorait pas leur humeur lorsqu'il s'agissait de répondre aux besoins de la population.

À leur arrivée, Barbara et Nkata constatèrent que l'accueil du commissariat était le théâtre d'une bruyante prise de bec. Un rasta flanqué d'une femme enceinte jusqu'aux yeux et de deux enfants sommait un auxiliaire d'agir – « Je veux qu'on me rende ma putain de caisse, mec. Tu crois peut-être que cette fille va accoucher en pleine rue ? » –, lequel affirmait que la chose sortait du cadre « de mes attributions, monsieur. Il va falloir vous adresser à un des officiers en charge de ce dossier ».

— Et merde, grogna le rasta en tournant les talons.

Il empoigna la fille par le coude et repartit vers la porte en glissant à Nkata un « Frère » ponctué d'un hochement de tête lorsqu'ils se croisèrent.

Nkata déclina son identité et celle de Barbara à l'auxiliaire. Ils venaient voir le sergent Starr, expliqua-t-il. Au sujet d'un gamin en garde à vue, dénoncé comme étant l'auteur d'une agression à Belgravia.

— Il nous attend.

Harrow Road avait alerté Belgravia qui, à son tour, avait alerté New Scotland Yard. Le tuyau de l'indic de West Kilburn s'était avéré fiable. Le gamin dénoncé ressemblait effectivement à celui qui apparaissait sur les bandes de vidéosurveillance de Cadogan Lane, et les flics locaux l'avaient retrouvé très vite. Il n'avait même pas cherché à se faire la belle. Après avoir réglé son compte à Helen Lynley, il était tout bonnement rentré chez lui par le métro jusqu'à Westbourne Park parce que son visage était aussi enregistré sur les bandes vidéo de la ligne, cette fois sans son complice. Ç'avait été un jeu d'enfant. Il ne restait plus qu'à comparer ses empreintes digitales à celles du pistolet récupéré dans un jardin proche de la scène du crime.

John Stewart avait demandé à Nkata de s'en charger. Nkata avait demandé à Barbara de l'accompagner. Lorsqu'ils arrivèrent sur place, il était dix heures du soir. Ils auraient pu remettre ça au lendemain matin – ils avaient quatorze heures de travail dans les jambes et se sentaient tous deux lessivés – mais ni l'un ni l'autre ne souhaitait attendre. Le risque existait que Stewart confie cette mission à quelqu'un d'autre.

Le sergent Starr était noir, un peu moins grand que Nkata mais plus baraqué. Il avait une belle gueule de pugiliste.

— On a déjà coffré ce môme-là pour tapage et incendie volontaire, leur dit-il. Les autres fois, il a pointé le doigt ailleurs. Vous voyez le genre. C'était pas moi, bande d'enfoirés de votre race.

Il jeta un coup d'œil à Barbara comme pour se faire pardonner son langage. Elle ébaucha un petit geste las. Il poursuivit.

— Mais sa famille a tout un passé d'embrouilles. Le père s'est fait descendre dans la rue pour une histoire de came. La mère se défonçait et ça fait un certain temps qu'elle a quitté le tableau. La sœur s'est essayée au vol à l'arraché et a atterri devant le juge. Et pourtant, la tante chez qui ils vivent n'a jamais voulu entendre que ces gosses allaient tout droit vers de gros emmerdes. Elle tient une boutique pas loin d'ici et elle a un petit ami plus jeune qu'elle qui la tient occupée dans sa chambre et qui l'empêche de voir ce qui se passe sous son nez, si vous voyez ce que je veux dire. Depuis le début, c'est juste un problème de temps. On a essayé de lui en parler la _première fois que le gosse s'est retrouvé chez nous, mais elle n'a pas percuté. C'est toujours la même histoire.

— Il a parlé les autres fois, vous dites ? demanda Barbara. Et là ?

— Rien à en tirer.

— Rien ? dit Nkata.

— Pas un mot. Il ne nous aurait pas dit comment il s'appelait si on ne l'avait pas su.

— Et il s'appelle ?

— Joel Campbell.

— Age ?

— Douze ans.

— Il a peur ?

— Oh oui. À mon avis, il sait qu'il est grillé. Mais il est aussi au courant de ce qui est arrivé à Venables et Thompson[1]. Qui ne l'est pas, bon Dieu ? Six ans à jouer aux Lego, à peindre avec ses doigts et à bavarder avec des psys, et il en aura fini avec la justice criminelle.

Il y avait une certaine dose de vérité là-dedans. C'était le dilemme moral et éthique de l'époque : que faire des meurtriers juvéniles ? Des meurtriers de douze ans. Et moins.

— On aimerait lui parler.

— C'est vous qui voyez. On attend que l'assistante sociale se pointe.

— La tante est passée ?

— Passée et repartie. Elle veut qu'il sorte tout de suite d'ici ou on va voir ce qu'on va voir. Sauf qu'il n'ira nulle part. Entre sa position et la nôtre, il n'y a pas beaucoup de place pour la discussion.

— Un avocat ?

— J'imagine que la tante travaille maintenant sur cette question-là.

Il leur fit signe de le suivre. En se dirigeant vers la salle d'interrogatoire, ils croisèrent une femme à l'air usé en sweat-shirt, jean et baskets, qui se révéla être l'assistante sociale. Nommée Fabia Bender, elle annonça au sergent Starr que le garçon réclamait quelque chose à manger.

---

1. John Venables et Robert Thompson, âgés de dix ans à l'époque où ils commirent le meurtre d'un enfant de trois ans en 1993, et libérés comme le permet la loi anglaise à leur majorité, c'est-à-dire en 2001. (*N.d.T*)

— Il a demandé ou c'est vous qui lui avez proposé ? fit Starr.

Ce qui signifiait, évidemment : avait-il enfin desserré les mâchoires pour dire quelque chose ?

— Il a demandé. Plus ou moins. Il a dit « Faim ». J'aimerais aller lui chercher un sandwich.

— Je m'en charge, fit le sergent. Ces deux-là veulent lui dire un mot. Occupez-vous-en.

Ses dispositions prises, Starr laissa Nkata et Barbara avec Fabia Bender, qui n'eut pas grand-chose à ajouter à ce que le sergent leur avait déjà dit. La mère du garçon, selon elle, était hospitalisée dans une unité psychiatrique du Buckinghamshire où elle faisait des séjours à répétition depuis plusieurs années. Lors de son dernier internement, ses enfants avaient été placés chez leur grand-mère. Quand la vieille dame s'était envolée vers la Jamaïque avec son petit ami expulsé, ils avaient été refilés à la tante. Il n'était à vrai dire guère surprenant que des enfants s'attirent des ennuis quand le contexte présentait un tel degré d'instabilité.

— Il est là, dit-elle en ouvrant une porte d'un petit coup d'épaule.

Elle entra la première en adressant un « Merci, Sherry » à la femme constable en uniforme qui apparemment était restée assise en compagnie du garçon. Celle-ci sortit, et Barbara pénétra dans la salle à la suite de Fabia Bender. Nkata fermait la marche. Ils se retrouvèrent face au meurtrier présumé de Helen Lynley.

Barbara jeta un coup d'œil à Nkata, qui hocha la tête. C'était bien l'individu qu'il avait vu sur les bandes de vidéosurveillance de Cadogan Lane et de la station de métro Sloane Square : même crinière de cheveux bouclés, même visage constellé de grosses taches de rousseur. Il avait l'air à peu près aussi menaçant qu'un faon pris dans le faisceau des phares d'une voiture. Il était petit, et ses ongles étaient rongés jusqu'à la chair.

Il était assis à la table réglementaire et ils se joignirent à lui, Nkata et Barbara d'un côté, le gosse et son assistante sociale de l'autre. Fabia Bender lui expliqua que le sergent Starr était parti lui chercher un sandwich. Quelqu'un d'autre lui avait apporté un soda mais il n'y avait pas touché.

— Joel, commença Nkata. Tu as tué la femme d'un flic. Tu sais ça ? On a retrouvé une arme dans les parages. Avec des empreintes qui vont correspondre aux tiennes. L'expertise balistique prouvera que c'est de cette arme qu'est partie la balle. Les bandes de plusieurs caméras de surveillance montrent que tu étais sur les lieux. Toi et un autre mec. Qu'est-ce que ça t'inspire, frère ?

Le gamin laissa glisser une seconde son regard sur Nkata. Il parut s'attarder sur la balafre au rasoir qui barrait la joue du policier noir. Lorsqu'il ne souriait pas, Nkata n'avait rien d'un ours en peluche. Mais l'enfant se raidit – on aurait presque pu le voir se barder d'un courage venu d'une autre dimension – et ne desserra pas les dents.

— On veut un nom, insista Nkata.

— On sait que tu n'étais pas seul, dit Barbara.

— Cet autre mec, c'était un adulte, pas vrai ? On veut que tu nous donnes son nom. C'est la seule façon d'avancer.

Joel resta muet. Il attrapa la boîte de soda, joignit ses mains autour, mais n'essaya pas de la décapsuler.

— Qu'est-ce qui t'attend ce coup-ci, à ton avis ? demanda Nkata. Tu crois peut-être que les mecs comme toi, on les envoie en vacances à Blackpool ? En taule, voilà où on les met. Pour combien de temps, ça, c'est à toi de voir.

Ce n'était pas forcément vrai, mais il y avait une petite chance pour que ce gosse l'ignore. Ils avaient besoin d'un nom et il allait le leur donner.

La porte s'ouvrit et le sergent Starr revint, tenant dans sa main le triangle de plastique d'un sandwich emballé. Il le dépiauta et le tendit au garçon. L'enfant le prit mais ne mordit pas dedans. Il paraissait hésitant, et Barbara sentit qu'il luttait pour prendre une décision. Elle eut l'impression que l'alternative qu'il envisageait était d'une nature qu'aucun d'eux ne serait jamais capable de comprendre. Lorsqu'il leva enfin les yeux, ce fut pour regarder Fabia Bender.

— Je balance pas, lâcha-t-il avant de mordre dans son sandwich.

L'échange s'arrêta là : au code social de la rue. Et pas seulement de la rue, car ce code imprégnait aussi toute leur société. Les enfants l'apprenaient dans les jupes de leurs mères parce qu'il recelait une leçon essentielle à leur survie, où qu'ils aillent. On ne balançait pas un ami. Mais cette réponse en soi leur en disait des tonnes. Quel que soit l'individu qui avait accompagné ce garçon à Belgravia, il y avait une forte possibilité pour qu'il ait été considéré – au moins par Joel – comme un ami.

Ils quittèrent la salle. Fabia Bender les accompagna. Le sergent Starr resta avec l'enfant.

— Je pense qu'il finira par parler, assura l'assistante sociale. C'est encore tout frais et il n'a jamais mis les pieds en prison. Une fois là-bas, il aura un autre regard sur ce qui s'est passé. Il n'est pas idiot.

Barbara réfléchit là-dessus pendant qu'ils faisaient une pause dans le couloir.

— Il a déjà été coffré pour vol et incendie volontaire, n'est-ce pas ? Ça a donné quoi ? Il s'est fait taper sur les doigts par un juge et c'est tout ? Est-ce que le dossier a seulement suivi son cours jusque-là ?

L'assistante sociale secoua la tête.

— Il n'a jamais été condamné. Je suppose qu'ils n'avaient pas assez de preuves contre lui. Il a été interrogé, puis relâché les deux fois.

Joel Campbell était donc, songea Barbara, le candidat idéal pour une intervention sociale quelconque de type Colossus.

— Qu'est-ce qui lui est arrivé ? demanda-t-elle.

— Que voulez-vous dire ?

— Quand il a été relâché. Est-ce que vous l'avez dirigé sur un programme particulier ?

— Quel genre de programme ?

— Le genre qui vise à empêcher des gosses de franchir la ligne jaune, répondit Barbara.

— Vous avez déjà recommandé un gamin à une organisation nommée Colossus ? intervint Nkata. Sur l'autre rive du fleuve. À Elephant & Castle.

Fabia Bender secoua la tête.

— J'en ai entendu parler, bien sûr. Et on a fait venir leurs moniteurs pour une séance de présentation.

— Mais… ?

— Mais nous ne leur avons jamais envoyé personne.

— Jamais, répéta Barbara.

— Non. Ça fait trop loin, vous comprenez, et on attendait qu'ils ouvrent une branche de ce côté-ci de la ville.

Lynley était seul avec Helen depuis deux heures. Il en avait fait la demande à leurs familles respectives, qui l'avaient acceptée. Seule Iris avait protesté, mais elle fréquentait l'hôpital depuis moins longtemps que les autres et il comprenait qu'elle puisse juger impossible qu'on lui demande de se séparer de sa sœur.

Le spécialiste était venu et reparti. Il avait lu les courbes et les comptes rendus. Il avait analysé les mesures. Il avait examiné le peu qu'il restait à examiner. Pour finir, il avait rencontré tout le monde parce que Lynley tenait à ce que les choses se passent ainsi. Si tant est que quelqu'un pût appartenir à quelqu'un d'autre, Helen lui appartenait en vertu du fait qu'elle était son épouse. Mais elle était également fille, sœur, belle-fille, belle-sœur. Sa disparition les affectait tous. Il n'était pas le seul à souffrir de ce coup monstrueux et ne pouvait pas davantage prétendre avoir le monopole du chagrin. Ils avaient donc tous fait cercle autour du médecin italien, ce neurologue spécialiste en néonatalogie venu leur annoncer ce qu'ils savaient déjà.

Vingt minutes, ce n'était pas une plage de temps énorme. Vingt minutes représentaient une période de vie au cours de laquelle très peu de choses pouvaient être accomplies. Pour tout dire, il y avait certains jours où Lynley ne pouvait même pas aller de chez lui à Victoria Street en vingt minutes, et à part se doucher et s'habiller, faire infuser et boire une tasse de thé, laver la vaisselle après le dîner ou peut-être couper les roses mortes du jardin, le tiers d'une heure ne permettait pas de réaliser grand-chose. Mais pour le cerveau humain, vingt minutes représentaient une éternité. Son bon fonctionnement dépendait d'une alimentation régulière en oxygène.

La difficulté, évidemment, était de ne pas savoir, et elle découlait du fait qu'on ne voyait pas. Helen était visible – jour par jour, heure par heure, seconde par seconde –, sans vie dans son lit d'hôpital. Son bébé – leur fils, humoristiquement prénommé Jasper Felix en attendant une décision définitive de ses parents indécis – ne l'était pas. Le spécialiste n'en savait pas plus qu'eux, et ce qu'il savait se fondait sur une connaissance du cerveau qui relevait du sens commun.

Si Helen avait été privée d'oxygène, le bébé avait été privé d'oxygène. On pouvait toujours espérer un miracle, mais rien d'autre.

« Et quelle est la probabilité d'un tel "miracle" ? » avait demandé le père de Helen.

Le médecin avait secoué la tête. Il était humain. Il semblait généreux et bienveillant. Mais il ne voulait pas mentir.

Après le départ du spécialiste, ils n'avaient pas osé se regarder. Tous ressentaient le fardeau, mais un seul devait prendre une décision. Lynley était conscient que tout reposait sur lui. Ils l'aimaient peut-être – ils l'aimaient certainement – mais ils ne pouvaient pas lui ôter la coupe des mains et la boire à sa place.

Chacun d'eux vint lui parler avant de se retirer pour la soirée, sachant que le moment de la résolution était venu. Sa mère resta plus longtemps que les autres ; elle vint s'agenouiller devant sa chaise et leva les yeux sur son visage.

« Tout, dans notre vie, lui dit-elle à mi-voix, mène à tout le reste de notre vie. Chaque moment du présent a donc un point de référence, dans le passé et dans l'avenir. Je veux que tu saches que tu es – tel que tu es maintenant et tel que tu seras toujours – pleinement à la hauteur de ce moment, Tommy. D'une manière ou d'une autre. Quoi qu'il en découle.

— Je me demande comment je suis censé savoir ce qu'il faut faire. J'observe son visage et je tente d'y lire ce qu'elle aurait voulu que je fasse. Puis je me demande si ça aussi ce n'est pas un mensonge, si je ne suis pas en train de me faire croire que je la regarde en tentant de voir ce qu'elle aurait voulu que je fasse, alors que tout ce temps que je passe à la regarder, je ne fais que la regarder et la regarder et la regarder parce que je n'arrive pas à affronter l'idée que bientôt je ne pourrai plus la regarder du tout. Parce qu'elle sera partie. Pas seulement spirituellement mais aussi dans sa chair. Parce que pour le moment, tu vois, même dans cet état, elle me donne une raison de continuer. Et j'essaie de prolonger cela. »

Sa mère leva une main et lui caressa le visage.

« De tous mes enfants, tu as toujours été le plus dur avec toi-même. Tu étais toujours en train de chercher la meilleure façon de te comporter tellement tu étais soucieux de ne pas commettre de faute. Mais, mon chéri, il n'y a pas de faute. Il n'y a que nos désirs, nos actes, et les conséquences qu'ils entraînent les uns et les autres. Il n'y a que des événements, la façon dont nous y faisons face, et ce que cela nous apprend.

— C'est trop facile.

— Au contraire. C'est monstrueusement difficile. »

Elle le laissa et il revint vers Helen. Il s'assit à son chevet. Il savait que, quelle que soit la discipline qu'il s'imposerait en cet instant, l'image de sa femme telle qu'elle était à présent finirait par s'estomper avec le temps, tout comme l'image de ce qu'elle avait été quelques jours plus tôt, jusqu'à ce que, finalement, plus rien ne reste d'elle dans sa mémoire visuelle. S'il voulait la revoir, il ne pourrait le faire que sur des photographies. Lorsqu'il fermerait les yeux, en revanche, il ne verrait rien d'autre que du noir.

C'était ce noir qu'il redoutait. C'était ce que représentait le noir qu'il se sentait incapable d'affronter. Et Helen était au centre de tout cela. De même que la non-Helen qui surgirait à la seconde où il agirait de la seule façon dont il était certain que sa femme aurait voulu qu'il agisse.

Elle le lui avait toujours dit. À moins que cette croyance elle-même ne soit aussi un mensonge ?

Il n'en savait rien. Il posa son front sur le matelas et pria pour qu'un signe lui soit donné. Il était conscient de chercher quelque chose qui puisse lui rendre le chemin plus facile. Mais il n'existait pas de signes à cet effet. Ils servaient de guide mais n'aplanissaient pas la route.

La main de Helen était fraîche le long de son corps lorsqu'il la toucha. Il referma les doigts dessus et la conjura de bouger comme elle l'aurait fait si seulement elle avait été ce qu'elle paraissait être, endormie. Il l'imagina clignant des cils et l'entendit murmurer son « Bonjour, chéri », mais lorsqu'il redressa la tête, elle était comme avant. Respirant, parce que la science médicale avait évolué jusqu'à ce stade. Morte, parce qu'elle n'avait pas évolué au-delà.

Leur place était l'un avec l'autre. La volonté de l'homme pouvait en décider autrement. La volonté de la nature n'était pas aussi vague. Helen ne l'aurait peut-être pas formulé en ces termes, mais elle aurait compris cela. *Laisse-nous partir, Tommy*. Voilà comment elle l'aurait dit. Dès qu'il s'agissait d'aller au cœur des choses, elle avait toujours été la plus sage et la plus pragmatique des femmes.

Lorsque la porte s'ouvrit quelque temps plus tard, il était prêt.

— Le moment est venu, dit-il.

Il sentit son cœur enfler comme s'il était sur le point d'être arraché à son corps. Les écrans de contrôle s'éteignirent. Le respirateur soupira. Le silence du départ balaya la chambre.

Lorsque Barbara et Nkata arrivèrent à New Scotland Yard, la nouvelle était déjà tombée : les empreintes du garçon étaient présentes sur le canon et la crosse du pistolet, et l'expertise balistique confirmait que la balle qui avait atteint Helen Lynley en était sortie. Ils firent leur rapport à John Stewart, qui resta de marbre en les écoutant. Il avait l'air de croire que les choses se seraient passées différemment s'il s'était rendu lui-même au commissariat de Harrow Road, qu'il aurait fait cracher au gamin le nom de son complice. Tu parles, pensa Barbara, et elle relata ensuite à Stewart ce que Fabia Bender leur avait appris sur le garçon et Colossus.

— Je veux l'annoncer moi-même au commissaire, monsieur, dit-elle.

L'expression de Stewart suggérant qu'il venait de sentir une mauvaise odeur, elle décida d'atténuer sa formulation.

— J'aimerais le lui dire. Il est persuadé que l'agression de Helen a quelque chose à voir avec l'enquête, que le tueur l'a retrouvée grâce à ce portrait de lui paru dans la *Source*. Il faut qu'il sache... ce sera toujours ça de moins à ressasser pour lui, enfin j'espère.

Stewart fit mine d'examiner sa proposition sous tous les angles avant de lui signifier son accord. Mais, s'empressa-t-il d'ajouter, il voulait un compte rendu écrit sur leur passage à Harrow Road, et ce avant qu'elle ne se mette en route pour l'hôpital St Thomas.

Il était donc plus d'une heure du matin lorsqu'elle rejoignit enfin son auto en traînant les pieds. Ce fut alors que sa saloperie de Mini s'étouffa, et elle posa la tête sur le volant, implorant ce foutu moteur de démarrer normalement. Dans sa tête résonna pour la énième fois l'injonction, venue de Dieu sait quelle dimension mystico-mécanique, de faire réparer sa voiture avant que celle-ci ne la laisse en carafe totale.

— Demain, maugréa-t-elle, espérant que cette promesse suffirait. D'accord ? Demain.

Elle suffit. Le moteur revint à la vie.

À cette heure de la nuit, les rues de Londres étaient quasiment désertes. Aucun chauffeur de taxi sensé ne maraudait encore en quête de client à Westminster, et les autobus circulaient beaucoup moins fréquemment.

Une voiture passait bien de temps en temps, mais pour le reste les rues étaient aussi vides que les trottoirs, où les sans-abri nichaient blottis sous les porches. Cela permit à Barbara de rejoindre très vite l'hôpital.

Tout en roulant, elle se rendit compte qu'il pouvait ne pas y être, qu'il pouvait être rentré chez lui pour essayer de prendre un peu de sommeil, auquel cas elle s'abstiendrait de le déranger. Mais lorsqu'elle monta sur la rampe d'accès de l'hôpital qui partait de Lambeth Palace Road, elle aperçut la Bentley au fond du parking. Il était donc avec Helen, comme prévu.

Elle n'accorda qu'une pensée fugace au risque qu'elle encourait à couper le moteur de sa Mini alors que celui-ci avait tout juste daigné démarrer. Ce risque était nécessaire parce qu'elle tenait à informer elle-même Lynley en ce qui concernait Joel Campbell. Rongée par le besoin de le soulager ne serait-ce que d'une petite part de la culpabilité qui l'accablait, elle tourna la clé dans le contact et attendit que la Mini ait cessé de hoqueter.

Elle empoigna son sac à bandoulière et mit pied à terre. Elle allait se mettre en marche vers l'entrée de l'hôpital quand elle le vit. Il venait de sortir de l'hôpital et ce qu'elle vit – sa démarche, la position de ses épaules – lui indiqua qu'il était marqué de façon définitive. Elle hésita. Comment approcher un ami cher… comment l'approcher dans un tel moment ? À la réflexion, elle estima qu'elle ne pouvait pas. Qu'est-ce que cela changerait pour lui, dont la vie était anéantie ?

Il traversa lentement le parking en direction de sa Bentley. Là, il redressa la tête. Pas pour la regarder, mais pour regarder un point du parking extérieur au champ de vision de Barbara. Un peu comme si quelqu'un venait de prononcer son nom. Puis une silhouette émergea de l'obscurité et les événements s'enchaînèrent à toute allure.

Barbara vit que la silhouette était entièrement vêtue de noir et s'approchait de Lynley. Il y avait quelque chose dans sa main. Lynley regarda autour de lui. Puis il se retourna rapidement vers sa voiture. Mais il n'alla pas plus loin. Parce que la silhouette le rattrapa et lui enfonça dans le flanc l'objet qu'elle tenait à la main. Il fallut moins d'une seconde pour que le supérieur de Barbara se retrouve au sol et que la main qui tenait l'objet le touche de nouveau. Son corps se convulsa et la silhouette en noir releva la tête. Malgré la distance, Barbara reconnut Robbie Kilfoyle.

Le tout avait pris trois secondes, peut-être moins. Kilfoyle souleva Lynley par les aisselles et le traîna rapidement vers ce que Barbara aurait dû voir, bordel de merde, si elle n'avait pas été aussi obnubilée par Lynley. Une camionnette était garée au cœur des ombres, et sa portière latérale coulissante était ouverte. Une seconde plus tard, Lynley se retrouva à l'intérieur.

— Putain de merde, s'écria Barbara, totalement désorientée.

Elle n'avait pas d'arme. Elle jeta un coup d'œil vers sa Mini, en quête d'un objet dont elle pourrait se servir… Elle sortit son téléphone portable de son sac pour appeler des renforts. Elle venait tout juste de composer le premier des trois 9 du numéro d'appel d'urgence lorsque, au fond du parking, le moteur de la camionnette se mit à rugir.

Elle fonça vers sa voiture. Elle jeta son sac et son portable sur le siège passager, sans compléter son appel. Elle ferait les deux autres 9 en roulant, d'ici un instant, mais en attendant il fallait bouger, il fallait se caler dans son sillage, il fallait le filer et hurler la direction prise dans son portable afin qu'une unité armée puisse l'intercepter parce que la camionnette, cette saleté de camionnette s'était mise en branle, elle était en train de traverser le parking. Elle était rouge, comme ils l'avaient deviné, et son flanc arborait le logo à demi effacé qu'ils avaient vu sur la bande de surveillance.

Barbara enfonça sa clé dans le contact et la tourna. Le moteur toussa. Mais ne démarra pas. Face à elle, la camionnette fonçait vers la sortie. Le faisceau de ses phares lui arrivait droit dessus. Elle plongea sous le tableau de bord parce qu'il fallait que Kilfoyle se croie en sécurité pour maintenir un train tranquille et régulier. Barbara pourrait alors le prendre en filature et appeler à la rescousse des mecs armés de bons gros flingues pour descendre ce gros tas nuisible d'excrément humain avant qu'il ait fait du mal à quelqu'un qui représentait tout pour elle, à quelqu'un qui était son ami son mentor et qui dans cet état ne chercherait même pas à se défendre et qui penserait « Faites de moi ce que vous voudrez », et elle ne pouvait pas supporter qu'une chose pareille arrive à Lynley.

Sa voiture ne démarrait pas. Elle ne démarrerait pas. Barbara s'entendit hurler. Elle ressortit d'un bond. Elle claqua la portière derrière elle. Elle s'élança sur le parking. Elle pensa qu'il s'était dirigé vers sa Bentley, qu'il était arrivé tout près de sa Bentley, et que donc avec un peu de chance…

Et effectivement, il avait lâché ses clés dans sa chute. Il avait laissé tomber ses clés. Elle les ramassa avec un petit sanglot de gratitude qu'elle se força à refouler et monta dans la Bentley. Ses mains tremblaient. Il lui fallut un siècle pour introduire la clé dans le contact, et la voiture démarra, et elle essaya de régler ce foutu siège de manière à pouvoir atteindre l'accélérateur et le frein. Elle enclencha la marche arrière et pria pour que le tueur soit prudent prudent

prudent parce qu'il n'avait surtout pas intérêt à attirer l'attention sur sa manière de conduire.

Il avait bifurqué à gauche. Elle fit de même. Elle enclencha la première de l'énorme véhicule, qui bondit en avant comme un pur-sang bien dressé, et elle reprit en jurant le contrôle de l'auto, le contrôle de ses réactions, le contrôle de son épuisement qui n'était plus du tout de l'épuisement mais un flot rageur d'adrénaline et de désir de choper cet enfoiré, de lui préparer une petite surprise, de rameuter cent flics si nécessaire et tous armés jusqu'aux dents pour tomber sur sa saloperie de petit site de meurtre mobile et il ne pourrait pas faire de mal à Lynley tant que sa camionnette roulerait et donc elle savait qu'il n'y avait rien à craindre tant qu'il ne serait pas à l'arrêt. Mais il fallait absolument qu'elle indique aux autres la direction qu'ils étaient en train de prendre et, au moment où elle repéra enfin la camionnette de Kilfoyle sur Westminster Bridge, elle tendit la main vers son portable. Et elle s'aperçut qu'il était resté dans la Mini avec son sac, là où elle l'avait jeté quand elle avait sauté dans sa voiture, sans avoir eu le temps de terminer son appel au 999.

— Merde ! Merde, merde !

Elle comprit que, sauf miracle, elle était seule. *Toi et moi, chéri.* Et la vie de Lynley dans la balance parce que c'était ça, hein, ça allait être ton plat de résistance, espèce d'ordure, c'était ça qui allait mettre ton nom de merde dans la lumière – tu allais tuer le flic qui te recherchait et tu allais lui faire ce que tu avais fait aux autres, et tel qu'il était il serait incapable de se défendre et tel qu'elle l'avait vu sur le parking il ne chercherait même pas à se défendre pour sauver sa peau et tu le sais, pas vrai, exactement comme tu as su où le trouver, fumier, parce que tu as lu les journaux et que tu as regardé la télé et que maintenant tu vas t'éclater pour de bon.

Elle ne savait plus où elle était. L'enfoiré s'y connais-sait en petites rues mais c'était la moindre des choses, n'est-ce pas, vu qu'il circulait tous les jours à vélo et qu'il connaissait les itinéraires, il connaissait les rac-courcis, il connaissait toute cette putain de ville.

Ils roulaient vers le nord-est. C'était à peu près tout ce qu'elle savait. Elle restait aussi loin en arrière qu'elle pouvait se le permettre sans risquer de le per-dre. Elle roulait tous feux éteints, ce que lui ne pouvait pas faire s'il voulait avoir l'air d'un type nor-mal pépère se rendant simplement d'un point A à un point B en toute innocence et malgré l'heure tardive, quelque chose comme deux heures du matin. Elle ne pouvait ni s'arrêter devant une cabine ni intercepter un piéton – hypothétique – pour réquisitionner son portable. La seule chose qu'elle pouvait faire, c'était continuer sa filature et réfléchir dans la fièvre à ce qu'elle ferait lorsqu'ils seraient arrivés à destination, c'est-à-dire là où il avait tué les autres. Pour ensuite transporter leurs corps ailleurs, alors où est-ce que tu as prévu de déposer celui de Lynley, espèce de sac à merde ? Mais ça n'arriverait pas même si le commis-saire ne demandait pas mieux dans son état actuel parce qu'elle ne le laisserait pas faire, parce que même si ce salaud avait l'avantage des armes elle avait celui de la surprise et elle comptait bien l'exploiter à fond. Sauf que la seule surprise serait celle de sa présence et que ça ne voudrait pas dire grand-chose pour ce fumier avec son poing électrique ses couteaux ses adhésifs ses entraves ses huiles à la con et ses marques sur le front.

Un démonte-pneus dans le coffre de la Bentley. C'était à peu près tout, et comment était-elle censée s'en servir ? Bas les pattes ou je te balance ce truc dans ta putain de gueule en même temps que j'esquive ton truc paralysant et que tu me sautes dessus avec ton couteau à découper ? Comment est-ce que ça pouvait marcher ?

Devant elle, il tourna de nouveau, pour ce qui semblait être la dernière fois. Ils avaient roulé et roulé, vingt minutes au moins, peut-être plus. Juste avant la bifurcation, ils avaient franchi un cours d'eau qui se situait trop loin au nord-est pour être la Tamise. Ensuite ils avaient longé un alignement de garages à louer en plein air sur la rive nord-est de la rivière et elle s'était dit : Il a un garage et c'est là-dedans qu'il fait sa sale besogne, exactement comme on l'a envisagé à un point donné du parcours qui nous a menés jusqu'à ce moment foireux. Mais il dépassa la rangée de garages tirés au cordeau le long de la rivière et à la place s'engagea sur un parking situé juste au-delà. Il était vaste, immense par rapport à celui de l'hôpital St Thomas. En hauteur, une enseigne indiqua enfin à Barbara le nom de l'endroit où ils se trouvaient : le Lea Valley Ice Centre. Essex Wharf. Au bord de la Lea.

Le centre abritait une patinoire couverte et ressemblait à un vieux hangar de tôle construit en arc de cercle. Il se dressait à une trentaine de mètres de la route et Kilfoyle passa sur sa gauche, où le parking décrivait un coude qui offrait deux avantages distincts à un tueur dans son genre : il était envahi de broussailles et le réverbère censé l'éclairer ne fonctionnait plus. Une fois garée là, la camionnette se retrouva entièrement avalée par les ombres. Personne ne la verrait en passant sur la route.

Ses feux s'éteignirent. Barbara attendit, le temps de voir si Kilfoyle avait l'intention d'en descendre. S'il traînait sa victime dehors et s'il lui réglait son compte dans les broussailles... mais pouvait-on brûler les mains de quelqu'un dans les broussailles ? Non, se dit-elle. Il ferait ça à l'intérieur. Il n'avait aucun besoin de quitter son site d'exécution mobile. Juste de trouver un endroit où personne ne risquait d'entendre les bruits venus de sa camionnette, ou mieux encore un endroit où personne ne risquait de voir sa camionnette. Il ferait son truc et il repartirait.

Elle allait donc devoir passer à l'action avant lui.

Elle avait immobilisé la Bentley le long du caniveau, puis redémarra lentement pour entrer sur le parking proprement dit. Elle guetta un signe quelconque, comme une légère oscillation du véhicule montrant que Kilfoyle se déplaçait à l'intérieur. Elle descendit de l'auto mais laissa le moteur en marche. La surprise était sa seule arme. Quelle était la plus grosse surprise qu'elle puisse réserver à ce salaud ?

Elle récapitula fiévreusement les faits. Ceux qu'ils connaissaient et tous ceux qu'ils s'étaient efforcés de déduire. Il les attachait, et c'était donc probablement ce qu'il était en train de faire. Le temps du trajet, il avait dû installer Lynley à portée de main, histoire de pouvoir lui en remettre une couche avec son machin électrique chaque fois qu'il faisait mine de revenir à lui. Mais à présent, il devait être en train de le ligoter. Et de ce ligotage naquit un espoir de salut. Car si ses liens immobilisaient Lynley, ils représentaient aussi une forme de protection. Et c'était ce qu'elle voulait.

La protection lui apporta la réponse dont elle avait besoin.

Lynley était conscient de son incapacité à commander son corps. Ce qui lui faisait défaut, c'étaient les rouages permettant aux ordres de son cerveau d'être transmis à ses membres. Plus rien n'était naturel. Il était obligé de penser à remuer le bras au lieu de le remuer simplement, mais son bras ne bougeait pas pour autant. Même chose pour ses jambes. Sa tête était anormalement lourde, et ses muscles s'étaient mis en court-circuit. Ses terminaisons nerveuses semblaient être en état de guerre.

Il était conscient de l'obscurité et d'un mouvement. Il réussit à focaliser son regard et eut également la sensation d'une chaleur. Cette chaleur était liée au mouvement – pas le sien, hélas –, et au travers d'une sorte de brume il vit qu'il n'était pas seul. Une silhouette était étendue dans la pénombre et lui-même était affalé dessus, moitié sur son corps et moitié sur le plancher de la camionnette.

Il savait que c'était une camionnette. Il savait que c'était la camionnette. À la seconde où son nom avait été prononcé à mi-voix, jailli des ombres, à la seconde où il s'était retourné en croyant que c'était un journaliste resté sur place pour être le premier à interviewer le non-mari et le non-père qu'il venait de devenir, une partie de son cerveau lui avait soufflé que quelque chose ne collait pas. Il avait vu la torche dans la main tendue et compris à qui il avait affaire. Puis la décharge l'avait atteint et tout s'était arrêté.

Il ignorait combien de fois il avait été frappé par la torche paralysante pendant leur trajet jusqu'à cet endroit où la camionnette avait fini par s'immobiliser. Une chose était sûre, les décharges l'avaient atteint avec une régularité montrant que son agresseur savait combien de temps la désorientation d'une victime était susceptible de durer.

Quand la camionnette eut stoppé et que le moteur se fut tu, celui qui avait pris pour nom Fu enjamba la banquette pour passer à l'arrière, sa torche paralysante à la main. Il assena à Lynley une nouvelle décharge avec la froideur professionnelle d'un médecin administrant une injection nécessaire, et lorsque Lynley revint à lui et eut enfin la sensation que ses muscles pourraient de nouveau lui appartenir, il était attaché à la cloison intérieure de la camionnette par les aisselles et les poignets, les jambes pliées de telle sorte que ses chevilles étaient elles aussi reliées à la cloison dans son dos. Il pouvait s'agir de sangles de cuir. Il ne voyait pas ses liens.

En revanche, il voyait la femme, source de la chaleur détectée un peu plus tôt. Elle était ligotée sur le sol de la camionnette, les bras écartés dans une sorte de crucifixion horizontale. La croix était là, d'ailleurs, représentée par la planche sur laquelle elle gisait. Un adhésif lui recouvrait la bouche. Ses yeux étaient écarquillés de terreur.

La terreur était une bonne chose, pensa Lynley. La terreur valait mille fois mieux que la résignation. Elle parut sentir son regard. Elle tourna la tête de son côté. Il reconnut la fille de chez Colossus, mais son nom lui échappait. Ce qui lui suggéra que Barbara Havers avait vu juste depuis le début dans son style inimitable, fait d'entêtement et de hargne : le tueur qui était avec eux dans la camionnette était bel et bien un des employés de Colossus.

Le dénommé Fu était en train de tout préparer, y compris lui-même. Il avait allumé un cierge, il s'était déshabillé, et il s'appliquait maintenant à oindre son corps nu d'une substance – sûrement de l'ambre gris ? – extraite d'un petit flacon brun. À côté de lui, le réchaud que leur avait décrit Muwaffaq Masoud à Hayes. Une grande poêle avait été mise à chauffer dessus, d'où s'échappait une discrète odeur de viande brûlée.

Il fredonnait. Pour lui, c'était la routine. Il les tenait en son pouvoir, et la manifestation puis l'exercice de ce pouvoir étaient ce qu'il attendait de la vie.

Sur le plancher de la camionnette, la femme émit un son pitoyable sous son bâillon. Fu se retourna en l'entendant, et dans la lumière Lynley constata qu'il possédait les traits de l'Anglais typique avec son nez long et pointu, son menton arrondi, et ses joues pâles et molles. Il aurait pu être cent mille hommes dans la rue, mais la tension qui l'habitait avait provoqué une mutation, de sorte qu'au lieu de se contenter d'être un banal petit individu exerçant un métier ordinaire et rentrant chez lui chaque soir pour retrouver sa femme et ses enfants dans un alignement de petites maisons identiques, il s'était transformé en ce que les circonstances de la vie l'avaient poussé à devenir : quelqu'un qui aimait tuer les gens.

— Je ne vous aurais pas choisie, Ulrike, dit Fu. Franchement, je vous aime plutôt bien. Mon erreur a été de vous parler de papa. Mais à partir du moment où vous vous êtes mise à essayer de vérifier nos alibis – ce qui se voyait comme le nez au milieu de la figure, soit dit en passant – j'ai senti qu'il fallait que je vous donne quelque chose qui puisse vous satisfaire. Si je vous avais expliqué que j'étais seul chez moi, ça ne l'aurait pas fait, hein ? Le mot « seul » aurait excité votre curiosité. (Il baissa les yeux sur elle, résolument amical.) Je veux dire que vous auriez forcément gambergé là-dessus, peut-être même que vous en auriez parlé aux flics. Et où est-ce que ça nous aurait menés ?

Il prit le couteau. Celui-ci se trouvait sur le petit plan de travail où le brûleur à propane commençait à réchauffer allègrement non seulement la poêle, mais aussi l'habitacle de la camionnette. Lynley sentait la chaleur onduler jusqu'à lui.

— Ç'aurait dû être un des gosses, reprit Fu. Je pensais à Mark Connor. Vous le connaissez, n'est-ce pas ? Il aime bien traîner à l'accueil avec Jack. De la graine de violeur, si vous voulez mon avis. Il aurait besoin d'être recadré, Ulrike. Ils ont tous besoin d'être recadrés. Des vrais petits salopards, voilà ce qu'ils sont. En manque de discipline, et personne pour leur en donner. Pas étonnant vu les parents qu'ils se trimballent. Les parents, vous comprenez, c'est fondamental pour le développement. Vous voulez bien m'excuser un instant ?

Il se retourna vers le réchaud. Il prit le cierge et l'approcha de plusieurs points de son corps. Lynley comprit qu'il accomplissait un rituel. Et que lui-même était là pour y assister, tel un fidèle à l'église.

Il voulut parler, mais sa bouche aussi était bâillonnée par l'adhésif. Il tira sur les entraves qui attachaient ses poignets à la cloison de la camionnette. En vain.

Fu se retourna de nouveau. Il semblait à l'aise dans sa nudité, dans son corps qui luisait partout où il s'était passé de l'huile. Il leva le cierge et vit que Lynley l'observait. Il chercha un objet sur le plan de travail.

Lynley crut qu'il s'agissait de la torche qui le neutraliserait une nouvelle fois, mais Fu prit un petit flacon brun, pas celui dont il s'était servi mais un autre, qu'il sortit d'un placard et brandit de manière à être sûr que Lynley le verrait.

— Une petite nouveauté, commissaire. Après Ulrike, je passe au persil. Le triomphe, vous comprenez. Et avouez qu'il y aura largement de quoi. De quoi triompher. Pour moi, c'est-à-dire. Pour vous ? Ma foi, j'imagine que vous ne vous sentez pas particulièrement glorieux en ce moment, n'est-ce pas ? Mais vous êtes curieux, cela dit, et qui pourrait vous le reprocher ? Vous voudriez savoir, n'est-ce pas ? Vous voudriez comprendre.

Il s'agenouilla auprès d'Ulrike sans quitter Lynley des yeux.

— L'adultère. De nos jours, elle n'irait certainement pas en prison, mais ça fera l'affaire. Elle a dû le toucher – dans ses parties intimes, Ulrike ? C'est forcément ça, non ? – et donc, comme les autres, ses mains portent la souillure du péché. (Il baissa le regard sur Ulrike.) Je suppose que vous regrettez, n'est-ce pas, ma chérie ? dit-il en lui caressant les cheveux. Oui, oui. Vous regrettez. Donc vous allez être libérée. Je vous le promets. Quand ce sera fini, votre âme s'envolera vers le paradis. Je garderai un petit morceau de vous… clic clic… et vous serez à moi… mais à ce stade, vous ne le sentirez pas. Vous ne sentirez rien du tout.

Lynley vit que la jeune femme pleurait. Elle tira frénétiquement sur ses liens mais l'effort ne servit qu'à l'épuiser. Fu l'observa d'un œil placide et se remit à lui caresser les cheveux lorsqu'elle se fut calmée.

— Il faut que ça se fasse, dit-il d'une voix douce. Essayez de comprendre. Et sachez que je vous aime bien, Ulrike. En fait, je les aimais tous bien. Vous allez devoir souffrir, bien sûr, mais c'est la vie. On souffre de tout ce qu'on nous inflige. Et voilà ce qui va vous être infligé. Le commissaire ici présent en sera le témoin. Et ensuite, il paiera pour ses propres péchés. Vous n'êtes donc pas seule, Ulrike. Il y a tout de même de quoi se consoler, non ?

Jouer avec elle, constata Lynley, procurait à cet homme du plaisir, un réel plaisir physique. Ce qui, d'ailleurs, parut le gêner. Cela lui donnait sans aucun doute l'impression d'être comme les autres et c'était quelque chose qu'il ne pouvait pas apprécier : l'idée que lui aussi relevait d'une origine humaine déviante, comme tous les autres psychopathes qui avaient sévi avant lui, sexuellement excités par la terreur et la souffrance d'autrui. Il récupéra son pantalon et se hâta de l'enfiler pour mettre son phallus hors de vue.

Mais on aurait dit que son érection l'avait modifié. Il redevint très professionnel, renonça à son badinage. Il aiguisa son couteau. Il cracha dans la poêle afin de vérifier sa température. Sur une étagère, il prit une certaine longueur de cordon fin qu'il étira – un bout dans chaque main – et fit claquer d'un geste expert pour en éprouver la résistance.

— Au travail, donc, dit-il lorsqu'il fut prêt.

Barbara scrutait la camionnette depuis l'extrémité du parking, à une soixantaine de mètres. Elle s'efforça de penser à quoi pouvait ressembler l'intérieur. S'il avait tué puis découpé ses victimes là-dedans – ce dont elle était certaine –, cela exigeait de l'espace, suffisamment pour allonger quelqu'un, et cela s'était donc forcément passé à l'arrière. Évident, non ? Mais comment ces satanés véhicules étaient-ils structurés ? Quels étaient leurs points les plus vulnérables, les plus forts ? Elle n'en savait rien. Et elle n'avait pas le temps de le découvrir.

Elle remonta dans la Bentley et régla de nouveau le siège, vers l'arrière cette fois, aussi loin que possible en arrière. Cela n'allait pas faciliter la conduite, mais la distance à parcourir était faible.

Elle attacha sa ceinture.

Elle fit rugir le moteur.

— Pardon, monsieur.

Et elle passa la première.

— Le jugement est déjà rendu, n'est-ce pas ? dit Fu à Ulrike. Et je vois l'aveu et le repentir dans vos yeux. Nous allons donc passer directement au châtiment, ma chérie. Car c'est du châtiment, voyez-vous, que viendra la purification.

Lynley vit Fu retirer la poêle du feu. Il le vit adresser un sourire aimable à la femme qui se débattait sur le plancher. Lui aussi se débattit mais cela ne servit à rien.

— Non, dit Fu en s'adressant à l'un et à l'autre. Ça ne fera qu'empirer les choses. De toute façon, ma chérie, faites-moi confiance. Ça me fera nettement plus mal à moi qu'à vous.

Il s'agenouilla à côté d'elle et déposa la poêle au sol.

Il lui prit une main, la détacha, la pressa fort. Il l'observa un instant, puis la baisa.

Et le flanc de la camionnette explosa.

L'airbag se déploya. Une fumée envahit l'auto. Barbara se mit à tousser et chercha frénétiquement le fermoir de sa ceinture de sécurité. Elle réussit à la détacher et sortit en titubant, la poitrine douloureuse, crachant ses poumons. Après avoir repris son souffle, elle regarda la Bentley et s'aperçut que ce qu'elle avait pris pour de la fumée était en réalité une sorte de poudre. L'airbag ? Allez savoir. L'important était qu'aucun incendie ne semblait s'être déclaré, ni dans la Bentley ni dans la camionnette, même si aucun des deux véhicules ne ressemblait plus à ce qu'il avait été.

Elle avait visé la portière conducteur. Elle avait mis dans le mille. À soixante kilomètres à l'heure. La vitesse avait détruit l'avant de la Bentley et propulsé la camionnette dans les broussailles. C'était désormais l'arrière qui lui faisait face, avec sa fenêtre unique qui la fixait d'un œil noir.

Kilfoyle avait l'avantage des armes mais elle avait celui de la surprise. Elle s'avança pour voir ce que la surprise avait provoqué.

La portière coulissante se trouvait côté passager. Elle était ouverte.

— Police, Kilfoyle ! hurla Barbara. Vous êtes fait ! Sortez de là !

Aucune réponse. Il devait être inanimé.

Elle se remit prudemment en marche. Jeta des regards tout autour d'elle. Il faisait un noir d'encre mais ses yeux commençaient à accommoder. Les broussailles étaient denses, débordaient sur le parking. Elle les longea jusqu'à la portière coulissante.

Elle vit des silhouettes, au nombre inexplicable de deux, et un cierge renversé dont la cire gouttait sur le plancher. Elle le ramassa et celui-ci projeta une vague lueur qui lui permit de localiser enfin Lynley. Il était en suspension, accroché tel un quartier de viande par les bras et les poignets à la cloison de la camionnette. Ulrike Ellis gisait attachée au sol. Elle avait fait sous elle. Une forte odeur d'urine imprégnait l'air.

Barbara l'enjamba pour s'approcher de Lynley. Il était conscient, constata-t-elle, et elle lança vers le ciel une prière de gratitude. Elle arracha l'adhésif qui lui recouvrait la bouche en s'exclamant :

— Il vous a fait du mal ? Vous êtes blessé ? Où est-il, monsieur ?

— Occupez-vous de la femme, souffla Lynley. De la femme.

Barbara vit une lourde poêle à côté d'Ulrike et crut un instant que le fumier lui avait définitivement réglé son compte en l'estourbissant. Mais lorsqu'elle se fut agenouillée pour lui prendre le pouls, elle le trouva rapide et régulier. Elle la libéra de son bâillon, lui détacha la main gauche.

— Monsieur, dit-elle à Lynley, où est-il ? Où… ?

La camionnette tangua.

— Barbara ! s'écria Lynley. Derrière vous !

Le fumier était revenu. De retour dans la camionnette, s'avançant vers elle et bon sang mais qu'est-ce qu'il tenait dans la main ? Ça ressemblait à une torche mais elle ne pouvait pas croire que c'était une torche puisqu'elle n'était pas allumée et que de toute façon il se ruait sur elle et…

Barbara attrapa le seul objet à sa portée. Elle se releva d'un bond à l'instant où il plongeait. Il la manqua, bascula en avant.

Elle eut plus de chance.

Elle leva la poêle à frire et lui en flanqua un grand coup sur la nuque.

Il s'écroula sur Ulrike, mais ce n'était pas grave. Barbara lui assena un deuxième coup sur la nuque pour faire bonne mesure.

34

Nkata rejoignit le commissariat de police de Lower Clapton Road en un temps record. Ce n'était pas loin de Hackney Marsh, dans un secteur de Londres où il n'avait jamais mis les pieds. Bobby Peel[1] aurait pu surgir à n'importe quel moment de cette vieille bâtisse victorienne en briques rouges qui, à cette heure, était toujours illuminée comme en pleine nuit, dissuadant par son éclairage extérieur les candidats terroristes, inconnus au XIXe siècle.

Il avait été réveillé par la sonnerie de son portable, un appel de Barb Havers.

« C'est Kilfoyle, Winnie, avait-elle lâché abruptement. On le tient, cet enfoiré. Lower Clapton Road, au cas où ça te brancherait d'être dans le coup. Ça te branche ?

— Hein ? Mais je croyais que tu étais allée dire au commissaire...

— Kilfoyle y était aussi. Il l'a enlevé sur le parking de l'hosto. Je l'ai suivi et... bon Dieu de merde, je lui

---

1. Robert Peel était ministre de l'Intérieur en 1829, lorsqu'il fonda la police de Londres. C'est de son prénom que les « bobbies » tirèrent leur surnom. (*N.d.T.*)

ai détruit sa Bentley, Winnie, mais c'était la seule façon de…

— Tu es en train de me dire que tu as vu le patron se faire enlever et que tu ne nous as même pas passé un petit coup de fil pour demander du renfort ? Putain, Barb…

— Je n'ai pas pu.

— Mais…

— Winnie. Mets-la un peu en sourdine. Si tu veux être dans le coup, ramène-toi vite fait. Ils l'ont mis en cellule en attendant l'arrivée de John Stewart mais ils sont d'accord pour nous laisser lui parler si l'avocat commis d'office se pointe en premier. Alors ?

— J'arrive. »

Il s'était cogné dans le noir dans sa précipitation, ce qui avait réveillé sa mère. Elle avait jailli comme une furie de sa chambre en brandissant un crochet pour faire du macramé – Dieu seul savait quel usage elle comptait en faire – et, en le voyant, elle avait exigé de savoir ce qu'au nom de la Jamaïque il fichait là à quatre heures trente-deux du matin ?

« C'est à cette heure-ci que tu rentres ? » s'était-elle écriée.

Que je sors, avait-il rétorqué.

« Sans avoir pris ton petit déjeuner ? Assieds-toi et laisse-moi te préparer quelque chose. »

Impossible, maman. L'enquête est en passe d'aboutir et il faut que j'y aille. Avant que les gros bonnets ne m'aient poussé en touche.

Il avait donc saisi son manteau, planté un baiser sur la joue maternelle et pris son envol, remontant le couloir au sprint, dévalant les escaliers, se précipitant vers sa voiture. Il avait une idée générale de la localisation de ce commissariat. Lower Clapton Road, ça se trouvait un poil au nord de Hackney.

Il débarqua à l'accueil, où il déclina son identité et montra sa carte. L'auxiliaire de service avertit quelqu'un par téléphone et, moins de deux minutes après, Barb Havers venait le chercher.

Elle le mit rapidement au courant : la scène dont elle avait été témoin sur le parking de l'hôpital St Thomas, sa Mini de merde qui l'avait laissée en plan, la Bentley de Lynley, le Lea Valley Ice Centre, son plan échafaudé en hâte, la Bentley lancée contre la camionnette, Lynley et Ulrike Ellis ligotés à l'intérieur, sa brève confrontation avec le tueur.

— Il n'a pas vu venir la poêle à frire, conclut Barbara. J'aurais pu lui en mettre encore six ou sept coups, mais le patron m'a crié qu'il avait son compte.

— Où est-il ?

— Le patron ? Aux urgences. C'est là qu'on a tous été envoyés après l'arrivée sur place de ces gars-là, dit-elle en désignant d'un geste circulaire leurs collègues du commissariat de Lower Clapton Road. Kilfoyle lui a mis tellement de décharges avec sa torche qu'ils tenaient à le garder quelque temps en observation. Pareil pour Ulrike.

— Et Kilfoyle ?

— La tête de ce fumier est un mur de brique, Winnie. Je ne lui ai rien pété, c'est dommage. Il doit bien avoir une commotion, des contusions, mais vu que ses cordes vocales fonctionnent, pour nous il va tout à fait bien. Oh, et je lui ai aussi mis une petite châtaigne. (Elle sourit.) Je n'ai pas pu résister.

— Bavure policière.

— Et je tiens à ce que ce soit gravé sur ma pierre tombale. Nous y voilà, dit-elle en poussant d'un coup d'épaule la porte d'une salle d'interrogatoire.

À l'intérieur, Robbie Kilfoyle était assis en compagnie d'un avocat commis d'office qui lui parlait avec une sorte d'urgence.

La première pensée de Nkata fut que Kilfoyle était très différent des portraits-robots réalisés dans le courant de l'enquête. Il n'affichait qu'une vague ressemblance avec l'homme aperçu rôdant autour du gymnase Square Four, où s'entraînait Sean Lavery, et n'avait rien à voir avec celui qui était censé avoir acheté la camionnette de Muwaffaq Masoud l'été précédent, si c'était bien lui qui l'avait achetée. Les gens et leurs souvenirs...

Robson, en revanche, avait mis quasiment dans le mille d'entrée de jeu avec son profil du tueur en série, et les maigres détails qu'ils réussirent à arracher à Kilfoyle – quand son avocat s'abstenait de lui dire de faire attention à ce qu'il disait, voire de la boucler totalement – ne firent que confirmer cette impression. Son âge, vingt-sept ans, le situait dans la fourchette, et, sur le plan de son histoire personnelle, ça ne collait pas trop mal non plus. Sa mère décédée, il avait vécu avec son père jusqu'à ce que le vieux tombe raide l'été précédent. Sans doute l'élément stressant, songea Nkata, vu que le premier assassinat était survenu peu après. Ils savaient déjà que ses antécédents correspondaient de près au profil, problèmes d'assiduité à l'école, suspicions de voyeurisme et absences injustifiées pendant son service militaire. Mais le temps limité qu'ils passèrent avec lui avant que John Stewart n'arrive pour prendre la relève leur permit de se rendre compte que c'étaient les preuves matérielles qui seraient recueillies à son domicile, dans sa camionnette et sans doute aussi sur le parking de la patinoire qui allaient leur fournir le reste des éléments dont ils avaient besoin.

La camionnette attendait l'arrivée de la police scientifique. Le parking de la patinoire attendait la lumière du jour. Restait son domicile sur Granville Square. Nkata proposa qu'ils aillent y faire un tour.

Barbara, malgré sa répugnance à « lâcher ce putain d'enfoiré », accepta son idée. Ils croisèrent l'inspecteur Stewart à la sortie. Il avait déjà sa tablette à la main, et la raie qui divisait ses cheveux ras semblait avoir été tracée à la règle. On voyait encore des marques de peigne.

Il les gratifia d'un signe de tête collectif puis adressa ses commentaires à Barb.

— Bien joué, Havers. Vous allez sûrement reprendre du galon. Retrouver votre grade. Au cas où ça vous intéresserait, j'y suis favorable. Comment va-t-il ?

Nkata comprit que l'inspecteur ne faisait pas allusion à Kilfoyle.

— Aux urgences, répondit Barb. En observation. Je m'attends à ce qu'ils le laissent sortir dans les heures qui viennent. J'ai prévenu sa mère. Elle va venir le chercher. Ou sa sœur. Elles sont à Londres toutes les deux.

— Et à part ça ?

Barb secoua la tête.

— Il n'a pas dit grand-chose.

Stewart promena un regard morne sur la façade du commissariat. L'expression de Barb s'altéra et Nkata sentit qu'elle se disait qu'elle était à deux doigts d'apprécier ce type pour la seconde où il venait de manifester une touche de compassion.

— Le pauvre vieux, merde, murmura Stewart.

Puis, retrouvant son ton habituel :

— Allez-y. Trouvez-vous quelque chose à manger. On se revoit plus tard.

Un repas ne leur disait rien. Ils mirent le cap sur Granville Square. À leur arrivée, ils se retrouvèrent dans une fourmilière. La camionnette de la police scientifique stationnée devant la maison de Kilfoyle indiquait que les techniciens étaient déjà dans la place, et des voisins intrigués formaient un attroupement sur le trottoir. Nkata montra sa carte de police au constable de faction devant la porte, lui expliqua pourquoi Barb Havers n'était pas en possession de la sienne, et ils entrèrent.

À l'intérieur, ils découvrirent de nouveaux éléments de la personnalité du tueur. Au sous-sol, une pile bien rangée de journaux et de tabloïds retraçait la chronique de ses exploits, et dans les pages d'un *A à Z* posé sur une table, les sites qu'il avait méticuleusement sélectionnés pour y déposer des corps étaient marqués d'une croix. Au rez-de-chaussée, la cuisine recelait une grande diversité de couteaux – que la scientifique était en train d'étiqueter et d'ensacher – tandis que les fauteuils du salon étaient agrémentés de dessus-de-siège à bordure de frivolités semblables à celui qui avait été utilisé pour confectionner le cache-sexe de Kimmo Thorne. Partout, l'ordre régnait. La maison était, en vérité, un hymne à l'ordre. Une pièce seulement contenait des signes – mis à part les journaux et l'*A à Z* – de la présence d'une personnalité extrêmement instable : dans une des chambres de l'étage trônait une photo de noces défigurée, le marié ayant été affublé d'une chevelure hirsute, éviscéré par la plume d'un stylo, et marqué au front du symbole qui avait servi de signature à la lettre envoyée par Kilfoyle à New Scotland Yard. Dans la penderie, par ailleurs, une main malade avait tailladé longitudinalement tous les vêtements masculins.

— Il n'aimait pas trop son vieux, on dirait, remarqua Barb.

Une voix s'éleva du seuil :

— Je me suis dit que vous aimeriez jeter un coup d'œil à ceci avant qu'on l'embarque.

Un technicien en blouse blanche se tenait immobile sur le seuil, une urne entre les mains. Une urne funéraire, à en juger par son aspect et par sa taille.

— C'est quoi ? demanda Nkata.

— Ses souvenirs, je dirais.

Le technicien transporta l'urne jusqu'à la commode, sur laquelle était posée la photo de mariage. Il souleva le couvercle. Ils jetèrent un coup d'œil à l'intérieur.

Elle contenait majoritairement de la poussière humaine, mais aussi des petits morceaux couverts de cendres. Barb fut la première à comprendre.

— Les nombrils, dit-elle. À ton avis, ce sont les cendres de qui ? De papa ?

— Ça serait la reine mère que j'en aurais rien à secouer, répondit Nkata. On le tient.

Les familles pouvaient désormais être prévenues. Il n'y aurait pas de décision de justice satisfaisante à leurs yeux ; il n'y en avait jamais. Mais il y aurait une conclusion.

Nkata ramena Barb à l'hôpital St Thomas pour qu'elle organise la réparation sur place ou le dépannage de sa voiture. Ce fut là qu'ils se séparèrent.

Nkata fila ensuite vers New Scotland Yard. Il était neuf heures du matin et la circulation s'effectuait au ralenti. Il négociait la traversée de Parliament Square lorsque son portable sonna. Il crut d'abord que Barb l'appelait au secours, ayant échoué dans toutes ses tentatives pour régler le problème de sa Mini. Mais un coup d'œil sur l'écran l'informa que le numéro lui était inconnu.

— Nkata, dit-il.

— Vous l'avez arrêté. J'ai appris ça aux infos tout à l'heure. Sur Radio One.

Une voix de femme, familière, mais qu'il n'avait jamais entendue au téléphone.

— Qui est à l'appareil ?

— Je suis contente que ce soit fini. Et je sais que vous lui voulez du bien. Que vous nous voulez du bien. Je sais ça, Winston.

Winston.

— Yas ?

— Je le savais déjà avant mais je ne voulais pas voir en face ce que ça signifiait, vous comprenez ? Je ne veux toujours pas, d'ailleurs. Voir ça en face.

Nkata pensa à ce qu'il venait d'entendre, au fait même qu'elle l'avait appelé.

— Vous pourriez peut-être essayer de jeter juste un petit coup d'œil ?

Elle resta silencieuse.

— Un petit coup d'œil de rien du tout, insista-t-il. Juste une seconde en passant, sans arrêter le regard. Rien d'autre. Sans regarder vraiment, Yas. À la dérobée, en fait. Voilà. C'est tout.

— Je ne sais pas, finit-elle par dire.

Ce qui était déjà en soi un net progrès.

— Quand vous saurez, passez-moi un coup de fil. Attendre, c'est pas un problème pour moi.

Lynley songea que s'ils le forçaient à rester aux urgences, c'était en partie de peur qu'il n'aille trouver Kilfoyle au cas où ils le relâcheraient. Et la vérité était qu'il serait effectivement allé le trouver, même si ce n'était pas pour faire ce à quoi ils semblaient s'attendre. Il se serait contenté de poser une question à cet homme : pourquoi ? Peut-être cette question en aurait-elle entraîné d'autres : pourquoi Helen plutôt que moi ? Pourquoi de cette façon, avec la complicité d'un petit garçon ? Et pour affirmer quoi ? Son pouvoir ? Son indifférence ? Son sadisme ? Son plaisir ? Détruire d'un seul coup un maximum de vies par un maximum de moyens parce qu'il savait que la fin était proche ? Voilà pourquoi ? Il était désormais célèbre, tristement célèbre, il avait accédé à la renommée. Il allait rejoindre là-haut les meilleurs d'entre les meilleurs, les Hindley et consorts voués à briller éternellement au firmament de l'immoralité. Des adeptes du crime, fascinés, s'agglutineraient à son procès, des auteurs mentionneraient sa biographie dans leurs ouvrages, et il ne disparaîtrait donc jamais de la mémoire publique comme un homme ordinaire ou plutôt, en l'occurrence, comme une femme innocente et son enfant à naître, morts tous les deux et voués à une rapide péremption médiatique.

Les décideurs s'étaient imaginé que Lynley se ruerait à l'attaque s'il se retrouvait face au monstre. Mais se ruer à l'attaque impliquait d'être mû par une force de vie intérieure. Or celle-ci l'avait quitté.

Ils lui avaient expliqué qu'ils ne le laisseraient sortir que sous l'escorte d'un proche et, comme ils gardaient ses vêtements cachés, il fut bien obligé d'attendre l'arrivée d'un membre de sa famille. Ils avaient certainement suggéré lors de leur coup de téléphone à Eaton Terrace que cette personne prenne tout son temps pour venir à l'hôpital, car sa mère ne se présenta qu'en milieu de matinée. Elle était accompagnée de Peter. Un taxi, lui dit-elle, les attendait dehors.

— Qu'est-ce qui s'est passé ?

Elle lui parut vieillie par rapport à ces derniers jours. Il en déduisit que l'épreuve du chaos qu'ils subissaient tous avait aussi prélevé son tribut sur elle. Il n'y avait pas pensé jusque-là. Pourquoi y pensait-il maintenant ?

Derrière leur mère, le frère de Lynley se tenait immobile, efflanqué et mal à l'aise, comme toujours. Ils avaient été proches autrefois, mais ces années-là appartenaient au passé, et le spectre de la cocaïne, de l'alcool et de l'abandon s'était immiscé entre eux depuis lors. Trop de maladies avaient sévi dans la famille, pensa Lynley, parfois du corps, souvent de l'âme.

— Ça va, Tommy ? demanda Peter, et Lynley vit la main de son frère se tendre vers lui, puis retomber le long de son corps. Ils n'ont rien voulu nous dire au téléphone... juste qu'il fallait qu'on vienne te chercher. On a pensé... Ils ont dit qu'ils t'avaient retrouvé au bord de la rivière. Mais si loin au nord... Quelle rivière ? Qu'est-ce que tu... ?

Peter avait peur, pensa Lynley. Encore une perte à l'horizon de sa vie et Peter n'était pas sûr de pouvoir y faire face sans prendre appui sur une béquille : par le nez, par les veines, au goulot, qu'importe. Peter n'en voulait plus, mais la tentation rôdait toujours, multipliant les appels du pied.

— Je vais bien, Peter. Je n'ai rien tenté. Je ne tenterai rien, ajouta-t-il tout en sachant qu'il ne s'agissait ni d'une promesse ni d'un mensonge.

Peter se mordilla l'intérieur de la lèvre, un tic d'enfance. Il hocha nerveusement la tête.

Lynley leur résuma ce qui s'était passé en deux phrases simples : le tueur était venu à lui. Barbara Havers s'était chargée de régler le problème.

— Une femme remarquable, dit lady Asherton.

— Effectivement, répondit Lynley.

Il apprit qu'Ulrike Ellis avait été remise aux enquêteurs quelques heures auparavant pour faire sa déposition. Elle était très secouée, lui dit-on, mais indemne. Kilfoyle ne lui avait rien fait d'autre que lui envoyer des décharges, la bâillonner et l'entraver. C'était déjà beaucoup, mais tellement peu à côté de ce qu'elle avait failli subir qu'il était absurde de suggérer qu'elle ne s'en remettrait pas.

Dans le taxi, il se blottit dans un coin, sa mère à côté de lui et son frère sur le strapontin d'en face.

— Scotland Yard, demanda-t-il à Peter. Dis-lui.

— Tu es censé rentrer directement chez toi, protesta sa mère.

Lynley secoua la tête.

— Dis-lui, répéta-t-il en indiquant le chauffeur.

Peter se pencha vers l'ouverture de la cloison qui divisait l'habitacle.

— Victoria Street, dit-il. New Scotland Yard. Et ensuite, Eaton Terrace.

Le chauffeur bifurqua brusquement dans le flot de la circulation et prit la direction de Westminster.

— Nous aurions dû rester avec toi à l'hôpital, murmura lady Asherton.

— Non, répondit Lynley. Vous avez fait ce que je vous ai demandé. (Il se tourna vers la vitre.) Je souhaite qu'ils soient enterrés à Howenstow. Je crois que c'est ce qu'elle aurait voulu. Nous n'en avons jamais discuté. Cela semblait inutile. Mais j'aimerais...

Il sentit la main de sa mère se refermer sur la sienne.

— Bien sûr, dit-elle.

— Je ne sais pas encore quand. Je n'ai pas pensé à leur demander quand on va pouvoir récupérer le... son corps. Il y a toutes sortes de démarches...

— On va s'en occuper, Tommy, dit son frère. De tout. Laisse-nous faire.

Lynley le regarda. Peter s'était penché en avant, plus proche de lui qu'il ne l'avait été depuis des lustres. Lentement, il manifesta son assentiment d'un hochement de tête.

— Pour certaines choses, dit-il. Merci.

La fin du trajet s'effectua en silence. Lorsque le taxi s'arrêta à l'angle de Victoria Street et de Broadway, lady Asherton reprit la parole.

— Tu veux bien que l'un de nous t'accompagne, Tommy ?

— C'est inutile. Tout va bien se passer, maman.

Il attendit que le taxi ait redémarré pour entrer. Il choisit non pas Victoria Block mais Tower Block. Il monta au bureau de Hillier.

Judi MacIntosh leva les yeux de son travail en cours. À l'instar de sa mère, elle parut capable de lire en lui, et ce qu'elle lut était vraisemblablement exact car il n'était pas venu pour une confrontation.

— Commissaire, dit-elle, je… Nous tous, ici… je ne peux même pas imaginer ce que vous traversez…

Elle porta les mains à sa gorge, comme pour implorer sa permission de ne rien dire d'autre.

— Merci, dit-il.

Et il se demanda combien de fois il aurait encore à remercier des gens dans les mois à venir. En vérité, il se demandait aussi de quoi il pouvait bien les remercier. Son éducation lui imposait cette expression de gratitude alors qu'il aurait voulu lever la tête vers le ciel et hurler sa rage à la nuit infinie qui était en train de se refermer sur lui. Il haïssait sa bonne éducation. Et pourtant, ce fut encore sur elle qu'il s'appuya pour dire :

— Pouvez-vous le prévenir que je suis ici ? J'aimerais lui dire un mot. Ce ne sera pas long.

Elle acquiesça. Plutôt que de décrocher son téléphone, cependant, elle se faufila dans le bureau de Hillier et referma doucement la porte derrière elle. Une minute s'écoula. Une autre. Sans doute étaient-ils en train de demander des renforts par téléphone. De nouveau Nkata. Ou peut-être John Stewart. Quelqu'un pour le maîtriser. Quelqu'un pour le raccompagner jusqu'à la sortie.

Judi MacIntosh revint.

— Entrez, dit-elle.

Hillier n'était pas dans sa position coutumière, derrière son bureau. Il n'était pas non plus planté devant une des fenêtres. Il avait traversé la moitié de la moquette pour accueillir Lynley.

— Thomas, dit-il à mi-voix, il faut que vous rentriez chez vous et que vous preniez du repos. Vous ne pouvez pas continuer...

— Je sais.

Lynley ne se rappelait pas quand il avait dormi pour la dernière fois. Il fonctionnait au stress et à l'adrénaline depuis si longtemps qu'il ne savait même plus ce que c'était que de fonctionner autrement. Il prit sa carte de police et tous les autres signes de son identité policière qu'il put trouver sur lui. Il les tendit à l'adjoint au préfet.

Hillier les regarda sans les prendre.

— Je ne peux pas accepter ceci, dit-il. Vous n'avez pas bien réfléchi. Vous n'êtes pas en état de réfléchir. Je ne peux pas vous laisser prendre une décision comme celle-ci...

— Croyez-moi, monsieur, coupa Lynley, j'ai eu à prendre des décisions autrement difficiles.

Il contourna Hillier, s'approcha de son bureau. Y déposa sa carte et le reste.

— Thomas, ne faites pas ça. Prenez un peu de recul. Prenez un congé exceptionnel. Avec tout ce qui vient d'arriver, vous ne pouvez pas être en mesure de décider de votre avenir ni de celui de qui que ce soit.

Lynley sentit le gouffre d'un rire enfler en lui. Il était capable de décider. Il avait décidé.

Il aurait voulu répondre qu'il ne savait plus comment s'y prendre pour être et encore moins qui être. Il aurait voulu dire qu'il ne se sentait plus bon à rien ni à personne et qu'il ne savait pas si cela changerait un jour. Mais il se contenta d'énoncer :

— Pour ce qui s'est passé entre nous, monsieur, je vous exprime mes profonds regrets.

— Thomas...

La voix de l'adjoint au préfet – était-elle peinée ? – l'incita à s'arrêter sur le seuil. Il se retourna.

— Où allez-vous ? demanda Hillier.

— En Cornouailles. Je les ramène à la maison.

Hillier hocha la tête. Il ajouta quelque chose au moment où Lynley ouvrait la porte. Sans en être certain, celui-ci eut plus tard l'impression que l'adjoint au préfet lui avait dit : « Dieu vous accompagne. »

De l'autre côté, dans l'antichambre, Barbara Havers l'attendait. Elle paraissait fourbue, et Lynley se rendit compte qu'elle avait travaillé plus de vingt-quatre heures d'affilée.

— Monsieur…

— Je vais bien, Barbara. Vous n'aviez pas besoin de monter.

— Je suis censée vous emmener.

— Où ?

— Juste… on m'a suggéré de vous ramener chez vous. J'ai loué une voiture, vous n'aurez donc pas besoin de vous plier en quatre pour monter dans ma poubelle.

— Bien. Allons-y.

Il sentit sa main sur son coude, le guidant vers l'ascenseur. Elle se mit à parler en marchant, et il comprit à ses paroles que les preuves ne manquaient pas pour accuser Kilfoyle des meurtres des stagiaires de Colossus.

— Et pour le reste ? interrogea-t-il au moment où les portes de l'ascenseur s'ouvraient sur le parking souterrain. Qu'est-ce que vous avez pour le reste ?

Elle lui parla de Hamish Robson puis du garçon placé en garde à vue au commissariat de Harrow Road. Robson avait été poussé au meurtre par la nécessité et par les circonstances, expliqua-t-elle. Quant au garçon de Harrow Road, il ne voulait rien dire.

— Mais il n'y a aucun lien entre lui et Colossus, ajouta Havers au moment où ils atteignaient sa voiture. Il semblerait que… Monsieur, tout le monde a l'impression qu'il s'agit d'un crime isolé. Il refuse de parler… ce gamin. Mais on pense à un truc de gang.

Il la dévisagea. On aurait dit qu'elle était sous l'eau, très loin de lui.

— Un truc de gang. Quel truc ?

Elle secoua la tête.

— Je n'en sais rien.

— Mais vous avez une idée. Forcément. Dites-moi.

— La portière est ouverte, monsieur.

— Barbara, dites-moi.

Elle ouvrit sa portière mais ne monta pas dans la voiture.

— Ça pourrait être une initiation, monsieur. Il fallait qu'il prouve quelque chose à quelqu'un, et Helen se trouvait là. Elle était juste… là.

Lynley comprit que ces mots étaient censés lui apporter une forme d'absolution mais n'éprouva rien de tel.

— Emmenez-moi à Harrow Road.

— Vous n'avez pas besoin de…

— Emmenez-moi à Harrow Road, Barbara.

Elle le regarda, puis monta dans l'auto. Elle démarra.

— Votre Bentley…

— Vous en avez fait bon usage. Bien joué, constable.

— Ce sera bientôt sergent. Enfin.

— Sergent, corrigea-t-il en retroussant légèrement les lèvres. Bien joué, sergent Havers.

Celles de Barbara se mirent à trembler. Il vit se creuser la fossette de son menton.

— Ouais. Bon.

Elle manœuvra jusqu'à la sortie du parking et ils se mirent en route.

Si elle craignait qu'il ne commette un geste inconsidéré, elle n'en montra rien. Elle lui raconta comment Ulrike Ellis s'était retrouvée aux mains de Robbie Kilfoyle et enchaîna en expliquant que l'annonce de l'arrestation aux médias avait été confiée à John Stewart après que Nkata eut refusé de s'en charger.

— L'heure de gloire de Stewart, conclut-elle. Je crois qu'il rêvait de devenir star depuis des années.

— Prenez-le par le bon bout. Je n'ai pas envie de vous imaginer face à des ennemis dans l'avenir.

Elle lui jeta un coup d'œil. Il sentit ce qu'elle craignait. Il aurait aimé pouvoir la rassurer.

Au commissariat de Harrow Road, Lynley lui fit part de son souhait. Elle écouta, acquiesça et, en un geste d'amitié qu'il accueillit avec reconnaissance, ne tenta pas de le dissuader. Une fois que les dispositions nécessaires eurent été prises, elle revint le chercher. Comme elle l'avait fait au Yard, elle se plaça à côté de lui, une main légèrement en appui sur son coude.

— C'est là, monsieur, dit-elle en ouvrant la porte d'une pièce faiblement éclairée.

De l'autre côté d'un miroir sans tain, le meurtrier de Helen attendait assis. On lui avait apporté une bouteille de jus de fruit qu'il n'avait pas ouverte. Il la tenait entre ses mains et ses épaules étaient affaissées.

Lynley sentit un long soupir lui échapper. Il ne trouva rien d'autre à dire que :

— Jeune. Tellement jeune. Sacré nom de Dieu.

— Il a douze ans, monsieur.

— Pourquoi.

Il n'existait pas de réponse, et il sentit aussitôt qu'elle savait qu'il n'en attendait pas.

— Qu'est-ce qui nous est arrivé, Barbara ? Au nom du ciel, qu'est-ce qui nous est arrivé ?

Là encore, il sentit qu'elle savait qu'il ne cherchait pas de réponse.

— Vous voulez que je vous raccompagne chez vous ? proposa-t-elle.

— Oui. Vous pouvez me raccompagner chez moi.

L'après-midi touchait à sa fin lorsqu'il arriva à Cheyne Row. Deborah vint lui ouvrir la porte. Sans un mot, elle s'effaça pour qu'il puisse entrer. Ils restèrent un moment face à face – comme les deux ex-amants qu'ils étaient – et Deborah le fixa longuement avant de redresser les épaules en un geste qui ressemblait à de la résolution.

— Par ici, Tommy. Simon n'est pas là.

Il s'abstint de lui dire que c'était elle qu'il venait voir, pas Simon, parce qu'elle semblait le savoir. Elle l'introduisit dans la salle à manger où, un siècle plus tôt, il l'avait trouvée en train d'empaqueter un cadeau pour le bébé de Helen. Sur la table, impeccablement pliés sur les sacs qui les avaient contenus, étaient alignés les vêtements de baptême que Deborah et Helen avaient achetés ensemble.

— J'ai pensé que tu voudrais les voir avant que je... enfin, avant que je les rapporte au magasin. Je ne sais pas pourquoi j'ai pensé ça. Mais puisque c'est la dernière chose qu'elle a faite... j'espère avoir eu raison.

Ils étaient à l'image de Helen, tous : une affirmation fantasque de ce qui avait de l'importance et de ce qui décidément n'en avait pas. Ici le veston miniature dont elle lui avait parlé au téléphone, là un déguisement de clown, et encore une salopette de velours blanc, un costume trois-pièces absurdement petit, un pyjama en forme de lapin… Ce trousseau convenait à tout sauf à un baptême, mais c'était ce que Helen avait voulu. Nous allons fonder notre propre tradition, chéri. Nos familles subtilement rivales ne pourront pas en prendre ombrage.

— Je n'ai pas pu les laisser faire ce qu'ils voulaient, dit Lynley. Je n'ai pas pu m'y résoudre. Elle serait devenue un cobaye. Quelques mois de vie artificielle, monsieur, et on verra comment la situation évolue. Ça pourrait être mauvais, ou même pire, mais nous aurons fait avancer la cause de la science. On en parlera dans les revues. Un cas d'école.

Il regarda Deborah. Ses yeux brillaient, mais elle réussit à ne pas pleurer.

— Je ne pouvais pas lui faire ça, Deborah. Je ne pouvais pas. J'ai tout arrêté. Je les ai arrêtés.

— Hier soir ?

— Oui.

— Oh, Tommy…

— Je ne sais pas comment je vais faire pour vivre.

— Sans culpabilité. C'est comme ça que tu dois vivre.

— Toi aussi. Promets-le-moi.

— Quoi ?

— Que tu ne passeras pas un seul instant de ta vie à te dire que c'est ta faute, que tu aurais pu faire quelque chose pour empêcher ça. Tu as garé une voiture. C'est tout ce que tu as fait. Garer une voiture. Je veux que tu le comprennes parce que c'est la vérité. Tu veux bien faire ça pour moi ?

— Je vais essayer.

Lorsque Barbara Havers rentra chez elle ce soir-là, elle passa une demi-heure à tourner en voiture, attendant que quelqu'un libère une place de stationnement à une heure de la soirée où la plupart des gens ne quitteraient plus leurs foyers jusqu'au lendemain matin. Elle finit par en dénicher une sur Winchester Road, presque à South Hampstead, et exécuta son créneau avec reconnaissance malgré la longue marche qu'elle allait devoir se farcir pour regagner Eton Villas.

En chemin, elle se rendit compte qu'elle avait mal partout. Ses muscles étaient douloureux de la tête aux pieds mais surtout au niveau des épaules. La destruction de la Bentley avait eu un impact plus violent qu'elle ne l'avait senti sur le coup. Assommer Robbie Kilfoyle avec la poêle à frire n'avait rien arrangé. Un autre type de femme aurait peut-être décidé qu'un massage en bonne et due forme s'imposait. Étuve, sauna, bain à remous, la totale. Envoyez aussi la manucure et la pédicure. Mais comme elle n'était pas ce type de femme, elle se dit qu'une douche ferait l'affaire. Plus une bonne nuit de sommeil, car elle n'avait pas fermé l'œil depuis trente-sept heures et des poussières.

Elle tâcha de rester concentrée là-dessus. Jusqu'à Fellows Road et au-delà, elle maintint ses pensées fixées sur sa douche et son lit. Elle décida qu'elle n'allumerait même pas les lampes de son bungalow sauf si quelque chose la détournait de son programme, lequel se réduirait à aller de la porte d'entrée à la table (déposer ses affaires), de la table à la salle de bains (ouvrir le robinet de douche, faire glisser ses vêtements au sol, laisser le jet pétrir ses muscles), puis de la salle de bains à la chambre (les bras de Morphée). Cela l'aidait à ne pas penser à ce à quoi elle refusait de penser : qu'il ne lui avait rien dit, que c'était l'inspecteur Stewart qui l'avait mise au courant.

Elle s'en voulait d'éprouver cette impression d'être amputée, perdue dans l'espace. Elle se dit que la vie privée de Lynley ne la regardait de toute façon absolument pas. Elle se fit remarquer qu'il devait ressentir une douleur intolérable et qu'en parler – confier qu'il avait mis fin à une réalité et donc à sa vie telle qu'il l'avait vécue jusque-là et telle qu'elle avait semblé jusque-là définir un avenir pour lui, pour elle, pour eux en tant que noyau familial – l'aurait sans doute achevé. Mais tout ce monologue ne réussit qu'à étaler une fine couche de culpabilité sur ses autres sentiments. Et cette culpabilité ne fit que réduire momentanément au silence l'enfant en elle qui s'obstinait à soutenir qu'ils étaient amis. Les amis se confiaient des choses, des choses importantes. Les amis comptaient les uns sur les autres parce qu'ils étaient amis.

Or la nouvelle était parvenue à la salle d'opérations via Dorothea Harriman, qui avait demandé à dire un mot en privé à l'inspecteur Stewart, lequel s'était ensuite fendu d'une lugubre annonce collective. Personne n'était encore au courant des dispositions prises pour les funérailles, avait-il dit en guise de conclusion, mais il ne manquerait pas de les tenir informés. Entre-temps, les gars, continuez le boulot. Il nous reste un paquet de procès-verbaux à envoyer au ministère public, alors on s'y colle parce que je veux que tout ça soit tamponné, mis sous pli et expédié afin qu'il ne subsiste aucun doute dans aucun esprit sur le type de verdict que le jury est censé rendre.

Barbara l'avait écouté en silence. Elle n'avait pu s'empêcher de penser qu'ils étaient allés ensemble du bureau de Hillier au commissariat de Harrow Road puis de Harrow Road à Eaton Terrace, et que Lynley ne lui avait pas dit qu'il avait débranché le respirateur artificiel de sa femme. Elle savait qu'elle n'aurait pas dû penser ça. Elle savait que la décision qu'il avait prise de garder l'information pour lui n'avait rien à voir avec elle personnellement. Et pourtant, une nouvelle vague de chagrin l'envahit. On devrait être amis, s'entêtait à dire l'enfant en elle.

Pourquoi ils ne l'étaient pas, pourquoi ils ne pourraient jamais l'être, c'était la faute non pas à ce qu'ils étaient – un homme, une femme, des collègues – mais à ce qu'ils étaient en amont de tout cela. Et cet être-là avait été déterminé avant même que l'un ou l'autre ait vu le jour. Elle pouvait bien pester là-dessus jusqu'à la fin des temps, ça n'y changerait rien. Certains tissus contenaient tout bonnement dans leur trame des fils qui les rendaient trop solides pour être déchirés.

Ayant atteint Eton Villas, elle remonta l'allée et poussa le portail. Elle vit Hadiyyah traîner un sac-poubelle dans le passage qui menait à l'arrière de l'immeuble et la regarda un instant se colleter avec son fardeau avant de lancer :

— Salut, petite. Je peux t'aider ?

— Barbara ! (Sa voix était plus gaie que jamais. Elle leva la tête et ses nattes volèrent.) Papa et moi, on a nettoyé le frigo. Il dit que le printemps approche et que c'est une façon de faire un premier pas pour le saluer. Nettoyer le frigo, je veux dire. Évidemment, ça veut dire qu'on va aussi nettoyer le reste de l'appartement, et là je ne suis pas trop pressée. Il est en train d'écrire une liste de tout ce qu'on va devoir faire. Une liste, Barbara. Et en tête de cette liste, il y a « Lessiver les murs ».

— Ça se présente mal.

— Maman avait l'habitude de les lessiver tous les ans, c'est pour ça qu'on le fait. Du coup, quand elle rentrera, ça brillera de partout.

— Elle rentre, ça y est ? Ta maman ?

— Oh, pour l'amour du ciel, elle finira bien par rentrer. On ne peut pas rester éternellement en vacances.

— Non. Je crois que tu as raison.

Barbara confia son sac à la petite fille et lui prit le sac-poubelle des mains. Elle le jeta en travers de son épaule comme un sac de marin et le transporta jusqu'au local à poubelles. À deux, elles le hissèrent à l'intérieur de l'une d'elles.

— Je vais prendre des cours de claquettes, annonça Hadiyyah en s'époussetant. Papa me l'a dit tout à l'heure. Je suis trop contente parce que j'en rêvais depuis toujours. Tu viendras voir mon spectacle ?

— Au premier rang et au centre. J'adore les spectacles.

— Génial. Peut-être que maman sera là aussi. Si je suis assez bonne, elle viendra. Je le sais. Bonsoir, Barbara. Il faut que je retourne voir papa.

Elle détala, disparut au coin du passage. Barbara attendit qu'une porte ait claqué, signe que sa jeune amie était rentrée sans encombre. Puis elle regagna ses pénates et déverrouilla la porte. Fidèle à sa décision, elle n'alluma aucune lampe. Elle marcha dans le noir jusqu'à la table, déposa ses affaires, mit le cap sur la douche et sa chaleur bénie.

Ce satané répondeur l'arrêta avec son voyant qui clignotait. Elle envisagea de l'ignorer mais sentit qu'elle n'y arriverait pas. Elle soupira, marcha vers lui. Elle appuya sur la touche et entendit une voix familière.

— Ma petite Barbie, le rendez-vous est pris. (Mrs Flo, pensa Barbara.) Seigneur, ça n'a pas été facile d'en obtenir un, notre système de santé publique étant ce qu'il est. Il faut aussi que je vous dise que votre maman est repartie dans le brouillard, mais je ne veux surtout pas que ça vous inquiète. S'il faut lui donner un sédatif, on lui en donnera un, Barbie chérie, et voilà tout. Sa santé…

Barbara éteignit le répondeur. Elle écouterait la suite une autre fois, se promit-elle. Mais pas ce soir.

Un coup timide fut frappé à la porte d'entrée. Elle retraversa la pièce. Elle n'avait pas allumé la moindre lampe, et il n'y avait donc qu'une seule personne susceptible de savoir qu'elle était enfin rentrée. Elle ouvrit la porte et le trouva debout sur le seuil, avec à la main une casserole couverte.

— Je suppose que vous n'avez pas dîné, Barbara, dit Azhar en lui tendant sa casserole.

— Hadiyyah m'a raconté que vous veniez de nettoyer le frigo. Ce sont des restes ? Parce que si les vôtres ressemblent aux miens, Azhar, je risquerais ma vie en y goûtant.

Il sourit.

— Ça vient d'être cuit. Du riz pilaf, auquel j'ai ajouté du poulet.

Il souleva le couvercle. La pénombre ne permit pas à Barbara de distinguer le contenu de la casserole, mais elle huma son arôme et l'eau lui vint à la bouche. Des heures, des jours, des semaines qu'elle n'avait pas avalé un repas décent.

— À la bonne heure. Je la prends, alors ?

— Vous me permettez de la poser ?

— Bien sûr.

Elle lui ouvrit en grand la porte mais s'abstint d'allumer la lumière, plus à cause de l'état de désordre terminal de sa tanière que de son envie d'aller se coucher. Azhar, elle le savait, était un maniaque de la propreté. Elle n'était pas sûre que son cœur tiendrait le coup s'il voyait le foutoir qu'elle avait laissé se développer depuis des semaines.

Il alla poser la casserole dans le coin-cuisine, sur le plan de travail. Elle attendit près de la porte, supposant qu'il s'en irait. Il ne s'en alla pas.

— Votre enquête est bouclée, ça y est, dit-il. On ne parle que de ça aux nouvelles.

— Depuis ce matin, oui. Ou hier soir. Ou quelque part entre les deux. Je ne sais plus trop. Les choses finissent par se brouiller au bout d'un moment.

— Je vois.

Elle attendit la suite. La suite ne vint pas. Un silence s'installa entre eux. Il se décida enfin à le rompre.

— Vous travailliez avec lui depuis longtemps, n'est-ce pas ?

Sa voix était douce. Barbara sentit ses entrailles sonner l'alarme.

— Lynley ? fit-elle d'un ton détaché. Ouais. Quelques années. Un type tout ce qu'il y a de correct si on passe sur sa voix. Il a fini ses études avant l'anglais de l'Estuaire[1], du temps où les gens comme lui avaient vocation à devenir des dandys qui faisaient le tour du monde et passaient ensuite le reste de leur vie à sillonner les campagnes en chassant le renard.

— C'est vraiment affreux pour lui.

Elle ne répondit pas. Elle voyait Lynley sur le seuil de sa maison à Eaton Terrace. Elle voyait la porte s'ouvrir avant qu'il ait glissé sa clé dans la serrure, sa sœur nimbée d'une lumière venue de l'intérieur. Elle attendait, espérant qu'il se retournerait peut-être pour lui adresser un signe d'adieu, mais sa

---

1. L'anglais tel qu'il est aujourd'hui parlé dans le sud-est de l'Angleterre, et notamment dans les médias, par opposition à l'« anglais de la reine », de prononciation traditionnelle et aristocratique. (*N.d.T.*)

sœur lui passait un bras autour de la taille et l'attirait dans la maison.

— Il arrive à des gens bien de vivre des choses terribles, dit Azhar.

— Euh, ouais. C'est sûr.

Elle ne pouvait pas – elle ne voulait pas – en parler. Trop frais, trop à vif, comme du vinaigre répandu sur une plaie ouverte. Elle passa une main dans ses cheveux ébouriffés et exhala un gros soupir censé dire « je suis une femme fatiguée et j'ai besoin de repos merci bien ». Mais Azhar s'était déjà fait avoir une fois dans sa vie et cette expérience l'avait rendu plus malin. Donc il n'y avait pas moyen de s'en débarrasser avec un effet de manches. Elle allait devoir soit être directe, soit supporter ce qu'il avait à dire.

— Une perte immense. On ne s'en remet pas complètement.

— Ouais. Bon. Je suppose que c'est vrai. Il traverse un sale moment et je n'aimerais pas être à sa place.

— Sa femme. Et l'enfant. Il y avait un enfant, c'est ce que disent les journaux.

— Helen était enceinte, exact.

— Et vous la connaissiez bien ?

Elle. Ne. Voulait. Pas.

— Azhar… (Elle prit une inspiration tremblante.) Écoutez, je suis rétamée. Absolument cuite. Carbonisée. Je suis morte de…

Le mot. Le mot en soi l'arrêta net. Elle ravala un sanglot. Des larmes jaillirent dans ses yeux. Elle pressa le poing contre sa bouche.

Partez, pensa-t-elle. S'il vous plaît, partez. Foutez-moi le camp.

Mais il ne partit pas et elle vit qu'il ne partirait pas, qu'il était là pour une raison échappant à ce qu'elle était capable, en cet instant, de comprendre.

Elle lui fit un signe de la main, un signe de congé et d'au revoir, mais il n'y réagit pas comme elle l'aurait espéré. Il retraversa la petite pièce, dit juste « Barbara », et la prit dans ses bras.

Elle se mit alors à pleurer. Comme l'enfant qu'elle avait été et la femme qu'elle était devenue. C'était apparemment le meilleur endroit pour le faire.

Remerciements

Lorsqu'une Américaine tente d'écrire un roman dont l'action se passe à Londres, des forces et personnalités variées entrent en jeu. Pour ce livre, c'est un petit ouvrage intitulé *City Secrets*, publié sous la direction de Robert Kahn, qui m'a poussée à entreprendre le voyage nécessaire au choix des décors de l'intrigue. Mon éditeur à Londres, Hodder and Stoughton, ainsi que mon agent sur place – Sue Fletcher et Karen Geary – m'ont apporté nombre de suggestions utiles, et ma consœur Courttia Newland m'a personnellement fait découvrir les environs immédiats de West Kilburn. Au sud du fleuve, Fairbridge m'a ouvert ses portes, ce qui m'a permis de découvrir le travail déployé par cette organisation pour modifier la vie des jeunes en danger. Mes efforts pour rendre la texture particulière des enquêtes de police relatives à des meurtres en série ont été soutenus par David Cox de la Metropolitan Police et Pip Lane, officier en retraite de la police de Cambridge. Le stand de magie de Barry Minshall m'a été inspiré par « Bob's Magic, Novelties and Gags » de Stables Market, à Camden Lock, et Bob lui-même a été assez aimable pour me parler et du marché et de la magie. Les livres *Agent spécial du FBI : J'ai traqué des serial killers* de John Douglas et Mark Olshaker, et

The Gates of Janus, écrit, aussi incroyable que cela puisse paraître, par Ian Brady, m'ont aidée à créer et à comprendre le personnage de tueur en série de ce roman. Quant à Swati Gamble, de chez Hodder and Stoughton, jamais à court de ressources et toujours d'une patience infinie, elle m'a procuré toutes sortes d'informations, que ce soit sur les écoles, les horaires de bus ou le revêtement du sol des camionnettes.

Aux États-Unis, mon éditrice chez HarperCollins – Carolyn Marino – m'a donné son soutien et ses encouragements du début à la fin du long processus de création de ce roman. Ma lectrice de longue date Susan Berner est intervenue sur le deuxième jet en apportant d'excellentes critiques. Ma consœur Patricia Fogarty a eu la bonne grâce de lire la troisième version. Mon assistante, Dannielle Azoulay, a assumé toutes sortes de tâches, qu'il s'agisse d'effectuer des recherches ou de promener le chien pour me dégager du temps d'écriture. Mon mari, Tom McCabe, a héroïquement supporté les sonneries du réveil téléphonique qui m'ont tirée du lit à cinq heures du matin plusieurs mois d'affilée – y compris lors de séjours au ski, de randonnées dans les Great Smokies et d'escapades à Seattle – sans jamais un mot pour se plaindre. Mes étudiants m'ont aidée à garder l'esprit vif et honnête. Et mon chien m'a toujours aidée à rester humaine.

À toutes ces personnes, je suis liée par une dette de gratitude. Les éventuelles erreurs de ce livre ne seraient dues qu'à moi-même.

Je me dois par surcroît de saluer l'homme qui se cache derrière ma carrière : mon agent littéraire, Robert Gottlieb. Chaque fois qu'il commence une phrase par « Et maintenant, vous savez, Elizabeth… », je me rends compte que le moment est venu de tendre l'oreille.

Le plus innocent des coupables

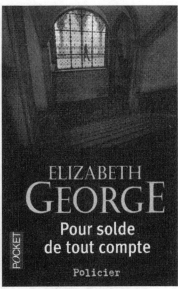

(Pocket n° 4472)

Elena Weaver, jeune fille atteinte de surdité, menait de brillantes études à Cambridge. En revanche, sa vie sexuelle, parfois dangereuse, était loin d'être exemplaire.
Un jour, son cadavre mutilé est découvert sur une île mal famée en bordure de la ville.
Une mort atroce pour la belle étudiante, fille d'un professeur respecté du collège St Stephen.
Il faudra beaucoup de subtilité et de courage aux inspecteurs Havers et Lynley pour identifier le plus stupéfiant, le plus invraisemblable des coupables…

Il y a toujours un Pocket à découvrir

Insondable noirceur humaine

(Pocket n° 10552)

Abandonnée par l'inspecteur Lynley parti en voyage de noces, le sergent Barbara Havers, mal remise des coups reçus lors de sa dernière enquête, doit interrompre sa convalescence pour élucider le meurtre d'un jeune Pakistanais. Crime raciste ? Affaire liée à l'homosexualité de la victime ? En quête d'une vérité enfouie sous d'innombrables zones d'ombre, Barbara se plonge au cœur d'une communauté pakistanaise dont le calme apparent masque la complexité.

Il y a toujours un Pocket à découvrir

Stratagème inavouable

(Pocket n° 12425)

Sur une plage escarpée, une pierre polie enfoncée dans la gorge, on retrouve le cadavre de Guy Brouard, le richissime sexagénaire de l'île de Guernesey. La coupable idéale ? China, une jeune américaine de passage, qui aurait été la dernière à l'avoir vu vivant. Sa meilleure amie, Deborah, et son époux, l'expert judiciaire Simon Saint James, vont tout faire pour l'innocenter. Au risque de se brûler les ailes... Car le défunt, séducteur compulsif, semble avoir emporté dans sa tombe de biens lourds secrets...

Il y a toujours un Pocket à découvrir

Faites de nouvelles découvertes sur **www.pocket.fr**

- Des 1ers chapitres à télécharger
- Les dernières parutions
- Toute l'actualité des auteurs
- Des jeux-concours

Il y a toujours un **Pocket** à découvrir

Composé par Nord Compo
à Villeneuve-d'Ascq

Impression réalisée sur Presse Offset par

BRODARD & TAUPIN

GROUPE CPI

37222 – La Flèche (Sarthe), le 07-09-2006
Dépôt légal : octobre 2006

POCKET – 12, avenue d'Italie - 75627 Paris cedex 13

Imprimé en France